Le magasin des souvenirs

Therese et Gisela

DE LA MÊME AUTEURE

Le magasin des souvenirs – Charlotte et Anna (initialement paru sous le titre *L'Ambition du bonheur*), Jean-Claude Lattès, 2022 ; J'ai lu, 2023.

KATHARINA FUCHS

Le magasin des souvenirs

Therese et Gisela

ROMAN

Traduit de l'allemand
par Celine Maurice

J'AI LU

TITRE ORIGINAL
Neuleben

ÉDITEUR ORIGINAL
Droemer Verlag, 2020

Cette édition a été publiée avec l'accord de Michael Gaeb literary Agency, Berlin, et son agent attitré Books And More, Paris, France.

Therese

Therese était en retard. Son épais recueil de lois Schönfelder rouge sous le bras, elle tentait de prendre deux marches à la fois, désespérant d'atteindre l'amphithéâtre avant le début du cours, mais sa jupe grise au mollet la ralentissait. Juste avant qu'elle atteigne le palier supérieur, la lourde porte se referma avec un bruit mat dont l'écho résonna dans l'escalicr désert de l'université libre de Berlin. Quelques secondes plus tard, elle posa la main sur le bouton rond en laiton poli. Elle hésita en sentant le métal froid dans sa paume et tourna les yeux vers les hautes fenêtres. Le ciel bleu tendre était parsemé de petits nuages blancs. Les branches nues d'un hêtre remuaient dans le vent de mars qui chassait les toutes dernières feuilles mortes. Pourquoi le métro n'était-il pas passé à la station Kurfürstendamm ? Elle l'avait attendu plus de vingt minutes avant de ressortir à la hâte pour attraper le bus, qui avait mis une éternité à atteindre Dahlem. Le semestre venait à peine de commencer et c'était déjà la seconde fois qu'elle arrivait en retard. Elle prit une profonde inspiration, tira la lourde porte et entra. Le professeur Wulff, grand et mince, cheveux poivre et sel séparés par une raie sur le côté, était debout à son pupitre. Feuilletant le Schönfelder, il ne sembla pas la remarquer. Les gradins qui descendaient en pente raide vers l'estrade lui assuraient une vue dégagée sur tous les rangs. Là, à trois mètres d'elle, sur le côté, une place était libre près d'un camarade qu'elle connaissait vaguement. Son pull-over bleu roi le distinguait de la masse grise des autres vêtements masculins, et il lui adressa même un signe de tête. Elle le rejoignit le plus discrètement possible ; il posa sa veste sur ses genoux, abaissa pour elle le siège de bois lisse, et Therese s'y glissa sans enlever son manteau. Gagné ! pensa-t-elle. Avec un soupir de soulagement, elle chuchota :

— Merci !

— Encore raté le métro ? murmura-t-il en la regardant.

Il avait les traits bien dessinés, et ses yeux marron très écartés l'observaient sans l'expression troublée qu'elle voyait chez tant d'autres.

Elle répondit à voix basse :

— Pire, il n'est pas passé du tout.

Et alors qu'elle se demandait encore pourquoi il se montrait si aimable et détendu avec elle, la porte se referma avec un claquement beaucoup plus sonore et métallique qu'un moment plus tôt, quand le dernier étudiant la lui avait quasi fermée au nez. Wulff leva la tête et laissa ses yeux errer au-dessus des têtes de ses élèves. Therese s'enfonça encore plus dans son siège et tenta de se faire toute petite. Mon bonnet ! pensa-t-elle soudain, fébrile. Elle avait oublié d'ôter son béret basque vert foncé.

— Mademoiselle Trotha ! lança la voix sévère du professeur.

Elle tressaillit.

— Vous êtes en retard !

Therese enleva son bonnet et lissa ses cheveux bruns attachés très serrés. Elle aurait voulu s'évaporer.

— Je suis désolée, dit-elle doucement.

— On dit : je suis désolée, monsieur le professeur !

— Je suis désolée, monsieur le professeur.

— Très bien !

Wulff remit le nez dans son livre, l'air à moitié satisfait. Therese souffla.

— Tu as survécu ! chuchota son voisin.

Elle hocha imperceptiblement la tête. Soudain, Wulff croisa les bras et posa deux doigts sur sa joue. Il dévisagea Therese puis, au bout de quelques secondes :

— Soyez assurée qu'il y a ici des étudiants désireux d'apprendre, mademoiselle Trotha. En faites-vous partie ?

— Oui, monsieur le professeur, répondit-elle en cachant ses mains sous son siège.

— Je m'inquiète un peu… Il ne faudrait pas que, dès le début du dernier semestre, vous manquiez des éléments décisifs pour l'examen ! Venez donc par ici, ajouta-t-il avec un geste du bras qui se voulait engageant. Il reste une place à l'avant, à côté de Mlle von Prignitz. Nous aimons tous avoir nos deux seules jeunes femmes bien en vue, n'est-ce pas, messieurs ?

Un murmure d'approbation parcourut la salle. Une fois de plus, les autres étudiants se tournèrent vers elle, un mélange d'agacement et de voyeurisme dans le regard. Therese sentit le rouge lui monter aux joues. Comme toujours, elle n'eut d'autre choix que d'obéir à son professeur. Elle se leva lentement, percevant du coin de l'œil l'expression de regret de son voisin. Cramoisie, elle descendit les marches raides.

— Je me trompe ou elle est encore plus moche que le semestre dernier ? souffla un jeune homme, quelques rangées au-dessus d'elle, assez fort pour que la plupart l'entendent.

Rires étouffés.

Therese, sans oser regarder dans la direction d'où était venue l'insulte, s'assit, tête basse, sur le siège libre du premier rang. Elle aurait voulu se coller les mains sur les oreilles et quitter la salle en courant.

— Bien. À présent que la dernière étudiante a trouvé le chemin menant à notre amphithéâtre et à sa place, nous pouvons enfin commencer. Ces interruptions sont hélas autant de temps perdu pour votre cours, messieurs.

Wulff marqua une pause théâtrale, laissant résonner les grognements de protestation avant d'ajouter, les yeux fixés sur le premier rang :

— ... et mesdemoiselles.

Therese osait à peine le regarder. Peut-être allait-il l'interroger la première. Le professeur Wulff n'avait jamais fait mystère du mépris que lui inspiraient les femmes étudiant le droit. À chaque cours, il essayait de mettre à mal et de ridiculiser ses deux seules élèves féminines. Ce jour-là, son choix se porta sur la camarade de Therese.

— Mademoiselle von Prignitz, lança-t-il en tendant la main. Imaginez-vous à l'épreuve orale du premier examen d'État... en théorie, bien sûr, parce qu'il vous faudrait pour cela d'abord réussir l'épreuve écrite... ce qui pourrait se produire dans les six prochains mois.

La jeune fille se mit aussitôt à remuer nerveusement un pied chaussé d'un grossier soulier de ville. Therese fut vaguement soulagée de se retrouver hors de danger pour le moment.

Wulff reprit :

— Que pouvez-vous nous dire de la construction et des conditions requises de la *culpa in contrahendo*, qui représente un des problèmes secondaires du cas que je vous ai soumis lors de notre dernier cours ?

Therese se doutait que Marie von Prignitz ne donnerait probablement pas de réponse satisfaisante à cette question. Elle aimait beaucoup Marie, avec qui elle s'était vite liée d'amitié. Non seulement elles étaient les deux seules femmes de leur semestre, mais elles avaient aussi une histoire similaire. Elles avaient toutes deux grandi dans de vastes propriétés terriennes dont l'Armée rouge avait pris possession à la fin de la guerre. Therese venait de Feltin, non loin de Chemnitz. Sa famille avait été expropriée peu après le conflit mondial. Le domaine des von Prignitz se trouvait dans la circonscription d'Allenstein, en ancienne Prusse-Orientale. Le récit que Marie lui avait fait de sa fuite par la mer Baltique dépassait de beaucoup les souffrances endurées par Therese durant les dernières années de la guerre, alors qu'elle avait elle-même vécu des horreurs. L'immense propriété agricole de la famille von Prignitz avait depuis longtemps été annexée par le gouvernement soviétique.

Marie se leva lentement, nerveuse, en tripotant un crayon. Therese lui jeta un coup d'œil en coin. Son tailleur informe pendait le long de son corps, aussi peu flatteur que le sien. Aucune d'elles n'avait de goût pour la mode ni les moyens de s'acheter des habits neufs. Elles n'étaient pas du genre à se jeter sur les nouveautés des boutiques flambant neuves du Kurfürstendamm. C'était là un autre de leurs points communs. Une chose toutefois différenciait clairement Marie de Therese : elle avait un joli visage aux traits réguliers.

La jeune femme commença d'une voix faible :

— L'institution de la *culpa in contrahendo*, aussi appelée *cic*...

— Voyez-vous ça ! la coupa Wulff d'un ton ronflant. Vous connaissez même l'abréviation, nom d'une pipe !

Salves de rires dans les rangées du fond.

— La question est de savoir si cela nous fait avancer ! Notons qu'il s'agit ici d'une répétition pure et simple !

— En fait, ce que je voulais dire, c'est que l'institution de la faute dans la conclusion d'un contrat...

— Ah ah, et vous connaissez aussi l'expression en langage courant !

Presque toute la salle riait, à présent. Marie repoussa une mèche blonde ondulée derrière son oreille et poursuivit :

— ... est issue de principes juridiques généraux par le biais de la jurisprudence. La première condition est l'ouverture de négociations contractuelles...

Elle s'interrompit et regarda Wulff, dans l'expectative.

— Quoi donc ? Continuez ! aboya-t-il.

— ... et la seconde est une violation d'obligation précontractuelle.

— Magnifique ! s'exclama Wulff en applaudissant. Vous venez de nous prouver que vous disposez en théorie d'un peu plus de connaissances qu'une assistante juridique moyenne, et ce, un semestre avant le premier examen d'État.

Nouvelle hilarité dans l'amphithéâtre.

— Une profession d'ailleurs idéale pour une femme. Là aussi, on a de bonnes chances de trouver un gentil mari avec un salaire correct.

Une fois de plus, le public réagit avec l'enthousiasme espéré. Therese lança un coup d'œil écœuré à Wulff. Comme il se complaisait dans le succès de ses sarcasmes !

— Mais n'y pensons plus. Puisque vous êtes là, veuillez subsumer, mademoiselle von Prignitz.

Marie était blanche comme un linge. Therese n'avait aucun mal à se mettre à sa place, elle percevait son humiliation comme si cela avait été la sienne. Son amie reprit d'une voix à peine audible :

— Eh bien, le fait que A ait réservé une table pour la fête de confirmation de sa fille...

— Plus fort ! cria le professeur. Personne n'entend rien si vous parlez de cette petite voix faiblarde. Si vous vous retrouvez un jour dans un prétoire... (Il mit une main en coupe près de sa bouche et se tourna vers les autres étudiants, comme pour leur faire une confidence à l'insu de Marie et Therese.) ... même si nous préférons ne pas l'espérer, pour le bien de l'administration juridique... (Il ôta sa main de sa bouche pour la glisser dans sa poche.) ... votre voix devra porter nettement plus loin qu'un rayon de trente centimètres. (Nouveaux rires. Wulff leva la main pour ramener le calme.) Veuillez poursuivre, mademoiselle von Prignitz !

Marie inspira profondément et reprit, d'une voix beaucoup plus forte mais tremblante.

— En réservant une table pour la fête de confirmation de sa fille au restaurant *Dernière Instance*, A se trouve avoir...

— Excellent, mademoiselle von Prignitz, la coupa le professeur, vous avez réussi à vous souvenir aussi du nom du restaurant !

Le commentaire ironique de Wulff déclencha de nouveaux ricanements. Marie, complètement déboussolée, lança un coup d'œil de détresse à Therese. Celle-ci, faisant mine de prendre des notes, inscrivit la réponse en lettres majuscules sur une feuille qu'elle tourna vers Marie, qui la déchiffra à la hâte.

— La réservation d'une table de restaurant constitue un acte préparatoire à la conclusion ultérieure d'un contrat de restauration et fait donc office d'initiation de celui-ci.

Son coup d'œil à la note de Therese n'avait évidemment pas échappé à Wulff, qui haussa les sourcils.

— Très bien, mesdemoiselles. Je vais devoir veiller à ce que vous soyez assises très loin l'une de l'autre le jour de l'examen. Et maintenant, assez perdu de temps ! (Il désigna un jeune homme du troisième rang.) Monsieur Mahler, veuillez donc nous faire part de votre conclusion.

Therese se tourna vers Albrecht Mahler. C'était un étudiant pâle et discret, en veston gris, qui se distinguait depuis le début par ses réponses intelligentes et réfléchies. Tandis qu'il présentait flegmatiquement la solution du cas, Marie se laissa retomber sur son siège, la mine figée. Therese froissa lentement sa feuille en se mordant les lèvres. Elle savait ce qu'éprouvait son amie et avait conscience de lui avoir rendu un fort mauvais service en griffonnant la réponse pour elle. Elles s'étaient toutes les deux couvertes de honte, et Wulff les aurait d'autant plus à l'œil pendant les examens.

— Mesdemoiselles et messieurs, je ne puis que vous recommander chaudement de participer régulièrement aux examens blancs. Pour la plupart d'entre vous, l'épreuve réelle ne tardera plus.

Wulff jeta un nouveau regard éloquent à Marie et Therese.

— Et vous avez encore la possibilité de vous épargner ce tourment.

Le cours terminé, elles remballèrent en silence cahiers et crayons, enfilèrent leurs manteaux miteux et se dirigèrent côte à côte vers la sortie.

— Je suis désolée, je ne voulais pas t'embarrasser, commença Therese.

Marie regardait droit devant elle ; sans ralentir, elle haussa simplement les épaules.

— Peu importe. De toute façon, depuis le début, c'est moi l'idiote de service.

— N'importe quoi ! protesta Therese en lui donnant un coup de coude.

— Si seulement j'avais écouté ma mère et étais devenue puéricultrice au lieu de me lancer dans ces études de droit ! Peut-être que je finirai par le faire quand même, ajouta Marie.

Therese s'arrêta. Une poignée d'étudiants les bousculèrent légèrement en remontant les marches de l'amphithéâtre. Deux d'entre eux avaient une cicatrice très visible sur une joue ; ils étaient sans doute membres d'une confrérie pratiquant la *Mensur*, le duel au sabre. Même si ces groupements étaient officiellement interdits, tout le monde savait qu'ils avaient réapparu depuis longtemps. Pour les étudiants masculins, ils présentaient un avantage inestimable en ces temps de crise du logement : les confréries mettaient à disposition de leurs membres des chambres dans des foyers. L'un d'eux, un blond aux cheveux gominés, murmura à Therese et Marie :

— Alors, mesdemoiselles ? Wulff vous avait une fois de plus dans le collimateur, aujourd'hui. C'est pas une sinécure, avec lui, non ?

— Occupez-vous de vos affaires, monsieur Hammer, siffla Therese en voyant Marie blêmir encore.

Il l'ignora et poursuivit, nonchalamment appuyé au dossier d'un siège :

— Quand sortirez-vous enfin avec moi, mademoiselle von Prignitz ?

Marie prit une profonde inspiration mais ne trouva rien d'autre à répliquer que :

— Vous pouvez toujours courir !

— Pourquoi vous infligez-vous tous ces tourments ? Épousez-moi, et votre quête d'un assesseur sera enfin finie !

— Espèce d'idiot ! contra Marie.

— Pourquoi faut-il absolument que vous étudiiez le droit ? fit un autre. Au bout du compte, vous deviendrez femmes au foyer de toute façon.

Il tira une pipe de sa poche et se la planta au coin des lèvres, très décontracté. Le troisième l'attrapa par le bras.

— Dépêche-toi, il faut qu'on y aille !

La plupart avaient déjà quitté l'amphithéâtre pour arriver à l'heure au cours suivant ; il se tenait à quelques rues de là, dans une des anciennes villas de Dahlem qui appartenaient au campus. La pause était brève. Les deux jeunes femmes virent leurs camarades filer. Marie s'apprêtait à les suivre quand Therese la retint et la fit doucement pivoter vers elle.

— Ne prends pas ça trop à cœur !

— Tu ne vois rien ou tu ne veux rien voir ? Ils pensent tous la même chose ! J'en ai vraiment ras-le-bol. Je laisse tomber !

— Tu arrêtes tes études ? Au sixième semestre ? Tu n'es pas sérieuse !

Elle observa le visage clair et lisse de sa camarade, presque parfait à l'exception de son nez légèrement en trompette. Une pensée traversa l'esprit de Therese : si Marie arrête, je vais devoir supporter ça toute seule !

— Marie, c'est bientôt fini ! Tu as déjà tenu le coup pendant si longtemps, tu as réussi tous les examens. Si tu arrêtes maintenant, tu te seras donné tout ce mal pour rien.

— D'abord, je les ai seulement réussis grâce à ton aide, ensuite, Wulff est loin d'être le seul à penser que je n'ai rien à faire ici, et enfin, j'échouerai de toute façon à l'examen d'État.

— Mais non ! Évidemment que tu y arriveras !

Marie se détourna et reprit son chemin à pas lents.

— Wulff a raison. Plus j'y pense, plus je me rends compte que je n'ai pas ma place ici. Le cours de droit constitutionnel, en tout cas, je m'en passe.

Therese chercha en vain une réponse adéquate. Plus elle réfléchissait, plus elle devait s'avouer que Marie n'était guère faite pour une carrière de juriste. Elle-même était convaincue qu'elle ne voudrait jamais exercer d'autre métier que juge, mais elle avait senti dès le début que son amie n'avait pas choisi cette voie par conviction profonde. Et pour être honnête, Therese aurait dû reconnaître que c'était en grande partie par égoïsme qu'elle lui débitait ces compliments : Marie était très éloquente et largement à la hauteur, même si elle n'était peut-être pas la meilleure en matière de logique. On disait toujours qu'il n'était pas indispensable de maîtriser ces deux qualités à la perfection pour être un bon juriste. Et puis, elle était très intelligente. Therese se mordit les lèvres. Son amie avait certes de l'esprit, du répondant, et était tout sauf idiote, mais était-elle vraiment brillante ? Le premier examen d'État et, plus tard, le stage juridique ne seraient-ils pas surtout une torture pour elle ?

Bien sûr que si ! lui souffla une voix intérieure. Ce n'était pourtant pas le moment de l'écouter.

— Et n'as-tu donc aucune fierté, Marie ? termina-t-elle.

Elles venaient de traverser les dalles carrées du parvis et d'atteindre la rue. Therese jeta un coup d'œil à sa petite montre-bracelet. Elle aurait dû se trouver au cours suivant depuis longtemps.

— N'essaie pas de prendre le métro, il n'y en a pas aujourd'hui, dit-elle.

Marie hocha la tête.

— Je sais ! Un déminage.

Elles attendirent le bus un moment un silence. Un vent d'est glacial remonta l'avenue, leur mettant les larmes aux yeux et faisant voler leurs jupes de laine. Elles se tournèrent vers le côté d'où viendrait le bus. Quelques villas anciennes du quartier de Dahlem avaient survécu à la guerre comme par miracle, mais le terrain en face du bâtiment principal, l'ancien institut de la société Kaiser-Wilhelm, était en friche ; aucun mur, aucune bâtisse n'arrêtait le vent. Malgré le froid et le panneau « Entrée interdite », des enfants y jouaient. La guerre était finie depuis huit ans et, grâce à l'aide du plan Marshall, les travaux de reconstruction avaient commencé dès la fin des années 1940. Les Berlinois avaient déblayé soixante-quinze millions de mètres cubes de gravats pour en faire du matériel de construction, et entassé des montagnes de décombres. Pourtant des ruines s'élevaient encore, percées de fenêtres vides par où sifflait le vent. De nombreux enfants nés en ville n'avaient jamais vu de rue intacte. Les terrains couverts d'éboulis, témoins de l'abominable catastrophe des années passées, leur servaient d'aires de jeu avec leurs mauvaises herbes, leurs sentiers et leurs buissons sauvages. Sur le trottoir, quelqu'un avait planté de jeunes arbres dans les parterres où, jadis, des hêtres majestueux étendaient leurs branches, offrant de l'ombre pendant les étés caniculaires et coupant le vent durant les hivers glaciaux. À la fin de la guerre, on avait faim et le bois de chauffage manquait. La ville en porterait encore longtemps les marques : le parc de Tiergarten avait disparu dans les fourneaux, tout comme une grande partie de la forêt de Grunewald, et les arbres centenaires de certaines rues avaient fini dans les poêles à charbon des Berlinois désespérés. Les troncs minces de leurs successeurs, bien moins solides que les tuteurs auxquels ils étaient attachés, paraissaient fragiles et vulnérables. Les bourrasques ébouriffaient impitoyablement leurs branches délicates sur le point de bourgeonner. Quand le soleil du printemps chasserait-il enfin l'hiver gris et froid de 1953 ?

Therese tendit une main pour redresser le revers du manteau de Marie, puis elle souffla sur ses doigts. Toutes deux trimballaient en permanence leur énorme recueil de lois, surnommé « la brique » par les étudiants à cause de sa reliure rouge, et ne pouvaient donc pas enfouir les mains dans leurs poches pour les réchauffer.

— Des gants et une écharpe, ce serait pas mal, mais j'ai encore oublié les miens à la maison.

— Moi, j'ai perdu mes gants dans le métro la semaine dernière, ajouta Therese. Allez, Marie. Au moins, dans l'amphithéâtre, il fait chaud ! Plus qu'un cours, et demain on fête la fermeture du réfectoire provisoire, cette vieille bicoque... Pas question de rater ça !

Même si elle imaginait déjà les réactions de leurs camarades quand elles arriveraient toutes deux en retard au cours de droit constitutionnel, elle ajouta :

— Et puis le professeur Sternberg est plus aimable que les autres.

Marie regarda Therese droit dans les yeux, comme pour y déceler ses arrière-pensées. Therese s'efforça d'afficher une mine innocente afin de chasser les doutes de son amie. Elles s'étaient souvent retrouvées dans cette situation. Elle ne pouvait pas lui offrir de sourire d'encouragement ; son visage était bien trop difforme. La seule chose qui pouvait aider était l'honnêteté.

— Tu penses vraiment que je devrais continuer, Therese ? demanda Marie en hésitant. Ou tu dis seulement ça pour ne pas te retrouver la seule fille de notre promotion ?

Therese mit dans ses yeux bruns toute l'amertume que déclenchait en elle l'idée d'un cursus et d'un examen sans son amie.

— Oui, tu as raison, Marie. Je ne veux pas être seule. Mais c'est aussi pour toi. Tu ne peux pas abandonner ! Reviens-moi ! souffla-t-elle.

Au loin, le bus à étage approchait.

— Le voilà, dit Therese, déçue.

Elle n'avait plus le temps de convaincre Marie. En voyant le numéro affiché au-dessus du pare-brise, elle reprit espoir.

— C'est le 16 ! Il passe par le Ku'damm, il ne va pas dans ta direction. Tu ne vas quand même pas continuer à attendre le 11 dans le froid ? Qui sait quand il viendra. Tu seras gelée, d'ici là.

Marie secoua la tête.

— Non, ça dure trop longtemps. Je ferai un détour, c'est tout.

Juste avant de mettre le pied sur le premier échelon de métal, Marie se retourna vers Therese.

— Enfin, mademoiselle, vous bloquez le passage ! s'exclama un étudiant plus âgé, agacé.

Marie s'écarta pour le laisser passer.

— À bientôt, Therese !

Celle-ci déglutit puis répondit d'une voix ferme :

— À demain, Marie ! Promets-le-moi.

Comme celle-ci ne réagissait pas, elle ajouta :

— Ne me laisse pas seule avec ces chacals !

Marie écarquilla les yeux puis, après une brève hésitation :

— Bon, d'accord. C'est pas juste, mais je reste !

Therese sourit, consciente que son visage prenait une expression grotesque. Elle vit dans les yeux de Marie le bref reflet de pitié habituel, comme chaque fois qu'elle ne maîtrisait pas sa mimique.

— Je le fais seulement pour toi !

Les portières du bus se refermèrent dans un sifflement assourdissant et il redémarra en une saccade. En effet, ce n'est sans doute pas juste, se dit Therese en le regardant s'éloigner. Le jaune pâle de sa carrosserie se fondit dans le ciel laiteux quand il prit la direction de l'ouest. Elle se retourna et consulta de nouveau sa montre. 11 h 30 !

— Il faut vraiment qu'on se dépêche !

La petite villa de la Boltzmannstraße était à cinq minutes de marche. Elles remontèrent un peu leurs jupes et se mirent à courir.

Le professeur Sternberg s'interrompit quand elles entrèrent dans l'amphithéâtre improvisé, l'ancienne salle de séjour d'une villa Art nouveau, puis il désigna de la tête les chaises libres, dans une des rangées du fond, et poursuivit sa phrasc sans plus sc soucicr d'elles. Therese sentit aussitôt une chaleur bienfaisante se répandre en elle. Un poêle à bois ronflait dans un coin de la pièce lambrissée, et les nombreux étudiants contribuaient eux aussi à réchauffer l'air. Elle dut même ôter son manteau. Quand son voisin tendit la main pour l'aider, elle le regarda avec surprise. Alors seulement, elle remarqua le bleu roi éclatant du pull-over ; c'était le même jeune homme que ce matin. Elle connaissait son nom depuis longtemps, sa promotion ne comptant que quatre-vingts étudiants. Mais jamais encore il ne lui avait prêté la moindre attention.

— Encore le métro ? demanda-t-il avec un sourire gentil.

Therese baissa la tête et déplia la minuscule tablette intégrée à l'accoudoir de son siège. Elle n'était pas habituée à ce qu'un camarade fasse preuve d'amabilité à son égard. Comment réagir ? Elle posa son bloc-notes, sortit son stylo et fit mine de boire les paroles de l'enseignant. Surtout, ne pas sourire, se tança-t-elle. Sinon il ne me regardera plus jamais.

Gisela

— Engelmann embauche des couturières.

Anna Liedke posa le journal ouvert à la page des petites annonces devant sa fille, sur la table de la cuisine. En voyant Gisela lever les yeux au ciel, elle ajouta :

— Je sais ce que tu vas me dire. Mais c'est une maison de couture bien établie, qui reste une bonne adresse !

Tandis que Gisela lisait l'annonce entourée au crayon bleu, Anna coupa une tranche de pain, la beurra et y disposa quatre rondelles de salami. Sa fille releva la tête.

— Quatre rondelles ? Tu cherches à me soudoyer ?

Anna haussa les épaules sans répondre puis coupa la tartine en quatre et poussa l'assiette vers Gisela, sur la nappe en toile cirée à rayures vertes.

— Engelmann ! Ça a toujours été synonyme de ringardise, reprit Gisela. « Nous recherchons deux couturières et une apprentie pour notre section confection pour dames, à compter du 1er avril. »

Anna se tourna vers la cuisinière et tisonna les braises, puis elle déplaça les anneaux du fourneau et y posa la bouilloire.

— Tu veux que j'aille chercher du charbon ? demanda Gisela.

Le seau en fer-blanc était presque vide.

— Plus tard, peut-être. Pour le moment, j'ai encore assez de briquettes.

— Il serait vraiment temps qu'on ait un fourneau électrique, maman. Même Mme Kalinke en a un. Ça facilite tellement le quotidien !

— Je sais que pour le moment, tu as d'autres choses en tête, dit Anna sans réagir à sa remarque. Ton mariage, ta robe, le logement de la famille de Felix... Mais il faut bien que vous ayez de quoi vivre !

Elle s'essuya les mains sur son tablier et repoussa une mèche grise derrière son oreille.

— Il y a un numéro de téléphone. Tu devrais appeler tout de suite !

Gisela prit un morceau de tartine et y mordit à belles dents. Elle savait qu'elle devait d'urgence trouver un nouveau poste : son employeuse lui avait annoncé qu'elle partait à Hambourg, chez sa sœur. Elle allait fermer l'atelier de couture et Gisela se retrouverait sans emploi. Felix, son fiancé, était encore étudiant, et même s'il passerait bientôt son examen, il ne pouvait pas subvenir aux besoins de la famille pour le moment. Comment trouveraient-ils un logement sans revenu ? Pourtant, fallait-il vraiment que ce soit Engelmann ? En son for intérieur, Gisela échafaudait déjà des plans. Elle rêvait d'une place dans une des maisons de couture chics qui ouvraient à Berlin les unes après les autres. Elle avait tant d'idées nouvelles en tête, envie de créer des modèles élégants, voire extravagants ! Une mode audacieuse, pas des robes quelconques et vieillottes. On trouvait enfin de nouveaux tissus, et quels tissus !

— Ce n'est pas ce dont tu rêves, je le sais bien. Tu préférerais une maison telle que Horn ou un couturier du genre de Heinz Oestergaard, reprit Anna comme si elle lisait dans les pensées de sa fille. Et crois-moi, je te comprends parfaitement.

Elle s'assit à côté de Gisela sur le banc de la cuisine et posa la main sur la sienne.

— Moi aussi, à l'époque, c'était ce que je voulais. Dans les années 1920, je mourais d'envie de participer à la création de vêtements modernes. J'étais si impatiente de coudre ces robes magnifiques en mousseline fluide, à taille basse et franges, ou en tissu très fin tissé d'or, et les bandeaux pour le front auxquels on fixait des plumes d'autruche... C'était une époque incroyable.

La bouilloire se mit à siffler et Anna se leva.

— Mais on ne trouve pas tous les jours d'offres d'emploi d'entreprises aussi bien établies, et encore moins chez les stars de la mode dont tu rêves. Vous n'avez qu'un revenu, Gisela, Felix ne gagne pas encore sa vie. (Elle prit la bouilloire et se retourna.) Ne me comprends pas mal, je ne lui fais aucun reproche, il est encore étudiant.

Gisela observa sa mère. Elle avait presque cinquante-quatre ans ; depuis quelques années, elle paraissait de plus en plus fragile – ses cheveux argentés, son visage si mince... Rien ne révélait la volonté et la force immenses grâce auxquelles elle leur avait fait traverser ces terribles années. Pourtant, les apparences étaient trompeuses. Anna pouvait encore se montrer remarquablement tenace.

— Ce ne serait que temporaire, Gisela. Ton deuxième poste à une bonne adresse, qui te permettra ensuite de poser ta candidature chez les plus grands.

La jeune fille hocha la tête, les lèvres serrées. Elle savait que sa mère avait raison, mais rien ne l'attirait dans cette maison de confection désuète.

— Et si tu recommençais, toi ? dit-elle à voix très basse.

Anna la regarda sans répondre.

— Maman... Liedke Couture..., poursuivit Gisela en élevant un peu le ton. Nous pourrions faire revivre la maison, avec tante Ida, tante Emma et tante Dora, comme avant... Tu créais des modèles géniaux avec tante Ida et tes sœurs, vous aviez tellement de succès, pense au chemisier doré !

— Tais-toi ! la coupa brusquement Anna.

Gisela vit que sa mère était bouleversée.

— Je ne veux plus en entendre parler.

En voyant sa fille tressaillir, elle ajouta d'une voix plus douce :

— Ida habite à Munich dans la famille de son mari, Dora est à Brême. Emma ne coud plus depuis longtemps. C'est terminé pour de bon.

Elle se détourna abruptement et porta les doigts à la base de son nez. Gisela savait que c'était vain. Jusqu'à présent, ses timides tentatives pour convaincre sa mère de se relancer dans la confection avaient échoué.

Elle relut l'offre d'emploi. Juste en dessous se trouvaient les avis de recherche et les annonces de la Croix-Rouge. De nombreuses personnes étaient encore en quête de membres de leur famille dont les tumultes de la guerre les avaient séparées. Elle replia soigneusement le journal et lissa la première page, désireuse de détendre l'atmosphère. C'est alors qu'elle vit le gros titre en une.

— Oh, tu as vu ça, maman ? Staline est mort !

Anna hocha la tête ; elle remuait les lèvres en comptant les cuillerées de vrai café qu'elle mettait dans le filtre en porcelaine. Cela n'empêcha pas Gisela de lire à voix haute l'article du *Berliner Morgenpost* :

— « Hier matin, l'agence de presse nationale TASS a publié un communiqué du gouvernement sur la maladie du chef du Kremlin : le comité central du

PCUS et le Conseil des ministres de l'URSS annoncent le malheur qui touche notre parti et notre peuple, la maladie grave du camarade Staline. » (Elle leva les yeux et répéta « camarade ».) Ce jargon des communistes, vraiment ! « Staline a subi dans la nuit du 1er au 2 mars une hémorragie cérébrale dans son appartement de Moscou. Les meilleurs médecins ont été appelés au chevet du camarade Staline mais sont restés impuissants. Au matin du 5 mars, notre chef de gouvernement Joseph Staline s'est endormi paisiblement. Le peuple russe tout entier est en deuil. »

— Encore un criminel qui va rôtir en enfer avec... tu sais qui, commenta Anna.

Elle versa l'eau bouillante dans le filtre et l'arôme du café fraîchement passé se répandit aussitôt dans la cuisine.

— Hum, fit Gisela.

Elle regarda sa mère droit dans ses yeux gris-bleu. Sans avoir besoin de se le dire, les deux femmes considéraient toujours cette odeur comme le summum du luxe dont elles avaient été longtemps privées. Gisela observa de nouveau la une du journal en se demandant si la nouvelle de la mort de Staline la touchait d'une quelconque façon, mais rien ne la liait à lui. Sur la photo, les traits de son visage se mêlèrent à ceux, très flous, d'un unique soldat soviétique. Ça s'était passé un jour d'avril 1945, dans la cave, exactement quatre étages sous leurs pieds. Pire encore pour elle : sa sœur, Anita, s'était suicidée quelque temps après. Sa mère et elle n'en avaient jamais parlé ; pourtant, en cet instant, elle vit clairement dans les yeux d'Anna la souffrance, ancienne mais intense.

Je sais. À moi aussi, elle me manque infiniment.

Les mots se formèrent dans sa gorge sans parvenir à franchir ses lèvres. Ça suffit ! se dit-elle. La mort d'Anita remontait à huit ans. Elle ne voulait plus penser à cette horrible époque. Gisela retourna brusquement le journal et le frappa du plat de la main.

— Maman, conclut-elle, Engelmann, ce n'est pas pour moi, voilà tout.

Gisela descendit deux stations trop tôt et dut faire un bon bout de chemin à pied. En cette fin d'après-midi, le vent frais annonçait un changement de temps et amenait des nuages gris de l'est. Pourvu qu'il ne se mette pas à pleuvoir, pensa-t-elle en ouvrant son sac à main. Elle fut soulagée d'y trouver sa capuche de pluie transparente. Sa permanente, une fois mouillée, pouvait vite se changer en une tignasse peu élégante. Le quartier de Charlottenbourg avait changé depuis la dernière fois qu'elle y était venue. Sur le chemin de la Tauentzienstraße, elle s'arrêta devant la boutique de luminaires Mösch et admira les lampes aux airs de pochettes-surprises jaunes illuminées de l'intérieur. À la maroquinerie Goldpfeil, elle vit des sacs à main très originaux, vernis, noirs et blancs et ornés de rubans. Elle observa une paire d'escarpins à talons aiguilles dans la vitrine du chausseur Leiser puis jeta un coup d'œil à ses propres souliers éculés. Quand pourrait-elle donc s'offrir des escarpins d'une telle élégance ? Les vêtements chics, elle se les cousait elle-même, mais les chaussures ? Depuis la réouverture du KaDeWe, le grand magasin de l'Ouest, de nombreuses boutiques étaient revenues sur la Tauentzienstraße et le Kurfürstendamm. Beaucoup d'anciens propriétaires semblaient avoir attendu cela, une sorte de coup d'envoi d'une nouvelle ère. Comme au tournant du siècle, le grand magasin jadis incontournable était redevenu un pôle d'attraction qui garantissait des flots de clients. À mesure que les surfaces de vente du KaDeWe grandissaient, le nombre de boutiques entre l'église du Souvenir et la Wittenbergplatz augmentait.

L'église en ruine aurait dû être rasée, mais les Berlinois avaient protesté avec véhémence, refusant qu'on leur enlève ce symbole de l'ouest de leur ville. À présent, un architecte de renom était en train d'en faire un monument commémoratif contre la guerre. Le désert de décombres de l'après-guerre s'était transformé en un quartier marchand florissant. Gisela percevait clairement la fièvre consommatrice revenue sur le Ku'damm. Elle la trouvait contagieuse, et cela améliora son humeur. Peut-être sa mère avait-elle eu une bonne idée de l'envoyer chez Engelmann ; si seulement cela pouvait lui ouvrir les portes du nouveau paradis de la mode du Kurfürstendamm.

La vitrine ne faisait que huit mètres de large. Gisela examina d'un œil expert les trois mannequins articulés vêtus de la collection de printemps. L'un portait un ensemble en jersey vert foncé, avec une jupe au mollet un peu trop longue qui tombait comme un sac. L'autre était affublé d'une robe à motifs marron clair dont la jupe parapluie pendouillait, évoquant plutôt un tablier, et le troisième d'un twin-set beige sur un pantalon de laine grossier.

L'optimisme de Gisela s'envola d'un coup. Les modèles ternes de la vitrine ornée du nom ENGELMANN en lettres dorées dépassaient ses pires craintes. Pourtant, maintenant qu'elle était là... Avant d'entrer, elle tenta de contrôler son reflet dans la vitre, humecta ses index et lissa ses sourcils sombres et arqués. Plus personne ne les épilait en lignes très fines, comme quelques années plus tôt. Son visage large aux pommettes hautes était typique des origines slaves des habitants de la forêt de la Sprée. C'était en tout cas ce que lui disait toujours son grand-père quand elle allait le voir à Vetschau, lorsqu'elle était petite. Elle tenait aussi ses yeux bleu clair de ce côté de la famille.

Gisela passa à son bras son petit sac à main avec fermoir à cliquet et remit de l'ordre dans ses cheveux mi-longs ébouriffés par le vent. Puis elle poussa la porte, déclenchant un « ding-dong » sonore. Aussitôt, une vendeuse leva les yeux vers elle et la salua d'un ton réservé. Vêtue de manière aussi peu flatteuse que les mannequins de la vitrine, elle parut évaluer la nouvelle venue en l'espace de quelques secondes. Elle observa la silhouette mince de Gisela, glissa de sa veste de tailleur cintrée à son étroite jupe crayon au genou, ses bas très fins et ses chaussures à petits talons, avant de remonter. Gisela, consciente du piètre aspect de ses souliers, mit instinctivement un pied derrière l'autre. Quand leurs regards se croisèrent, la vendeuse s'était déjà fait une opinion, et il était clair qu'elle ne voyait pas en Gisela de cliente potentielle. Peut-être avait-elle noté que ses vêtements étaient trop élégants pour cette boutique, leur coupe trop extravagante, mais coupés dans un tissu bas de gamme et portés avec des chaussures éculées, ou bien elle l'éliminait d'office, la trouvant trop jeune et donc pas assez riche. Quoi qu'il en soit, elle demanda avec condescendance :

— Vous désirez ?

— Je viens pour un entretien d'embauche...

La mine de la vendeuse s'assombrit encore plus. Elle fit mine de ne rien savoir.

— J'ai téléphoné, ajouta Gisela.

— Bon, répliqua la vendeuse comme si elle lui faisait une faveur, venez.

Elle traversa la pièce, bien plus grande qu'elle n'en avait l'air depuis l'extérieur, ouvrit une porte marron et guida Gisela jusqu'à la cage d'escalier.

— Premier étage, deuxième porte à droite, dit-elle en désignant les marches en travertin gris.

Avant de retourner dans l'espace de vente, elle lança encore :

— Mais frappez avant d'entrer !

Gisela posa le pied sur la première marche, désemparée par la froideur de la vendeuse. De toute façon, je ne veux pas de ce poste, alors pourquoi être aussi nerveuse ? se dit-elle pour s'encourager. En montant, elle entendit un bruit familier venir du premier étage. Le cliquetis des machines à coudre avait accompagné toute son enfance. Dans le modeste atelier de confection de leur salon, la mère de Gisela, avec ses sœurs, ses amies et quelques employées, avait créé des pièces pour les grands magasins berlinois, et notamment pour le célèbre KaDeWe. Ce staccato régulier avait toujours eu sur Gisela un effet apaisant et réconfortant. Quand les machines Singer cliquetaient assidûment, tout allait bien. Si elles s'arrêtaient, alors le malheur menaçait. Et juste au moment où elle atteignit le palier du premier étage, le cliquetis s'arrêta d'un coup.

— Qu'est-ce que c'est que ça ? lança une sévère voix masculine.

Gisela avança sur la pointe des pieds dans sa direction. Une porte était entrebâillée, elle l'ignora et poursuivit vers une large fenêtre ouverte sur une salle. Une bonne trentaine de couturières étaient assises à leurs machines, toutes vêtues de blouses blanches identiques. Elles regardaient une femme imposante, aux cheveux montés en choucroute, debout à l'extrémité de la pièce. Les sourcils froncés, elle brandissait une manche de chemisier inachevée. Même depuis sa place, Gisela voyait distinctement que les coutures de la fine étoffe blanche étaient froncées.

— Ce n'est pas une couture, c'est une monstruosité ! pesta la femme.

Elle avait des allures de souveraine intraitable. Et elle avait raison, hélas. Gisela s'étonna que cette voix profonde soit la sienne, en contraste total avec sa silhouette féminine. Son chemisier vert se tendait sur son énorme poitrine, ses bras étaient boudinés dans ses manches. Quelle créature hors du commun !

— Mademoiselle Lehmann ! Ne vous ai-je pas expliqué une bonne centaine de fois la manière d'empêcher le tissu de froncer ?

Une couturière dont Gisela ne vit que la queue-de-cheval brune se balancer hocha la tête, intimidée, et répondit :

— Oui, je sais, mais ça recommence toujours. J'ai défait la couture au moins cinq fois, madame Helmer.

— Précisément ! Jusqu'à ce qu'il ne reste plus rien de ce tissu hors de prix ! Six marks cinquante le mètre ! (Mme Helmer scruta ses couturières l'une après l'autre.) Quelqu'un sait-il ce qu'il faut faire ?

Au bout de plusieurs secondes, une des femmes leva la main et attendit que Mme Helmer l'interpelle.

— Oui, mademoiselle Schwan !

C'est encore pire qu'à l'école, ici, pensa Gisela, sur le point de tourner les talons. Elle n'avait aucune envie de travailler dans une ambiance pareille. Après tout, elle était couturière diplômée. Toutefois, curieuse d'entendre la réponse puis la réaction de l'imposante patronne, elle ne bougea pas.

— Il faut vérifier si on peut vraiment laisser travailler le transporteur de la machine, déclara une femme à la permanente blonde, ou si on pousse ou on tire le tissu pendant la couture. Mieux vaut éviter de le faire, sinon la couture risque d'être froncée ou ondulée.

— Très bien ! dit Mme Helmer avec un regard bienveillant.

Elle se retourna vers Mlle Lehmann :

— Réessayez sans tirer ni pousser !

— Je sais, objecta celle-ci craintivement. Mais je suis sûre de n'avoir ni tiré ni poussé. Le tissu est fin et glissant, impossible à maîtriser.

Cette fois, Mme Helmer tordit les lèvres. Manifestement, elle n'aimait guère être contredite.

— Il faut mettre un intercalaire en feutrine ou en papier de soie..., laissa soudain échapper Gisela.

Toutes les têtes se tournèrent vers elle d'un coup. La blonde Mlle Schwan, ainsi privée de son avantage, lui jeta un coup d'œil plein de mépris. Mme Helmer l'observa, les sourcils dressés. Gisela se dirigea vers la porte et entra dans la salle.

— Si on travaille sur un tissu très fin, on peut avoir besoin de stabiliser la zone de la couture avec une couche de feutrine. On peut aussi essayer d'utiliser un intercalaire en papier de soie ou en papier à patrons, conclut-elle d'une voix ferme.

Mme Helmer resta un instant impassible, puis un léger sourire se dessina sur son visage. Enfin, elle commenta :

— Ce n'est pas bête du tout. Puis-je savoir qui vous êtes ?

— Gisela Liedke. J'ai appelé...

Comme Mme Helmer ne disait rien, elle ajouta doucement :

— Pour l'offre d'emploi.

— Eh bien, au moins, vous n'avez pas l'air de manquer de confiance en vous. (Elle rendit sa manche à Mlle Lehmann.) Essayez avec du papier de soie puis venez me montrer le résultat. (Puis, à Gisela :) Quant à vous, suivez-moi dans mon bureau.

Gisela oscillait entre le rire et les larmes. L'entretien d'embauche n'avait été qu'une formalité. Après une brève discussion et la présentation de son diplôme, elle avait été engagée comme nouvelle couturière de la maison de confection Engelmann. En repassant devant la salle de couture, elle jeta de nouveau un coup d'œil par la vitre. Les employées travaillaient en silence sur leurs machines, zélées comme des abeilles. Voilà donc son nouveau poste. À partir du 1er avril 1953, elle coudrait ici chaque jour des vêtements vieillots pour femmes aisées de plus de quarante ans. Une perspective peu réjouissante. Dans le petit atelier de couture où elle avait effectué son apprentissage, on était au moins autorisé à discuter pendant le travail, l'ambiance était agréable et le temps passait vite. Et si elle revenait sur sa décision ? Mais alors, que dirait-elle à sa mère ? Elle aperçut la grande pendule au mur de la salle. Déjà 18 heures ! Felix et elle étaient invités à la pendaison de crémaillère d'un ami étudiant et elle ne voulait pas y aller les mains vides. Elle courut le long du couloir et dévala les marches de travertin, qui lui parurent encore plus grises qu'à son arrivée. Quand elle repassa par le magasin, la vendeuse, occupée à servir une cliente âgée, fit mine de ne pas la voir.

Gisela courut vers la petite épicerie qu'elle avait aperçue en venant pour l'atteindre avant la fermeture. Elle eut de la chance : le propriétaire, un homme rougeaud, était en train de ranger un grand panneau publicitaire pour les glaces Moha. Il la laissa entrer.

— Tiens donc, une si jolie jeune fille, on va pas la laisser mourir de faim, dit-il gentiment.

Gisela le remercia puis examina la marchandise. Depuis la réforme monétaire, les étagères étaient de nouveau bien remplies, et même si cela remontait à déjà cinq ans, elle en éprouvait encore une joie enfantine. Tout ce qui avait tant manqué jadis était aujourd'hui disponible, sans file d'attente, en échange de deutsche marks « durs » ou, pour des sommes bien plus élevées, en marks est-allemands : beurre, viande, légumes, mais aussi casseroles ou chambres à air de vélo. Des marchandises dont on n'avait jusqu'alors pu que rêver. N'ayant pas grand-chose dans son porte-monnaie, elle n'acheta qu'un petit pain gris à quatre-vingt-quinze pfennigs et un paquet de sel pour un mark dix. Elle compta soigneusement les pièces et les posa dans une coupelle en plastique.

— Et vous comptez vous rassasier avec ça ? demanda le vendeur. Pas étonnant que vous soyez si maigrelette.

— Mais non, c'est pour une crémaillère, expliqua Gisela. Vous savez bien : du pain et du sel…

Il secoua la tête, intrigué, puis la regarda descendre l'escalier du métro. Un vendeur de fleurs se tenait dans le long couloir au carrelage blanc sale, et elle lui échangea ses derniers pfennigs contre un bouquet de dix tulipes rouges. Puis, entendant la rame entrer dans la station, elle courut jusqu'au quai.

Ne devrait-elle pas repasser chez elle ? La Zwiestädter Straße n'était qu'à deux pas. Elle observa les visages gris des femmes assises en face d'elle, certaines les yeux fermés. Sa mère s'affairait sûrement encore à la cuisine. Depuis des jours, elle ne s'occupait de rien d'autre que des préparatifs de la noce de Gisela et Felix. Elle mettait des harengs à mariner, cousait de longues bandes de tissu pour en faire des nappes, lavait et amidonnait les draps pour les invités qui dormiraient sur place. Elle en eut un coup au cœur, sa mauvaise conscience lui disait clairement : passe donc à la maison, juste un moment ! Toutefois, une pensée la retint. Si elle racontait son entretien d'embauche à Anna, sa décision serait scellée et elle ne pourrait plus revenir en arrière. Sa mère la pousserait à accepter cette place, et Gisela voulait se laisser au moins jusqu'au lendemain pour s'y résoudre. Alors, après le travail, elle aiderait de nouveau sa mère aux préparatifs.

La nuit commençait déjà à tomber quand elle atteignit le petit immeuble de location au bout de la Winterfeldstraße. Les premiers lampadaires s'allumèrent. En traversant la rue, elle aperçut du coin de l'œil une berline grise garée là, deux hommes à chapeau à son bord. Elle chercha en vain sur les sonnettes le nom de l'ami étudiant de Felix puis vit un feuillet avec une inscription manuscrite : *Wetzel, 4e étage, la porte est ouverte !* Avant d'entrer, elle se retourna encore discrètement, mais les deux hommes ne faisaient pas mine de descendre de voiture.

Therese

Therese enfonça sa clé dans la serrure et entendit une autre porte s'ouvrir sur le palier. Une ombre apparut dans l'entrebâillement.

— Bonsoir, madame Neumann, dit Therese d'une voix forte.

Alors seulement, la voisine se montra, un filet par-dessus ses bigoudis. Mme Neumann la dévisagea d'un air méfiant, lui rendit son salut avec réserve puis referma sa porte. Therese secoua la tête et rentra chez elle. Dès le jour de son emménagement, quand elle était arrivée avec sa petite valise, les voisins l'avaient questionnée avec curiosité. Par simplicité, elle avait prétendu être la nièce de Leonhard Händel. Impossible d'avouer qu'elle était sa fille, née d'une relation adultère entre lui et sa mère, Charlotte Trotha. Comme ils ne portaient pas le même nom, on aurait vite deviné la nature inconvenante de leur lien familial. Elle commençait toutefois à se douter que, justement de ce fait, Mme Neumann soupçonnait même pire encore.

Therese posa le pied sur le vieux parquet pont-de-bateau. Elle aimait beaucoup les grincements qu'émettait le bois usé dès qu'on s'y déplaçait. Cela lui rappelait toujours la maison familiale, Feltin, qui se trouvait désormais sur le territoire de la République démocratique allemande. Elle aurait tant voulu rester là-bas, où elle était née, avait grandi, fréquenté l'école voisine. Leur vie était rythmée au printemps par les semailles, en été par les moissons. Jamais elle n'aurait pu s'imaginer vivre dans une grande ville dévastée par les bombes, sans l'odeur des vaches pendant la traite, sans les œufs frais de leurs innombrables poules, sans sa famille. Ses grands-parents, sa mère Charlotte, sa sœur et un de ses frères vivaient encore à Feltin ; toutefois, depuis l'expropriation, ils n'occupaient qu'un minuscule appartement de l'ancien bâtiment des employés. Elle suspendit son manteau à une patère, permettant un instant à la nostalgie de la gagner. Pourquoi la submergeait-elle aujourd'hui ? Sans doute à cause de l'humiliation infligée par Wulff. La crainte que Marie mette sa menace à exécution et abandonne ses études avait encore aggravé l'humeur mélancolique de Therese.

Une lueur perçait à travers la double porte en verre dépoli du bureau de son père. Elle frappa brièvement et poussa les deux battants. La pièce avait l'odeur de valises ou de caisses restées longtemps fermées. Il lui tournait le dos, assis à son bureau, voûté. Comme toujours, la table était envahie de dossiers, de livres ouverts et de recueils de lois. Aujourd'hui, il avait même empilé des classeurs marron par terre et sur quelques chaises.

— Bonsoir, paps.

Elle avait pris l'habitude de nommer ainsi Leonhard Händel, son père naturel, pour le démarquer de son père nourricier Ernst Trotha, qu'elle avait appelé papa. Sa mère ne lui avait avoué la vérité qu'après son dix-huitième anniversaire. Lorsque l'État ouvrier-paysan de RDA lui avait interdit de faire des études parce que Ernst Trotha avait été officier de la Wehrmacht et qu'elle était en plus originaire d'une famille de grands propriétaires terriens, elle s'était inscrite sans tergiverser à l'université libre de Berlin et avait emménagé chez son père dans une rue proche du Kurfürstendamm. Leonhard Händel avait compris peu après la fin de la guerre que, en tant qu'avocat et notaire, il ne pourrait pas gagner sa vie dans la zone occupée par les Soviétiques. Berlin-Ouest lui avait paru plus adéquat, et le vaste appartement de la Fasanenstraße, restée à peu près intacte, était idéal pour son nouveau cabinet.

Therese passa un bras autour de ses épaules voûtées, caressa la laine rugueuse de son gilet et déposa un baiser sur sa joue ridée. Leo arracha méticuleusement un petit morceau de papier d'un bloc-notes et le glissa entre deux pages de l'épais volume qu'il était en train de feuilleter. Il le referma, ôta ses lunettes vieillottes et tapota la main de sa fille posée sur son épaule.

— Bonsoir, Therese. Alors, comment se sont passés les cours, aujourd'hui ?

Il fit pivoter vers elle sa chaise en bois, qui couina doucement. Therese roula des yeux ; son regard tomba sur le plafond orné de stuc d'où pendait une ampoule nue, sans abat-jour. Le contraste entre la rosette de plâtre sophistiquée et le câble noir qui en émergeait était étrange. Elle prit une profonde inspiration, prête à lui raconter l'incident avec le professeur Wulff et son amie Marie, quand une pensée désagréable la retint. Son père la comprendrait-il ou penserait-il qu'elles étaient trop susceptibles ? Pire encore, risquait-il de ne pas la croire ? Au fond de son cœur, elle savait qu'il ne voulait entendre que des bonnes nouvelles, des nouvelles de ses progrès.

— Très bien, répondit-elle.

À ce mensonge, une boule se forma dans sa gorge. Elle chercha un sujet de conversation plus anodin.

— Demain, on inaugure le nouveau réfectoire. Un bâtiment moderne, j'espère moins bondé que la vieille bicoque où on mangeait jusqu'ici.

— Bien, bien, répondit Leo. Le principal, c'est qu'on y fasse de la bonne cuisine.

Therese savait ce qu'il voulait dire. Les apparences ne l'intéressaient plus depuis longtemps. L'architecture, l'aménagement, les vêtements, tout cela l'indifférait. Cela n'avait pas toujours été le cas, sa mère Charlotte le lui avait raconté. Jadis, quand il venait les voir à Feltin, Leonhard Händel était systématiquement habillé et coiffé à la dernière mode ; c'était un des premiers hommes de son entourage à utiliser une eau de toilette de qualité. Il avait fini par épouser une des plus belles femmes de Leipzig, sa tante Edith, à moitié juive, la cousine de Charlotte. Therese posa les yeux sur les mains de son père, ses doigts qui tripotaient un crayon vert foncé, ses paumes blanches et douces. Jamais ces mains n'avaient accompli de travail physique, tout le contraire de celles de sa mère qui, au cours de deux guerres, avait participé à toutes les corvées de la ferme.

— Tu as un nouveau client ? demanda-t-elle.

Son père fronça les sourcils et s'enfonça dans son siège. Visiblement, son affaire du moment l'occupait tout entier. À Berlin, il fallait exercer comme avocat pendant trois ans pour obtenir une homologation de notaire. Durant cette période d'attente, il avait accepté presque tout ce qu'on lui avait proposé. Alors qu'à Chemnitz et Leipzig, il s'était essentiellement consacré au droit immobilier, ses activités ouest-berlinoises s'étaient de plus en plus déplacées vers le droit pénal. Au début, cela lui avait beaucoup coûté. Il ne connaissait pas les pratiques de ce domaine, ses clients et les procureurs étaient souvent grossiers, et il avait subi plusieurs revers. Toutefois, son travail minutieux lui avait permis de remporter quelques affaires qui paraissaient désespérées, et peu à peu, il s'était fait un nom comme avocat de la défense. Quand, l'année précédente, il avait enfin pu obtenir son homologation de notaire, il l'avait juste demandée pour la forme.

— Ça va t'intéresser : un homicide et des aveux suivis d'une rétractation, dit-il en lui tendant un dossier orange. Je te montre ça car je sais que tu n'as pas les nerfs fragiles.

— « Rapport d'autopsie », lut-elle en ouvrant la couverture cartonnée.

Sur des photos en noir et blanc extrêmement nettes, elle vit des gros plans de blessures par balles. Elle tourna les pages sans s'attarder sur les clichés du cadavre d'homme, les nombreux points d'impact bordés de sang, les orifices de sortie de balles au pourtour déchiqueté. Les images étaient éprouvantes ; elle referma le dossier et le rendit à Leo sans comprendre pourquoi il les lui montrait. Comme il la connaissait mal s'il pensait que de telles images ne la touchaient pas ! Pourraient-ils jamais rattraper les années de son enfance qu'ils avaient passées loin l'un de l'autre ? En cet instant où Therese avait tant besoin de réconfort et de chaleur, il lui montrait des photos de cadavre.

— Il a été littéralement criblé de balles, reprit Leo prosaïquement.

Il n'avait pas le moins du monde perçu son dégoût, et elle ne voulait d'ailleurs trahir aucune faiblesse.

— Dire que tu ne t'occupes plus que de crimes capitaux, et de ton plein gré… N'est-ce pas… (Elle chercha un instant la bonne expression, pour ne pas le vexer.) … inférieur à ton niveau ?

Il haussa les sourcils. Therese était toujours debout près de sa chaise ; son estomac gronda légèrement mais Leo ne parut pas l'entendre.

— Désolé, dit-il sans plus la regarder. Je pensais qu'un coup d'œil pratique pourrait t'être utile ; après tout, au plus tard pendant ton stage, tu devras passer par la pathologie.

Il chercha une place libre sur son bureau, en vain, et finit par poser le classeur sur une pile de documents. Puis il se tourna vers elle et désigna le fauteuil tapissé de Gobelin, dans l'angle, entre deux bibliothèques surchargées.

— Tu peux enlever les vieux bouquins, là, si tu veux t'asseoir.

Therese aurait préféré aller à la cuisine préparer le dîner, elle devait encore passer la soirée à étudier, mais il lui semblait que son père avait quelque chose sur le cœur. Elle poussa la pile de livres vers le fond du siège et s'assit au bord.

— Tu savais que ta mère vient à Berlin ?

C'était donc ça.

— Oui, bien sûr, elle vient au mariage de Felix. C'est tout de même son fils aîné !

— Ce n'est pas ce que je veux dire. Elle vient s'installer à Berlin pour de bon.

Therese perçut un changement chez son père. Alors qu'il était jusqu'à présent resté assis, voûté, sur son siège de bureau inconfortable, il se redressa soudain et releva le menton. Ses yeux avaient retrouvé leur éclat.

— Et elle a demandé à me voir, acheva-t-il à voix basse.

Therese le dévisagea. Espérait-il que Charlotte lui revienne ?

— Ce serait étrange qu'elle ne veuille pas te voir alors que j'habite chez toi, fit-elle.

Leo, paraissant ne pas vouloir l'entendre, secoua la tête et tira de la poche de sa veste une lettre sur papier gris. Quand il la déplia, Therese vit qu'il avait déjà dû la lire plusieurs fois.

— Ils n'ont plus que du papier de la pire qualité, dans la Zone, c'est une honte. Jadis, Lotte n'écrivait que sur du papier très raffiné.

— Ah, paps, ça te va bien de dire ça ! Comme si des détails tels que la qualité d'une feuille de papier t'intéressaient encore.

Therese ne put réprimer un petit sourire mais redevint aussitôt sérieuse en voyant dans les yeux de Leo le trouble que provoquait son visage tordu. Bien qu'il soit son père, il ne parvenait pas à se défaire de sa gêne.

— Tu voulais me la lire ? demanda-t-elle.

Elle fit mine de ne pas remarquer son coup d'œil embarrassé. Depuis l'enfance, elle s'était habituée au malaise que le spectacle de sa cicatrice provoquait chez les autres.

Il leva la missive à hauteur de ses yeux. Il faisait maintenant nuit noire ; l'ampoule du plafond et la petite lampe de bureau ne donnaient qu'une lumière insuffisante. Therese se leva et lui tendit ses lunettes.

— Elle commence bien sûr par demander de tes nouvelles et s'enquérir du progrès de tes études. (Il chaussa maladroitement ses lunettes.) Puis elle écrit qu'ils ne peuvent pas emporter grand-chose de Feltin, même si leur séjour à Berlin doit durer.

Approchant la lettre très près de ses yeux, malgré ses lunettes, il lut à voix haute :

— « … un retour dans mon pays bien-aimé ne sera hélas pas possible dans un avenir proche. » (Puis, de nouveau tourné vers Therese :) Quels tristes adieux. Pour moi, ça a été beaucoup plus facile, je n'ai jamais possédé de terres.

Therese déglutit. Elle savait à quel point sa mère souffrirait de quitter Feltin définitivement. Leo lut la fin de la lettre :

— « ... et je serais très heureuse de te revoir, Leo. Je te serais reconnaissante de proposer un endroit où nous retrouver, car je ne connais pas Berlin. Dans l'attente de ta réponse, je t'envoie mes salutations les plus chaleureuses, ta Lotte. » (Il reposa la lettre :) Elle pourrait habiter chez nous, temporairement.

Voilà donc ce qu'il avait en tête. Il croyait vraiment qu'elle lui reviendrait. Était-ce imaginable ? Charlotte s'engagerait-elle de nouveau avec lui ? Therese observa son père, ses cheveux grisonnants mais toujours épais. Comme ses yeux brillaient ! Sa mère attendait pourtant toujours Ernst, elle n'avait pas perdu l'espoir que son mari revienne.

— Ne te fais pas d'illusions, dit-elle, consciente que ses mots durent paraître froids et cruels à Leo. Elle habitera chez Anna Liedke, la belle-mère de Felix.

Elle se leva, incapable de supporter son expression blessée. Mais que gagnerait-il à continuer à rêver ainsi ?

— Je meurs de faim. Tu as déjà dîné, paps ?

Il secoua lentement la tête sans pouvoir masquer sa profonde déception.

— Et puis, que crois-tu que diraient les voisins si elle venait s'installer ici à son tour ? Vous n'êtes pas mariés. (Tout en se dirigeant vers la cuisine, elle lança encore :) Moi, tu peux me présenter comme ta nièce, ça passe encore à peu près, bien que Mme Neumann ait l'air de plus en plus méfiante chaque fois que je la croise. As-tu l'intention de raconter que maman est ta sœur ?

— Quels voisins ? dit-il en repliant lentement la lettre. Je ne connais personne, ici, et je n'ai aucune envie de faire la connaissance de qui que ce soit.

Gisela

Elle fut accueillie dans la cage d'escalier par une odeur pénétrante de harengs frits et d'oignons et se rendit compte qu'elle n'avait rien mangé depuis le matin. Des éclats de jazz, des rires et des clameurs venaient d'en haut. Apparemment, la crémaillère battait déjà son plein, chose très inhabituelle pour une fête étudiante. Aux soirées où Felix l'avait emmenée jusqu'à présent, les choses sérieuses n'avaient jamais commencé avant 22 heures. Au quatrième étage, le vacarme était assourdissant. Étonnant que les voisins ne se plaignent pas !

La porte de l'appartement était entrebâillée. Gisela entra dans le couloir et faillit trébucher sur les souliers étalés partout. « Enlevez vos chaussures ! » exigeait une note collée à la porte. Ça aussi, c'était insolite ; en ces temps de vaches maigres, personne n'était disposé à abandonner son unique paire de chaussures dans un couloir quelconque. Le risque était trop grand, si elles étaient dans un état correct, de trouver à leur place en revenant des savates aux semelles trouées. Pourtant, Gisela se pencha pour ôter ses escarpins et les déposa près d'une paire tout aussi usée.

— Quelle apparition lumineuse dans notre modeste bicoque ! lança un jeune homme.

Il venait de surgir dans le couloir, un peu vacillant, une cigarette au coin de la bouche. Sa chemise ouverte jusqu'à la taille dépassait de son pantalon. Sa cravate rayée reposait lâchement autour de son cou et il était coiffé d'un chapeau de travers.

— Je suis Dieter, annonça-t-il en dévisageant Gisela avec intérêt.

Il tendit la main pour la saluer puis, en voyant qu'elle hésitait, les yeux fixés sur son torse nu, il marmonna une excuse et entreprit de se reboutonner.

— Nous sommes un peu déchaînés, aujourd'hui, il faut nous comprendre : une journée pareille, ça s'arrose comme il se doit.

Quand il eut remis de l'ordre dans ses vêtements, il lui tendit de nouveau la main.

— Reprenons. Vous permettez ? Dieter Glöckner, dit-il avec une élégante courbette.

Gisela ne put s'empêcher de rire et répondit en lui serrant la main :

— Enchantée. Gisela Liedke.

— Ah, tu es Gilleken, que ne le disais-tu ! Ton cœur n'est donc plus à prendre, ajouta-t-il d'un ton de regret.

Il avait compris à son nom qu'elle était la fiancée de Felix, et elle perdait d'un coup tout intérêt pour lui. Il fit volte-face et lança d'une voix forte vers le fond de l'appartement :

— Kasimir ! Va te recoiffer ! Une visiteuse de marque pour toi !

Il appuya sa déclaration d'une sorte de cri de guerre indien.

— Je vous précède, suivez-moi à bonne distance ! dit-il à Gisela, repassant soudain au vous.

Elle le regarda avec étonnement.

— Je vous prie de nous excuser, nous sommes vraiment un peu turbulents, ce soir.

Il tendit le bras en un geste d'invitation et repartit, toujours vacillant, vers une porte d'où s'échappaient de la fumée et le son d'une trompette de jazz. Gisela s'arrêta sur le seuil du salon, stupéfaite. Le spectacle était saugrenu : les meubles avaient été poussés contre les murs et une bonne vingtaine de jeunes fêtards étaient assis ou debout dans la petite pièce, munis de verres de cuisine remplis de diverses boissons alcoolisées. Un mélange d'alcool, de fumée et de sueur flottait dans l'air, les fenêtres étaient embuées, et on avait roulé le tapis pour dégager une piste de danse au milieu du plancher usé. Près de la porte, un tourne-disque était posé sur un carton retourné. Ce n'étaient pas des couples qui dansaient mais uniquement des hommes, dont Felix. Dieter, qui venait de l'accueillir, rejoignit les autres. Ils avaient tous la chemise déboutonnée et sortie du pantalon, et la plupart portaient un chapeau ; l'un d'eux avait même un casque colonial sur la tête, un autre un képi d'uniforme. Felix ne parut pas remarquer Gisela. Ils tournaient en rond en sautillant en une sorte de danse d'Indiens. Ils sc courbaient, s'étiraient, levaient les genoux et poussaient de temps à autre le même cri de guerre que Dieter dans le couloir. Ils tournaient autour d'un objet posé au milieu de la pièce. Gisela constata qu'il s'agissait d'une cuvette de toilette. Six bougies brûlaient, fixées sur le rebord avec de la cire.

— Les gars délirent complètement, ce soir ! expliqua une femme qui dépassait Gisela d'au moins une demi-tête. Mais il faut les comprendre : Günther et trois autres ont survécu au chaudron de Stalingrad.

Elle comprit alors que cette folle ambiance devait être liée à l'annonce de la mort du dictateur soviétique. La grande femme aux cheveux ondulés avec soin, adossée au mur près de la porte, tira sur sa cigarette. Gisela admira sa parfaite silhouette en sablier. Suivant la mode, elle avait souligné son tour de poitrine déjà imposant d'un soutien-gorge à bouts pointus, sur lequel elle portait un pull-over moulant assorti d'une jupe volante.

— Je m'appelle Pim ! annonça-t-elle en lui tendant la main. Tu es sûrement Gilleken.

Gisela observa son visage pas vraiment joli, sa bouche trop large au sourire chaleureux. Pim lui fut sur-le-champ sympathique.

— Tu veux que je les mette dans de l'eau ? s'enquit celle-ci en désignant de la tête les tulipes rouges que Gisela portait sous le bras.

Les fleurs pendouillaient déjà tristement. Alors seulement, elle repensa au sachet qui contenait le pain et le sel. Elle hocha la tête et répéta « Pim ? » d'un ton interrogateur tout en lui serrant la main.

Pim s'empara du bouquet.

— En fait, je m'appelle Elisabeth, mais j'aime tellement les Pim's... (Voyant l'air intrigué de Gisela, elle expliqua :) Tu sais, ces gâteaux irrésistibles, tout moelleux... une génoise, de la gelée d'orange et du chocolat noir... (Elle fit signe à une femme assise sur une chaise près de la fenêtre.) Hatmut ! Envoie les gâteaux ! Elle n'a jamais mangé de Pim's ! ajouta-t-elle en désignant Gisela du pouce.

Hatmut, cheveux courts et frange encore plus courte, hocha la tête. Elle prit une assiette sur un guéridon et traversa la pièce en évitant de justesse les danseurs de plus en plus déchaînés. Elle portait un corsaire étroit, alors très à la mode pour les femmes et surnommé Capri, référence à la passion naissante des Allemands pour l'Italie. Rien à voir avec les pantalons informes des « femmes des décombres ».

Hatmut tendit l'assiette à Gisela.

— Tiens, goûte. C'est l'alimentation principale de Pim, c'est pour ça qu'il n'en reste presque plus.

Gisela mordit dans un biscuit. Pim l'observait avec attention, comme une souris de laboratoire à qui elle aurait injecté un médicament. Hatmut, elle, semblait plutôt indifférente.

— Alors ? s'enquit Pim, impatiente. Sensas, non ?

Gisela déglutit :

— C'est très bon...

— Mais ? insista Pim.

— Honnêtement, je ne mange pas beaucoup de sucreries.

Pim était visiblement très déçue, et Gisela se désola d'être aussi peu diplomate. Sans savoir pourquoi, elle ne voulait surtout pas vexer sa nouvelle connaissance.

— Pour être franche, j'ai surtout envie de hareng aux oignons, avoua-t-elle. Ça sentait tellement bon, dans l'escalier.

Pim écarquilla les yeux.

— Il fallait le dire tout de suite ! Hatmut et moi, on en a préparé ce midi. En fait, on voulait les manger à minuit, mais je vais t'en chercher.

Elle était sur le point de faire volte-face quand la musique se tut d'un coup. Une voix virile lança : « Satchmooo ! » Le disque était terminé, les hommes arrêtèrent de danser.

Felix, hors d'haleine, rejoignit Gisela, l'attrapa par la taille et lui posa son chapeau sur la tête.

— Ah, tu viens enfin me saluer ! fit-elle, faussement vexée.

Elle saisit sa cravate, l'attira vers elle, et ils s'embrassèrent à pleine bouche.

— Ah, que ça doit être beau, l'amour, commenta Günther en s'approchant.

C'était un type compact et tout en nerfs. Il dut tendre le cou pour embrasser Pim sur la bouche, sa nouvelle petite amie.

— Bah, tu pues le schnaps, dit-elle en le repoussant et en agitant la main devant son visage.

— Je regrette, bafouilla Günther, mais notre vénéré camarade Staline a crevé comme un rat et il faut arroser ça dignement.

Il salua Gisela d'une courbette exagérée.

— Tiens, dit celle-ci en lui tendant le sachet de papier. Tant que tu auras du sel et du pain, les tourments resteront au loin ! Félicitations, Günther !

Celui-ci regarda dans le sac puis en sortit le pain gris et le paquet de sel bleu et blanc pour les brandir en l'air comme des trophées. Il dit à Felix :

— Vraiment, Kasimir, chapeau ! Quelle merveille que cette jeune femme ! Même si j'ai été obligé de quitter notre sublime demeure commune à cause d'elle. Gilleken est la première invitée qui sait comment se comporter à une pendaison de crémaillère.

— J'ai très bien entendu ! lança Pim, rieuse.

— Je suis désolée de t'avoir chassé de chez Felix. Tu aurais pu rester jusqu'à notre mariage, dit Gisela, sincèrement contrite.

Günther avait passé plusieurs mois dans la chambre d'étudiant de Felix depuis que le mari de son ancienne maîtresse, un boulanger, l'avait mis à la porte de leur nid d'amour. Il eut un geste de dénégation et saisit la bouteille d'eau-de-vie que lui tendait Dieter.

— Bah, n'en parlons plus. Après tout, c'est en cherchant une nouvelle piaule que j'ai rencontré cette délicieuse créature.

Il passa le bras autour de la taille de Pim et l'attira à lui.

— Qu'est-ce que vous buvez comme piquette ? s'enquit celle-ci.

Elle saisit la bouteille sans étiquette, renifla le goulot et fit la grimace.

— Pouah !

— C'est un schnaps russe absolument exquis ; je l'ai échangé contre quelques sacs de farine que mon ex m'a pour ainsi dire offerts en cadeau d'adieu.

— En fait, il a d'abord piqué la femme du boulanger, puis sa farine, précisa Dieter.

Pim secoua la tête d'un air réprobateur.

— Je ne veux rien savoir ! Faites attention à ne pas vous rendre aveugles avec ce machin. Moi, je n'en boirai pas de mon plein gré, en tout cas.

Avant que quiconque ait le temps de répondre, on mit un nouveau disque et des accords très différents surgirent du petit haut-parleur. « Écoute la guitare chanter, qui sait pour qui elle pousse sa douce ritournelle… », lança la voix charmeuse de Gerhard Wendland.

— M'accordez-vous cette danse ? demanda Günther en tendant la main à Gisela. Tu permets, n'est-ce pas ? ajouta-t-il à l'intention de Felix.

Celui-ci hocha la tête.

— Seulement si vous enlevez du passage cette affreuse cuvette de W.-C., objecta la jeune femme. Qu'est-ce que ça veut dire, d'ailleurs ?

Elle observa l'objet de plus près et vit une photographie de Joseph Staline collée au fond.

— Ce salopard a au moins autant de morts qu'Adolf sur la conscience, expliqua Günther en voyant le regard perplexe de Gisela.

Il souffla les bougies et claqua des doigts ; deux fêtards emportèrent la cuvette dehors. L'un d'eux avait un cache-œil, l'autre boitait.

— Rainer a perdu son œil à Stalingrad, reprit Günther. Une grenade soviétique a déchiqueté la jambe gauche de Wolfgang, moi, j'ai eu cinq orteils gelés, et ne me demande surtout pas combien de camarades ont disparu dans cette antichambre de l'enfer.

Gisela garda le silence, bouleversée, sans oser objecter que c'était la Wehrmacht qui avait agressé les Soviétiques. Combien de temps les souffrances de la guerre perdureraient-elles encore ? Elle baissa machinalement les yeux et vit en effet que le pied droit de Günther, en chaussette noire, était plus court que l'autre de quelques centimètres.

« Qu'est-ce qui attire les hommes comme un aimant ? » lança-t-il soudain à gorge déployée, chantant en chœur, pour ne pas gâcher l'ambiance. Il appuya ses mains sur sa poitrine en un geste théâtral, avec un coup d'œil languissant à Gisela. Plusieurs couples se formèrent sur la petite piste de danse. Felix invita Pim, Dieter prit la main de Hatmut, et tous hurlèrent le refrain : « Seules les jambes de Dolores empêchent les *señores* d'aller dormir… »

— Tu danses aussi très bien sans tes orteils, lui souffla Gisela à l'oreille.

— Crois-moi, sans ça, Staline n'aurait pas survécu huit ans à la guerre, répondit Günther.

Puis il leva le bras très haut pour la faire virevolter.

Il était plus de 1 heure du matin quand Felix et Gisela se retrouvèrent dans la rue, bras dessus bras dessous. L'air était glacé, le ciel étoilé. Felix avançait en vacillant et Gisela devait le soutenir un peu. Il aurait mieux valu qu'il passe la nuit sur le canapé du nouvel appartement de Günther, pensa-t-elle. Mais Felix avait insisté pour la raccompagner chez elle.

— Tu vois ça ? demanda-t-il, la voix pâteuse, en s'arrêtant.

Il désigna la lune presque pleine au-dessus du bâtiment noir de la station de métro. Sa lueur baignait la place d'une lumière jaune pâle irréelle.

— C'est d'une beauté macabre, dit Gisela.

Ils restèrent là un moment, s'imprégnant de l'étrange atmosphère.

— On m'a proposé un emploi, aujourd'hui, annonça-t-elle quand ils se remirent en route. Dans une maison de confection bien établie… Ça s'appelle Engelmann. Je peux commencer le 1er avril.

— C'est formidable ! s'exclama Felix.

Il la prit par la taille et la souleva.

— C'est bon, c'est bon, laisse-moi descendre.

Gisela gigota jusqu'à ce qu'il la repose doucement sur le trottoir.

— Tu sens les harengs à l'oignon, dit-il en souriant.

— Et toi le schnaps, rétorqua-t-elle, pincée.

— Qu'est-ce qui se passe ? demanda-t-il en percevant sa mauvaise humeur.

— Je ne sais pas si je dois accepter. Même si c'est un bon poste et que la paie n'est pas mauvaise.

Felix lui prit la main. Il s'apprêtait à lui poser une autre question quand ils entendirent une voiture approcher derrière eux. Le moteur grondait mais ils ne virent pas de phares ; ils s'allumèrent seulement quand le véhicule gris fut presque à leur hauteur. La voiture les dépassa lentement.

— Une IFA F9, dit Felix à voix basse. Qu'est-ce qu'elle fait ici, à l'Ouest ?

Les sièges avant étaient occupés par deux hommes coiffés de chapeaux ; les jeunes gens ne purent en voir davantage à la faible lueur des lampadaires.

— Oui, c'est bizarre, à une heure pareille, approuva Gisela.

Les rues étaient quasi désertes. Elle pensa soudain qu'il pouvait s'agir de la même voiture que celle qu'elle avait vue en début de soirée devant l'immeuble de Günther. Le conducteur accéléra d'un coup et le véhicule s'éloigna dans un crissement de pneus. Ils le regardèrent en secouant la tête.

— Tu y comprends quelque chose ? demanda Gisela.

Felix haussa les épaules.

— Rien du tout.

Il la prit par le bras et l'entraîna.

— Vois donc les choses comme ça, Gilleken, reprit-il. Ton travail sera juste temporaire, le temps que j'obtienne mon diplôme et que je puisse subvenir à nos besoins.

Gisela observa son profil à la lueur de la lanterne sous laquelle ils passaient. Son front haut et bombé, ses boucles brun clair. Ses joues s'étaient étoffées depuis leur rencontre, au printemps précédent. Cela lui allait bien, son nez trop long en paraissait moins proéminent. Elle le prit à son tour par le bras et répondit :

— Oui, c'est aussi ce que dit maman. Ce sera un bon point de départ pour poser ma candidature auprès des grandes maisons de mode.

— Des grandes maisons de mode ? Mais pour quoi faire ? répliqua Felix un peu trop fort.

Gisela lui jeta un coup d'œil étonné et mit sa réaction exagérée sur le compte de l'alcool. En temps normal, il ne buvait presque rien.

— Eh bien, pour progresser, Felix. J'ai commencé ma formation de couturière pour gagner ma vie et pour avoir droit à plus de coupons alimentaires, c'est vrai. On crevait tous de faim, à l'époque. Mais tu sais bien à quel point j'aime coudre, essayer de reproduire les robes et les chemisiers que je vois dans les boutiques… C'est ma passion. C'est ce que je veux faire !

— Quand j'aurai mon premier poste, je ne gagnerai sans doute pas une fortune, mais ça suffira pour deux, tu n'auras pas à t'en faire. Tu n'auras plus à t'occuper que du ménage, de moi et des enfants.

Sa voix était à présent très claire, plus du tout celle d'un homme saoul. Il semblait penser ce qu'il disait.

— Le ménage, les enfants... On a encore le temps. Nous sommes si jeunes, Felix.

— Tiens donc ? Pourquoi on se marie, alors ?

Elle le scruta pour tenter de comprendre s'il était vraiment sérieux. Il semblait avoir dégrisé d'un coup. Les noces devaient avoir lieu un mois plus tard, et si jusqu'à présent elle les avait attendues avec impatience, elle n'était soudain plus aussi sûre d'elle. Ils s'arrêtèrent dans la Zwiestädter Straße, devant le porche du numéro 8. La façade grise était toute sombre, seul un faible éclairage perçait d'une fenêtre du troisième étage. Gisela savait que sa mère l'avait laissé allumé pour elle. De toute façon, elle était sûrement une fois de plus incapable de dormir, attendant le claquement de la porte.

— On ferait mieux d'en reparler une autre fois.

Quand il se pencha pour l'embrasser, elle garda les lèvres serrées. Remarquant son humeur froide, il murmura avant de se détourner pour repartir :

— Bonne nuit, dors bien.

Le cœur gros, Gisela monta les marches menant chez elle en repensant aux paroles de sa mère : « Ne vous séparez jamais sur une dispute. »

C'était pourtant exactement ce qu'ils venaient de faire.

Therese

Therese n'avait qu'un souvenir très vague de sa tante Edith, plus basé sur les récits et les descriptions de sa mère que sur des rencontres réelles : elle ne l'avait vue qu'une fois, petite. Elle fut d'autant plus étonnée de la reconnaître sur-le-champ au milieu de la foule qui descendait du train en provenance de Hambourg. Edith était la fille de Salomon Liebermann et de la grand-tante de Therese, Cäcilie, elle-même sœur de son grand-père Richard Feltin. La jeune fille s'étonna de voir à quel point la femme mince et élégante qui venait vers elle sur le quai correspondait à l'image qu'elle s'en était faite. Elle portait une ample cape beige clair et un petit chapeau posé de biais sur ses cheveux courts. Tout près d'elle avançait une femme plus petite, fluette, aux cheveux relevés en chignon, dont la posture très droite lui donnait l'air d'une ballerine. Elles ressemblaient toutes deux à l'idée qu'elle avait de New-Yorkaises cultivées. Même Therese s'aperçut que leurs vêtements étaient d'excellente qualité.

— Elle vient avec une amie, pas un mari ! murmura-t-elle.

Elle se tourna vers son demi-frère Felix, debout près d'elle. Il haussa les épaules.

— Elle a juste écrit qu'elle viendrait accompagnée, sans préciser de qui.

— Mais j'ai réservé une chambre double, à la pension ! J'espère qu'ils pourront la changer en deux simples, chuchota-t-elle.

Felix regardait droit devant lui, impassible. À mesure que leur tante approchait, un mélange de joie et de tension envahit Therese. Comment se passeraient ses retrouvailles avec la cousine de sa mère ?

Quand elles ne furent plus qu'à un mètre l'une de l'autre, Edith s'arrêta et ouvrit les bras. Le destin n'avait pas toujours été tendre avec elle, et pourtant les années semblaient avoir passé sans laisser beaucoup de traces. Elle devait avoir cinquante-cinq ans, un peu plus que Charlotte. Malgré sa peau très fine, translucide, elle n'avait pas une ride. Sur son visage de forme classique, sa lèvre supérieure en forme de cœur n'était sans doute plus aussi pleine que jadis. C'était, avec les yeux bleu clair typiques des Feltin, la seule ressemblance entre les deux cousines.

— Therese, Felix ! s'exclama-t-elle.

— Tante Edith !

Elle serra d'abord longuement Therese dans ses bras, puis s'éloigna un peu pour la regarder. La jeune femme crut deviner ses pensées en la voyant observer ses yeux marron, ceux de Leo, et la cicatrice près de son oreille. Toutefois, elle ne fit aucun commentaire et se tourna vers Felix :

— Quel beau et grand jeune homme tu es devenu ! De qui tiens-tu donc tes bouclettes ?

Elle tendit la main vers ses cheveux mais la recula en le voyant tressaillir.

— Mon filleul que je n'ai presque jamais vu. Tu étais un bébé adorable, et voilà que tu te maries déjà.

Promenant autour d'elle un regard scrutateur, elle sembla seulement remarquer les autres voyageurs et leurs porteurs qui les dépassaient à la hâte.

— Tu n'as pas emmené ta fiancée ? Je pensais faire sa connaissance aujourd'hui.

Felix avait ôté son chapeau pour la saluer, et en pétrissait le bord.

— Gisela travaille, aujourd'hui, mais tu la verras très bientôt, tante Edith, c'est promis.

— Ah, laisse donc ce mot stupide de « tante », fit Edith avec un petit geste de la main. Ça me fait me sentir encore plus vieille que je ne le suis déjà !

Elle prit enfin le bras de sa compagne de voyage, qui s'était tenue un peu en retrait.

— Puis-je vous présenter mon amie Gwendolyn ?

Elle lui présenta Therese et Felix, en anglais. Gwendolyn leur serra la main avec un sourire réservé, sans ôter ses gants de cuir violets. À sa taille, une large ceinture de la même couleur resserrait une veste de tailleur dernier cri. Therese se demanda ce qu'elle savait d'eux, et ce qu'elle pensait. Son visage de poupée en porcelaine ne trahissait aucune émotion.

— Je vous emmène à l'hôtel ? Où sont vos valises ? demanda Felix en regardant autour de lui avant d'ajouter, non sans fierté : J'ai une voiture.

Il avait emprunté pour l'occasion l'Opel Olympia flambant neuve d'Erwin, le mari de Regina, la cousine de Gisela. Le convaincre de la lui prêter n'avait pas été simple.

— Volontiers, dit Edith. On se charge de nos affaires. (Elle désigna un porteur qui attendait à distance respectueuse auprès d'un chariot à bagages.) Lotte nous rejoint directement là-bas ?

— Maman n'arrive à Berlin qu'après-demain, déclara Therese avant que Felix puisse parler.

Voyant la déception de sa tante, elle ajouta :

— Je t'expliquerai plus tard. On va à l'hôtel, alors ?

Gwendolyn dit quelque chose en anglais, Felix et Therese ne comprirent que les mots allemands *Reichstag* et *porte de Brandebourg*. Edith, l'air peu enthousiaste, lui répondit avec un soupir avant de se tourner de nouveau vers Felix :

— Tu as sans doute compris que Gwendolyn est très impatiente de découvrir Berlin. Penses-tu pouvoir d'abord nous faire faire un tour en ville ? Si cela ne vous dérange pas, bien entendu.

— Le voyage ne vous a donc pas fatiguées ? s'enquit Therese, surprise. Traverser la RDA en train, avec le contrôle à la frontière, a dû prendre un temps fou. Felix dit toujours que dans la Zone, les trains ne roulent qu'à sens unique.

— Oui, ça a duré une éternité, confirma Edith avec un nouveau soupir.

Ils avancèrent sur le quai et elle agita la main devant son nez pour chasser l'odeur de diesel de la locomotive.

— Mais nous avons déjà passé deux jours à Hambourg après la longue traversée en bateau. Mes retrouvailles avec une tout autre ville, en ruine. Vous saviez que j'y avais donné un concert de violoncelle, il y a bien longtemps ?

Ils étaient arrivés sur la vaste place de la République. Partout, des gravats couverts de mousse et de lichen, des restes d'asphalte émiettés environnés d'herbes folles encore brunies par l'hiver. Ils se tournèrent vers les murs d'enceinte noirs de suie du palais du Reichstag. La vue était complètement dégagée. L'axe transversal du bâtiment, mis en valeur par l'architecture, donnait sur la place. Le vent soufflait sur le terrain vague sans qu'aucun obstacle ne le freine. Une nuée de corneilles, les ailes déployées, se laissaient porter par les bourrasques jusqu'aux saillies les plus hautes, et le monument de pierre réverbérait leurs croassements. Sur le fond de ciel bleu, les vestiges de cette bâtisse chargée d'histoire avaient des airs de mémorial. Il paraissait très paisible mais, associé à la chancellerie du Reich toute proche et au bunker du Führer, le Reichstag représentait le poste de commande des forces mêmes qui avaient jadis chassé d'Allemagne Edith et sa famille.

Celle-ci mit la main en visière et se tourna vers la porte de Brandebourg, devant laquelle s'étendait désormais la frontière intérieure où patrouillaient des soldats. Berlin était devenu la ville étendard de la compétition entre deux systèmes opposés : les Berlinois de l'Ouest avaient bravé le blocus et profitaient à présent du retour de la prospérité. Dans la partie Est, le SED[1] avait instauré le socialisme. Les urbanistes voyaient là leur chance de rebâtir radicalement Berlin. La structure historique de la ville avait disparu, des rues entières avaient été créées, des axes élargis. L'année précédente, le gouvernement de RDA avait mis en place un périmètre de sécurité le long de la frontière intérieure et renforcé les contrôles. Berlin était désormais la seule exception : si ses accès extérieurs étaient aussi fermés que la frontière « verte » qui partageait l'Allemagne, elle restait ouverte entre l'Est et l'Ouest de la ville.

Le visage d'Edith ne trahissait pas ses sentiments mais Therese la vit saisir la main de Gwendolyn pour la serrer. Ce simple geste révélait son émotion et une certaine agitation intérieure. Therese trouva insolite l'intimité qui semblait lier les deux femmes. Elle ne comprenait pas ce qu'elles se disaient en anglais mais

1. *Sozialistische Einheitspartei Deutschlands*, « Parti socialiste unifié d'Allemagne ». *(Toutes les notes sont de la traductrice.)*

distingua à plusieurs reprises le nom d'Adolf Hitler et les termes *nazis* et *socialisme*. Puis l'amie américaine de sa tante fit un mouvement sec dans leur direction de son petit menton pointu. Se faisait-elle des idées ? Ses yeux noisette s'étaient plissés ; peut-être n'était-ce dû qu'au soleil, mais il sembla à Therese percevoir une hostilité latente dans son regard.

— As-tu aussi été soldat, Felix ? demanda soudain Edith. Je sais que votre père était officier de la Wehrmacht. Tu es né en 1925, tu n'as donc pas été incorporé, n'est-ce pas ?

Therese frissonna. Elle jeta un regard en coin à son frère et vit que lui aussi était bouleversé par cette question inopinée. Bien qu'elle ait toujours vécu à ses côtés, leur relation n'était guère plus que superficielle. L'image qu'elle avait de son frère, son aîné de deux ans, avait peu à voir avec la réalité. Il n'était plus le petit garçon qui la taquinait et la harcelait parfois, mais la protégeait souvent. Felix était un adulte qui portait le fardeau de ce qu'il avait vécu pendant la guerre, tout comme elle. Elle savait simplement qu'à dix-sept ans, il avait été envoyé au *Reichsarbeitsdienst*, le service de travail du Reich, à Lidice, en Tchécoslovaquie, un village qui fut rasé sur ordre d'Hitler après l'attentat contre Reinhard Heydrich. Il était rentré de cette mission encore plus mutique qu'avant pour assister à l'enterrement de lcur arrièrc-grand-mèrc, Wilhclminc Fcltin. Edith ct son amie avaient-elles préparé une sorte de mise en accusation de sa famille ? Voulaient-elles régler des comptes ? Therese fut prise de sueurs froides à cette simple idée. Tendue à l'extrême, elle tâcha pourtant de ne rien montrer et croisa les bras en se forçant à bouger lentement. Felix parut réfléchir posément à sa réponse, qu'il ne donna que du bout des lèvres.

— Sur le conseil de mon grand-père, je me suis engagé volontairement en 1943 comme aspirant officier dans l'artillerie de marine.

Therese vit sa tante tressaillir et comprit à quel point elle était choquée. Felix le vit aussi.

— Volontairement ! répéta Edith d'un ton réprobateur.

Felix croisa les doigts devant sa poitrine et dit d'un ton suppliant :

— Mais pas pour les raisons que tu imagines peut-être.

Edith ouvrit la bouche mais il ne la laissa pas parler.

— En tant que volontaire, on pouvait choisir son unité, c'était l'idée – celle de mon père aussi, d'ailleurs. Une sorte de stratégie d'évitement du front. J'ai réussi l'examen d'entrée à l'académie militaire de Stralsund juste avant qu'elle déménage à List, à Sylt.

— Ton grand-père, mon oncle Richard, a toujours été un fin tacticien. Je suis curieuse d'entendre ce que ça a donné, répondit Edith.

Son visage s'était nettement adouci. Quand Gwendolyn la regarda d'un air interrogateur, elle dit simplement : « *I'll explain it to you later.* » Puis elle se tourna de nouveau vers Felix pour écouter la fin de son récit.

— J'ai eu de la chance ! reprit-il en enfonçant les mains dans ses poches. Alors qu'au front, c'était l'enfer, nous, à Sylt, on faisait des exercices théoriques et physiques, on apprenait le maniement de la défense antiaérienne, on enroulait des cordages, on pliait des couvertures, et parfois, on pouvait même lézarder au soleil dans les dunes.

Edith écarquilla les yeux.

— Comment est-ce possible ? Ça s'est vraiment passé comme ça ?

— Pourquoi je te mentirais ?

Du bout de sa chaussure, Felix traça des motifs dans la terre entre les herbes sèches.

— Alors la tactique de Richard pour éviter à son petit-fils de partir au front a été couronnée de succès, tout comme beaucoup de ses plans.

Soudain, Edith fit un pas en avant et attira Felix contre elle.

— Tu ne peux pas savoir à quel point je suis heureuse de l'apprendre, Felix.

Puis elle se tourna vers Therese :

— Et toi, comment as-tu vécu la domination nazie ?

La jeune femme recula instinctivement. Une bourrasque s'enroula autour de ses cheveux, qu'elle portait comme d'habitude attachés en un chignon serré sur la nuque, et en détacha quelques mèches qui vinrent lui chatouiller désagréablement le visage. Comment Edith pouvait-elle être aussi directe ? Après 1945, personne n'avait posé une telle question. Elle n'en avait jamais parlé, ni avec sa mère, ni son père, et encore moins avec ses frères et sa sœur. Sa tante venait brusquement de tirer sur le coin du voile posé sur son secret depuis de nombreuses années, et essayait de l'en arracher. Therese n'était même pas certaine que Felix sache ce qui lui était arrivé à l'époque.

La question de sa tante se fraya douloureusement un chemin dans son cerveau, allant remuer des images cachées au fond de ses recoins les plus tortueux, les plus obscurs. Son souvenir prit la forme d'un matin de juin 1944, quand la berline noire du *Gauleiter* Brandt, le responsable politique local, entra dans la cour de leur ferme, que les SS se ruèrent dans la baraque des employés pour en extirper deux travailleurs étrangers, Witec et Igor…

Ce fut Felix qui eut le réflexe d'attraper Therese par le bras quand les jambes de sa sœur se dérobèrent sous elle.

Gisela

— Quelle belle cérémonie, n'est-ce pas ?

Regina, la cousine de Gisela, prit une nouvelle portion de roulé au jambon. Quand elle y planta sa fourchette, la mayonnaise au safran jaillit des deux côtés.

— Presque aussi belle que la nôtre, pas vrai, Erwin ?

Son terne mari hocha la tête et porta sa serviette à sa bouche pleine. L'énorme morceau de hareng qu'il mastiquait vigoureusement l'empêchait de répondre. Sa belle-mère, Emma, en fut soulagée ; il aimait beaucoup trop s'écouter parler. Ils étaient assis très près l'un de l'autre, au point que leurs bras et leurs jambes ne cessaient de se frôler ; chaque fois, elle lui jetait un coup d'œil de reproche. Elle espérait qu'Anna aurait plus de chance avec Felix.

— Oui, vraiment un très beau mariage, dit-elle à la place d'Erwin. C'est juste dommage que tant de ceux que nous aimions ne soient plus là pour y assister…

— Mais on n'aurait pas pu asseoir une personne de plus dans le salon de tante Anna, s'empressa de commenter Erwin. On est déjà serrés comme des sardines !

Emma serra les lèvres face à ce manque de tact envers les membres décédés de la famille, mais s'abstint de répliquer. Elle chercha Anna du regard pour s'excuser en silence de la grossièreté de son gendre. Il avait raison, bien sûr : on était très à l'étroit. Les frères et sœurs de Felix occupaient quatre places, sa mère Charlotte une cinquième. S'y ajoutaient les sœurs d'Anna, Dora et Emma, la fille de celle-ci, Regina, avec son mari Erwin, ainsi qu'Ida et Ella, amies de longue date d'Anna. Il y avait aussi Edith, la marraine de Felix, venue pour l'occasion de New York avec son amie. Et bien sûr Günther et Pim, les témoins. La salle de séjour d'Anna, dans la Zwiestädter Straße, avait été vidée pour faire de la place au banquet. On avait mis bout à bout plusieurs tables de tailles diverses, en rehaussant certaines avec des planches. De longues bandes de tissu blanc cousues ensemble faisaient office de nappe. Des jours durant, Anna et ses sœurs avaient préparé les mets mijotés, rôtis ou marinés, des fumets tous plus appétissants les uns que les autres envahissant l'appartement de trois pièces.

— Peux-tu me passer les cornichons de la Sprée, Emma ? demanda Charlotte. Il serait temps que je les goûte, ils sont réputés dans tout le pays.

— Hélas, on n'en trouve plus aussi facilement, répondit Emma avec un soupir en lui tendant le saladier de cornichons au vinaigre. Pourquoi a-t-il donc fallu que notre belle forêt se trouve à l'Est et tombe entre les mains des Russes ?

— À qui le dis-tu, reprit Charlotte. Ça aurait été tellement mieux si Feltin s'était trouvé à l'Ouest, près de Hambourg ou en Bavière...

— Felix et Gisela auraient alors dû se marier en *dirndl* et culotte de cuir et danser le *Schuhplattler*, plaisanta Erwin.

Il ne récolta que quelques rires isolés et Therese leva les yeux au ciel. En tant que sœur la plus âgée de Felix, elle avait eu le droit de s'asseoir près de lui, à l'angle. Le couple avait bien entendu la place d'honneur, en bout de table. De sa position privilégiée, Therese pouvait observer à loisir le profil de sa belle-sœur. Elle était fascinée. À ses yeux, le beau visage aux pommettes saillantes de Gisela, ses cheveux brillants et bien coiffés, sa sublime robe de tulle blanc et satin bleu pâle lui donnaient une aura extraordinairement glamour. Elle n'était pourtant qu'une simple couturière issue d'une famille modeste, comme le lui avait expliqué sa mère, ce que confirmait la noce tenue dans le modeste appartement. Mais l'épouse de Felix était auréolée de la confiance en soi qui différencie naturellement les gens séduisants des autres. Elle ne cachait pas son amour pour Felix, lui souriait beaucoup, lui caressait la main. Quant à lui, il paraissait ensorcelé. Son frère semblait vénérer Gisela. Face à leur bonheur, Therese fut soudain submergée d'une jalousie féroce, comprenant en même temps à quel point cette pensée était méprisable. Pourtant, quand elle comparait son avenir proche à celui de Gisela, elle ne pouvait refouler la question qui la tourmentait le plus : serait-elle un jour une mariée, elle aussi ? Sa sœur cadette Bärbel, avec son visage rond et ses cheveux blonds, ne trouverait-elle pas un mari avant elle ? Un goût amer lui envahit la bouche. Elle déglutit, saisit son verre et tenta de refouler sa nausée avec une gorgée de vin fruité du Rhin. Elle détourna le regard et s'observa à la dérobée. Elle était si commune et inélégante à côté de Gisela, avec son ensemble de tous les jours vieillot, ses chaussures plates à lacets et son chignon sévère.

N'avait-elle donc rien de plus approprié à porter le jour des noces de son frère aîné ? avait demandé sa mère. Elle n'était tout de même pas indigente ! Comment espérait-elle trouver un mari si elle ne s'arrangeait pas un minimum ? Rien que cette expression, « s'arranger », horripilait toujours Therese. Elle avait sèchement répliqué que les vêtements et les apparences ne l'intéressaient pas. Elle ne possédait pas d'habits de fête, ne disposant que de moyens modestes. Ce n'était pas tout à fait vrai : son père, Leo, gagnait très bien sa vie et aurait certainement exaucé l'un ou l'autre de ses vœux. À présent, elle se reprochait de ne pas être au moins allée chez le coiffeur. Elle se serait sentie bien plus à l'aise si elle avait pu porter ses beaux cheveux bruns coiffés de frais et détachés. C'était le seul élément de son physique dont elle avait l'impression qu'il pourrait vaguement supporter la concurrence avec sa belle-sœur.

— Tout n'est pourtant pas mieux à l'Ouest, lança Klaus dans le bref silence qui venait de se faire.

C'était le seul frère de Felix à avoir décidé de rester dans la RDA nouvellement créée. Au terme de sa formation d'électricien, il avait trouvé un poste dans un combinat de Chemnitz.

— Voyez-vous ça, lança Günther avec un accent berlinois exagéré, lui qui n'était pourtant pas né là. Un fidèle du Parti.

Il jeta un regard de défi à Klaus, juste en face de lui. Après quelques verres de vin, une passe d'armes musclée était exactement ce qu'il lui fallait.

— Et qu'y a-t-il donc de mieux à l'Est qu'à l'Ouest ? Raconte, je suis tout ouïe.

Il dressa le menton. Pim lui posa une main sur le genou, sous la nappe, pour le calmer, mais Günther était lancé.

— Je passe de l'autre côté tous les quinze jours pour aller voir mes parents, je sais bien ce qu'il en est. Par exemple, depuis que la Zone est occupée par les Soviets, le train met huit heures pour relier

Zwickau à Berlin-Ouest, au lieu de trois auparavant. Et tu sais pourquoi ?

Gisela, Pim et Felix étaient parfaitement au courant, Günther ne manquant pas une occasion de se lamenter sur le sujet, mais ils gardèrent le silence pour ne pas gâcher son effet. Klaus, sans répondre, planta sa fourchette dans une tranche du rôti de porc fumant qu'Anna venait d'apporter. Günther, savourant soudain l'attention de tous les convives, se laissa aller contre le dossier de sa chaise, les bras croisés.

— Parce que les Soviets ont démonté les rails qui allaient dans le sens inverse et les ont expédiés dans l'Oural, comme tout le reste. Ils piquent tout ce qu'ils peuvent parce qu'ils n'ont pas assez d'acier là-bas ! C'est à mourir de rire. Les Bolcheviques qui nous volent notre acier allemand de chez Krupp ! Du coup, la voie ne fonctionne que dans une direction à la fois, et toutes les demi-heures, on patiente sur une voie de garage pour laisser passer le train qui vient en face. Voilà ce qu'on appelle l'économie planifiée communiste.

Il regarda autour de lui en quête d'approbation.

— Ce n'est pas du vol, comme vous l'appelez, monsieur Wetzel, c'est le bon droit des vainqueurs sur l'Allemagne nazie !

— Bon sang ! s'exclama Günther avec un sifflement faussement admiratif. Voilà qu'on en revient au *vous*, maintenant !

— Je ne tutoie pas les capitalistes.

— Non, évidemment, on ne se tutoie qu'entre camarades. Vous n'avez jamais remarqué que dans votre État ouvrier-paysan, les gens sont encore obligés de faire la queue ? Que le beurre, la viande, le sucre sont toujours rationnés, que même les fruits et légumes sont des denrées rares, que tous les biens de consommation manquent partout, alors qu'ici, à l'Ouest, nos magasins débordent de marchandises ? Ouvre donc les yeux : chez nous, il y a des chaussettes, du jambon, du schnaps, des lames de rasoir à ne plus savoir qu'en faire ! C'est qu'ici, enfin, les affaires reprennent !

— Günther ! lança Pim, embarrassée par son comportement. N'oublie pas que c'est un jour de fête !

— Mais il a raison, intervint Felix pour soutenir son ami et témoin ; et, s'adressant à son frère Klaus : Maintenant, même les paysans les plus modestes, ceux qui n'ont pas encore été expropriés comme nous, sont forcés d'intégrer leurs fermes aux coopératives de production agricole. Heiner m'a dit que toutes les fermes autour de la nôtre qui sont encore des propriétés privées, y compris celles des Schöller et des Giebler, sont sur le point d'être absorbées sans autre forme de procès par ce qu'ils appellent la propriété du peuple.

— Exactement, confirma Heiner, l'autre frère de Felix. Et si un agriculteur se rebiffe, ils augmentent tout de suite les exigences de rendement pour le mettre à genoux ; c'est ce qui est arrivé à Giebler. Il passe aussi à l'Ouest, maintenant.

— Comme la plupart, reprit Felix. Ou plutôt, comme tous ceux qui ont deux sous de jugeote et sont encore capables de mettre un pied devant l'autre.

— Et voilà pourquoi vous n'aurez bientôt plus rien à bouffer chez vous, conclut Günther, tourné vers Klaus, en se frappant la cuisse avec une joie maligne.

— C'est pas bien grave, ajouta Heiner, parce que après un exode aussi massif, vous n'aurez plus personne à nourrir.

Gisela jeta un coup d'œil à Edith, la marraine de Felix, et à sa compagne de voyage américaine. Toutes deux s'étaient figées sur leurs chaises. Avec leurs robes à motifs graphiques et leurs boucles d'oreilles voyantes, les deux femmes détonnaient. Gisela savait seulement d'Edith qu'elle était la fille de la tante de Charlotte et de son mari juif. Sa famille avait tout juste eu le temps d'émigrer aux États-Unis, en passant par la Suisse et l'Angleterre, après l'instauration des lois raciales de Nuremberg. En cet instant, son visage affichait l'incompréhension la plus totale face à la conversation en cours. Comme cette scène doit lui paraître étrange, songea la jeune mariée. Edith se pencha vers sa compagne pour lui parler à voix basse, en anglais. Gisela ne la comprenait pas, n'ayant appris aucune langue étrangère, mais il lui semblait qu'elles étaient sur le point de quitter la noce. Elle tenta discrètement de le faire remarquer à Felix en lui donnant un petit coup de genou sous la table, mais il était absorbé par la joute verbale entre Günther et Klaus. Gisela vit ce dernier se crisper de plus en plus et serrer les poings.

— Vous ne voyez même pas à quel point vous êtes endoctrinés et arrogants, se défendit-il. Et vous ne remarquez pas ce qui se passe en RFA. Avec le capitalisme, les seules choses qui comptent sont la consommation et la concurrence. Les riches deviennent de plus en plus gras, les pauvres de plus en plus pauvres, et le petit homme de la rue est le grand perdant. C'est l'exploitation de la classe ouvrière.

— Tu vois quelqu'un, ici, qui soit riche et gras ? demanda Günther en se levant d'un coup.

Il tendit le cou avec ostentation et se mit une main en visière, faisant mine de chercher quelque chose.

— Günther, mais calme-toi, enfin ! siffla Pim.

Il était maintenant cramoisi, et sa voix devenait de plus en plus sonore.

— Ou est-ce que nous faisons tous partie de la classe ouvrière exploitée ?

— Je trouve que si c'est le cas, on a plutôt la belle vie, aujourd'hui, dit Felix en se levant à son tour.

— C'est le cas de le dire, approuva Erwin en se frottant les mains.

Ida et Dora venaient d'apporter d'autres plats de la cuisine.

— C'est de la poudre aux yeux et du cynisme ! répliqua Klaus.

Pas perturbé pour deux sous, alors que les quatre autres le poussaient dans ses derniers retranchements, il posa un bras sur le dossier de son siège, très décontracté, et but une gorgée de vin, l'air parfaitement à son aise.

— Et c'est justement parce que vous le savez que vous vous excitez à ce point-là.

Il parlait d'une voix maîtrisée et sereine. Son calme apparent avait sur les autres un effet particulièrement provocant qu'il semblait savourer.

Charlotte l'observait, une fois de plus étonnée par son aveuglement. Avec sa silhouette élancée et musclée, son visage mince et ses yeux d'un bleu éclatant, il était le plus beau de ses trois fils. Mais elle s'était aussi très tôt aperçue qu'il se laissait facilement emporter par les idéologies. À l'époque déjà par le nazisme, dans les Jeunesses hitlériennes. Aujourd'hui, c'était le socialisme. Il avait même pris sa carte du SED et répétait à l'envi, sans filtre, les tirades des fonctionnaires du parti avec qui il passait de plus en plus de temps. N'avait-il donc pas vu la manière dont ils avaient traité son grand-père et toute leur propriété, obtenue à la sueur de leur front ? Elle baissa les yeux et pensa à ses parents, qu'elle avait dû abandonner à Feltin. Son père avait catégoriquement refusé de quitter ses terres, et sa mère était restée à ses côtés. Qu'allaient-ils donc devenir ?

— Et maintenant, les enfants, on arrête les discours politiques et les chamailleries !

La voix d'Anna, ferme et claire, venait soudain de s'imposer au milieu du débat houleux. Elle s'était levée, son verre à la main.

— N'oublions pas que nous avons aujourd'hui une raison de nous réjouir et de faire la fête.

Les bagarreurs se turent aussitôt. Günther et Felix se rassirent et se tournèrent vers Anna, l'air embarrassé, paraissant enfin se rendre compte que leur comportement était inacceptable. Gisela regarda sa mère avec admiration. Comme elle se tenait droite, debout du côté long de la table. Elle portait une robe crème cintrée et passepoilée de noir qui mettait en valeur sa silhouette mince sans la faire paraître maigre. Sa fille savait qu'elle l'avait dessinée et cousue elle-même en un tournemain, en plus des nombreux préparatifs de la fête. Une fois encore, elle regretta amèrement de ne pas réussir à la convaincre de se remettre à la confection. Anna restait inflexible ; elle ne lui avait jamais révélé la raison de son refus.

Anna ne se maquillait pas, et ses joues étaient rosies par la chaleur de la cuisine. Edith traduisit d'une voix douce pour son amie les paroles de la mère de la mariée. Anna attendit qu'elle ait terminé et leur adressa un hochement de tête aimable. Une fois qu'elle fut certaine d'avoir l'attention de tous, elle reprit :

— Bien sûr, c'est ton père qui aurait dû faire un discours le jour de ton mariage.

Gisela et Anna se regardèrent un moment dans les yeux, et la jeune femme dut se détourner pour ne pas être submergée par l'émotion.

— Mais comme le père de la mariée, notre cher Carl, n'est plus parmi nous, c'est moi qui vais parler à sa place, si vous le permettez.

Un murmure d'approbation traversa la salle.

— Ne vous en faites pas, je serai brève.

Elle commença par vanter les qualités du marié, comme l'aurait fait le père de Felix à propos de la mariée. Elle souligna sa joie de voir Gisela accueillie par une famille nombreuse, si sympathique, et de savoir qu'elle continuerait à exercer le métier de couturière qu'elle aimait tant.

— Pour le moment, c'est toujours elle qui assure le revenu principal du ménage, mais cela changera vite quand Felix aura obtenu son diplôme et pourra travailler.

— Vous auriez pu attendre encore quelques mois, souffla Emma à Gisela, assez fort pour que tout le monde l'entende.

Anna la fit taire d'un coup d'œil sévère. Gisela s'était aperçue que presque tous les invités avaient examiné son tour de taille avec attention. C'était précisément pour cela qu'elle avait veillé à se coudre une robe très cintrée. Que personne n'aille s'imaginer qu'ils se mariaient à la va-vite à cause d'une grossesse inopinée.

Anna reprit :

— Bien entendu, je serais heureuse que Gisela puisse à l'avenir poursuivre notre beau métier par passion et par amour de la couture.

Gisela sentit Felix gigoter nerveusement sur son siège et se tordre les mains. Elle lui jeta un regard en coin, mais il secoua imperceptiblement la tête.

— J'ai moi-même toujours travaillé dans cette branche, comme vous le savez tous. Nous ne sommes pas nées avec une aiguille entre les doigts, nous avons tout appris en partant de rien, mes sœurs et moi. (Les trois sœurs s'entreregardèrent.) Le travail sur les patrons, la machine à coudre et avec les aiguilles n'est pas toujours facile, et pour être honnête, quand vient le soir, on sait ce qu'on a fait de sa journée. (Elle posa son verre et désigna tout le salon d'un geste circulaire.) Dans la pièce où nous sommes réunis aujourd'hui se trouvait l'atelier de création de Liedke Couture, où nous avons eu jusqu'à dix machines à la fois, ainsi que notre entrepôt. À l'époque la plus florissante, nous employions plus de cinquante travailleuses indépendantes.

Elle posa les yeux sur Ida, sa collaboratrice et amie la plus fidèle, puis sur Ella, et attendit qu'Edith ait fini de traduire.

— Sans votre aide, Ida, Emma et Dora, et sans le soutien de ma meilleure amie Ella, qui nous a passé commande pendant des années quand elle était directrice du rayon confection du KaDeWe et ne nous a jamais oubliées, nous ne serions peut-être pas là aujourd'hui, car c'est cela qui nous a permis de tenir durant des temps très durs.

Ella était visiblement touchée. Elle baissa la tête, ouvrit son petit sac à main et en sortit un mouchoir dont elle tamponna ses yeux maquillés de noir. Comme toujours, son allure attirait tous les regards, même au milieu de femmes plus jeunes. Son élégance était très différente de celle des deux Américaines, sa robe noire à pois blancs boutonnée de haut en bas, à jupe volante, légèrement trop voyante. Il lui manquait la distinction discrète qui avait toujours caractérisé les créations d'Anna.

— Chère Ella, tu es et tu restes ma plus chère et ma meilleure amie.

Celle-ci était maintenant en larmes. Oubliées, leur terrible dispute et les années durant lesquelles elles ne s'étaient pas vues. Après une courte pause, Anna se tourna de nouveau vers Gisela et Felix.

— J'espère que ton Felix et toi trouverez vous aussi des amis gentils et fidèles qui, en plus de votre famille bien sûr, vous accompagneront tout au long de votre vie. Moi, un jour, je ne serai plus là. Tu as déjà perdu ton père et ta sœur aînée, ma fille chérie Anita, il y a huit ans.

Anna ferma brièvement les yeux, déglutit, puis se reprit vite :

— Ce qui compte le plus dans la vie, ce sont les gens qui nous entourent, leur fidélité, leur mentalité et la nôtre ; tout cela constitue pour ainsi dire la trame de l'existence. (Elle sourit et tourna la tête.) On dirait qu'avec Günther et Pim, vous avez déjà trouvé des amis fidèles et prêts à défendre leurs idées. C'est très bien ainsi.

Tous les convives poussèrent un soupir de soulagement, certains lancèrent des « Bravo ! ». Anna venait de les rassurer : elle ne leur tenait pas rigueur de leur dispute. Seul Klaus croisa les bras et émit un « pff » méprisant.

— Et maintenant, je lève mon verre à la santé des jeunes mariés. Qu'ils vivent heureux !

Tous l'imitèrent et s'écrièrent en chœur :

— Hourra ! Hourra ! Hourra !

Gisela et Felix ne rentrèrent que tard le soir dans la chambre d'étudiant de la Silbersteinstraße, qui serait à présent leur logement conjugal. Temporairement bien sûr, jusqu'à ce que Felix trouve son premier emploi.

Quand il lui avait demandé s'il devait la prendre dans ses bras pour lui faire franchir le seuil, Gisela avait secoué la tête avant de l'embrasser sur la joue. Vu son état d'ébriété, elle craignait qu'il ne trébuche. Il fut le premier au lit, dans son pyjama à rayures ; allongé sous l'épais édredon de plume, il l'attendait, les bras croisés derrière la tête. Quand il partageait sa chambre avec Günther, il y avait ici deux lits simples, bout à bout dans la pièce étroite. À présent, ils avaient remplacé un des lits en métal par un vieux canapé revêtu d'un affreux tissu jaune que Regina, la cousine de Gisela, leur avait cédé en guise de cadeau de mariage. Anna avait trouvé cela un peu chiche, mais elle connaissait Regina et Erwin depuis assez longtemps pour ne pas s'en étonner.

Gisela sortit de la salle de bains commune, vêtue de son peignoir en éponge, et revint dans la chambre. Elle se demanda un instant si ce réaménagement n'avait pas été un peu précipité. À deux dans un lit simple, ils allaient vite se sentir à l'étroit. Elle ôta le peignoir et attendit la réaction de Felix à la vue de sa nuisette rose poudré. Trouverait-il cela trop osé ? Depuis qu'elle avait vu Sonja Ziemann porter un tel négligé dans un film avec le bourreau des cœurs Willy Birgel, le vêtement ne lui était plus sorti de la tête. Dès qu'elle pensait à sa nuit de noces à venir, l'image de la chemise de nuit presque transparente lui revenait. Elle l'avait donc reproduite à l'identique, ayant trouvé un tissu très similaire au deuxième étage de chez Hertie. Cette activité et tous les autres préparatifs avaient chassé de son esprit ce qui devrait se passer cette nuit-là. Soudain, elle regrettait de ne pas en savoir davantage. Elle resta un instant debout près du lit, indécise.

— Comme tu es belle ! dit Felix.

Il se tourna sur le côté, la tête appuyée sur une main, en la regardant avec une expression qu'elle ne lui avait encore jamais vue.

Gisela sentit une rougeur envahir sa peau sous le tissu très fin, monter jusqu'à son décolleté, son cou, ses joues. D'un coup, elle était embarrassée de se présenter ainsi à lui. Que s'était-elle donc imaginé ? Ce n'était pourtant pas son genre ! Elle lui tourna le dos, détacha honteusement les jarretelles de son unique paire de bas Nylon et enroula prudemment le tissu synthétique par-dessus ses genoux pour ne pas le filer. Elle avait les doigts glacés. N'était-elle pas censée ressentir une sorte de désir ? Une incandescence intérieure ? Elle avait lu cela dans un roman à quatre sous qu'elle avait soigneusement caché à sa mère. Elle aurait été très gênée qu'Anna le découvre. Elle n'avait personne à qui parler de ce genre de choses. Anita, sa sœur aînée, aurait peut-être pu lui donner quelques conseils, mais elle n'était plus là. Et tout ce que Gisela éprouvait était un terrible embarras.

— Viens donc, Gilleken !

Sa bouche s'assécha, son pouls accéléra. Elle posa les bas avec soin sur le dossier de la chaise, se retourna, s'approcha du lit et éteignit la petite lampe de chevet. Puis elle se glissa près de Felix, se colla contre son corps chaud, posa la tête sur sa poitrine et écouta sa respiration régulière. Alors qu'il lui caressait l'épaule, elle s'entendit lancer :

— Je suis vraiment trop fatiguée pour une vraie nuit de noces.

— Ça commence bien !

La déception dans sa voix était perceptible, mais il immobilisa sa main sur l'épaule de Gisela. Elle poussa un soupir de soulagement et tout son corps se détendit.

— Quelle belle fête, n'est-ce pas ? Je me demande où nous allons mettre tous les cadeaux, dit-elle à voix basse. Tu es impatient de les déballer, toi aussi ? On fera ça demain dès le petit déjeuner. Ah oui, il faut absolument que je couse une nouvelle paire de rideaux. J'ai déjà vu le tissu que je veux, à grands carreaux roses, jaunes et gris. Et puis, quelle dispute avec ton frère ! Günther ne le lâchait plus, j'ai bien cru qu'il ne se tairait jamais.

Felix répondit d'une voix déjà à moitié endormie :

— Il ne comprend tout simplement pas comment les gens, en RDA, peuvent se soumettre ainsi à la dictature soviétique. Il a même fondé une agence de presse, avec Dieter. Ils collectent des informations sur les problèmes économiques et politiques de la RDA et les vendent aux journaux et aux radios de l'Ouest.

— Ah bon ? Je croyais qu'il étudiait la gestion, comme toi ?

Felix bâilla.

— Oui. L'agence, c'est juste un petit boulot, et je crois que c'est Dieter qui fait le plus gros du travail.

— Mais comment Klaus peut-il être aussi buté ? Il a pourtant subi votre expropriation. Je crois que leur dispute a été difficile à supporter pour ta marraine Edith. Je la trouve intéressante, il faut que tu m'en dises plus sur elle. Tu la voyais souvent, quand tu étais petit ? ... Felix ?

Un léger ronflement lui répondit. Son mari s'était endormi.

Therese

— Qu'allez-vous faire, maintenant, maman ?

Therese avait suivi Charlotte dans la chambre pour l'aider à déballer ses affaires. Il y avait à peine la place de bouger. Elle se glissa entre le lit double, l'armoire et les lits d'appoint. Les draps étaient propres et frais mais le papier peint à rayures terni. Dans les immeubles anciens, il était presque impossible d'éliminer complètement la poussière du chauffage au charbon. Anna avait généreusement mis sa chambre à la disposition de Charlotte, Bärbel et Heiner, s'installant elle-même dans celle que Gisela venait de quitter. « Restez aussi longtemps que vous voudrez » – c'était par ces mots qu'elle les avait accueillis.

— Vous ne pouvez pas vous installer ici, reprit Therese. Bärbel ou Heiner, au moins, devraient venir chez nous. L'appartement de Leo est bien assez grand.

Elle aimait l'idée d'avoir son frère et sa sœur de nouveau auprès d'elle. Sans répondre, Charlotte se pencha et tira son sac de voyage de sous le lit. Elle y plongea les bras, sortit des piles de linge qu'elle déposa sur la couchette et brandit enfin un petit objet emballé dans une serviette de table.

— Maman ?

— C'est hors de question, Therese ! Tes frères et ta sœur ne savent pas qui est vraiment Leo et je ne tiens pas à ce qu'ils l'apprennent. Je ne veux pas, c'est tout.

Therese s'assit sur le lit et observa sa mère. Elle a toujours honte de son infidélité de l'époque, pensa-t-elle. Jamais, dans leur famille, on n'avait évoqué ouvertement le fait qu'elle était la fille de Leo et pas de Ernst. Charlotte évita son regard. Therese s'aperçut qu'elle était redevenue ronde, comme avant les terribles années d'après-guerre, alors même qu'à l'Est on manquait encore de tout. Sa robe à fleurs bleues était un peu tendue aux hanches, et elle avait presque l'air trop enrobée.

— Je vais sûrement aller à Worms avec Bärbel et Heiner, dans la famille de papa. Sa sœur m'a proposé un petit appartement au dernier étage de sa maison.

— À Worms, répéta Therese.

Elle n'avait qu'un vague souvenir d'une visite là-bas, quand elle était encore très jeune. Seuls l'imposante vieille porte de la ville, au bout du pont du Rhin, et l'étrange accent de ses cousins palatins lui étaient restés en mémoire. Penser à Charlotte dans une mansarde, dans une ville inconnue, logée par une famille qu'elle connaissait à peine, lui brisa le cœur. Elle se laissa tomber à côté d'elle sur le lit. Sa mère, depuis toujours la robuste maîtresse de leur domaine, qui avait fait traverser la Seconde Guerre mondiale à Feltin presque sans dommage, allait se retrouver désœuvrée et livrée au bon vouloir de sa belle-famille ? Pourtant, aucune des autres solutions que Therese tenta d'imaginer n'aboutissait à quoi que ce soit. Elle ne voyait pas non plus à qui demander de l'aide ou un conseil.

— Tiens, je t'ai apporté ça.

Charlotte déroula la serviette et en sortit une sucrière ornée du dragon royal vert, passant amoureusement le bout du doigt sur le rebord ondulé doré.

— La belle porcelaine de Meissner ! Comment as-tu réussi à la faire passer ? s'exclama Therese.

Charlotte déplia encore deux épaisseurs de tissu, dévoilant un délicat pot à lait.

— Et le pot à lait ! C'est pour moi ?

Elle n'aurait guère l'usage de ces précieux objets mais y attachait de nombreux souvenirs heureux.

— Tu dois les garder pour ton nouveau foyer, maman !

— Non, c'est pour ton trousseau.

Therese déglutit sans répondre. Encore une allusion de sa mère au tant attendu candidat au mariage.

— Avant l'arrivée des Russes, nous avons enterré l'argenterie, la porcelaine, tous les beaux objets, et en avons caché d'autres dans la carrière de pierre. J'espère qu'on réussira à tout faire passer petit à petit. Felix a déjà proposé de s'en charger, il va et vient sans arrêt d'Ouest en Est. Malheureusement, les contrôles à la frontière ont été renforcés.

— Je les garderai jusqu'à ce que tu en aies besoin, maman !

Therese prit sa mère dans ses bras et la serra contre elle, goûtant la chaleur de son corps souple. Depuis son départ de Feltin, presque trois ans auparavant, elle avait appris à savourer la liberté de Berlin-Ouest, mais à présent, elle comprenait combien cette longue séparation leur avait été pénible à toutes deux. Sa mère devait affronter une telle douleur... Son mari, Ernst, était toujours porté disparu, Feltin était perdu, et voilà qu'elle échouait dans le modeste appartement de la belle-mère de son fils.

— Tu n'as pas du tout de nouvelles de papa ?

Charlotte se leva en lissant sa robe. Sa fille la dévisagea sans parvenir à déchiffrer l'expression de son regard à la faible lumière du plafonnier. Elle n'y vit en tout cas aucun espoir. Pourtant, sa mère hocha la tête.

— Vraiment ? Il y a du nouveau ?

— Apparemment, il était dans un camp de prisonniers en Biélorussie. Le général major Konradi, de son régiment, y était interné avec lui avant d'être transféré en Sibérie. Konradi est rentré à Leipzig il y a un mois et nous a transmis cette information. Il ne sait toutefois pas où papa se trouve maintenant.

Therese plaqua une main sur sa bouche. C'était le premier renseignement qu'elles obtenaient sur le sort de Ernst depuis la fin de la guerre. Jusqu'à présent, il avait seulement été porté disparu.

— Les quelques allusions que le général a faites sur les conditions de vie dans ces camps n'inspirent toutefois guère l'optimisme, ajouta Charlotte doucement.

Elles se regardèrent en silence, désemparées. Therese fut presque heureuse quand on frappa à la porte ; Anna passa la tête par l'entrebâillement et la jeune fille se leva poliment.

— Charlotte, as-tu besoin d'autre chose ? Sinon, je vais me coucher.

Celle-ci secoua la tête et la remercia une fois de plus pour la belle fête. Therese observa les deux femmes. Sa mère, Charlotte, et Anna, la belle-mère de Felix. Elles étaient totalement différentes en apparence, tout comme de caractère, et pourtant une sorte d'harmonie intime semblait les unir.

— Et toi, Therese ? reprit Anna. Tu peux dormir ici, si tu veux. Un des lits est encore libre.

— Non, merci. Il est vraiment temps que je rentre, Heiner voulait me raccompagner.

Anna leur souhaita une bonne nuit et referma la porte.

— Je vais revoir Edith avant qu'elle parte à Leipzig, annonça Charlotte sans transition. Nous nous retrouvons demain à 11 heures au salon de thé Kranzler, c'est elle qui l'a choisi. Tu veux te joindre à nous ?

Therese blêmit et secoua lentement la tête. Pas question de s'exposer une nouvelle fois de son plein gré aux questions insistantes d'Edith sur son passé.

— J'ai cours, demain. Elle va à Leipzig ? Pourquoi donc ?

— C'est là qu'elle est née, elle aimerait revoir la ville.

— Mais elle sera forcément déçue ! Des inconnus vivent dans la maison de ses parents, il paraît que la villa est dans un état déplorable. Qu'espère-t-elle donc de ce voyage ?

Charlotte sortit sa petite trousse de toilette de son bagage et se leva.

— Je pense que c'est un souhait profondément enfoui en chacun de nous. On finit toujours par revenir à ses racines.

Therese hocha la tête, consciente que sa mère avait raison. Elle non plus ne parvenait pas à se défaire de sa nostalgie de Feltin, bien que le domaine ne leur appartienne plus depuis longtemps.

— Et qu'en est-il de...

Elle s'interrompit et se mordit les lèvres. Charlotte leva les yeux. Elles savaient toutes deux ce que Therese voulait demander : qu'en était-il de Leo et de sa mère. Pourtant, aucune d'elles ne termina la phrase.

— Bonne nuit, maman, conclut Therese en l'embrassant sur la joue.

Une fois la porte de la chambre refermée derrière elle, elle s'adossa au mur du couloir. N'avait-elle pas assez à faire avec elle-même et ses études ? Le passé de sa famille lui faisait l'effet d'un poids de plomb pendu à ses chevilles. Elle aurait tant voulu s'en débarrasser, laisser derrière elle ses souvenirs sinistres et entamer une nouvelle ère, plus légère. Elle voulait enfin être heureuse.

Charlotte

Charlotte était assise depuis déjà une demi-heure à une petite table ronde, une place agréable à la terrasse de chez Kranzler. Derrière la baie vitrée qui la protégeait des courants d'air, elle savourait les rayons chauds du soleil matinal et la vue sur le Kurfürstendamm. Elle n'avait pas l'habitude d'être ainsi dans un salon de thé, en semaine, sans avoir rien à faire. Dès l'enfance, elle avait eu chaque jour une foule de tâches à accomplir. Même si à Feltin, le personnel se chargeait en général des corvées les plus rudes, l'inactivité ne lui était pas naturelle. Soudain fébrile, elle sortit un cercle à broder de son sac à main. Alors qu'elle s'apprêtait à terminer un motif au point de croix pour un coussin décoratif, une ombre se posa sur le lin immaculé. Edith était là, dans un tailleur pied-de-poule noir et blanc qui lui donnait une fois de plus une allure extravagante. Charlotte posa sa broderie et se leva pour enlacer sa cousine.

— Lotte ! Tu es arrivée avant moi, évidemment. Tu ne te déferas jamais de ta ponctualité germanique…

Edith prit conscience de son manque de tact à évoquer les vertus allemandes tant haïes au lieu de saluer sa cousine. Elle ôta ses lunettes de soleil à monture d'écaille et tenta de rattraper son faux pas par un sourire chaleureux. Charlotte, sans se formaliser, la serra longuement contre elle. Elles avaient à peine eu le temps de s'entretenir pendant la noce, et elle avait attendu ce moment avec impatience. Elle la tint encore un moment par les bras.

— Edith, je suis tellement heureuse de te revoir ! Il faut que tu me racontes tout de toi. Je ne sais même pas comment mettre des mots sur tout ce temps. Vingt ans ?

— Vingt ans ! confirma Edith.

Charlotte constata avec soulagement que Gwendolyn n'était pas venue. Sans vraiment savoir pourquoi, elle trouvait antipathique l'amie américaine d'Edith. Ou peut-être voulait-elle juste avoir enfin sa cousine pour elle seule pendant au moins une heure.

Elles s'assirent, et quand le serveur s'approcha d'un air respectueux, elles commandèrent du gâteau au fromage blanc et du vrai café.

— N'est-ce pas merveilleux ? dit Charlotte. Regarde ça...

Elle désigna de la main les gens qui, quelques mètres en contrebas, évoluaient sur le trottoir.

— Pour moi, c'est une véritable décadence. Ils sont tous tellement bien habillés ! La prospérité est revenue pour de bon.

Edith s'enfonça dans son siège et observa sa cousine. Elle portait exactement le même chignon bas qu'à l'époque, sauf qu'aujourd'hui, ses cheveux étaient plus blancs que blonds.

— D'après tout ce que j'ai lu sur cette nouvelle république qu'ils ont fondée là-bas, dit-elle en désignant de l'index la direction supposée de Berlin-Est, ça ne doit vraiment pas être simple pour la population, de l'autre côté. *RDA*, rien que ces initiales... C'est tellement... allemand, tellement étriqué.

L'expression de Charlotte s'assombrit et elle hocha la tête sans rien dire.

— Je ne comprends pas pourquoi vous tolérez ça. Après tout ce que vous avez déjà supporté pendant la période nazie, supporté et… (Edith chercha le bon terme.) … provoqué.

Charlotte remit sa broderie dans son sac et sa cousine commenta :

— Tu fais donc la même chose que grand-mère Wilhelmine. Je ne me souviens pas de l'avoir jamais vue sans son cercle à broder. Dès qu'elle s'asseyait, il surgissait entre ses mains.

— Tu as raison, c'était exactement ça ! confirma Charlotte.

Dans un silence recueilli, elles pensèrent un instant à leur grand-mère tant aimée, morte vingt ans auparavant.

— Dire que vous ne nous avez même pas prévenus de son décès, reprit Edith, non sans reproche dans la voix. Maman était inconsolable.

Elle prononçait toujours le mot « maman » à la française, en mettant l'accent sur la seconde syllabe. Sa vie aux États-Unis n'avait apparemment pas modifié cette habitude.

Charlotte lui posa une main sur le bras :

— Crois-moi, nous aurions vraiment voulu le faire, mais on ne pouvait pas être certains que le télégraphiste ne nous dénoncerait pas… Nous étions surveillés en permanence par un *Gauleiter* de haut rang… Il s'appelait Brandt.

Même après toutes ces années, un goût amer se posa sur sa langue quand elle prononça ce nom détesté.

— Pour je ne sais quelle raison, il avait notre famille dans le collimateur… Surtout Therese… (Elle s'interrompit un instant, le regard trouble.) Elle en a payé le prix.

Edith baissa ses paupières ombrées de gris, et Charlotte nota qu'elle avait toujours des cils longs et épais.

— C'est donc pour ça qu'elle a si mal réagi, le jour de mon arrivée, quand je lui ai demandé comment elle avait vécu la période nazie.

— Oh mon Dieu ! s'exclama Charlotte en se plaquant une main sur la bouche. S'il te plaît, ne lui demande plus jamais ça ! Ce qu'il lui a fait était horrible, mais...

Sa voix se brisa, et elle se rendit compte du contraste que ces sinistres souvenirs formaient avec l'ambiance insouciante de la terrasse du salon de thé.

— Je ne peux plus en parler.

Elle chercha un mouchoir dans son sac et s'en tamponna les yeux. Edith lui prit la main à son tour.

— Tu n'es pas obligée si tu ne veux pas, mais parfois, ça fait du bien de ne pas tout refouler.

Charlotte la regarda et secoua la tête.

— Je ne peux pas.

Le serveur s'approcha de leur table avec un plateau et déposa devant elles leurs parts de gâteau et leurs tasses de café. Elle versa du lait condensé dans la boisson brûlante et en avala une gorgée, qui la revigora.

— Tu n'imagines pas à quel point ça nous a manqué, ces dernières années. C'était presque devenu une obsession. Parfois, j'en rêvais la nuit, surtout de l'odeur du café fraîchement passé.

Edith buvait le sien noir. Elle prit une gorgée et hocha la tête.

— Nous avons tous subi des privations. Crois-moi Lotte, pour nous, étrangers à New York, ça n'a pas été simple non plus, surtout pour papa. Lui qui est allemand, qui s'était battu pendant la Première Guerre mondiale pour ce qu'il considérait comme sa mère patrie, il n'a jamais compris ni digéré d'être soudain devenu un « sous-homme » dans ce même pays. Et vous n'avez jamais écrit, ni toi, ni Lisbeth, ta mère, ni Wilhelmine, ni Richard, pas une ligne, rien ! Ça a presque brisé le cœur de maman.

Charlotte sentit une boule acide lui serrer la gorge.

— Je suis vraiment, vraiment désolée, Edith, tu dois me croire. J'aurais tellement voulu vous écrire ! J'aimais tant tes parents ! Mais nous ne pouvions pas vous contacter, pas prendre le risque que l'entreprise de Salomon et la villa soient elles aussi confisquées par les nazis. Voilà pourquoi nous devions éviter tout contact, à cause de ce...

— ... *Gauleiter*, acheva Edith.

Elle hocha la tête. Son visage n'exprimait plus qu'un rejet implacable. Elle cessa soudain de mastiquer son gâteau.

— Mais dis-moi, reprit Charlotte, comment vont Salomon et Cäcilie ? Je pense si souvent à eux.

Elle se pencha en avant et posa une fois de plus la main sur le bras de sa cousine. Celle-ci avala enfin sa bouchée.

Elle est encore si belle, pensa Charlotte, sa peau immaculée, ses mains lisses.

C'est alors que, sans répondre à sa dernière question, Edith prononça de ses lèvres toujours bien ourlées la phrase qui changea tout entre elles. Charlotte observait justement sa lèvre supérieure en forme de cœur, restée, avec la couleur de leurs yeux, leur trait caractéristique commun. Chez Edith, cette courbure était toujours bien marquée, alors que la bouche de Charlotte, très amincie, était désormais cerclée de fines ridules.

— Évidemment, Richard voulait tout garder pour lui !

Charlotte retira sa main. Ses joues prirent d'un coup une teinte violacée, comme si elle venait de recevoir une paire de gifles. En cet instant, ses yeux clairs dévoilèrent à Edith toute la profondeur de son âme. Quand celle-ci vit la blessure que sa déclaration venait d'y provoquer, elle eut peut-être envie de revenir sur son accusation, mais elle en fut incapable. Au contraire. Comme commandée par une voix intérieure pleine de fiel, elle ajouta :

— On peut se demander ce que sont devenues la villa, la banque, la compagnie d'assurances. J'ai tout de même bien le droit de poser la question. Après tout, à l'époque, ton père n'a payé au mien qu'une fraction de la valeur réelle.

Gisela

Gisela commença chez Engelmann peu après son mariage. En montant les marches de la station de métro vers la sortie Kurfürstendamm, elle s'étonna du nombre de gens qui empruntaient le même chemin qu'elle à cette heure-ci. Des centaines de femmes, surtout, soucieuses d'arriver à l'heure à leur poste, s'égayaient sur la majestueuse avenue qui renaissait de ses cendres. La ponctualité était bel et bien une vertu allemande, apprise dès le plus jeune âge.

Gisela se figea un instant, laissant le flot de travailleuses s'écouler autour d'elle, et s'assura qu'elle prenait la bonne direction. L'air frais de ce matin d'avril lui baignait le visage. À l'extrémité est de la rue se trouvaient les ruines de l'église du Souvenir. Les premiers rayons du soleil surgissaient justement au sommet du clocher, comme des doigts cherchant à retenir les dernières pierres épargnées par les bombes. Puis la grosse boule rouge apparut lentement, baignant d'une lumière éblouissante les bus à étage jaunes et les voitures qui encombraient l'avenue à quatre voies. De nombreuses Coccinelle, le nouveau modèle de Volkswagen, sillonnaient la rue. Il y en avait de toutes les couleurs imaginables, certaines même d'un rouge étincelant. Elle aperçut aussi des Opel et des Borgward, plus grosses et plus chères, et même une puissante décapotable sportive BMW gris métallisé.

Des deux côtés de l'avenue, les platanes se couvraient enfin d'un timide feuillage printanier. Derrière eux s'alignaient les boutiques. Depuis la réforme monétaire, le Kurfürstendamm était surnommé le fleuron du miracle économique ou la vitrine de l'Ouest.

Gisela oublia sa fatigue et le fait qu'elle n'avait pas attendu ce jour avec la moindre impatience. Elle se remit en marche et suivit le mouvement. Plusieurs personnes se dirigeaient vers l'entrée latérale de la maison de couture Horn, au coin de la Uhlandstraße. En passant, elle admira les modèles présentés dans les vastes vitrines du célèbre bâtiment d'angle. Ce chemisier rose pâle à pois blancs, sans manches, porté sur une jupe évasée, quel chic ! Ou cette robe du soir aux épaules nues en taffetas jaune, ornée de discrets volants au décolleté – un rêve. Gisela soupira. En se retournant, elle faillit télescoper une passante en joli manteau vert clair, qui marchait vite.

— Oh, je suis désolée ! s'exclama Gisela.

— Il n'y a pas de mal ! répondit la femme mince aux cheveux blond foncé.

Sur le point de repartir, elle reprit :

— Je vous connais ! Ce n'est pas vous qui êtes venue à l'atelier Engelmann ?

Elles se dévisagèrent et Gisela tenta de se souvenir de son interlocutrice.

— C'est vous qui aviez ces conseils pour empêcher le tissu de froncer ?

Gisela ignorait que répondre : d'emblée, elle trouvait sympathique cette femme à l'allure si directe, et se sentait gênée de s'être comportée ainsi le jour de son entretien d'embauche. Comme elle avait dû sembler impertinente, une vraie donneuse de leçons !

— Alors, vous avez eu le poste ?

Gisela hocha la tête.

— Je commence aujourd'hui !

Le visage de l'autre s'éclaira d'une joie sincère :

— C'est formidable ! Venez, continuons ensemble jusqu'à la Schlüterstraße. (Elle prit le bras de Gisela.) Nous ferions mieux de nous dépêcher. Mme Helmer ne tolère pas les retards. Mais vous vous en doutez sûrement, vous l'avez vue à l'œuvre et la première impression ne trompe pas.

Elles se remirent en marche côte à côte d'un pas pressé, se présentèrent et se posèrent quelques questions. Eva Riemann était plus âgée que Gisela. Elle avait jadis travaillé chez un des nombreux intermédiaires de la Hausvogteiplatz de Berlin-Est, là où, avant la Seconde Guerre mondiale, la plupart des maisons de mode faisaient exécuter leurs travaux de couture.

— Depuis que les affaires ont repris, il y a quelques années, toutes les couturières travaillent directement sur le Ku'damm. (Eva désigna l'agitation alentour.) Une vraie fourmilière, matin et soir. Je ne suis pas la seule à vivre de l'autre côté et à faire le voyage tous les jours.

Gisela regarda autour d'elle. Presque toutes ces femmes venaient donc de la partie Est de la ville.

— Et vous, où habitez-vous ? demanda Eva.

— À Neukölln..., répondit Gisela.

Elle avait failli ajouter « Zwiestädter Straße 8 », par habitude. Cela avait été son adresse depuis sa naissance, qu'elle débitait toujours d'une traite quand on lui posait la question. Machinalement, elle porta la main à son alliance en or et la fit tourner sur son annulaire. Eva, remarquant son geste, sourit.

— Vous venez de vous marier ?

— Il y a quinze jours !

— Alors il est encore temps de vous féliciter !

Peu après, M. Engelmann la scruta de haut en bas et demanda :

— Vous avez aussi l'accord de votre mari ?

Gisela hocha la tête et tendit à son nouvel employeur le contrat de travail signé par Felix. Tandis qu'Engelmann examinait la signature, elle ne put s'empêcher de penser à la similitude des situations. À l'époque où elle n'était pas encore majeure, sa mère avait signé son contrat d'apprentissage. Et maintenant qu'elle était mariée, elle n'était toujours pas libre de décider de sa vie.

En signant, Felix avait insisté sur le fait que ce travail ne serait que temporaire, le temps qu'il gagne lui-même l'argent du ménage. Il n'y avait donc pour le moment aucun conflit d'intérêts dans leur jeune mariage. De toute façon, Gisela ne se voyait pas rester plus d'un an chez Engelmann, après quoi elle espérait trouver un poste dans une maison chic telle que Horn ou Gerson. Felix n'avait quant à lui pas besoin de répéter qu'il n'imaginait pour elle qu'un rôle de mère au foyer. Ils n'abordaient plus le sujet pour l'instant, évitant ainsi une dispute.

— Ma chef de service, Mme Helmer, semble avoir une haute opinion de vous. Elle est malheureusement absente aujourd'hui à cause d'un décès dans sa famille. J'espère que vous ne nous décevrez pas, madame Trotha, conclut M. Engelmann.

Il était corpulent, avec de grosses lunettes à monture d'écaille qui ne parvenaient pas à conférer la moindre sévérité à son visage rond et bienveillant. Cinq nouvelles couturières, en plus de Gisela, commençaient ce jour. Elles furent appelées dans le bureau l'une après l'autre. Gisela passa la troisième.

Alors qu'elle était assise face au directeur, des pas bruyants retentirent soudain dans le couloir. Dans son dos, la porte s'ouvrit si brusquement que la vitre jaunie en trembla dans son cadre. Une jeune fille surgit dans la pièce ; elle ne pouvait pas avoir plus de dix-sept ans.

— Bonjour ! lança-t-elle joyeusement, sans la moindre marque de respect.

Elle fit le tour du bureau avec élan et, à la surprise de Gisela, planta un baiser sur la joue d'Engelmann. Celui-ci la regarda avec un mélange de fierté et du désir très visible de la réprimander, mais s'en abstint.

— Madame Trotha, puis-je vous présenter ma fille ? Elle commence un stage aujourd'hui dans mon entreprise. Et puisque vous êtes là… j'aimerais que vous la preniez en charge.

— Moi ? lâcha Gisela.

D'où lui venait une telle idée, alors que c'était son premier jour de travail ? Engelmann agita avec impatience sa grosse paluche molle.

— Enfin, vous et la contremaîtresse, Mme Riemann.

— Mme Riemann est la contremaîtresse ? répéta Gisela.

C'était une bonne surprise, elle l'avait trouvée très sympathique lors de leur rencontre devant chez Horn.

— Oui, cela vous étonne ? s'enquit Engelmann en pianotant nerveusement sur son bureau.

— Non, pas du tout, s'empressa de répondre Gisela.

La jeune fille se planta devant elle, les jambes écartées en une pose fort peu féminine, posa la main gauche sur sa hanche à peine formée et lui tendit la droite.

— Traudel Engelmann.

Gisela lui serra la main avec hésitation en l'observant de plus près. Assez jolie, elle avait les cheveux lourdement crêpés, à la mode du jour. Ses immenses yeux de biche bruns et presque ronds lui donnaient un air candide qui devait systématiquement éveiller l'instinct protecteur de ses interlocuteurs. Son seul défaut était un petit double menton. Gisela vit tout de suite que son coquet tailleur pêche à basques n'était pas une création de la désuète maison familiale. Elle se demanda si la jeune fille se sentirait à son aise dans cette entreprise poussiéreuse.

— Très bien, conclut Engelmann en se tournant vers elles. Vous connaissez déjà le chemin de l'atelier, madame Trotha. Mme Riemann vous expliquera tout.

Gisela hocha la tête, se leva et reprit son sac. En se dirigeant vers la porte, elle remarqua que la jeune Engelmann la suivait comme un petit chien. Il ne manquait plus que ça : elle se retrouvait à jouer les baby-sitters pour une gamine. Pourtant, elle n'avait guère le choix.

Elles entrèrent ensemble dans l'atelier. Mme Riemann se dirigea aussitôt vers elles, leur montra le vestiaire avec les casiers et tendit à chacune une blouse blanche amidonnée.

— Vous êtes la contremaîtresse ? demanda Gisela à voix basse. Pourquoi ne me l'avez-vous pas dit, tout à l'heure ?

— Parce que ça n'a pas d'intérêt ; et puis vous le savez, maintenant, répondit simplement Mme Riemann.

Puis elle se tourna vers Traudel Engelmann et lui dit, sans hausser la voix :

— Si vous voulez un conseil bienveillant, vous devriez porter quelque chose de moins voyant pour venir au travail, dit-elle en désignant du menton son ensemble pêche. Même sous la blouse. Les autres couturières le verront quand vous vous changerez, au vestiaire, et risquent de parler dans votre dos.

Toute autre aurait sans doute rougi, mais Traudel Engelmann la regarda droit dans les yeux et prit acte de son conseil. Elle est vraiment sûre d'elle pour son âge, s'étonna Gisela. En les conduisant vers leurs postes de travail, Eva Riemann présenta les nouvelles venues aux couturières près desquelles elles passaient. La plupart ne levèrent que brièvement les yeux de leur machine, ne se montrant curieuses qu'en entendant le nom de la fille du chef. Certaines sourirent, d'autres restèrent impassibles. En son for intérieur, Gisela établit une répartition entre gentilles et méchantes. Leurs machines se trouvaient en plein milieu de la salle. Sous la table, du côté droit, un petit tiroir permettait de ranger quelques effets personnels. Même le minuscule sac à main de Gisela y entrait à peine.

— Vous feriez mieux de le laisser au vestiaire, lança sa voisine en la voyant s'efforcer de l'y fourrer.

Gisela voulut lui répondre mais l'autre avait déjà repris le travail. Traudel Engelmann prit place à sa machine et leva les yeux au ciel.

— On est à l'étroit, ici !

Mme Riemann leur donna à chacune les pièces de trois jupes simples.

— Vous pouvez commencer avec ça ; venez me voir quand vous aurez fini.

Remarquant l'air malheureux de la jeune Engelmann face au tissu gris et à la coupe vieillotte, elle ajouta :

— Courage ! Ça va bien se passer.

Gisela tenta de sourire. Mme Riemann avait été très aimable avec elle jusque-là et elle ne voulait pas se montrer ingrate. Pourtant elle ne put s'empêcher de jeter un coup d'œil à la pendule, ornée du sigle

Singer en lettres dorées. Aujourd'hui et les jours suivants, elle supplierait souvent les aiguilles d'avancer plus vite. D'un geste routinier, elle entreprit de passer dans la machine le fil de la couleur adéquate. Elle eut fini en un tournemain et saisit deux pièces de tissu pour commencer à coudre. Mlle Engelmann, de son côté, semblait à la peine. Courbée au-dessus de sa machine, désemparée, elle pencha la tête sur le côté, la posant presque sur la table, et lança un coup d'œil implorant à Gisela.

— Comment on bobine la canette, déjà ?

Gisela soupira puis, se ressaisissant, se leva et attrapa la canette.

— Comme ça : on met la bobine sur le porte-bobine, on passe le fil à travers le tendeur et on l'enfile sur la canette. Après, on peut mettre la canette sur le dévidoir et la bobiner…

Traudel Engelmann suivit ses mouvements en écarquillant les yeux. Gisela redémonta le tout et dit d'un ton encourageant, en lui tendant la bobine de fil gris :

— À vous, maintenant !

Mlle Engelmann ne semblait pas avoir compris une seule des opérations que Gisela venait de lui expliquer, et celle-ci perdit patience.

— Avez-vous déjà travaillé sur une machine à coudre ?

Comment son père pouvait-il l'envoyer à l'atelier sans qu'elle n'y connaisse rien ? Et il fallait que ça tombe sur elle.

Mlle Engelmann hocha la tête :

— J'ai suivi un cours pour faire plaisir à papa, mais ça m'ennuyait et je n'ai peut-être pas toujours bien écouté.

Ses yeux de biche prirent une expression pitoyable, et Gisela n'eut d'autre choix que de recommencer ses explications depuis le début. Mlle Engelmann ne parvint à bobiner sa canette elle-même qu'au troisième essai. Au moment de coudre, elle se montra encore plus maladroite, et Gisela passa plus de temps en explications qu'à son propre travail. Elle était consciente des coups d'œil que leur lançaient les autres couturières. Elles étaient les seules de l'atelier à parler, et malgré le cliquetis régulier des machines, leurs collègues les plus proches entendaient tout ce qu'elles disaient. Cette distraction semblait être la bienvenue dans leur travail monotone. Durant les quelques minutes au cours desquelles Mlle Engelmann parut travailler sans panne, Gisela s'efforça d'assembler le plus de pièces possible, mais la jeune fille ne tarda pas à pousser une nouvelle exclamation de dépit :

— Mais c'est pas vrai, bon sang !

Gisela arrêta sa machine. La gamine était cramoisie, sans doute d'un mélange de honte et de colère.

— Ce tissu glisse beaucoup trop !

Gisela ferma un instant les yeux et prit une profonde inspiration. Le tissu de laine n'était pas du tout glissant, c'était au contraire un des matériaux les plus faciles à travailler.

— Laissez-moi voir ça.

Elle se leva, se pencha vers la machine et examina les dégâts. Sa protégée était repassée au moins dix fois au même endroit, emmêlant le fil en une épaisse pelote. Un gloussement étouffé retentit à sa droite. Elle lança un coup d'œil sévère à la couturière qui venait de se moquer d'elle et aida Mlle Engelmann à libérer la pièce de tissu de la machine.

— Je ne crois pas qu'on puisse rattraper ça, dit-elle à voix basse avant de prendre une nouvelle pièce. Vous permettez ?

Mlle Engelmann se leva à la hâte pour lui laisser sa place. Pleine d'admiration, elle regarda Gisela assembler une jupe complète en quelques minutes. Quand celle-ci la lui tendit, la jeune fille secoua la tête, incrédule, et s'exclama :

— Toutes les coutures sont droites ! C'est incroyable. J'aimerais tant savoir coudre aussi bien que vous, un jour.

Gisela entendit un reniflement de dédain sur sa droite.

— Pas si fort, lança Gisela à voix basse, embarrassée. Ce n'est pas sorcier. Vous verrez, bientôt vous y arriverez les yeux fermés, mademoiselle Engelmann.

— S'il vous plaît, appelez-moi Traudel.

Ce soir-là, Gisela rentra chez elle exténuée. Elle n'avait pu assembler que dix jupes, un modèle très simple, là où elle aurait dû en faire beaucoup plus. Les incessants appels à l'aide de Traudel Engelmann et son extraordinaire maladresse lui tapaient sur les nerfs ; elle l'avait empêchée de travailler. Débiter en continu des explications sans jamais perdre son calme était usant, elle en avait la tête qui bourdonnait et ne rêvait que d'une chose : manger un morceau et s'affaler sur le canapé. Mais quand elle ouvrit la porte de l'appartement, elle vit sa logeuse occupée à souffler des ronds de fumée. Cette petite femme déterminée était propriétaire de deux appartements dans l'immeuble, dont elle louait les chambres séparément. Felix et Günther avaient toujours pris un malin plaisir à se moquer d'elle et à lui jouer des tours dont ils se vantaient devant Gisela et Pim. Mme Finke avait l'habitude de surveiller ses locataires en permanence. Sa table basse ronde et son fauteuil à oreilles étaient disposés sur un tapis persan en plein milieu du palier menant aux quatre chambres. Elle y était assise la moitié de la journée à faire des mots croisés, fumer et attendre. L'autre moitié, elle la passait de la même façon dans l'appartement du rez-de-chaussée. Elle portait en général un twin-set en angora et un collier de perles. Ses sourcils redessinés au crayon noir donnaient à son visage ridé un air un peu grotesque. Une cigarette brûlait en permanence entre ses doigts aux ongles rouge vif.

— La journée a été longue, madame Trotha ?

— En effet. Bonsoir, madame Finke, répondit Gisela en espérant pouvoir vite lui échapper.

— Qu'est-ce que vous faites donc, comme travail ? Couturière, a dit monsieur votre époux ? reprit la logeuse en appuyant ironiquement sur le mot « époux ».

Gisela hocha la tête et fit un pas vers la porte de sa chambre.

— Alors c'est vous qui faites rentrer l'argent pendant que monsieur goûte aux joies de la vie étudiante !

Mme Finke saisit un petit verre d'eau-de-vie posé sur la nappe jaunie par la nicotine et le vida d'une traite.

— Frauengold ! Vous devriez essayer, ça ravigote. Vous en voulez un ?

Elle dévissa le bouchon de la grosse bouteille brune mais Gisela secoua la tête.

— Non merci, madame Finke ! Je suis vraiment trop fatiguée, et il faut encore que je prépare le dîner. La cuisine est libre ?

Mme Finke remplit à nouveau son verre :

— Oui, oui, allez-y. Mais nettoyez bien tout après, hein. La dernière fois, j'ai dû laver la poêle moi-même.

— D'accord, madame Finke.

Gisela ravala la réplique acerbe qu'elle avait été sur le point de lâcher. Jusqu'à présent, c'était elle qui avait dû récurer les casseroles encroûtées des autres locataires avant de pouvoir s'en servir.

— Au fait, monsieur votre époux a de la visite. Son cher ancien colocataire… Mais vous verrez vous-même. Et la machine à écrire qui n'arrête pas. C'est insupportable. Qu'on ait au moins un peu de calme le soir.

Gisela se figea. Elle n'avait pas escompté voir Günther aujourd'hui. Pourtant, refusant de trahir sa surprise, elle enfonça la poignée.

— Merci, madame Finke, je vais leur dire… Bonne soirée !

Tout en prononçant ces mots, elle sut qu'elle devrait encore passer devant elle plusieurs fois ce soir-là. Dès qu'elle irait à la salle de bains, aux toilettes ou à la cuisine, les yeux de la logeuse suivraient le moindre de ses pas. Son cœur se serra. Elle ne supporterait pas longtemps de vivre dans ces conditions, avec Mme Finke plantée là tel un chien de garde. Elle ouvrit la porte. Felix cessa brusquement de taper à la machine et Günther se laissa tomber sur le canapé, faisant grincer les ressorts usés. Felix vint vers elle un peu trop hâtivement et la prit dans ses bras. Gisela comprit aussitôt qu'il essayait de détourner son attention et de l'empêcher de regarder dans la pièce. Elle ne lui rendit son baiser que furtivement et lança :

— Günther ! Quelle surprise !

— Gilleken ! fit celui-ci avec exubérance, mais sans se lever.

D'un geste du pied qui se voulait nonchalant, il fit glisser un objet sous le canapé. Elle resta figée quelques secondes et prit une profonde inspiration. Une odeur flottait dans l'air. Du jambon cru. Elle savait que depuis la fin de la guerre, Günther était impliqué dans une sorte de troc. Et quand il avait emménagé chez Felix, celui-ci avait commencé à mettre la main à la pâte. Sans doute dissimulaient-ils une fois de plus des caisses d'aliments ou d'objets ménagers difficiles à obtenir en RDA.

— Débrouillez-vous pour que la Finke n'en sache rien, dit Gisela d'une voix étouffée.

— La Finke ? répéta Günther en souriant. Elle tient sa langue. Où crois-tu qu'elle trouve ses cigarettes et son Frauengold ? Et parfois un beau jambon.

Gisela s'en était déjà doutée. Il était impossible de cacher quoi que ce soit à la logeuse.

— Je ne sais pas combien de temps je vais encore supporter ça, Felix ! C'est encore pire qu'avec Mme Kalinke, notre concierge de la Zwiestädter Straße, et pourtant elle était vraiment terrible.

— Encore un peu de patience, répondit Felix. Tant qu'on n'aura pas trouvé d'autre appartement, on devra faire avec.

— Vous avez déjà dîné ou je vous fais quelques tartines ? demanda Gisela.

Elle ôta son manteau et le suspendit à une patère près de la porte.

— Laisse donc, fit Günther en agitant la main. Ne te donne pas cette peine pour moi !

— Je peux préparer quelque chose vite fait, insista-t-elle.

Ses yeux tombèrent sur la feuille de papier engagée dans la machine à écrire.

IL Y A UN TROU ÉNORME DANS LE BUDGET D'ÉTAT DE LA RFA ET LE SED S'EFFORCE DE LE COMBLER AVEC UNE CAMPAGNE DE RESTRICTIONS IMPITOYABLE. DE NOMBREUSES FAMILLES SE RETROUVENT ACCULÉES À LA RUINE…

— Qu'est-ce que tu as écrit là, Felix ? Je croyais que tu tapais ton mémoire.

Elle se pencha encore et lut à voix haute :

— « Les griffes de l'État totalitaire se resserrent de plus en plus férocement. Quiconque émet des critiques est accusé de militarisme et d'espionnage pour le compte des États-Unis. »

— Bah, je fais juste ça à côté. Je t'ai parlé de la nouvelle agence de presse de Günther et Dieter.

— Et qu'est-ce que ça a à voir avec toi ?

— Je leur donne un coup de main, c'est tout.

Gisela ramassa deux bouteilles vides et s'aperçut alors seulement que les rideaux étaient encore ouverts.

— C'est bien les hommes ! soupira-t-elle.

Elle se glissa entre la table et le mur pour atteindre la fenêtre et chercha à tâtons la baguette de métal du rideau. En jetant un coup d'œil par la vitre crasseuse, elle résolut de la nettoyer le lendemain. Il était vraiment temps qu'elle rende la petite pièce plus agréable à vivre ; elle voulait aussi coudre des coussins pour le sofa. De l'autre côté de la rue, un teckel levait la patte contre un lampadaire. Sa maîtresse, debout à côté, se tourna dans l'autre direction, comme si quelque chose avait attiré son attention. Puis elle se pencha vers une voiture garée là, apparemment pour regarder par la vitre.

— Est-ce que c'est..., murmura Gisela.

La forme marquante du large garde-boue gris clair lui parut familière.

— Felix, la berline est revenue, dit-elle à voix basse.

Lentement, elle ferma d'abord le store, puis les rideaux à carreaux, avant de se tourner vers lui.

— Tu te souviens de la voiture, le soir de la crémaillère de Günther ?

— Quelle voiture ? s'enquit celui-ci, alarmé.

— L'IFA 19 grise ? (Felix s'approcha de la fenêtre.) Elle est garée devant l'immeuble ? Tu es sûre ?

Il saisit le rideau pour le rouvrir.

— Attends ! s'écria Günther.

Il fit un pas vers l'interrupteur, près de la porte, et éteignit la lumière.

— Tu as raison.

Alors seulement, Felix écarta un peu le rideau et regarda dehors.

— C'est vrai. La voiture de la Zone est là, avec deux hommes à bord.

Günther et lui échangèrent un coup d'œil.

— Qu'est-ce que ça veut dire ? demanda Gisela.

— Ça veut dire, ma chère Gilleken, répondit Günther en lui passant un bras autour des épaules, que nous devons être prudents.

Ils se turent quelques secondes, plantés au milieu de la petite pièce, désemparés. Les mains dans les poches, son visage mince reflétant son inquiétude, Felix tapotait nerveusement le linoléum de la pointe d'une de ses pantoufles. Le vacarme métallique de l'eau dégoulinant dans un tuyau rompit soudain le silence. Gisela sursauta.

— Qu'est-ce qu'il y a sous le canapé ? demanda-t-elle en les dévisageant à tour de rôle.

Günther prit l'air innocent et pinça les lèvres.

— Günther, j'ai le droit de savoir ! J'habite ici, et en plus tu entraînes Felix dans tes combines louches.

Au lieu de répondre, Günther claqua des doigts. Il remua le poignet avec nonchalance, fredonna une mélodie, écarta les bras et esquissa quelques pas de danse. Gisela le regarda. Il ne semblait pas particulièrement inquiet, mais elle n'était pas certaine que son insouciance fût authentique. Felix, lui, était blême.

— De la charcuterie, dit Günther.

— Tu ne me feras pas croire ça. Vous n'êtes pas sous surveillance à cause de deux ou trois jambons.

Les deux hommes se jetèrent un coup d'œil.

— Très bien, comme vous voudrez.

Gisela passa devant Günther et se pencha. Elle glissa la main sous le canapé, trouva une chaussette et des moutons, puis la poignée de cuir d'une valise. Elle la tira vers elle en ahanant sous l'effort, s'accroupit et enfonça les deux serrures de métal ; les loquets sautèrent et elle souleva le couvercle de cuir ondulé. L'odeur pénétrante lui coupa presque le souffle. Elle se tourna vers les deux hommes qui, les bras croisés, observaient d'un air satisfait leurs produits de contrebande emballés dans du papier journal.

— Je te l'avais bien dit, Gilleken ! lança Günther.

Elle souleva un jambon pour ne trouver en dessous que du cervelas. Il ajouta en se grattant le menton :

— En tout cas, moi, je ne vais pas laisser ces types me gâcher ma bonne humeur ; ce soir, j'emmène ma chérie à la Badewanne.

— À la Badewanne, la baignoire ? Ce soir ? Tu ne manques vraiment pas de cran ! souffla Gisela.

Pourtant, elle regarda Felix d'un air éloquent, exprimant sans un mot ce dont elle avait vraiment envie. L'évocation de ce bar avait fait passer ses inquiétudes à l'arrière-plan. La Badewanne était un club de jazz en vogue de la Nürnberger Straße. Elle referma la valise, Günther la repoussa sous le canapé avant de se frotter les mains pour en ôter la poussière. En se redressant, Gisela jeta un coup d'œil suppliant à Felix. Celui-ci se laissa tomber sur le sofa, faisant une fois de plus couiner l'armature fatiguée.

— Vous êtes sérieux ? Vous voulez aller danser dans ces conditions ? demanda-t-il.

Il extirpa des coussins un livre de cours sur lequel il venait de s'asseoir.

— Et s'ils nous suivent ?

Günther lui donna un coup de poing amical dans le bras.

— Allez, Kasimir ! Ils nous suivront et c'est tout. La musique de nègres n'est plus interdite. Secoue-toi ! Tu as une belle et jeune épouse, il faut la distraire, sinon elle finira par aller voir ailleurs...

Il prit son chapeau sur la patère, tendit le bras à Gisela et fit mine de l'entraîner. Felix rejeta le livre sur le canapé, bâilla, puis il se leva d'un bond.

— Tu m'as convaincu !

— Ça n'a pas été bien difficile, nota Günther. Pim va être contente que vous veniez.

— Attendez, je ne peux pas sortir comme ça ! s'exclama Gisela.

Elle ouvrit l'armoire pour examiner son reflet dans le miroir de la porte, sortit un tube de rouge à lèvres de son sac à main, se mit du rose sur la bouche et estompa la couleur sur son mouchoir. Puis elle crêpa les cheveux de l'arrière de sa tête avec un peigne à long manche. Günther la regarda faire et se posa une main sur la poitrine, l'air languissant.

— J'adore qu'une femme se pomponne pour moi ! lança-t-il d'une voix flûtée.

Avec n'importe quel autre homme, Gisela aurait été gênée qu'on la regarde se refaire une beauté, mais les remarques de Günther lui semblaient toujours drôles, jamais scabreuses. Felix la rejoignit devant le miroir, prit du gel dans un tube et passa les mains dans ses cheveux bouclés, doigts écartés.

— Je suis prêt ! annonça-t-il.

Il saisit son blazer sur le dossier d'une chaise et l'enfila. Günther et lui portaient des vestes très semblables, gris chiné et presque trouées aux coudes.

— Je devrais vous coudre des patchs, dit Gisela en désignant le tissu usé. Ou bien vous pourriez vous acheter de nouvelles vestes. Les vôtres sont complètement démodées.

Apercevant un fil qui dépassait d'une manche de Felix, elle l'arracha.

— Et il faut refaire l'ourlet.

Son mari lui prit le fil des mains.

— La mode ne m'intéresse pas, et il n'est pas question que je mette ma veste au rebut, marmonna Günther avec une grimace de douleur feinte. C'est de la qualité allemande, ça tiendra encore cinquante ans !

— Allez-y, je vous rattrape ! dit Felix alors qu'ils se dirigeaient vers le fauteuil de Mme Finke.

Avant de refermer la porte derrière lui, il pensa à coincer le fil de sa veste dans l'encadrement de la porte, comme dans les romans policiers qu'il aimait tant. Si le fil avait disparu à leur retour, il saurait que quelqu'un avait ouvert la porte en leur absence. Puis il rejeta l'idée avec un éclat de rire méprisant, tout en secouant la tête. C'était ridicule.

Therese

Elle se passa les mains à l'eau froide aux toilettes de l'université. Il ne lui resterait guère de temps pour déjeuner. Elle dut se pencher pour contempler son visage dans le miroir en partie terni. C'était un spectacle qu'elle évitait d'habitude, mais aujourd'hui, elle se souciait de son apparence. De ses mains humides, elle lissa quelques mèches rebelles de sa coiffure stricte. Elle ouvrit un petit poudrier qu'elle tenait de sa mère et appliqua un peu de poudre sur sa cicatrice, près de son oreille. Enfin, elle se mordit les lèvres pour leur donner un peu de couleur, et essuya ses lunettes à la hâte.

Peu après, elle se dirigeait vers le nouveau réfectoire, un bâtiment cubique crépi d'un blanc éclatant. Elle dépassa des groupes d'étudiants en architecture qui se retrouvaient là chaque jour pour discuter des formes de l'immeuble. Elle happa au vol quelques mots, « pure modernité classique », « Le Corbusier » ou encore « Reflex avant-gardiste tardif ». Jamais auparavant Therese n'avait vu de construction de ce genre, et à son ouverture, trois semaines plus tôt, elle l'avait admirée bouche bée, saisie d'une bouffée d'enthousiasme, d'une sorte de fierté. Fierté d'être inscrite à l'université la plus moderne d'Allemagne, comme Ernst Reuter, le maire de Berlin, l'avait nommée dans son discours d'inauguration. D'un autre côté, cette idée la rendait mélancolique. Si seulement un soupçon de cette liberté pouvait effleurer la faculté de droit. Les professeurs y étaient âgés, venaient en cours en costume gris et cravate, incarnaient des valeurs conservatrices et défendaient leur pré carré de vieux mâles contre toute espèce d'ouverture. Le cursus d'architecture était-il plus avancé en la matière ? Le nouveau réfectoire, en tout cas, rayonnait de modernité. Le corps de béton semblait littéralement flotter sur ses piliers arrondis faits du même matériau. Les fenêtres n'étaient pas côte à côte, dans des encadrements maçonnés classiques, mais regroupées en longues baies vitrées horizontales. Le contraste avec les immeubles voisins n'aurait pas pu être plus grand.

Elle pressa le pas, laissant les aspirants architectes discuter d'esthétique, et s'arrêta dans l'entrée de la haute cantine pour observer les lieux. Marie n'était pas venue en cours ce matin, elle devrait donc se passer d'elle pour déjeuner. Au moins son amie avait-elle participé au dernier examen blanc, qui leur serait rendu l'après-midi même. Peut-être viendrait-elle quand même assister à la correction.

Therese fouilla la salle du regard. C'était le jour de l'escalope viennoise, le plat préféré de tous, et la cantine était pleine à craquer.

Il était là ! Dans la queue menant au comptoir, son pull bleu roi bien visible dans la foule. Un plateau coincé sous un bras, il discutait avec le camarade qui le précédait dans la file. Pouvait-elle aller tout simplement se joindre à lui ? Impossible ! Elle aurait eu l'air de lui courir après… Pourtant, c'était bien lui qui lui avait demandé, après le cours de droit pénal, si elle voulait l'accompagner au réfectoire. Si seulement elle l'avait suivi ! Mais elle avait dû aller aux toilettes.

Elle fit donc mine de chercher une place libre où poser son sac. L'agencement sobre, sans murs porteurs, et les longues baies vitrées laissaient entrer beaucoup de lumière dans la salle. L'acoustique, en revanche, était tranchante et directe, et le vacarme de la foule lui blessait les oreilles.

Comme le réfectoire servait aux étudiants de toutes les facultés, le public était nettement plus féminin que celui auquel elle était habituée dans ses cours de droit. En germanistique et en histoire de l'art, par exemple, les femmes n'étaient plus une exception à l'université libre. Et apparemment, les quatre tables les plus proches de l'entrée étaient occupées par des élèves de ces matières. Therese aurait aimé se joindre à elles, mais cette concentration de voix aiguës était pour elle extrêmement douloureuse.

Abandonnant l'idée de poser son sac, elle résolut d'aller d'abord se chercher à manger. Alors qu'elle se dirigeait vers le bout de la file, il agita la main vers elle. Elle hésita, regardant aux alentours. S'adressait-il vraiment à elle ? Ne voyant personne réagir à ses signes, elle alla vers lui et le vaste comptoir. Dans le réfectoire provisoire, qu'ils surnommaient « la bicoque » et qui n'était en fait qu'un baraquement de fortune, la distribution des plats se faisait à de vieilles tables râpées. On y avait nourri professeurs, employés et étudiants depuis la reprise des cours, en 1948, et cette cantine improvisée avait vite été dépassée par le nombre croissant d'étudiants. Ici, une construction en acier inoxydable de vingt mètres de long posée sur un socle de carrelage blanc assurait clarté et hygiène. Therese lui trouvait toutefois plus des airs de comptoir de boucherie que de cantine. Elle n'alla pas loin : une chaîne de métal accrochée à des poteaux ancrés dans le sol en granito noir lui rappela qu'il convenait de faire la queue en bon ordre.

— Vous êtes en retard ! dit-il.

Devant lui, un étudiant se retourna et pinça les lèvres comme pour étouffer un rire, mais le jeune homme au pull bleu roi l'ignora. Elle ne connaissait toujours pas son prénom. Avec nonchalance, il souleva la chaîne d'un doigt et lui fit un signe de tête engageant. Aussitôt, derrière eux, on cria :

— Hé ! À la queue, comme tout le monde !

Therese hésita. Ceux qui doublaient pour rejoindre un camarade s'attiraient en général les foudres des affamés.

— Je ferais mieux d'aller attendre, dit-elle.

Il proposa de lui apporter une portion d'escalope ; en échange, elle pouvait leur réserver deux places. Sans attendre sa réponse, il lui mit sa sacoche dans les bras, souriant, et se retourna. Therese se retrouva plantée là avec les deux sacs, consciente que tout le monde la regardait.

Reprends-toi, s'ordonna-t-elle. Elle se dirigea d'un pas raide vers une table d'où trois personnes venaient de se lever, tout près du comptoir. Elle eut de la chance : avant qu'un autre mangeur l'ait atteinte, elle jeta un des sacs sur le robuste plateau de bois et s'assit sur une des chaises. Peu après, il surgit devant elle avec deux assiettes sur son plateau. Son duffle-coat pendait à son bras, sur le point de tomber par terre. Therese le rattrapa par la capuche.

— Et votre ami ? demanda-t-elle.

Elle désigna l'étudiant avec qui il avait attendu, qui allait maintenant vers une autre table. Il expliqua que Lützi avait aperçu d'autres connaissances. Therese hocha la tête, habituée à ce que les autres l'évitent.

— Axel Hohmann, dit-il.

— Therese Trotha.

Ils se serrèrent formellement la main.

— Pour être honnête, je connaissais déjà votre nom de famille...

Il s'interrompit, et elle répondit :

— Pas étonnant. Marie et moi sommes appelées si souvent pendant les cours que tous les étudiants de la promotion doivent savoir qui nous sommes.

Il prit place en face d'elle et lui tendit la portion la plus généreuse. Elle eut un geste de dénégation.

— Oh mon Dieu, non ! Prenez donc la plus grosse part.

Il échangea les assiettes sans protester, semblant n'avoir attendu que cela.

— Comment avez-vous trouvé le cours d'aujourd'hui, mademoiselle Therese ? Je ne crois pas avoir entendu votre nom une seule fois.

Il sourit un peu, juste assez pour que Therese se mette à vraiment l'apprécier, puis il prit une bouchée de purée de pommes de terre. Il la dévisagea en mangeant, et elle s'aperçut qu'il avait les yeux du même brun qu'elle. Ses traits réguliers, toutefois, étaient bien plus agréables à regarder que les siens. Elle n'arrivait toujours pas à croire qu'elle était en train de déjeuner avec un des étudiants les plus séduisants de sa promotion. Les éclats de voix, autour d'eux, lui parurent soudain moins assourdissants, les tons aigus moins stridents. Elle s'essuya la bouche sur sa serviette en papier avant de répondre :

— Sternberg est un des plus aimables. Il n'a pas autant Marie... je veux dire : Mlle von Prignitz et moi dans le collimateur que les autres.

— Comme le professeur Wulff, par exemple ? commenta Axel. Où est donc Mlle von Prignitz ? Je ne l'ai pas vue, ce matin. Vous êtes pourtant comme des sœurs siamoises, toutes les deux !

Therese baissa la tête et piqua deux morceaux de carotte. Devait-elle lui avouer la vérité ? Depuis le jour où Wulff l'avait tant humiliée, Marie ne venait plus que sporadiquement en cours. Avant de porter sa fourchette à sa bouche, Therese se décida pour une excuse.

— Elle est malade. Une mauvaise grippe.

Elle vit dans ses yeux qu'il ne la croyait pas, mais il n'insista pas, et elle changea de sujet en répondant à une de ses premières questions.

— J'ai trouvé le cours de ce matin intéressant, même si le droit pénal n'est pas forcément mon sujet de prédilection. J'avais toujours considéré la démarcation entre les paragraphes 211 et 212 du Code pénal comme plutôt anodine, mais Sternberg a démontré que la qualification de meurtre pour motif crapuleux comme une sorte de clause générale à valeur morale peut justement se révéler très problématique.

Ce passage du coq à l'âne ne sembla pas le perturber ; il la regarda d'un air pensif tout en se fourrant le dernier morceau de viande dans la bouche. Elle observa ses mains puissantes et lisses, qui tenaient les couverts avec fermeté, et s'étonna de la vitesse à laquelle il avait avalé son escalope. Elle-même n'avait pas encore entamé la sienne. Alors qu'il mastiquait en semblant réfléchir à une réponse, elle reprit :

— Mon père est avocat de la défense depuis un certain temps et il aime me parler de ses affaires. Mais les rapports des légistes, les interrogatoires interminables des témoins où on doit relever tant d'allégations mensongères, je trouve tout cela tellement...

Elle réfléchit à la bonne expression.

— Inélégant ? proposa-t-il.

— Exactement !

Elle le regarda, surprise qu'il ait trouvé le mot juste. Un petit sourire satisfait réapparut au coin de ses lèvres. En cet instant, et pour la seconde fois de sa vie, Therese fut prise d'une oppressante sensation d'attirance ; elle la submergea avec une telle force qu'elle en retint inconsciemment son souffle. Alors seulement, elle se rendit compte qu'il fixait son escalope des yeux. Elle poussa son assiette vers lui.

— Mangez donc, je n'ai pas très faim, aujourd'hui.

Il lui demanda pour la forme si elle était sûre, piquant la viande de sa fourchette pour la faire passer dans sa propre assiette, ne lui laissant que les légumes.

— Votre père est donc avocat de la défense... Et vous n'envisagez pas de travailler un jour dans son cabinet, voire de le reprendre ?

Therese pinça les lèvres et secoua la tête avec véhémence. Jamais elle ne serait avocate, et jamais elle ne travaillerait dans le droit pénal.

— Quoi, alors ?

Elle serait juge civile à la cour d'appel régionale, c'était son objectif et la raison pour laquelle elle s'était lancée dans des études de droit.

Therese répondit si promptement et avec une telle conviction qu'Axel siffla doucement entre ses dents, sans même penser à remettre son projet en question.

— Voilà qui inspire le respect, dit-il. Je vous crois même tout à fait capable de réussir les deux examens d'État, après quoi on parlera de vous dans le *Nouvel Hebdomadaire juridique*.

Ils gardèrent le silence un moment. Elle eut soudain envie de remonter le temps de quelques minutes pour rattraper ses mots. Comment avait-elle pu être assez bête pour lui révéler si ouvertement son vœu le plus cher ? Jusqu'à présent, elle n'en avait parlé qu'à une seule et unique personne : son amie Marie. Il n'existait encore presque aucune femme juge en Allemagne, et pas une seule en cour d'appel. Axel devait la trouver terriblement naïve. Pourtant, elle ne vit pas de mépris dans son regard, plutôt une sorte d'admiration. En même temps, elle devina qu'en son for intérieur, il prenait ses distances. Sa déclaration lui avait définitivement fait perdre à ses yeux le statut de jeune femme normale.

Elle touilla sa purée du bout de sa fourchette, sans entrain. Son appétit s'était envolé pour de bon et elle était furieuse contre elle-même. Elle tenta de changer de sujet en lui demandant son avis sur le nouveau réfectoire, en vain. Il répondit brièvement qu'il trouvait le bâtiment peu banal mais que le principal était qu'il soit fonctionnel. Alors qu'elle s'apprêtait à insister, elle vit une jeune femme s'approcher de leur table dans le dos d'Axel. Elle l'avait déjà aperçue à la table des germanistes, dans son élégante robe saumon soulignée d'une ceinture de cuir rouge. Quand ses yeux croisèrent ceux de Therese, elle posa un doigt sur ses lèvres rouges pour lui demander de ne pas la trahir. Elle s'approcha, plia un peu les genoux et posa les mains sur les yeux d'Axel, par-derrière. Therese en resta bouche bée. Toucher un homme avec une telle familiarité dans un lieu public, voilà qui était inouï. Pour qui se prenait-elle donc ? Axel aussi parut surpris.

— Devine qui c'est ? demanda la jeune femme avec un clin d'œil complice à Therese.

Sa frange courte à la mode lui allait bien. Therese perçut son parfum. Elle la trouvait trop apprêtée pour une étudiante.

— Karin, Sabine, Gerda, Monika, Leonore..., énuméra Axel, blagueur, en entrant dans son jeu.

Elle abaissa les mains et lança, faussement vexée :

— Crapule !

Il se tourna vers elle et s'écria, pas spécialement surpris :

— Selma ! Je le savais !

Elle lui lança un baiser de la main et demanda à Therese :

— Et vous êtes ?

Axel se rappela soudain ses bonnes manières :

— Permettez-moi de faire les présentations : Selma Franke, Therese Trotha. Vous savez, Mlle Selma et moi nous connaissons depuis très longtemps.

— C'est le moins qu'on puisse dire ! commenta celle-ci.

Aussitôt, Therese se sentit mal à l'aise, déplacée. Prenant soudain conscience que le réfectoire s'était vidé, elle jeta un coup d'œil à sa montre et fut saisie de sueurs froides. Le cours de droit civil avec la correction de l'examen blanc commençait dans cinq minutes. Il était hors de question qu'elle arrive en retard.

— Nous devons y aller, les corrections...

Dans sa précipitation, elle renversa sa chaise en se levant. Écarlate, elle la ramassa à la hâte en marmonnant une excuse, attrapa son sac et demanda à Axel Hohmann s'il ne venait pas au cours. Lui d'habitude si ponctuel agita vaguement la main, assurant qu'il arriverait bien assez tôt. Pendant ce temps-là, Selma Franke la détailla de haut en bas. Therese la salua d'un signe de tête et se détourna. Quand elle se fut éloignée de quelques mètres, elle l'entendit demander :

— Qu'est-ce que c'est que ce drôle d'oiseau ?

Par chance, elle arriva juste à temps pour entrer dans la salle avec un groupe d'étudiants. La correction de l'examen blanc avait lieu dans une des élégantes villas anciennes de Dahlem. Le contraste avec la modernité du nouveau réfectoire était frappant. Juste avant que le professeur pénètre dans la pièce qui, à part les rangées de chaises, évoquait toujours un salon, Therese se glissa sur une place libre à côté de Marie. Elles s'entre-regardèrent. Therese aurait bien voulu lui demander de ses nouvelles et savoir pourquoi elle avait manqué tant de cours, mais elle s'abstint même de chuchoter un bonjour par crainte d'attirer l'attention de Wulff. Il laissait déjà errer sur les étudiants ses yeux pâles et globuleux, et elle avait la sensation accablante qu'il ne cherchait qu'elles deux. Son regard se posa un instant sur elles, un lent battement de cils révéla qu'il les avait découvertes, mais quelque chose dans son expression sortait de l'ordinaire.

Impassible et muet, il attendit que les bavardages des élèves s'éteignent et qu'ils lui consacrent toute leur attention, l'air de dire : « Je n'ai pas besoin de vous mais vous avez besoin de moi. » Un carton gris contenant les épreuves corrigées était posé à ses pieds. La tension semblait emplir la pièce. Quand le silence se fit enfin, les chants d'oiseaux venant du jardin fruitier de l'ancienne maison de maître parurent assourdissants. Tous brûlaient de connaître leurs notes. C'était le dernier examen blanc de droit civil avant la véritable épreuve, une répétition générale qui déterminerait s'ils étaient prêts ou s'ils feraient mieux de rempiler pour un semestre supplémentaire. Therese se tourna vers Marie. Son visage délicat et enfantin au nez en trompette avait un air anormalement pensif, comme tourné vers l'intérieur. Elle eut le cœur serré de la voir ainsi, et se sentit coupable. Elle savait que son amie ne supporterait pas un semestre de plus. Si elle échouait à tous les examens blancs, Marie ne s'inscrirait même pas au premier examen d'État et abandonnerait ses études juste avant leur terme.

— Mesdemoiselles et messieurs, je suis très conscient que pendant tout l'énoncé de la correction, vous n'aurez d'yeux que pour le vilain carton posé sur ce beau parquet de chêne.

Wulff marqua une pause calculée, exacerbant délibérément l'excitation des quatre-vingts jeunes gens assis là en rangs serrés. Therese crut littéralement sentir leur sueur et leur trop-plein de testostérone.

— Vous voulez récupérer vos copies ?

D'abord, personne ne dit mot, la question étant bien sûr purement rhétorique. Wulff mit une main en coupe derrière son oreille droite et se pencha légèrement vers l'avant. Les étudiants hésitèrent. Même ses admirateurs les plus fervents semblaient trouver trop humiliant le petit jeu qu'il leur infligeait aujourd'hui.

— Alors ? insista-t-il en ourlant les lèvres comme une carpe.

Un murmure d'approbation courut dans les rangs, d'abord incertain puis de plus en plus bruyant. De loin en loin, on entendit des exclamations : « Ouiiii ! Les copies ! » Therese tourna la tête vers l'étudiant roux aux cheveux gominés assis à trois chaises d'elle. Il poussait des cris perçants. Elle fut prise d'un profond dégoût face à une telle servilité, et la chair de poule lui couvrit les bras. Marie lui donna un coup de coude, se courba vers l'avant et fit mine de vomir.

— Très bien, très bien. Nous ferons aujourd'hui les choses à l'envers : d'abord les résultats, ensuite le corrigé.

Des cris d'enthousiasme et des applaudissements retentirent jusqu'à ce que tous voient Wulff, une main sur la bouche, les observer avec amusement. Il se moquait d'eux, les tournait tous en ridicule. Les applaudissements moururent peu à peu. Sans plus d'explications, et d'un ton parfaitement neutre, Wulff se lança dans le corrigé de l'examen blanc, débitant la solution à une vitesse inhabituelle. Si écœurée qu'elle fût par son comportement, Therese prit peu à peu conscience qu'elle approuvait chacune des étapes du raisonnement qu'il leur présentait. Elle avait rédigé dans son devoir la solution modèle du professeur, jusque dans le moindre détail. Elle se surprit à boire ses paroles, manquant de jubiler à chaque mot. Au cours de cette demi-heure, elle faillit éprouver une espèce de sympathie envers ce professeur tant haï. Était-ce seulement possible ? se demanda-t-elle, embarrassée. Submergée par une confiance en elle totalement inédite, elle attendait la remise des copies avec une telle impatience qu'elle ne vit pas Marie, près d'elle, devenir de plus en plus nerveuse. Elle se tortillait sur sa chaise, croisait et décroisait les jambes, se rongeait les ongles. Elle les avait presque tous grignotés, laissant même une blessure sanglante à son annulaire. C'est seulement quand Wulff termina son exposé que Therese prit conscience de l'état de son amie.

— Je vous en prie, vous pouvez vous servir, messieurs... (Et, tournant les yeux vers elles :) ... et mesdemoiselles.

En cet instant, elle lut sur son visage comme dans un livre ouvert.

Il fallait bien que ça arrive, pensait-il en fixant Marie. Mais le regard qu'il lança à Therese exprimait tout autre chose. Un mélange de surprise et de... Sans qu'elle en soit certaine, il sembla bel et bien à la jeune femme y lire de l'estime.

— Qu'attendez-vous donc ? demanda-t-il.

Tous les étudiants du premier rang se levèrent et le tumulte fut instantané. Wulff poussa le carton d'un petit coup de pied, le faisant glisser vers l'avant pour éviter de se retrouver lui-même dans la mêlée. Du coin de l'œil, Therese vit la porte s'ouvrir et Axel Hohmann entrer dans la salle. Quand il croisa son regard, il lui sourit et hocha la tête. Elle baissa les yeux.

Le rouquin attrapa la pile de copies, bondit sur une chaise et appela les élèves l'un après l'autre, l'air important. Ses camarades l'encerclèrent, lui arrachant impatiemment leurs feuillets des mains dès qu'il prononçait leur nom. Therese et Marie se levèrent, incertaines, et s'approchèrent lentement de l'attroupement.

— Je n'aurai même pas la moyenne, murmura Marie en baissant la tête. Pas la peine de me faire d'illusions.

— Mais attends de voir. Nous avons révisé ensemble et tu es plutôt bonne en droit des obligations, dit Therese pour tenter de la réconforter.

Elle se trouva bien peu convaincante. Si son amie avait le sens de la formule, ses réponses étaient souvent mal structurées, tout le contraire des siennes.

— Je te parie que nos copies sont tout en bas de la pile, une fois de plus, chuchota Marie avec un soupir.

— J'ai 2, presque la meilleure note ! s'écria quelqu'un près d'elles en agitant en l'air des feuillets couverts d'une écriture serrée.

Therese se tourna vers lui. Le jeune homme dégingandé secoua la mèche qui tombait sur son haut front.

— Moi aussi ! lança un étudiant replet aux cheveux très courts, à côté de lui.

Ils se donnèrent de grandes claques de satisfaction sur les épaules. Une vague d'orgueil submergea Therese. Si quelqu'un ici avait mérité un « Bien » sur sa copie, c'était elle. Pourtant, même si le droit civil était sa matière de prédilection, elle n'y avait jamais obtenu mieux qu'un « Satisfaisant ». Elle n'avait pas eu le courage de montrer ses dissertations à son père pour lui demander son avis, et se doutait que Wulff lui donnait intentionnellement de moins bonnes notes qu'à ses camarades masculins.

Le jeune homme roux lança soudain le nom de von Prignitz, allongeant inutilement le z final. Le silence se fit et tous les visages se tournèrent vers elles.

L'étudiant tendit sa copie à Marie et les autres formèrent une haie pour la laisser passer. Therese lut sur le visage mince de son amie ce qu'elle ressentait. L'heure était décisive. Si elle avait de nouveau récolté un 5 ou un 6, il était très improbable qu'elle réussisse l'examen final. Alors que Marie voulait saisir sa copie, un autre l'attrapa, se détourna et se mit à la feuilleter. Ses camarades se regroupèrent autour de lui, rieurs.

— Alors, quelle note a la comtesse ? s'enquit quelqu'un.

Il prit la dernière page et fit mine de chercher la mention, savourant visiblement l'attention de ses camarades.

— Regardez, ce n'est pas si grave, cette fois-ci !

Therese entendit Marie déglutir bruyamment et lui jeta un coup d'œil. Ses joues avaient rosi, elle reprenait espoir. Le jeune homme à la joue traversée d'une cicatrice sans doute récoltée lors d'un duel au sabre pinça les lèvres et lança :

— Cette fois, pas d'« Insuffisant », seulement…

Il haussa la voix pour prononcer le dernier mot en détachant bien les syllabes :

— … « Mé-dio-cre » !

Puis il jeta les feuilles en l'air.

Des rires et des cris de joie assourdissants envahirent la salle, et presque tous les étudiants essayèrent d'attraper les feuilles volantes. Therese et Marie restèrent figées, sidérées par le comportement inacceptable de leurs camarades et incapables de se défendre. La restitution des devoirs s'était jusqu'à présent toujours déroulée de manière civilisée, mais aujourd'hui, pour le dernier examen blanc, les étudiants violaient toutes les règles. Therese chercha le professeur des yeux. Comment pouvait-il permettre cela ? Elle ne le vit nulle part : il avait déjà discrètement quitté la salle. Ce fut Axel Hohmann qui, semblant surgir du néant, se pencha pour ramasser la copie, ou plutôt ce qu'il en restait.

— Lève le pied, imbécile, dit-il à un de ses camarades qui marchait sur un feuillet.

Celui-ci eut l'air stupéfait. C'était la première fois que quelqu'un venait en aide aux deux jeunes filles. Il regarda autour de lui en quête du soutien de ses camarades. À cet instant, un nouvel étudiant, arrivé à l'université libre au début du semestre, s'approcha lentement et se planta devant lui, si proche que leurs vestes se frôlèrent. Therese remarqua ses épaules très larges, ses vertèbres qui se démarquaient sous son vêtement, mais surtout, elle vit que sa main droite était cachée dans un gant noir, immobile. Elle supposa qu'il s'agissait d'une blessure de guerre.

— Alors, tu te remues ?

— Oui, oui, c'est bon.

Il leva le talon et Axel Hohmann ramassa le feuillet coincé dessous. En se redressant, il posa les yeux sur la note. Il tendit à Marie la copie souillée et froissée, l'air sincèrement navré.

— Je croyais que vous aviez la grippe ! dit-il sans commenter son « Médiocre ».

Wulff avait inscrit la mention en rouge, en plus gros caractères que d'habitude, et on aurait dit qu'il avait repassé chaque lettre plusieurs fois. Marie prit les feuillets, et Therese vit sa lèvre inférieure se mettre à trembler. Pourvu qu'elle ne fonde pas en larmes ; cela ne ferait qu'encourager encore les moqueries des autres.

— Trotha ! lança le roux.

Therese se tourna vers lui. Il feuilleta sa copie avec le plus grand naturel dans l'espoir de pouvoir annoncer une mauvaise note de plus, mais arrivé à la dernière page, il resta bouche bée, manifestement stupéfait. Il lui tendit vite son travail sans ajouter un mot.

— Alors, Freytag, quelle note elle a ? demanda le balafré.

Le roux fit mine de ne pas l'entendre. Ce fut Axel Hohmann, regardant par-dessus l'épaule de Therese, qui répondit à sa place :

— Elle a 1.

La jeune femme avait les oreilles qui bourdonnaient. Elle crut avoir mal lu, mais la déclaration d'Axel Hohmann confirma cette note d'exception, quasi jamais attribuée en droit. Elle était assortie de la signature tout en longueur du professeur Wulff. Therese peinait à le croire. Pourtant, le vertige de son triomphe ne dura guère.

— Marie !

Où était son amie ? Elle regarda autour d'elle et ne vit que les visages de ses camarades masculins, incrédules, envieux et même, pour certains, admiratifs.

— Bah, c'était juste un examen blanc, commenta le roux.

Therese s'en moquait bien, à présent. Elle savait à quel point Marie devait être malheureuse de la voir obtenir une telle note alors qu'elle-même se retrouvait une fois de plus sous la moyenne. Elle retourna vers sa place, suivie par Axel Hohmann, remballa fébrilement ses affaires et coinça son recueil de loi sous son bras. Debout près d'elle, Hohmann parlait sans qu'elle l'entende vraiment, évoquant un « rendez-vous », « réviser ensemble pour l'examen », un « groupe de travail »... Elle se contenta de murmurer :

— Il faut que je me dépêche ! Je dois absolument retrouver Marie !

Gisela

Dès la sortie du métro Nürnberger Straße, ils aperçurent la grappe de jeunes fêtards qui s'était formée devant l'entrée du club de jazz. Il se trouvait dans le complexe tout en longueur du Femina-Palast que le KaDeWe avait provisoirement occupé durant quelques années. Gisela y était déjà venue plusieurs fois. Elle observa de dos Pim et Günther, ce couple disparate qui marchait devant elle et Felix. Pim dépassait son ami de presque une demi-tête et c'était lui qui avait même passé son bras sous le sien, non l'inverse. Ses talons aiguilles, renforcés comme le voulait la mode de petites plaquettes de métal, claquaient à chaque pas. Sa jupe rayée noir et blanc se mouvait en rythme, dévoilant un volumineux jupon. De nombreuses femmes faisaient ainsi gonfler leurs jupes dès qu'elles en avaient les moyens. Pim gloussait à une des innombrables blagues que Günther venait de lui souffler à l'oreille. Ils affichaient une nonchalance peu ordinaire en public pour un couple non marié. Gisela sourit. Elle les aimait bien et aurait volontiers partagé leur gaieté. Pourtant, la sensation oppressante ressentie plus tôt à sa fenêtre ne l'avait pas quittée. Sentant la douce pression de la main de Felix entre ses omoplates, elle se tourna vers lui.

— Tu crois que c'est bon signe que la voiture n'ait plus été là ? demanda-t-elle.

Il se pencha vers elle puis s'arrêta pour la réconforter. Elle perçut son haleine chaude. Qu'elle ne s'inquiète donc pas tant. Günther et lui faisaient attention, tout était sous contrôle. Elle posa la tête contre sa poitrine, perçut les battements de son cœur et, en relevant les yeux, croisa son regard plein d'insouciance et de confiance.

— Allez, on pense à autre chose. Sinon, autant rester à la maison pour déprimer en rond.

Il lui prit la main et l'entraîna, courant pour rattraper leurs amis. Ils prirent place au bout de la queue et regardèrent les couples, devant eux, se faire appliquer sur la main le petit tampon bleu tant convoité représentant une baignoire. À l'intérieur retentissait un solo de batterie déchaîné, et Gisela sentit le rythme saccadé s'insinuer dans ses membres, pousser son corps à la danse, chassant peu à peu ses soucis. Le mélange d'impatience joyeuse et de fatigue refoulée lui donnait presque le vertige.

— Qui joue, ce soir ? s'enquit Felix.

Günther fit un pas de côté et désigna du pouce l'affiche, dans son dos.

— Johannes Rediske Quintett, lut Pim. Et vous restez bien propres, les garçons, ajouta-t-elle par allusion au nom du club imprimé sur le poster en lettres bleues.

Gisela observa la photo des cinq jeunes musiciens aux cheveux coiffés en banane, qui rayonnaient d'un optimisme irrésistible. Fous amoureux de leur propre musique. C'est le début d'une nouvelle ère, pensa-t-elle en tendant le dos de sa main à la caissière.

Ils durent patienter dans l'entrée pendant encore plusieurs minutes. Quand ils franchirent enfin la voûte basse menant à la salle, Gisela peina à distinguer le groupe derrière la foule qui se serrait au bord de la piste de danse. Elle fut stupéfaite de voir la véritable baignoire désormais suspendue à deux barres de métal au-dessus du comptoir.

De temps à autre, les pieds ou les bras de danseuses virevoltaient par-dessus les têtes. Les numéros acrobatiques étaient accueillis par des sifflements et des cris de joie. Le groupe jouait un boogie-woogie entraînant que Gisela avait déjà entendu à la radio. Felix et Günther tentèrent de leur frayer un chemin jusqu'au bar, écartant les gens venus profiter de ce qui était enfin arrivé des États-Unis après avoir été si longtemps interdit. Des hommes en manches de chemise, jeans étroits et chaussures pointues, des femmes avec des pull-overs en V et des jupes parapluie, d'autres en corsaire à large ceinture, formaient un cercle autour de la piste de danse. Gisela retint son souffle quand, à quelques centimètres d'elle, un danseur rattrapa sa partenaire après un salto et vacilla légèrement. Elle leva instinctivement les bras pour ne pas être bousculée par le couple survolté et Felix se dressa aussitôt devant elle, protecteur.

— Tu ferais mieux de reculer un peu, dit-il. Il faut que j'aille aux toilettes, je reviens tout de suite.

— Gilleken, qu'est-ce que tu bois ? lui cria Günther à l'oreille. C'est moi qui régale, ce soir, pour m'excuser de la petite frayeur de tout à l'heure.

— Quelle frayeur ? demanda Pim.

Chaque parcelle de son corps semblait déjà remuer au rythme de la musique. Gisela aussi avait du mal à rester immobile, et elle n'avait aucune envie de parler maintenant à Pim de la voiture est-allemande.

— Je te raconterai plus tard, dit-elle, le plus près possible de l'oreille de son amie.

— Alors ? insista Günther en levant la main pour attirer l'attention du barman.

— Gin-fizz ! répondit crânement Gisela, ayant récemment lu ce nom quelque part.

Günther ne parut pas le moins du monde impressionné par ce choix extravagant.

— Deux gin-fizz ! hurla-t-il pour couvrir la musique.

Quand ils se retournèrent, le couple avait terminé son numéro sous les applaudissements. Le groupe entama un morceau plus lent.

— Quel dommage ! s'exclama Pim, j'ai envie de me remuer, pas d'une bluette mollassonne.

— Trop tard ! fit Gisela.

Elle désignait un échalas aux cheveux bouclés et gominés qui venait vers elles. Il paraissait plus âgé que les autres, un véritable adulte dans sa chemise d'un blanc éclatant, avec pourtant quelque chose de juvénile qui le rendait attirant. De plus, il était avec Felix un des rares hommes présents à être plus grand que Pim. Gisela jeta un regard en coin à son amie. Elle vit à ses joues roses et au reflet dans ses yeux que le nouveau venu ne lui déplaisait pas. Sans tergiverser, Pim prit la main qu'il lui tendait et se laissa conduire sur la piste, où de nombreux couples enlacés évoluaient lentement. Un danseur s'approcha aussi de Gisela, mais Felix ressurgit soudain et lui saisit la main, arborant le sourire irrésistible qui l'avait charmée dès leur rencontre. Il l'attira contre lui et elle perçut de nouveau l'attirance magnétique qui semblait émaner de lui. Elle se remémora le soir où, un an plus tôt, il l'avait appelée sur le téléphone de table d'un dancing. « La plus jolie jeune fille de la salle m'accordera-t-elle cette danse ? » Elle avait parcouru la salle des yeux, fébrile ; sur la scène, de l'eau jaillissait de fontaines décoratives au rythme de la musique. Il lui avait indiqué la table 7, sans toutefois attendre qu'elle finisse de compter les rangées pour surgir devant elle, avec une courbette. Quand elle lui avait donné la main, ce premier contact physique lui avait fait l'effet d'une décharge électrique.

— Tu te souviens des fontaines du Resi ? demanda-t-elle en se lovant contre lui.

— Bien sûr ! ronronna-t-il.

Elle était fière de la grande taille et de la beauté de son mari et savourait les coups d'œil envieux des autres femmes.

— Cet été sera le plus beau de notre vie, Felix. S'il te plaît, ne le gâche pas avec tes combines louches, lui murmura-t-elle.

Il lui répondait sur le même ton que ce n'était pas des combines louches quand un bruit sourd les fit soudain sursauter. Instinctivement, il la poussa vers le bord de la piste et fit écran de son corps pour la protéger. Ne voyant rien derrière son large dos, elle tendit le cou par-dessus son épaule. Au même instant, un deuxième coup de poing toucha le partenaire de Pim au menton. Sa tête vola vers l'arrière, il vacilla et tomba par terre. Pim, les yeux écarquillés d'effroi, cria à Günther :

— Tu es devenu fou ?

Il l'ignora complètement ; tel un taureau enragé, il ne lâchait pas des yeux l'homme étalé par terre. Avec une lenteur calculée, il ôta sa veste et remonta les manches de sa chemise.

— Günther, tu ne vas tout de même pas… Ça suffit, maintenant ! ajouta Pim d'une voix stridente.

Le groupe continuait à jouer mais les danseurs s'étaient interrompus, formant un petit cercle autour des deux hommes.

— Fais quelque chose, Felix ! supplia Gisela en se mettant à côté de lui.

Alors seulement, elle vit qu'il riait à gorge déployée.

— Ça n'a rien de drôle !

L'échalas se redressa lentement, une main appuyée par terre, la lèvre en sang. Günther, à quelques mètres de lui, sautillait sur place en serrant les poings. La musique cessa enfin et les musiciens observèrent le spectacle depuis la scène.

— Allez, espèce de mauviette ! lança Günther, provocant. Lève-toi ! Ou est-ce que tu as déjà ton compte ?

L'autre se remit debout, toujours bancal, le haut du corps tellement penché vers l'avant que Gisela le crut sur le point de retomber. Une femme s'exclama : « Oh mon Dieu, il ne va pas y arriver ! » Des exclamations compatissantes retentirent quand il vacilla encore. Puis, sans la moindre transition, il fonça sur Günther à une vitesse inattendue, tête baissée. Les spectateurs s'écartèrent en criant et les deux combattants s'effondrèrent au milieu des tables et des chaises. Les craquements et grincements du bois qui se brisait retentirent dans la salle presque silencieuse. L'échalas, désormais assis sur la poitrine de Günther, se mit à le gifler violemment, à droite, à gauche, à droite, à gauche. La voix criarde de Pim résonna de nouveau :

— Arrête, mais arrête, imbécile ! Lâche-le tout de suite !

Cette fois-ci, elle s'adressait à son danseur. Le voyant continuer, elle se tourna vers l'assistance :

— Mais pourquoi personne ne fait rien ?

Enfin, Felix s'approcha et attrapa l'échalas par un bras. Un autre jeune homme saisit son coude de l'autre côté, et à eux deux, ils l'éloignèrent de Günther et l'entraînèrent dehors. Pim et Gisela se penchèrent vers Günther pour examiner ses blessures, mais il semblait n'avoir que quelques contusions et les joues écarlates. Il se secoua et se remit vite debout.

— Eh bien, tu fais un fameux Culbuto ! commenta Pim.

— Un Culbuto bien coléreux, ajouta Gisela.

— Ne sois donc pas si sévère avec moi, Gilleken, fit-il avec un sourire désarmant.

Les spectateurs avaient perdu tout intérêt pour lui et quelqu'un s'écria : « Musique ! » Le groupe se lança aussitôt dans un jive endiablé. Le contrebassiste à la banane d'un noir brillant ajusta le micro et, tout en maltraitant son gigantesque instrument à une vitesse folle, beugla d'une voix métallique des paroles en anglais. Les couples se remirent à danser. Gisela aurait bien voulu retourner sur la piste, elle aussi, mais Felix n'était toujours pas réapparu. Günther leur tendit leurs verres, qu'il avait déposés sur une table avant la bagarre. Lui-même buvait une bière en bouteille. Gisela aspira une gorgée avec sa paille. L'alcool lui brûla la gorge et lui monta aussitôt à la tête. Elle se fit l'effet d'être débauchée, sans en ressentir la moindre mauvaise conscience.

Soudain, Felix ressurgit devant elle, lui saisit les mains et la fit tournoyer. Il sentait le tabac et la bière, et ils virevoltèrent en riant. Pim et Günther aussi étaient grisés, les genoux souples, le corps plein d'élan. La soirée passa comme un train express lancé à toute allure, leur laissant une exquise sensation de vertige.

Therese

Elle examina le feuillet qu'elle tenait à la main. Arrivée au Treibjagdweg, dans le quartier de Berlin-Zehlendorf, elle chercha le bon numéro. La plupart des villas majestueuses aux jardinets bien entretenus étaient protégées des regards curieux par des haies ou des clôtures. Dans ce secteur, comme à Dahlem, les bombardements des Alliés avaient commis moins de dégâts qu'au centre-ville. Les vieux tilleuls qui bordaient la rue avaient eux aussi bien surmonté les dernières décennies, à part quelques branches ayant servi de bois de chauffage. Ils étaient à présent couverts de bourgeons vert tendre. Sur une colonne de pierre, une plaque d'émail bleu indiquait le numéro 48. C'était là ! Therese se mit sur la pointe des pieds, tentant d'apercevoir la villa bâtie très en retrait par-dessus la haie de troènes, mais celle-ci était bien trop haute. Elle sonna donc et attendit. Comme rien ne bougeait, elle passa la main par-dessus le portillon de bois, enfonça la poignée et ouvrit. Elle suivit le chemin pavé vers la vaste maison fin de siècle à façade jaune et volets verts. Un rideau remua derrière une vitre du rez-de-chaussée, et quand elle monta les marches de l'entrée latérale, la porte s'ouvrit. Par l'entrebâillement, une femme d'une cinquantaine d'années, bien mise dans une robe discrète, la dévisagea d'un air méfiant.

— Vous désirez ?

Puis, voyant la sacoche noire de Therese, elle ajouta, mordante :

— Vous n'avez pas vu le panneau ?

— Quel panneau ?

— Mendiants et quémandeurs interdits.

Therese aurait volontiers souri pour l'amadouer, mais elle savait que son visage n'aurait fait que la troubler plus encore.

— C'est un malentendu, répondit-elle. Je viens voir Marie von Prignitz, nous sommes camarades d'université. Elle habite bien ici ? (Elle brandit son bout de papier.) C'est en tout cas l'adresse qu'on m'a donnée.

La femme se détourna aussitôt et lança vers la cage d'escalier, derrière elle :

— Marie ! Tu as de la visite !

Puis elle regarda de nouveau Therese, l'air plus aimable, ouvrit la porte en grand et la fit entrer.

— Je vous prie de m'excuser, mademoiselle...

— Trotha, fit la jeune fille, s'empressant de rattraper les présentations manquées. Therese Trotha.

— Mademoiselle Trotha, répéta la femme. Il y a tant de mendiants et de quémandeurs dans notre quartier, et depuis peu aussi ces affreux vendeurs d'illustrés. Ils sont parfois si insistants, et d'un sans-gêne, vous ne pouvez pas vous imaginer. Ils mettent le pied dans la porte !

— Je comprends.

— Ils ont l'air de croire que seuls des gens aisés vivent ici. Pourtant, nous non plus, nous n'avons plus rien... (Elle désigna le plafond.) ... à part un toit sur la tête.

Par les temps qui courent, beaucoup n'ont même pas ça, songea Therese. Avant qu'elle ait le temps de répondre, des pas rapides retentirent dans l'escalier. Marie, hors d'haleine, surgit dans le hall. Elle portait sa vieille jupe habituelle, mais avec un pull-over à manches courtes bleu clair qui faisait briller ses yeux. Therese vit qu'elle se réjouissait sincèrement de la revoir. Elles s'enlacèrent.

— Comment m'as-tu trouvée ?

— En demandant au secrétariat.

Marie sourit.

— Tu as vraiment mené l'enquête !

Elle se tourna vers la femme restée près de la porte, curieuse.

— Tantine, voici Therese Trotha, ma camarade de fac... La seule fille, d'ailleurs, enfin tu le sais déjà. Sa famille aussi avait un domaine à l'Est. Voici ma tante Ruth, ajouta-t-elle à l'intention de Therese.

— Elle s'est déjà présentée, elle a l'air très bien élevée, fit tante Ruth. Vous ne voulez pas venir à la cuisine ? Je peux vous faire du thé à la menthe, et il reste de la brioche d'hier.

Marie secoua la tête.

— Merci, tantine, mais nous allons dans ma chambre.

Therese perçut la déception de sa tante, et elle fut navrée de voir Marie la planter là ainsi ; elle semblait avoir ses raisons.

— Vous aviez donc un domaine, vous aussi ? s'enquit Ruth.

Quand Therese hocha la tête, elle ajouta :

— Il n'y aurait jamais de place dans toute l'Allemagne pour tous les domaines seigneuriaux que les réfugiés de Silésie et de Poméranie prétendent avoir eus...

— Ce n'était pas un domaine seigneurial, répliqua Therese. Mon grand-père l'avait bâti à la sueur de son front, et...

Avant qu'elle puisse terminer sa phrase, Marie la saisit par le bras et l'entraîna vers l'escalier.

— Si vous voulez mon avis, on n'a pas besoin de tous ces morts-de-faim qui viennent jusqu'ici nous ôter le pain de la bouche et qui exigent en plus des compensations, lança encore tante Ruth dans leur dos.

Marie fit la grimace tandis qu'elles montaient les marches quatre à quatre. Le tapis rouge moelleux cédait sous leurs pas, et Therese prit conscience de n'avoir plus foulé depuis longtemps un revêtement si luxueux. Les souvenirs de Feltin remontèrent. Au domaine, ils avaient eu un tapis très semblable, retenu par des barres de laiton. Les murs couverts de papier peint à rayures pâles étaient ornés de petits paysages à l'huile.

— C'est la Prusse-Orientale ? s'enquit-elle.

Elle aurait aimé s'arrêter pour observer les tableaux de plus près, mais Marie l'entraînait toujours et répliqua :

— Non, c'est juste kitch !

Dans le couloir, elles passèrent devant plusieurs pièces. L'une des portes était ouverte et Therese jeta un coup d'œil à l'intérieur. Une maquette de frégate était exposée sur une étagère. À côté, une petite locomotive, des romans d'aventures, et une collection de livres de Karl May dont Therese reconnut la reliure verte : ses frères avaient eu la même. Marie l'entraîna jusqu'à la toute dernière pièce du couloir. Elle referma la porte derrière elles et souffla :

— Elle garde un portrait du Führer derrière un des tableaux. Je l'ai vue l'en sortir, un soir, et le regarder d'un air nostalgique.

Elle resta un instant près de la porte, silencieuse, et fit signe à Therese de s'asseoir. Celle-ci regarda autour d'elle et ne vit qu'une chaise, encombrée de livres. Elle observa mieux la pièce, qui lui parut anonyme. La plupart des objets ne semblaient pas appartenir à Marie, bien qu'elle vive ici depuis plusieurs années. Seul le tourne-disque portatif, sur le bureau, ne pouvait pas être à tante Ruth. Elle s'assit sur le lit. Marie rouvrit la porte de la chambre, glissa brièvement la tête par l'entrebâillement puis la referma.

— Je crois qu'elle est restée en bas, dit-elle avant de s'asseoir par terre en face de Therese. Heureusement ! Tante Ruth est terriblement curieuse.

Tout en parlant, elle fit mine d'écouter à une porte invisible, les yeux écarquillés et la main à la bouche en une surprise feinte.

— « As-tu fumé, Marie ? »

Elle agita la main devant son nez pour chasser des nuages de fumée imaginaires et mima une quinte de toux.

— « Ne mets pas tes culottes à sécher sur le fil à linge du jardin, que vont dire les voisins ? »

Elle sortit d'un tiroir une gaine informe couleur chair et l'agita en l'air en singeant toujours sa tante.

— « Quelle impudeur, Marie ! »

Malgré elle, Therese éclata de rire. Marie se mit à glousser à son tour. C'était la première fois depuis longtemps que Therese riait à gorge déployée sans avoir l'impression que son visage tout de travers provoquait dégoût ou trouble. Les larmes aux yeux, elle s'écroula sur le côté en se tenant le ventre. Cet accès d'hilarité eut en elle une résonance inattendue. Son sang se mit à courir plus vite dans ses veines et un désir longtemps refoulé la gagna, le désir brûlant de retrouver l'insouciance, l'amitié et le bonheur qu'elle n'avait connus que dans sa petite enfance.

— « Et tu n'écoutes tout de même pas cette musique de nègres ? Ce *boogie-woogie* ? (Marie prononça le mot à l'allemande.) Ça entraîne des contorsions parfaitement indécentes, Marie. C'est tout à fait déplacé. »

Ses mots se perdirent dans ses éclats de rire. Au bout d'un moment, elle se força à reprendre son sérieux.

— Je ne veux quand même pas être ingrate. Elle m'a accueillie alors qu'elle n'est pas ma vraie tante, juste une cousine de mon père.

— Et qui d'autre habite ici ? demanda Therese, à bout de souffle.

Elle se redressa, chercha un mouchoir dans sa veste et essuya les larmes de rire de son visage.

— Personne. Elle prétend ne pouvoir nourrir qu'une seule personne de ma famille, n'ayant rien elle-même. Ma mère a été obligée d'aller s'installer à Hambourg avec mes frères et sœurs plus jeunes, chez d'autres parents.

Marie se détourna et jeta la gaine dans le tiroir tandis que Therese demandait :

— Il y a pourtant de la place, ici ! Ou est-ce que toutes ces chambres sont occupées ?

— Non, elle est seule. Son neveu lui rend visite de temps en temps... Claudius. C'est lui qui m'a prêté les disques.

Therese dévisagea son amie qui, à l'évocation de ce nom, avait soudain les yeux brillants et un nouveau sourire aux lèvres.

— Claudius, tiens donc, répéta Therese.

Elle espérait en apprendre davantage sur ce fameux neveu dont le simple prénom faisait rougir Marie.

— Tu connais celui-là ? lança soudain celle-ci.

Elle se leva et saisit un des disques posés à côté de l'électrophone. Therese l'observa et épela le titre :

— E A R T H A K I T T C'E S T S I B O N.

La pochette cartonnée était illustrée du portrait d'une femme noire aux grands yeux ronds, l'air mi-enfant mi-diva.

— On l'écoute ? proposa Marie.

Elle sortit prudemment de sa pochette le disque d'un noir brillant, le tenant entre ses paumes comme un trésor, et le posa sur la platine. D'abord, seuls des craquements sortirent du petit haut-parleur, puis les cuivres d'un groupe de jazz retentirent. Deux, trois mesures donnèrent aussitôt le frisson à Therese, puis une voix de femme un peu rauque entonna : « C'est si bon... », deux fois de suite. Par-dessus un chœur masculin, la voix énonça froidement : « Je cherche un millionnaire... avec des... grands *Cadillac cars... mink coats...* des bijoux... jusqu'au cou, tu sais ? » Dès les premières phrases, Therese perçut le magnétisme de cette voix hors du commun, sensuelle et traînante. Marie remuait les hanches en rythme ; elle prit la main de Therese et la fit tournoyer sous son bras, guettant sa réaction. « Vous savez bien que j'attends quelqu'un qui pourrait m'apporter beaucoup de luxe », reprit la voix, très sobre, puis, plus coquette, dans l'expectative : « Ce soir ? Demain ? » Le haut-parleur émit un soupir languissant, un tremblement et un gémissement. « Hum... c'est bon. »

Marie lui lâcha la main, sortit un sachet de bonbons à la framboise d'un tiroir et en donna un à son amie. Elle s'en fourra un dans la bouche, se tapota la joue de l'index, pencha la tête de côté et soupira :

— Hum... C'est bon.

Elles éclatèrent de nouveau de rire.

— Tu es folle ! Pas étonnant que ta tante se plaigne de toi ! dit Therese.

Mais elle devait bien s'avouer que grâce à son amie, il lui semblait avoir soulevé un coin du voile qui recouvrait sa vie. Peut-être parviendrait-elle à l'écarter complètement.

Une fois le disque terminé, Marie l'ôta de la platine et le rangea avec soin.

— À qui est la chambre devant laquelle nous sommes passées, tu sais, avec les jouets ?

— À son fils unique, répondit Marie. Friedrich. Il est tombé à seize ans avec le *Volkssturm*, la milice populaire levée en 44. Elle ne touche pas à la pièce, c'est un vrai mausolée. Et son mari, mon oncle Ottokar, n'est jamais rentré de la guerre.

— Comme mon père, dit Therese. Je veux dire, mon père nourricier.

Elles gardèrent le silence un instant, les yeux baissés. Les images de leur passé s'étaient glissées dans la chambre comme des visiteurs indésirables, chassant d'un coup leur gaieté.

— Parfois, je me demande ce que ça ferait s'il surgissait soudain à notre porte… Enfin, il ne viendrait jamais dans la Fasanenstraße, évidemment ; c'est la maison de mon père naturel, et il n'a sûrement aucune envie de le voir.

Marie hocha la tête :

— C'est compréhensible.

— Je l'ai toujours considéré comme mon vrai père. Pourtant, quand j'essaie de me souvenir de son visage, j'en suis incapable. Ça fait tellement longtemps. Malgré tous mes efforts, son visage reste flou, sans contours. Tu comprends ce que je veux dire ? Toi non plus, tu n'as pas vu ton père depuis la fin de la guerre.

Marie replia les jambes, les entoura de ses bras et posa la joue sur ses genoux.

— Mon père est resté à la propriété. On n'a pas réussi à le convaincre de nous accompagner. La dernière fois que je l'ai vu, il suivait notre convoi des yeux. Cette image de lui devant notre maison, ses chiens à ses pieds, s'est gravée dans mon esprit. Je refuse de penser à ce que les Soviets lui ont fait quand ils sont arrivés à Allenstein. (Elle déglutit.) Depuis, tout est perdu pour toujours, et moi, je ne suis plus qu'une quémandeuse qu'on tolère.

Therese la regarda sans rien dire. Elles avaient toutes deux perdu leur foyer, se retrouvant dépendantes de membres de leur famille auxquels elles ne se sentaient pas vraiment liées. Elles partageaient presque le même sort. Les profondes blessures laissées par la guerre et l'époque qui l'avait suivie étaient loin d'avoir cicatrisé. Pas facile d'écarter tout cela et de redevenir gaies.

— Alors, quand est-ce que tu reviens à la fac ? demanda Therese avec un entrain forcé.

Elle saisit sa sacoche, en sortit une liasse de feuilles manuscrites et les tendit à Marie.

— Tiens, je t'ai recopié les cours que tu as manqués. Tu rattraperas tout ça en un rien de temps. Je peux t'aider, si tu veux.

Marie n'y jeta qu'un bref coup d'œil avant de secouer lentement la tête.

— Je ne reviendrai pas, Therese.

Sa réponse sans ambages heurta la jeune femme de plein fouet. Elle s'y était attendue, avait même imaginé pendant le trajet jusqu'à Zehlendorf sa propre réaction à ce refus. Pourtant, la véhémence de Marie la toucha, provoquant la douleur d'un rejet définitif qu'elle n'avait plus éprouvée depuis longtemps. Un instant plus tôt, elles faisaient les folles comme des gamines, puis elles évoquaient les tristes expériences qui les unissaient, et voilà qu'elle se retrouvait soudain au bord du gouffre.

— Tu ne peux pas faire ça, Marie ! Après le temps et les efforts que tu as investis dans ces études. Tu te serais donné tout ce mal pour rien !

Therese savait qu'elle n'était guère convaincante, et tous les autres arguments qu'elle avait préparés pour faire changer son amie d'avis lui restèrent en travers de la gorge. Comment allait-elle surmonter le dernier trimestre sans Marie ? Elle s'endormait déjà avec des crampes à l'estomac, se réveillait en pleine nuit, baignée de sueur, ayant rêvé que ses camarades la dévoraient à coups de bec comme une nuée de corbeaux, et restait éveillée jusqu'au petit matin.

Marie se leva et se dirigea vers l'énorme bureau placé sous la fenêtre. C'était apparemment le seul meuble qui avait été apporté dans la pièce à son intention. Elle prit un document qu'elle tendit à Therese.

— Contrat d'apprentissage... Jardin d'enfants... Zehlendorf..., lut celle-ci à voix haute. Tu vas devenir puéricultrice ?

Elle chercha la date du contrat.

— Oui. J'ai signé il y a quatre jours. Je pourrais commencer dès la semaine prochaine, mais avant je veux aller voir ma mère et mes frères et sœurs à Hambourg.

Comme elle semble sûre d'elle, tout à coup, pensa Therese. De toute évidence, son amie avait pris sa décision.

— Je dois avouer que j'aurais préféré être enseignante ! Je ne comprends pas pourquoi je ne m'en suis pas aperçue plus tôt. Ça aurait été le métier idéal, pour moi. Je ne peux pourtant plus me permettre d'étudier si longtemps. Tante Ruth ne me soutiendra plus. Il faut enfin que je gagne ma vie... ou que je me trouve un mari.

Therese reposa le contrat. Elle savait que Marie n'avait pas dit cette dernière phrase sérieusement.

— En fait, puéricultrice, ce n'est pas très éloigné d'institutrice, dit-elle.

La décision de Marie était lourde de conséquences, et Therese se surprit à penser avant tout à celles qui la concernaient. À partir de maintenant, elle serait la seule femme de sa promotion. Elle n'aurait plus de compagne de malheur, plus d'autre étudiante que les professeurs et les étudiants harcèleraient. Puis elle constata avec surprise qu'elle avait soudain le cœur léger. N'était-ce pas mieux ainsi ? Si elle avait convaincu son amie de poursuivre, elle aurait été responsable de ses souffrances, et peut-être aussi de son échec. Elle savait parfaitement que la passion était indispensable pour réussir ces études, et combien, en tant que femme dans ce domaine, il fallait exceller.

— C'est la bonne décision, Marie ! dit-elle d'un ton ferme, heureuse de ne plus mentir. Chacun doit suivre sa voie. Et qui sait, peut-être que tu pourras plus tard reprendre des études pour devenir enseignante.

Elle remit les feuillets dans sa sacoche de cuir et ferma les clapets. Si elle avait prononcé cette dernière phrase sans enthousiasme, elle mit beaucoup plus de sincérité dans la suivante :

— En tout cas, j'espère que nous continuerons à nous voir !

— Évidemment, Therese ! répondit Marie. Au moins une fois par semaine !

Gisela

Gisela se débattait depuis des heures avec le jersey bordeaux.

Traudel Engelmann, qui travaillait sur le même modèle, avait abandonné depuis longtemps et se contentait de la regarder faire depuis au moins une heure. Jamais elle n'avait vu sa formatrice officieuse dans un état pareil. Sans cesse, Gisela défaisait une couture, l'épinglait autrement, recommençait en soupirant.

— Je n'y comprends rien, dit-elle, plus pour elle-même que pour Mlle Engelmann, qui semblait pourtant boire ses paroles. Qu'est-ce que je fais de travers ?

Elle entendit des murmures sur sa droite. Apparemment, ses difficultés n'avaient pas échappé à ses voisines. Rien ne marchait, aujourd'hui. Mme Helmer, qui trônait sur son tabouret en hauteur au bout de l'atelier, observait les couturières. Elle avait sûrement vu depuis un moment que ni Gisela ni Mlle Engelmann n'avaient achevé un seul vêtement de la matinée.

— Pause déjeuner, lança-t-elle.

Sa voix profonde, virile, transperça Gisela.

Autour d'elle, les chaises raclèrent le sol. L'une après l'autre, les couturières arrêtaient leurs machines, saisissaient leurs sacs à main, certaines se remettaient du rouge à lèvres. Gisela continua à coudre. Ses collègues se levaient, ôtaient leurs blouses, décrochaient leurs manteaux.

— Vous ne venez pas déjeuner, madame Trotha ? demanda Traudel Engelmann.

Gisela secoua la tête sans lever les yeux.

— Allez-y donc. Moi je ne peux pas, aujourd'hui.

L'apprentie ne bougea pas.

— Vous feriez mieux de la laisser tranquille et de venir avec nous, mademoiselle Engelmann, fit une autre en passant. Elle est de mauvaise humeur depuis ce matin.

— Je me demande pourquoi ce tailleur l'obsède tellement, fit une voix depuis la porte.

Une femme, coiffée d'une permanente qui lui tombait aux épaules, observait la scène de loin et secoua la tête avec impatience. Gerlinde Schwan était une des couturières les plus expérimentées de l'atelier, et Gisela avait déjà remarqué qu'elle traitait souvent les nouvelles avec condescendance. De plus, elle semblait toujours vexée que Gisela l'ait involontairement remise à sa place devant tout le monde le jour de son entretien d'embauche. La seule débutante avec qui elle se montrait toujours aimable était Mlle Engelmann, manifestement pour une seule raison : c'était la fille du patron.

— On se demande ce qu'elle fabrique, ce matin. Elle coud, elle découd, elle recoud, elle redécoud... Le tissu est bon à jeter, il est plein de trous ! ajouta-t-elle, regardant autour d'elle en quête d'approbation.

— Si on faisait toutes la même chose, M. Engelmann n'aurait plus qu'à fermer boutique ! intervint une autre.

— Vous n'avez qu'à mettre du papier de soie, reprit Gerlinde Schwan d'un ton ironique, récoltant quelques rires. Ou de la feutrine !

Nouveaux gloussements.

Gisela posa ses coudes sur la table et enfouit son visage entre ses mains.

— Vous ne pouvez pas la laisser tranquille ? s'exclama Mlle Engelmann.

— Moi, j'en ai assez vu ! conclut Gerlinde Schwan. Venez donc, mademoiselle Engelmann, avant que la pause déjeuner se termine.

— Je reste ici, rétorqua celle-ci en secouant la tête, les lèvres pincées.

Les autres se détournèrent. Avant que la porte battante se referme derrière elles, on entendit encore : « Tant pis pour elle ! »

Toutes les couturières avaient maintenant quitté la salle, laissant Gisela seule avec Mlle Engelmann et Mme Helmer. Les bruits de pas et les voix s'éloignèrent peu à peu dans le couloir et le silence se fit. À l'étonnement de Gisela, Mme Helmer avait suivi la scène depuis sa place sans intervenir. Enfin, elle se leva et se dirigea vers elle de son pas majestueux. Comme Gisela continuait à coudre, la chef d'atelier se pencha et posa la main sur la manivelle d'un noir luisant pour l'arrêter. Gisela soupira et se redressa.

— M. Engelmann n'aime pas que les employées restent à l'atelier pendant les pauses, madame Trotha. (Elle souleva la pièce de tissu et secoua la tête.) Que s'est-il donc passé ?

Gisela entendit Traudel Engelmann prendre une inspiration, sûrement pour lui venir en aide, et lui fit comprendre d'un coup d'œil de ne pas s'en mêler.

— Je suis désolée, madame Helmer. Je ne sais plus quoi faire. Tout ça me rend tellement nerveuse que je n'arrive plus à faire une seule couture droite. C'est un désastre total. (Elle tirailla sur le jersey gâché, découragée.) J'aurais dû faire cinq tailleurs avec ça, aujourd'hui.

La colère et la tension lui avaient fait monter les larmes aux yeux. Elle qui croyait si bien connaître son métier !

— Moi, j'ai abandonné tout de suite. Et dire qu'on se donne tout ce mal pour un modèle aussi terne, intervint Mlle Engelmann.

Mme Helmer lui jeta un regard sévère puis s'adressa de nouveau à Gisela :

— Voulez-vous me montrer le croquis ? Je peux peut-être vous aider.

Un léger reproche dans sa voix fit comprendre à Gisela qu'elle aurait dû venir la voir depuis longtemps. Elle ouvrit le tiroir de sa petite table de travail et en sortit le dessin. Mme Helmer l'examina avec attention et demanda :

— Qui a fait le patron ?

Traudel Engelmann fut plus rapide que Gisela.

— Nous l'ignorons ! C'est Mlle Schwan qui l'a apporté de la salle des esquisses.

Mme Helmer haussa les sourcils, étonnée.

— Mlle Schwan ? Ah oui, je lui avais demandé d'aller chercher les nouveaux patrons chez la directrice pendant mon jour de congé, confirma-t-elle en secouant la tête.

Elles gardèrent le silence un instant, chacune tirant ses propres conclusions.

— Voici ce qu'on va faire, reprit Mme Helmer. Posons le patron sur le mannequin de coupe pour voir si le problème vient des feuilles.

Gisela hocha la tête. Aidée par Mlle Engelmann, elle disposa le papier à patron sur le mannequin. Mme Helmer le fixa, tirant au fur et à mesure des épingles du petit coussin qu'elle portait à son poignet. Elles observèrent le résultat, perplexes. Tout était de travers.

— Et vous n'avez pas vérifié avant ? demanda Mme Helmer.

Le rouge au front, Gisela attrapa le mètre ruban qu'elle portait autour du cou.

— Je vais reprendre toutes les mesures. Mademoiselle Engelmann, voulez-vous comparer avec les chiffres indiqués sur le croquis ?

Celle-ci hocha la tête, zélée, et saisit l'esquisse.

— Le dos fait 82 centimètres.

— Oui.

— Longueur de manches : 58.

— C'est exact.

— Poitrine : 45.

— Stop ! Ça ne va pas, dit la jeune fille en posant le doigt sur un chiffre. Ici, c'est marqué 54.

Gisela vérifia à son tour.

— C'est une erreur.

Mme Helmer se pencha sur le croquis.

— Et l'emmanchure, 32 ?

— Non, 23.

— Pas étonnant que ça n'ait pas marché ! soupira Gisela.

Elle sentait le sang battre à son cou. Elle n'avait pas remarqué que les patrons étaient erronés, s'était éreintée en vain pendant une demi-journée et ridiculisée devant ses collègues. Elle se plaqua une main sur le front.

— Les chiffres ont été inversés à deux endroits, et moi, comme une idiote, je ne m'en suis pas rendu compte.

— Une couturière de votre expérience devrait pourtant examiner les patrons avec attention avant de se lancer ! fit Mme Helmer d'un ton réprobateur. Vous ne pouvez pas partir du principe que tout est en ordre. Vous auriez dû vérifier dès le moment où vous avez eu des difficultés.

Gisela hocha la tête, penaude, le tissu mal coupé entre les mains. Elle n'avait qu'à s'en prendre à elle-même.

— Mais c'est parce que Mlle Schwan nous a mis la pression, intervint Mlle Engelmann, qui avait tenu sa langue jusque-là. Elle a dit au moins trois fois que les tailleurs devaient être finis ce soir.

Même si c'était vrai, Gisela savait que ce n'était pas une excuse. Peu importait le délai, elle aurait dû vérifier le patron sur le mannequin comme elles venaient de le faire. Quel manque de professionnalisme, se dit-elle en prenant peu à peu conscience de l'étendue des dégâts. Elle allait devoir redessiner le patron elle-même, avec les bonnes mesures, couper une nouvelle pièce de tissu et refaire toutes les coutures. Cela lui prendrait la moitié de la nuit.

Mme Helmer, semblant deviner ses pensées, la sermonna :

— Veillez à travailler plus soigneusement à l'avenir. Pas question que cela se reproduise.

Des voix et des bruits de pas retentirent dans le couloir. Les autres couturières revenaient déjà de leur pause déjeuner.

— Je retiendrai la moitié du prix du nouveau tissu sur votre paie.

Mme Helmer parlait avec sa sévérité coutumière, mais Gisela crut pour la première fois déceler un soupçon de sympathie au coin de ses lèvres.

— Bien sûr, madame Helmer, répondit-elle.

Elle s'approcha de la table de coupe avec les patrons et y posa le modèle, puis elle dégagea la table et déroula le papier. Traudel Engelmann l'aida à caler la feuille avec des règles de métal. Gisela leva un instant les yeux du dessin et la dévisagea.

— Vous n'avez pas à faire ça, dit-elle.

— Je le fais pourtant volontiers !

Même si la jeune fille l'avait terriblement agacée au début, elle était maintenant heureuse d'avoir quelqu'un à ses côtés.

— Je me demande si la Trotha est encore en train de se débattre avec son vieux chiffon, fit une voix dans le couloir.

— Ce tailleur-là, je te promets qu'elle ne le finira jamais ! répondit une autre voix.

La porte s'ouvrit à la volée. Gerlinde Schwan et une autre couturière entrèrent dans la salle et se turent brusquement en voyant Mme Helmer. Schwan venait de mordre dans un croissant dont elle tenait encore un morceau à la main. Elle cessa de mastiquer. Mme Helmer pinça les lèvres, réprobatrice, l'air d'hésiter sur la conduite à suivre. Elle ne pouvait pourtant pas laisser passer cela : il était formellement interdit de boire et de manger à l'atelier.

— Mademoiselle Schwan, dans mon bureau ! siffla-t-elle.

L'autre écarquilla les yeux, étonnée par la sécheresse de l'ordre. Le regard que lui lança Mme Helmer lui fit clairement comprendre qu'elle avait dépassé les bornes et serait bien avisée de ne pas protester. Gerlinde Schwan dressa la tête avec arrogance et suivit sa patronne.

Gisela se pencha de nouveau sur la table de coupe et prit une résolution : cela ne lui arriverait plus ! À l'avenir, elle créerait les patrons elle-même.

Therese

Depuis le banc de bois du métro, Therese observait les autres voyageurs. Presque tous les visages étaient gris et las, certains dormaient, d'autres regardaient dans le vide. À cette heure-ci, il y avait peu d'étudiants dans les transports : elle avait pris l'habitude de partir deux métros plus tôt que nécessaire. Cela l'obligeait à se lever à 6 h 30 mais ça en valait la peine. Si peu de temps avant l'examen, elle ne voulait plus se faire remarquer en arrivant en retard. Therese avait développé d'autres tactiques pour achever son dernier semestre le plus discrètement possible. Elle n'avait pas oublié une seule fois d'ôter son béret vert en entrant dans l'amphithéâtre, et veillait à prendre place le plus souvent possible au milieu de la salle. Ainsi, aucun professeur ne la faisait venir au premier rang, ce pour quoi elle aurait dû faire se lever au moins une dizaine de ses camarades. Chaque jour, en plus des préparations à l'examen, elle révisait tous les cours et exercices avec le plus grand soin pour avoir réponse à toutes les questions qui pourraient être posées. Elle avait pour cela demandé à un étudiant d'une promotion antérieure de lui prêter ses annales, ce qui lui avait coûté un grand effort.

Ses solides connaissances lui donnaient confiance, et sa nervosité et sa tension s'estompaient peu à peu.

À une seule exception près : bien qu'elle ait obtenu le meilleur résultat de son groupe à l'examen blanc de droit civil, les cours du mardi du professeur Wulff la terrorisaient toujours. Et aujourd'hui, c'était mardi.

Pense à autre chose, songea-t-elle pour se réconforter, se malaxant les doigts à en faire blanchir ses jointures. Aussi longtemps que le métro filait dans le tunnel obscur, elle ne put se défaire d'un mauvais pressentiment.

Toutefois, quand elle sortit de la station Thielplatz dans le doux soleil de ce matin de printemps, la beauté de la journée accéléra son pouls et raviva ses pensées. Therese se dirigea vers le campus en admirant les pétales roses des vieux pommiers qui voletaient sur les pavés. Elle repensa aux vergers de Feltin et une forte nostalgie s'empara d'elle, chassant sa nervosité. L'éclatante mer de fleurs des rangées d'arbres, à l'arrière de la maison, était un de ses plus beaux souvenirs. Chaque année en avril, les arbres rayonnaient de toutes les nuances de rose, jusqu'à l'horizon. Cette année aussi, sûrement. Elle eut le cœur serré en songeant à ses grands-parents. Richard et Lisbeth, tels deux prisonniers, ne pouvaient observer la beauté qui les entourait que depuis les murs étroits de leur modeste logement. Elle se dit soudain qu'elle devait impérativement leur rendre visite. Le week-end suivant, au mieux. Et elle demanderait à Marie de l'accompagner.

Marie !

Machinalement, Therese chercha la chevelure blonde de son amie parmi les rares étudiants qui se dirigeaient vers les bâtiments du campus ; elle savait pourtant que celle-ci ne reviendrait plus. La saison des bonnets était finie pour de bon et elle n'aurait eu aucune peine à la remarquer au milieu des coiffures des hommes. Elle bifurqua dans la Garystraße, monta en hésitant les larges marches menant au bâtiment classique de la société Kaiser-Wilhelm et se retourna. D'ici, elle avait une meilleure vue. Elle était bel et bien une des premières arrivées, aujourd'hui. Elle franchit lentement le large portail. Ses pas résonnèrent dans l'amphithéâtre désert. Le cours ne commencerait qu'une demi-heure plus tard. Elle choisit une place au milieu de la onzième rangée, posa son bloc-notes et son recueil de lois sur le petit pupitre et, une fois de plus, passa en revue dans sa tête le dernier cours de droit civil et les thèmes du jour. Ils en étaient toujours à un domaine qu'elle maîtrisait bien. D'après les documents de la promotion précédente, Wulff reverrait aujourd'hui la responsabilité délictuelle et l'enrichissement sans cause. Que peut-il m'arriver ? Je sais tout, se dit-elle pour s'encourager en lissant le tissu grossier de sa jupe grise. La salle se remplit peu à peu et Therese ne put s'empêcher de jeter des coups d'œil vers la porte. Elle refusait de s'avouer qu'elle guettait Axel Hohmann. Il arriva tard, avec un groupe, et la salua d'un signe de tête avant de prendre place au bout de sa rangée. Depuis leur déjeuner au nouveau réfectoire et la correction de l'examen blanc, Selma Franke était venue le chercher plusieurs fois à la fin des cours, scrutant chaque fois Therese des pieds à la tête d'un air méprisant comme pour lui faire comprendre à quel point elle convenait mieux qu'elle à Axel.

À 9 h 15 précises, le professeur Wulff apparut à son pupitre et les conversations s'éteignirent d'un coup. Il feuilleta rapidement son Schönfelder puis releva les yeux.

— Bonjour, messieurs…

Il s'interrompit, parcourut la salle de ses yeux bleus à la recherche de la jeune femme et ajouta ironiquement :

— ... et très chère mademoiselle.

Léger gloussement dans le dos de Therese. « Notre chère souris grise », chuchota une voix dans son dos. Le rouge lui monta au front, à la grande satisfaction de son public voyeur. Après une pause de plusieurs secondes, au cours de laquelle il la fixa avec une froideur qui frôlait l'impudence, Wulff reprit :

— Voici un exemple de cas pour l'examen oral. Hans et Franzi font connaissance à la terrasse d'une brasserie berlinoise. Qu'en dites-vous, messieurs ? Quelle est votre brasserie préférée, ou celle que vous fréquentez régulièrement ?

Il observa ses ouailles puis, comme personne ne répondait, s'adressa directement à deux étudiants du premier rang :

— Vous deux. Dans quelle brasserie êtes-vous allés dernièrement ?

— Chez Schupke à Wittenau, monsieur le professeur, répondit l'un d'eux d'une voix de baryton.

Wulff hocha la tête, satisfait.

— Très bien. Hans et Franzi font donc connaissance chez Schupke. Franzi, une jeune fille charmante, n'en est pas à sa première visite dans un tel établissement. En fait, la fréquentation de ce genre d'endroit est pour elle une véritable habitude. Pour ces sorties, elle veille toujours à se donner une allure appétissante, se mettant littéralement sur son trente et un. On l'a même déjà vue repartir en galante compagnie.

La plupart des étudiants rirent, semblant apprécier cette description pleine de morgue. Le jeune homme à la nuque rasée assis près de Therese se frappa même la cuisse du plat de la main. Elle, au contraire, prenait des notes. Face à cet exposé inattendu, ses pensées s'envolèrent aux quatre vents comme une nuée de moineaux effarouchés. Jusqu'à présent, elle n'avait inscrit que les mots « Hans » et « Franzi » ; elle se mit à agiter nerveusement un pied.

— Bien entendu, Hans ignore tout des antécédents de Franzi, poursuivit Wulff en arpentant le podium, les mains dans les poches, prenant visiblement plaisir à son propre récit.

— En effet, c'est la première fois que Hans vient chez Schupke.

Therese faisait tourner son crayon entre ses doigts en se demandant où Wulff voulait en venir. Elle n'avait pas la moindre idée de la pertinence juridique de son histoire. Il parlait vite, et les faits apparemment anodins filaient aux oreilles de Therese.

— Arrive ce qui devait arriver ! dit Wulff d'une voix tranchante en se figeant soudain.

Quand Therese releva la tête, ses yeux tombèrent pile dans le regard bleu ciel du professeur. M'a-t-il fixée tout ce temps ? Elle sentit son pouls accélérer.

— Ils dansent, Hans lui offre une ou deux boissons alcoolisées. Le week-end suivant se déroule de la même manière et celui d'après aussi, peut-être dans une autre brasserie. Enfin, Hans demande la main de Franzi. Elle dit oui, et à la fin de la soirée, Hans a une bonne surprise : il n'a guère de mal à convaincre Franzi de l'accompagner dans sa chambre de... (Wulff désigna un malchanceux étudiant, déjà à moitié chauve, au quatrième rang.) Où habitez-vous ?

Le jeune homme regarda autour de lui pour s'assurer qu'il était visé.

— Tucholskystraße, fit-il d'une voix mal assurée.

— ... sa chambre de la Tucholskystraße, où un acte sexuel finit par avoir lieu entre les deux intéressés, conclut Wulff.

Il marqua une pause pour observer l'effet de ses paroles sur son auditoire ricanant.

— Pour nous, en revanche, spectateurs extérieurs dotés d'informations préalables, la tournure prise par les événements n'est guère surprenante.

Wulff récolta les rires qu'il avait manifestement attendus. Therese semblait être la seule à ne rien trouver de drôle au récit salace du professeur. Elle tâcha de se concentrer, revenant sans cesse à la même question : pourquoi Wulff ne s'en tenait-il pas à l'ordre de l'année précédente ?

— Au cours des semaines suivantes, à chacune de leurs rencontres, Franzi insiste pour que Hans décide de la date du mariage. Mais lui n'est pas si pressé.

Wulff se détourna, se tapota le nez d'un doigt et pinça les lèvres, mimant une complicité avec ses élèves.

— Certains d'entre vous connaissent peut-être ce genre de situation. Franzi l'agace de plus en plus avec ses jérémiades permanentes, elle l'étouffe, alors que lui aimerait profiter encore un peu de la vie. Enfin, n'y tenant plus, il rompt les fiançailles sans autre forme de procès.

Il souligna son propos en serrant le poing droit avant d'écarter brusquement les doigts en un geste théâtral.

Therese comprit enfin ce qu'il mijotait. Elle posa son crayon et ouvrit le Code civil au chapitre du fondement de la demande. Wulff s'approcha du bord de l'estrade en quelques pas majestueux. Il joignit les doigts sur sa poitrine et demanda :

— Franzi exige un dédommagement de Hans à hauteur de mille marks au motif que ses chances d'un mariage conforme à son rang sont désormais diminuées. Est-elle dans son droit ?

Le silence se fit dans la salle. Wulff laissa son regard errer sur les étudiants. Therese, qui trouvait la réponse évidente, s'étonna que personne ne se manifeste. Pas une seule main ne se leva. Un combat faisait rage en elle ; son cœur battait si violemment qu'elle crut que ses voisins l'entendaient. Pourtant, elle leva timidement le doigt. Le professeur se tourna vers elle, muet de stupeur. Jamais encore Therese n'avait pris la parole de son plein gré pendant son cours, et voilà qu'elle le faisait précisément sur un sujet pareil ? Toutes les têtes pivotèrent dans sa direction et elle crut lire sur les visages un mélange d'intérêt et de joie mauvaise, l'attente d'une réponse erronée.

— Tiens, tiens, notre souris grise ! fit quelqu'un dans son dos.

— Mademoiselle Trotha ?

Le mince feuillet du texte de loi se mit à trembler dans sa main.

— Franzi pourrait avoir droit à un dédommagement financier selon l'article 1300, paragraphe 1, du Code civil. Elle pourrait demander, dans les conditions prévues par la loi, ce qu'on appelle le *Kranzgeld*, dit-elle.

— Pardon ? fit Wulff en mettant ostensiblement une main en coupe derrière son oreille. Je ne vous entends pas, chuchota-t-il. Vous parlez trop bas !

Therese prit une profonde inspiration et répéta sa phrase aussi fort qu'elle le put.

— Mlle Trotha demande une réparation financière pour notre Franzi, lança Wulff en criant presque.

Il marqua une pause calculée puis demanda à la salle, les paumes tournées vers le plafond :

— Qu'en pensez-vous, messieurs ? Mlle Trotha a-t-elle raison ou s'agit-il ici, disons, d'un fourvoiement solidaire ?

Une fois de plus, il venait de mettre les rieurs de son côté.

— Quelles sont les conditions de l'obtention du *Kranzgeld* ? demanda-t-il quand le calme fut revenu.

Il désigna un étudiant du deuxième rang dont l'immense taille sautait aux yeux, surtout quand il était assis.

— S'il vous plaît, monsieur... Quel est votre nom ?

— Schilling, répondit le géant. Les fiançailles des deux parties, la permission de l'acte sexuel et l'honorabilité de la fiancée, récita-t-il d'une traite.

— Et sur laquelle de ces conditions pourraient achopper les exigences de notre Franzi ?

Il plissa les paupières en scrutant les rangs jusqu'à s'arrêter de nouveau sur Therese.

— Mademoiselle Trotha.

— Sur l'honorabilité, répondit-elle, oppressée.

Elle se doutait déjà qu'il allait lui demander d'expliquer ce terme.

— Sur l'honorabilité ! répéta-t-il, articulant avec l'exagération d'un comédien débutant. Tant que vous y êtes, veuillez donc nous définir ce mot, mademoiselle Trotha.

Therese se sentait étonnamment calme. Elle avait survolé peu avant une dissertation sur le sujet, une lecture distraite dont elle ne pensait pas avoir l'utilité de sitôt. Pourtant, elle en avait gardé le contenu en mémoire. Elle récita la définition sans un soupçon de triomphe dans la voix, alors qu'elle était certaine de la justesse de sa citation.

— L'honorabilité désigne la chasteté. Dans le cas de personnes non mariées, il s'agit de la virginité, et pour les veuves, qui peuvent elles aussi dans certaines circonstances avoir droit à des dédommagements, l'absence de rapports sexuels extérieurs au mariage.

Wulff claqua de la langue, un bruit qu'il laissait échapper chaque fois qu'il n'avait d'autre choix que de reconnaître l'exactitude d'une réponse.

— Messieurs, la seule dame présente dans notre amphithéâtre est bien informée, vous voilà prévenus !

Quelques gloussements épars retentirent mais l'hilarité resta modeste ; sa tentative de livrer Therese aux moqueries de ses camarades se soldait par un échec.

— Et de quels critères disposons-nous pour juger de la réputation de notre Franzi, monsieuuuur... Knopp ?

Il étira le mot avec jubilation et tendit le doigt vers l'étudiant affalé sur la chaise à droite de Therese. Celui-ci se redressa d'un coup, n'ayant pas escompté devenir si soudainement le centre de l'attention.

— Ah, vous n'avez pas suivi, gronda Wulff. Ça ne fait rien. Reprenons donc pour ceux d'entre vous qui sont encore un peu ensommeillés parce qu'ils ont reprisé leurs chaussettes jusque tard dans la nuit.

La salle éclata alors de rire et Therese remercia le Ciel de ne pas être, pour une fois, la cause de l'allégresse. Elle ne s'en réjouit toutefois guère, au contraire : elle venait de se rendre compte que son malchanceux voisin était le nouveau. Celui qui, avec Axel Hohmann, avait récupéré la copie de Marie piétinée par un autre étudiant.

Le cas fut ensuite vite résolu : un étudiant plus vif que les autres évoqua évidemment le mode de vie relâché de Franzi, qui permettait de mettre en doute son honorabilité. On cita certains aspects concrétisant l'expression « non honorable », qui pouvait aussi prendre en compte d'éventuels séjours en prison ou des dettes de la plaignante, comme le claironna un autre élève assidu du cinquième rang. Franzi, sans toucher le dédommagement espéré, devrait donc se remettre à écumer les brasseries pour trouver un autre parti, conclut Wulff. Il avait perdu tout intérêt pour l'étude de cas à l'instant où il avait compris qu'il ne pourrait pas s'en servir pour embarrasser Therese.

— Un à zéro pour vous ! dit son voisin ensommeillé à la fin du cours.

Ils étaient en train de ranger leurs affaires. Elle se tourna vers lui, surprise, et l'observa plus attentivement. Elle avait entendu dire qu'il venait de Rostock, et la seule chose qu'elle avait vraiment remarquée chez lui jusque-là était sa main droite mutilée cachée dans un gant de cuir noir. Il ne se servait en général que de la gauche. Il dut s'y reprendre à plusieurs fois pour coincer son stylo à bille dans son sous-main, et Therese tendit machinalement le bras pour l'aider.

— Ça ira ! lâcha-t-il avec rudesse.

Pourtant, sous ses sourcils bien droits, ses yeux gris sombre la regardaient d'un air aimable. Son visage ovale et ses cheveux bruns ondulés, rasés de près sur la nuque, plaisaient à la jeune femme. La plupart des hommes s'aplatissaient les cheveux sur la tête avec de l'eau ou du gel. Lui ne ressemblait pas aux autres, avec les mèches rebelles qui voletaient sur son front. Il avait le nez très plat, mais cela ne gênait pas Therese.

— Je suis habitué à me débrouiller comme ça depuis quelques années, dit-il pour expliquer sa réaction.

— On ne peut rien y faire, à part la prothèse Ottobock, c'est très connu...

Elle se mordit la lèvre en voyant sa réaction.

— Je suis désolée, marmonna-t-elle en baissant les yeux.

Comment pouvait-elle se montrer si insensible ? Son comportement était inacceptable. Un véritable éléphant dans un magasin de porcelaine ! Tout en remontant derrière lui la rangée de sièges rabattables, elle réfléchit fébrilement à une manière de se faire pardonner. Elle-même détestait qu'on aborde le sujet de son handicap. Elle observa les larges épaules du jeune homme sur lesquelles se tendait sa veste grise, ses jambes musclées dans un ample pantalon de tweed. La plupart des étudiants étaient ventrus, à cause de toute la bière qu'ils buvaient dans leurs confréries, ou trop maigres, ayant à peine de quoi se nourrir.

— C'est la boxe, dit-il.

— Pardon ?

Il la regarda par-dessus son épaule.

— Les muscles. Je les tiens de mon entraînement de boxe, déclara-t-il avec assurance.

Pour la seconde fois de la journée, Therese eut soudain les joues en feu. Sans doute était-elle écarlate. Savait-il qu'elle l'avait ainsi scruté ? Il était très indécent et mal vu pour une femme de prendre ouvertement plaisir à l'apparence d'un homme.

— Je ne vois pas ce que vous voulez dire, répondit-elle.

Elle dissipait ainsi l'outrageuse insinuation qu'elle puisse nourrir des pensées impudiques, sans pourtant parvenir à chasser de son esprit l'image perturbante d'un boxeur manchot.

Dans le couloir, il s'arrêta et lui adressa un sourire désarmant :

— J'ai un crochet du droit redoutable.

Gisela

Gisela et Anna observaient l'entrée principale du KaDeWe, dans la Tauentzienstraße. Même quand le feu des piétons passa au vert, Anna resta sur le trottoir pour contempler le vieux colosse dans toute son immensité. En le restructurant, un architecte de Francfort avait remplacé les voûtes surmontant les vitrines par des lignes droites modernes. Les trois premiers niveaux étaient revenus à la vie tandis que les fenêtres noircies des étages supérieurs ressemblaient encore à des yeux vides toisant le boulevard animé. Souvenir de la nuit de 1943 où un bombardier s'était écrasé sur son célèbre atrium vitré en embrasant tout le bâtiment. Les passants affairés qui traversaient la rue en direction de l'entrée ne semblaient toutefois pas voir la partie déserte du grand magasin, ou ne pas vouloir la voir. Les gens étaient fatigués du spectacle des ruines de la guerre, de leur odeur douceâtre. Personne ne souhaitait regarder en arrière. On voulait un peu d'aisance, une nouvelle joie de vivre, et comme dans les années 1920, c'était le KaDeWe, temple de la consommation, qui satisfaisait ce désir.

Elles entrèrent par la porte principale et Anna s'arrêta une nouvelle fois, demandant un peu de patience à sa fille. Tant de souvenirs l'unissaient au glamour de ce grand magasin. À une époque, sa vie avait été comme reliée par une fibre solide à la trame même de l'établissement, tel un tissu enchevêtré au motif unique qui perdait tout son effet dès qu'on ôtait une fibre d'une couleur précise. Par une journée de printemps 1938, tous ces liens avaient été coupés net, d'un coup de ciseaux tranchants. Quinze ans avaient passé depuis la dernière fois qu'elle était venue ici. L'Allemagne avait perdu la guerre et le monde avait changé.

— Maman, regarde les colonnes de lumière, et tous ces miroirs ! s'écria Gisela.

Elle prit le bras de sa mère et l'entraîna dans le grand hall du rez-de-chaussée, où se trouvait le rayon tissu. Tout, dans le nouveau bâtiment, était clair et spacieux. Même les piliers avaient perdu de leur lourdeur, revêtus de miroirs et de faisceaux de tubes au néon. Un gigantesque lustre arrondi pendait du plafond, semblant flotter au bout de centaines de filins lumineux. Anna s'approcha d'une des innombrables tables où s'empilaient les balles de tissu, et sa main se tendit d'elle-même vers l'étoffe. Un poil de chameau au tissage très fin l'attira particulièrement. Saisie d'un mélange de profonde satisfaction et d'espoir renaissant, Gisela regarda sa mère tâter le rouleau moelleux. Sa peau vieillie, pâle et parcourue de veines bleues, formait un contraste saisissant avec la coûteuse étoffe beige. Visiblement, après toutes ces années, elle prenait grand plaisir à poser de nouveau les mains sur une matière aussi noble. Elle leva la tête et Gisela suivit son regard vers le mannequin vêtu d'une courte cape du même tissu.

— Quel dommage de gâcher ainsi cette belle laine, dit-elle en désignant l'ourlet.

Gisela comprit aussitôt ce qu'elle voulait dire. Elle avait hérité de l'œil acéré de sa mère qui différenciait instantanément la couture de qualité des travaux mauvais ou médiocres, une sorte d'automatisme dont elle ne se déferait sans doute jamais.

— Tu as raison, hélas, répondit-elle.

Elle reprit les poignées des deux filets à provision remplis des cadeaux de mariage qu'elle était venue échanger.

— Tu veux rester un peu ici, maman ? Je peux déjà chercher le bon rayon.

— Non, non, ça ira, répondit Anna en se détournant. Je t'accompagne. Nous avons rendez-vous, je ne veux pas faire attendre Ella.

Sur le côté transversal du bâtiment tout en longueur s'élevaient deux larges escaliers revêtus de tapis à motifs. Le premier étage accueillait toutes les marchandises dont on pouvait rêver dans un grand magasin : linge, mode, maquillage, livres, jouets, montres, bijoux. Gisela désigna un panneau vantant des bracelets dorés à un mark quatre-vingt-dix pièce, mais Anna haussa les épaules. Elles cherchèrent en vain les appareils ménagers avant d'interroger une vendeuse, qui les envoya au troisième étage. Quand elles se dirigèrent vers l'escalier, Gisela s'exclama :

— Regarde, ça monte tout seul ! Il suffit de se mettre sur une marche et on est automatiquement transporté à l'étage suivant, sans effort. C'est une nouvelle invention américaine.

Anna voyait un escalier roulant pour la première fois de sa vie mais, refusant de l'avouer à sa fille, elle posa un pied mal assuré sur le métal rainuré. Quand la marche se mit en branle, elle faillit perdre l'équilibre, et Gisela la retint par le bras. Elles montèrent en silence jusqu'au troisième, où l'escalator les déposa devant un stand de moulins à café et de machines à trancher le pain. Une vendeuse, debout derrière une table, expliquait le maniement d'un moulin : elle ouvrit le couvercle en plastique transparent et versa des grains de café dans le réceptacle. Quand elle enfonça le bouton, le petit appareil rond émit un bruit assourdissant. Anna secoua la tête en marmonnant. Qui avait besoin de ça ? On pouvait tout aussi bien moudre les grains avec un bon vieux moulin à manivelle. La vendeuse fluette, tout sourire, régla un minuteur sur trente secondes. Quand il sonna, elle rouvrit le couvercle, mettant en valeur ses ongles soigneusement laqués de rose, et versa la poudre brune dans un filtre en porcelaine. Puis elle offrit à toutes les spectatrices regroupées autour d'elle des tasses de café déjà prêtes.

— On n'a jamais vu ça, dit Anna, buvant une gorgée sans commenter le gain de temps évident. Boire du café en plein magasin.

— Que veux-tu, les temps changent, fit une voix derrière elles.

Elles se retournèrent.

— Ella, tu es déjà là ! s'exclama Gisela, surprise. Nous n'avons rendez-vous que dans une demi-heure.

Les lèvres maquillées de rouge de leur amie s'étirèrent en un large sourire.

— Mais moi aussi, j'ai voulu profiter de l'occasion pour faire un tour dans ce bon vieux KaDeWe. Vous êtes déjà allées au rayon tissu ?

Elle regarda Anna, dans l'expectative. Tout comme Gisela, elle espérait secrètement qu'à la vue de tant d'étoffes luxueuses, celle-ci aurait envie d'un nouveau départ. La jeune femme lui fit discrètement signe de ne pas trop insister. Elle savait que mettre la pression à sa mère avait toujours l'effet inverse de celui escompté.

— Et qu'as-tu donc dans tes filets, Gisela ? Ne me dis rien, j'ai deviné ! J'espère que le mien n'y est pas.

— Bien sûr que non ! Le casque-séchoir était un des meilleurs cadeaux !

Gisela s'interrompit et se plaqua une main sur la bouche. Ne voulant pas paraître calculatrice, elle fut soudain mal à l'aise d'être ainsi surprise à venir échanger une partie de ses cadeaux de mariage. Mais Ella leva une main pour la rassurer. Si quelqu'un comprenait qu'on n'ait pas envie d'encombrer son intérieur de coupes en cristal, vases et bibelots démodés, c'était bien elle. Mieux valait s'équiper de quelques-uns de ces appareils modernes qui facilitaient la vie.

— Une machine à couper le pain ! Il t'en faut absolument une, dit-elle en désignant le modèle de présentation laqué jaune pâle.

— On peut très bien couper le pain au couteau, objecta Anna. Dix-neuf marks cinquante pour ça, c'est de l'argent jeté par la fenêtre.

Ella et Gisela s'entre-regardèrent. D'où venaient soudain cette méfiance, ce refus de toute nouveauté ? Qu'est-ce qui poussait Anna à voir le progrès d'un œil si sceptique ?

— Anna, reprit Ella en ôtant un doigt après l'autre ses gants de cuir vert. Je ne te reconnais pas. Tu étais jadis une de mes créatrices les plus inventives, voire la plus imaginative. Certes, cela fait bien longtemps que je ne dirige plus la confection pour dames... (Elle agita ses gants en direction de son ancien rayon.) Ils appellent ça « prêt-à-porter », maintenant.

Elle leva les yeux au ciel en détachant chaque syllabe pour souligner le dédain que lui inspirait cette nouvelle dénomination.

— C'est vrai, maman ! renchérit Gisela. Enfin quelqu'un d'autre qui te le dit ! Il y a tant de nouveaux appareils ménagers qui facilitent le travail. Tu devrais te débarrasser de quelques vieux machins, à commencer par ton poêle à charbon qui date de Mathusalem !

— Je n'ai pas d'argent à mettre là-dedans, et mon fourneau fonctionne très bien ! rétorqua Anna. Alors, où peut-on faire les échanges ?

— Suivez-moi ! lança Ella. Ta mère a toujours eu la tête dure, murmura-t-elle à Gisela tandis qu'elles traversaient l'étage. Parfois, il faut la pousser un peu et la mettre devant le fait accompli. Laisse-moi faire.

Alors seulement, elle remarqua que Gisela s'était arrêtée.

— Regardez ! souffla celle-ci.

Elle couvait d'un œil énamouré des meubles de cuisine : armoires vernies en alternance vieux rose, bleu ciel et jaune, placards muraux et caissons aux couleurs pastel assorties. Le carrelage de l'espace d'exposition était rose aussi. Un réfrigérateur et une cuisinière électriques complétaient ce nouvel ensemble idéal dont semblaient rêver toutes les femmes au foyer. Toutes, sauf Anna.

— Inutile et pas pratique, marmonna-t-elle.

— Eh bien, ton Felix devra économiser un moment pour pouvoir t'offrir ça, commenta Ella. Ou alors, il faudra que tu te le payes toi-même.

Une heure plus tard, elles étaient de retour au rez-de-chaussée. Gisela avait échangé certains des cadeaux contre des bons d'achat. Évidemment, elle brûlait d'envie de les dépenser, mais Anna, toujours bien avisée, l'en avait dissuadée. Ils étaient valables un an, mieux valait attendre d'avoir un vrai appartement à aménager. Même Ella abonda dans le sens de son amie et convainquit Gisela de ne pas les dilapider. Elle les entraîna jusqu'au rayon alimentation, situé au rez-de-chaussée depuis la réouverture. Il n'avait pas retrouvé les proportions de jadis : il ne s'agissait que d'une solution temporaire en attendant la rénovation des autres étages, prévue deux ans plus tard.

— Ça n'est pas encore redevenu le plus grand et le plus beau magasin d'alimentation d'Allemagne, mais l'ancienne élégance demeure, dit Anna en observant le carrelage noir des murs. C'est original, et pourtant ça me plaît !

Ignorant la réaction d'Ella, qui trouvait rafraîchissant de l'entendre enfin apprécier quelque chose de moderne, elle s'adressa à une vendeuse du rayon charcuterie debout derrière son long comptoir.

— Combien coûte le fromage de tête ?

— Soixante-dix pfennigs les cent grammes, chère madame.

Anna tressaillit en entendant cette formule à laquelle elle n'était guère habituée ; pourtant, elle savait de sa propre expérience que les employés du KaDeWe étaient tenus à une politesse absolue.

— Vous avez aussi des petits pains ?

— Mais bien entendu !

La vendeuse pesa de quoi faire trois petits sandwichs, qu'elle prépara et leur remit. Anna paya et désigna sa coiffe blanche :

— Il y a vingt ans, les vendeuses portaient presque la même, et les hommes un petit calot, tu te souviens, Ella ?

— C'est vrai !

— En effet, le rayon alimentation du KaDeWe est connu pour ses couvre-chefs obligatoires, confirma la jeune vendeuse. Nous nous y plions bien volontiers pour travailler ici. Nous n'en sommes dispensés qu'en une seule occasion. (Elle baissa la voix.) Savez-vous laquelle ?

— Je suis curieuse de l'apprendre ! répondit Gisela en s'approchant.

— Le jour du coiffeur !

Les trois clientes et la vendeuse éclatèrent de rire.

— As-tu eu des nouvelles de Theo et d'Emil ? s'enquit Anna.

Elles flânaient au rayon poissonnerie, qui se distinguait clairement des autres par son carrelage vert. Ella secoua la tête en silence. Enfin, on pouvait de nouveau les admirer : des poissons de toutes les mers et rivières du globe étaient empilés sur des montagnes de glace pilée. Dorades, bars, limandes, saumons, brochets, un gigantesque espadon, et même des huîtres et des moules. Carpes et truites nageaient dans de grands bassins d'eau douce tandis que langoustes, homards et crabes rampaient sur le fond sableux du bassin d'eau de mer. Cette opulence était censée évoquer la beauté colorée des marchés méditerranéens. Rares étaient les Berlinois en mesure de s'offrir un voyage au-delà des frontières allemandes, mais les premières agences de voyages proposaient déjà des séjours « Touropa » tout compris sur la côte italienne adriatique, qu'ils vantaient au moyen de grandes pancartes dans leurs vitrines.

Emil avait surnommé le rayon alimentation « le pays de Cocagne » le jour où Anna l'avait vu ici pour la dernière fois, peu avant le début de la guerre. À l'époque, il était déjà passé du poste de vendeur en boucherie à celui de directeur de tout le rayon. Elle regrettait un peu de ne pas l'avoir revu depuis 1938 et d'ignorer ce qu'il était devenu, car elle l'aimait bien.

— Vous savez quoi ? On va aller manger nos sandwichs sur notre banc de la Wittenbergplatz.

— Oh, je croyais qu'on irait à la Silberterrasse, protesta Gisela, très déçue.

La « Terrasse d'argent » était le surnom du self-service du KaDeWe, bien qu'il n'ait alors aucune terrasse. Cela ne semblait guère troubler les Berlinois.

Dès sa réouverture, il avait retrouvé toute sa popularité d'antan.

— Je ne pense pas que nous y trouverons de places, objecta Anna, il paraît que c'est toujours plein à craquer. Regina m'a raconté que le seul moyen d'obtenir une table, c'est de rester debout derrière une chaise jusqu'à ce qu'elle se libère.

— En effet, je vois bien Regina faire ça sans le moindre embarras, reprit Gisela. Elle ne recule pas devant grand-chose. (L'index posé sur le menton, elle se tourna vers Ella :) Mais peut-être qu'avec tes contacts, tu pourrais nous arranger ça de manière un peu plus élégante ?

Ella les regarda en souriant, flattée.

— Je peux au moins essayer. Après tout, beaucoup d'anciens employés ont été réembauchés. Mais d'abord, il faut vous décider : sandwichs sur le banc ou restaurant ?

— Je n'aurais jamais cru que nous retrouverions Theo ici, dit Anna en mordant à la dérobée dans son petit pain, se penchant au point de presque disparaître sous la table.

— Mauvaise herbe repousse toujours, commenta Ella.

Elles regardèrent l'homme de haute taille qui s'éloignait en se dandinant comme un canard. Sa nuque rasée dévoilait deux bourrelets. Il ordonna au passage à une employée d'aller chercher des assiettes propres ; elles entendirent sa voix sévère depuis leur table. Ella ne s'était guère réjouie de le revoir, et Anna non plus n'en gardait pas un souvenir particulièrement agréable. Même si cela remontait à une éternité, c'était lui qui avait un jour entraîné Carl dans une bagarre, à la terrasse d'une brasserie.

— Fais attention qu'il ne te voie pas, chuchota Gisela.

Elle désigna un panneau fixé à un pilier :

Il est interdit de consommer des produits extérieurs au restaurant.

Anna crut presque revoir les contours du panneau qui proclamait jadis dans le restaurant du KaDeWe :

Notre bonjour, c'est Heil Hitler.

Ce n'était pourtant qu'une illusion. Le nouveau self-service se trouvait à un tout autre endroit qu'à l'époque et ne réintégrerait le dernier étage que bien plus tard, quand les autres niveaux auraient été rebâtis. On avait donc peu investi dans l'aménagement temporaire. Toutefois, les délicates tables en forme de haricot, les chaises revêtues de plastique rouge et le sol aux carreaux jaune pâle créaient une atmosphère fraîche et moderne.

— J'ai pourtant bien acheté le petit pain et la charcuterie ici ! rétorqua Anna.

Elle se rendait compte que cet argument n'aurait guère de poids. Les prix du restaurant étaient évidemment bien plus élevés. Quel mauvais exemple elle donnait là ! Honteuse, elle remballa son sandwich entamé dans son gros sac à main marron démodé. Les trois femmes se levèrent. Au bar à salade, elles remplirent chacune une assiette. Pour deux marks cinquante, on pouvait mettre tout ce qu'on voulait sur une petite. La grande coûtait cinquante pfennigs de plus. Évidemment, presque tous les clients choisissaient la petite et y empilaient les aliments. Tenant prudemment leurs assiettes surchargées, elles retournèrent à leur table, qui était bien située. Dès qu'il les avait reconnues, Theo avait fait disparaître dans sa poche la plaque « réservé » et leur avait offert la place d'un geste engageant. Ella ne lui avait pourtant pas accordé un coup d'œil.

— Nous ne sommes vraiment pas très élégantes, constata Anna.

Elle posa son assiette et la sauce de salade déborda sur la table.

— L'élégance n'a jamais nourri personne, répliqua Ella.

Elle dégusta quelques cuillerées de salade à l'œuf avant de demander :

— Alors, raconte, Gisela ! Comment ça se passe chez Engelmann ?

La jeune femme s'essuya la bouche avec une serviette en papier à petits pois tout en réfléchissant à sa réponse. Elle ne voulait pas se montrer trop négative. Casser du sucre sur le dos de son employeur ne faisait jamais bonne impression. Après tout, Ella avait une bonne place chez Gerson, et peut-être suffisamment d'influence pour lui y arranger un jour un entretien d'embauche. Enfin, elle n'en était pas encore là.

— En fait, c'est mieux que ce que j'avais cru. Ils ont des machines à coudre électriques très modernes. L'atelier est lumineux et agréable, et on respecte le temps de travail à la minute. (Elle ne trouvait que des platitudes.) Mes collègues sont gentilles, je m'entends très bien avec la contremaîtresse ; la chef, Mme Helmer, est un peu pompeuse mais jamais injuste, et…

Ella et Anna la regardaient, dans l'expectative. Elles se doutaient bien que les lieux communs que Gisela débitait ne reflétaient pas toute la vérité. Comment le lui dire ?

— Et les modèles ? s'enquit Ella. Pour être honnête, j'ai été un peu surprise d'apprendre que tu commençais justement chez eux. Je ne passe pas très souvent dans ce coin du Kurfürstendamm, je n'ai donc pas encore eu l'occasion de jeter un coup d'œil dans la vitrine.

Elle croisa les jambes et Anna constata qu'elle se mouvait toujours avec une grâce extrême. Elle portait des escarpins vernis rouges très chics ornés d'un nœud de cuir. Ella accordait encore une grande attention à son apparence et à l'effet qu'elle produisait.

— Engelmann n'a pas vraiment la réputation de donner le ton en matière de mode.

Anna lui envoya aussitôt un petit coup de pied sous la table, ce qui n'échappa pas à Gisela.

— Tu crois que je ne le sais pas ? C'est un secret de Polichinelle, répondit-elle vivement. Et vous n'avez pas besoin de faire des cachotteries avec moi.

— Et comment est-ce que tu supportes ça, Gisela ? lâcha Ella.

Elle se plaqua tout de suite une main sur la bouche, effarée par sa propre maladresse.

— Si tu as quelque chose de mieux à me proposer, je suis volontiers preneuse !

Ella baissa les yeux, gênée. Elle humidifia ses doigts et frotta une de ses chaussures pour en ôter une trace noire qu'elle venait de remarquer.

— Gerson ne recrute pas de couturières en ce moment. On ne recherche que des dessinatrices de patrons, et ce n'est hélas pas la formation que tu as suivie.

Gisela secoua la tête, déçue. Pour le moment, elle ne voyait pas d'autre solution que de serrer les dents et de rester chez Engelmann.

— Une minute, s'exclama Anna. Tu peux y remédier ! Pourquoi ne suivrais-tu pas une formation ? Il y a des cours du soir.

Gisela et Ella la fixèrent, étonnées.

— Ce n'est pas bête du tout ! dit enfin Ella en nettoyant à l'aide d'un morceau de pain le reste de sa sauce. J'ai même vu une annonce pour un cours dans un institut de mode pour femmes. Et les universités populaires viennent de reprendre ce genre de formations. Jusqu'à récemment, elles n'avaient que ces horribles cours de *rééducation* des occupants. J'ai même été obligée d'en suivre un.

Elle roula des yeux, agitant la main avec mépris.

— Qui avait donc besoin de cette éducation politique et de toutes ces informations qu'ils nous ont infligées ? Nous sommes tout de même des adultes.

— Si tu veux mon avis, depuis 45, il y a encore pas mal de monde qui en aurait besoin ! objecta Anna. Mais les gens ne veulent qu'une chose : oublier.

— Dire qu'après avoir rempli leur questionnaire, j'ai été classée dans la catégorie « responsabilité mineure » et pas « non concernée » ! C'était manifestement une erreur.

Anna, blême de colère, prit une profonde inspiration.

— Une erreur ? répéta-t-elle.

Sa voix trahissait l'effort qu'elle devait fournir pour se maîtriser.

— Tu le penses vraiment ou tu cherches à t'en convaincre ?

Gisela se mâchouillait la lèvre inférieure. Elle connaissait les positions opposées de sa mère et de son amie, et savait aussi qu'Ella avait longtemps été liée à un haut fonctionnaire nazi, profitant largement de son influence tant au niveau personnel que professionnel.

— Ne vous disputez pas, s'il vous plaît, intervint-elle pour tenter de les apaiser et, changeant vite de sujet : Où as-tu donc vu cette annonce, Ella ? Tu te souviens de quand commence le cours, et où ?

Une voix d'homme l'interrompit :

— Puis-je proposer autre chose à ces dames ? Un milk-shake offert par la maison, peut-être ? C'est notre nouveauté du moment !

Malgré la froideur qu'Ella lui avait témoignée, Theo réapparut à leur table. Elles se tournèrent vers celui qui venait de surgir là comme un fantôme de leur passé. Il avait pourtant choisi le bon moment ; Gisela, surtout, fut reconnaissante de cette diversion. Theo était bien plus corpulent que dans le souvenir de ses deux anciennes collègues. Jadis, son jeune âge l'avait protégé de l'embonpoint, même s'il travaillait au milieu de délices en tout genre. Aujourd'hui, ni l'âge ni les déplacements permanents qu'impliquait son poste de directeur du self-service ne l'en mettaient plus à l'abri. Comme tant d'autres, il semblait ressentir un besoin inextinguible de rattraper les années de disette. Dès qu'il était question de nourriture, certaines personnes perdaient toute mesure. Le bassin de Theo était d'une largeur presque féminine, noyant sa taille, et en comparaison, ses épaules paraissaient bien trop étroites. Son cou était trop court et un double menton se déployait par-dessus son col blanc. Il était devenu gras.

— Pourquoi pas ? répondit Ella. Nous pouvons nous le permettre.

Comme les autres la dévisageaient, interloquées, elle passa les mains sur ses hanches minces et ajouta :

— Je veux dire, nous avons la ligne !

Pour la seconde fois ce samedi-là, Anna envoya un coup à Ella sous la table. Theo s'en aperçut.

— Ne vous en faites pas, dit-il à Anna, je suis habitué.

Pourtant, il fronça les sourcils, et son visage rond parut soudain si triste qu'Anna et Gisela eurent honte de l'allusion d'Ella.

— C'est très aimable de votre part, Theo ! J'aimerais vraiment goûter un de ces nouveaux milk-shakes, lança Anna.

Malgré l'agacement que lui inspirait le comportement d'Ella, elle parvint à sourire. Les traits de Theo se détendirent aussitôt et il énuméra les parfums disponibles :

— Fraise, banane, chocolat ou vanille ?

— Vanille, s'il vous plaît.

Gisela accepta aussi son offre et Ella les imita enfin, d'un ton toujours hautain. Quand Theo fit demi-tour pour aller transmettre leur commande, Anna se rappela soudain quelque chose :

— Theo ? Avez-vous des nouvelles d'Emil ? C'était votre ami ! Savez-vous ce qu'il est devenu ? A-t-il été incorporé, malgré sa blessure ?

Theo se figea si abruptement que les semelles de ses chaussures crissèrent sur le carrelage. Il fit volte-face sur la pointe des pieds, l'air stupéfait.

— Ne me dites pas que vous n'êtes pas au courant !

Les trois femmes échangèrent des regards intrigués.

— Quoi donc ? Que devrions-nous savoir ?

— Emil Köstner est directeur des achats de tout le KaDeWe.

Therese

Elle aurait dû se sentir ivre de victoire, comme après une bataille. Euphorie et triomphe n'auraient pas été exagérés. Pourtant, elle quitta le cours du professeur Wulff sans éprouver la moindre satisfaction ni le moindre soulagement. Ses pensées virevoltaient, désordonnées et capricieuses, à l'encontre de sa nature profonde : d'habitude, Therese jouissait d'un esprit structuré et logique. Les épaules tombantes dans son vieux gilet, elle allait vers la bibliothèque en réfléchissant aux conséquences qu'aurait ce cours sur la suite de ses études. Après s'être montré si impérieux et condescendant, Wulff l'avait traitée de manière presque bon enfant, mais elle ne s'y laissait pas tromper. L'impunité avec laquelle il attirait l'attention sur l'un ou l'autre de ses élèves, les livrant comme bon lui semblait aux railleries ou à l'admiration de l'assistance, son caractère imprévisible, voilà précisément ce qui le rendait si dangereux. La laisserait-il un jour en paix ? Instinctivement, elle en doutait.

Elle entendit des pas rapides dans son dos et perçut le mouvement d'air provoqué par quelqu'un en train de la rattraper.

— Mademoiselle Trotha !

Therese se retourna et le bleu roi du pull d'Axel Hohmann lui sauta aux yeux.

— Mais attendez-moi, enfin !

Sans ralentir d'un iota, elle regarda de nouveau droit devant elle. Axel ne lui avait plus adressé la parole depuis leur déjeuner au réfectoire, et elle n'était pas du genre à considérer de telles sautes d'humeur comme une marque de force de caractère. Elle se sentait humiliée et rejetée, ainsi qu'elle l'avait été toute sa vie. Axel sautillait désormais près d'elle, tâchant d'attirer son attention.

— Puis-je vous offrir une glace ?

Du coin de l'œil, elle le vit tendre le bras vers le camion jaune du glacier garé entre deux bâtiments. Elle secoua imperceptiblement la tête, sans dire un mot.

— Que vous ai-je fait, mademoiselle Trotha, pour que vous m'infligiez un tel mépris ?

Axel l'avait maintenant dépassée et marchait à reculons devant elle.

— « Je pense à vous quand l'éclat du soleil rayonne sur la mer ; je pense à vous lorsque la lune se mire dans la source », récita-t-il.

Il mit les mains sur sa poitrine en une pose théâtrale. Il était forcé de se retourner en permanence pour ne pas télescoper les étudiants venant en sens inverse ni trébucher sur les marches, qui n'étaient plus qu'à quelques mètres. Les autres, interloqués, s'écartaient pour lui faire place.

Therese baissa la tête et tenta de le dépasser, mais il l'en empêcha.

— « C'est vous qui venez quand sur la route là-bas se lève la lumière, et dans la nuit quand le voyageur tremble sur la passerelle. »

Quelle que soit la raison qui le poussait à déclamer ainsi un poème d'amour de Goethe, et malgré tout le mal que Therese se donnait pour ne pas attirer l'attention, ce fut plus fort qu'elle : quitte à se donner en spectacle, qu'il cite au moins le texte correctement !

— C'est « se lève la *poussière* », pas la *lumière.*

Axel éclata d'un rire communicatif.

— Je voulais juste vous tester !

Therese s'arrêta abruptement. Il l'imita. Elle fit un pas vers la gauche, il en fit un à droite, puis ils revinrent à leur position initiale. Il lui bloquait toujours le passage. Alors qu'elle avait évité pendant tout ce temps de le regarder en face, elle le dévisagea enfin, et Axel jeta à cet instant précis un coup d'œil vers le haut de l'escalier. Elle tourna la tête à son tour et vit, regroupés sur la marche supérieure, trois hommes et une femme ; celle-ci adressa au jeune homme un léger signe du menton.

Therese était perplexe : c'étaient des camarades de leur cours de droit et l'étudiante en germanistique rencontrée au réfectoire, Selma Franke. Tout en se demandant ce qu'elle avait à voir avec la petite scène qui se déroulait ici, Therese dit :

— Peut-être ne vous êtes-vous pas aperçu que j'ai été suffisamment testée pour aujourd'hui. Je n'ai pas besoin que vous en rajoutiez. Et maintenant, ôtez-vous enfin de mon chemin !

Sur le visage d'Axel, l'exubérance joyeuse laissa la place à un reproche silencieux, comme si Therese venait sans raison aucune de briser leur entente cordiale.

— Très bien, comme il vous plaira ! dit-il d'un ton vexé.

Alors qu'elle s'apprêtait à repartir, il s'agenouilla devant elle en se remettant les mains sur le cœur, au grand désespoir de la jeune femme. Les autres étudiants s'arrêtèrent pour observer la scène avec un mélange d'intérêt et de moquerie.

— Que veut-il donc de cette souris grise ? lança quelqu'un.

Des rires fusèrent. Elle l'aurait tué. Pourquoi devait-il la ridiculiser ainsi alors que Wulff s'y employait déjà chaque semaine ? Ne comprenait-il donc pas qu'elle préférait se fondre dans la foule, pâle, discrète, invisible ? Elle n'eut pourtant guère d'autre choix que d'assister à son numéro. Il déclama d'un ton languissant :

— « Mais la flèche demeure pour toujours dans mon cœur. Je la connais, jamais ses blessures ne guérissent. Ma paix s'achève : j'ai ressenti ! »

C'était à présent Schiller qu'il malmenait.

Therese tourna la tête en entendant près d'elle une voix familière lancer :

— Mais qu'est-ce qu'il fabrique, celui-là ?

— Marie ! s'exclama-t-elle avant de murmurer à son amie : Tu n'imagines pas à quel point je suis heureuse de te voir ! Est-ce que tu peux me débarrasser de cet empoisonneur ?

Marie s'approcha d'Axel d'un pas décidé, se pencha et lui souffla quelque chose à l'oreille. L'air soudain effaré, il baissa les yeux vers ses vêtements, puis il se releva d'un bond et s'éloigna à la hâte. Les spectateurs perdirent aussitôt tout intérêt pour la scène et se dispersèrent. Therese entendit « Il a enfin compris ! » et « Quel idiot ! ».

Elle passa le bras sous celui de Marie, qui l'entraîna vers la voiture du glacier.

— Je remets les pieds une seule fois à la fac pour venir chercher mes papiers d'exmatriculation, et voilà ce que je trouve !

Therese raconta à son amie le cours de Wulff, le premier où elle avait réussi à lui tenir tête, puis lui expliqua combien la scène embarrassante d'Axel l'avait prise au dépourvu. Elle leur acheta deux boules de glace à chacune, vanille et fraise, et elles s'assirent sur les larges marches de granit du bâtiment. Marie avait attaché ses cheveux en une queue-de-cheval haute qui se balançait à chacun de ses mouvements. Elle portait un chemisier blanc à manches courtes, démodé mais propre et amidonné de frais. Comme elle est jolie, pensa Therese. Étonnamment, elle n'en ressentait pas la moindre jalousie, comme cela avait été le cas avec Gisela, sa belle-sœur. Peut-être parce que Marie portait comme elle des jupes désuètes beaucoup trop chaudes pour la saison. Alors seulement, elle se rendit compte à quel point la laine rêche lui irritait la peau.

— Mais qu'est-ce qui lui a pris ? À quoi rimait ce numéro ? Tu lui as fait miroiter quelque chose ? demanda Marie d'une traite.

— Non ! Je n'y comprends rien non plus.

Therese rêvait d'arracher ses collants tant elle avait chaud, tant la laine sur sa peau était désagréable. Elle ne possédait pourtant pas de bas en Nylon, et il était impensable de se promener les jambes nues. Elle se gratta les mollets du bout des ongles.

— Nous nous sommes parlé deux ou trois fois après les cours. Je le trouvais plutôt gentil, en fait.

Marie la scruta, curieuse, et Therese rougit une fois de plus.

— Tu n'étais pas amoureuse de lui, par hasard ? C'est tout de même l'étudiant le plus séduisant de la promo !

— N'importe quoi !

De fait, sans être sûre des sentiments qu'il lui avait inspirés, elle devait s'avouer que sa présence en cours avait parfois fait accélérer son cœur. C'était bien fini.

— Nous avons déjeuné une seule fois ensemble au réfectoire.

— Ah ah, c'est donc ça ! Tu lui as donné de faux espoirs !

Marie agita l'index de gauche à droite comme une mère gourmandant son enfant. Therese attrapa son doigt.

— Peu importe, de toute façon. Vu la manière dont il vient de se comporter, il a perdu tout intérêt pour moi.

Marie mordit dans son cornet et essuya du revers de la main la glace à la fraise qui lui coulait sur le menton, puis reprit :

— C'était tellement bizarre ! On aurait presque dit qu'il jouait une pièce de théâtre, ou que c'était une sorte de pari, ou bien...

— Ou bien ?

— Qu'il avait mis tout ça en scène pour quelqu'un d'autre. Quelqu'un qui le regardait.

Le cornet de glace de Therese trembla dans sa main. Les trois autres étudiants et Selma l'avaient-ils poussé à cette mascarade ? Pour la livrer une fois de plus aux moqueries de ses camarades ?

Marie devina les pensées de son amie en la voyant avancer le menton d'un air combatif. Therese se jura intérieurement qu'elle se vengerait. Elle déglutit et demanda :

— Que lui as-tu donc soufflé à l'oreille pour le faire filer aussi vite ?

Marie ferma un instant les yeux, savourant sa glace, puis répondit :

— C'est simple : je lui ai dit que sa chemise était pleine de taches de sueur et que sa braguette était ouverte.

Gisela

Elle consulta sa montre : déjà 18 h 05 ! Elles allaient être en retard au cours du soir. Comment se débrouillaient les autres élèves pour toujours être ponctuelles ? Elle finissait le travail chez Engelmann à 17 h 30. L'institut de mode pour femmes se trouvait dans le quartier de Charlottenbourg-Wilmersdorf, pas très loin du Kurfürstendamm, mais elle ne pouvait y arriver à l'heure que si elle attrapait le métro de 17 h 40, et pour obtenir à la fin du cours le certificat tant convoité, un seul retard était toléré. La directrice l'avait signalé dès le premier jour. Le cours du soir avait lieu deux fois par semaine, et Engelmann avait même accepté de prendre les frais en charge à condition que Gisela y emmène sa fille et s'assure qu'elle passe l'examen avec succès. Le second problème était la sévérité de Mme Helmer. Elle ne voyait pas d'un bon œil les employées qui ne respectaient pas leurs horaires à la lettre. Elle était moins stricte envers la fille d'Engelmann, qui n'était d'ailleurs que stagiaire, mais c'était autre chose pour Gisela : si elle partait ne serait-ce qu'avec cinq minutes d'avance, la chef en prenait note dans le petit carnet noir qu'elle portait toujours sur elle. Les employées murmuraient qu'elle avait une sorte de dossier sur chacune d'elles. Gisela ignorait quelles conséquences elle devrait affronter si ces notes s'accumulaient ; Engelmann resterait-il aussi bienveillant ?

Elles traversèrent au galop la cour du bâtiment de brique rouge de la Pestalozzistraße. L'institut louait plusieurs pièces au troisième étage. Le long immeuble de bureaux était un des rares de la rue qui avaient survécu sans dommage à la guerre. Gisela poussa la haute porte et elles coururent sur les dalles de travertin, les claquements de leurs talons résonnant dans le couloir désert. Elles entrèrent la tête basse, se faisant aussi discrètes que possible, pour rejoindre les places libres à côté de Pim. L'amie de Günther était l'étincelle de joie de ce cours, que Gisela trouvait assommant. Elle l'avait convaincue de l'y accompagner, sachant que Pim cousait ses vêtements elle-même. Celle-ci les accueillit avec son éternel sourire gentil.

— Le patron de base est pour ainsi dire le commencement de tout vêtement. Un patron de base créé aux mesures de notre corps peut être développé à l'infini, expliquait la directrice, Mme Becker.

Sans cesser de parler, elle suivit des yeux Gisela et Traudel Engelmann qui s'installaient au fond, sur les dernières chaises libres.

— Nouvelle permanente ? s'enquit Gisela à voix basse en désignant du menton les cheveux blonds ondulés de frais de son amie.

— Pas mal, hein ? (Flattée, Pim se mit de profil.) Je suis allée exprès chez un coiffeur de Berlin-Est. Ça ne coûte rien du tout, là-bas.

— Qu'est-ce que tu as payé ? chuchota Gisela.

— Un mark quatre-vingts ! Incroyable, non ?

— J'irai aussi, la prochaine fois.

— Mesdames, s'il vous plaît ! lança Mme Becker d'une voix sonore.

Elles se turent aussitôt et baissèrent la tête.

— Pourquoi a-t-on besoin d'un patron ? reprit-elle avant de répondre elle-même : Il ne faut jamais oublier qu'un tissu, si souple soit-il, n'a que deux dimensions. Notre corps, en revanche, en a trois. Nous devons donc donner trois dimensions à une chose qui n'en a que deux afin que le tissu s'adapte au corps.

Elle joignit les doigts et demanda en parcourant la salle du regard :

— Comment fait-on cela ? Quelqu'un le sait-il ?

Au premier rang, une élève aux boucles brunes leva la main.

— Madame Stahl ?

— Avec des échancrures, des pinces et des plis.

— Exactement !

Mme Becker hocha la tête, satisfaite de cette bonne réponse. C'était une femme d'âge moyen, aux traits fins, vêtue à chaque cours de vêtements faits maison que Gisela trouvait souvent remarquables – aujourd'hui, une jupe volante et un chemisier en jersey coupés à la perfection. La jeune femme poussa un léger soupir. Quand pourrait-elle enfin créer les patrons de modèles tels que ceux-là ?

— Finalement, un patron de base bien fait est toujours le b.a.-ba, qu'on adapte ensuite de différentes manières.

Mme Becker tira quelques feuilles d'un rouleau de carton et les étala sur la table devant elle, puis elle brandit un morceau de papier brun clair.

— Je vous ai apporté mes patrons de base. Voici mon chemisier cintré… mes manches… et ça, c'est ma jupe.

Elle levait bien haut les pièces pour qu'elles puissent toutes les voir.

— Et maintenant, mesdames, au travail : vous allez dessiner un patron à vos propres mesures.

Elle leur distribua des feuilles de papier à patron.

— Aidez-vous mutuellement à prendre les mesures.

Gisela ferma un instant les yeux. C'était la cinquième heure de cours et elles en étaient toujours aux coupes élémentaires, celles qu'elle avait apprises adolescente en regardant travailler sa mère et ses tantes dans le petit atelier de confection de leur salon, à l'époque où elles fournissaient le KaDeWe. À chaque nouvelle heure de cours, Gisela espérait apprendre enfin quelque chose de nouveau. Quitte à passer du temps ici, au risque d'avoir des ennuis avec Engelmann et Mme Helmer, elle voulait créer des patrons exigeants, d'après des photos ou en suivant ses propres idées. Voilà ce dont elle avait envie. Elle revit les modèles originaux de la vitrine de Horn, les jupes virevoltantes à large ceinture, les chemisiers de batiste, les vestes droites…

— Madame Trotha ?

Gisela tressaillit. Mme Becker, debout devant elle, lui tendait une feuille de papier à patron.

— Aimeriez-vous essayer aussi ou préférez-vous rêver encore un peu ?

— Excusez-moi, marmonna Gisela.

Elle saisit la feuille, honteuse, et commença à prendre les mesures de Pim à gestes impatients. Traudel Engelmann s'y essayait sur sa voisine.

— Eh bien, tu es d'humeur délicieuse, aujourd'hui, commenta son amie en levant les bras pour que Gisela puisse mesurer son tour de taille. Qu'est-ce qui t'arrive ?

— Je suis désolée. Je me demande juste quand nous passerons enfin aux choses sérieuses, au lieu de faire ces trucs de gamines.

Elle remarqua elle-même à quel point elle avait l'air arrogante.

— Ça va venir, répliqua Pim. Tout le monde n'a pas les mêmes acquis que toi. Tu aurais peut-être dû commencer directement par un cours plus avancé, si ça existe.

À la fin, tandis que toutes se dirigeaient vers la sortie, Gisela et Pim passèrent devant le pupitre de Mme Becker alors que celle-ci rangeait ses patrons dans leur rouleau.

— Auriez-vous un moment, madame Trotha ?

Gisela hésita. Elle était pressée de rentrer pour avoir encore le temps de parler un peu avec Felix, qui ne voyait pas ce cours du soir d'un très bon œil. Pourtant, elle devait le respect à son enseignante, et il aurait été impoli de ne pas accéder à sa demande. Elle s'arrêta donc et dit à Pim et Traudel Engelmann :

— Allez-y sans moi.

— Nous t'attendons dehors, répondit Pim.

Puis elles quittèrent la salle.

— Madame Trotha, commença Mme Becker. J'ai l'impression que vous n'êtes guère concentrée et que, pour une raison quelconque, mon cours ne vous intéresse pas beaucoup. (La petite femme au visage ovale la regardait droit dans les yeux.) Je ne voudrais pas vous offenser, mais ne pensez-vous pas que vous auriez mieux à faire de votre temps ?

Gisela se sentit prise sur le fait : Mme Becker avait raison. Elle avait déjà songé à quitter le cours, mais se l'entendre dire en face n'avait rien d'agréable.

— Non, non, c'est juste que...

— Que quoi ?

Gisela baissa la tête et suivit du bout du doigt une veinure du pupitre en bois.

— J'avais espéré plus, je veux dire, je voudrais apprendre à faire de vrais patrons, comme ceux des modèles de Horn ou ceux que vous portez, vous. (Elle désigna la jupe plissée de la professeure.)

Quand apprendrons-nous les coupes de ce genre de modèles ?

Mme Becker regarda sa jupe ; un bref sourire se dessina sur ses lèvres mais elle reprit vite son sérieux.

— Quand toutes les élèves seront prêtes.

Gisela baissa les yeux, déçue.

— Ne soyez donc pas si impatiente, madame Trotha. Les femmes qui fréquentent ce cours ont des niveaux très différents en coupe et en couture. Vous avez peut-être davantage d'expérience, mais je ne peux pas aller plus vite pour autant.

— Je comprends, dit Gisela.

Elle se tournait déjà vers la porte quand Mme Becker reprit :

— Mais si vous tenez absolument à créer un « modèle Horn »...

— Oui ?

— ... et si vous pensez déjà maîtriser les patrons de base, alors prouvez-le.

Elle sortit un magazine de mode de son sac et le feuilleta. Au bout d'un moment, elle tapota une photo en couleur.

— Que pensez-vous de ceci ?

Gisela observa l'image. On y voyait deux femmes portant des robes très différentes qui semblaient n'avoir qu'un point commun : une taille de guêpe marquée.

— Laquelle ?

— Aucune importance, elles sont toutes les deux coupées selon le même patron de base. Regardez... (Elle suivit de l'ongle les contours du haut très près du corps.) Ici, le décolleté est en forme de papillon, et on a ajouté de petites manches. Pour l'autre, le décolleté est rattaché au buste en ligne droite, et les épaules sont nues. Mais dans les deux cas, c'est le patron de base que nous apprenons en ce moment dans mon cours.

Elle observa Gisela pendant que celle-ci examinait les robes.

— Avec votre silhouette, vous pourriez porter les deux. Laquelle préférez-vous ?

Sans hésiter, la jeune femme posa le doigt sur la robe à manches courtes.

— Excellent choix. La plupart des femmes n'ont pas une taille mannequin comme la vôtre, et les manches délicates grossiraient inutilement leurs bras. (Elle scruta Gisela.) Mais pour vous, c'est différent. Voyez-vous, madame Trotha… (Mme Becker s'assit sur un coin de son pupitre et ôta ses lunettes.) Je les connais, les mannequins, les couturières, les dessinatrices de patrons et leurs rêves des grands noms de la mode. Il se trouve que, tout récemment encore, j'étais directrice de ce lieu qui vous attire tant, vous et toutes les jeunettes.

— Vous étiez chez Horn ? Vraiment ?

Soudain, Gisela regarda cette femme fluette d'un tout autre œil. Elle demanda, pleine de révérence :

— Pourquoi êtes-vous partie ?

Aussitôt, le regard de Mme Becker changea, indiquant clairement : ça suffit. Elle saisit son trousseau de clés sur le pupitre et le fit cliqueter entre ses doigts.

— Pour des raisons personnelles. Je vous en parlerai une autre fois.

On frappa, et les deux femmes se tournèrent vers la porte qui s'entrebâilla.

— Pim ! s'écria Gisela en voyant surgir le visage de son amie. Je suis désolée ! J'ai complètement oublié que tu m'attendais.

— Je ne veux pas te presser mais, si ça ne te fait rien, je vais rentrer. Mlle Engelmann est déjà partie…

Gisela regarda Mme Becker. Celle-ci s'éloigna du pupitre et demanda :

— Alors ? Voulez-vous vous essayer à ce modèle ? Je n'exige pas qu'il soit parfait du premier coup. Reportez le haut, les manches et la jupe sur le papier à patron avec vos mesures et apportez-le-moi au prochain cours. Une fois que je saurai de quoi vous êtes capable, nous verrons.

Elle lui tendit le magazine et Gisela le saisit, reconnaissante, même si elle n'était soudain plus aussi certaine de ses compétences.

— Je ferai de mon mieux, promit-elle avant de sortir avec Pim.

— Vous en avez mis un temps ! De quoi avez-vous donc parlé ? s'enquit celle-ci, curieuse.

Elles avançaient dans le couloir désert. Gisela soupira et lui résuma son entretien avec Mme Becker. Dans la cour, Pim demanda à voir la photo. Comme il faisait déjà presque nuit, elle se mit sous un lampadaire et approcha le magazine très près de son visage. Elle poussa un petit cri d'admiration :

— Je tuerais pour cette robe ! (Puis, examinant sa propre silhouette, elle marmonna :) Sauf que je n'entrerais jamais dedans. Regarde un peu cette taille !

— N'importe quoi, protesta Gisela. La taille fine, on l'obtient avec un corset, les hanches, on les rembourre avec de la ouate pour souligner leur forme, et…

Elle s'interrompit en voyant Pim saisir à pleines mains les poignées d'amour qu'elle avait sur les hanches et la taille, pour démontrer à son amie que cela n'aurait aucun sens.

— Tu vois ? Aucun corset ne peut rien contre ça. Et Dieu sait que mes hanches n'ont pas besoin d'être rembourrées.

— Tiens-moi ça.

Gisela lui donna le magazine et posa les mains sous sa propre poitrine :

— La poitrine, on la remonte avec un soutien-gorge à balconnets en fil de fer. C'est seulement pour ça que les mannequins ont une telle allure, grâce à toutes ces astuces secrètes.

Pim agita la main :

— Je ne sais même pas si j'ai vraiment envie de ressembler à cette image idéale. Un soutien-gorge en fil de fer ? C'est de la torture ! Et il n'est pas question que je me laisse mourir de faim. Il faudrait être folle, alors qu'on trouve enfin les ingrédients pour faire des gâteaux et que tous les magasins ont ces biscuits merveilleux.

Gisela éclata de rire en voyant son amie, d'un air de triomphe, sortir de son sac un paquet de ses Pim's adorés. Elle lui en proposa un avant de s'en fourrer deux d'un coup dans la bouche. Gisela ne connaissait personne qui aime plus les sucreries que Pim.

— Tu viens juste de dire que tu tuerais pour cette robe.

— Mais pas que je suis prête à renoncer aux gâteaux et aux douceurs.

Gisela observa son amie. Avec toutes ses contradictions, Pim rayonnait d'une confiance en elle qu'elle avait rarement vue chez une femme. Pourtant, ou justement à cause de cela, elle l'aimait beaucoup.

— On pourrait se dépêcher un peu ? fit Gisela en accélérant le pas. Je voudrais commencer mon patron dès ce soir.

Au lieu de se hâter, Pim se figea.

— Quoi ? demanda Gisela.

— Fais attention à ce que ton Felix ne te lâche pas, si tu le laisses seul aussi souvent et que, en plus de la couture, tu bricoles des patrons le soir à la table de la cuisine.

— Qu'est-ce que tu racontes ? Felix m'aime, il est fou de moi !

— Il ne faut jamais prendre ça pour acquis. Quel mari apprécie que sa femme lui consacre si peu de temps ?

Gisela scruta le visage plat de son amie, qu'elle ne connaissait que joyeux. En cet instant, sa grande bouche et ses yeux ronds avaient un air étonnamment grave. Günther lui avait-il raconté quelque chose ? En savait-elle plus qu'elle ne voulait l'avouer ? Elle repensa aux mystérieuses activités secondaires de Felix.

— Au fait, et cette agence de presse bizarre, c'est quoi ? Apparemment, Felix y est aussi impliqué, maintenant. Nos deux hommes y passent beaucoup de temps.

Pim prit un nouveau biscuit.

— Ah, ça ! Je ne m'en inquiéterais pas trop, à ta place. C'était l'idée de Dieter. Tu le connais, non ? C'est un type bien. Étudiant en germanistique à l'université libre. Il gagne sa vie comme ça et Günther a pris le train en marche. (Elle chassa une miette du coin de sa bouche.) Ce n'est guère compliqué pour lui, il est toujours en train de faire des allées et venues entre la Zone et Berlin-Ouest pour ses affaires de troc, et il déteste tout ce qui a trait aux occupants soviétiques et au SED.

— Ça, il ne s'en cache pas !

— Ne te fais pas de souci : dès que ça leur demandera trop de travail, ils arrêteront.

— Et toi et Günther, alors ? Tu travailles aussi et tu vas au même cours du soir que moi ! Il n'a rien contre ?

Pim proposa le dernier biscuit à Gisela, qui secoua la tête. Elle le prit alors, froissa l'emballage et chercha une poubelle des yeux.

— Ce n'est pas la même chose. Nous ne sommes pas encore mariés, je n'ai pas les devoirs d'une épouse.

Une fois seule dans le métro, Pim étant descendue deux stations avant elle, Gisela eut le loisir de réfléchir à ce qu'elle lui avait dit. D'un côté, elle était flattée qu'une femme aussi talentueuse que Mme Becker lui confie un devoir personnalisé. De l'autre, était-ce vraiment ce qu'elle voulait ? Reproduire le patron d'une robe en plus de son travail chez Engelmann, de son cours du soir, du ménage ? Les murs noirs du tunnel du métro filaient de l'autre côté de la vitre. Cherchant une réponse, elle y vit soudain son reflet et examina les contours de son visage, que la plupart des gens disaient beau. Elle ignorait s'ils avaient raison. Sa mère lui avait appris à ne pas être vaniteuse, alors qu'elle avait elle-même passé des années à habiller et donc à embellir le corps féminin. Comment Anna était-elle parvenue à combiner les deux ? Son métier et son mariage, les travaux domestiques, l'éducation des enfants, y compris pendant la guerre. Pouvait-elle vraiment être à la fois épouse, ménagère et dessinatrice professionnelle de patrons ? Son jeune mariage y résisterait-il ? Sans doute Pim avait-elle raison : que dirait Felix si elle passait le peu de temps qu'ils avaient ensemble à dessiner des patrons sur la table de la cuisine ? Il était déjà agacé qu'elle rentre régulièrement si tard. Gisela baissa la tête et rouvrit le magazine. Elle suivit du bout du doigt la forme de papillon du décolleté, les manches courtes bouffantes. Ce modèle uni à la coupe sobre exerçait sur elle une fascination irrésistible. Voilà ce qu'elle s'était imaginé. La grâce même du tracé donnait au mannequin anonyme un rayonnement hors du commun. Gisela était certaine qu'avec une robe d'une élégance si discrète, d'autres femmes à la silhouette différente, aux formes plus généreuses, pourraient irradier ainsi. Quand le métro s'arrêta à la station Hermannplatz, elle savait qu'elle dessinerait le patron de cette robe, quoi qu'il en coûte.

Therese

— Quelles sont tes motivations, Therese ? Pourquoi étudies-tu le droit, un cursus si long, si exigeant ? Te voici sur le point de passer ton examen d'État, et nous n'en avons jamais parlé.

Son père l'observait d'un air pénétrant. Il avait les yeux rougis par l'excès de lecture et de travail. Therese était mal à l'aise. Se doutait-il de ce qu'elle affrontait chaque jour ? S'intéressait-il vraiment à ses aspirations, à ses sentiments ? À aucun moment elle ne lui avait parlé des chicaneries que le professeur Wulff et ses camarades lui faisaient subir depuis le début. Comme elle ne répondait pas, il reprit :

— Parfois, je me dis que tu veux devenir juge pour… empêcher ce genre de choses.

Il désigna du pouce le dossier d'une affaire de meurtre, en haut d'une pile, sur son bureau.

— Les empêcher ? Que veux-tu dire ? s'enquit Therese. Comment un juge peut-il empêcher un crime d'arriver ?

— En représentant l'État de droit, en condamnant les coupables et en imposant ainsi force et justice.

Leo souleva quelques classeurs et saisit un livre relié de bleu. Il l'ouvrit et lut à voix haute :

— « La prévention générale a pour objectif de dissuader d'autres individus de commettre des crimes similaires. C'est un des objectifs des peines reconnus par le droit pénal... »

Therese, profondément déçue, se détourna alors que Leo continuait sa lecture. Elle laissa son regard errer dans l'étude de son père. Le soleil de l'après-midi entrant par la fenêtre faisait clairement apparaître la poussière qui flottait dans l'air. Pas un espace, ni au sol ni sur le bureau, qui ne soit envahi de plusieurs couches de livres ouverts, de dossiers ou de feuillets couverts d'une écriture serrée. La montagne de papier avait encore grandi depuis la dernière fois qu'elle était entrée dans cette pièce. Elle repensa à l'expression « désordre volcanique » que sa mère employait jadis pour désigner le chaos qui régnait sur le pupitre de son frère cadet. Il s'agissait toutefois des outils de Klaus, des vis et des câbles dispersés alors qu'il travaillait déjà à une nouvelle invention. Pourtant, contrairement aux apparences, son frère et son père trouvaient en général très vite ce qu'ils cherchaient. Les lèvres de Leo continuaient à remuer mais ses mots n'atteignaient plus Therese, bruissant à ses oreilles comme s'il parlait une langue étrangère. Pourquoi se sentait-il obligé de lui lire un extrait d'un manuel de droit pénal ? Les théories juridiques, elle en entendait toute la journée à l'université.

— « La prévention générale s'effectue par la menace d'une sanction, l'élucidation rapide et complète des crimes, la condamnation des coupables et l'application de la peine. »

S'était-il un jour réellement intéressé à ses motivations, à ses réflexions, à ses désirs ? Pouvait-on d'ailleurs attendre cela d'un père ? Elle observa ses mains, tendit les doigts, vit que l'ongle de son annulaire avait urgemment besoin d'être limé...

— ... ou est-ce que ça a quelque chose à voir avec ce SS et ce qu'il vous a fait, à toi et au Polonais ?

Elle releva brusquement la tête, comme secouée par une décharge électrique. Venait-il vraiment de poser cette question ou l'avait-elle imaginée ? Leo la dévisageait en silence. Le pouls de Therese accéléra. Comment osait-il aborder ce sujet aussi ouvertement ? Personne ne l'avait jamais fait. Et comment était-il au courant ?

— Je le sais par ta mère, dit-il comme si elle s'était exprimée à voix haute. Et il me semble qu'après toutes ces années, il est temps que nous en parlions.

Elle fut prise d'un besoin quasi irrépressible de se lever et de quitter la pièce. Pourtant, elle serra les poings et resta assise tout au bord de sa chaise, crispée, comme un animal traqué prêt à prendre la fuite. Son père reposa son livre sur une pile et se pencha vers elle. Il voulut lui prendre les mains, mais elle les glissa vite sous ses cuisses.

— Depuis que c'est arrivé, tu vis en supportant un poids monstrueux. Crois-moi, je connais ça...

— Comment pourrais-tu connaître ça ? lâcha-t-elle, étonnée de la puissance de sa propre voix. Toi qui as toujours pris la tangente dès que les choses devenaient délicates. C'est pour ça aussi que tu as annulé ton mariage avec Edith.

Leo éclata de ce rire de gorge que sa mère et elle avaient toujours tant aimé, ce rire qui gagnait tous les cœurs. Elle ne l'avait plus entendu depuis longtemps, et voilà qu'il ressurgissait précisément maintenant, alors qu'ils parlaient des fantômes du passé. Aujourd'hui, il avait une note d'amertume.

— C'est donc là ce que tu penses de moi ?

Therese prit conscience qu'elle se montrait injuste. Elle venait de répéter sans réfléchir une phrase de sa mère, alors qu'elle-même avait dans son enfance découvert un Leo bien différent. Dès qu'il avait eu la certitude qu'elle était sa fille, il lui avait témoigné son attachement sans jamais le lui imposer. Pourtant, elle ne comprenait pas ce qu'il voulait. Tout le monde, autour d'elle, évitait par tous les moyens de remuer le passé. On le taisait, on ne s'intéressait qu'au présent et à l'avenir.

— Aujourd'hui, justement, je ne prends pas la tangente, j'essaie de parler avec toi de ce qui est arrivé, reprit-il de sa voix chaleureuse. Je vois bien que tu souffres, que quelque chose te pèse.

Therese ferma les yeux. S'il savait à quel point il avait raison, à quel point il lui arrivait souvent de souhaiter être ailleurs, dans un autre corps, dans une autre vie. Elle ne voulait pas être la gamine affligée d'un visage de travers depuis sa plus tendre enfance, harcelée et moquée par ses camarades d'école. Elle ne voulait pas être la jeune fille qui, par une chaude journée d'été de 1944, sur ordre du *Gauleiter* SS Brandt, s'était retrouvée assise sur la place du village, le crâne rasé, avec autour du cou une pancarte proclamant : « Moi, Therese Feltin, suis la plus grosse truie du village, car je couche avec des Juifs. »

Près d'elle, deux Polonais passés à tabac et déjà à moitié morts. Oui, elle avait été amoureuse de Witec. Oui, elle savait qu'il était juif. Ils n'avaient échangé que quelques baisers, même si elle serait volontiers allée plus loin. Le jeune homme, arrivé au domaine à vingt ans comme travailleur forcé, avait été le premier homme à lui dire qu'elle était jolie. À la faire rire. À lui jouer des chansons populaires polonaises sur son harmonica. À lui donner l'impression d'être désirable.

Elle commença à voix basse.

— Ils faisaient comme si… comme si on n'était pas là. Ils passaient vite, rentraient chez eux, fermaient leurs rideaux. Personne ne s'est arrêté, personne ne nous a donné à boire. Personne n'a eu pitié, ne nous a adressé ne serait-ce qu'un coup d'œil de compassion. Pourtant, ils me connaissaient tous depuis ma naissance. Je savais que Witec était grièvement blessé, qu'il allait mourir à côté de moi. Ils l'avaient ficelé sur sa chaise pour qu'il ne glisse pas... Et il y avait cette odeur... (Elle s'interrompit.) Ça sentait le sang et la mort.

Elle regarda son père, dont les chaleureux yeux marron étaient posés sur elle. Il hocha la tête pour l'encourager à poursuivre.

— À la fin de la journée, les SS ont balancé un seau d'eau dans la figure de Witec et d'Igor pour les ranimer, puis ils les ont traînés jusqu'à une charrette.

Elle enfouit son visage entre ses mains.

— Et moi, je suis montée dans la berline de grand-père et j'ai pu continuer à vivre. J'ai dû continuer à vivre.

Alors seulement, Leo reprit la parole, d'une voix suppliante.

— Tu étais innocente, Therese. Ce qui t'est arrivé, à toi et aux travailleurs polonais, était illégal. Même selon les lois en vigueur à l'époque, Brandt n'avait pas le droit de vous traiter ainsi.

— Et tu penses que c'est pour ça que j'étudie le droit ? Pour empêcher que de telles injustices se reproduisent ? murmura-t-elle.

— Ou pour obtenir une sorte de réparation.

Leo se leva et se mit à arpenter la pièce, une main sur la hanche. Il expliqua qu'elle le faisait souffrir depuis quelque temps, qu'il ne pouvait plus rester assis longtemps, qu'il devenait tout raide.

— Tu ne pourras pas prévenir toutes les injustices à venir, évidemment. Mais je trouve très noble le désir même d'essayer.

— Je crois que tu en attends trop de moi. Je serai déjà contente si je réussis l'examen.

Soudain, elle se sentit prête à lui parler des tourments qu'elle subissait.

— Tu sais, Marie était ma seule camarade, et elle a changé de cursus. Maintenant, je suis l'unique fille de ma promotion…

Leo s'arrêta devant sa bibliothèque et se pencha, l'air de chercher quelque chose. Il prit un petit livre et le feuilleta. Therese tenta de déchiffrer le titre sur la reliure verte mais avant qu'elle y parvienne, son père le referma et le lui tendit :

— Emmanuel Kant a dit : « Tu dois juste avoir le courage de te servir de ta propre intelligence. »

Elle s'efforça de cacher sa déception. C'était là tout ce qu'il avait à lui dire ? Après avoir fait remonter ces abominables souvenirs, il lui citait un dicton de calendrier et l'affaire était close ? Elle ne savait pas vraiment ce qu'elle aurait attendu de lui – au moins quelques paroles de réconfort plus personnelles.

Therese fut presque soulagée quand le téléphone sur son bureau sonna. Il se pencha par-dessus une pile de dossiers pour décrocher.

— Cabinet Händel ?

Quand il reconnut la voix au bout du fil, son visage s'éclaira d'un coup, prenant un air doux et nostalgique.

— Lotte !

Pourtant, tandis qu'il écoutait sa mère, qui semblait encore beaucoup compter pour lui, Therese vit dans ses yeux de la surprise, puis de la tristesse. Ses traits reflétaient ses sentiments avec une telle clarté qu'elle devina aussitôt que quelque chose était arrivé. Il abaissa le combiné et dit :

— Ta grand-mère est morte.

Gisela

Elle frappa à la porte et attendit que sa supérieure lance : « Entrez. » Quand Gisela pénétra dans la pièce, Mme Helmer était assise à son petit bureau, très affairée. Elle leva la tête et demanda :

— Madame Trotha, vous désirez ?

Comme toujours, elle parlait d'un ton légèrement agacé, une expression de rejet sur le visage. Gisela eut aussitôt l'impression d'avoir choisi le mauvais moment, quoique avec Mme Helmer, on ne sache jamais à quoi s'en tenir. Certains jours, fort rares, elle se montrait étonnamment aimable et compréhensive. Durant les deux mois de sa présence ici, Gisela ne l'avait presque pas vue autrement que revêche et intraitable. Pourtant, elle n'avait pas le choix : sa requête était urgente.

— Je voulais vous demander si je pourrais prendre un jour de congé, vendredi.

— Un congé ? Comme cela, au pied levé ? fit Mme Helmer, l'air mal disposée. Vous n'ignorez pas que nous avons énormément de travail, en ce moment.

— C'est pour un enterrement.

— Qui est donc décédé ? Un parent proche ?

Gisela savait que la grand-mère de son mari ne serait pas considérée comme une proche parente, mais que pouvait-elle dire ? Elle aurait été incapable de mentir. Anna lui avait si bien inculqué l'amour de la vérité qu'elle ne s'en déferait jamais.

— C'est la grand-mère de mon mari. Il l'aimait beaucoup, et les funérailles auront lieu dans la zone Est. Il nous faut au moins une demi-journée de voyage pour atteindre Chemnitz.

Mme Helmer posa les coudes sur la table et croisa les doigts, pensive. Puis elle feuilleta son calendrier.

— Je vois ici que vous avez quitté le travail plus tôt à plusieurs reprises, toujours le mardi et le mercredi. En additionnant, on en arrive à quelques heures. La contremaîtresse, Mme Riemann, vous y a apparemment autorisée. Avez-vous une explication valable ?

Gisela passa d'un pied sur l'autre. Elle était parfois partie en avance pour arriver à l'heure à son cours du soir.

— Je sais, mais j'ai rattrapé le temps de travail d'autres soirs.

Le regard impitoyable de Mme Helmer l'effraya soudain : elle n'allait tout de même pas la renvoyer ? M. Engelmann la protégerait-il ?

— Je n'apprécie pas que chacune interprète les horaires de travail comme bon lui semble ; considérez ceci comme un avertissement officiel.

Elle reposa les yeux sur les esquisses étalées sur son bureau, estimant manifestement leur conversation terminée. Gisela rassembla tout son courage.

— Et pour l'enterrement ?

Mme Helmer releva la tête, l'air véritablement énervée :

— Vous ne manquez pas de suite dans les idées, vous ! Je ne peux hélas pas accepter votre demande.

Gisela avait déjà empaqueté la veille tout ce dont ils avaient besoin pour le trajet jusqu'à Chemnitz. Le sac à dos et la petite valise attendaient à côté de la porte quand le réveil sonna, à 5 h 30. La lumière du matin passait à travers les rideaux à motifs roses et jaunes qu'elle avait cousus quelques semaines plus tôt. Elle se lova contre le corps chaud de Felix.

— Debout ! chuchota-t-elle tendrement.

Il grogna une réponse indistincte et elle ajouta avec douceur :

— On va manquer le train.

Il se tourna vers elle et l'embrassa.

— J'ai envie de bien autre chose que d'attraper le train de 7 heures.

Il l'enlaça et la serra contre lui.

— Pas question ! protesta-t-elle en se débattant. Que dirait ton grand-père si l'aîné de ses petits-fils était le seul en retard à l'enterrement ? Peut-être même qu'il te déshériterait !

À l'instant où ces mots franchirent ses lèvres, elle comprit combien ils étaient déplacés. Felix banda aussitôt les muscles, comme pour se préparer à un assaut.

— On ne rit pas de ça !

Il était en colère à juste titre, elle le savait. Elle lui caressa la joue.

— Je suis désolée. C'était vraiment idiot de ma part, et complètement irréfléchi.

Elle savait que Felix était bouleversé par la mort de Lisbeth, mais il ne s'agissait pas que de la disparition de sa grand-mère adorée. Ce décès lui avait fait vraiment prendre conscience que Feltin était perdu à jamais, ce domaine de plus de cinq cents hectares dont, en tant qu'aîné des descendants, il aurait été le seul héritier. Ainsi en avait décidé son grand-père et ainsi le spécifiait le testament de sa mère :

Richard Feltin n'aurait jamais voulu partager ni disperser l'œuvre de sa vie. Les frères et sœurs de Felix auraient touché leur part réservataire. Maintenant, il n'y avait plus rien à transmettre. Les champs, les forêts, le bétail, le mobilier et la maison de maître dans laquelle il avait grandi : tout cela appartenait désormais au peuple de la République démocratique allemande. En clair, cela signifiait que les dirigeants du SED, le Parti socialiste unifié d'Allemagne, et de la LPG, la coopérative de production agricole, étaient maîtres de Feltin. Comme chaque fois qu'il y pensait, Felix se figea, la mine sombre. Pourvu qu'il ne soit pas de cette humeur-là toute la journée ! songea Gisela en rejetant l'édredon. Elle chercha des orteils ses petites pantoufles, sentit leurs pompons pelucheux lui chatouiller la plante des pieds, et s'étira en tournant la tête en tous sens. Elle avait la nuque endolorie, ayant dormi avec ses bigoudis pour arriver aux funérailles impeccablement coiffée malgré ce réveil aux aurores.

— Allez, dit-elle en se levant. Il faut vraiment qu'on se dépêche.

Elle tira les rideaux et cligna des yeux face à l'unique rayon de soleil qui, quelques minutes chaque matin, se reflétait dans une fenêtre plus élevée de l'immeuble de l'arrière-cour. La lumière ne tombait jamais directement dans leur chambre. Felix, pragmatique, y trouvait un avantage : en été, il n'y faisait jamais trop chaud. Gisela enfila sa robe de chambre pour aller à la salle de bains ôter ses bigoudis et se brosser les dents. Elle ouvrit le battant et constata avec soulagement que Mme Finke n'était pas encore à son poste. Quand elle revint, Felix avait déjà mis son costume noir et se coiffait devant le miroir. Il s'était lavé à une bassine, dans la chambre, pour gagner du temps.

Un instant plus tard, Gisela était prête aussi. Elle avait eu soin de choisir ses vêtements la veille. Felix épaula le sac à dos, saisit la valise.

— J'espère qu'ils ne nous fouilleront pas, dit Gisela en désignant la valise.

Elle frissonna en pensant à ce qu'ils apportaient au grand-père de Felix. Ils semblaient manquer de tout, à l'Est !

Une fois dehors, Gisela observa les alentours, laissant son regard errer sur les voitures garées. L'automobile de Berlin-Est n'était pas réapparue devant chez eux au cours des dernières semaines, ou en tout cas elle ne l'avait pas aperçue. Peut-être parce que Felix n'était allé qu'une seule fois dans la Zone depuis. Ce matin-là, trois véhicules stationnaient dans la rue, tous immatriculés dans les secteurs britannique et américain.

Le trajet en métro jusqu'à la partie Est de la ville se déroula sans accroc. Berlin-Est et Berlin-Ouest n'étaient séparées que par des frontières non fixes mais parfois surveillées. En métro, on n'était pas contrôlé. Ils descendirent à la gare de l'Est et se dirigèrent à la hâte vers le portail principal. Felix prit la main de Gisela et l'entraîna : leur train partait dans cinq minutes. L'imposant bâtiment à l'entrée surmontée de sept arcs hauts comme des tours était intact, comme s'il n'avait pas traversé deux guerres. Ce n'était pas le cas de la gare de Görlitz, à moitié en ruine, d'où Gisela prenait jadis le train avec sa famille pour aller voir ses grands-parents dans la forêt de la Sprée. Ils n'étaient pas les seuls voyageurs. En ce samedi de Pentecôte, nombreux étaient ceux qui partaient très tôt, profitant d'un jour férié pour aller rendre visite à leur famille dans la zone Est.

— Tu veux que je porte ton sac ? proposa Felix en tendant déjà la main.

Mais Gisela secoua la tête.

— Non, ça va. Il n'est pas lourd.

Ils atteignirent le quai au moment où le contrôleur sifflait.

— Tout le monde à bord… Les portes ferment !

Gisela posa vite le pied sur l'échelon de métal menant au premier wagon.

— Felix, dépêche-toi ! lança-t-elle, haletante, en se tournant vers lui.

Elle se retrouva nez à nez avec Günther.

— Bonjour Gilleken, tu as bien dormi ? murmura-t-il.

— Günther ! Mais qu'est-ce que tu fais là ? s'exclama-t-elle, stupéfaite.

Sans répondre, il aida Felix à hisser une grosse et lourde valise dans le wagon. Felix bondit à bord et la porte se referma derrière lui. Gisela vit Günther porter deux doigts au chapeau qu'il portait bas sur la nuque ; son visage à la barbe de trois jours était éclairé d'un sourire complice. Il enfonça ses mains dans ses poches, fit volte-face et s'éloigna sur le quai.

C'est seulement quand le train sortit de la gare que Gisela commença à comprendre le plan de Felix et Günther, ou crut le comprendre. Elle haletait toujours, son pouls battait à tout rompre. Elle examina l'encombrant bagage posé à leurs pieds et sa colère monta. Comment Günther avait-il eu l'idée de leur refiler cette valise ? Qu'y avait-il dedans ? Plus elle la regardait, plus son cuir sombre tout éraflé lui paraissait menaçant. Son contenu n'avait sûrement rien d'anodin. Elle se tourna vers Felix, qui s'efforçait d'afficher une mine innocente. Gisela le connaissait trop bien pour qu'il puisse lui cacher quoi que ce soit.

— Vous êtes complètement malades ? Nous avons déjà trop de produits de l'Ouest avec nous.

Felix regarda autour de lui et chuchota :

— Chut, pas si fort !

Elle mit les poings sur les hanches.

— Et comment sommes-nous censés trimballer ce truc jusqu'à notre compartiment, et à Feltin ?

Felix tendit la main vers la nuque de la jeune femme.

— Attends une minute !

D'un mouvement plein d'humeur, elle tenta de le repousser, mais il ne lâcha pas prise. Elle sentit un picotement. Ignorant son « aïe ! », Felix brandit un bigoudi vert avec l'air triomphant d'un magicien tirant un œuf de l'oreille d'un spectateur.

— Tu l'avais oublié, celui-là !

Elle le lui arracha rudement et le fourra dans son sac.

— Ne t'inquiète donc pas tant, Gilleken. Il vaut mieux que tu en saches le moins possible, reprit-il d'une voix étouffée.

Du coin de l'œil, il avait vu le contrôleur approcher dans son uniforme gris.

— Vous êtes encore dans le couloir ! Vos billets, je vous prie ! aboya celui-ci.

Gisela rouvrit son sac et lui tendit leurs tickets. Il poinçonna le carton gris et leur signala qu'ils se trouvaient en première classe.

— Vous ne pouvez pas rester ici, ou alors vous devrez payer un supplément. Vos places se trouvent au wagon trois, en seconde classe ! (Puis, avec un signe de tête vers les deux valises :) Et puis vous bloquez le passage.

« Tu vois bien ! » semblait dire le regard que Gisela lança à Felix. Ils n'eurent d'autre choix que de traîner ensemble le lourd bagage à travers deux wagons. La jeune femme était furieuse, mais elle tenta de se maîtriser pour ne pas attirer l'attention des autres voyageurs ou du contrôleur. Quand ils arrivèrent enfin dans leur compartiment, ils virent à travers la porte vitrée une vieille femme assise à la fenêtre, dans le sens de la marche, en train de briser sur la tablette la coquille d'un œuf dur. Felix soupira. Il était certain d'avoir réservé les deux places à la fenêtre.

— Attends-moi ici, je reviens tout de suite ! dit-il à Gisela sans autre explication.

Elle le regarda s'éloigner dans le couloir, la tête pleine de malédictions qu'elle refoula. Il réapparut au bout d'une dizaine de minutes qui lui semblèrent une éternité.

— Il y a d'autres compartiments libres, plus loin.

Gisela ravala ses protestations et l'aida à traîner la lourde valise. Quand ils atteignirent enfin un compartiment vide, Felix poussa le gros bagage brun loin sous la banquette et plaça leur propre valise et le sac à dos dans le filet. Puis ils s'assirent face à face aux deux places près de la fenêtre. La tension était palpable ; Felix s'efforçait de prendre un air détendu, Gisela avait la gorge nouée en pensant au passage de la frontière.

Elle avait l'impression que ce qu'ils transportaient sous leur siège allait déclencher une catastrophe. Tout le monde savait qu'on pouvait encore voyager librement de Berlin-Ouest à Berlin-Est mais que les contrôles avaient été renforcés l'année précédente. Pour entrer et sortir du territoire, on devait présenter des autorisations, et les bagages pouvaient être fouillés à la recherche de produits non autorisés. Gisela ne cessait de penser au moment où les contrôleurs passeraient le train au peigne fin, impitoyables, et les prieraient d'ouvrir leurs sacs. Elle s'imaginait la grosse valise pleine de café, de tablettes de chocolat et d'oranges, des biens extrêmement convoités à l'Est et dont la rareté en RDA faisait déjà l'objet d'innombrables blagues à l'Ouest. Elle n'avait toutefois pas le cœur à rire. Que se passerait-il si leurs produits de contrebande étaient découverts ?

Le train s'arrêta bientôt à la frontière. Felix vit Gisela se tordre les mains d'angoisse.

— Ne t'en fais pas, ce sont les Allemands de l'Ouest. Il n'y a vraiment aucun danger, dit-il à voix basse.

Gisela vit pourtant qu'il observait nerveusement le quai quand ils entrèrent en gare. À l'arrêt du train, quatre contrôleurs en uniforme vert y grimpèrent et passèrent de wagon en wagon, deux par deux. Ceux qui ouvrirent la porte de leur compartiment se montrèrent polis, bien que distants. Ils contrôlèrent leurs papiers puis leur souhaitèrent un bon voyage avant de repartir.

— Tu vois ? chuchota Felix.

Après une demi-heure d'arrêt, le train se remit en branle et ils revirent les contrôleurs, sur le quai. Felix sortit son porte-monnaie et en sortit deux petits timbres bleus à trente pfennigs. Il en lécha un, le colla dans le coin inférieur de la fenêtre, puis fixa l'autre en bas à droite sur la vitre de la porte coulissante du compartiment.

— Que fais-tu donc ? s'enquit Gisela.

— Je t'expliquerai plus tard, répondit-il. Viens, maintenant.

Il prit leurs affaires dans le filet et dit :

— On va se trouver un autre compartiment.

— Et ça ? fit-elle en désignant du menton le gros bagage brun glissé sous le siège.

— Ça reste là. Mais il vaut mieux que tu arrêtes de poser des questions.

Gisela obéit. Ils avancèrent encore de deux wagons et s'assirent dans un compartiment désert, de nouveau à la fenêtre.

À peine deux minutes plus tard, ils arrivèrent au second poste-frontière. Cette fois, c'étaient des contrôleurs de la douane est-allemande qui se tenaient sur le quai. Ils étaient bien plus nombreux que les précédents. À l'arrêt du train, ils se dispersèrent et montèrent à bord par plusieurs portes. Ce fut au tour de Felix de se malaxer les mains. Gisela était soulagée d'être débarrassée de la grosse valise. Il ne pourrait plus rien leur arriver. La porte de leur compartiment s'ouvrit bientôt sur un homme et une femme en uniforme gris à ceinture blanche.

— Contrôle des papiers, annonça l'homme.

La contrôleuse balaya le compartiment du regard. Elle portait bas sur le front son képi dont l'emblème en fer-blanc représentait un marteau et une faucille. Ses cheveux blonds étaient noués en chignon sur sa nuque. Gisela pensa qu'elle devait avoir son âge, et se demanda pourquoi une jeune femme choisissait un tel métier. Le contrôleur leur demanda où ils allaient et combien de temps ils y resteraient, puis il tamponna leurs passeports.

— Ce sont vos bagages ? demanda la douanière en désignant la petite valise et le sac.

— Oui ! répondit Felix.

— Ouvrez la valise, ordonna-t-elle sèchement.

Felix se leva aussitôt, tira le bagage du filet, le posa sur la banquette et fit claquer les fermetures en métal. La contrôleuse enfila des gants et souleva la couche supérieure de vêtements. En dessous se cachaient du café, des boîtes de vis et de clous, des lames de rasoir, un robinet, des pansements, du tabac, du papier à cigarettes, des stylos à bille, du savon, de la crème pour les mains. Puis elle découvrit un objet plus volumineux emballé dans un vieux pyjama.

— Déballez-le.

Felix se pencha et dévoila une pièce de voiture.

— Qu'est-ce que c'est ?

— Un générateur, répondit l'autre contrôleur.

Sa collègue fronça les sourcils.

— À qui est-il destiné ?

— À mon grand-père. Il a encore une vieille voiture.

— Nom ? demanda la contrôleuse en sortant un calepin et un crayon.

— Felix Trotha.

— Pas le vôtre, celui de votre grand-père ! corrigea la douanière.

— Richard Feltin.

Felix espérait vivement qu'elle ne poserait pas davantage de questions. Pour rien au monde il n'aurait voulu mettre son grand-père en difficulté. La douanière referma son calepin et le rangea.

— Remballez, dit-elle en désignant tous les objets qu'elle avait sortis.

Felix se mit aussitôt à empaqueter soigneusement le générateur.

— Et qu'y a-t-il là-dedans ? reprit-elle en montrant le sac à dos en tissu épais.

— Des vêtements et des provisions pour le voyage.

Gisela fit tourner la fermeture à brandebourg et ouvrit les deux battants.

— Je vous en prie ! dit-elle en reculant d'un pas, les mains dans le dos.

La contrôleuse se pencha vers le sac, vit la capsule d'une bouteille et hocha la tête.

— C'est bon !

Elle porta la main à son képi et leur souhaita un bon voyage. Les deux douaniers ressortirent. C'est seulement quand ils eurent refermé la porte coulissante et se furent éloignés dans le couloir que Gisela et Felix se laissèrent retomber à leurs places, soulagés. Ils gardèrent le silence, les yeux dans les yeux.

Tandis que le train se remettait en marche, Felix scruta le quai, tendu. Gisela savait ce qu'il cherchait : la grosse valise brune. Apparemment, personne ne l'avait découverte, aucun douanier ne l'avait sortie du train. Au bout de quelques minutes, elle osa enfin demander :

— Qu'est-ce qu'il y a dedans ?

— Du café.

Gisela fut sur le point de protester, d'insister, puis se dit que c'était peut-être mieux ainsi. Et même si elle aurait bien voulu savoir ce qu'il adviendrait du bagage et ce que signifiaient les timbres-poste, elle se tut.

Pendant le reste du trajet, ils mangèrent leurs sandwichs et discutèrent de leur vie de tous les jours ; depuis que Gisela avait commencé sa formation de dessinatrice de patrons, ils ne passaient plus guère de soirées ensemble.

— Il se termine quand, ton cours de couture ? s'enquit Felix.

Il avala le dernier morceau puis s'essuya les doigts sur une serviette en papier.

— Ce n'est pas un cours de couture, voyons ! Je suis déjà couturière diplômée. Ce que j'apprends maintenant, c'est le dessin de patrons. Et ça dure jusqu'en décembre, répondit-elle sans pouvoir cacher son agacement.

Pourquoi ne parvenait-il pas à se souvenir de ce qu'elle faisait ?

— Si longtemps que ça ? Je croyais que c'était un cours de deux mois ! s'écria-t-il, visiblement déçu.

Il n'aimait guère qu'elle soit absente le soir et y avait déjà plusieurs fois fait allusion. De plus, il s'était remis à fréquenter des bars louches avec Günther, ce que Gisela voyait d'un mauvais œil. Elle se détourna pour regarder par la fenêtre. Le paysage brandebourgeois parcouru de canaux, le pays de sa mère, filait derrière la vitre.

— Regarde, nous arrivons bientôt à Vetschau. (Elle désigna une barque de pêcheurs qui flottait paisiblement sur un petit lac.) Ma mère faisait du patin à glace ici, quand elle était jeune.

Felix se tourna lui aussi vers l'extérieur et admira l'eau scintillante où se reflétaient les cimes des arbres et les nuages.

— Ça devait être très beau.

Puis le train s'enfonça dans le vert profond de la forêt de la Sprée. En pensant à la minuscule bicoque en bois de ses grands-parents, Gisela fut soudain prise d'une nostalgie cuisante. Même s'ils étaient décédés tous les deux, ses souvenirs du lieu tant aimé de son enfance étaient encore vifs. Elle reconnut au loin la gare jaune pâle qui n'avait pas changé depuis cette journée d'après-guerre où elles et sa mère, affamées, étaient venues se fournir en provisions. Elle refusa toutefois d'y penser, car cela avait aussi été le jour de l'enterrement de son grand-père.

— Je me suis inscrite au cours de perfectionnement, reprit-elle pour répondre à la remarque de Felix. Le cours de deux mois n'aborde que les coupes de base les plus simples, que j'ai déjà apprises en regardant travailler ma mère à l'époque où elle créait des modèles.

Elle rangea les boîtes du repas dans son sac, heureuse d'avoir un prétexte pour ne pas regarder Felix. Elle savait qu'elle aurait dû lui en parler avant de s'inscrire, mais qu'aurait-elle fait s'il n'avait pas été d'accord, comme elle le devinait ?

— Tu aurais pu me demander, objecta-t-il.

— Est-ce que tu me demandes, toi, quand tu vas le soir dans tes bars d'étudiants ou que tu tapes des communiqués de presse pour Günther et Dieter ?

Felix pinça les lèvres.

— Ce n'est pas la même chose !

Gisela aurait bien voulu connaître la différence, mais elle ravala sa réplique. Ils n'étaient pas mariés depuis trois mois et ils se disputaient déjà. Elle savait qu'elle sortirait perdante d'une querelle. Si Felix le voulait, il pouvait tout simplement lui interdire de suivre son cours, et elle refusait de courir ce risque. Sa formation de dessinatrice de patrons comptait trop pour elle. Elle devait agir avec diplomatie.

— C'est juste que... Je n'ai pas l'impression que ce soit une bonne chose pour toi, reprit-il. (Il se pencha vers elle et lui prit tendrement la main.) Tu es toujours si tendue, et nous ne nous voyons presque plus.

— Tu veux encore une bière de malt ? demanda-t-elle en se radoucissant.

Elle lui ôta sa main pour sortir une bouteille et un décapsuleur de son sac. C'était la marque préférée de Felix, soigneusement enveloppée de papier journal. Elle la déballa et l'ouvrit pour lui.

— Tiens.

Ils se partagèrent la boisson en discutant de sujets anodins, puis leur conversation s'éteignit d'elle-même. Gisela finit par s'assoupir ; elle manqua le moment où, en gare de Delitzsch, un jeune homme barbu coiffé d'un chapeau passa devant leur fenêtre, sur le quai, en traînant une grosse valise brune.

Felix la réveilla peu avant leur arrivée en gare de Leipzig, où ils devaient prendre une correspondance. Lui portait déjà le costume noir qu'il avait emprunté ; Gisela sortit sa robe de sa valise pour aller se changer dans les toilettes du train, car elle n'aurait pas le temps de le faire à Feltin avant le début des funérailles. Elle était fière de ce modèle qu'elle avait cousu elle-même à partir de son tout premier patron, et qu'elle trouvait très réussi. Certes, la robe était un peu trop élégante pour un enterrement, mais au moins, elle était noire.

Therese

Therese arriva à Feltin avec deux jours d'avance pour aider son grand-père à accomplir formalités et préparatifs. Quand elle aperçut Richard sur le quai de la gare, son cœur se serra. Il avait encore maigri. Voûté, les joues creuses, le vieillard de soixante-dix-neuf ans attendait l'aînée de ses petites-filles dans le soleil de l'après-midi. Elle ne l'avait pas revu depuis son anniversaire, l'année précédente, n'étant même pas venue à Feltin pour Noël. Elle se le reprochait à présent ; elle avait voulu tirer un trait sur ses souvenirs et ne supportait plus les conditions misérables dans lesquelles vivaient ses grands-parents. Aujourd'hui, elle regrettait de toute son âme de ne pas avoir rendu visite à sa grand-mère. Richard avait tant vieilli, depuis. Le col de sa chemise était bien trop large, détaché de son cou ridé où poussaient des poils blancs épars. Son vieux trench-coat flottait autour de son corps efflanqué. L'âge et les aléas de la vie avaient balayé l'image du fier et dynamique maître de Feltin.

— Grand-père, dit-elle en se dirigeant vers lui. Je suis tellement désolée !

— Therese, mon enfant… Tu es venue seule ?

Sa voix était enrouée, comme s'il n'avait pas parlé depuis longtemps. Il répondit lui-même à sa question :

— Je sais que Lotte, Bärbel et Heiner n'ont pas été autorisés à venir, mais Felix ?

Il portait son éternel attaché-case au cuir éraflé, qu'il ne lâcha même pas quand Therese le prit dans ses bras et serra contre elle son corps émacié aux omoplates saillantes. Elle posa un baiser sur sa joue mal rasée.

— Tu m'excuseras, je n'ai plus de lames de rasoir, dit-il en se passant la main sur le menton.

Elle le lâcha et recula d'un pas.

— Felix et sa femme arrivent demain. Gisela n'a pas pu se libérer plus tôt, elle travaille, aujourd'hui.

Richard secoua la tête, incrédule.

— Une femme mariée qui travaille ? Je croyais que ça n'existait qu'ici, dans la Zone. (Il eut un geste de dénégation.) Ta mère aussi a travaillé toute sa vie, mais à la maison, sur le domaine ; c'était différent.

Therese voulut objecter que Felix ne gagnait pas encore sa vie et qu'elle-même travaillerait un jour, comme juge. Elle préféra s'abstenir. Pourquoi lancer dès leurs retrouvailles une dispute qui ne mènerait à rien ? Richard baissa la tête et désigna sa petite valise en demandant s'il devait la prendre.

— Cette bonne âme de Leutner n'est plus là, précisa-t-il. Il est parti vivre chez son fils, à Riesa.

Therese secoua la tête.

— Ne t'en fais pas, grand-père. Tu es venu en voiture ?

— Elle est fichue… Le générateur ne marche plus.

— Et Klaus n'avait pas le temps de venir me chercher ?

— Il a une réunion du Parti, aujourd'hui.

Elle le regarda, bouche bée.

— Nous devons prendre l'autobus, le prochain part à 16 h 15.

— Et tu as fait le trajet en car tout seul jusqu'à Chemnitz pour venir me chercher ? demanda Therese.

Elle vit son corps fragile appuyé de tout son poids sur sa canne.

— Bien entendu, répondit-il.

Pendant le voyage en bus, elle regarda par la fenêtre. Les rues de Chemnitz étaient bien moins animées que celles de Berlin-Ouest. La ville semblait maussade et pauvre. Aucune affiche publicitaire ; les seules touches de couleur étaient les gigantesques bannières promettant la victoire du socialisme, plus nombreuses que jadis. Therese n'était partie d'ici que trois ans plus tôt et rien ne s'était amélioré depuis. Elle savait bien sûr qu'il y avait en RDA beaucoup moins de voitures individuelles qu'à l'Ouest ; on voyait çà et là des modèles bringuebalants d'avant-guerre, comme celui de son grand-père, parfois une mobylette. Mais les trottoirs aussi étaient presque déserts, jusqu'à ce qu'ils passent devant une coopérative Konsum. Une longue file d'attente s'était formée devant l'entrée. Les gens attendaient patiemment avec leurs paniers et leurs filets à provisions. Therese tenta de jeter un coup d'œil à la vitrine, où il n'y avait rien à voir : elle était vide. Seul un panneau manuscrit indiquait ce pour quoi les gens faisaient la queue : « Aujourd'hui : chou-fleur frais. » Est-ce vraiment tout ce qu'on peut acheter ici ? se demanda-t-elle.

Les façades noires de suie filaient derrière la vitre, aucune n'avait été repeinte comme à l'Ouest. Partout, des ruines ; de loin en loin seulement s'élevait entre les décombres un bâtiment neuf, très sobre. Puis ils suivirent la rue des Nations, qui lui parut bien plus large que jadis.

— Ça a beaucoup changé. Qu'ont-ils donc fait ici, grand-père ? demanda-t-elle à Richard, assis près d'elle sur le siège en similicuir rouge.

— C'est l'urbanisme socialiste, répondit-il. Au lieu de rebâtir comme avant, avec une rocade qui contourne le centre historique, il a fallu qu'ils rebaptisent Chemnitz « Karl-Marx-Stadt » et en fassent une ville modèle pour leurs idées tordues.

Il parlait si fort que les deux hommes assis devant eux, qui rentraient manifestement du travail, interrompirent leur propre conversation pour les dévisager du coin de l'œil. Ça n'impressionna guère Richard, qui continua à fulminer :

— Et pourquoi crois-tu qu'ils élargissent les rues comme ça ?

— Pas si fort, grand-père, dit doucement Therese.

Elle avait entendu dire qu'en RDA, on n'était pas libre d'exprimer ses opinions, et qu'on risquait même d'être emprisonné pour des déclarations bien moins provocantes que celle-ci.

— Pour que les militaires puissent mieux y parader et que les chars de nos frères moscovites y passent sans encombre, reprit Richard à haute et intelligible voix.

Cette fois, un des deux voyageurs se retourna et souffla :

— Fais attention à ce que tu dis, vieil homme !

Therese tenta de déceler dans ses petits yeux s'il voulait juste avertir Richard ou s'il était lui-même un fidèle du Parti, prêt à le dénoncer en haut lieu. Son visage grossier était difficile à déchiffrer, et elle espéra que son grand-père ne le provoquerait pas davantage. Comment pouvait-on vivre dans un tel carcan ?

— Le respect des vieux aussi, ils l'ont perdu, marmonna Richard.

Il garda le silence un moment avant de reprendre :

— Ma nièce Edith aussi a été très étonnée, lors de sa visite.

— Edith est venue ici ? s'étonna Therese.

Elle avait donc mis son projet à exécution.

— Oui, il n'y a pas si longtemps, avec une amie américaine... que j'ai trouvée vraiment bizarre.

Therese hocha la tête, pas surprise que Gwendolyn, la compagne d'Edith, n'ait guère plu à son grand-père.

— Elle est allée voir la propriété de ses parents, à Leipzig. La vieille villa est dans un état lamentable, presque en ruine. Et puis elle a voulu savoir ce qu'était devenue l'entreprise de son père.

Richard tira maladroitement un mouchoir en tissu de sa poche et se moucha.

— Elle ne voulait pas croire qu'ils m'avaient exproprié.

Il se tourna vers Therese et ajouta à voix basse, un bref éclat passant dans ses yeux bleu délavé :

— Salomon a fui les nazis, il a été forcé de quitter l'Allemagne, et ma sœur Cäcilie est partie avec lui.

— Je suis au courant, grand-père, répondit doucement Therese en observant du coin de l'œil les deux passagers devant eux.

Savoir qu'ils entendaient toute leur conversation la mettait mal à l'aise. Ils avaient l'air de guetter le moindre mot, leur propre discussion éteinte depuis longtemps. À son grand soulagement, ils se levèrent quand le bus approcha de l'arrêt suivant. Avant de descendre, ils se tournèrent encore une fois vers eux pour les dévisager.

— Ils sont enfin partis ! dit-elle. Tu les connais ?

Elle vit les deux hommes, debout à l'arrêt, discuter avec animation en regardant le bus s'éloigner. Richard secoua la tête et reprit :

— À l'époque, j'ai tout racheté à Salomon. J'ai même dû vendre plusieurs hectares de terrain pour lui en donner un bon prix, qu'il ait de quoi se refaire aux États-Unis. Nous espérions tous qu'un jour, quand le cauchemar serait terminé, il pourrait revenir et tout reprendre en main lui-même. (Il se tourna vers la vitre et marmonna :) Et maintenant que ce cauchemar-là est terminé, les communistes débarquent et m'exproprient. C'est du vol qualifié, rien d'autre, ils peuvent bien appeler ça comme ils veulent.

Une femme âgée venue du fond du bus se dirigeait vers la sortie. Elle adressa un signe de tête à Richard, qui porta la main à son chapeau.

— Et Edith qui vient me reprocher d'avoir fait une bonne affaire ! Elle m'accusait presque. (Il secoua la tête.) Comme si une bonne femme pouvait avoir une idée de ces choses-là.

— Ce n'est pas la question, répliqua Therese.

Elle connaissait les opinions arriérées de son grand-père sur les femmes, une attitude qu'elle devait aussi affronter chaque jour à l'université. Il ne réagit pas.

— Mais est-ce que c'était vraiment une bonne affaire, ou as-tu juste acheté l'entreprise pour aider Cäcilie et Salomon ? demanda-t-elle. Grand-père ?

Il regardait droit devant lui, muet. Elle comprit qu'il ne voulait pas en parler, sans doute même pas y penser. Il avait sa propre version des faits, et si Edith ne lui posait plus de questions à ce sujet, personne d'autre n'y changerait rien.

— Combien de temps est-elle restée ?

— Juste une journée. Je crois qu'elle est ensuite retournée à Hambourg pour repartir directement aux États-Unis.

— Une visite bien triste, mais au moins, elle a revu Lisbeth.

Son grand-père poursuivit à voix basse, sans la regarder :

— Je voulais gérer les biens de Salomon pour lui, pour Cäcilie, et bien sûr pour Edith, quand ils ont été obligés d'émigrer, et voilà que je me suis retrouvé face à elle les mains vides. Qu'ont-ils donc fait de nous ?

Un léger doute continuait de ronger Therese, éveillé par les questions d'Edith. À l'époque, Richard s'était-il vraiment montré aussi honnête envers son grand-oncle qu'il le prétendait ?

Quand elle se tourna vers lui, un instant plus tard, il s'était assoupi. Elle l'observa, affalé sur le siège. Au fond de lui était enfouie une vérité qu'elle ne connaîtrait peut-être jamais. Elle était tiraillée par des sentiments contradictoires, soudain submergée par une vague de compassion envers le vieil homme. Comment avait-elle pu les laisser seuls ici, lui et Lisbeth ?

Une demi-heure plus tard, ils s'arrêtèrent devant la petite église protestante de Feltin. Le cimetière était juste à côté, entouré de son éternelle clôture à croisillons toute de guingois. Il n'y manquait que quelques lattes, sommairement remplacées par du carton et du fil de fer. Therese offrit son bras à Richard mais, dans un élan de désespoir, il brandit son attaché-case et sa canne.

— Que transportes-tu donc toujours dans ta mallette, grand-père ?

— Des papiers importants, répondit-il sèchement.

Sans hésiter, elle ouvrit sa petite valise et y glissa l'attaché-case.

— C'est plus pratique comme ça, décréta-t-elle.

Il la laissa faire, impassible. Il avait maintenant une main libre pour lui prendre le bras. Ils se dirigèrent à pas lents vers l'enceinte du domaine. Les pavés irréguliers étaient usés et elle dut soutenir Richard à plusieurs reprises quand il trébucha sur les pierres disjointes. Quand ils franchirent ce qui avait été le portail d'entrée, elle prit conscience que son retour à Feltin la bouleversait bien plus qu'elle ne s'y était attendue. La maison de maître se dressait dans la lumière dorée de la fin d'après-midi. De loin, le crépi de sa façade semblait toujours être du blanc éclatant de jadis. Cependant, au dernier étage, toutes les grandes fenêtres à croisillons aux contours de grès étaient barrées de planches.

Le cœur de Therese s'accéléra. Le spectacle de la maison familiale éveilla en elle ce sentiment singulier que seul peut provoquer le retour sur les lieux de l'enfance. Ils s'arrêtèrent quelques minutes, la gorge nouée, reconnaissants de n'avoir pas à parler. En s'approchant, ils distinguèrent clairement les nombreux trous d'où se détachaient des fragments de crépi brunâtre. Le toit était affaissé à divers endroits, des tuiles gisaient dans la cour. Au rez-de-chaussée aussi, il manquait des vitres. Un panneau de métal gris accroché juste à côté de l'entrée proclamait :

Coopérative de production agricole Feltin

— Tu as vu comme ils ont tout laissé se dégrader ? C'est une véritable honte.

— Je ne comprends pas. Maman m'a dit que depuis l'année dernière, notre maison servait de bureau à l'administration de cette nouvelle coopérative. Pourquoi est-elle dans un état aussi lamentable ?

— On manque partout de matériel de construction, d'argent et de volonté de conserver les choses. (Il leva la tête et Therese croisa son regard bleu pâle.) Sans propriété, pas d'envie de travailler.

Dépité, il souligna son propos en donnant quelques coups de canne sur le revêtement de basalte qu'il avait lui-même fait poser. Comme il devait souffrir de voir chaque jour l'œuvre de sa vie dans un tel état, ce domaine dont il n'avait pas hérité mais qu'il avait forgé lui-même grâce à son sens des affaires, des acquisitions judicieuses et un dur travail. Et il ne pouvait absolument rien y faire.

— L'étage du dessus ne sert qu'à entreposer le matériel, les fenêtres ne sont donc pas remplacées. En bas, il y a les bureaux.

Il lâcha le bras de Therese, vacilla un peu et sortit sa montre à gousset dorée. Elle fut étonnée qu'il l'ait encore.

— Il n'y a plus personne, à cette heure-ci. Ils ne travaillent que jusqu'à 16 heures, ponctuels comme des coucous suisses. À 16 heures pétantes, c'est fini, tout le monde décampe. (Il éclata d'un rire caverneux.) Tu imagines ? Finir sa journée à 16 heures… dans l'agriculture ? À cette heure-là, nous, on ramenait cent vingt vaches du pré pour les traire.

Il rangea sa montre et reprit le bras de sa petite-fille.

— Viens, rentrons.

Ils se tournèrent vers le sud et se dirigèrent vers l'ancien bâtiment des employés, où Richard vivait depuis la fin de la guerre.

— Qu'est-ce qu'il y a dans les écuries et les étables ? s'enquit Therese.

Elle désigna les longues halles que son père avait à l'époque fait bâtir à bonne distance de la maison.

— Rien. Là-bas, dans la grange, ils ont mis la station des machines et tracteurs, que tous les agriculteurs peuvent emprunter. Tout est pourri, délabré, il n'y a pas de pièces de rechange, et les nouveaux agriculteurs auxquels mes terres ont été distribuées, quand tu étais encore là...

Il se tourna vers elle ; même si c'était lui qui l'avait poussée à aller faire ses études à Berlin-Ouest, elle crut lire dans ses yeux un reproche silencieux.

— ... ils ont presque tous abandonné et sont partis à l'Ouest depuis longtemps. Pas étonnant, comment veux-tu gagner ta vie avec vingt hectares ? Maintenant, ils ont créé les LPG, et toutes les exploitations moyennes de plus de vingt hectares sont poussées à la faillite par leurs exigences de rendement. Ils sont en train de ruiner notre beau pays.

Seuls les claquements de sa canne sur le pavé brisaient le silence oppressant qui régnait sur le domaine. Therese avait encore vécu ici pendant un certain temps après la guerre, alors qu'une grande partie du bétail avait depuis longtemps été redistribuée aux nouveaux agriculteurs. Elle se réveillait avec leurs bruits, leurs voix. Le chant du coq et les caquètements des poules, les meuglements des veaux et des vaches laitières, le grondement des charrettes à cheval passant dans la cour, tout cela avait fait partie de sa vie depuis sa naissance. En cet instant, il lui sembla entendre l'ancien fond sonore si familier, y compris le gong que frappait Mme Leutner pour annoncer le dîner.

— J'ai été convoqué la semaine dernière, reprit Richard en la tirant de sa rêverie. Le pire, c'est...

Il s'interrompit pour se moucher une nouvelle fois. Therese remarqua qu'il était soudain très agité.

— Quoi donc, grand-père ? C'est quoi, le pire ?

— C'est que depuis le début du mois, le nouveau directeur de la LPG est mon ancien palefrenier.

— Ton ancien palefrenier ? Comment s'appelle-t-il ? Est-ce que je l'ai connu ?

Richard secoua la tête.

— Non, ça remonte à bien avant ta naissance. Ta mère s'était aperçue la première du genre d'homme que c'était. Il faut reconnaître qu'en matière de personnel, elle a toujours eu le nez creux.

Ils étaient arrivés devant l'ancien bâtiment des employés ; la porte en bois pendait sur ses gonds, la peinture vert foncé était tout écaillée.

— Werner a toujours été un ardent communiste. À l'époque, je l'ai mis à la porte... Sur le conseil de ta mère, d'ailleurs. Il travaillait mal et montait les employés contre nous. Maintenant, c'est à son tour de rire. Il cherche à se venger, et a menacé de me faire transférer.

— Transférer ? Mais où ? demanda Therese, effarée.

Richard haussa les épaules.

— Je ne sais pas. Il dit qu'il m'enverra un courrier. Il prétend que de toute façon, il y a eu une erreur, que j'aurais dû être interné au lieu d'être autorisé à vivre ici aussi longtemps.

Therese savait que ce Werner avait raison. Elle avait entendu dire qu'après la réforme agraire soviétique, presque tous les anciens grands propriétaires terriens avaient été traités bien plus impitoyablement encore que son grand-père. En tant qu'ennemis du peuple déclarés, ils avaient été non seulement expropriés mais aussi bannis de leurs domaines, avec interdiction de s'en approcher. Jusqu'à présent, elle ne s'était jamais demandé pourquoi Richard avait bénéficié d'une exception.

Quand ils entrèrent dans le petit logement de fortune, la chaleur accumulée sous le toit et l'odeur mordante d'aliments avariés prirent Therese à la gorge. Une petite cuisine avait été aménagée tant bien que mal dans une des pièces. Il n'y avait pas l'eau courante, il fallait aller remplir un seau à la fontaine, dans la cour, y compris pour la lessive. Lors de leur emménagement, on leur avait octroyé un poêle dont le tuyau d'évacuation sortait par la fenêtre, mais il tirait mal. La pièce basse de plafond sentait le charbon de bois, les murs étaient noirs de suie. Sur la table, trois grosses mouches étaient posées dans des boîtes de conserve entamées, une de pois et une de viande en saumure. Elles s'envolèrent quand ils s'en approchèrent. Au-dessus de la table, un ruban d'attrape-mouches jaunâtre pendait du plafond ; de nombreux cadavres d'insectes y collaient déjà.

— Tu as faim ? demanda Richard.

Therese secoua la tête.

— Tu m'excuseras. Depuis sa...

Il cherchait sans doute une manière d'éviter le terme « mort », qui finit tout de même par lui échapper.

— ... sa mort... plus personne n'a vraiment rangé, ici.

Il venait de prononcer le mot qu'elle n'avait elle-même pas encore réussi à formuler. Therese n'avait toujours pas complètement saisi le sens profond et définitif de ces quelques lettres, et c'était très bien ainsi : il fallait qu'elle fonctionne. Aussi pénible que ce soit, ils avaient encore des points d'organisation à éclaircir, le déroulement des obsèques, l'enterrement.

— Où est-elle ? s'enquit Therese au bout d'un moment.

— Dans la chambre froide. (Il baissa la tête.) Les températures ont monté d'un coup.

Peu après 19 heures, ils entendirent un moteur pétarader dans la cour.

— Ça doit être Klaus, fit Richard.

Therese se leva, écarta le store jauni et regarda dehors. Son frère descendait d'une petite voiture.

— Depuis quand a-t-il ça ?

— Pas longtemps, c'est peut-être lié à ses nouvelles fonctions.

— Ses nouvelles fonctions ? répéta-t-elle en lâchant le rideau.

Therese se tourna vers son grand-père, qui piquait de sa fourchette son dernier morceau de pomme de terre. Elle avait eu du mal à l'empêcher d'avaler une croûte de pain moisie qu'il gardait dans un pot de terre. Elle n'avait trouvé de mangeable que des pommes de terre, dont elle avait dû jeter la moitié parce qu'elles étaient pourries, et un morceau de margarine. Cela lui permit au moins de préparer des pommes de terre sautées. À voir l'appétit avec lequel Richard vida son assiette, elle se dit qu'il n'avait sûrement rien mangé de nourrissant depuis des jours. Prise d'un nouvel élan de culpabilité, elle se dit qu'elle aurait dû lui apporter des légumes frais et quelques escalopes plutôt que du café et du chocolat.

— Qu'entends-tu par nouvelles fonctions ? insista-t-elle.

Son grand-père hocha la tête puis écrasa deux mouches d'un coup de tapette.

— Sales bêtes ! grommela-t-il.

Therese n'aurait su dire s'il parlait des insectes ou des dirigeants du Parti.

— Il a été nommé secrétaire du Parti de son VEB[1] il y a six mois, et voilà qu'il a déjà sa propre voiture. Une IFA F8 des usines de Zwickau.

— Eh bien, il n'a pas perdu de temps !

Des pas rapides résonnèrent sur les marches de bois et la porte s'ouvrit à la volée.

— Therese ! Tu es déjà là !

Elle se leva pour prendre Klaus dans ses bras mais il s'écarta, étrangement raide.

— Quand es-tu arrivée ? demanda-t-il.

Il prit la chaise qu'elle venait de quitter, sans se soucier qu'il ne reste qu'un tabouret bancal. Richard, remarquant cette impolitesse, cessa de mâcher mais ne dit rien. Ravaler une réflexion n'est pourtant pas son genre, se dit Therese.

— Par le train de 16 heures, répondit-elle.

Elle s'appuya contre le rebord de la fenêtre, comme si c'était la chose la plus normale au monde qu'un jeune homme s'asseye en présence d'une femme forcée de rester debout.

— Et Felix, il arrive quand ?

— Demain midi. Gisela n'a pas pu se libérer.

Klaus ne sembla rien trouver à y redire.

— Moi non plus, je n'ai pas été autorisée à venir plus tôt, sinon j'aurais pu aider grand-père à tout organiser, ajouta Therese en secouant la tête comme si elle ne parvenait toujours pas à y croire. Ce sont de pures chicaneries ! Maman souffre énormément de ne pouvoir venir. Même pour l'enterrement de sa propre mère, elle, Bärbel et Heiner n'ont pas le

1. *Volkseigener Betrieb*, littéralement « entreprise possédée par le peuple », dénomination des entreprises d'État de RDA.

droit d'entrer dans votre belle RDA, au motif qu'ils ont demandé à partir il n'y a que six mois. J'imagine que c'est une sorte de punition.

— C'est de sa faute ! Pourquoi a-t-il fallu qu'elle abandonne son pays, ses parents, et ses frères et sœurs socialistes ? rétorqua sèchement Klaus.

Une vague de colère brûlante submergea Therese et elle eut le plus grand mal à se contenir. Richard émit un bruit étrange qu'elle ne sut interpréter, presque un gloussement. Pourvu que tous ces pénibles événements ne lui fassent pas en plus perdre la raison !

— Et toi, petit frère ? Tu rentres d'une réunion du Parti, m'a dit grand-père. Tu es vraiment engagé, maintenant, tu joues dans la cour des grands ?

Elle se rendit compte qu'elle avait parlé d'un ton plus provocateur qu'elle ne l'aurait voulu ; pourtant, elle ne quitta pas son frère des yeux. Klaus croisa les bras.

— Ça te dérange, ma sœur chérie ? fit-il en dressant son menton anguleux, sur la défensive. Il faut bien que quelqu'un bâtisse notre État socialiste ! Je crois à la bonne cause, moi !

Il est si beau, pensa Therese, même dans sa chemise froissée et son pantalon déformé retenu par des bretelles. Nul doute que les filles lui couraient après. Il avait de longues jambes, un corps musclé, un visage bien découpé, et l'esprit vif, par-dessus le marché. Son petit frère ! Enfant déjà, il se laissait facilement emporter par les idées nouvelles. Cet enthousiasme s'était-il changé en fanatisme ?

— La bonne cause ? Regarde un peu autour de toi !

Therese écarta les bras et tourna la tête à droite et à gauche pour qu'il prenne conscience de la misère qui émanait de cette simple pièce.

— La manière dont ils traitent grand-père ! Et tu les laisses faire !

— Il peut s'estimer heureux de n'avoir pas été banni. Et puis, c'est là qu'il logeait ses propres employés. Ils étaient obligés de vivre dans ces conditions pendant des années ; c'était bien assez bon pour eux. Tu devrais le savoir, continua-t-il en croisant les jambes avant de s'enfoncer dans son siège. Tu passais tout ton temps ici avec les...

— ... les Polaks et les Russkofs, compléta Therese. Vas-y, dis-le. Tu les appelais toujours comme ça. (Elle secoua la tête, incrédule.) Tu les méprisais, à l'époque, et aujourd'hui, les Soviets sont tes camarades adorés.

— J'étais un gamin ! siffla-t-il en se penchant vers l'avant. Et maintenant, c'est très différent. Tu ne peux pas comprendre !

— Et comment que je comprends ! C'est pire que pendant la guerre, ici. Chez vous, le temps ne s'est pas seulement arrêté, il est reparti en arrière.

Klaus gratta de la saleté d'une de ses semelles et la laissa négligemment tomber sur le plancher. Il secoua la tête.

— Comme si tu savais quoi que ce soit de la guerre.

Elle tendit le doigt vers la fenêtre.

— Et qu'ont-ils fait de notre domaine ? Ils le laissent tomber en décrépitude. En fait, je devrais dire : *vous* le laissez tomber en décrépitude ! Mon cher frère est maintenant un ponte du Parti !

Klaus ne répondant pas, elle poursuivit, incapable de s'arrêter :

— En arrivant, depuis le bus, j'ai vu une file d'attente interminable devant un de vos « Konsum ». (Elle eut un rire méprisant et répéta ce mot d'un ton ironique.) *Konsum*, pour « consommation » ? Quelle honte ! Les gens faisaient la queue pour un malheureux chou-fleur, comme durant l'après-guerre, tandis que chez nous, on peut de nouveau tout acheter, absolument tout ! (Du coin de l'œil, elle aperçut une minuscule souris filer sous le buffet.) Ici, rien ne change ! C'est une économie de pénurie contre laquelle personne n'a le droit de protester. C'est ça, le monde meilleur que vous voulez créer ?

— C'est toujours mieux que votre État de hiérarques, avec ses anciens nazis et ses capitalistes au pouvoir ! balança Klaus.

Therese tressaillit, effarée de la haine qui l'animait. Quand était-il devenu aussi intraitable ? Manifestement, il était le jouet d'influences dont les idées avaient bâti dans son esprit un mur inébranlable.

— Et vous ? Vous n'en avez pas, peut-être, des anciens nazis ? Où sont-ils donc passés ? Vous les avez tous exécutés ou envoyés au goulag, en Sibérie ?

Ils sursautèrent tous les deux quand Richard tapa brusquement du poing sur la table, faisant sauter les assiettes et cliqueter les couverts.

— Ça suffit ! Arrêtez de vous disputer !

Dans le silence qui s'ensuivit, on n'entendit plus que sa respiration haletante. Cramoisi, il porta la main au col de sa chemise en cherchant à reprendre son souffle. Ses petits-enfants le regardèrent, en état de choc. Therese fut la première à émerger de sa sidération : elle ouvrit en grand les deux battants de la fenêtre. Un agréable souffle d'air frais traversa la pièce surchauffée. Elle s'approcha de la table, posa un bras apaisant sur les épaules du vieil homme, et défit le bouton supérieur de sa chemise de toute façon bien trop ample pour lui. Jadis, les accès de fureur de Richard étaient redoutés. Tous les membres de sa famille et tous ses employés étaient saisis de terreur quand il frappait ainsi du poing sur la table ou faisait siffler en l'air la cravache qu'il portait alors toujours sur lui. Aujourd'hui, il n'était plus qu'un vieil homme fragile, et en le voyant haleter, Therese craignit pour sa santé. Il avait raison. Elle était venue assister à l'enterrement de sa grand-mère et ne trouvait rien de mieux à faire que d'entamer une violente dispute avec son frère. Quand Richard se fut un peu calmé et eut retrouvé une respiration normale, elle empila les assiettes, les mit dans une bassine en fer-blanc et dit :

— Je vais chercher de l'eau pour la vaisselle.

Klaus, resté tout ce temps sur sa chaise sans rien faire, bondit sur ses pieds et s'empara du seau.

— Laisse, je m'en occupe.

Il sortit en courant. Dans l'escalier, ils entendirent le vacarme du seau qu'il cogna plusieurs fois contre le mur, furieux.

Le lendemain matin, Therese fut réveillée par des bruits de moteurs et des voix dans la cour, sous la fenêtre. Elle se leva en se frottant le coccyx. Le lit sur lequel elle avait dormi était défoncé et les vieux ressorts lui avaient meurtri le dos. La couche de son grand-père était vide. Apparemment, il s'était levé aux aurores. Pour aller où ? Elle savait qu'il aidait officieusement un agriculteur qui avait eu le droit de conserver ses terres, mais le jour de l'enterrement ?

En enfilant un gilet, elle vit dehors une vingtaine d'hommes et de femmes arriver dans la cour, certains à vélo, d'autres en tracteur, en s'interpellant. Ils ne travaillaient certainement pas tous pour la LPG. Une seule et unique voiture, le même modèle que celui de Klaus, franchit l'entrée à vive allure et se gara devant la maison. Therese vit l'arrière du crâne tout plat de l'homme qui en descendit. Était-ce le nouveau directeur dont avait parlé Richard ? Elle résolut d'aller voir ce qui se passait. De toute façon, elle avait prévu de parler à ce directeur de sa menace de faire transférer son grand-père. Elle versa de l'eau dans une cuvette en émail, déballa le savon qu'elle avait apporté et se lava le visage et les aisselles. Puis elle enfila la jupe brun foncé dont elle possédait deux exemplaires, qu'elle portait en alternance. Elle n'allait pas avec le chemisier noir qu'elle avait apporté pour cette triste occasion, mais elle n'avait rien d'autre. Elle se peigna devant le miroir terni de la chambre et serra ses cheveux dans son éternel chignon strict.

Quand elle traversa la cour, ses souvenirs refirent surface. Y avait-il encore des poules sur le domaine ? Quand elle était enfant, c'étaient ses animaux préférés. Personne ne comprenait son amour de la volaille, son faible pour ces animaux placides. La plupart n'étaient ni dociles ni particulièrement affectueuses, mais Therese trouvait toujours une pondeuse à laquelle elle consacrait plus de temps qu'aux autres, parvenant même à lui apprendre quelques tours. Elle les chercha des yeux, tendant l'oreille en quête de leurs caquètements. Mais le cabanon et la basse-cour grillagée, qui jouxtaient le bâtiment des employés, étaient déserts. Le portillon ouvert cognait contre un piquet, agité par le vent. Elle chercha en vain le crochet qui servait jadis à le fixer, puis traversa la cour. Pissenlits et chardons proliféraient entre les pavés. Therese ralentit pour monter les marches menant à la maison de maître, se préparant intérieurement au spectacle qui l'attendait.

La double porte en chêne massif n'était pas verrouillée. De l'extérieur déjà, elle entendit des voix sonores parler toutes en même temps. Quand elle poussa le battant, la première chose qu'elle vit fut le carrelage en damier noir et blanc de l'entrée. Elle hésita à y poser le pied, comme si ce pas vers le passé, avec tous les souvenirs qui y étaient liés, serait irréversible.

La porte menant à l'ancienne salle de séjour était entrebâillée et Therese aperçut de dos les gens qu'elle avait vus arriver dans la cour. La plupart portaient des vêtements grossiers, vestes délavées sur bleus de travail.

— Ça ne peut pas continuer comme ça ! Les rendements exigés sont trop élevés, on n'a pas assez de semences ni de fourrage, lança un homme.

Beaucoup approuvèrent aussitôt : « C'est vrai ! », « Il a raison ! ».

— À cause de la sécheresse, il n'y a pas eu de récolte de foin. Et les pois, le colza, le lin et les pommes de terre poussent mal aussi. Comment on pourrait fournir les quantités obligatoires ?

— Si on livre toutes nos pommes de terre, on n'en aura plus à replanter. Mais toutes nos demandes et nos plaintes sont rejetées, dit d'une voix plus douce un homme à béret.

— Exactement ! renchérirent d'autres.

— Quant aux cochons, on n'a plus que des betteraves à leur donner ! Regardez un peu le bétail à moitié mort de faim dans nos étables. On a déjà été obligés d'abattre six vaches en gestation et autant de veaux, et la viande était aqueuse, immangeable... Un souci chasse l'autre. C'est une honte ! s'écria une femme à la tête couverte d'un fichu.

— Elle a raison ! s'exclama la foule, furieuse.

C'est alors qu'une autre voix vint couvrir les leurs. Dans la cohue, Therese ne pouvait pas voir celui qui parlait, mais il semblait s'agir d'une personne incarnant l'autorité, capable de se faire entendre.

— Vous êtes en colère et je vous comprends. Pourtant, vous ne voyez que les inconvénients en ignorant les avantages. Tous les membres de notre coopérative sont couverts par une assurance maladie. Tous peuvent utiliser gratuitement le parc technologique…

Il n'alla pas plus loin. Un homme aux larges épaules qui, juste devant Therese, lui bouchait la vue, hurla :

— Tout ce que vous voulez, c'est mettre la main sur nos bonnes machines parce que vous n'avez rien qui roule !

Son corps massif vibrait à chacun de ses mots.

— Camarade Schaller, dit l'autre d'une voix apaisante.

Il grimpa sur une chaise, dépassant ainsi tout le monde, et Therese put enfin le voir depuis sa place près de la porte. Il écarta les bras, comme si ce geste pouvait calmer la petite foule.

— Tout cela est pourtant dans votre intérêt à tous. Vous bénéficiez de tous les avantages, et le risque économique est réparti entre tous. Si toutefois vous rejetez de nouveau notre offre de compromis…

— Quoi ? Tu nous menaces ? fit l'homme devant Therese, s'étranglant presque.

L'homme debout sur la chaise était le seul à porter un costume et une cravate, et même si ses vêtements étaient mal coupés, ils le distinguaient clairement de la masse des paysans. Therese observa ses cheveux blond cendré coiffés d'une raie sur le côté puis s'arrêta sur son nez très large. Elle s'ordonna aussitôt de ne pas scruter ainsi ce signe distinctif flagrant, mais au même instant, leurs regards se croisèrent. De la même manière qu'elle venait de fixer son nez épaté, il examina le visage de travers de la jeune femme. Lui, toutefois, ne sembla pas en éprouver la moindre gêne. Quelques têtes pivotèrent vers elle et une femme s'écria :

— Mon Dieu ! C'est la jeune Therese, la petite-fille de M. Feltin.

Un murmure parcourut l'assistance. Tout le monde se tourna vers elle, on se mit sur la pointe des pieds pour apercevoir la petite-fille de l'homme dont la plupart des nouveaux agriculteurs exploitaient désormais les terres. Embarrassée, elle piétina sans savoir où regarder, ni si elle devait dire quelque chose.

Elle fut presque reconnaissante que l'homme debout sur la chaise reprenne, d'un ton plus modéré :

— Voulons-nous vraiment nous laisser déchirer par les capitalistes, les va-t-en-guerre et les saboteurs de là-bas ?

En disant cela, il fixait Therese comme s'il parlait d'elle personnellement.

— Essayons donc de construire ensemble une société juste et égale pour tous, poursuivit-il.

Une femme lança d'une voix aiguë :

— Mais tout est déjà égal, ici ! Il n'y a de légumes pour personne, de beurre pour personne, on n'a même pas de pommes de terre !

— C'est vrai ! confirma l'un.

— Bien dit ! lança un autre.

L'homme aux larges épaules reprit la parole. Sa nuque grasse dégoulinait de sueur.

— Tous ceux qui n'ont encore jamais rien fait de leurs dix doigts sont à la LPG !

Personne ne l'interrompit et il continua :

— Comme vous le savez tous, je suis un des rares, ici, qui ont été autorisés à conserver leurs terres, parce que j'avais moins de cent hectares. Qui parmi vous était agriculteur avant la guerre ? (Personne ne leva la main.) Vous avez débarqué, vous avez pris ses terres à Feltin, et maintenant vous les saccagez.

— Ça suffit, maintenant, camarade Schaller !

— Ceux qui ont nourri l'Allemagne jusqu'en 1945, c'étaient des gens comme le vieux Feltin et comme mon grand-père. Vous avez exproprié Feltin. Et ceux qui nourrissent notre République aujourd'hui, ce sont des agriculteurs comme moi. Parce que nous connaissons notre métier, parce que nous l'avons appris à force de travail, et parce que nous n'avons pas laissé les pontes du Parti s'en mêler ! Mais vous, avec vos exigences de rendement, vous nous poussez à la ruine !

— Fais attention à ce que tu dis, camarade Schaller, sinon...

— Ne me menace pas, Darchinger.

Il se tourna vers la porte. Therese, soudain face à son visage cramoisi, perçut ses halètements de colère.

— Et ne m'appelle plus jamais camarade ! cria-t-il encore. Je suis désolé pour toi et ton grand-père, souffla-t-il à Therese.

Il quitta la salle à grands pas, furieux. Elle le regarda s'éloigner en se demandant s'il avait fait allusion à la mort de sa grand-mère ou à l'expropriation.

La petite foule se dispersa peu à peu, les gens quittèrent la salle les uns après les autres. Therese s'écarta de la porte et s'adossa au mur du hall en espérant que personne ne lui prêterait attention. Quelques-uns lui adressèrent un signe de tête, d'autres détournèrent le regard.

— Il faut les comprendre, lui dit une femme d'âge moyen en s'approchant.

Therese reconnut sa voix : c'était celle qui, peu avant, l'avait identifiée.

— Certains d'entre eux ont honte d'avoir obtenu vos terres, d'autres considèrent les Feltin comme des exploiteurs.

Elle ne sut que répondre, profondément troublée par cette réunion et cette situation inextricable.

— Je suis Ruth Seifert, reprit la femme en lui tendant la main.

Therese la lui serra, toujours sans comprendre qui elle était, et l'autre ajouta :

— La femme de Kurt, tu te souviens peut-être. Ses parents étaient propriétaires du domaine d'Euba avant que ton grand-père le leur achète parce qu'ils ne pouvaient plus l'exploiter.

Therese hocha la tête. Elle en avait entendu parler, et savait aussi que son grand-père avait souvent tiré profit de la malchance des autres. Elle ne lut pourtant aucun reproche dans les yeux de Ruth Seifert. Un homme s'approcha en boitant. Il ôta son béret en arrivant devant Therese :

— Toutes mes condoléances. Votre grand-mère avait un cœur d'or.

— C'est vrai. Merci.

Il posa un bras sur les épaules de sa femme.

— Tu viens ?

Quand la salle fut presque entièrement vide, la porte commença à se refermer, puis Darchinger passa soudain la tête par l'entrebâillement.

— Je peux vous aider ?

— Je cherche le directeur de la LPG.

Darchinger se redressa. Pas beaucoup plus grand qu'elle, il avait à peu près l'âge de sa mère.

— Vous l'avez devant vous. Werner Darchinger.

Therese serra la main qu'il lui tendait, la large paume qui avait dû accomplir des années durant de durs travaux physiques.

— Therese Trotha.

Elle vit le coin de ses lèvres tressaillir, un éclair surgir dans son regard bleu, et repensa à ce que son grand-père lui avait raconté : son ancien palefrenier, qui nourrissait déjà à l'époque des idées communistes.

— Que puis-je pour vous ?

Therese jeta un coup d'œil derrière lui vers l'ancien salon encore bondé quelques instants plus tôt. Alors seulement, elle vit l'équipement : deux bureaux de chaque côté et des armoires de classeurs. Elle vit aussi que les employés, tout en faisant mine de se consacrer de nouveau à leurs tâches, ne perdaient pas une miette de leur conversation.

— Puis-je vous parler en privé ? demanda-t-elle.

— Suivez-moi.

Il la précéda dans la salle de séjour de sa famille. Aux murs, le même papier peint à fleurettes d'un vert délavé. Un vieux tableau était encore là, un paysage ; quelqu'un avait accroché à côté un portrait de Staline.

Elle avait passé de nombreuses soirées dans cette pièce, devant la cheminée, avec ses parents, ses grands-parents, ses frères et sa sœur. Les femmes brodaient ou faisaient des patiences, son grand-père lisait le journal, ses frères jouaient aux cartes. À présent, deux femmes et deux hommes assis derrière les bureaux lui rendirent son « Bonjour » avec réserve. Le magnifique vieux parquet de chêne à incrustations d'ébène avait disparu. Soit on avait posé par-dessus le linoléum gris moucheté, soit – et c'était plus probable car aucun grincement familier ne retentit sous ses chaussures – on l'avait arraché pour en faire du bois de chauffage. Au bout de la longue pièce, un autre bureau était séparé du reste par une haute armoire à volet roulant en bois. Devant, une simple chaise pour visiteur, au dossier en vannerie.

— Je vous en prie ! dit Darchinger en la désignant.

Il passa derrière son bureau et prit place sur un fauteuil pivotant, saisit un crayon et se mit à le faire tourner entre ses doigts.

— Que me vaut l'honneur ?

Comment allait-elle s'y prendre ? Ce n'était pas le genre de conversation en tête à tête qu'elle avait espéré. Elle était parfaitement consciente que les quatre employés, de l'autre côté de l'armoire, entendraient tout. Quelle serait la manière la plus habile de ne pas le monter contre elle dès le début ? Elle aurait bien voulu être un peu plus douée en psychologie et en rhétorique. Peut-être pouvait-elle faire appel à sa compassion ?

— Je ne suis arrivée qu'hier. Vous savez sans doute que ma grand-mère, Lisbeth Feltin, vient de mourir.

Alors seulement, d'un ton neutre, Darchinger lui présenta ses condoléances. Venant de lui, ce n'était qu'une formule toute faite, dénuée de sens, et ses yeux ne trahissaient pas la moindre sympathie. Therese le remercia quand même et le dévisagea. Le silence régnait dans la salle, derrière elle. Pas de cliquètements de machine à écrire, pas de voix, pas de tiroir qu'on ouvrait ou fermait. Tout le monde semblait les écouter.

— L'enterrement a lieu aujourd'hui à midi, et je voudrais vous inviter à la petite réception qui aura lieu ensuite au presbytère. Nous serions heureux de vous y accueillir.

Darchinger se mit à tambouriner sur la table du bout de son crayon. Il perdait visiblement patience.

— Au presbytère, tiens donc ! J'ai hélas d'autres obligations cet après-midi. Nous n'apprécions d'ailleurs guère cette proximité avec l'Église. Dans notre pays socialiste, nous avons d'autres modèles. (Il jeta un coup d'œil à sa montre et toussota.) J'ai bientôt un rendez-vous. Venons-en au fait : vous savez sûrement que votre grand-père ne peut plus vivre sur ce domaine, qui est la propriété du peuple.

Sans le quitter des yeux, elle essaya de ne pas lui montrer qu'elle était au courant. Darchinger continua sans attendre de réponse :

— Cette situation est illégale, et je ne comprends absolument pas comment sa présence ici a pu être tolérée pendant de si nombreuses années. Une erreur inadmissible dont nous trouverons les responsables, qui devront en rendre compte. Selon le décret de réforme agraire de la puissance d'occupation soviétique, un ancien grand propriétaire terrien est banni de la circonscription et n'a pas le droit de s'approcher de son ancienne propriété à moins de trente kilomètres.

Therese aurait vraiment voulu être seule avec lui, sans les curieux qui tendaient l'oreille de l'autre côté de l'armoire. Elle l'aurait supplié de faire passer la clémence avant la loi, aurait formulé un appel bouleversant à sa bonté et à sa miséricorde comme celui qu'elle avait un jour lu dans un roman. Même si une petite voix lui soufflait qu'une telle supplique ne trouverait aucun écho chez Werner Darchinger. Toutefois, sachant que les quatre employés entendraient tout, elle fut incapable de prononcer la moindre phrase de ce genre.

— Combien de temps a-t-il ?

— Vingt-quatre heures.

Cette fois, la coupe était pleine.

— Mais c'est beaucoup trop court ! Comment voulez-vous qu'on s'y prenne ? s'écria Therese en se levant. L'enterrement a lieu aujourd'hui ! Vous n'avez donc aucune pitié ?

À peine eut-elle prononcé cette phrase qu'elle la regretta. Elle vit clairement la satisfaction dans ses yeux. L'éviction de son ancien employeur, de l'inflexible propriétaire terrien Richard Feltin, était le couronnement d'un combat entamé bien des années auparavant. Werner Darchinger se battait avant tout pour la réalisation de ses idéaux, car il croyait au rêve d'égalité et de justice du socialisme, à la victoire sur l'ennemi de classe. Mais il avait encore un compte à régler avec Richard et surtout avec Charlotte, la mère de Therese. En affichant ainsi son désarroi, la jeune femme n'avait fait que lui procurer un plaisir inespéré.

Au même instant, comme obéissant à un signe invisible, une des employées surgit de l'autre partie de la pièce. Elle se pencha d'un air empressé par-dessus le bureau et tendit un parapheur noir à Darchinger.

— Voilà, monsieur le directeur. J'ai rédigé la lettre.

— Rasseyez-vous, madame Trotha ! lança-t-il d'un ton qui ressemblait plus à un ordre qu'à une invitation.

Elle obéit.

En repartant, la petite femme blonde jeta à Therese un coup d'œil dur, plein d'une joie mauvaise.

Darchinger ouvrit le porte-documents et survola la première lettre, où Therese reconnut l'en-tête de la LPG Feltin.

— C'est très bien, madame Muß !

Il prit un tampon sur un petit tourniquet de métal, l'appuya sur un coussinet d'encre bleue puis sur la feuille, dévissa bruyamment le capuchon de son stylo-plume et apposa sa signature en dessous. Ils attendirent en silence que l'encre sèche. Enfin, il tendit la lettre à Therese.

— Il est autorisé à emporter un lit, une chaise, une table et une valise d'effets personnels. Rien de valeur ! Richard Feltin devra avoir quitté la propriété demain matin à 8 heures.

Therese saisit la feuille et le vit soudain sourire ; un soupçon d'espoir rejaillit en elle. Venait-il de comprendre à quel point cette injonction était dure et inhumaine ? Mais son regard glacial ne souriait pas.

— Et transmettez mon meilleur souvenir à madame votre mère.

Gisela

Felix et Gisela entrèrent dans la petite église luthérienne à l'instant précis où l'orgue cessa de jouer. Toutes les têtes se tournèrent vers eux. La nef était pleine à craquer, mais Therese leur fit signe. Les membres de la famille Feltin avaient toujours occupé le premier rang et personne ne leur disputerait ce privilège le jour de l'enterrement de Lisbeth. Tandis qu'ils remontaient ensemble l'allée centrale, Felix chercha la main de Gisela. Autour d'eux, des têtes baissées et des mains jointes, mais elle devina que ceux qui ne la connaissaient pas observaient avec curiosité la jeune épouse de l'aîné des petits-enfants Feltin.

Pendant le trajet, elle avait tenté de soutirer quelques informations à Felix, désireuse de se préparer à ce qui l'attendait : faire face aux habitants du village toujours nommé Feltin. La plupart se souvenaient que leur sort avait longtemps été étroitement lié à celui de la famille. Presque tous avaient des parents ayant travaillé sur le domaine, ne serait-ce que quelques semaines, pour les récoltes. Certains y avaient même été employés pendant des années. Beaucoup d'entre eux, devenus d'un coup nouveaux agriculteurs après 1945, avaient reçu vingt hectares de la propriété pour s'y bâtir une existence. Depuis, désillusionnés, presque tous avaient abandonné ; ils étaient de plus en plus nombreux à quitter la région pour passer à l'Ouest.

Peut-être les jeunes hommes présents ce jour-là à l'église envièrent-ils Felix pour sa belle épouse. Les femmes examinèrent sa robe fourreau et sa veste de tailleur sur mesure. Même en tenue de deuil, la jeune Berlinoise de l'Ouest faisait grande impression. Tous virent au premier coup d'œil qu'il émanait d'elle une élégance naturelle. Le pasteur, devant l'autel, leur adressa un signe de tête et attendit patiemment qu'ils s'asseyent. Les froissements de vêtements s'estompèrent, on reposa les livres de chants.

Vinrent les paroles de réconfort du pasteur. Il salua l'assistance, joignit le bout des doigts sur sa poitrine et prononça la phrase d'introduction de toute oraison funèbre sur les âmes libérées, les plaines obscures et les vallées profondes. Gisela vit Therese, près d'elle, froisser son mouchoir dans sa main. La sœur de Felix lui faisait de la peine, toujours si repliée sur elle-même, si renfermée, qui s'habillait déjà comme une gouvernante sur le retour. Elle devait tellement souffrir. La grand-mère maternelle de Gisela, Sophie, était morte sept ans plus tôt, peu après son mari. Cette journée s'était gravée dans sa mémoire, elle se souvenait parfaitement de ce qu'elle avait éprouvé alors : la perte d'une personne qui lui avait voué un amour permanent et inconditionnel. Gisela tendit la main et la posa sur celle de sa belle-sœur. Leurs regards se croisèrent un instant, puis Therese baissa de nouveau les yeux et retira sa main. Pourquoi est-elle donc si froide, si réservée ? se demanda Gisela.

— Elle était si gentille ! dit une vieille femme voûtée, aux cheveux blancs frisottés.

Therese, debout entre Felix et Richard au bord de la tombe ouverte pour recevoir les condoléances, hocha la tête et murmura quelques remerciements. Gisela, qui observait sa belle-sœur de côté, avait l'impression qu'elle essayait de toutes ses forces de ne pas pleurer. La plupart des invités parlaient davantage à elle et Felix qu'à Klaus et Richard.

— Lisbeth est même venue me voir quand j'avais la grippe et qu'aucun médecin ne pouvait se déplacer. Elle m'a apporté du camphre et de la camomille. Lisbeth Feltin était une femme bonne ! dit à Therese une autre villageoise aux cheveux fins, mal retenus par des peignes de guingois. Vous pouvez être fière de votre grand-mère.

Elle serra ensuite brièvement la main à Richard, les lèvres pincées. Gisela constata que beaucoup n'adressaient que des condoléances très brèves au grand-père de Felix. Il les acceptait d'un air impassible.

Ils étaient regroupés autour de la sépulture familiale où reposait déjà Wilhelmine, la mère de Richard. Felix lâcha la main de Gisela et porta deux doigts à la racine de son nez. Lui aussi luttait contre les larmes. Pourquoi personne, dans cette famille, n'est-il capable de laisser libre cours à sa tristesse ? se demanda-t-elle. Bien sûr, il était rare qu'on se répande en sanglots et en lamentations bruyantes, mais tout le monde aurait compris qu'ils pleurent doucement leur épouse, leur grand-mère. Klaus, le frère cadet de Felix, restait lui aussi de marbre, recevant les condoléances sans afficher la moindre émotion.

Enfin, un homme aux cheveux blancs qui semblait avoir l'âge de Richard s'approcha de la tombe. Il ôta son bonnet noir, resta devant la fosse plus longtemps que les autres, lança une pivoine rose pâle sur le sobre cercueil de pin. De la terre destinée à être jetée sur la tombe était mise à disposition dans une coupe. Au lieu de la prendre avec la petite pelle prévue à cet effet, comme les autres, il y plongea la main puis la laissa lentement ruisseler entre ses doigts. Quand il se tourna vers la famille, Therese se plaqua une main sur la bouche et dit à voix basse :

— Mon Dieu ! C'est Leutner !

Gisela donna une petite bourrade à Felix et lui lança un regard interrogatif. Il se pencha et lui souffla à l'oreille :

— Leutner était notre homme à tout faire, pour ainsi dire la bonne âme de Feltin.

En le reconnaissant, Richard vacilla. Klaus et Felix, aux bras de qui il se tenait, le retinrent de justesse. Ses forces l'abandonnaient. Manifestement, l'apparition de son plus ancien et plus fidèle employé le bouleversait.

— Une heure fort sombre, monsieur Feltin ! articula Leutner. C'était une femme si bonne !

— La meilleure ! confirma Richard.

Sa voix se brisa. Les deux vieillards se dévisagèrent, les yeux rougis. Leur émotion était palpable.

Une autre femme, d'un âge incertain, s'approcha d'eux.

— Je suis vraiment navrée que Mme Trotha n'ait pas pu venir. (Elle regarda de tous côtés et ajouta à voix basse :) J'ai entendu dire qu'elle n'avait plus le droit d'entrer sur le territoire. C'est une honte !

Quand Therese la regarda d'un air intrigué, elle se présenta.

— Vous êtes Erna ? répéta la jeune femme, stupéfaite.

— Oui. J'ai servi votre famille pendant vingt ans, d'abord à Feltin, puis à Leipzig chez votre mère. Vous avez tous toujours été très bons pour moi !

Therese laissa soudain échapper un sanglot libérateur. Enfin, elle ne refoulait plus ses pleurs. Les larmes coulèrent aussi sur le visage de Felix.

— Il faut ça, parfois, murmura Erna.

Gisela tendit son mouchoir à son mari. L'air vibrait désormais de chaleur, et quand elle se tourna vers Richard, elle vit tout à coup qu'il ne tenait plus sur ses jambes. Il chancelait dangereusement, Felix ayant un instant lâché son bras. Elle chercha un siège des yeux. De nombreuses tombes étaient en mauvais état, comme si les familles n'étaient plus là pour s'en occuper. Pourtant, elle trouva ce qu'elle voulait tout près de la clôture qui séparait le cimetière du champ voisin.

— Je reviens tout de suite, chuchota-t-elle à Felix.

D'un pas rapide, mais sans courir, elle suivit l'étroit chemin de graviers jusqu'à une tombe qui se distinguait des autres, joliment plantée de rosiers et de lavande. La terre noire avait été binée récemment et il y avait des pivoines blanches fraîches dans un vase. La pierre tombale représentait un relief de femme idéalisé flanqué de deux anges protecteurs. Gisela déchiffra l'inscription gravée dans la pierre noire :

Hilde Brandt
née le 23 septembre 1901
nous a quittés pour toujours
le 4 mai 1953

Brandt ? Felix n'avait-il pas un jour évoqué ce nom ? Gisela saisit le tabouret en métal vert dont on se servait manifestement pour s'asseoir devant la tombe récente. Personne ne trouverait à redire si elle l'empruntait un moment afin de permettre à Richard de s'asseoir. Apercevant soudain un mouvement du coin de l'œil, elle se retourna et vit un homme, derrière la clôture, la fixer de ses petits yeux perçants. Malgré la chaleur, il portait une veste sombre et un chapeau noir.

— Excusez-moi, dit Gisela, un peu mal à l'aise. J'emprunte ce tabouret juste un instant, je le rapporterai ensuite.

À si courte distance, il l'avait forcément entendue et comprise, mais il ne réagit pas.

Elle hésita. Valait-il mieux reposer le tabouret ? Richard ne pouvait pourtant pas rester debout plus longtemps par cette température. Elle adressa un signe de tête à l'homme et repartit avec l'impression qu'il la suivait des yeux. Elle rejoignit les Feltin, une trentaine de mètres plus loin, et posa le siège derrière Richard en le calant bien. Felix et Klaus aidèrent leur grand-père à s'y asseoir. Il poussa un léger soupir et remercia Gisela d'un regard.

— Tu es sa sauveuse ! fit Therese à voix basse. Où as-tu trouvé ce tabouret ?

— Devant une tombe récente, tout près de la clôture. (Gisela indiqua la direction de la sépulture et marmonna :) Bizarre, il était encore là il y a une seconde.

— Qui donc ?

— Bah, peu importe. Tu connais une Hilde Brandt ?

Therese blêmit d'un coup.

— Tu as dit *Brandt* ?

Gisela hocha la tête.

— Oui, elle est morte il y a peu et sa tombe est très bien entretenue. C'est là que j'ai emprunté le tabouret. Mais il y avait un homme, derrière la clôture, qui m'a regardée d'un air plutôt sinistre.

— Nous devons tout de suite rapporter ce tabouret ! s'écria Therese.

— Enfin, il ne va tout de même pas se formaliser parce que nous empruntons un moment ce siège de rien du tout ! Votre grand-père ne peut pas rester debout !

Therese regardait en direction de l'autre tombe, les yeux écarquillés ; elle saisit le poignet de Gisela. Celle-ci, qui trouvait d'ordinaire le visage de sa belle-sœur désespérément dénué d'émotions, ne l'avait jamais vue aussi bouleversée.

— Il ne peut pas rester assis là-dessus... (Elle attrapa Richard sous un bras et supplia :) Aide-moi, s'il te plaît !

Gisela, comprenant qu'elle ne parviendrait pas à l'empêcher de forcer son pauvre grand-père à se relever, le prit par l'autre bras. Richard ne comprenait rien à ce qui lui arrivait. Certaines personnes qui faisaient encore la queue pour présenter leurs condoléances observèrent la scène, secouèrent la tête et se mirent à chuchoter. Felix s'approcha à la hâte pour soutenir Richard et interrogea Gisela du regard.

— Ça a quelque chose à voir avec le nom de la tombe où j'ai emprunté le tabouret, chuchota-t-elle.

Ils regardèrent Therese s'éloigner, les crissements du gravier sous ses pas couvrant les murmures de l'interminable file endeuillée.

— Hilde Brandt, ça te dit quelque chose ?

— Brandt ? répéta Felix. J'imagine que... (Il mit une main en visière pour suivre sa sœur du regard.) J'allais au lycée avec un Erik Brandt. Son père me ramenait souvent à la maison, après les cours, dans sa Horch. (Il baissa la voix et ajouta :) C'était un SS.

Therese

La réception après l'enterrement eut lieu au presbytère, une salle austère que quelques femmes de la paroisse avaient sommairement arrangée pour l'occasion. Elles avaient préparé du gâteau avec le beurre apporté par Therese, que Richard leur avait donné tôt le matin. Le café aussi était le sien, payé par Leo.

La peinture des murs s'écaillait. Les tables avaient été mises bout à bout, couvertes de nappes rendues grisâtres par la lessive de mauvaise qualité.

Quel spectacle pitoyable, pensa Therese, adossée au mur près de la fenêtre. Elle avait demandé à Richard pourquoi la réception n'avait pas lieu dans une véritable auberge. Il n'y a plus rien de tel à Feltin, avait-il répondu. Le seul restaurant qu'il fréquentait parfois à Chemnitz, jadis, après ses rendez-vous d'affaires, était celui de l'hôtel Chemnitzer Hof. Maintenant, il fallait un mois pour y obtenir une table pour quatre personnes ; impossible d'y organiser une véritable réception, à moins d'être haut placé au Parti. Klaus n'ayant eu aucune envie de se donner cette peine, Richard avait préféré accepter l'offre du pasteur.

La plupart des gens présents à l'église et au cimetière attendaient maintenant d'être servis. On apporta bientôt de l'eau-de-vie de poire et, comme souvent dans ce genre de situation, l'ambiance endeuillée se relâcha jusqu'à devenir presque festive. Richard avait pris place en bout de table dans un fauteuil à accoudoirs. Après deux schnaps, il se mit à somnoler, le menton sur la poitrine.

Therese sourit presque en le voyant si paisible. Comment allait-elle lui annoncer qu'il devait quitter Feltin le lendemain aux aurores ? Où allait-il s'installer ? Cette pensée l'obsédait. Elle jeta un coup d'œil à son frère aîné et à sa belle-sœur qui chuchotaient près du buffet, l'air très amoureux. Comme ils étaient insouciants et heureux !

— On dirait que ton grand-père s'est endormi, dit Gisela à Felix en désignant Richard de la tête.

— Cela ne lui fera pas de mal. C'était un peu beaucoup pour lui, répondit Felix en enfonçant les mains dans ses poches.

Les deux hommes âgés assis à droite et à gauche de Richard, plongés dans une conversation animée, ne semblaient pas gênés par sa petite sieste. Quand une femme s'approcha de la table avec une bouteille de schnaps et une cafetière, ils levèrent leurs tasses et leurs verres pour être resservis.

— Qui a organisé et payé tout cela, au fait ? s'enquit Gisela en leur servant du gâteau.

— Le pasteur. Il a demandé aux femmes de la paroisse de préparer des gâteaux, Therese a apporté le café et le beurre, et l'eau-de-vie, c'est celle que nous avions dans nos bagages. Le pasteur sera dédommagé pour sa peine. Tout est arrangé.

Gisela l'avait souvent vu ainsi, les lèvres pincées et un certain éclat dans le regard, quand il parlait de ses affaires.

— Toi et tes trafics…

Il haussa les épaules, lança : « Tout est réglé, te dis-je ! » et l'embrassa sur la joue. Puis il lui prit une assiette des mains et mordit voracement dans sa part de gâteau. Gisela lui passa les doigts dans les cheveux.

— Tu es incorrigible. Pourvu que tu ne te fasses pas prendre !

Le vieux Leutner s'approcha. Felix déglutit à la hâte et murmura :

— Mieux vaut ne plus en parler ici.

— Tu t'es trouvé une bien jolie épouse, Felix !

— Leutner ! s'exclama celui-ci.

Il salua le vieil homme tout voûté avec un sourire rayonnant.

— Et tellement élégante, si vous me permettez... Même si la robe est noire, comme il se doit pour un enterrement.

— Merci pour le compliment. Je l'ai cousue moi-même ! répondit Gisela en souriant.

— Magnifique !

— Puis-je faire les présentations ? intervint Felix. Gisela, voici Leutner, la bonne âme de Feltin.

Le vieux sourit, l'air modeste. Gisela lui serra la main, il fit une courbette.

— J'ai beaucoup entendu parler de vous ! dit-elle, poliment mais sans mentir.

— Et maintenant, que va-t-il se passer ? Qui va s'occuper de votre vieux grand-père ? s'enquit-il.

Avant que Felix puisse répondre, Klaus les rejoignit et donna un coup de coude à son frère :

— Qu'est-ce qu'elle a, Therese ? Elle est encore complètement perdue.

Il désigna leur sœur, près de la fenêtre, qui semblait regarder dans le vide.

— J'imagine qu'elle est bouleversée par la mort de grand-mère. Ou ce sont les souvenirs. Tu peux lui poser la question toi-même, c'est ta sœur à toi aussi.

Klaus prit aussitôt un air vexé.

— Je pensais juste que depuis le temps, tu connaissais peut-être mieux ses sautes d'humeur. Après tout, tu la vois plus souvent que moi depuis que vous avez fichu le camp tous les deux pour aller de l'autre côté, devenir de bons petits capitalistes.

Felix prit une profonde inspiration, bombant d'un coup le torse ; il fit un pas vers son frère, l'air de vouloir en venir aux mains. Leutner, choqué, observa les deux hommes.

— Allons, allons ! Vous n'allez pas jouer à Caïn et Abel !

— Non, Felix ! insista doucement Gisela en lui posant une main sur le bras. Je vais parler à Therese, mais vous devez me promettre d'être raisonnables !

Klaus lui jeta un coup d'œil querelleur. Il n'avait manifestement pas l'intention de cesser ses provocations.

— Je m'occupe d'eux, fit Leutner. Allez donc voir Therese.

Du coin de l'œil, celle-ci vit sa belle-sœur approcher. Sans doute allait-elle encore essayer de se faire bien voir. Ne comprenait-elle donc pas qu'elle la dérangeait ? Cette robe fourreau si bien coupée ! On aurait dit qu'elle était née avec son style et son élégance.

Gisela se fraya un passage à travers la salle. Plusieurs invités se levaient déjà et prenaient congé. Therese serra la main d'une femme maigre aux cheveux blancs.

— Merci d'être venue, madame Gerber !

La vieille dame lui posa une main sur le bras.

— Vous devez vous occuper de votre grand-père ! C'est lui qui est resté ; d'habitude, c'est l'inverse.

— Je sais, répondit Therese à voix basse.

— Tu n'as rien mangé, Therese ! dit Gisela quand la femme fut partie.

— Je n'ai pas faim, répliqua celle-ci.

Elle prit conscience d'avoir répondu sèchement. Elle ne voulait pas être impolie, juste ne rien avoir à faire avec Gisela. Cette fois, celle-ci insista pourtant de sa voix chaude :

— Ce n'est peut-être pas le lieu ni le moment...

Therese la regarda et se surprit à se demander comment un visage pouvait être si parfait. Ces hautes pommettes, ces sourcils arqués, et puis ces cheveux brillants et parfaitement coiffés...

— ... mais j'ai l'impression que tu souffres énormément. Je peux peut-être t'aider ; en tout cas, j'aimerais bien.

Therese croisa les mains. Que lui voulait donc cette créature superficielle ? Tant mieux si Felix était heureux avec elle, mais ne pouvait-elle pas la laisser en paix ?

— J'ai moi-même perdu ma grand-mère il y a quelques années et je me doute que tu dois te sentir bien seule, poursuivit Gisela.

Sa belle-sœur la regarda droit dans ses yeux bleu clair. Elle était déchirée entre ses sentiments refoulés, l'inquiétude que lui causait Richard, les affreux souvenirs que le nom de Brandt avait fait ressurgir au cimetière et le désir de se laisser enfin aller.

— C'est sans doute difficile à imaginer, continua Gisela d'une voix douce, mais crois-moi, la douleur s'estompera avec le temps, pâlira comme une vieille cicatrice. Et un jour, tu seras de nouveau heureuse.

Therese regardait au-delà d'elle, vers le jardin du presbytère où quelques plants de tomates se desséchaient au soleil. Les larmes lui montèrent aux yeux. L'image du cercueil marron clair descendant lentement dans la tombe à mesure que la manivelle tournait lui revint à l'esprit et se mêla à celle de la tombe de Hilde Brandt. Les rosiers et la lavande en fleurs sur la tombe de l'épouse de son tortionnaire, de l'homme qui, pour elle, incarnait le mal. Était-ce lui qui les avait plantés ? Était-il possible qu'il mène une vie normale d'homme libre, ici, à Feltin ?

— Qu'est-ce que tu en sais ! lança-t-elle à Gisela d'un ton plus mordant qu'elle ne l'aurait voulu.

Celle-ci tressaillit et recula d'un pas, choquée, l'air presque apeurée. Therese avait un peu honte de la rejeter aussi durement, mais elle était incapable de simuler. Elle ajouta : « Il faut que je parle à mes frères » et la planta là pour traverser la salle à son tour. Klaus était en compagnie d'un des rares hommes de son âge, vêtu d'une chemise d'un blanc éclatant qui le distinguait des vêtements de deuil omniprésents. La mine importante et grave, il semblait tenter de convaincre Klaus de quelque chose tout en laissant son regard errer nerveusement sur les invités. En voyant Therese approcher, les deux hommes se turent.

— Tu as une minute, Klaus ? C'est important.

Celui-ci hésita et jeta un coup d'œil interrogateur à son interlocuteur :

— Tu nous excuses, camarade ? Des affaires de famille.

L'autre hocha la tête et lui posa un bras sur les épaules.

— Alors je file. Nous n'avons plus de problème, tous les deux, n'est-ce pas ?

— Je ne pense pas, répondit Klaus, sur la réserve, avant de se tourner vers Therese : Qu'y a-t-il donc, ma sœur chérie ?

— Qui était-ce ?

— Un camarade du Parti. Il a fait carrière et travaille pour le nouveau ministère.

Elle ignorait de quel ministère il s'agissait et s'en moquait bien. Avant que le reste des invités ne partent, ils devaient discuter de l'endroit où ils emmèneraient Richard le lendemain. Elle n'avait pas encore annoncé à ses frères la menace qui pesait sur leur grand-père, n'avait même pas informé Richard lui-même de son bannissement imminent. Ils avaient eu assez à faire pour surmonter les funérailles, elle comme les autres. En réalité, elle avait espéré jusqu'au bout que, d'une façon ou d'une autre, l'injonction pourrait être annulée.

Elle exposa les faits à la hâte et conclut :

— Tu ne pourrais pas intervenir, Klaus ? Tu as des relations !

Elle le fixa droit dans ses yeux bleu clair, si différents des siens. Il détourna le regard et se mordilla la lèvre tout en cherchant une réponse.

— Je ne crois pas qu'on puisse encore intervenir. Tu l'as entendu toi-même : un propriétaire n'a pas le droit de demeurer sur ses anciennes terres. Il a été longtemps toléré, il fallait bien que ça se termine un jour.

Therese secoua lentement la tête :

— Mais enfin, Klaus ! Il s'agit de ton propre grand-père ! Où ira-t-il donc, si vite ? Tu ne peux pas l'accueillir chez toi ?

Klaus resta très froid :

— C'est impossible. J'habite dans une chambre à Karl-Marx-Stadt, c'est à moins de trente kilomètres de Feltin.

— Comment sais-tu qu'il n'a pas le droit d'approcher à moins de trente kilomètres de Feltin ? répliqua Therese du tac au tac.

Elle ne l'avait pas mentionné en lui rapportant sa conversation avec Darchinger et le contenu de la lettre. Klaus devint cramoisi.

— Tout le monde le sait, bafouilla-t-il, toute sa morgue envolée. C'est indiqué dans le... décret de... réforme agraire... des Soviets.

Il venait de se trahir.

— Tu es de mèche avec Darchinger ! lui lança Therese. J'aurais dû m'en douter. Comment oses-tu !

Klaus se gratta la tête en s'efforçant de masquer son embarras.

— Il faut me comprendre. C'est paradoxal : on ne me laissera pas monter les échelons tant que je resterai proche d'un vieux capitaliste et ennemi du peuple. Ça, en plus de mon père fasciste et de ma famille réactionnaire de l'Ouest, je peux oublier ma carrière au Parti.

En voyant Therese ouvrir la bouche pour répondre, scandalisée, il posa un doigt sur ses lèvres et conclut :

— Chut, calme-toi, ma sœur chérie. De toute façon, à partir de maintenant, il faut que quelqu'un s'occupe de lui, et ça ne peut pas être moi.

Therese se tourna vers son grand-père, qui venait de se réveiller. Il se redressa sur sa chaise et regarda autour de lui. Elle devina à son air perdu qu'après sa courte sieste, il ne savait plus ce qu'il faisait là. Puis les souvenirs lui revinrent et la douleur se dessina sur ses traits. Elle comprit alors qu'il n'y avait qu'une solution : elle devait l'emmener à Berlin-Ouest.

Anna

Au même moment, à Berlin-Neukölln, Anna, la mère de Gisela, s'approchait de la rangée de boîtes aux lettres en zinc. Elle ne recevait guère d'autre courrier que ses factures d'électricité et de téléphone. Après la guerre, Erich lui avait écrit régulièrement, mais son premier et meilleur ami, son amour de jeunesse, était mort l'année précédente d'une pneumonie.

Une fois par mois, elle recevait son avis de pension de réversion. Même si elle était reconnaissante de toucher ses 454,76 deutsche marks mensuels, certains jours, elle se faisait l'impression d'être malhonnête. Elle s'était si souvent disputée avec Carl à propos de son poste de fonctionnaire au bureau pour l'emploi. Pour le garder, il avait pris sa carte du NSDAP peu après l'arrivée d'Hitler au pouvoir puis, insidieusement, s'était de plus en plus identifié à l'idéologie du parti. Chaque fois qu'elle ouvrait l'enveloppe bleu mat de l'administration berlinoise, leurs altercations lui revenaient en mémoire. Elle savait qu'elle aurait bien meilleure conscience si elle gagnait de nouveau elle-même sa vie. Pourtant, un poids écrasant et inexplicable l'empêchait chaque jour de faire des projets, de recommencer à zéro, de créer et de coudre de nouveaux modèles. Et puis, elle était très occupée en ce moment par ses invités permanents, qu'elle accueillait volontiers mais qui exigeaient toute son attention.

Ce jour-là, elle eut la surprise de trouver deux enveloppes dans sa boîte, une blanche et une crème. Elle en observa le recto et le verso, secoua la tête, intriguée, et mit la crème dans la poche de son gilet. Ce furent les caractères tudesques à l'ancienne, tracés à l'encre bleue sur l'enveloppe blanche, qui l'incitèrent à remonter les marches plus vite que d'habitude :

Mme Charlotte Trotha
chez Anna Liedke
Zwiestädter Straße 8
1000 West-Berlin 44

— Lotte ? lança-t-elle d'une voix forte en entrant dans la cuisine. Tu as du courrier.

Charlotte posa l'épluche-légumes sur le papier journal, s'essuya les mains sur son tablier et prit l'enveloppe.

— Je me suis dit que je devais te l'apporter tout de suite ; je te laisse la lire tranquille, reprit Anna.

— Oh non, répondit Lotte en relevant les yeux. Anna, j'arrive à peine à le croire, j'avais presque perdu espoir. Ne pars pas maintenant, s'il te plaît.

Les mains légèrement tremblantes, elle ouvrit l'enveloppe avec un couteau de cuisine ; le bruit du papier qui se déchirait brisa l'étrange silence qui pesait sur l'immeuble ce matin-là. Alors que d'ordinaire, on entendait des cris d'enfants, des bringuebalements de seaux à charbon et des moteurs de voitures dans la rue, le monde semblait s'être tu. Comme si le temps suspendait son vol pendant que Charlotte survolait le premier message qu'elle recevait de la main de Ernst depuis plus de neuf ans.

Anna observa ses pupilles suivre les lignes nerveusement, incapables de se concentrer sur une seule phrase, ses lèvres qui remuaient en silence, sa main qui vint se plaquer sur sa bouche.

— Rends-toi compte... Il écrit qu'il est à Worms, chez sa sœur... En sûreté.

Anna se laissa tomber sur une chaise.

— C'est incroyable ! dit-elle doucement avant de saisir la main de Charlotte. Et quand le reverras-tu ? Vient-il à Berlin ?

Lotte secoua la tête.

— Non, il ne peut pas traverser la Zone, c'est beaucoup trop dangereux. Il était officier de la Wehrmacht : s'ils le peuvent, ils l'arrêteront peut-être de nouveau, même s'il a déjà été en camp de prisonniers.

— On ne peut jamais être sûr de rien, avec eux.

Charlotte replia soigneusement la lettre et la remit dans l'enveloppe.

— Je me demande comment ça va être.

Leurs yeux clairs se croisèrent. Toutes deux avaient tant souffert au cours des quarante dernières années. Cette douleur, mais aussi le bonheur commun de leurs enfants, avait noué un lien invisible entre leurs deux vies si différentes.

— J'ai si souvent essayé de m'imaginer le moment où il reviendrait. De quoi il aurait l'air, ses blessures, et surtout, combien son âme aurait souffert.

Anna hocha la tête.

— Je sais ce que tu veux dire.

Elle saisit l'économe et attaqua une nouvelle pomme de terre. Son cœur s'était crispé. Durant toutes ces années, un brouillard noir avait recouvert le souvenir du jour où Carl était rentré de la guerre. Dans cette obscurité se tapissait la pire douleur qu'elle ait jamais ressentie : à son retour, son mari lui avait annoncé le suicide de leur fille aînée, Anita. Ce jour-là, Anna avait cru que sa vie était terminée. Elle déglutit et essaya désespérément, comme toujours quand les souvenirs remontaient à la surface, de penser à autre chose, de partager la joie de Charlotte. Celle-ci s'aperçut pourtant qu'en cet instant, au plus profond de son âme, Anna était prisonnière des vestiges de sa propre vie.

— Nous n'avons pas le droit d'oublier ce qui nous a été pris, dit-elle doucement.

— Tu as raison, répondit Anna.

— Mais nous devons aussi nous réjouir de ce qui nous reste ! Sinon, nous ne pourrons pas continuer.

Charlotte se leva, repoussa sa chaise sous la table et ajouta :

— Je vais faire mes bagages. Les enfants et moi allons partir à Worms bien plus tôt que prévu.

Déjà sur le point de sortir de la cuisine, elle s'arrêta, revint près d'Anna et lui posa une main sur l'épaule.

— Je ne sais vraiment pas comment te remercier ! Tu nous as accueillis alors que tu n'as guère de place toi-même, tu nous as nourris sans hésiter.

Anna agita la main.

— Ce n'est rien. Que deviendra ce pays si on ne se serre pas les coudes ?

Elle attendit que Charlotte sorte pour prendre dans sa poche l'enveloppe couleur crème qui lui était adressée. Dans le coin supérieur gauche, où se trouvait habituellement le nom de l'expéditeur, était imprimé un emblème doré. Elle l'approcha de ses yeux et le reconnut : c'était la nouvelle façade du KaDeWe. Très lentement, elle saisit le couteau, en glissa la pointe dans la fente de l'enveloppe et la découpa le long du pli. Puis elle passa les doigts à l'intérieur, tâta la doublure noire en papier de soie et sortit enfin la lettre dont l'en-tête était lui aussi l'emblème doré du grand magasin. En dessous était imprimé le mot « Direction ». L'écriture était ample et fougueuse, les lettres légèrement inclinées vers la droite :

Chère Anna,

J'espère être encore autorisé à vous appeler ainsi.

Je me souviens très bien de l'époque où il nous arrivait de partager nos sandwichs sur le banc de la Wittenbergplatz. Theo m'a appris que vous viviez toujours à Berlin. Je n'ai pas eu de mal à trouver votre adresse, comme elle n'a pas changé depuis l'époque où vous livriez vos merveilleuses créations au rayon confection du KaDeWe. Bien des années ont passé, et je serais très heureux de vous parler. Je me permets donc de vous demander de venir dans mon bureau le 17 juin, à midi et demi.

Cordialement vôtre,
Emil Köstner
Directeur des achats

Anna déglutit et constata qu'elle avait les mains moites. Que pouvait-il bien lui vouloir, après toutes ces années ?

Gisela

Elle devait prendre le train pour Berlin l'après-midi même, n'ayant obtenu qu'un permis de séjour d'une journée. Les autorités est-allemandes n'avaient pas jugé le lien de parenté l'unissant à la grand-mère de Felix suffisamment étroit pour lui permettre de rester plus longtemps. Felix la conduisit à la gare de Chemnitz dans la IFA F8 de Klaus. Il s'arrêta plusieurs fois en chemin, laissant tourner le moteur, pour photographier avec un appareil Praktica flambant neuf des motifs apparemment anodins : la file d'attente devant le Konsum, les vitrines vides, quelques banderoles proclamant des slogans socialistes.

— Pourquoi tu prends tout ça en photo ? s'enquit Gisela.

— Pour la presse de chez nous. Günther et Dieter peuvent vendre à bon prix des photos qui prouvent les dysfonctionnements de la RDA.

Ils étaient en retard et Gisela se sentait de plus en plus nerveuse.

— Pourvu que je ne rate pas le train ! Sinon je n'arriverai jamais à l'heure à Berlin. Qu'arrivera-t-il si je dépasse le temps imparti et que je ne franchis la frontière qu'après minuit ?

— Ne t'inquiète pas ! Ils ne te garderont pas de ce côté.

Gisela lui jeta un coup d'œil en coin. Comment faisait-il donc pour toujours afficher une telle insouciance dès qu'il était question de la police et de l'administration ?

— J'ai apporté le générateur pour rien. Grand-père n'aura même pas le droit de garder sa vieille berline d'avant-guerre.

— Une Mercedes, même vieille, ça devait les énerver depuis longtemps. De toute façon, il n'en aura pas non plus l'usage à Berlin.

— Je l'aurais volontiers récupérée, mais il ne nous restera rien. Il faut se faire à l'idée…

— Attention !

Gisela cria et se cramponna à son siège quand Felix vola la priorité à une autre voiture et traversa un croisement à toute allure.

— De justesse !

Ils arrivèrent sur le quai deux minutes avant le départ du train. Gisela, voyant l'air triste de son mari, lui caressa la joue. Elle savait que leurs adieux n'étaient pas la seule chose qui lui pesait.

— Ça ne va pas être facile, Felix. Je sais que ton grand-père ne quitte pas son domaine de son plein gré, mais c'est peut-être mieux ainsi. Il serait tout seul, ici.

— Tu as sans doute raison.

Ils s'enlacèrent et s'embrassèrent. Juste avant de monter, Gisela regarda autour d'elle pour s'assurer que personne ne les écoutait et dit :

— Felix, tu dois me promettre de ne plus faire de contrebande.

Une étincelle dans le regard de son mari lui révéla qu'elle avait tapé dans le mille. Elle savait que pour lui, c'était devenu depuis longtemps une sorte de sport de compétition.

— Quoi que tu aies en tête cette fois-ci, abandonne, c'est trop dangereux ! insista-t-elle d'un ton suppliant.

— J'ai encore une chose à finir et après j'arrête, c'est promis, chuchota-t-il.

Le train démarrait déjà ; Felix resta sur le quai et la regarda s'éloigner. Gisela agita la main et lui lança un baiser du bout des doigts tandis qu'il rapetissait avant de disparaître. Si elle l'aimait tant, c'était aussi parce qu'il avait parfois des idées folles, qu'il se jouait de l'étroitesse des conventions. Mais alors qu'elle cherchait une place à une fenêtre, l'inquiétude la rongeait. Le train passa devant des bâtiments sinistres et délabrés, gris sur gris. Gisela n'enregistra pas vraiment le spectacle de la périphérie de Chemnitz ; elle ne cessait de se demander ce que Felix avait en tête. Que pouvait bien être cette chose mystérieuse qu'il devait finir ?

Therese

Therese avait aidé son grand-père à faire sa valise. Il posa sur le dessus une photo de mariage brunâtre et délavée, dans un petit cadre en bois, et un album de prises de vue du domaine, des bois et des champs qu'il avait fait faire par un photographe dans les années 1930.

— Il ne trouvera quand même rien à redire à ça, grommela-t-il, pensant que Darchinger contrôlerait tout une dernière fois.

Ils renoncèrent au lit, à la table et à la chaise que Richard avait été autorisé à emporter. Comment les auraient-ils transportés en train ? Et puis, ses meubles n'avaient aucune valeur.

— Mais ça... (Il posa sur la table de la cuisine une pile de cahiers reliés de cuir.) ... mes livres de comptes, il va bien m'autoriser à les emporter ?

Il regarda Therese avec un mélange de colère et de résignation. Elle secoua lentement la tête.

— Je crains bien que non, grand-père. Mais nous pouvons demander à Felix.

— Et puis il y a encore toute la porcelaine de Meissner, les couverts en argent et les chandeliers massifs.

— Si ça n'a pas été découvert jusqu'ici, ça peut bien rester là encore quelques années.

Il baissa les yeux et conclut :

— Le principal, c'est que vous vous souveniez de l'endroit pour le jour où vous récupérerez Feltin.

Therese le dévisagea. Étonnamment, il avait bien meilleure mine que la veille : rasé de frais grâce aux lames apportées par Felix, la moustache taillée, ses cheveux blancs, toujours épais, lavés. Avec une chemise à sa taille et repassée, il aurait de nouveau ressemblé au patriarche de Feltin.

Peu après, Klaus et Felix arrivèrent en voiture.

— Ça y est, tout est empaqueté ? s'enquit Klaus.

Il parlait avec une gaieté forcée, comme si son grand-père partait en vacances.

— Tu n'as pas l'air bien triste de voir ton grand-père chassé de chez lui pour toujours, lâcha Therese en voyant l'humeur joyeuse de son frère.

Pour une obscure raison, son air suffisant lui faisait à chaque fois l'effet d'une provocation.

— Tu n'as vraiment rien pu faire ? Après tout, Darchinger est ton camarade du Parti !

— Toujours aussi bagarreuse, ma sœur chérie ? (Klaus lança sa clé de voiture en l'air et la rattrapa.) Je t'ai déjà expliqué que grand-père pouvait s'estimer heureux de n'avoir pas été interné par les Soviets dès 1945. Ils l'auraient traité tout autrement. Apparemment, quelqu'un de haut placé lui voulait du bien et s'est arrangé pour le protéger.

— À t'entendre, on dirait que ça t'a contrarié pendant toutes ces années.

— Ça, c'est ton interprétation. N'oublie pas que je me suis débrouillé pour lui procurer ce papier en une journée.

Il sortit une feuille de la poche intérieure de sa veste et la déplia.

— Son autorisation de sortie du territoire. Il faut parfois des mois pour l'obtenir.

— Pas pour les retraités, objecta Felix. La RDA cherche à s'en débarrasser parce qu'ils entraînent des dépenses et ne rapportent rien.

Cette fois encore, ce fut un coup de poing asséné sur la table qui les fit tous taire.

— Ça suffit, vos disputes ! Je ne veux plus rien entendre.

Therese se mordit les lèvres, honteuse, et Felix baissa les yeux. Tandis que Richard faisait ses adieux à Feltin avec dignité, ses petits-enfants se disputaient comme des chiffonniers.

— Et ça ? demanda Felix en feuilletant un des livres de comptes. Tu les emportes ?

— Tu crois que Darchinger les laissera passer ?

— On n'a qu'à essayer, si grand-père y tient absolument.

Il les glissa nonchalamment sous les vêtements et ferma la valise.

— Tu es prêt, grand-père ?

Richard se leva et se dirigea vers la porte sans un regard en arrière.

— Je suis prêt !

Il ne pleurerait pas les années qu'il avait dû passer dans le bâtiment des employés. La vue de la maison de maître, en revanche, lui fut manifestement beaucoup plus pénible. En haut des marches du perron, Darchinger regarda sa montre avec ostentation.

— Il vient même à la LPG un dimanche pour voir ça, pour bannir en personne son ancien patron, marmonna Richard.

Quand ils approchèrent, Darchinger ne fit pas mine de descendre. Planté en haut de l'escalier, les mains sur les hanches, il semblait très satisfait de faire ainsi étalage de son nouveau pouvoir. Richard n'eut pas un mouvement vers les marches.

— Si ça lui plaît de jouer les Napoléon comme ça, qu'il aille au diable. Mets la valise dans le coffre, ordonna-t-il à Felix assez fort pour que Darchinger l'entende.

Therese le regarda de côté, non sans admiration. Personne ne lui prendrait sa dignité et sa fierté. Sans hésiter, Felix ouvrit le coffre. Seul Klaus ne semblait pas d'accord.

— Laisse la valise dehors, le contenu doit encore être contrôlé.

— Hors de question, répliqua son frère en jetant le bagage par-dessus le sien.

Il était conscient que Darchinger suivait des yeux le moindre de ses mouvements, mais le directeur de la LPG ne dit pas un mot.

Juste avant de monter en voiture, Richard balaya la cour du regard. Therese le vit déglutir quand il observa son domaine pour la dernière fois, l'air parfaitement conscient qu'il n'y reviendrait jamais.

Klaus fut le seul à adresser un signe de tête à Darchinger, portant deux doigts à sa tempe en guise de salut.

— Passe donc par la colline de Rabenstein, Klaus, dit Richard quand ils furent tous en voiture. C'est de là qu'on a toujours eu la plus belle vue sur nos terres.

La route était mauvaise, Klaus devait en permanence contourner de gros nids-de-poule et ils n'avançaient pas vite. Sur la banquette arrière, Felix et Therese étaient rudement secoués. Enfin, ils débouchèrent sur un chemin de terre. Ils descendirent et leur grand-père fit quelques pas dans l'herbe humide de rosée. Un petit torrent de montagne s'écoulait en bouillonnant vers la vallée, sans qu'on puisse se douter qu'il irait se jeter dans le lit large et calme de la Zwönitz. Therese et ses frères avaient souvent joué, enfants, dans son eau cristalline, construisant des barrages, s'y rafraîchissant les pieds en été. Aujourd'hui, ils se tenaient en retrait, silencieux, laissant Richard faire ses adieux. Tous étaient plongés dans les souvenirs qui les liaient à ce coin de terre, et ce moment se grava dans leur cœur. Sur la colline d'en face, un contrefort des monts Métallifères, les rayons du soleil matinal tombaient sur les conifères qui jetaient de longues ombres bleu pâle sur les champs et les prairies du Breitenlehn. Dans le jour naissant, un couple de geais passa à tire-d'aile, côte à côte. L'espace d'un instant, leurs cris couvrirent les clapotements de l'eau. Ça sentait l'herbe fraîchement coupée et la rosée. Therese observa la silhouette de son grand-père, dont les cheveux blancs formaient un contraste frappant avec le vert profond des prairies. Que n'aurait-elle donné pour lui éviter ces adieux amers ? Pour annuler les événements des dernières décennies, qui avaient conduit à cela ? Pour que Feltin se trouve du bon côté de la frontière ?

Ils remontèrent en voiture, toujours muets, et poursuivirent jusqu'à la gare. Richard eut beaucoup moins de mal à quitter son petit-fils que son domaine, peut-être parce qu'il sentait à quel point celui-ci s'identifiait aux doctrines du socialisme.

— Ne t'enferre pas trop, Klaus ! dit-il avant de monter dans le train.

Ils passèrent la majeure partie du trajet en silence. Richard regardait par la fenêtre en piquant parfois du nez. Felix semblait perdu dans ses pensées. Champs, mares, fleuves, prairies, bois et villages défilaient. Therese lisait son manuel Westermann sur le droit des biens. Quand elle leva les yeux, ils passaient devant un champ de maïs encore vert.

— Est-ce que les grues sont revenues au Breitenlehn, cette année, grand-père ? demanda-t-elle soudain.

Pour toute réponse, Richard lâcha un ronflement caverneux. Therese le regarda dormir, prise d'une profonde nostalgie. Elle l'avait tant admiré et vénéré, enfant ! Et voilà qu'il paraissait si vulnérable et fragile. Son cou mince, entouré d'un col trop large. Sa main droite posée sur sa cuisse. Alors seulement, elle vit les deux bagues en or. Il portait maintenant au majeur son alliance devenue trop grande, et celle de son épouse à l'annulaire.

— Dors bien, grand-père, murmura-t-elle.

Après Wittenberg, ils se retrouvèrent seuls dans le compartiment.

— Therese ? fit Felix.

Quelque chose dans sa voix la troubla. Elle leva les yeux.

— Je ne t'ai jamais posé de questions à ce sujet, mais maman a fait un jour une allusion au *Gauleiter* SS Brandt. Elle a dit qu'il t'avait fait quelque chose d'horrible… quand j'étais à l'armée…

Même en voyant sa sœur blêmir, il continua :

— Et hier, au cimetière, tu as réagi très bizarrement quand Gisela a emprunté le tabouret sur la tombe de Hilde Brandt. Elle a dit qu'elle y avait vu un homme.

— Felix, je t'en prie. Je ne peux pas…

Therese agrippa sa jupe, pétrissant la laine grossière. Elle se tourna vers la fenêtre, blanche comme un linge.

— Brandt, cette canaille ? C'est de lui que tu parles ? s'exclama soudain Richard d'une voix éraillée.

Il venait de se réveiller et avait entendu le nom.

— Celui qui a rasé la tête de ta sœur et l'a mise au pilori sur la place du village ?

— Au pilori ? répéta Felix, écarquillant les yeux.

— Avec une pancarte autour du cou qui la traitait de pute à Juifs !

Richard cracha ces mots avec un profond mépris. Therese se mit les mains sur les oreilles.

— Arrêtez !

— Dire qu'un type comme lui se balade librement à Feltin alors que ton père est prisonnier depuis des années. C'est un véritable scandale !

Il balança un coup de canne sur le siège vide, en face de lui, pour souligner son propos.

— Voilà comment ils sont, les socialistes !

Felix voulut ajouter quelque chose mais, voyant sa sœur en larmes, se contenta de lui prendre la main. Ils ne dirent plus un mot pendant la demi-heure qui suivit, et Richard se rendormit. Quand ils approchèrent de la frontière, Felix se leva et saisit son sac à dos. Therese leva les yeux de son livre et s'enquit :

— Où vas-tu ?

— Je reviens tout de suite, répondit-il seulement avant d'ouvrir la porte.

Il fut de retour au bout de quelques minutes, sans son sac.

— Qu'est-ce que tu en as fait ? demanda-t-elle à voix basse pour ne pas réveiller Richard.

— Je n'ai que cette valise, rien d'autre, dit-il en roulant des yeux vers le filet à bagages.

Il la regarda d'un air suppliant. Elle hocha la tête sans plus poser de questions, mais vit qu'il agitait nerveusement un pied et pianotait sur son genou du bout des doigts.

— Il y a quelque chose qui cloche ?

Felix se mâchouilla la lèvre inférieure et inspira bruyamment :

— Tout va bien.

— Ça ira, pour grand-père ? Il a le papier officiel de sortie du territoire.

Felix secoua lentement la tête.

— Je ne crois pas qu'il y aura de problème avec ça.

Quand le train entra en gare, ils virent les douaniers est-allemands debout par petits groupes sur le quai. Comme à l'aller, ils montèrent dans le train par plusieurs portes. Richard se réveilla quand le wagon s'immobilisa, interrompant son bercement régulier, et regarda autour de lui d'un air perdu. Ses yeux écarquillés indiquaient clairement qu'il ignorait où il se trouvait. Puis les souvenirs revinrent et son expression effarée fit de nouveau place à la tristesse et à la résignation. Therese sentait que son frère était tendu. Elle prit conscience que leur silence pourrait suffire à éveiller la curiosité des douaniers quand ils entreraient dans leur compartiment.

— Où en es-tu de ton mémoire de fin d'études ? s'enquit-elle donc d'un ton exagérément curieux. Sur quoi travailles-tu ? Tu me l'as déjà dit mais j'ai encore oublié.

Ils avaient commencé leurs études à l'université libre presque en même temps, bien qu'elle ait un an et demi de moins que lui. Après la guerre, elle avait rattrapé son baccalauréat plus vite que Felix qui, moins travailleur, avait perdu une année en route.

Il la dévisagea, surpris, puis comprit où elle voulait en venir et entra dans son jeu :

— J'avance bien. J'ai même presque fini. Il faut encore que je le fasse corriger, et puisqu'on en parle... (Il la désigna de l'index.) ... tu pourrais peut-être t'en charger ? Tu ferais sûrement ça très bien, toi la future juriste. Vous avez la réputation d'être très précis et rigoureux.

— Moi ? s'exclama Therese. Impossible ! Les sujets de mémoire du premier examen d'État vont nous être distribués la semaine prochaine.

Voyant sa déception, elle regretta sur-le-champ de l'avoir rembarré aussi durement.

— De quoi ça parle ? demanda-t-elle de nouveau. On pourrait peut-être s'entraider. Je n'ai que quatre semaines. Si tu me donnes un coup de main, je corrigerai ton mémoire après.

— « Mesure et perception de la qualité produits dans le domaine des denrées alimentaires. »

— C'est intéressant ! dit Therese.

Comment peut-on se consacrer aussi longtemps de son plein gré à un sujet aussi assommant ? se demanda-t-elle. Elle préférait de loin le droit des biens.

— Et toi, le droit, ça te passionne toujours autant ? Je t'ai vue une fois de loin, au réfectoire, en compagnie d'un étudiant plutôt beau garçon.

Therese rougit. Ça ne pouvait être qu'Axel Hohmann. Son frère avait-il assisté à une des scènes humiliantes ?

— Ça se peut, dit-elle comme si de rien n'était.

— Il n'y a guère de filles qui étudient le droit, non ?

Therese sentait que Felix se détendait, tandis qu'elle-même aurait préféré éviter ce sujet.

— Si tu veux tout savoir, je suis maintenant la seule de ma promotion. Au début, nous étions cinq. Trois ont abandonné assez vite et mon amie Marie von Prignitz vient de jeter l'éponge aussi, juste avant l'examen.

Felix lâcha un sifflement admiratif.

— Tu es la seule femme ? Ça ne doit pas être facile !

Therese baissa les yeux vers ses mains en se demandant si elle devait lui parler de ses problèmes. Puis ils entendirent des voix se rapprocher dans le couloir. Cela n'empêcha pas Therese de sursauter quand la porte du compartiment s'ouvrit à la volée et que deux douaniers est-allemands entrèrent accompagnés d'une femme en civil, d'âge moyen, au visage rond. Therese l'avait déjà remarquée en changeant à la gare de Leipzig : elle portait un chapeau tyrolien très voyant, rouge sombre, orné d'une plume de faisan.

— C'est lui ! s'exclama-t-elle en désignant Felix.

Gisela

Il était 21 heures et Felix n'était toujours pas rentré. Gisela commençait à s'inquiéter sérieusement. Elle ne cessait de calculer le temps que mettrait le train entre Chemnitz et Berlin s'il était régulièrement bloqué par le trafic venant en sens inverse à l'endroit où il n'y avait qu'une voie. Son propre voyage de retour, la veille, avait duré six heures, et cela lui avait déjà semblé une éternité pour un trajet si court.

Une fois de plus, elle s'approcha de la fenêtre, écarta le rideau et regarda dehors. Rien, à part un vieil homme sortant son chien avant d'aller se coucher. Avaient-ils pris un autre train ? C'était impossible, l'injonction obligeait Richard à quitter Feltin à 8 heures au plus tard. Qu'auraient-ils pu faire d'autre ? Même avec le train qui partait de Chemnitz à 9 heures, ils auraient déjà contrevenu à l'ordre de bannissement, la gare ne se trouvant qu'à cinq ou six kilomètres du domaine.

Elle se rassit et se pencha au-dessus de son patron, essayant de se concentrer sur son travail. C'étaient les pièces qu'elle avait découpées d'après la photo du magazine prêté par sa professeure. Elle avait déjà cousu ainsi sa robe pour les funérailles, ayant d'urgence besoin d'un vêtement noir, mais le résultat ne la satisfaisait pas. Quelque chose clochait. Quand elle était debout, la jupe remontait à la hauteur des fesses, donnant une apparence anormalement arrondie à son postérieur plutôt plat. Était-ce l'objectif du créateur du modèle ? Gisela scruta la photo mais n'y découvrit rien de nouveau, le mannequin n'étant représenté que de face. Elle enfouit son visage entre ses mains et ses pensées s'envolèrent de nouveau.

Elle se remit debout et arpenta nerveusement la petite pièce. Peut-être devrait-elle aller chez sa mère. Cela inquiéterait toutefois inutilement Charlotte, la mère de Felix, qui vivait toujours avec Anna. Et s'il rentrait entre-temps, elle ne serait pas là. Pouvait-elle appeler ce parent chez qui vivait Therese, un oncle, se souvenait-elle vaguement, pour savoir s'il avait des nouvelles ? Alors qu'elle se demandait où Felix avait noté son numéro, on frappa à la porte et Mme Finke lui demanda de venir au téléphone. Haussant d'un air réprobateur ses sourcils redessinés au feutre noir, elle désigna de son ongle très rouge le combiné posé à côté de l'appareil, sur la petite commode. Apparemment, elle avait de nouveau passé la journée dans son fauteuil. Le couloir était enfumé, le cendrier du guéridon plein à ras bord et la bouteille de Frauengold presque vide.

— C'est bien tard pour un appel mais ça a l'air important.

La logeuse resta tout près de Gisela, tirant sur sa cigarette tandis que celle-ci saisissait le combiné. Manifestement, elle n'avait pas la moindre intention de la laisser téléphoner en paix.

— Trotha, fit Gisela.

— Gisela, c'est moi, Therese, fit sa belle-sœur au bout du fil.

— Therese, mais ou êtes-vous ? Ça fait des heures que j'attends...

— Felix a été arrêté à la frontière.

— Mon Dieu ! Arrêté ? s'écria Gisela.

Mme Finke écarquilla les yeux et s'exclama :

— Je l'ai toujours dit ! Il fallait bien qu'il se fasse prendre un jour ou l'autre.

— Je ne peux pas t'en dire plus, reprit Therese. La police d'État l'interroge en ce moment même.

Le cœur de Gisela battait à tout rompre, elle avait les mains moites. Sa logeuse caquetait sans interruption : son mari était un sacré loustic, elle l'avait toujours su, ça ne pouvait que mal finir. À bout de patience, Gisela couvrit le combiné d'une main et siffla :

— Madame Finke, si vous ne vous taisez pas tout de suite, je vais me mettre très en colère !

Elle devait avoir l'air si furieuse que l'autre recula, effrayée. Elle tapota sa cigarette au-dessus du cendrier et retourna dans son fauteuil, vexée.

— Therese, tu es encore là ? demanda Gisela. Pourquoi la police d'État ? À cause de quelques paquets de café ? Tout le monde le fait !

Elle repensa aux derniers mots de Felix avant leurs adieux à Chemnitz : « Il faut que je finisse quelque chose », une phrase dans ce genre. Elle fut prise de vertige. Qu'avait-il donc voulu dire ?

— Je te le répète, je n'en sais pas plus. Mais j'ai demandé à oncle Leo d'aller tout de suite à la douane et d'aider Felix. C'est un bon avocat, alors ne t'en fais pas trop. Je te rappelle dès que j'ai du nouveau.

— Therese ?

Le combiné à la main, Gisela répéta plusieurs fois le prénom de sa belle-sœur, mais celle-ci avait déjà raccroché.

Mme Finke l'observait, immobile dans son fauteuil. Elle souffla un rond de fumée en l'air. Quand leurs regards se croisèrent, Gisela la prit de vitesse :

— Je sais ce que vous allez dire : vous l'avez toujours su. Mais n'oubliez pas que vous n'avez pas été la dernière à en profiter.

Elle désigna de la tête le paquet de cigarettes et la bouteille de Frauengold, des articles que, ces derniers mois, elle n'avait sans doute jamais eu à payer elle-même.

— Moi ? s'écria Mme Finke en secouant la tête comme si elle ignorait ce dont parlait Gisela. Comment pouvais-je savoir que M. Trotha et son ancien colocataire se procuraient tout ça illégalement ? Ce M. Wetzel a toujours eu ses sources à l'époque où il habitait ici, c'est évident. C'est un sacré malin !

Gisela ouvrit de grands yeux et poussa un petit cri.

— Madame Finke, puis-je utiliser votre téléphone encore une fois ?

L'autre la dévisagea, stupéfaite, puis eut un geste condescendant.

— Pourquoi pas, tant que vous me remboursez la communication.

Dans sa panique, Gisela avait oublié Günther. Il était très certainement mêlé à cette histoire. Après tout, c'était lui qui avait apporté à la gare la lourde valise brune. Et Felix ferait tout pour le laisser hors du coup. Elle devait absolument en informer Therese, et surtout cet oncle Leo, l'avocat. Il fallait qu'il le sache s'il défendait Felix. Elle prit de nouveau l'appareil puis s'aperçut qu'elle ne connaissait pas le numéro.

— Vous avez un annuaire ?

La logeuse, soudain étonnamment coopérative, sortit le bottin du petit meuble sur lequel était posé le téléphone. Gisela le feuilleta et chercha à T, comme Trotha, sans trouver de Leo. Bien sûr, il s'appelait autrement – mais comment ? Impossible de s'en rappeler. Que faire ? Elle ne pouvait pas rester inactive. Appeler Günther ? Il fallait au moins qu'elle l'avertisse. Elle se précipita dans sa chambre, sortit son carnet d'adresses de son sac puis revint composer le numéro, les doigts tremblants. La sonnerie retentit, encore et encore, mais personne ne décrocha. Découragée, elle raccrocha.

— Et maintenant ? s'enquit Mme Finke.

Elle prit un second verre à eau-de-vie dans sa vitrine, une nouvelle bouteille de Frauengold sur le buffet, et les servit.

— Buvez donc ! Ça vous requinquera.

Gisela poussa un profond soupir.

— Vous avez sans doute raison.

Elle saisit le minuscule verre gravé d'entrelacs et avala d'une traite ce que sa logeuse appelait son « médicament ». L'alcool fort lui brûla la gorge et lui monta aussitôt à la tête. C'était donc ça que la ménagère allemande buvait tous les jours pour se calmer les nerfs ? De fait, Gisela sentit son angoisse laisser place à une énergie renouvelée. Son besoin d'agir pour sauver Felix devint quasi irrépressible.

— Asseyez-vous, prenez-en un autre !

Mme Finke, désignant le tabouret près du guéridon, remplit à nouveau leurs verres. Gisela secoua la tête.

— Non merci, madame Finke. C'est très aimable de votre part mais je ne peux pas rester ici sans rien faire.

Elle retourna dans sa chambre, saisit vivement son manteau sur la patère et referma la porte.

— Il faut que j'y aille.

Sa logeuse secoua la tête, incrédule.

— Si Mme Trotha, ma belle-sœur, rappelle, pouvez-vous lui dire que je suis partie à Helmstedt ?

— À Helmstedt ? Dans la Zone à cette heure-ci ? Y a-t-il encore des trains ?

Mme Finke regarda la petite montre dont le bracelet en cuir s'enfonçait profondément dans son poignet empâté.

— 22 h 30. En voilà une drôle d'idée !

Gisela repensa à la réflexion de sa logeuse en approchant à vélo du panneau éclairé par des projecteurs, dans la rue sombre :

ATTENTION ! VOUS QUITTEZ BERLIN-OUEST !

À cette heure-ci, le métro ne passait plus ; elle aurait dû renoncer au moment où elle l'avait constaté. Pourtant, empruntant la bicyclette d'un autre locataire, elle s'était rendue jusqu'à la Sonnenallee. C'était là que Neukölln jouxtait Treptow, un quartier qui faisait déjà partie de Berlin-Est. La guérite de la douane, près du panneau d'avertissement, était obscure et semblait inoccupée. D'habitude, ici, on n'était pas contrôlé. Elle resserra son trench-coat autour d'elle, ajusta sa ceinture. Il faisait vraiment froid pour une nuit de fin de printemps, mais c'était aussi son inquiétude pour Felix et la peur de sa propre témérité qui la faisaient frissonner. Laisser tomber ou continuer ? Elle choisit la seconde option.

C'est seulement en arrivant à la hauteur du poste de contrôle qu'elle vit la lueur jaunâtre qui filtrait par la vitre. Elle tourna machinalement la tête dans cette direction. Ce n'était qu'une petite lampe de lecture ; un garde était assis là, penché sur un journal. Gisela s'empressa de regarder de nouveau droit devant elle, pédala plus vite et s'encouragea intérieurement. Courage ! Ne te fais pas remarquer ! Comme si une femme à vélo en pleine nuit dans une rue déserte pouvait ne pas attirer l'attention. Au même instant, une porte grinça sur ses gonds et une grave voix d'homme lança :

— Halte ! Arrêtez-vous !

Felix

Au même moment, un garde en uniforme gris conduisait Felix le long d'un couloir du centre de détention préventive de Hohenschönhausen. On l'avait laissé enfermé pendant huit heures dans une cellule sans fenêtre. Il avait soif, n'ayant rien bu depuis le voyage en train.

— Visage vers le mur, mains dans le dos, ordonna le garde.

Felix obéit à contrecœur. Alors seulement, le gardien ouvrit la porte de la salle d'interrogatoire.

— Entrez ! Assis ! Le dos droit ! Les mains sous les cuisses !

Felix prit place sur la seule chaise, face au bureau. Le garde ressortit et ferma la porte. De l'autre côté de la table, il ne distinguait qu'une silhouette : une lampe éblouissante braquée sur lui l'aveuglait. Quand il voulut se protéger les yeux d'une main, une voix glaçante ordonna aussitôt :

— Les mains sous les cuisses !

Felix obéit.

— Quelle heure est-il ? demanda-t-il. Je peux appeler ma femme ? Elle doit se faire du souci.

— Vous ne parlez que quand on vous le dit ! gronda la voix.

— Mais j'ai tout de même le droit à un avocat ! Vous ne pouvez pas me l'interdire. Je suis citoyen ouest-allemand.

— Bien entendu !

Felix entendit un tiroir s'ouvrir, un bruissement de papiers, puis la main de l'officier de la Stasi lui tendit une liste.

— Voilà ! Choisissez-en un.

Felix hésita : on lui avait interdit d'ôter les mains de sous ses cuisses. Il était déjà si intimidé qu'il attendit l'autorisation.

— Vous pouvez ! dit la voix.

Il approcha la liste de la lumière et cligna des paupières. S'y trouvaient dix noms dactylographiés en tout petits caractères, avec adresses et numéros de téléphone. Les lettres se brouillaient sous ses yeux. Il ignora d'abord que faire, puis une main lui donna un crayon.

— Cochez !

Il posa la liste sur son genou, traça une croix au hasard à côté d'un nom, rendit la liste et remit de lui-même les mains sous ses cuisses. Le tiroir se rouvrit puis se referma.

— J'appellerai maître Arnold demain, il vous contactera.

— Demain ? répéta Felix.

La panique le gagnait. Jusqu'à présent, il avait cru que ses droits de citoyen de la République fédérale d'Allemagne seraient respectés. Il comprenait désormais que de ce côté-ci de la frontière, on s'en moquait complètement.

— Comprenez-moi, je ne peux tout de même pas le réveiller ainsi en plein milieu de la nuit !

La voix venait de parler d'un ton jovial, comme s'il était inimaginable d'appeler un avocat en urgence.

La lampe aveuglante s'éteignit d'un coup. Il fallut quelques instants à Felix pour retrouver une vue normale ; il se serait bien frotté les yeux, mais il n'avait pas le droit de sortir les mains de sous ses cuisses. Il vit enfin l'agent assis derrière le bureau : chemise et cravate, long visage au nez pointu penché sur un dossier. L'homme tourna quelques pages puis leva la tête :

— Vous êtes né à Feltin, circonscription de Chemnitz ?

— Oui.

— Vous étudiez la gestion à l'université libre de Berlin-Ouest ?

— Oui.

Felix se demanda d'où l'officier de la Stasi tenait cette information.

— Et pourquoi ne vous êtes-vous pas inscrit à l'université Humboldt ? Elle n'était pas assez bonne pour vous ?

— Parce que je n'ai pas été autorisé à étudier en RDA.

— Et pourquoi ?

Felix hésita, puis résolut de s'en tenir aussi longtemps que possible à la vérité.

— Ma famille possédait des terres et mon père était dans la Wehrmacht... comme officier.

— Tiens donc, fils de fasciste et ennemi du peuple.

L'officier prit une note et Felix, nerveux, en profita pour observer la pièce sans fenêtre, les cloisons jaunes, le miroir au mur. Pour tout mobilier, le bureau spartiate, avec un téléphone et un magnétophone, et les deux chaises. Il se demanda soudain s'il était vraiment judicieux de répondre aussi ouvertement aux questions. L'officier enfonça un bouton et les bobines du magnétophone se mirent à tourner.

Il leva la tête, avança le menton et posa sur Felix un regard pénétrant :

— Quand avez-vous pour la première fois... disons, *apporté* des marchandises de République démocratique allemande en Allemagne de l'Ouest, et inversement ?

— Je ne m'en souviens pas.

Nouvelle prise de note.

— Au début, ne faisiez-vous que de la contrebande de denrées alimentaires ?

Felix serra les lèvres.

— Avez-vous des revenus réguliers ? De quoi vivez-vous, vous et votre femme ?

— J'ai travaillé aux récoltes pendant les vacances universitaires. Et ma femme est employée, couturière.

— Et votre grand-père ? De quoi vivait-il ?

— Je ne sais pas.

Ils sont au courant ! pensa Felix, fébrile. Ils savent tout. Qu'il aidait son grand-père grâce à la contrebande. Que ses magouilles avaient fini par devenir sa principale source de revenus. Mais comment l'avaient-ils appris ?

— Et quand avez-vous pour la première fois apporté des appareils optiques de RDA en RFA ?

— Je ne sais pas de quoi vous parlez.

L'officier feuilleta le dossier et sortit plusieurs photos d'une pochette transparente. Il les posa sur le bureau, les tourna vers Felix et déclara que les deux appareils et les deux paires de jumelles qu'on voyait sur les clichés avaient été trouvés dans son sac à dos.

— Ce n'était pas mon sac.

— Il y a des témoins.

— Ils mentent.

— Où sont les pellicules ?

— Quelles pellicules ?

— Celles qui étaient dans les appareils.

— Je ne sais rien de ces pellicules.

Felix commençait à comprendre où il voulait en venir. Heureusement, il avait eu la présence d'esprit d'ôter de l'appareil la pellicule des photos prises à Chemnitz pour la cacher dans le bagage de Richard, que personne n'avait fouillé.

— Savez-vous ce que peut vous coûter l'exportation illégale d'appareils optiques de République démocratique allemande ? Vous risquez d'être accusé d'espionnage. Ça vous vaudrait au moins vingt ans à Bautzen, avec les prisonniers politiques.

En voyant l'effarement de Felix, l'homme appuya de nouveau sur le bouton de son magnétophone et les bobines cessèrent de tourner. Il baissa la voix, parlant d'un ton profond et rassurant :

— Monsieur Trotha, je vais vous révéler quelque chose, bien que je n'en aie pas le droit.

C'est seulement quand il prononça le mot « révéler » que Felix aperçut l'éclat jaune doré de sa prémolaire droite. Il ouvrit un autre tiroir, en sortit un paquet de cigarettes et y donna une chiquenaude pour en faire sortir une. Puis il se pencha et le tendit à Felix.

— Vous en voulez une ?

Felix le regarda, mi-étonné mi-méfiant, et agita les coudes pour lui rappeler qu'il devait laisser ses mains sous ses cuisses.

— Allez-y, vous pouvez !

Felix se redressa un peu sur sa chaise, saisit la cigarette et la mit entre ses lèvres. L'officier lui donna du feu d'un briquet en acier. Il regarda son prisonnier tirer avidement quelques bouffées.

— Voyez-vous, monsieur Trotha, nous ne nous intéressons pas tellement à vous. Plutôt à vos complices. Si vous nous dites tout ce que vous savez sur les autres et que vous vous montrez coopératif, vous pourrez partir.

Felix inspira profondément et souffla sa réponse en même temps que sa fumée :

— Je n'ai pas de complices.

Therese

À 1 heure du matin, quand la clé tourna dans la serrure, Therese ne dormait toujours pas. Elle se leva, se précipita dans le couloir et comprit aussitôt à la mine fermée de son père qu'il n'avait pas de bonnes nouvelles. Il était blanc comme un linge et paraissait exténué.

— Tu as pu voir Felix ?

Il fit la moue et secoua la tête.

— Ils ne m'ont pas dit où il est ni de quoi il est accusé, et m'ont encore moins laissé le voir. (Il ajouta d'une voix tremblante :) C'est monstrueux ! À peine huit ans après la chute du pire régime totalitaire de l'Histoire, en Allemagne, ils en ont bâti un nouveau de l'autre côté.

Therese se mit un doigt sur la bouche pour lui demander de baisser le ton :

— S'il te plaît, ne réveille pas Richard, chuchota-t-elle. Allons parler dans la cuisine. Je n'ai encore rien dit à maman, j'espérais que tu allais rentrer avec Felix.

Leo ôta son chapeau et son ample trench-coat noir, suspendit le tout à une patère et se passa la main dans les cheveux.

— Ne m'en veux pas, Therese, mais il faut que je m'allonge un moment. (En voyant sa déception, il ajouta :) Crois-moi, nous ne pouvons rien faire ce soir. Tu devrais aller te coucher aussi. Tu as bien fait : pas besoin d'affoler Lotte pour l'instant. Nous verrons demain.

Surprise, elle lui en voulut de laisser tomber ainsi son frère : sans son soutien juridique, il était livré à la Stasi. Leo abandonnait-il Felix parce qu'ils n'avaient pas de liens de parenté ?

Therese ignorait à quel point elle se trompait. Son père était bouleversé par l'arrestation de Felix, le fils aîné de Charlotte, la femme qu'il aimait toujours. Leo était démoralisé de ne rien pouvoir faire, et à bout de forces.

Le trajet nocturne aller-retour jusqu'à Helmstedt l'avait fatigué, il n'était pas accoutumé aux longs voyages en voiture. Mais le pire était la sensation d'impuissance, de lutte vaine contre l'arbitraire arrogant des nervis d'un système ; la dernière fois qu'il avait été confronté à un tel despotisme, c'était en 1933, lors de la publication du *Décret pour la protection du peuple et de l'État*. À l'époque, il avait dû faire un choix : perdre son cabinet d'avocat et son statut de notaire, ou annuler son mariage avec Edith, sa femme à moitié juive. Comme elle l'avait de toute façon déjà quitté, il s'était résolu à cette cruelle décision, et les remords qu'il en éprouvait encore étaient incrustés dans les tréfonds de son âme comme un noyau moisi.

En le voyant se diriger vers sa chambre, la tête basse, Therese se trouva injuste. Pourtant, cette nuit-là, elle avait l'impression d'être la seule à tenter d'aider Felix. Mais comment ? Si un avocat ouest-allemand se réclamant des principes du droit constitutionnel n'arrivait à rien, que pouvait-elle faire ?

— Les relations ! chuchota-t-elle.

Avec des mouvements presque mécaniques, elle alla prendre son carnet d'adresses dans sa chambre. Une fois assise au bureau de son père, elle décrocha le téléphone et composa le numéro de son frère Klaus, à Chemnitz. Il répondit à la quatrième sonnerie, manifestement furieux d'être ainsi tiré du sommeil.

— C'est Therese. Felix a été arrêté à Helmstedt. Il est interrogé par une soi-disant police de Sécurité d'État.

— En quoi ça me regarde ? grogna Klaus.

Therese, effarée par sa froideur, ne se laissa pourtant pas démonter.

— Klaus, je t'en prie, c'est ton frère ! Tu es membre du SED, tu connais sûrement des gens influents. Fais quelque chose, pour l'amour de ta mère.

— Ce n'est pas aussi simple que tu te l'imagines. Je t'ai déjà expliqué qu'en ce qui concerne ma famille capitaliste, j'ai les mains liées.

— Je t'ai vu de mes propres yeux, à l'enterrement, discuter avec un homme dont tu m'as ensuite dit qu'il travaillait au nouveau ministère. C'était sûrement ce ministère de la Sécurité d'État.

— Tu dois faire erreur, répondit sèchement Klaus.

Gisela

Therese n'était pas la seule à tâcher d'aider Felix. Gisela ne pensait qu'à ça ; pourtant, elle n'était guère allée bien loin. Le garde de la Sonnenallee avait demandé à voir ses papiers et lui avait interdit de se rendre à Berlin-Est. Elle ignorait s'il avait agi ainsi par simple caprice ou parce qu'on lui avait déjà signalé le nom de Trotha : habituellement, les citoyens de République fédérale pouvaient passer librement la frontière. Gisela n'avait eu d'autre choix que de faire demi-tour. Elle avançait plus ou moins sans but dans les rues désertes de Neukölln, dans la fraîcheur de la nuit de Pentecôte 1953, accablée par les conséquences de l'insouciance de Felix. Quand les pavés secouèrent son vélo au point que sa sonnette se mit à retentir toute seule, Gisela poursuivit sa route sur le trottoir. Quelques fêtards venaient vers elle d'un pas chancelant, deux hommes et une femme qui gloussait hystériquement.

— Dis donc, ma jolie, où tu vas à cette heure ? lança un des hommes.

Il tendit le bras vers son porte-bagages pour l'arrêter. Gisela pédala plus vivement et lui échappa de justesse. Elle tourna au coin et vit la plaque de rue, toute blanche dans le faisceau du lampadaire : Winterfeldstraße.

Inconsciemment, elle était venue jusque chez Günther Wetzel. L'immeuble était plongé dans le noir, quelques voitures garées devant, deux vélos attachés ensemble contre la façade. La fenêtre de Günther donnait sur la cour, elle ne pouvait donc pas voir s'il y avait de la lumière chez lui. Il était plus de minuit, elle avait peu de chances de le trouver éveillé. Elle s'approcha des sonnettes, hésitante, songeant qu'il était parfaitement inconvenant de surgir en pleine nuit chez un célibataire. Rejetant cette pensée, elle enfonça le bouton noir, près de trois noms assortis de la précision :

G. Wetzel, sonner deux fois.

Rien. Gisela attendit plusieurs minutes. Alors qu'elle se détournait pour remonter sur son vélo, la lumière s'alluma dans le hall. Elle entendit des pas puis la porte s'ouvrit.

Gunther apparut, pas rasé, en peignoir à rayures, et écarquilla ses yeux pleins de sommeil en la voyant.

— Gilleken ! Que me vaut cet honneur, en pleine nuit ?

— Günther ! Felix a été arrêté ! s'exclama-t-elle d'une voix éraillée.

Sur le point de s'effondrer d'angoisse et de fatigue, Gisela se jeta au cou de Günther en sanglotant. Lui s'alarma, sans parvenir à le cacher. Pourtant, il lui tapota doucement l'épaule et lui murmura, d'une voix qu'il voulait apaisante, d'entrer pour tout lui expliquer au calme. En même temps, il scrutait la rue, méfiant, tournant la tête en tous sens. Il ne remarqua toutefois pas une minuscule lumière rouge dans la voiture garée le long du trottoir d'en face.

— Viens donc boire un coup, dit-il en l'entraînant dans le hall.

Gisela hésita. Elle ne pouvait pas le suivre, seule, dans sa chambre !

— Allez, reprit-il. Tu ne vas quand même pas rester ici, dehors, dans le noir ?

Quand la porte de l'immeuble se referma derrière eux, un moteur démarra et une berline immatriculée dans la zone soviétique s'éloigna.

Felix, allongé sur sa dure couchette du centre de détention préventive de Hohenschönhausen, claquait des dents. À son arrivée, on lui avait confisqué ses vêtements pour lui donner un uniforme de détenu : pantalon bien trop large et fine chemise grise. La cellule devait se trouver très en profondeur car le froid lui glaçait les membres, comme dans un tombeau. Il avait demandé une couverture, en vain. « Je vais voir s'il en reste ! » avait répondu le gardien. Ça devait remonter à des heures. Felix avait perdu toute notion du temps. Sans sa montre, il ne savait plus si une minute ou dix avaient passé, si c'était le matin ou le soir. Impossible de dormir. Son nez coulait ; il l'essuya de la manche. Conscient qu'il devait remuer pour ne pas finir complètement gelé, il se mit à arpenter la cellule, quatre pas d'un mur à l'autre, frottant ses bras serrés autour de son torse pour se réchauffer. Il sursauta quand le gardien fit bruyamment glisser la lourde languette de métal qui verrouillait la porte.

— Détenu Trotha ! Venez !

Il fut de nouveau conduit le long du couloir. Tout se répéta comme la fois précédente, sauf qu'à présent, il attendait la suite avec une espèce d'impatience, se réjouissant presque d'enfin parler à quelqu'un, même à un officier de la Stasi, au lieu de végéter dans sa cellule.

Cette fois, seul le plafonnier de la salle d'interrogatoire était allumé, pas la lampe qui l'avait aveuglé. Il lui sembla qu'une chaleur merveilleuse l'enveloppait :

manifestement, le radiateur tournait à fond depuis un moment. Il posa les yeux sur le miroir allongé et sursauta en voyant son reflet. Celui d'un homme d'une pâleur cadavérique, pas rasé, aux yeux profondément enfoncés dans leurs orbites et aux lèvres bleuies. L'image même de la misère. Assis derrière le bureau, l'officier qui l'avait interrogé la fois précédente lui sourit :

— Bonjour, monsieur Trotha. Asseyez-vous, s'il vous plaît.

Felix obéit et glissa automatiquement les mains sous ses cuisses.

— Mais non, voyons ! Mettez-vous à l'aise.

Devant lui, sur un plateau, une cafetière blanche et une tasse.

— Café ?

Felix hocha la tête avec hésitation. Il se méfiait, croyant à une sorte de rêve susceptible de s'évanouir d'un instant à l'autre.

L'homme remplit la tasse. En sentant l'arôme du café qui se répandit aussitôt dans la pièce surchauffée, Felix eut tellement envie d'en boire qu'il en eut presque la nausée. Il déglutit, ravala un haut-le-cœur.

— Vous ne vous sentez pas bien ? s'enquit l'officier avec une compassion feinte.

— Non, c'est juste que...

Felix saisit la tasse et la porta à ses lèvres, la main tremblante. Quand la première gorgée de café fort coula dans sa gorge, il eut l'impression de revenir à la civilisation. Ce n'était pourtant qu'une illusion.

— Quoi donc ? Dites-moi tout !

— Il fait horriblement froid dans ma cellule et je n'ai pas de couverture.

— Vraiment ? Je vais y remédier au plus vite...

L'officier tendit la main vers le téléphone puis s'interrompit, reposant le combiné en plastique vert pâle.

— En fait, il ne tient qu'à vous de ne pas devoir y retourner. Avez-vous pensé à vos complices ?

Felix s'était évidemment attendu à ce qu'on lui repose la question. Il secoua lentement la tête :

— Je n'ai pas de complices, j'ignore vraiment ce qui vous fait croire ça.

L'officier s'enfonça dans son siège, croisa les bras et poussa un profond soupir.

— Je vous comprends, monsieur Trotha. Vous voulez protéger votre ami, c'est bien naturel. Mais pensez-vous réellement que cela en vaille la peine ?

Sans répondre, Felix se cramponna à sa tasse pour se réchauffer les mains.

— Reprenez donc du café. Ça vous remontera.

L'homme se pencha en avant et le resservit en ajoutant, les yeux plissés :

— Qui sait combien de temps vous allez encore devoir passer dans le froid ; ce petit réconfort ne vous fera pas de mal.

Le cœur de Felix se mit à battre la chamade. L'idée d'être ramené dans sa cellule glaciale lui nouait la gorge. Il n'était pas exagérément sensible et en avait vu d'autres pendant son passage au *Reichsarbeitsdienst* dont les abominables souvenirs avaient mis longtemps à s'estomper. Se tourner vers l'avenir, oublier le passé, telle était sa devise, comme celle de la plupart des Allemands après les horreurs de la période nazie et de la guerre. Mais à présent, repenser au froid mortel de son cachot le faisait frissonner, même dans cette salle d'interrogatoire surchauffée. Combien de temps devrait-il rester dans cette cave, combien de temps le supporterait-il ? Il ne pouvait pourtant pas trahir ses amis Günther et Dieter. Même s'ils étaient alertés et ne franchissaient plus la frontière de la RDA pendant un moment, Felix était convaincu que les agents du ministère de la Sécurité d'État n'hésiteraient pas à les kidnapper en plein Berlin-Ouest.

De fait, l'idée des appareils photo était venue en même temps à Felix et Günther quand, passant devant un magasin d'optique nouvellement ouvert sur le Kurfürstendamm, ils avaient vu le prix d'un Praktica : six cents marks. Günther lui avait donné un petit coup de poing dans l'épaule et exprimé tout haut ce à quoi Felix réfléchissait déjà.

— Ça alors, Kasimir. Tu penses à ce que je pense ? De l'autre côté, il coûte mille marks est-allemands.

— Et le rapport au marché noir est d'un à cinq, avait ajouté Felix.

Ils s'étaient souri.

— Du coup, on ne le paye plus que deux cents marks.

Ils savaient bien sûr qu'il était officiellement interdit d'exporter ce type de marchandises, la RDA comptant s'en servir pour gagner des devises à l'Ouest. C'était le hic.

Plus tard, dans le bar où ils arrosaient leur idée à la bière et à l'eau-de-vie, Günther avait repris en balbutiant :

— Tu sais, Kasimir... Il suffit de ne pas se faire prendre, et puis c'est juste un peu de contrebande, que peut-il bien arriver ?

Felix commençait à se douter qu'il ne s'agissait pas tant des appareils en eux-mêmes que des photos et des informations sur la misère politique et économique de la RDA que Günther et Dieter vendaient aux journaux et radios ouest-allemands. Voilà comment ils s'étaient retrouvés dans le collimateur de la Sécurité d'État.

L'officier venait de rouvrir son dossier, dont il tira plusieurs clichés. Il les étala soigneusement sur son bureau.

— Pendant que vous, ici, jouez les héros pour protéger votre supposé ami, celui-ci profite de votre absence pour flirter avec votre épouse. Une très jolie jeune dame, d'ailleurs. On peut le comprendre.

Felix se pencha et écarquilla les yeux. C'était indéniablement Gisela se jetant au cou de Günther, qui lui posait une main sur l'épaule. Sur la photo suivante, il semblait lui caresser les cheveux. Puis on les voyait devant une porte ouverte, que Felix reconnut comme étant celle de l'immeuble de Günther. Il secoua la tête, incrédule.

— Et qu'adviendra-t-il d'elle si vous disparaissez derrière les barreaux pendant plus de vingt ans pour espionnage ?

Felix tenta de se calmer. Ça ne pouvait être que du bluff. Soudain, il se souvint qu'il devait parler à un avocat.

— Où est l'avocat que j'ai choisi sur la liste ? Vous vouliez l'appeler.

L'officier fit une moue faussement désolée.

— Il n'est pas disponible aujourd'hui mais il vous contactera certainement dans les jours qui viennent.

Felix hocha la tête. Son attitude et son expression trahissaient sa résignation. Il devinait qu'il ne verrait sans doute jamais cet avocat, en supposant qu'il existe.

— Alors ? demanda l'officier.

Cachant si bien le triomphe dans sa voix que Felix ne l'entendit pas, il enfonça le bouton du magnétophone.

— Qui a eu l'idée des appareils photo de Dresde, les Praktica ?

Therese

Dans la nuit suivant le lundi de Pentecôte, Therese se réveilla à 4 heures et fut incapable de se rendormir. De sombres pensées planaient au-dessus d'elle comme une nuée de charognards prêts à la dévorer. Elle se cacha sous son édredon mais, la chaleur devint intenable, elle crut étouffer. Elle se leva, alla à la salle de bains et fit couler de l'eau froide sur ses poignets. Son pouls se calma, sa respiration s'apaisa. Assise sur le rebord de la baignoire, elle fondit en larmes, débordée par ses soucis. Comment allait-elle surmonter tout cela ? Son angoisse pour son frère, dont elle savait seulement qu'il était en détention provisoire. Son grand-père, dont elle devait s'occuper et qui semblait si désemparé et incapable de se débrouiller seul. Il fallait pourtant qu'elle retourne à l'université ! Le surlendemain, on distribuerait les sujets de mémoire du premier examen juridique d'État. Elle devait à tout prix arriver à la bibliothèque avant les autres. Se trouver en tête de file à l'heure de l'ouverture était le seul moyen d'emprunter les éditions actuelles des commentaires et des manuels. Sans ça, on était perdu. Peut-être était-ce une bonne chose qu'elle se fût réveillée si tôt. Que gagnerait-elle à se recoucher sans pouvoir dormir ? Elle se leva et rinça son visage gonflé par les larmes. Quand elle se regarda dans le miroir, les taches rouges étaient encore là mais elle avait le regard vif et déterminé. Elle retourna dans sa chambre sur la pointe des pieds pour ne réveiller personne et s'habilla en silence. Dans la cuisine, elle laissa une note :

Bonjour paps ! Je dois aller très tôt à la fac, aujourd'hui. Tu peux t'occuper de grand-père ? Ta Therese

Elle sortit très doucement et s'engagea avec précaution sur les marches grinçantes de l'escalier pour ne pas alerter la voisine, Mme Neumann, qui semblait se tenir aux aguets derrière sa porte à toute heure du jour et de la nuit. La veille, en rentrant tard de la gare, Richard et elle n'avaient pas échappé à son insatiable curiosité. Combien de parents son oncle comptait-il donc encore accueillir ? avait-elle aussitôt demandé sans la moindre gêne. « Oncle ? » avait grondé Richard. Therese s'était efforcée de rester polie, ravalant une réplique acerbe avant que le mensonge sur son lien de parenté avec Leo fût éventé. Ce matin-là, par chance, tout était calme, et la porte d'en face ne s'ouvrit pas.

Dans la Fasanenstraße, les premiers oiseaux chantaient déjà. Le trait de lumière de l'aube, à peine visible au-delà des immeubles, semblait avoir donné à l'alouette de l'orme voisin le signal pour lancer son appel matinal. Il faisait encore frais et Therese fut heureuse d'avoir enfilé son manteau. Quand un camion de balayeurs bifurqua à l'angle de la rue, le vacarme de son moteur interrompit cette idylle paisible, rappelant à la jeune femme qu'elle se trouvait en ville et non à la campagne. Il s'arrêta et les ouvriers bondirent à terre. Avant de se mettre à balayer et à ramasser du bout de leurs longues pinces les papiers gras jetés dans le caniveau, ils tournèrent la tête vers elle.

— Tiens donc ! Le monde appartient à ceux qui se lèvent tôt !

Elle accéléra le pas pour échapper aux réflexions salaces qu'elle connaissait déjà. Elle en avait souvent fait l'expérience : dès qu'ils voyaient son visage, leurs remarques taquines se changeaient en moqueries cruelles. Plus que cinquante mètres jusqu'à la bouche de métro du Kurfürstendamm. Elle rejoignit les marches en courant. Comme elle les descendait, le souffle d'air chaud et vicié du tunnel s'accentua sur son visage.

Le campus était quasi désert quand elle se dirigea vers le bâtiment de la bibliothèque de droit. L'imposant portique haut de deux étages, avec ses piliers anguleux en calcaire coquillier, paraissait étrangement démesuré autour de l'entrée elle-même, une porte modeste.

Therese gravit les cinq marches et enfonça la poignée. Soulagée que le bâtiment soit déjà ouvert, elle pénétra dans le hall. Ses pas résonnèrent bizarrement sur le granit noir. Elle monta jusqu'à la grande porte de la salle de lecture, deux battants de palissandre aux incrustations expressives. À l'origine, le bâtiment avait été construit dans le style Art déco par une puissante compagnie d'assurances, mais seuls quelques éléments de l'aménagement intérieur, comme cette porte majestueuse, rappelaient le faste de sa grandeur passée. Suite aux destructions de la guerre, en 1943, les lieux avaient été rafistolés à la va-vite avant l'ouverture de l'université.

De loin, Therese vit que la bibliothèque était encore fermée. Tant mieux. Un coup d'œil à sa montre lui apprit qu'il était 5 h 30. Dans exactement trois heures et demie, les portes s'ouvriraient et les étudiants de sa promotion se précipiteraient sur les quelques livres disponibles. Sans tergiverser, elle étendit son manteau par terre et s'assit dessus. Elle s'endormit en quelques minutes.

Des mains douces lui caressaient les joues, si tendrement qu'elle intégra ces câlineries à son rêve et lutta pour ne pas se réveiller.

— Therese ! fit une voix féminine lointaine.

On lui secoua l'épaule. Elle ouvrit les yeux et se retrouva nez à nez avec Marie. Therese se redressa, encore tout ensommeillée. Plusieurs camarades de sa promotion, autour d'elles, commentaient en ricanant ce spectacle peu banal. Axel Hohmann était là aussi, en retrait.

— Tiens donc, notre comtesse est de retour. Prête à échouer à l'examen ? lança le roux.

— Depuis quand es-tu là ? demanda Marie sans lui accorder un regard.

Therese se frotta les yeux.

— 5 h 30. Quelle heure est-il ?

— 8 h 45.

— Je n'arrivais plus à dormir, alors je me suis dit que je pouvais venir ici pour être la première quand la bibliothèque ouvrirait.

— On dirait que tu as réussi ton coup. Debout !

Elle lui tendit la main pour l'aider à se lever. Therese lissa sa jupe, porta les doigts à ses cheveux et se rendit compte, embarrassée, que son chignon s'était défait. Un des étudiants dont elle n'avait jusqu'ici vu que le dos se tourna soudain vers elle et observa pendant plusieurs secondes ses cheveux bruns qui lui tombaient aux épaules. En croisant son regard, elle eut pour la première fois depuis très longtemps l'impression qu'un homme n'était pas rebuté par son apparence. Au contraire. Cette sensation éveilla en elle un mélange d'excitation joyeuse et de malaise. C'était son voisin du cours sur les fiançailles rompues, le boxeur.

Marie suivit son regard puis les observa alternativement. Elle comprit tout de suite que quelque chose se passait entre eux et aurait bien voulu en savoir davantage, mais elle ne pouvait pas poser de questions indiscrètes dans cette cohue. Therese ficha ses épingles entre ses lèvres, saisit ses épais cheveux d'une main en un geste routinier et les serra en banane à l'arrière de sa tête. Elle fixa sa coiffure avec les épingles qu'elle ôtait une à une de sa bouche. Quand elle eut terminé, elle chuchota à Marie :

— Tu es une vraie amie de venir exprès pour m'aider avec les livres.

Marie sourit et désigna de la tête les autres étudiants, toujours plus nombreux.

— Une promesse est une promesse. Je ne peux tout de même pas laisser une future juge toute seule au milieu de cette horde.

À 9 heures pile, les portes s'ouvrirent et les bibliothécaires s'écartèrent pour échapper à la ruée des étudiants. Comme s'il s'agissait de remporter une médaille, les candidats à l'examen piquèrent un sprint vers les rayonnages où se trouvaient les manuels et les commentaires correspondant aux domaines juridiques qu'ils avaient choisis. Évidemment, les hommes étaient plus rapides que Therese, mais Marie atteignit le rayon avant les autres, hors d'haleine. Elle s'empara frénétiquement des épais volumes, les empilant sur ses bras.

— J'ai presque tous les Staudinger sur le droit des obligations ! Il ne manque que celui qui commence au paragraphe 705, mais tu n'en auras pas besoin, c'est du droit des affaires, souffla-t-elle à Therese quand celle-ci atteignit enfin les rayonnages.

— Et moi, j'ai le commentaire du conseil du tribunal impérial jusqu'au paragraphe 704, le Enneccerus-Lehmann et le dernier Palandt, répondit Therese, elle aussi à bout de souffle. C'est à moitié gagné ! Merci, Marie !

Prise d'un point de côté, elle posa les livres par terre et s'appuya au montant d'une étagère. Son camarade à la cicatrice de *Mensur*, croyant sa chance venue, s'approcha par-derrière et essaya de subtiliser un des ouvrages de sa pile. Marie lui donna aussitôt une claque sur les doigts. Il retira la main, effaré.

— Bas les pattes ! siffla-t-elle. Ils sont pris, ceux-là !

Il se redressa et, ne trouvant rien de mieux à répliquer, cracha :

— Vous n'avez rien à faire ici, vous ! Êtes-vous encore immatriculée ?

Therese croisa les bras et dressa le menton, combative.

— En quoi ça vous regarde ? C'est moi qui les emprunte, les livres. La prochaine fois, vous n'aurez qu'à vous lever plus tôt, vous arriverez peut-être le premier.

Gisela

Felix fut libéré le samedi 30 mai. Il tressaillit quand l'épaisse porte métallique se referma bruyamment derrière lui. Gisela reconnut à peine l'homme pas rasé, aux yeux profondément enfoncés dans leurs orbites et au nez rouge dégoulinant qui s'arrêta devant le mur nu, juste sous le mirador. C'était pourtant bien son Felix. Elle courut à sa rencontre en ouvrant les bras. Elle venait d'attendre deux heures sur le trottoir d'en face après avoir reçu un coup de fil de son beau-frère, Klaus. Il disait tenir de source sûre que Felix allait être relâché. Quand elle voulut savoir d'où, il répondit de son ton hargneux habituel : « De Hohenschönhausen, bien sûr ! » Et qu'à l'avenir, son frère et les autres membres de sa famille se débrouillent sans lui pour se sortir de la panade. Il n'interviendrait plus en leur faveur, ne pourrait plus faire jouer ses contacts. Puis il avait raccroché sans que Gisela puisse demander à quelle heure Felix devait sortir. Elle s'était postée en face de la prison à 6 heures du matin pour attendre, consciente que les surveillants ne la quittaient pas des yeux depuis leur tourelle octogonale.

La silhouette qui se dirigeait vers elle maintenant n'avait rien à voir avec le jeune homme énergique qui l'avait accompagnée à la gare de Chemnitz une semaine plus tôt. Ils se retrouvèrent en plein milieu de la rue déserte.

— Mais qu'est-ce qu'ils t'ont fait, là-dedans ? chuchota-t-elle en lui passant la main dans les cheveux. Ce n'était pourtant que six jours !

Felix recula la tête. Il avait le regard vide, inexpressif.

— Allez, viens. On rentre à la maison. Tu vas prendre un bain, te raser, puis nous irons chez ma mère, dans la Zwiestädter Straße. Je suis sûre qu'on y trouvera de la camomille séchée pour te faire une inhalation, et ta mère voulait préparer ton plat préféré. Tu verras, ça ira beaucoup mieux après. Et puis il y a une grande nouvelle, tu ne vas pas le croire...

Felix hocha la tête, mais il semblait se moquer autant de la manière dont ils passeraient la journée que de cette grande nouvelle. Les yeux baissés, il avança derrière Gisela jusqu'à l'arrêt de bus. On y avait vue sur les hauts murs de la prison de la Stasi. Le vent se leva et une bourrasque agita le fil de fer barbelé tendu sur plusieurs rangées, au sommet, provoquant un sifflement inquiétant qui ne fut couvert que par la quinte de toux rauque de Felix. Il remonta le col de sa veste en tweed usée et adressa ses premiers mots à Gisela ce matin-là :

— J'ai froid.

— Tu ne veux donc pas entendre la bonne nouvelle ?

Le bus presque désert les emmenait vers la station de métro. Felix ne réagit pas, tourné vers la fenêtre. Gisela se pencha vers lui, se contorsionnant au point qu'il n'eut d'autre choix que de la regarder.

— Tu ne vas pas le croire : ton père est revenu.

Elle vit un scintillement dans ses yeux ; cette nouvelle extraordinaire semblait le ramener enfin à la réalité.

— Quoi ? C'est vrai ? Où est-il ? demanda-t-il en phrases saccadées, la voix éraillée.

Sans reprendre son souffle, Gisela parla de la lettre à sa mère et lui annonça que Ernst Trotha, son père, avait trouvé refuge chez sa sœur à Worms. Charlotte, Bärbel et Heiner avaient déjà fait leurs valises ; angoissés, ils n'attendaient plus que la libération de Felix pour partir s'installer là-bas et y commencer enfin une nouvelle vie. Elle lui caressa la joue. Sa torpeur venait de laisser place à une émotion manifeste, et elle lui tendit un mouchoir. Personne ne pouvait digérer tant d'événements cruciaux en si peu de temps : l'enterrement de sa grand-mère, le bannissement de son grand-père, son propre emprisonnement, et maintenant le retour de son père après des années en camp de prisonniers. Pourtant, à l'inverse du jour des funérailles de Lisbeth, Gisela ne vit pas une larme sur le visage de son mari. Comme s'il avait résolu de ne plus se laisser atteindre par la douleur et les émotions.

Ils prirent le train jusqu'à Berlin-Ouest puis le métro jusqu'à Neukölln. Quand ils sortirent de la station et que les hauts immeubles de la Silbersteinstraße surgirent devant eux, Gisela observa le profil de son mari. Elle eut soudain l'impression de respirer à nouveau l'air matinal de huit jours plus tôt, quand ils étaient partis à Feltin avec une valise et un sac à dos. L'occasion était triste, alors, mais ils avaient tous deux l'esprit léger. Aujourd'hui, à son retour, Felix était un homme différent.

— Ça ne fait qu'une semaine, c'est fou, non ? lâcha-t-elle.

Elle voulut passer son bras sous le sien, mais il se dégagea.

— Il y en a qui auraient bien aimé qu'elle ne finisse jamais, cette semaine.

Une vieille femme qui les croisait lui jeta un coup d'œil effaré en entendant son ton hargneux.

— Que veux-tu dire ? demanda Gisela.

— Tu sais bien ce que je veux dire.

— Non, je n'en sais rien du tout, et j'aimerais une explication !

— Toi ? Une explication ?

Il prononça ces mots avec lenteur, comme pour leur conférer plus de poids. L'air profondément blessé et les mains enfoncées dans ses poches, il poursuivit son chemin, soudain pressé, sans répondre à ses questions, l'ignorant. Il poussa la porte de leur immeuble et la lui referma au nez. Gisela resta plantée là, bouche bée, et entendit ses pas claquer sur les marches. Elle n'y comprenait rien.

— Tiens donc, votre cher époux est de retour ! Tout juste sorti de prison, c'est ça ? Je ne veux rien avoir à faire avec la police, madame Trotha, je vous le dis tout de suite.

Les lamentations de Mme Finke étaient la dernière chose dont elle avait besoin.

— C'est la police de Sécurité d'État de la RDA qui l'a arrêté, pas la police ouest-allemande, alors calmez-vous, madame Finke.

La logeuse s'était levée de son fauteuil pour suivre Gisela jusqu'à la porte de sa chambre, sa cigarette allumée à la main. Ses lèvres rose bonbon se rapprochèrent de son visage, et la jeune femme perçut son haleine de nicotine quand Finke reprit :

— Me calmer ? J'ai une réputation à sauvegarder, moi. Si on apprend qu'un de mes locataires est allé en prison, je vais vite avoir des problèmes avec les Mœurs. Et je n'ai aucune envie de me retrouver sur leur liste noire. Jusqu'à présent, j'ai toujours mis dehors sans préavis ceux qui avaient le moindre ennui avec la police, mais je veux bien faire une exception pour vous parce que je sais qu'en fait, vous êtes un couple comme il faut, marié et tout...

— *En fait* ? répéta Gisela.

Elle toisa la vieille femme surexcitée. Elle n'avait pas eu l'intention d'entamer une discussion avec Mme Finke, mais elle commençait à en avoir assez.

— Que voulez-vous dire par « en fait » ?

La logeuse recula d'un pas.

— Ne soyez donc pas si susceptible. Je ne veux rien dire du tout, juste que votre mari est allé en prison pour contrebande.

— En détention préventive. Les charges ont été abandonnées.

Mme Finke tira sur sa cigarette, souffla en l'air un de ses célèbres cercles de fumée, et répliqua :

— Vous croyez vraiment ça ?

Quand elle entra dans leur chambre, Felix portait déjà son peignoir à rayures brunes et était en train de se servir un verre d'eau-de-vie. Gisela s'assit sur le canapé et l'observa. Il vida d'une traite la moitié de son alcool fort russe.

— Tu m'en donnes un aussi ?

Il sortit un verre à eau du placard, le remplit à ras bord, bien qu'il sache qu'elle n'en buvait jamais, et le lui tendit. Elle avala deux gorgées et faillit frissonner de dégoût en sentant la brûlure dans sa gorge. Au bout d'un moment, elle demanda :

— Vas-tu enfin me dire ce qu'il y a ?

Il avait manifestement attendu sa question, mais refusa de lui faciliter la tâche. Blessé comme il l'était, il la punit par son mépris.

— Tu sais que c'est ton frère Klaus qui est intervenu pour toi ?

Felix fit la grimace, comme s'il venait de mordre dans un citron.

— Tu crois ça, toi ? Tu n'y connais rien !

— Bien sûr que oui ! Il m'a appelée pour m'annoncer ta libération. Je n'en aurais rien su, sinon.

Il eut un petit rire, une expression de profond cynisme sur le visage.

— Et toi, avec Günther ? Qu'est-ce que vous avez fabriqué, tous les deux, pendant que j'étais au trou ? J'ai vu des photos, en gros plan, où tu le suivais dans sa chambre en te collant à lui.

Gisela écarquilla les yeux, interloquée :

— Quelles photos ?

— La police d'État vous observait et vous a pris en photo dans l'entrée de son immeuble.

Elle le fixait toujours, effarée.

— C'est impossible !

Felix s'approcha de l'étagère, déboucha la bouteille et remplit son verre à moitié. En voyant le regard réprobateur de Gisela, il répéta son geste, têtu, faisant presque déborder le verre.

— Si tu continues comme ça, tu seras complètement saoul avant le déjeuner chez ta mère.

L'évocation du repas familial parut faire de l'effet ; Felix reposa son verre sur la table sans se soucier de la petite flaque qui se forma autour.

— C'est sûrement les mêmes types que ceux qui m'ont espionné jusqu'à maintenant, reprit-il. Et je suis assez certain que Klaus est mêlé à tout ça.

— Mais pas ici, à l'Ouest ! Tu vois vraiment des fantômes, Felix. Et puis, c'est ton frère ! C'est tout aussi absurde que de prétendre que j'ai fricoté avec Günther. (Elle marqua une pause puis reprit :) La nuit où tu as été arrêté, j'étais désespérée. Je cherchais juste quelqu'un à qui parler, après qu'on m'a empêchée de passer au poste de la Sonnenallee.

— Tu voulais aller à l'Est ? Pourquoi ?

— Pour te retrouver, Felix ! (Sa voix était chaude et insistante.) Tu ne te doutes donc pas de la peur que j'ai eue ? Je me suis fait tellement de souci pour toi !

L'espace d'un instant, Felix eut l'air de s'adoucir. Puis la jalousie se dessina de nouveau sur ses traits :

— Et tu n'as rien trouvé de mieux à faire que d'aller voir Günther pour te faire consoler.

Gisela se leva, l'air malheureuse et soudain exténuée.

— Si tu tiens absolument à le croire, je ne peux rien y faire.

Felix reprit tout de même son verre et en but une grosse gorgée.

— De toute façon, maintenant, c'est trop tard !

À midi, ils se retrouvèrent dans la salle de séjour d'Anna, et six paires d'yeux regardèrent Felix engloutir sa seconde portion de rôti de bœuf et son quatrième *Knödel*. Gisela avait eu raison sur un point : le bain et le rasage lui avaient fait du bien. Il semblait revenu à la civilisation. Seul son nez était encore très rouge, et ses yeux n'avaient pas retrouvé leur éclat. Mettant son comportement et ses insinuations ridicules sur le compte des mauvais traitements subis en prison, Gisela se garda de reparler de Günther. Tout s'arrangerait avec le temps.

En apprenant la libération de son fils aîné, Charlotte était allée chez le boucher et à la petite épicerie du coin pour acheter les ingrédients du plat préféré de Felix. Ce serait aussi un repas d'adieu pour Anna, qui les hébergeait depuis désormais trois mois. Heiner était allé en métro chercher Richard chez Leo, dans la Fasanenstraße. Ils l'emmèneraient à Worms le lendemain. À présent, ils étaient sept à la table d'Anna.

— Je crois qu'il vaut mieux que j'arrête, mon estomac n'y survivra pas, dit Felix.

Il reposa sa fourchette en se tenant le ventre. Cette nourriture inaccoutumée après une semaine au pain sec et à l'eau lui faisait déjà gronder les entrailles.

— Alors, raconte, c'était comment, en prison ? s'enquit Bärbel.

Son joli visage rond reflétait sa curiosité, comme si son frère aîné venait de rentrer de voyage. Elle avait tout juste vingt ans, et Charlotte lui ordonna de ne pas importuner Felix. Elle, sa mère, avait deviné comment il se sentait à la seconde où elle avait vu ses yeux. Il affichait la même expression absente que le jour où, âgé de dix-sept ans, il était rentré de Lidice. Le *Reichsarbeitsdienst* l'avait envoyé « faire le ménage », selon l'expression employée à l'époque, après le massacre perpétré par la Wehrmacht. Pourtant, personne ne pouvait refouler éternellement ses sentiments. Elle ne savait que trop bien à quelles catastrophes cela pouvait conduire.

— Notre famille sera enfin bientôt réunie. N'est-ce pas merveilleux ? dit-elle pour changer de sujet, posant la main sur le bras de Richard. C'est vraiment dommage que maman ne puisse pas voir cela, et que nous soyons si loin de chez nous. N'est-ce pas, papa ?

Richard hocha la tête et piqua un morceau de viande avec sa fourchette. Le trajet en métro et les interminables escaliers l'avaient épuisé, mais le repas semblait à son goût.

— Le rôti du dimanche un samedi, Lotte ? lança-t-il. Vous n'êtes vraiment pas dans la misère, ici, à l'Ouest.

— C'est une exception, père, se justifia Charlotte. Je voulais préparer pour Felix, et pour toi aussi bien sûr, notre fameux rôti saxon que vous aimez tant. Malheureusement le boucher n'avait pas de faux-filet, j'ai dû prendre de la culotte.

— Oui, ça se sent. La viande est un peu dure, grommela Richard sans pour autant arrêter de manger.

Charlotte saisit son délicat verre à vin gravé de grappes de raisin et le leva.

— Ceci est également un repas d'adieu et de remerciements pour Anna, qui nous a accueillis chez elle et nous a hébergés pendant si longtemps. À ta santé, Anna !

— À ta santé ! répétèrent les autres convives en levant leurs verres à leur tour.

En voyant sa fille avaler le vin doux d'une traite, Charlotte la tança à nouveau :

— Pas si vite, Bärbel !

— Merci pour ce merveilleux repas, Lotte ! dit Anna. C'est dommage que Therese n'ait pas pu venir, mais l'examen passe avant tout, bien sûr.

— Oui, il faut qu'elle finisse ses études. Ensuite, j'espère qu'elle pourra faire son stage à Worms, ou au moins pas trop loin de chez nous. Et puis, il faut qu'elle revoie son… (Charlotte toussota avant de terminer sa phrase :) … son père. (Elle baissa les yeux et joignit les mains comme pour prier.) Après toutes ces tragédies, voici enfin une perspective réjouissante. Je n'arrive toujours pas à croire que notre cher papa soit revenu de captivité. Demain, nous partons pour Worms, et nous pourrons enfin le serrer dans nos bras.

— Il vous attend sûrement avec impatience ! renchérit Gisela. Nous viendrons vous voir là-bas dès que possible, n'est-ce pas, Felix ?

Elle le regarda et il hocha la tête en silence. Puis, en l'espace d'une seconde, son visage passa au cramoisi et se tordit en une grimace de douleur.

— Oh non… Ça commence… Laisse-moi passer…, gémit-il.

Les mains appuyées sur le bas-ventre, il se leva, luttant contre ses crampes d'estomac, forcé d'attendre que sa sœur le laisse sortir de l'angle où il était coincé.

— Vite, Bärbel, sinon il va y avoir un malheur !

Les autres le regardèrent se ruer hors du salon. Gisela voulut le suivre mais Anna la retint par le bras.

— Laisse-le ! Ce serait vraiment embarrassant pour lui. Tu devrais bien savoir comment on se sent quand, après avoir eu faim, on mange trop d'un coup, et une nourriture lourde, en plus !

Gisela hocha la tête sans rien dire. Et comment qu'elle s'en souvenait !

— Je ne pensais pas qu'il avait été mal traité à ce point, dans cette prison, intervint Charlotte, se sentant soudain obligée d'expliquer son choix de menu. Il n'a sûrement presque rien mangé de la semaine. Il aurait mieux valu lui donner du bouillon de pigeon.

— Du bouillon de pigeon ! répéta Bärbel avec une grimace de dégoût, secouant ses mèches blondes. Grand-mère nous en servait toujours quand on était malades.

— Oui, et elle savait manifestement mieux que moi comment vous remettre sur pied.

Charlotte commença à rassembler les assiettes. Bärbel et Gisela se levèrent et les empilèrent, et dans les cliquètements de vaisselle et de couverts, Anna reprit :

— Je ne voulais pas critiquer ton repas, Lotte !

— Je sais bien, ne t'en fais pas, je ne l'ai pas pris comme ça.

— Mais enfin, qu'est-ce que vous avez, toutes ? s'exclama soudain Heiner.

Il se leva si brusquement qu'il renversa un des verres sur la table. Le vin se répandit sur la nappe de toile cirée et goutta sur le sol. Gisela alla vite chercher une serpillière pour essuyer la flaque, tapotant le tapis. Heiner se dressa de l'autre côté de la table, jambes écartées. Le plus jeune frère de Felix avait vingt et un ans, et Gisela s'était souvent demandé comment lui et Bärbel supportaient cette promiscuité avec leur mère. Heiner ressemblait plus à Felix qu'à Klaus, il avait juste le nez un peu fort. À Chemnitz, il avait suivi une formation d'agriculteur. Une fois à Berlin-Ouest, il avait vite trouvé un emploi dans une droguerie, et même obtenu une promotion. Il rapportait souvent des produits à tester. Une poudre à récurer, dans une boîte en métal bleu frappée des grandes lettres blanches ATA, qui promettait à la ménagère des casseroles étincelantes sans effort. Un bain moussant au nom prometteur de « Bleu des mers du Sud » que Bärbel testa abondamment, bloquant la salle de bains bien trop souvent et utilisant toute l'eau chaude si pénible à obtenir : Anna devait chaque fois la faire chauffer sur son fourneau pendant une heure. Ensuite, Heiner n'avait pas d'autre choix que de se baigner à son tour dans l'eau vert lagon, et se plaignait de sentir le bonbon. Alors pourquoi as-tu rapporté ça ? rétorquait Bärbel. Les chamailleries n'en finissaient pas.

Tandis que Heiner s'était vite accoutumé à la vie à Berlin-Ouest grâce à son travail, Bärbel s'ennuyait, car sa mère lui interdisait presque tous les plaisirs qu'une grande ville offrait à la soif de vivre d'une jeune fille. Ils n'étaient pas les seuls à être à l'étroit dans l'Allemagne d'après-guerre. Mais la situation était aggravée par l'attitude de Charlotte, qui avait du mal à se défaire de ses manières d'ancienne maîtresse de domaine et aimait mener les autres à la baguette. Gisela savait qu'Anna faisait de gros efforts pour supporter les accès d'autoritarisme de son invitée, et l'admirait de ne jamais s'en plaindre. Pour Heiner et Bärbel, toutefois, il aurait été grand temps de jouir d'un peu plus de liberté. Gisela doutait que cela se produise à Worms. Là-bas aussi, ils devraient vivre chez des parents, se soumettre aux habitudes d'un foyer inconnu, et sûrement continuer à obéir à leur mère.

— Toutes ces excuses, ce n'est plus supportable ! éclata Heiner.

Sa voix tremblante prouvait qu'il se retenait depuis un moment.

— Aucune de vous ne peut rien à l'état de Felix ! Il a été imprudent et ces saletés de flicards de la Stasi le lui ont fait payer ! C'est tout !

Tout le monde le dévisagea avec stupéfaction. Anna fut la première à retrouver la parole :

— Bien dit !

Elle posa la pile d'assiettes sur la table dans un grand cliquetis de porcelaine.

Plus tard, alors que Gisela et Bärbel faisaient la vaisselle, Anna prit sa fille par le bras et l'entraîna avec elle.

— Viens une minute, il faut que je te montre quelque chose.

Elle ferma la porte de la chambre à coucher derrière elles, tira une lettre de la poche de sa veste et alluma le plafonnier. La lumière laiteuse qui filtrait par l'abat-jour en verre marbré jaune orangé n'éclairait pas beaucoup la pièce sombre. Bien que l'après-midi soit ensoleillé, l'étroite fenêtre donnant sur la cour ne laissait guère entrer de luminosité.

— Regarde qui m'a écrit !

Gisela déplia le luxueux papier crème et écarquilla les yeux en voyant la façade dorée du KaDeWe sur l'en-tête.

— La direction du KaDeWe ?

Anna s'assit sur son lit.

— C'est juste Emil, tu sais, je t'avais parlé de lui à l'époque. Il était assistant boucher au rayon alimentation.

— « Juste Emil » ? Il est tout de même directeur des achats, maintenant, c'est bien ce que nous a dit ton autre ami, ce Theo, au restaurant.

— Un ami ? répéta Anna. Theo n'était certainement pas un ami.

— Et que te veut-il, Emil Köstner ?

Gisela survola la brève lettre et lut la dernière phrase à voix haute :

— « ... très heureux de vous parler... demander de venir dans mon bureau le 17 juin, à midi et demi. » Maman ! Mais c'est fantastique ! Peut-être qu'il veut que tu recommences la couture pour le KaDeWe !

Anna agita la main.

— Je ne crois pas. Et je ne veux pas ! Après toutes ces années, il a sûrement juste envie de me revoir en souvenir du bon vieux temps.

Gisela était si euphorique que sa mère regretta de lui avoir montré la lettre. Elle regarda sa fille, ses yeux brillants, l'espoir que cette entrevue éveillait en elle. Bien plus qu'en elle-même.

— Tu penses que je devrais y aller ? s'enquit-elle tout en connaissant déjà sa réponse.

— Évidemment, maman. Sinon, j'irai à ta place.

Therese

— Vous avez entendu ? À l'Est, les gens descendent dans la rue... Il y a une manifestation sur le boulevard Unter den Linden !

L'étudiant à la joue gauche balafrée venait de briser d'une voix sonore le silence de la salle de lecture.

— Chut ! Veuillez vous taire ! souffla la jeune bibliothécaire assistante.

Elle était en train de prendre des livres sur un chariot pour les ranger sur les étagères en métal, juste à côté de lui.

— Ils ont même enlevé le drapeau rouge de la porte de Brandebourg ! poursuivit-il en l'ignorant.

— Quoi ?

— C'est vrai ?

— Ils passent enfin à l'action, ça ne pouvait plus durer, là-bas !

Nonchalamment adossé à l'étagère, les manches retroussées, l'étudiant ne prêtait pas la moindre attention à la timide assistante. Il savourait l'étonnement de ses camarades et son rôle de chroniqueur des nouvelles du jour, de la vraie vie, celle dont ils étaient pratiquement isolés depuis la distribution des sujets de mémoire.

— Tu nous racontes des histoires !

Les réactions oscillaient entre intérêt réel, curiosité malsaine et agacement.

— Mais si, ils sont des milliers à manifester contre la hausse des normes de rendement. Je l'ai entendu à la RIAS[1] !

Il finit par s'attirer les foudres de la sévère chef bibliothécaire, qui ne pouvait pas tolérer un tel tapage. La petite femme corpulente quitta son pupitre en bout de salle, vint vers lui d'un pas vif et le rappela sèchement à l'ordre :

— Silence, maintenant ! Ou je vous expulse sur-le-champ !

Elle rayonnait d'une tout autre autorité que ses deux employées, et le balafré regagna sa place au petit trot.

Therese, assise à sa table habituelle entre d'innombrables livres ouverts et des feuillets couverts de notes, ferma ses yeux cernés et se massa les tempes. Une telle interruption était vraiment la dernière chose dont elle avait besoin. L'espace d'un instant, ses pensées dérivèrent vers son frère Klaus. Il ne faisait sûrement pas partie des manifestants. Plutôt l'inverse. Elle comprenait si bien que les gens se révoltent enfin, en RDA ! Peut-être réussiraient-ils même à faire bouger les choses. Pour le moment toutefois, elle avait d'autres soucis. Depuis une semaine, elle dormait à peine. Le visage blême et le teint presque jaune, elle était si tendue qu'elle sursautait au moindre bruit. Cela faisait presque quinze jours qu'elle travaillait comme une possédée à son étude de cas. Au début, le devoir lui avait semblé presque trop facile, et elle avait craint de ne guère pouvoir se

1. La *Radio in the American Sector* (RIAS) servait de lien culturel entre les deux Allemagne. Elle avait son siège à Berlin-Ouest et a émis de 1946 à 1993.

démarquer avec un thème aussi simple. Elle se trompait. Après avoir passé trois jours à établir l'évaluation juridique, elle avait constaté qu'une des solutions possibles l'entraînerait dans les méandres du droit des sociétés, qui n'était pas du tout sa spécialité. Tout tournait autour d'un serment que quatre maquignons et agriculteurs de Basse-Saxe se faisaient un soir en bas-allemand dans leur bistro habituel : *Wi stahn fast un troo tosamen*.

Marie, qui venait la voir tous les jours et lui avait proposé son aide, avait aisément traduit l'expression. Ses visites illuminaient le quotidien studieux et solitaire de Therese. Depuis qu'elle avait abandonné ses études, son amie paraissait libérée, rayonnant d'une joie de vivre et d'une satisfaction profonde qu'elle n'avait pas affichées une seule fois durant ses six semestres à la fac de droit. Dès qu'elle avait lu la phrase clé du sujet de mémoire de Therese, Marie avait demandé à sa tante Ruth la permission d'appeler sa mère, qui vivait à Hambourg chez une cousine éloignée. Celle-ci lui avait traduit l'expression ; Therese s'était déjà doutée de son sens mais ne voulait rien laisser au hasard. Le mari de ladite cousine avait objecté que le bas-allemand différait beaucoup d'une région à une autre mais qu'on pouvait s'accorder sur une version générale : « Nous sommes ensemble, toujours fidèles. »

Dans le cas de Therese, cette phrase clé, serment des quatre agriculteurs nord-allemands, entraînait des conséquences inattendues. Par la suite, les quatre hommes se brouillaient et formulaient des exigences réciproques au sujet d'un étalon d'excellente lignée, acheté en commun au sens large mais dans des proportions très différentes. Juridiquement, l'acquisition aurait pu être considérée comme une création tacite de société, avec droits et obligations mutuels.

Lorsque les revenus engendrés par les primes de saillie dépassèrent les espérances plusieurs années de suite, tous furent en tout cas de cet avis, sauf celui qui hébergeait le magnifique animal dans son écurie. Il n'avait aucune intention de partager les gains avec des associés pourtant égalitaires.

Therese avait demandé un sujet touchant au droit des obligations ; normalement, lors de l'attribution des devoirs, le bureau des examens tenait compte des souhaits des étudiants quant au domaine juridique. Elle n'avait en tout cas jamais entendu dire qu'une telle préférence ait été ignorée. Axel Hohmann avait obtenu une question de droit administratif, Freytag, le roux, de droit des biens, et Knopp, le boxeur, de droit pénal. Elle se demandait si le professeur Wulff avait manigancé pour que son vœu à elle soit ignoré. Certes, le bureau des examens était une instance indépendante de l'université, mais Marie, en survolant le sujet, s'était aussitôt écriée que Wulff avait inventé pour elle cette histoire d'étalon. Therese ne pouvait guère nier que tout semblait l'indiquer. Toutefois, ce genre de considérations ne l'avançaient à rien. Elle n'avait eu d'autre choix que de se plonger dans ce nouveau domaine, ce qui, Wulff l'avait assez signalé, était une des qualités de base d'un juriste. Cela dévorait une énorme partie de son temps. En plus, il lui manquait les manuels nécessaires sur le droit des sociétés : d'autres étudiants les avaient empruntés dès le début, certains étaient même introuvables. La faculté de droit avait une bibliothèque dont les ouvrages devaient être consultés sur place. Mais quand quelqu'un empruntait des livres et les déposait sur sa table habituelle, les autres dépendaient de sa bonne volonté pour pouvoir les utiliser. Pour couronner le tout, c'était Max Römer, son camarade balafré, qui occupait la chaise juste derrière Therese.

Il souffrait d'un besoin maladif de se faire remarquer et savourait l'agacement avec lequel elle réagissait toujours à ses provocations.

— On a quand même le droit de donner son avis sur les événements politiques en cours ! maugréa-t-il en se laissant tomber sur sa chaise.

Ses camarades étaient de nouveau penchés sur leurs livres et leurs notes et personne ne lui prêtait plus la moindre attention, ce qui ne lui plaisait pas du tout. Au bout d'un moment, il sortit une petite blague de tabac à priser, en répandit sur le dos de sa main et en inspira bruyamment par chaque narine avant d'éternuer violemment. Therese prit une profonde inspiration et se retourna :

— Vous êtes obligé de faire tant de bruit ?

Römer n'attendait que cela. S'enfonçant dans son dossier, il croisa les bras :

— Il y a un problème, mademoiselle Trotha ?

Le premier jour, en constatant qu'on lui avait attribué la place juste derrière elle, elle s'était doutée de ce qui arriverait. Elle en avait presque regretté de l'avoir si vertement rabroué le matin même, lors de l'emprunt des livres, pour défendre Marie. Sa fidèle amie surgissait régulièrement pour lui proposer son aide, mais il ne se passait pas non plus une seule journée sans que Max Römer ne s'efforce de l'irriter. Furieuse, elle ouvrait déjà la bouche pour lui souffler de se taire, quand elle aperçut sur sa table un ouvrage au large dos noir : *Commentaire de J. von Staudinger sur le Code civil allemand §§ 705-740 (Droit des sociétés)*. C'était exactement le volume dont elle avait tant besoin pour son étude de cas. Römer l'avait-il depuis le début ? Elle l'ignorait. Son état psychique oscillait ces jours-là entre une surexcitation maniaque et une sensation de semi-anesthésie. Elle avait passé en revue toutes les tables plusieurs fois, à la recherche des deux exemplaires disponibles, et n'en avait trouvé qu'un seul. Le camarade qui l'avait emprunté jurait en avoir besoin en permanence et restait chaque jour à sa place jusqu'à ce que tous soient mis à la porte. Elle avait posé la question à la bibliothécaire plusieurs fois, mais le second exemplaire demeurait introuvable. Et voilà qu'il réapparaissait justement sur la table de Max Römer.

Elle changea aussitôt de tactique.

— Non, au contraire, monsieur Römer, dit-elle doucement et calmement, malgré le dégoût qu'il lui inspirait. Je me demandais juste si je ne pourrais pas essayer le tabac à priser, moi aussi. (Elle désigna de la tête la petite boîte qu'il venait de refermer.) L'image en émail est très jolie, c'est un héritage ?

— Chut ! fit quelqu'un plus loin.

Römer ne put guère dissimuler sa surprise face à sa demande inopinée et à son amabilité. Il fut tellement pris au dépourvu qu'il hocha la tête et posa la boîte devant elle.

— Je peux ? chuchota Therese.

Il acquiesça, condescendant, d'un bref mouvement des paupières. Elle saisit prudemment la petite boîte du bout des doigts, comme si elle était d'une valeur inestimable, et la déposa sur la paume de sa main. Près d'elle, leur camarade aux cheveux roux toussota. La scène lui inspira une grimace d'écœurement.

— Ces deux anges baroques sont magnifiques ! murmura-t-elle.

Jusqu'à présent, Römer ne l'avait jamais considérée autrement que comme la victime de ses brimades quotidiennes, et ce compliment inattendu le laissa sceptique. Pourtant, sa vanité prit le dessus.

— C'était à mon grand-père.

— Chuuut ! insista un étudiant au fond de la salle.

— Il faut prendre grand soin de ce genre de choses, comme d'un trésor. Et puis, le tabac à priser, c'est si...

Elle chercha fébrilement un terme flatteur. Quand elle le trouva, elle décida de jouer le tout pour le tout, même si c'était un peu exagéré.

— ... si viril.

Il l'observa pendant plusieurs secondes. Son regard reflétait ce qu'il voyait : une souris grise insignifiante, au visage déformé, qui avait obtenu au dernier examen blanc la meilleure note dans toute l'histoire de la faculté de droit de l'université libre. Therese se demanda si elle pouvait oser lui emprunter le volume du Code civil. Lui aussi était indécis, ne sachant comment réagir à cette flatterie éhontée. Ils ouvrirent la bouche en même temps ; au même instant, une ombre tomba sur eux.

— Vous deux ! Je vous ai à l'œil depuis cinq minutes. Vous bafouez le règlement de la bibliothèque ; vous êtes exclus, avec effet immédiat.

C'était la chef bibliothécaire, l'air terriblement sérieuse.

— Désolée, marmonna Therese. Ça ne se reproduira plus.

— En effet ! Pas aujourd'hui ni demain, en tout cas. Rangez tous les deux vos affaires et sortez. Et ne revenez pas avant vendredi.

— Vous ne pouvez pas faire ça ! Nous préparons notre examen d'État !

Max Römer commençait à paniquer. Therese, elle, avait tout de suite compris que la bibliothécaire ne plaisantait pas. Sans un mot, elle rassembla ses notes.

— C'est de votre faute, mademoiselle Trotha ! On peut oublier l'examen, maintenant ! lui souffla Max Römer, furieux.

Sans répondre, elle se dirigea vers la sortie, tête basse. Ils devaient rendre leur mémoire le mercredi suivant. Si elle voulait avoir encore la moindre chance de réussir son examen, il fallait qu'elle trouve un autre moyen de se procurer le commentaire du Code civil sur les réglementations du droit des sociétés.

Gisela

Pour Gisela, les deux semaines suivant la libération de Felix passèrent lentement et douloureusement. Il se montrait froid et dédaigneux. On aurait dit qu'une épaisse paroi de verre s'était dressée entre eux, à travers laquelle ils pouvaient se voir mais pas s'atteindre. Le soir, quand elle rentrait tard, il tapait sans entrain à la machine les derniers paragraphes de son mémoire de fin d'études. Souvent, il n'était même pas là, et rentrait avec une haleine alcoolisée qu'elle sentait à des mètres. Elle dormait dans leur lit conjugal, lui sur le canapé. Jour après jour, sans passion, elle faisait ses heures chez Engelmann. Son cours du soir s'écoulait, insipide. Elle avait montré à Mme Becker le patron qu'elle avait confectionné d'après la photo du magazine, ainsi que la robe noire. Quand l'enseignante avait émis quelques critiques et l'avait encouragée à améliorer certains détails, Gisela n'en avait pas trouvé l'énergie. Il lui semblait que l'enthousiasme et l'euphorie qu'elle avait toujours ressentis quand il s'agissait de patrons et de modèles s'étaient évanouis.

Ce matin-là, une fois de plus, le temps refusait de passer. Elle regardait toutes les trente secondes la pendule de la salle de couture, mais les aiguilles semblaient collées.

— Tu as terminé le patron de base pour le pantalon ? demanda Traudel Engelmann depuis sa place. Nous devons les rendre au cours de ce soir.

Gisela hocha la tête sans se retourner.

— Oui. Toi aussi ?

Sa voix ne trahissait pas le moindre intérêt. Pourtant, Traudel ne se découragea pas.

— Pas encore. La partie arrière est plus difficile que je l'avais cru, tu sais... (Elle hésita à prononcer le mot, d'autant que leurs collègues les écoutaient.) ... sur les fesses, chuchota-t-elle.

— Oui, il faut éviter les plis, confirma Gisela. Je peux y jeter un œil à la pause déjeuner.

Elle se tourna vers la fille de son patron et se força à sourire. Elle se rendait compte qu'elle était désagréable avec tout le monde, et résolut de se ressaisir. Toutefois, quand elle pensait au cours du soir, elle se sentait oppressée par un poids inexplicable. Les descriptions de l'enseignante lui paraissaient assommantes. Elle ferma les yeux et prit une profonde inspiration. Rien ne l'intéressait, rien ne la mettait en joie.

À cet instant, une annonce radiophonique jaillit du bureau de Mme Helmer. Apparemment, celle-ci avait monté le son au point que des bribes de phrases filtraient par la porte entrebâillée.

« Marée humaine... vers la porte de Brandebourg... interminable défilé de manifestants... toute la largeur de l'avenue... »

Gisela leva la tête, les yeux rivés vers le bureau vitré.

— Que se passe-t-il ? s'enquit Traudel Engelmann.

Les autres couturières arrêtèrent aussi leurs machines ; certaines quittèrent leur place, s'approchèrent et tendirent l'oreille pour mieux entendre les déclarations de la radio des Alliés de l'Ouest. Même

M. Engelmann sortit de son bureau, s'approcha du poste Philetta jaune pâle posé sur une étagère derrière Mme Helmer et monta le volume à en faire crachoter le haut-parleur.

« Les manifestants des premiers rangs avancent bras dessus, bras dessous. “Ulbricht, Pieck et Grotewohl, que le diable vous emporte”, scandent plusieurs milliers de personnes d'une seule voix. Ils crient aussi : “On ne peut plus vivre comme ça, on veut des élections libres !” »

— Enfin ! s'écria une couturière.

— Chut ! fit Eva Riemann, la contremaîtresse, qui ne voulait pas en manquer une miette.

Gisela vit qu'elle s'était figée, pâle comme un linge. Elle se souvint qu'Eva Riemann habitait à Berlin-Est et passait tous les matins à l'Ouest en métro pour venir au travail. Elle se faufila entre les machines et lui effleura le bras.

— Vous ne vous sentez pas bien ?

— Mon mari… Il participe à la manifestation.

Le journaliste, hors d'haleine, poursuivait :

« Des véhicules de l'armée soviétique ont pris position devant la porte de Brandebourg. »

— Oh mon Dieu, non ! lança Mlle Schwan d'une voix hystérique à l'autre bout de la salle.

Un brouhaha se fit.

« Les soldats observent la situation, l'air neutre. Des membres de la police militaire britannique patrouillent du côté Ouest de la Porte, l'arme au poing. »

— Ils ne vont quand même pas se tirer dessus ! s'exclama une couturière plus âgée avant de se plaquer la main sur la bouche.

Gisela serra le bras d'Eva Riemann pour tenter de la rassurer :

— Je suis sûre qu'ils ne feront pas ça !

« La tension est palpable, l'air est électrique, il vibre littéralement, comme juste avant que la foudre frappe... », clama le reporter, sa voix se brisant presque.

Le haut-parleur grésillait à chacun de ses mots.

« La foule gronde ! Là ! Deux jeunes hommes apparaissent au sommet de la porte de Brandebourg ! »

Un murmure parcourut la salle de couture de la maison Engelmann, comme partout où, en République fédérale, un poste de radio diffusait la RIAS.

« Sous les yeux des soldats soviétiques, ils avancent à quatre pattes sur la plateforme et se dirigent vers le drapeau rouge trempé de pluie. En effet, ce n'est pas le quadrige qui surmonte la porte de Brandebourg, symbole de Berlin au cœur de la ville divisée, mais un mât de huit mètres où flotte le drapeau rouge. »

La tension qui émanait des commentaires du journaliste, racoleurs mais efficaces, envahit Gisela à son tour. Soudain, elle frémissait avec lui.

« Là ! Sur le toit de l'hôtel Adlon, une mitrailleuse soviétique prend position ! »

— Oh non ! s'exclama la petite Engelmann.

Elle planta ses ongles dans le bras de Gisela. Plusieurs couturières gémirent.

« Le jeune homme a un couteau à la main... En quelques coups, le chiffon trempé, emblème du régime du SED et de l'oppression soviétique, s'écroule au milieu de la foule. Les gens hurlent de joie. »

Engelmann leva les bras au ciel, Eva Riemann sauta au cou de Gisela, les autres femmes s'enlacèrent en jubilant, couvrant la conclusion du journaliste de la RIAS :

« Quelle sensation ! Les habitants de RDA s'insurgent contre le SED et pas un coup de feu n'est tiré ! Ce jour apportera-t-il le tournant tant attendu ? En tout cas, il entrera dans l'Histoire ! »

À 12 h 20, Anna pénétra au KaDeWe par l'entrée principale de la Tauentzienstraße. Elle avait hésité un instant, se demandant si elle devait prendre l'accès latéral de la Passauer Straße, comme le 19 février 1919, quand elle était venue poser sa candidature à un poste de vendeuse dans le célèbre grand magasin. Elle ne voulait pas attacher une trop grande importance à ce rendez-vous avec Emil Köstner. Pourtant, en s'habillant, elle avait ignoré cette résolution. Alors qu'elle portait d'habitude une jupe et un chemisier discrets, elle avait enfilé ce matin-là une robe cousue pour elle par Gisela. La jeune femme avait ignoré les protestations de sa mère, qui prétendait n'en avoir pas besoin.

Elle l'avait portée pour la dernière fois au mariage de sa fille. C'était un modèle beige à pois blancs, sans manches, avec un petit col rond. La jupe évasée lui arrivait juste au-dessus du genou et était agrémentée de fins plis creux. Elle avait argué être bien trop âgée pour une robe sans manches, surtout à pois ; elle n'avait plus trente ans, et même plus quarante. Puis, en se regardant dans le miroir, elle s'était tue. La robe n'était pas absolument parfaite, elle l'avait vu en l'enfilant : le petit col rond faisait une légère bosse sur la nuque, juste à côté de la fermeture Éclair, et la couture d'un des plis manquait d'exactitude. Anna ne se débarrasserait sans doute jamais du perfectionnisme inculqué par sa formatrice de la forêt de la Sprée, Mme Willnitz. Mais ce qu'elle voyait aussi, c'était le talent avec lequel sa fille avait cousu un modèle qui lui allait comme une seconde peau. Les pois blancs sur le tissu beige ne paraissaient pas exagérément juvéniles, ils étaient juste élégants, et elle se sentait habillée exactement comme il le fallait. L'image qu'elle aperçut en passant devant un des piliers à miroir du rez-de-chaussée n'était pas celle qu'elle avait d'elle-même depuis la fin de la guerre, une femme vieillie trop vite ayant mis de côté toute vanité féminine, comme un livre trop lu. Sa robe mettait en valeur sa silhouette toujours mince, et les plis creux de la jupe évasée donnaient une telle grâce à ses mouvements qu'elle ne put s'empêcher de tourner la tête vers le pilier suivant afin de voir son reflet encore une fois.

Anna traversa le rayon tissu, passant ici et là le dos de la main sur des étoffes qui l'attiraient, tâtant la matière, jugeant de sa qualité en une fraction de seconde. Elle n'avait pas le temps de s'attarder auprès des produits dont la délicatesse ou la solidité l'intéressait, car elle ne voulait pas faire attendre Emil Köstner. Pourtant, une profonde nostalgie enfouie en elle depuis des années remonta soudain, celle du maniement des cotonnades, tissus et toiles. Un univers dont elle avait un jour fait partie. En montant vers les étages supérieurs, elle prit conscience pour la première fois depuis longtemps de la popeline ferme de sa jupe qui frôlait le creux de ses genoux à chaque pas. Enfin, elle atteignit le niveau des bureaux et demanda à une jeune femme qui venait dans sa direction où se trouvait celui d'Emil Köstner.

— Notre directeur des achats ?

L'employée la dévisagea à travers des lunettes aux verres épais qui donnaient à ses yeux un air perpétuellement étonné. Quand Anna hocha la tête, elle répondit en pointant le pouce dans son dos :

— Au bout du couloir, vous ne pouvez pas le manquer.

Anna poursuivit, dépassa plusieurs bureaux et repensa au jour fatidique, trente-trois ans plus tôt, où elle avait été convoquée par Adolf Jandorf, le directeur de l'époque, le légendaire fondateur du KaDeWe. Ce jour-là, elle avait suivi le long couloir d'un pas lourd, terrifiée à l'idée d'entendre de sa bouche la confirmation de son renvoi. Tout ça parce qu'elle s'était servie d'une machine à coudre du service des retouches pendant sa pause déjeuner pour coudre une robe pour son amie Ella. Sa vie avait ensuite pris une tournure qu'elle n'aurait jamais crue possible, et sa maison de mode Liedke Couture avait vu le jour grâce à cet événement.

Anna s'approcha de la pièce d'angle en regardant autour d'elle. Alors que jadis, le couloir de l'étage de la direction était lambrissé de bouleau suédois à la douce odeur des forêts du Nord, les murs du bâtiment reconstruit n'étaient tapissés que d'un sobre papier peint à rayures. Près de la porte, dans une niche, une secrétaire assise à un bureau tapait sur une machine à écrire verte. À côté d'elle, un téléphone à cadran assorti de nombreuses touches. En voyant arriver Anna, elle leva la tête :

— Vous êtes Anna Liedke ?

— Oui.

— Je vous en prie, dit-elle en désignant la porte. M. Köstner vous attend.

Anna la remercia et enfonça la poignée. La porte était lourde. Ce n'était pas un battant ordinaire : sa face intérieure était revêtue de cuir jaune clair.

Emil Köstner était derrière un énorme bureau. Une odeur de tabac froid flottait dans la pièce, il tenait à la main une cigarette pas encore allumée.

— Anna ! s'exclama-t-il aussitôt en se levant pour faire le tour de la table. Quelle joie !

Ils se serrèrent la main en se dévisageant. Elle vit tout de suite que son costume anthracite avait été coupé sur mesure. Ses cheveux foncés, striés de quelques mèches grises, se raréfiaient sur le dessus et bouclaient légèrement dans la nuque, à l'inverse de la mode actuelle. À part deux rides profondes près des ailes du nez et les pattes d'oie autour de ses yeux, il n'avait guère changé. Son oreille droite manquante, perdue à la guerre, sautait bien sûr toujours aux yeux, même si la cicatrice de la brûlure, écarlate au début, était devenue blanche.

— Vous avez belle allure ! lui dit-il.

Anna s'étonna qu'il se montre si formel et la vous-soie ; c'était sans doute dû à son nouveau poste. Et elle savait que son compliment était un mensonge, même si sa robe lui allait à ravir. Elle aussi avait des rides, et son nez lui paraissait encore plus gros qu'avant, ses joues s'étant encore amincies. Elle refusait de teindre ses cheveux argentés mais s'était fait faire une mise en plis la veille ; sa coiffure ondulée, coupée au menton, formait un contraste flatteur avec ses traits sévères.

— Asseyez-vous, dit-il en désignant des fauteuils en teck aux coussins couleur pétrole. Puis-je vous offrir du thé, du café ?

Anna s'assit tout au bord d'un fauteuil et secoua la tête.

— Je ne veux rien, merci.

Il reprit la cigarette qu'il avait posée sur son bureau et demanda :

— Vous fumez ?

Puis, avant qu'elle puisse parler, il répondit lui-même à sa propre question :

— Non, bien sûr que non, cela ne vous irait pas.

Il brandit sa cigarette sans l'allumer.

— Moi, j'essaie d'arrêter.

Anna hocha la tête. Elle avait toujours apprécié Emil Köstner, son charme et sa gentillesse. Surtout, elle était impressionnée par sa ténacité et sa volonté, qui lui avaient permis de passer de simple vendeur du rayon boucherie à directeur de toute l'alimentation avant de devenir, après la reconstruction du magasin, directeur des achats du plus célèbre grand magasin d'Allemagne.

— Vous avez fait du chemin ! constata-t-elle.

Emil sourit et s'assit en face d'elle, lui aussi tout au bord du siège.

— J'ai eu de la chance. Quand Georg Karg, le directeur du groupe Hertie, a rouvert le KaDeWe en 1950, il a rappelé les anciens employés, enfin... (Il baissa la tête.) ... ceux qui restaient. Dont moi.

— Oui, une chance. Mais s'il vous a nommé directeur des achats, c'est grâce à vos compétences.

Il est toujours aussi modeste, pensa-t-elle.

— Il a lui-même été directeur des achats, vous le savez sans doute.

— Oui, je le connaissais. Pendant un temps, quand je fournissais le KaDeWe, je travaillais directement pour lui. Puis Ella est devenue directrice de la confection pour dames et je n'ai plus eu affaire qu'à elle.

Emil hocha la tête.

— Comment va-t-elle ? Theo m'a dit vous avoir rencontrées au restaurant en compagnie de votre charmante fille, qui lui a apparemment fait grande impression.

Anna ne put retenir un sourire.

— Merci, oui, c'est vrai que Gisela est charmante. Ella va bien. Elle travaille chez Gerson, maintenant, mais en tant que simple employée.

Ils poursuivirent ainsi leur conversation et Anna se vit confortée dans sa supposition qu'Emil ne l'avait invitée que pour la revoir, sans les intentions espérées par Gisela. Il aurait fallu un miracle pour qu'il pense justement à elle, après si longtemps, alors qu'il y avait aujourd'hui tant de jeunes créateurs de mode ambitieux et talentueux. Elle s'étonnait toutefois un peu qu'un membre de la direction s'octroie ainsi le loisir de papoter du bon vieux temps. Emil, aussi empathique que jadis, savait mettre à l'aise ses interlocuteurs. Ses mains étaient sans cesse en mouvement, et il avait des yeux vifs dont il connaissait parfaitement l'effet sur son entourage.

Ils discutèrent de leurs situations de famille respectives. Anna apprit qu'Emil avait perdu sa femme deux ans plus tôt, d'une maladie incurable, et qu'il n'avait pas d'enfant. Au bout d'une demi-heure, il lui sembla qu'ils s'étaient tout dit. Elle regarda machinalement sa montre et Emil demanda :

— Vous devez partir ? J'espère ne pas vous avoir retenue trop longtemps.

— Oh non, au contraire. Votre temps est bien plus précieux que le mien, et je pensais que...

Anna saisit les doigts de sa main gauche et les serra si fort qu'ils en blanchirent.

— Anna ! La raison pour laquelle je vous ai demandé de venir est la suivante...

Emil Köstner se leva, retourna à son bureau et fouilla une pile de papiers.

— Les anciennes archives du KaDeWe ont hélas été détruites par l'incendie de 1943. Ma secrétaire a trouvé votre adresse dans l'annuaire.

Ayant repéré ce qu'il cherchait, il sortit un vieil article de journal d'une pochette et revint vers elle.

— Vous le savez sans doute mieux que quiconque : la mode, surtout pour dames, n'est pas exactement ma spécialité. Mon métier, comme à l'époque, c'est plutôt l'alimentation.

Quand Anna vit la photo de la coupure de presse, un picotement lui envahit les entrailles.

— Je vais être honnête avec vous. Les acheteurs du groupe Hertie me font la vie dure, et parfois, en matière de mode et de tissus, j'ai un peu l'impression de me faire avoir. Ils passent des commandes en grandes quantités, me mettent devant le fait accompli, et il y a des invendus. Ma directrice de confection veut des grands noms, Christian Dior ou Heinz Oestergaard, pour imposer notre présence sur le marché face à Horn ou Gerson, et… (Il se rassit au bord du fauteuil, en face d'Anna.) … et moi, je manque des compétences nécessaires pour réagir correctement.

Il pencha la tête et brandit le papier jauni. La photo montrait une belle femme dans un chemisier scintillant à manches mi-longues, avec des biais au col.

— Tenez. Ma secrétaire a trouvé ça quand je lui ai demandé de constituer un dossier sur Anna Liedke Couture.

— Un *dossier*[1] ? répéta Anna.

Ce mot étranger prit dans sa bouche une sonorité ampoulée.

— Juste quelques recherches ; ce corsage a même fait une apparition dans le journal. Vous vous souvenez ?

Bien sûr qu'elle s'en souvenait ! Pourquoi avait-il fallu que sa secrétaire déniche précisément cette photo ? On y voyait la réalisatrice de films Petra Berger vêtue d'une création d'Anna à l'occasion d'une remise de prix. La légende de la photo citait même le nom de Liedke Couture, que Berger avait apparemment indiqué pendant l'interview. À cette vue, Anna fut prise de sentiments mêlés. D'un côté, cela avait été un immense succès : après la première du film, le KaDeWe avait vendu des milliers d'exemplaires du célèbre chemisier doré de Petra Berger. Mais la carrière de celle-ci était étroitement liée aux pontes du régime nazi, et à bien y repenser, ce succès avait

1. En français dans le texte.

aussi été ce qui, au bout du compte, avait poussé Anna à fermer boutique.

— C'était en 1935 ! Une époque bien sombre pour nous tous. Cela remonte à près de vingt ans, faut-il vraiment déterrer ça aujourd'hui ? demanda-t-elle, plus à elle-même qu'à son interlocuteur.

D'un geste brusque, elle rendit l'article de journal à Emil. Celui-ci la fixa un instant, puis se leva et rangea la coupure de presse dans son dossier. Il se retourna et s'appuya à son bureau.

— Ce qui m'intéresse, ce n'est pas ce que Mme Berger a fait à l'époque ni ce qu'elle représentait. Ce qui m'intéresse, ce sont vos compétences. Je voulais seulement en apprendre davantage sur votre... maison de mode de l'époque, et sur vous. C'est que j'ai une idée, voyez-vous !

Voilà qu'il va me demander de refaire des modèles pour le KaDeWe, pensa-t-elle. Instinctivement, elle se redressa, carra les épaules. Est-ce que j'en ai envie ? Est-ce que j'en serais même capable ? Cette réflexion éveilla en elle un écho auquel elle n'était pas préparée. Elle se leva sans savoir pourquoi, les genoux flageolants.

— Je voudrais vous engager comme conseillère, Anna.

— Comme conseillère ?

Elle se rassit lentement.

— J'ai longtemps réfléchi et j'en suis venu à cette conclusion : il me faut quelqu'un doté de connaissances précises et d'un excellent sens de la mode, qui ne poursuive pas d'intérêts personnels, et en qui je puisse avoir confiance.

Les pensées s'entrechoquèrent dans la tête d'Anna pour se concentrer sur une seule personne, un seul nom.

— Ella, dit-elle. Oui, vraiment ! Vous devriez demander à Ella. Elle est bien plus au fait de la mode actuelle, elle connaît toutes les nouveautés, les envies des clientes d'aujourd'hui, elle serait mille fois plus adaptée que moi pour ce travail.

Emil Köstner la regarda quelques secondes en silence avant de reprendre.

— Mais ce n'est pas Ella que je veux, Anna. C'est vous. (Il s'écarta de son bureau.) Réfléchissez-y. Et quand vous aurez pris une décision, appelez-moi.

Il tendit la main derrière lui et attrapa une carte de visite, qu'il lui tendit.

En sortant, Anna s'étonna que la secrétaire ne soit pas à son bureau. Sans doute était-elle partie déjeuner. Plus loin dans le couloir, elle tomba sur une grappe d'employés qui, regroupés autour d'une porte ouverte, écoutaient la radio d'un air grave. Certains avaient la main plaquée sur la bouche et les yeux écarquillés. La secrétaire d'Emil Köstner était là aussi. Anna s'arrêta près d'elle.

« Des cliquetis de chaînes et des grondements de moteurs envahissent les rues de Berlin-Est, hurlait une voix dans le poste. Des chars soviétiques arrivent de partout et se ruent vers la foule des manifestants sur la Potsdamer Platz, à droite, à gauche, devant, derrière. Les canons sont braqués sur les gens, la menace est palpable ! »

— Oh mon Dieu ! s'écria une voix derrière Anna.

Elle se retourna et reconnut la jeune femme aux grosses lunettes qui lui avait indiqué le bureau d'Emil Köstner. Elle aussi venait de rejoindre le petit groupe d'auditeurs.

— Des chars soviétiques ? demanda Anna en sentant ses mains trembler. Enfin, que se passe-t-il ?

— Des manifestations dans toute la RDA ! lui souffla-t-on. Et maintenant, ils les répriment.

« Dans la panique, les gens courent en tous sens, se réfugient derrière des voitures garées ou contre des murs, mais un jeune homme ne parvient pas à s'échapper, les chaînes d'un char le happent, il est écrasé ! »

Autour d'Anna, on s'exclama : « Non ! » et « Quelle horreur ! ».

« Des coups de feu éclatent. La police du peuple et les soldats soviétiques tirent sur la foule au pistolet et à la mitrailleuse. »

— Pourtant les policiers du peuple sont allemands, marmonna un homme en manches de chemise, juste devant Anna, en secouant la tête d'un air incrédule. Des Allemands qui tirent sur des Allemands ! C'est incroyable !

« Certains blessés restent à terre, mais... là ! Un homme grimpe sur un char, frappe le canon avec une latte en bois... Il brise l'antenne radio et... »

La voix du journaliste s'éteignit. On n'entendit plus qu'un grésillement, puis la retransmission fut interrompue. Les auditeurs s'entre-regardèrent, abasourdis.

— Ils sont complètement fous ! Je me demande comment tout ça va finir ! dit la secrétaire. Mon frère habite de l'autre côté, à Prenzlauer Berg, j'espère qu'il n'y était pas.

Presque tous avaient des parents ou des amis à Berlin-Est ou ailleurs en RDA, l'inquiétude était palpable. Une voix féminine jaillit du poste de radio et annonça que la diffusion en direct depuis la Potsdamer Platz avait dû être interrompue temporairement. De la musique suivit, et quelqu'un éteignit le poste. Les employés du KaDeWe avaient besoin de discuter de ces événements, personne n'était en état de reprendre ses tâches quotidiennes.

Anna se dirigea à pas lents vers la sortie en pensant à ce qu'elle venait d'entendre. Tous ses frères et sœurs étaient passés à l'Ouest. Seule une personne ayant compté pour elle était restée à l'Est. Erich, son seul ami d'enfance, son premier amour, Erich qui était mort depuis près d'un an déjà. Elle ne l'avait que peu revu, bien trop rarement.

— L'insurrection n'a eu lieu qu'à Berlin ? demanda-t-elle à la jeune femme aux épaisses lunettes.

Celle-ci haussa les épaules, désemparée, et un homme près d'elle répondit :

— Il paraît qu'ils ont manifesté dans presque toutes les grandes villes de RDA, Leipzig, Halle, Mersebourg, Brandebourg, et à la campagne aussi.

— Il y a même des écoliers, des étudiants, des femmes au foyer et des retraités qui ont rejoint les travailleurs, précisa une autre femme avant de retourner dans son bureau.

S'il avait encore été en vie, Erich se serait-il joint aux hommes qui s'étaient lancés contre les chars armés de bâtons ?

— Quelle tragédie, dit Pim.

Elle se dirigeait vers la station de métro avec Gisela et Traudel Engelmann. C'était une des plus longues journées de l'année mais la nuit commençait à tomber. Le coin de ciel visible au-dessus des immeubles s'était teinté de rouge entre les nuages épars, annonçant du beau temps pour le lendemain. Gisela, sentant un souffle d'air sur ses bras nus, enfila son gilet.

— Et pourtant, ce matin, on aurait dit qu'ils allaient y arriver. Vous vous imaginez ça : l'unité ! Ça aurait tant signifié pour nous tous !

Gisela trébucha sur un pavé disjoint et serait tombée si Pim ne l'avait pas rattrapée par le bras d'une poigne ferme, masculine.

— Attention ! fit Traudel en lui prenant l'autre bras. Il ne manquerait plus que tu te casses quelque chose un jour pareil.

Gisela s'arrêta, s'appuya à Pim pour ôter son escarpin bleu foncé et en observa la pointe écornée.

— Quelle poisse ! C'était ma meilleure paire, en plus.

— Tu arriveras sûrement à ravoir ça avec un peu de cirage, fit Traudel.

— Tu crois ? Je ne peux vraiment pas m'acheter de nouvelles chaussures en ce moment.

Elle se rechaussa et elles poursuivirent leur chemin en silence. Gisela se rendit soudain compte que les autres devaient la trouver bien geignarde. Qu'importait une chaussure abîmée par rapport aux morts et aux blessés de cette journée. Lorsqu'elle exprima sa pensée à voix haute, Pim et Traudel renchérirent, presque à l'unisson :

— C'est vrai !

— Quand ce général russe, ce Semionov, a décrété l'état d'urgence, ça a été comme un permis de tuer pour les Soviets. Foncer en char sur la population civile, c'est complètement inhumain, s'emporta Pim.

— Le pire, pour moi, c'est qu'il y a aussi eu des Vopos allemands qui ont tiré, la police du peuple, renchérit Gisela.

— Allez, Gilleken, il faut marquer le deuil de cette journée sinistre. Allons boire un coup, je te paie un gin-fizz au Paris Bar. La Kantstraße n'est pas loin.

— Au Paris Bar ? répéta Gisela, effarée. Qu'est-ce qui t'a donné cette idée ?

— C'est sympa, j'y vais souvent avec Hatmut. Et si on a de la chance, son Dieter paiera la note, il gagne bien sa vie avec son agence de presse. Ou Kasimir... Ou un autre gentleman.

— Je ne sais pas. Je suis fatiguée, et Felix m'attend sûrement déjà…

Soudain Gisela prit conscience que, ces deux dernières semaines, son mari était souvent rentré très tard et un peu éméché. Il n'était pas le seul à savoir faire la fête.

— C'est d'accord ! dit-elle.

Le visage de Pim s'éclaira.

— Super ! Tu vas voir, ça va te plaire. Même si l'ambiance ne sera sûrement pas très gaie, aujourd'hui.

Gisela se tourna vers Traudel, qui avait suivi leur conversation avec un peu d'embarras.

— Tu viens aussi ?

Elle secoua la tête, manifestement déçue de devoir refuser.

— Je n'ai pas le droit, hélas. Mes parents sont plutôt sévères, il faut toujours que je rentre directement à la maison après le cours.

— Désolée, dit Gisela. La prochaine fois, peut-être, si on demande d'abord l'autorisation à ton père…

Traudel leur adressa un signe de tête et se dirigea vers le métro. Pim prit le bras de Gisela pour l'entraîner, et en avançant ainsi dans le soir qui tombait sur Berlin, celle-ci sentit un peu de l'énergie et de l'élan de son amie la gagner. Pim parlait sans interruption, expliquant que le bar appartenait à un ancien chef cantinier de l'armée française, d'où son nom, et qu'un public haut en couleur s'y retrouvait quotidiennement, dont des étudiants de l'école d'arts voisine de la Hardenbergstraße.

De loin déjà, elles virent des lumières jaunes briller à travers le feuillage des lauriers plantés dans des bacs, devant le restaurant, et entendirent le brouhaha des nombreux clients qui débordaient jusque sur le trottoir et dans la rue.

— J'ai rarement vu autant de monde, commenta Pim alors qu'elles se frayaient un passage vers l'intérieur. Et il ne fait même pas un temps à sortir.

Elle salua de la tête quelques connaissances. Les conversations tournaient autour de l'insurrection à l'Est. Tous semblaient touchés par ces événements et ressentaient le besoin d'en parler. Quand elles approchèrent du comptoir, le spectacle qui s'offrit à elles laissa Gisela bouche bée. Hatmut, très garçonne en ample chemise d'homme et pantalon corsaire, était assise sur un tabouret de bar autour duquel se tenaient Dieter, Günther et Felix. Tous quatre levèrent leurs verres d'eau-de-vie pleins à ras bord, et Günther porta un toast :

— À nos frères de l'Est, les pauvres diables ! À l'insurrection !

— À l'insurrection ! répétèrent les autres, l'air presque pensifs, avant de boire.

Même Hatmut vida son verre cul sec. Elle était à la fois délicate et garçon manqué, un mélange qui semblait plaire aux hommes. La colère de Gisela monta. À la maison, Felix jouait les malheureux, se prétendait profondément blessé, l'accusait d'avoir eu une liaison avec Günther, mais ici, il se saoulait avec ses copains.

— Gilleken ! s'écria Günther en voyant les deux jeunes femmes. En voilà une surprise, pas vrai, Kasimir ?

Felix, visiblement mal à l'aise d'être ainsi pris sur le fait, fit toutefois mine de se réjouir de voir Gisela, l'attira à lui et lui posa un baiser furtif sur la joue.

— Votre cours du soir est déjà fini ?

— Enfin du renfort féminin ! s'exclama Hatmut, faussement réjouie, en levant les bras.

— Que boivent ces dames ? s'enquit Günther.

— Gin-fizz ! répondit aussitôt Pim.

— Il est vraiment temps que vous nous expliquiez pourquoi vous vous appelez mutuellement Kasimir, reprit Hatmut.

On voyait bien qu'elle regrettait de devoir soudain partager l'attention des garçons. Günther eut l'air surpris.

— Pourquoi on s'appelle Kasimir, Kasimir ? Tu t'en souviens ?

Felix se posa une main sous le menton, l'air de réfléchir intensément, et Gisela sentit à quel point sa proximité lui manquait, sa tendresse. Elle l'aimait tant, l'avait-il oublié ?

— Kasimir, l'artisan de paix ! dit-il au bout d'un moment.

Ses yeux brillaient d'une lueur amusée qu'elle n'y avait pas vue depuis longtemps.

— Ah bon ? firent les autres.

— En fait, moi, j'ai cherché dans un dictionnaire ; ça vient du polonais et ça signifie « fauteur de troubles », objecta Pim.

— Ah non ! s'exclama le chœur.

— Ça va très bien à Günther, conclut Hatmut en piquant à celui-ci son paquet de cigarettes, dans sa poche poitrine.

Gisela demanda doucement à Felix :

— Tu as des nouvelles de Klaus ? Il n'a pas eu d'ennuis dans le chaos, là-bas ? J'ai entendu dire qu'à certains endroits, la foule a lynché des fonctionnaires du parti.

Felix lâcha aussitôt le petit rire amer qu'elle avait entendu pour la première fois le jour de sa libération.

— Monsieur mon frère, avoir des ennuis ? Tu entends ça, Kasimir ? (Il regarda les autres, l'air d'attendre leur approbation.) Il aura su se tirer d'affaire, il a toujours eu le chic pour ça !

Gisela l'observa de côté. Elle ne lui connaissait pas un tel cynisme et ne comprenait pas son comportement. Le barman apporta trois verres à Günther, qui les distribua aux jeunes femmes, et Dieter resservit les hommes en eau-de-vie.

— Bon sang, ils étaient à ça près ! s'exclama-t-il en écartant le pouce et l'index d'un centimètre. Ils ont failli réussir à se libérer, à réunifier l'Allemagne. Tu aurais récupéré tes terres, Felix, et nous les maisons de nos parents.

— Ils ont laissé passer leur chance, ajouta Hatmut.

— Laissé passer leur chance ? contra Günther, visiblement toujours bouleversé. Qu'auraient-ils pu faire quand les chars se sont mis à rouler vers eux ? Il aurait fallu être fou pour continuer à avancer.

Il vida son eau-de-vie d'un coup et fit aussitôt signe au barman de servir une nouvelle tournée. Puis il se retourna vers Hatmut.

— Crois-moi, je sais de quoi je parle. J'étais à Stalingrad.

— Saloperie de communistes ! lancèrent Felix et Günther d'une seule voix avant de vider de nouveau leurs verres.

Les trois jeunes femmes buvaient à la paille. Un jeune homme se tourna vers eux, brandit le poing et lança :

— Le communisme réel a vaincu !

On le dévisagea. Personne ne savait s'il était sérieux ou faisait juste une mauvaise blague, mais Günther ne pouvait pas laisser passer une telle déclaration. Il se dressa aussitôt face à l'autre, qui faisait pourtant une demi-tête de plus que lui, les mains sur les hanches, le menton tendu vers l'avant en une pose combative.

— Tiens donc ? Tu es communiste, toi ? Tu ferais mieux de passer à l'Est.

— Oui, file dans la Zone, tu y seras chez toi ! renchérirent Felix et Dieter.

Günther avança encore d'un pas, touchant presque le menton de l'autre du bout de son nez. On voyait son torse s'élever et s'abaisser frénétiquement.

— Fais quelque chose, souffla Gisela à Pim, sinon il va encore y avoir une bagarre.

Comme au ralenti, Pim quitta son tabouret, se pencha en avant et murmura quelque chose à l'oreille de Günther. Durant une éternité, personne ne bougea. Günther regardait au loin, par-dessus l'épaule de son adversaire. Les autres retenaient leur souffle. Tous savaient à quel point il pouvait se montrer irascible. Après les nouvelles des événements de l'Est, principal sujet de conversation ce soir-là, l'ambiance était si électrique qu'une étincelle aurait suffi à mettre le feu aux poudres. Gisela fut étonnée de voir Günther se laisser distraire aussi aisément de ses idées belliqueuses : il se détourna, tout simplement. L'autre ne semblait pas non plus vouloir se battre, et on en resta là. Gisela et Pim poussèrent un soupir de soulagement.

Günther commença à raconter une blague, à haute et intelligible voix.

— Vous savez quand on peut acheter un maillot de bain, en RDA ?

Tout le monde se tut.

— Réponse du fonctionnaire : Camarade, dès que la nouvelle carte à points sortira, tu auras ton maillot !

Quelques rires épars fusèrent, encourageant Günther à poursuivre.

— Et ce sera quand ? Le fonctionnaire : Début ou mi-décembre !

Les rires s'accentuèrent, tout le monde pensant que la blague était finie, mais Günther eut un geste d'apaisement et conclut :

— Une minute, une minute ! Si tard que ça ? Le fonctionnaire : En été, on distribue le bois de chauffe de l'hiver d'avant !

La moitié des clients éclatèrent de rire. Le jeune homme qui, un instant plus tôt, brandissait encore le poing pour défendre le communisme avait disparu.

— Qu'est-ce que tu lui as dit ? s'enquit Gisela à voix basse.

Pim haussa les épaules.

— Je lui ai juste signalé les trois costauds qui accompagnaient le type et je lui ai demandé s'il voulait se faire casser son joli nez ce soir ou s'il préférait venir se baigner au Wannsee avec moi demain. (Elle fit un clin d'œil à son amie :) Il ne m'a encore jamais vue en maillot de bain.

Gisela jeta la tête en arrière et éclata de rire.

— Tu es fantastique, Pim !

— Enfin, il y a au moins une bonne chose, vu la manière dont les choses se sont finies aujourd'hui, Kasimir, reprit Günther. Comment on gagnerait notre vie, à l'avenir, si la zone d'occupation soviétique n'était plus une zone d'occupation soviétique ?

Gisela dévisagea Günther, effarée. Comment pouvait-il dire une chose pareille alors que Felix venait de passer une semaine en détention préventive justement à cause de leurs « affaires », comme il disait ? Mais le pire fut la réaction de celui-ci. Il hocha la tête, donna une claque sur l'épaule de son ami et répondit :

— Tu l'as dit, Kasimir !

Therese

Le temps commençait à presser. Dans exactement douze heures, elle devrait faire appliquer sur son mémoire terminé la date du jour, au guichet de poste de nuit, et l'envoyer au bureau des examens. Elle était une des dernières. Certains avaient déjà remis leur travail en mains propres la veille, aux heures d'ouverture du bureau.

Dans la chambre de Therese, Marie tapait à la machine, le manuscrit près d'elle. Elle tapait maladroitement et très lentement, à deux doigts. Therese, assise par terre au milieu de ses notes, rédigeait les dernières pages de son mémoire. Elle avait les nerfs en pelote, sa fébrilité frôlait l'hystérie. Elle arracha la page de son bloc, la roula en boule et la jeta en direction de la corbeille à papier, autour de laquelle gisaient déjà d'innombrables feuilles froissées.

— Tu sais quoi ? dit-elle.

Marie cessa de taper et se tourna vers elle.

— Je crois que je ferais mieux d'aller à la cuisine pour continuer à écrire.

— Je peux y aller, moi, ça ne me dérange pas.

Marie quittait déjà sa chaise, soulevant la machine à écrire de voyage pour se diriger vers la porte.

— Tu m'ouvres ? fit-elle en désignant la poignée de la tête.

Therese se leva.

— C'est plus facile pour moi de changer de place que pour toi, avec toutes tes notes.

Therese ne protesta pas. Elle n'était pas en état de réfléchir à ce genre de contingences matérielles. Elles suivirent le couloir l'une derrière l'autre et Marie reprit :

— Tu en es où ? J'ai presque fini la dernière page que tu m'as donnée.

Marie posa la machine sur la nappe cirée à carreaux de la cuisine et s'assit. Elle releva la tête et, à la lumière du soleil de midi qui entrait par la fenêtre, vit à quel point son amie, dans l'encadrement de la porte, était blême. Ses cernes étaient encore plus sombres que d'habitude. Elle était visiblement à bout de forces.

— Oh, Marie ! s'exclama Therese en appuyant ses paumes sur ses yeux. Je ne sais plus quoi faire. J'écris et j'écris en étant certaine d'avoir choisi la mauvaise solution. Pourtant, je ne trouve aucune décision judiciaire ni aucun point de vue académique qui soutienne ce que je crois vraiment. (Elle désigna la pendule :) Le temps file ; je sais qu'avec ce mémoire, je peux au mieux réussir l'examen mais jamais obtenir plus que « Suffisant ».

Marie rejoignit son amie et lui posa un bras sur les épaules.

— Allez ! Tu ne vas pas abandonner maintenant. Peut-être que tu auras une meilleure note que ça. Et sinon, tu leur montreras de quoi tu es capable lors des examens sur table.

Elle entraîna Therese à l'intérieur de la pièce et la fit s'asseoir sur la seconde chaise.

— Écoute ! Je vais nous faire un café bien fort, et tu verras, tes idées vont se remettre à bouillonner.

Elle se détourna, remplit la bouilloire au robinet et constata qu'elle ne savait pas se servir de la cuisinière électrique que Leo avait achetée lors de son emménagement.

— Comment ça marche ? demanda-t-elle. Tante Ruth n'est pas si moderne.

— Tourne simplement à fond un des boutons noirs, sur l'avant. Le premier est pour la plaque de cuisson en bas à gauche.

Marie s'accroupit devant l'appareil.

— Et ça chauffe tout seul ? Sans flamme ?

Elle tourna le bouton et posa la main sur la plaque noire.

— Tu es folle ? (Therese bondit, lui saisit le bras et l'éloigna de la cuisinière.) Ça va à toute vitesse, tu vas te brûler !

Soudain, Therese s'agrippa aux épaules de son amie et éclata en sanglots.

— Oh, Marie, je n'y arriverai jamais. Wulff avait sûrement raison de dire que les femmes ne sont pas faites pour étudier le droit !

— Ce Wulff est un abruti ! s'exclama une voix dans le couloir.

Les deux jeunes femmes firent volte-face. Leo était debout sur le seuil, sa robe d'avocat sur le bras. Il haletait, ayant manifestement monté les marches quatre à quatre. Il ouvrit sa mallette et en sortit un livre relié de noir, au titre imprimé en jaune, qu'il posa sur la table avec un claquement sonore.

— *Commentaire de J. von Staudinger sur le Code civil allemand §§ 705-740 (Droit des sociétés)*, lut-il à voix haute. C'est bien le volume que tu cherchais ?

Therese prit une profonde inspiration. Pleine de révérence, elle saisit l'ouvrage et le serra contre son cœur comme un ami longtemps perdu de vue.

— Comment tu as fait ?

— Si tu veux tout savoir, je l'ai emprunté à un confrère qui représente de nombreuses petites entreprises.

— Et il l'a dans son cabinet ? demanda Therese, impressionnée.

Elle ouvrit le livre et chercha le prix.

— Ça coûte une fortune !

— Il semble que pour lui, l'achat en valait la peine. (Leo s'adossa au placard à balais.) C'est incroyable que ce volume ne soit trouvable dans aucune des bibliothèques publiques de Berlin, pas même celle du tribunal de grande instance. (Il se passa la main sur le menton.) On dirait presque que quelqu'un l'en a éliminé à dessein.

Marie et Therese se regardèrent en silence, l'air de penser la même chose. Wulff serait-il vraiment allé si loin ? Marie secoua lentement la tête et dit :

— Venant de lui, ça ne m'étonnerait pas.

Leo eut l'air d'attendre une explication, mais aucune des deux jeunes filles ne semblait avoir l'intention de l'éclairer.

— Bref ! Je n'ai pu l'emprunter qu'aujourd'hui parce que mon confrère était parti à un procès, à Karlsruhe.

— À Karlsruhe ! répéta Therese, avec vénération. À la Cour fédérale ?

— Exactement.

Therese avait repris des couleurs. Elle sauta au cou de son père et lui planta un baiser sur la joue.

— Tu es mon sauveur ! Merci mille fois, paps.

Il resta planté là, embarrassé, leva les mains comme pour enlacer sa fille, puis s'abstint. Pourtant, on voyait que sa reconnaissance le touchait.

— Au travail, maintenant. J'espère que tu trouveras un jugement adapté. L'heure tourne...

Alors qu'il était sur le point de quitter la pièce, il désigna la plaque de cuisson qui rougeoyait déjà.

— Et éteignez la cuisinière !

À 23 h 50, elles couraient sur le parvis désert de la station Zoo. La lumière des lampes de la gare tombait à travers les hautes fenêtres de la halle. Therese serrait dans sa main l'enveloppe brune au précieux contenu. Elle avait réécrit les dernières pages de son étude de cas après avoir trouvé dans le livre fourni par son père des extraits d'une décision du tribunal impérial confirmant l'interprétation juridique sur laquelle elle avait basé son mémoire. Le temps pressant, elle avait dû la citer à l'aveugle, sans pouvoir inclure la décision d'origine. Cela comportait un certain risque, qu'elle décida d'assumer. C'était toujours mieux que de donner une réponse dont elle doutait. Elle avait tapé la fin du texte elle-même, étant plus rapide que Marie à la machine. Tout cela avait pris beaucoup de temps, et elles avaient sous-estimé le trajet jusqu'au guichet de nuit. À présent, chaque seconde comptait.

— On s'empêtre tellement, dans ces jupes longues..., souffla-t-elle.

Elle essaya de relever le tissu au-dessus de ses genoux pour faire de plus grands pas.

Au même instant, elles entendirent quelqu'un arriver au pas de course dans leur dos, bien plus rapide qu'elles. Elles tournèrent la tête mais, à la lumière chiche des lampadaires, ne distinguèrent qu'une silhouette massive qui se précipitait vers elles. Alors qu'elles se demandaient encore ce qui se passait, perplexes, l'enveloppe fut arrachée des mains de Therese.

— Hé ! hurla-t-elle. Arrêtez-vous !

L'homme poursuivit son sprint et s'engouffra dans la gare. Marie et Therese s'arrêtèrent, désespérées, à bout de souffle, les mains sur le ventre.

— Allez, on y va ! dit Marie, se reprenant la première. On va l'avoir !

Elle se lança à sa poursuite.

Therese était paralysée par son point de côté. Elle se pencha en avant, les larmes lui dégoulinant sur les joues. Tout était perdu ! Tous ses efforts des dernières semaines avaient été vains, elle avait fait des études pendant des années pour rien. Elle prit lentement conscience de son échec, de l'ampleur de la catastrophe et de ses conséquences sur sa vie future, qui l'entourèrent peu à peu comme un nuage sombre. Elle tomba à genoux et donna quelques coups de poing sur l'asphalte rugueux, jusqu'à en avoir mal à la main.

C'est ainsi que Marie la trouva en revenant de la gare.

— Therese ! s'écria-t-elle en lui posant la main sur l'épaule. M. Knopp a eu la gentillesse de remettre ton enveloppe au guichet. Je crois que sans lui, on n'y serait jamais arrivées.

Therese releva la tête.

— Tenez, fit le boxeur en lui tendant un petit ticket de sa main valide. C'est le reçu du recommandé. Gardez-le bien ! L'heure y figure : 23 h 58. Une minute avant le mien. On a tous les deux remis notre mémoire dans le délai imparti.

Gisela

— Maman ! Tu retournes au KaDeWe, et à l'étage de la direction, en plus !

Gisela joignit les mains sur sa poitrine et se figea, comme en prière devant la statue d'un saint.

— C'est trop beau pour être vrai.

Quelle nouvelle, après n'avoir pas vu sa mère pendant plus d'un mois !

— Pourquoi ne m'as-tu pas appelée tout de suite ?

Elle se rendit compte elle-même de l'étrangeté de cette question ; habituellement, c'était sa mère qui lui demandait de ses nouvelles.

Anna avait préparé le nouveau plat préféré de sa fille : des bouchées à la reine.

— Tu me passes la sauce Worcester ? demanda Gisela.

Anna lui tendit le flacon ; elle jeta quelques giclées de sauce brune sur son ragoût de veau. Le parfum épicé lui emplit les narines. Elle mélangea le tout avec son riz.

— Les vol-au-vent te plaisent ? s'enquit Anna sans réagir à la remarque de Gisela.

Celle-ci hocha la tête, la bouche pleine, et répondit ensuite :

— Un délice !

— C'est que je ne les ai pas faits moi-même : depuis peu, on les trouve tout prêts chez le boulanger, il suffit de les faire dorer un peu au four. (Elle piqua la pâte croustillante du bout de sa fourchette.) Je les trouve plutôt bons.

— Ils sont exquis, maman, presque meilleurs que les tiens !

— Meilleurs ? Vraiment ?

— Mais dis-moi, comment s'est passé ton entretien avec M. Köstner, et quelle est son offre ? Raconte-moi tous les détails !

Anna se mit à relater l'entrevue ; Gisela était suspendue à ses lèvres, avide d'en savoir toujours plus sur ce qu'elle considérait comme la porte d'entrée vers le grand monde de la mode. Une fois qu'elle eut terminé, la jeune femme chuchota, d'un ton plein de vénération :

— Incroyable !

Elle regarda sa mère, jupe discrète, tablier blanc et chemisier, assise dans la cuisine de son modeste appartement de location de Neukölln. Il n'avait pas changé depuis trente ans. Le vieux garde-manger, le poêle à charbon, le banc en bois usé devant la petite fenêtre sur cour où Gisela, Anita, Regina et Matthias s'asseyaient jadis pour faire leurs devoirs. Autant qu'elle le sache, jamais Anna n'avait renouvelé ou ajouté un seul meuble, un seul appareil de cuisine. Et c'était *elle* qui allait devenir conseillère du directeur des achats du KaDeWe. On aurait dit un conte de fées.

— Tu commences quand ?

Anna reposa sa fourchette et regarda ses mains.

— J'ai longtemps réfléchi et j'en suis venue à une conclusion : d'abord, je suis trop vieille. Ensuite, ce n'est pas ce que j'ai envie de faire.

— Maman ! s'écria Gisela. Tu n'es pas sérieuse. Une offre pareille, ça ne se refuse pas.

Anna releva la tête.

— Laisse-moi donc finir.

Quand elle fut certaine que sa fille l'écoutait, elle reprit :

— Cependant, depuis que Lotte et ses enfants sont partis, tout est désert et trop calme, ici. On était un peu à l'étroit, c'est vrai, et ta belle-mère n'est pas toujours facile...

Gisela hocha la tête.

— Je veux bien te croire. C'était vraiment généreux de ta part de les laisser habiter ici aussi longtemps.

Anna versa à son tour de la sauce sur son ragoût et mélangea à la fourchette.

— Ce n'était rien du tout. Et puis, ça me faisait de la compagnie. Maintenant, je suis seule.

Gisela garda le silence et Anna poursuivit :

— Quand j'ai vu le rayon tissu, cette abondance renouvelée et tout ce choix, j'ai compris que j'aimerais vraiment y revenir. Toutes ces étoffes, ces coupes, la mode dans son sens le plus large... À une époque, cela faisait partie de ma vie comme l'air que je respire. Le travail était très dur mais cela avait aussi un certain éclat, on avait toujours un pied dans un autre monde, un monde plus beau !

— Tu as raison !

— Et voilà que le destin semble me tendre la main, en la personne d'Emil Köstner, pour que je puisse retourner dans ce monde. Je vais donc accepter...

— Maman !

Gisela se leva, se pencha vers sa mère et la serra dans ses bras.

— ... et faire une tentative. Quelques heures par semaine, pour commencer. Si ça ne me plaît pas, je peux toujours arrêter, et il se peut aussi qu'Emil... Enfin, M. Köstner, comme je dois l'appeler maintenant, ne soit pas satisfait de mon travail.

— Tu fais le bon choix. Évidemment qu'il sera satisfait de toi !

— Et toi ? Comment vas-tu, Gisela ? J'ai presque mauvaise conscience de commencer un travail qui te plairait et te conviendrait probablement bien plus qu'à moi.

Gisela se rassit et baissa les yeux.

— Eh bien, je m'ennuie toujours à mourir chez Engelmann. Et le cours du soir n'est pas spécialement distrayant non plus ; la plupart des choses qu'on y fait, je les ai déjà apprises avec toi. Les patrons de base, encore et toujours.

— Les patrons de base sont le b.a.-ba.

— Ah, maman, arrête avec tes éternelles formules plan-plan ! (Puis, s'apercevant qu'elle avait parlé trop brusquement :) Pardon.

Anna hocha la tête pour signifier qu'elle la comprenait.

— C'est juste que j'ai l'impression de faire du surplace. Rien ne bouge. Je couds des robes démodées et j'apprends les bases du dessin de patrons, alors que ce que je voudrais, c'est faire des choses nouvelles, modernes. Je voudrais ma part du vent de nouveauté qui souffle sur l'Ouest, sur le Kurfürstendamm !

— Pourquoi tu ne te lances pas, tout simplement ? s'enquit Anna en regardant sa fille droit dans les yeux. Ça fait longtemps que tu en es capable.

Elle se leva et se dirigea vers la porte. Gisela la suivit des yeux. Peu après, sa mère revint avec la robe qu'elle lui avait cousue, beige à petits pois blancs, celle qu'elle avait mise pour son rendez-vous avec Emil Köstner. Elle la plaça devant elle et dit :

— Regarde ! C'est un modèle extrêmement réussi ! Il est si élégant, avec les plis creux et le petit col blanc, que je peux même le porter à mon âge.

— À ton âge !? répéta Gisela en commençant à débarrasser la table.

Anna lui posa une main sur le bras pour la retenir.

— Tu es vraiment douée, Gisela. Tu as des idées, tu sens d'instinct ce qui va aux gens, et tu sais le mettre en œuvre presque à la perfection.

Elle lâcha sa fille et lui montra la minuscule erreur sur le dos, près de la fermeture Éclair. Gisela hocha la tête en voyant la bosse de la couture.

— C'est une broutille, qui ne t'arrivera plus quand tu auras davantage d'expérience. À part ça, tu as fait un travail remarquable avec cette popeline épaisse.

Elle leva la robe en l'air et désigna les plis dansants.

— On ne voit pas cela si souvent, crois-moi, je sais de quoi je parle. Garde les yeux et les oreilles ouverts, dessine, fais des patrons et couds.

Gisela prit le plat, où restait du ragoût.

— Mais comment faire ? Qu'est-ce que ça m'apportera de coudre chez moi, en dehors de mes heures de travail, un beau modèle que ma mère sera la seule à porter ?

Anna soupira et rapporta la robe dans sa chambre. Une fois de retour à la cuisine, elle proposa :

— Tu veux du dessert ? J'ai fait du gruau de fruits rouges avec de la crème à la vanille.

Gisela sentit malgré elle l'eau lui monter à la bouche. La seule pensée du goût acidulé des baies compotées et du parfum de la vanille lui rappela les journées insouciantes chez sa grand-mère, dans la forêt de la Sprée.

— Volontiers, maman !

Elle posa dans l'évier en pierre la vaisselle sale au motif floral délavé ; Anna sortit le saladier de gruau du garde-manger. Gisela les servit dans de petites coupelles en verre. Quand elle plongea sa cuillère dans l'épaisse sauce jaune pâle puis transperça la peau ferme du gruau, elle dit :

— Ça a toujours été mon moment préféré, tu te souviens, chez mamie, à Vetschau ?

— Oui, je m'en souviens, répondit Anna.

Gisela lut dans les yeux de sa mère la nostalgie des rares moments d'insouciance passés chez ses parents, dans leur petit potager et leur verger, avec les oies et les lapins. Durant toutes les années où ses grands-parents avaient encore été en vie, elles leur avaient bien trop rarement rendu visite – Anna avait toujours du travail, les billets de train coûtaient cher, et puis la guerre était venue.

— Maman… (Gisela posa sa cuillère.) Le pire, c'est…

Elle s'interrompit.

— Quoi donc ? C'est quoi, le pire ? (Anna caressa doucement les épais cheveux bruns de sa fille.) Je vois bien, depuis que tu es arrivée, que tu as autre chose sur le cœur.

La douceur de sa voix incita Gisela à parler ouvertement à sa mère, bien qu'elle ait tant de mal à aborder ce sujet.

— C'est Felix !

Elle avala sa salive, marqua une pause puis :

— Depuis qu'il est sorti de cette abominable prison, il se montre hostile, grincheux. Il n'est plus lui-même. Il n'y est pourtant resté qu'une semaine ! À la maison, il est fermé et taiseux, et avec ses copains, il se saoule. Je ne le reconnais plus.

Anna la regarda, pensive.

— De véritables montagnes russes des sentiments !

Encore une des formules qu'elle servait à toutes les sauces et dont Carl, son défunt mari, s'était toujours moqué.

— Je n'aime pas ça du tout. Surtout le fait qu'il ne te parle plus. J'avais l'impression que vous étiez heureux, ensemble.

Gisela hocha doucement la tête.

— On était très heureux, même si ce n'est pas facile dans cette chambre minuscule, avec notre logeuse si fouineuse. Pourtant, tout allait bien. Sauf que depuis sa libération, il m'accuse d'avoir eu une liaison avec Günther, ce qui est complètement ridicule. Il semble qu'ils lui aient montré des photos du soir où je suis allée voir Günther pour lui dire que Felix avait été arrêté.

— Des photos ? répéta Anna en secouant la tête. Qui fait des photos pareilles ?

— La police de Sécurité d'État de RDA. Ils le surveillent depuis longtemps.

— Je ne comprends pas. Ici, à Berlin-Ouest ?

Au regard d'Anna, Gisela vit que sa mère n'aurait jamais imaginé une chose pareille, et les réflexions que cela éveillait en elle.

— Pourquoi l'ont-ils libéré, d'ailleurs ? Autant que je sache, il faisait vraiment de la contrebande, et il a même été pris sur le fait. D'habitude, ils ne laissent pas ce genre de prisonniers sortir si facilement.

— Je ne sais pas trop...

— J'ai déjà entendu parler de cas où les prisonniers n'ont jamais été libérés et n'ont pas pu retourner dans leur famille, à l'Ouest.

Gisela posa son menton dans sa main.

— Je crois que son frère, Klaus, a fait jouer ses relations à la Stasi.

— Eh bien, il doit connaître des gens très haut placés, conclut Anna.

Felix

Felix avait mauvaise conscience d'obéir aussi docilement mais ne voyait aucun moyen de s'en sortir. Pas question de retourner dans cette cellule glaciale ni dans aucune des autres prisons de la Stasi. Jamais ! Il était certain que ces hommes sans scrupule n'hésiteraient pas à le kidnapper, même en plein Berlin-Ouest, pour l'enfermer dans un centre de détention de RDA. Il savait maintenant que la liaison de Gisela et Günther était une pure invention du policier qui l'avait interrogé. Il ne s'était jamais rien passé entre eux, et Felix se demandait comment il avait pu être si naïf. Pourtant, en salle d'interrogatoire, dans son aveuglement et sa terrible détresse, il avait signé un accord, un arrangement auquel il devait absolument se tenir. C'était la seule raison pour laquelle il se trouvait à présent face au 28 de la Mommsenstraße et observait l'ancien bâtiment bourgeois à l'entrée flanquée de colonnes. L'immeuble était mal entretenu, mais la seule chose qui l'intéressait était les lettres vertes inscrites sur le crépi effrité : « Prêteur sur gages Lohmann ». En dessous, une plaque en émail blanc promettait « Achats en tout genre (métaux précieux, pièces, dents en or), paiement au comptant ».

Felix était désormais assez expérimenté pour remarquer la Volkswagen garée non loin de là ; assis derrière le volant, un homme chapeauté faisait mine de lire un journal.

— Kasimir ! fit une voix dans son dos.

Déjà, la main de Günther se posait amicalement sur son épaule.

— Ponctuel comme un coucou suisse !

Il portait une veste en cuir noir à col tricoté que Felix ne lui avait encore jamais vue.

— C'est nouveau ? demanda-t-il en la désignant.

— Un héritage, répondit Günther avec un clin d'œil.

Il avait parlé du ton effronté que Felix appréciait tant chez lui d'ordinaire, mais qui l'agaça soudain. Surtout parce que depuis la perte des appareils photo Praktica achetés à prix d'or, lui-même n'aurait plus avant longtemps les moyens de s'acheter de nouveaux vêtements, ni quoi que ce soit d'autre. Il ne pouvait rien offrir non plus à Gisela. Heureusement que son épouse se contentait de peu et cousait elle-même ses vêtements.

— Allez, on y va ! fit-il en désignant de la tête l'autre côté de la rue.

— Tout doux, tout doux ! répondit Günther en le retenant par le bras. Qu'est-ce que tu veux donc mettre au clou ?

Felix regarda autour de lui puis ouvrit son sac de toile pour que Günther puisse y jeter un coup d'œil.

— Où tu as trouvé ça ? Je croyais que les douaniers avaient tout confisqué ?

— Tu ne t'en souviens pas ? Je l'avais rapporté lors d'un voyage précédent. Il pèse au moins trois kilos et date de 1870.

De fait, il avait récupéré six mois plus tôt le mécanisme de la massive pendule de son grand-père, dans sa cachette près de Feltin, pour l'emporter à l'Ouest.

— Eh bien, allons voir ce que ce vieux réveil peut rapporter.

Ils traversèrent la rue et entrèrent dans le bâtiment. L'étroite cage d'escalier sentait le renfermé. Le prêteur sur gages se trouvait au premier étage ; derrière le comptoir grillagé, un vieux bonhomme aux cheveux rabattus par-dessus son crâne chauve attendait. Les nombreux objets de seconde main entassés sur les étagères, dans son dos, dégageaient une forte odeur de poussière, de moisi et d'antimites qui prit les deux hommes à la gorge.

— Bonjour, dit Felix. J'ai quelque chose à vendre.

Il posa son sac devant la grille et déballa prudemment le mécanisme comme s'il dévoilait un trésor inestimable. Le prêteur quitta à contrecœur son fauteuil et, à travers l'ouverture, tâta le métal de ses doigts goutteux. Felix lui trouva l'air blasé et pas spécialement intéressé, mais c'était sans doute une tactique. Cependant, quand l'homme énonça le prix qu'il lui en offrait, il comprit que cette vente ne lui rapporterait pas l'argent nécessaire à l'exécution de son plan.

— Dix marks, fit l'homme.

Sans même lui répondre, Felix remballa avec ostentation le mécanisme d'horlogerie.

— C'est une valeur purement matérielle, pour le métal ; il y a des pièces en laiton qui peuvent être fondues, expliqua le bonhomme.

— Fondues ? s'exclama Günther avec un peu trop d'emphase. C'est une pendule de 1810, qui provient du mobilier d'un château grandiose.

Le vieux émit un étrange son guttural qui semblait exprimer son amusement. Le mécanisme datait de soixante ans tout au plus et n'avait rien de particulier. Il ouvrit son tiroir, posa un billet de dix marks sur le comptoir et y ajouta une pièce de deux marks.

— C'est mon dernier mot.

Felix secoua la tête, ôta précautionneusement son sac du comptoir et se détourna.

— Mais votre veste en cuir, je la prendrais, ajouta le vieux. Vous en voulez combien ?

— Ma veste en cuir ? fit Günther. Je l'ai payée cher.

— Ça se voit. Je vous en donne trente marks.

Günther hésita : c'était plus que ce qu'elle avait coûté.

— Ajoutez-en dix et elle est à vous.

— C'est d'accord.

Le prêteur compta les billets tandis que Günther ôtait sa veste.

— Stop ! s'exclama Felix. Vous pouvez nous payer en or ?

— Vous voulez de l'or ?

Le bonhomme sourit, dévoilant deux trous dans sa gencive inférieure, comme s'il devinait parfaitement ses intentions. Günther suivit le reste des négociations sans rien dire, une retenue inhabituelle de sa part.

Peu après, ils étaient de retour dans la rue et Günther avait une pièce d'or en poche.

— Et maintenant, Kasimir, tu vas m'expliquer ce que tu comptes faire de cet or. Quoique je me doute bien de quelque chose. Après tout, c'est moi qui ai les bonnes idées, d'habitude.

Felix posa une main dans le dos de Günther et le fit avancer sur le trottoir. Du coin de l'œil, il vit que la Volkswagen et le lecteur de journal n'avaient pas bougé ; il se demanda s'il allait les suivre. Ils traversèrent la chaussée d'un pas vif et bifurquèrent dans la Wilmersdorfer Straße. Dans leur dos, il entendit un moteur démarrer.

— Une pièce d'or de vingt Reichsmarks vaut quatre-vingts deutsche marks ici, à l'Ouest. De l'autre côté, tu peux la vendre mille marks est-allemands, et même mille six cents dans la boutique étatique VEB Münze de Berlin-Est. Bien sûr, tu n'as pas le droit d'y aller, parce que l'importation est interdite aux Allemands de l'Ouest. Mais au marché noir, elle nous rapportera au moins deux cents deutsche marks.

— *Nous ?* fit Günther. C'était *ma* veste en cuir. Ton réveil n'a pas rapporté grand-chose.

— Ah oui, répondit Felix. Je n'y pensais plus.

Il mentait mal, mais Günther se méfiait si peu de lui qu'il se contenta d'éclater de rire.

— Elle est bien bonne, celle-là !

— Et puis, c'est un jeu d'enfant à transporter, cachée dans la poche de ta veste ou de ton pantalon, comme maintenant.

Quand ils s'engagèrent sur le Kurfürstendamm, une douleur sourde tordit les entrailles de Felix. Il sut aussitôt d'où elle venait : c'était la mauvaise conscience de celui qui s'apprête à sacrifier son meilleur ami.

Therese

Quelque chose dans son subconscient lui soufflait : ne fais pas ça ! À quoi cela peut-il bien mener ? Mais elle ne put se résoudre à écouter la voix de la raison. Elle remplit le panier d'osier, tapissé d'un joli tissu à carreaux bleus et blancs : des sandwichs, une botte de radis, des œufs durs, un tube de mayonnaise et même des cuisses de poulet rôties. Elle prépara aussi un plat généreux pour Leo ; après tout, c'était lui qui avait payé les provisions. Elle le couvrit d'une assiette creuse retournée, y ajouta une note : « Ton déjeuner. Bon appétit ! » et mit le tout au réfrigérateur, bien en évidence à l'étage supérieur pour que son père le voie. Ces dernières semaines, il touchait à peine aux plats qu'elle lui préparait. Ils ne se voyaient plus que rarement, et elle résolut de passer davantage de temps avec lui une fois les examens terminés.

Elle revint à son panier de pique-nique. À ce spectacle appétissant, un mélange d'excitation joyeuse et de malaise l'envahit, comme si la journée promettait d'être à la fois passionnante et dangereuse. Pour se faire pardonner de les avoir tant effrayées devant la gare de Zoo, M. Knopp les avait invitées, elle et Marie, à une excursion au bord du Wannsee. Le mémoire était remis, les examens sur table n'auraient lieu qu'un mois plus tard, on était dimanche, il faisait beau. Elles avaient accepté.

Therese s'observa. Ses vêtements étaient à pleurer : sa jupe en laine grossière, sa gaine montante rigide, son porte-jarretelles, ses bas épais. Elle aurait dû s'offrir depuis longtemps des bas Nylon fins, tout le monde en portait désormais, même Marie. Mais depuis qu'elle vivait chez son père à Berlin, elle ne s'était pas acheté un seul vêtement, considérant cela comme une perte de temps et d'argent. Prise d'une impulsion, elle s'assit sur une chaise de cuisine, souleva sa robe et détacha son porte-jarretelles, puis elle enroula lentement ses bas couleur chair le long de ses jambes. Sa peau blanche et lisse, que pas un seul rayon de soleil n'avait encore effleurée durant ce printemps, apparut. C'était osé, pourtant l'acte si indécent de remettre ses souliers pieds nus la fit se sentir étrangement vivante.

Peu après, elle referma la porte de l'appartement derrière elle et s'engagea dans l'escalier. La porte d'en face s'ouvrit. Therese baissa les yeux, lâcha intérieurement un juron et se retourna pour dire avec une amabilité exagérée :

— Bonjour, madame Neumann.

— Vous sortez de si bon matin ? Un dimanche ? s'enquit la voisine.

À travers l'entrebâillement de sa porte, elle examina le panier de Therese puis descendit jusqu'à ses mollets nus qui dépassaient de sa jupe. Aussitôt, une expression de mépris se dessina sur son visage. Therese rougit.

— Oui, je pars en excursion avec une amie.

— Tiens donc, avec une amie ! répéta la femme rondelette, engoncée dans sa blouse de ménagère. Et c'est une raison pour sortir jambes nues ?

Therese faillit répliquer qu'elle ferait mieux de se mêler de ses affaires, puis se reprit et chercha à contrecœur une excuse : elle avait la peau irritée, le moindre contact avec du tissu provoquait des inflammations sur ses jambes. C'est même la vérité, pensa-t-elle. Il lui semblait ne pas pouvoir supporter les bas râpeux une seconde de plus.

Mme Neumann garda le silence, méfiante.

— Bon dimanche. Au revoir.

Therese se détourna si vivement qu'elle se cogna le bras contre la rampe et faillit lâcher son panier. Elle descendit les marches à pas prudents ; Mme Neumann referma sa porte sans lui rendre son salut. Quelle étroitesse d'esprit, quelle mesquinerie, se dit-elle, furieuse. Alors que, durant les semaines où elle avait travaillé à son mémoire, elle n'avait pas pensé une seule fois à Feltin, la nostalgie la submergea d'un coup, le souvenir du domaine, de l'espace, de la liberté. Si on le voulait, on pouvait y passer une matinée ou un après-midi sans croiser personne. Bien sûr, le régime inflexible imposé par son grand-père avait pâli dans sa mémoire, les heures fixes des repas auxquels tous les membres de la famille étaient tenus d'assister. Elle prit aussi conscience que sa mère ne l'aurait jamais laissée se rendre jambes nues à une excursion avec un jeune homme. La bienséance était de rigueur en toutes circonstances. Leo, au contraire, était à des lieues de ce genre de préoccupations. C'était là une autre forme de liberté, qu'elle n'avait jamais connue à Feltin.

Quand elle ouvrit la porte de l'immeuble, l'air frais du matin lui souffla au visage. C'est l'air de la grande ville, pensa-t-elle, soudain exaltée à l'idée de se rendre à la campagne. De l'autre côté de la rue, une berline bleu ciel était déjà garée ; le boxeur, en pantalon clair et chemisette, était appuyé contre la portière conducteur. En voyant Therese, il fit le tour de la voiture et lui ouvrit le côté passager.

— Très chic ! C'est la vôtre ?

— Hélas non. Je l'ai empruntée à un ami.

Il lui prit son panier, fit basculer le dossier pour le ranger à l'arrière, puis invita d'un geste la jeune femme à prendre place. Quand elle monta, sa jupe glissa, dévoilant ses genoux nus. Elle était certaine qu'il les avait vus mais il eut la discrétion de ne pas le montrer ; cela plut à Therese. Il s'assit au volant, lança le moteur qui démarra avec quelques secousses. Manifestement, manier le levier de vitesse avec sa prothèse n'était pas simple.

— C'est quel modèle ?

— DKW F89 Meisterklasse.

Therese avait juste cherché à entamer la conversation, elle ne connaissait rien aux voitures. Quand ils s'engagèrent sur le Kurfürstendamm, Knopp était penché en avant, tout proche du volant auquel il s'agrippait. Il ne semblait pas être un conducteur particulièrement expérimenté, prenait les virages avec rudesse et freinait sans avertissement ; Therese enfonça les ongles dans l'accoudoir en similicuir. Les rues étaient pourtant presque désertes, à cette heure. Elle résolut de ne pas le distraire pendant leur traversée de la ville et garda le silence tandis qu'ils dépassaient des immeubles délabrés et d'autres flambant neufs, des ruines et des façades restées debout toutes seules. Au bout de dix minutes, juste avant un embranchement, elle désigna un panneau.

— Nous devons prendre à gauche, vers Zehlendorf.

Il hocha la tête et mit le clignotant.

— Je sais.

Ils arrivèrent dans le vieux quartier des villas, avec ses jardinets, ses haies et ses clôtures, et bifurquèrent dans le Treibjagdweg.

— C'est là, au numéro 48 ! dit Therese en montrant la haute haie de troènes. Je vais la chercher.

Elle voulait le précéder et éviter que Ruth, la tante de Marie, aperçoive le boxeur par la fenêtre et en tire de fausses conclusions. Elle fut d'autant plus surprise quand, juste après qu'elle eut sonné, un grand jeune homme très mince vint vers elle et ouvrit le portillon du jardin. Lui aussi portait un panier plein à craquer, dont dépassaient quelques bouteilles de bière et de limonade. Marie, qui le suivait, fit les présentations :

— C'est Claudius, mon cousin au troisième degré. Voici Therese et M. Knopp, dit « le Boxeur ».

Celui-ci tressaillit en entendant son surnom, qu'il ignorait apparemment. Ils prirent conscience que les jeunes filles ne connaissaient même pas son prénom.

— Je m'appelle Fred, annonça-t-il.

Une demi-heure plus tard, alors qu'ils descendaient vers la rive du Wannsee sur un chemin de gravier, Therese ralentit délibérément le pas. Les hommes marchaient devant, portant les paniers et une couverture, et elle tenait à en savoir plus sur le fameux cousin au troisième degré de Marie.

— C'est lui qui te prête les disques, n'est-ce pas ?

Marie hocha la tête. Elle avait mis ses vêtements ordinaires, mais son chapeau de paille à ruban bleu lui donnait une fraîcheur estivale.

— Il est étudiant aussi ?

— Non, il travaille dans le magasin de son père, une boutique de lampes.

— Et il te plaît ? demanda Therese à voix basse.

Marie regarda vers l'avant et hocha la tête avec un doux sourire.

Au bord du chemin, un petit garçon en short de cuir cueillait des baies de symphorine blanche. Ses parents étaient assis sur un banc, non loin de là. Le gamin amassa soigneusement les baies dans le creux de sa main puis chercha des yeux une surface plane. En arrivant à sa hauteur, le boxeur s'accroupit. Les deux jeunes femmes les rejoignirent.

— Regarde ! dit-il au petit.

Il ramassa dans l'herbe une pierre de basalte bleuâtre, toute lisse.

— Tu peux les faire éclater là-dessus.

Un doux claquement retentit sous sa semelle quand il écrasa vivement les baies les unes après les autres. Le gamin, émerveillé par ce bruit, en aligna d'autres sur la pierre.

Quand ils reprirent leur chemin et qu'elles eurent de nouveau laissé s'établir une distance suffisante entre eux, Marie chuchota :

— Il est vraiment gentil, ton boxeur !

— *Mon* boxeur ?

— Tu as mis un maillot de bain sous tes vêtements ?

Therese tourna abruptement la tête vers son amie.

— Un maillot de bain ? Je n'en ai pas. Et toi ?

Marie écarta la manche courte élastique de son pull-over pour dévoiler une bretelle verte.

— Je me le suis acheté exprès.

— Quand ça ?

Therese se sentit soudain un peu bête. Pourquoi Marie ne lui avait-elle pas dit qu'ils se baigneraient ? Et pourquoi ne l'avait-elle pas emmenée quand elle avait acheté son maillot ? Elle aurait alors pu, elle aussi… Pourtant, il lui paraissait inimaginable de se montrer à moitié nue devant les deux jeunes hommes et d'autres personnes.

Ils choisirent un endroit agréable à quelque distance de la rive en pente douce, entre deux familles, et étendirent leur couverture sur le sable. L'eau verte scintillait dans le soleil du matin, quelques voiliers voguaient même déjà sur le lac. Marie ôta son pull-over et sa jupe devant les autres, sans la moindre gêne. Les hommes posèrent un regard appréciateur sur son maillot une pièce vert bouteille, et Therese dut reconnaître que son amie, si mince, était très à son avantage. Elle ne semblait pas embarrassée le moins du monde. Claudius enleva à son tour son pantalon et sa chemise, dévoilant un caleçon de bain noir moulant, et suivit Marie vers l'eau.

— Vous ne voulez pas vous baigner ? demanda Therese au boxeur, qui venait de s'asseoir près d'elle sur la couverture.

Il s'allongea sur le côté, la tête sur sa main gauche. De la droite, cachée dans son gant noir, il fit un geste vague.

— Et vous ?

Therese secoua la tête. Pourtant, elle ôta ses chaussures et fit glisser ses pieds nus sur le sable, laissant pour la première fois de sa vie les grains minuscules ruisseler entre ses orteils. Un vrai plaisir. Elle y enfouit aussi les mains et répandit du sable sur ses mollets et ses pieds. Elle découvrit une coquille d'escargot blanche, un éclat de verre arrondi par l'eau, un morceau de bois flotté, et posa cette petite récolte près d'elle sur la couverture à carreaux. Le boxeur la regardait faire en silence. De l'eau leur parvenaient les cris aigus de Marie et le rire clair de Claudius, qui l'éclaboussait. La jeune fille se tourna vers eux et lança :

— Venez donc ! Elle est froide mais c'est délicieux !

Therese agita la main en retour et secoua la tête.

— C'est la première fois que vous êtes sur une plage ? s'enquit soudain Fred.

— Ça se voit ?

Il s'assit en tailleur.

— Je crois que tout le monde fait la même tête en sentant le sable sous ses pieds pour la première fois.

— La même tête ?

— Une tête de sable !

Elle ne put s'empêcher d'éclater de rire, avant de s'effrayer : avait-il vu sa bouche déformée ?

— Vous avez un si joli rire !

Personne ne lui avait jamais dit cela, et elle en fut tout embarrassée.

— Et vous ? Vous êtes déjà allé à la plage ? demanda-t-elle après une longue pause, se tournant de nouveau vers lui.

— Souvent. La mer Baltique n'est pas loin de mon village, dans le Mecklembourg. Nous passions parfois le week-end à Kühlungsborn.

Elle se tourna de sorte qu'il ne puisse voir que la moitié droite de son visage, plia les jambes et entoura ses genoux de ses bras.

— Comment s'appelle votre village ?

— Neuleben.

— Neuleben… Nouvelle vie, répéta doucement Therese. Quel nom charmant, plein de promesses !

— Le nom est plus joli que l'endroit. Je dois avouer que le village de mon enfance n'est plus qu'un terne patelin, depuis huit ans qu'il se trouve dans la Zone.

— Quand l'avez-vous vu pour la dernière fois ?

— Il n'y a pas si longtemps. Jusqu'au dernier semestre, j'étudiais à Rostock et je vivais chez mes parents. Mais j'ai fini par ne plus le supporter.

Il chassa un moustique et passa la main sur son nez aplati.

— Et ça a marché comme ça ? L'autorisation de sortie du territoire, l'inscription à la nouvelle université… ?

— En fait, je me suis enfui. La nuit, à travers bois et marais. L'an dernier, ils ont fermé la frontière verte et tiré une ligne de démarcation, mais il restait des brèches... En tout cas, quand je suis passé, au mois de novembre, ça n'était pas verrouillé aussi hermétiquement que maintenant.

Therese hocha la tête. Est-ce qu'elle pouvait lui parler de son handicap ? Elle se ressaisit et, avec un signe de tête vers sa main, demanda :

— C'est arrivé comment ?

Quelque chose changea dans le visage de Fred : les muscles de ses lèvres et de ses joues se contractèrent, révélant sa souffrance. Elle regretta aussitôt sa curiosité.

— Une blessure de guerre. Le carpe a été transpercé, tous les nerfs sectionnés. Depuis, j'ai la main raide. (Il eut un rire amer.) J'ai été incorporé avec les tout derniers, en 44, juste avant la fin. J'avais dix-neuf ans. Mais bon, c'est sans doute grâce à cette blessure que j'ai survécu.

Il n'en dit pas plus et Therese préféra changer de sujet.

— Et vos semestres de Rostock ont été reconnus ici ?

Il hocha la tête.

— J'avais emballé tous mes certificats dans un sac étanche attaché sous mes vêtements.

Therese tressaillit quand un ballon rouge fila tout près de sa tête et atterrit sur leur couverture. Le boxeur le saisit habilement de sa main gauche et le renvoya aux enfants d'un coup de sa main droite gantée.

— Et vous ? s'enquit-il. Vous n'êtes pas non plus berlinoise d'origine.

— Non, répondit-elle, hésitante.

Il la regardait avec attention.

— Nous avions une ferme en Saxe. Ça s'appelait le domaine Feltin ; en fait, ça s'appelle toujours comme ça, mais avec maintenant la précision « propriété du peuple ». C'est en RDA, ma famille a été expropriée.

Elle se tut, attendit une réaction qui ne vint pas. Sans être certaine qu'il veuille en savoir davantage, elle poursuivit. Parla de Feltin, de son grand-père qui venait d'être banni, de ses quatre frères et sœurs, de la sensation d'espace infini, des prairies pleines de champignons, de la forêt de Zeisig, des poules, des coqs et des poussins, des veaux, des cochons et des porcelets, du blé d'hiver et de l'orge de printemps, de la grêle, de la canicule, des semis de maïs, des grues, des foins, de la soupe de pois et du *Neunerlei*, composé de neuf ingrédients. Elle vit l'expression du boxeur changer au cours de son récit. Ses pupilles suivaient les mouvements de sa bouche, ses paupières s'abaissaient parfois comme s'il ressentait douleur ou tristesse ; une fois, il ouvrit la bouche en grand, dévoilant ses dents puissantes, pour rire avec elle. Il lui témoignait un intérêt sincère, voulait en savoir toujours plus. Therese s'épanouissait, oubliait son inhibition, et souriait même, hors d'haleine, lorsque Marie et Claudius revinrent enfin et se séchèrent.

— C'est vraiment dommage que vous n'alliez pas vous baigner ! Vous ne savez pas ce que vous manquez ! s'exclama Marie.

Claudius ajouta :

— Elle n'est pas si froide que ça. Dix-huit degrés, je pense.

— Brrr, fit Therese.

Claudius était si mince qu'on lui comptait les côtes, il avait le ventre creux. À côté de lui, avec son corps puissant, Fred ressemblait à un paquet de muscles. Therese mit sa main en visière ; Marie secoua sa crinière mouillée et l'éclaboussa.

— Comment se fait-il que tu saches nager ? demanda-t-elle.

Elle-même n'avait jamais appris.

— Nous avions un lac, sur notre domaine, avec une barque et un ponton duquel nous sautions dans l'eau, on pêchait, aussi, des brochets et...

Therese, voyant que son amie était sur le point de devenir aussi dithyrambique qu'elle en parlant de ses terres perdues, l'interrompit :

— Il faut que vous sachiez que Marie vient elle aussi d'un domaine agricole, en Prusse-Orientale.

— Nous sommes donc entourés d'anciennes grandes propriétaires terriennes, Claudius, et pleines d'esprit, en plus ! s'exclama le boxeur.

Il décrivit un cercle de l'index gauche puis se tapota la tempe.

— Qu'y a-t-il de plus beau que les femmes intelligentes ? répondit Claudius. Surtout quand elles savent en plus préparer un repas digne de ce nom ! (Il posa sa serviette sur ses épaules et se frotta les mains :) Qu'y a-t-il donc à manger ? Nager, ça donne faim.

Therese prit plaisir à ouvrir son panier, soulever le chiffon à carreaux et distribuer les mets. Tout ce qu'elle en tira inspira aux hommes des commentaires élogieux. Le poulet froid et le pain sentaient bon, Marie avait en plus apporté des viennoiseries.

— Il y en a assez pour toute une compagnie, s'exclama Fred en riant avant de mordre dans une cuisse de poulet.

Claudius fit sauter les bouchons à étrier des bouteilles, et quand le goût sucré de la limonade se répandit sur les lèvres de Therese, elle se sentit heureuse. Les yeux écarquillés, elle admirait le lac scintillant. Quelque chose en elle lui criait de se débarrasser de sa lourde jupe en laine et de son chemisier grisâtre, de prendre Fred par la main et de courir sur le sable pour se jeter dans l'eau fraîche la tête la première. En cet instant, tout ce qu'elle voulait, c'était que ceci devienne sa nouvelle vie.

Charlotte

Ernst était debout devant le portail, près du mur de la maison. Son visage blême se détachait à peine du crépi grisâtre. Charlotte s'était préparée à avoir du mal à le reconnaître. On en entendait parler, on le voyait parfois chez des voisins ou dans le journal : ceux qui rentraient aussi tard des camps de prisonniers étaient dans un état lamentable. Pourtant, c'était tout autre chose d'être directement concernée, de faire face à son propre mari au bout de plus de dix ans et de se retrouver devant un inconnu. Il avait toujours eu la bouche fine, mais à présent, les coins de ses lèvres tombaient. Il lui manque des dents, fut la première pensée de Charlotte. Il est plus petit que jadis, et si maigre. Comme s'ils l'avaient affamé au point de le faire réduire de moitié.

— Lotte !

Sa voix était faible, brisée. Pas celle du docteur en sciences agraires passionné qu'elle entendait encore discourir sur l'élevage et l'alimentation des porcs, sa spécialité quand il enseignait à l'université.

— Ernst, répondit-elle.

Devait-elle le prendre dans ses bras ? Elle eut soudain peur de le toucher, il paraissait si frêle. Il fit un pas vers elle. Dans son dos, elle entendit claquer sur l'asphalte la canne de Richard, qui contournait la voiture au bras de Heiner. Ils s'arrêtèrent à une distance respectueuse.

— Voici votre père ! annonça Charlotte comme s'ils ne le savaient pas.

Heiner et Bärbel semblèrent eux aussi hésiter. La dernière fois qu'ils l'avaient vu, ils n'étaient que des enfants ; il portait l'uniforme et avait belle allure. C'était lors d'une permission à Feltin peu avant l'offensive de la Wehrmacht dans le Caucase. En 1941, la machine à propagande d'Hitler tournait à plein régime « à l'arrière ». Toutefois, Ernst, qui était commandant, devinait déjà que l'attaque imminente de Stalingrad représenterait un tournant pour l'armée allemande jusque-là victorieuse. Charlotte se souvenait très bien qu'il s'était montré taciturne et renfermé durant ces quelques jours à la propriété.

Ce fut Bärbel qui sortit la première de sa torpeur. Elle courut vers lui et se jeta dans ses bras amaigris avec un tel élan que Charlotte craignit qu'il s'écroule.

— Papa ! souffla-t-elle.

Il leva la main et la posa sur ses cheveux blonds comme pour les caresser, puis interrompit son geste et regarda autour de lui, l'air perdu. Il ignorait qui elle était.

L'un après l'autre, ils l'enlacèrent, sentant qu'il ne restait plus un gramme de graisse à son corps, et à peine de muscles : il n'avait que la peau sur les os.

Enfin, Richard et Ernst se firent face. Les deux anciens rivaux qui s'étaient disputé le pouvoir à Feltin, en tout cas en matière d'élevage porcin, avaient maintenant tous deux l'air de vieillards, et le père presque octogénaire de Charlotte paraissait même plus robuste que son mari, âgé de soixante-trois ans.

— Ernst ! fit Richard en lui donnant une tape sur l'épaule qui le fit vaciller.

Il hocha la tête. Puis ils entrèrent chez la sœur et le beau-frère de Ernst, dans la maison de Worms qui allait être leur nouveau foyer.

Gisela

Lundi matin à 6 h 30, Felix était toujours allongé sur le canapé qui lui servait de lit depuis maintenant trois semaines. S'il n'avait tenu qu'à lui, il aurait volontiers repris sa place attitrée dans le lit conjugal. Mais aussi longtemps qu'il ne lui parlerait pas, ne se montrerait pas aimable et tendre, ne s'intéresserait pas à sa vie comme avant, il ne serait pas le bienvenu sous son édredon. C'était la condition imposée par Gisela. Elle savait qu'elle s'adonnait là à une forme manifeste de chantage. Elle se doutait aussi que le comportement de son mari devait avoir une raison plus sinistre encore que son ridicule soupçon d'infidélité et sa semaine d'emprisonnement. Cette simple expérience ne pouvait pas l'avoir déstabilisé à ce point-là. Ils avaient tous deux subi bien pire que quelques jours de détention pendant la guerre et les années de disette qui avaient suivi, elle en était certaine. Voilà pourquoi elle ne tolérait plus ses états d'âme, comme elle les appelait intérieurement. Aucune réconciliation n'était en vue, la situation restait sans issue, la vie commune dans la pièce étriquée et encombrée devenait de moins en moins supportable. Les quatre murs au papier peint décoloré renvoyaient désormais les échos muets de reproches non formulés.

Gisela revint de la salle de bains, ouvrit doucement l'armoire et en sortit sa robe rose pâle. Les rideaux encore fermés ne laissaient entrer que peu de lumière dans la chambre, et pourtant ce morceau de tissu semblait rayonner d'une humeur joyeuse, comme s'il lui offrait une sorte de garantie de réussite pour la journée qui s'annonçait. Elle l'enfila, se regarda dans le miroir ovale en lissant la jupe et murmura :

— J'aurais dû la repasser encore une fois.

Alors seulement, Felix remua. Il croisa les bras derrière la tête, ouvrit les yeux et s'enquit :

— C'est nouveau ?

Gisela sourit, et il vit à quel point elle était belle.

— Elle te va bien !

Sa voix semblait soudain très douce. C'était les premiers mots aimables qu'il lui adressait depuis longtemps, et elle reprit courage.

— Oui, presque ! C'est à peu près la même coupe que la robe noire que j'avais à l'enterrement, mais dans un autre tissu et avec toute une série de détails différents.

Elle s'observa encore dans la glace et prit enfin conscience qu'elle avait composé là un modèle neuf et plein d'harmonie.

— Du coup, ça a l'air tout nouveau.

Avant qu'il puisse penser à lui reprocher d'avoir gaspillé de l'argent pour le tissu, elle ajouta :

— Maman m'a donné les sous pour le matériel.

— Ah ah, grogna-t-il. Et tu mets ça pour aller au travail ? Ce n'est pas un peu trop… élégant ?

— Tu peux me remonter la fermeture Éclair, s'il te plaît ?

Il me parle, pensa Gisela en s'approchant avant de lui tourner le dos. Un espoir presque euphorique la traversa. Devait-elle lui expliquer pourquoi elle mettait précisément cette robe aujourd'hui ? Elle pouvait au moins essayer.

— Je me suis dit que je devrais peut-être présenter les modèles que je fais moi-même à Engelm…

Felix bondit brusquement sur ses pieds.

— Déjà 6 h 45 ? s'exclama-t-il, la coupant en pleine phrase.

Soudain nerveux et fébrile, il ne lui prêta plus la moindre attention, retombant dans le mutisme qui était presque devenu son état normal. À la hâte, il saisit ses vêtements de la veille sur une chaise et les enfila, trouvant à peine le temps de nouer ses lacets. Puis il prit son chapeau à une patère et ouvrit la porte.

Gisela le dévisagea, effarée.

— Mais où files-tu comme ça, pas rasé, pas lavé ?

— Je dois aller tout de suite à la gare !

Il referma la porte derrière lui sans autre explication.

Elle garda un instant les yeux fixés sur le manteau accroché à la porte qui, gonflé par le violent mouvement d'air, retombait sur le panneau de bois avec un bruit léger. Qu'arrivait-il donc à son mari ? Elle ne le comprenait plus et perdait peu à peu patience. Prise d'un élan de pugnacité, elle se concentra de nouveau sur l'idée qui l'avait poussée à enfiler sa nouvelle robe ce matin. Elle l'avait cousue en quelques soirées, choisissant sciemment la couleur rose, qu'elle ne portait pourtant jamais. Après sa conversation avec sa mère, Gisela avait résolu de demander un service à Traudel Engelmann, et elle savait que celle-ci aimait plus que tout le rose, dans toutes ses nuances. Elle aurait préféré aborder directement son patron, mais une telle démarche ne lui semblait guère prometteuse. M. Engelmann était certes toujours aimable, et elle ne l'avait jamais vu de mauvaise humeur ni en colère. Il chargeait régulièrement Mme Helmer des entretiens désagréables, quand il s'agissait de réprimander, voire de licencier une couturière. Pourtant, Gisela avait l'impression que le propriétaire de la maison de confection ne prenait jamais vraiment conscience de ce qui l'entourait. Il vivait dans une sorte de cocon à l'intérieur duquel tout allait toujours au mieux. Cela le rendait imperméable aux souhaits et aux envies des femmes qui désiraient une mode nouvelle, fraîche, excitante et belle. Gisela ne voyait qu'un moyen d'y remédier : passer par sa fille.

Elle arriva presque en même temps que Traudel dans le vestiaire où elles échangeaient leurs vestes contre des blouses blanches.

— J'ai passé le week-end le plus ennuyeux du monde, si tu savais !

Pour appuyer son propos, Traudel ouvrit la bouche en grand et mit sa main devant, comme pour bâiller ; avec son petit double menton, cela lui donnait un air particulièrement mignon.

— Affreux ! Je n'ai le droit de rien faire toute seule. Juste de rester enfermée à la maison à jouer à la petite fille modèle avec mes parents.

Gisela eut un rire discret.

— Mais tu es une petite fille modèle, non ?

— Tu ne vas pas t'y mettre, toi aussi ! J'ai dix-sept ans, je ne suis plus une enfant. Je veux vivre, moi, sortir, danser.

Elle soupira et s'assit sur le banc, trois minces lattes de bois devant les casiers.

— J'aimerais bien être mariée, comme toi ; je pourrais enfin faire tout ce que je veux.

— Faire tout ce que tu veux ? Tu as une étrange vision du mariage, répliqua Gisela.

Si tu savais comme un mari peut être horripilant, pensa-t-elle, sans pourtant rien dire.

Comme s'il était naturel de venir au travail aussi élégamment vêtue, elle se mit à défaire les petits boutons recouverts de tissu de sa veste de tailleur cintrée, et obtint l'effet escompté.

— C'est la veste et la robe que tu as cousues d'après le magazine de Mme Becker ? demanda Traudel.

— C'est le patron de base, mais je l'ai un peu modifié.

— Fais voir ! C'est d'un chic absolu. Et quelle jolie couleur ! Tu sais, Gisela, je trouve que le rose a vraiment quelque chose de magique.

Quand Traudel réagit de manière si prévisible, Gisela eut soudain mauvaise conscience. Elle détestait se montrer aussi calculatrice et manipuler ainsi la jeune fille, qu'elle appréciait sincèrement, pour parvenir à ses fins. Alors qu'elle suspendait la veste à la hâte dans son casier et enfilait sa blouse, Traudel se récria :

— Attends, je ne l'ai pas bien vue !

Gisela enleva de nouveau sa blouse et mit les mains sur les hanches, prenant la pose comme un mannequin. Sans l'aide de Felix, elle n'avait pas pu remonter complètement la fermeture Éclair dans son dos ; elle demanda donc à Traudel de s'en charger. La jeune fille lui tourna autour.

— Comment as-tu réussi si parfaitement la jonction entre le haut et la jupe ? À chaque fois, au moment de les fixer ensemble sur mes patrons, ça me rend dingue, jamais...

— ... *si parfaitement la jonction* ? la singea Mlle Schwan de sa voix criarde.

Elle venait d'entrer avec deux autres couturières. Gisela et Traudel la dévisagèrent, étonnées. Jamais elle ne se comportait ainsi envers la fille du chef, qu'elle abordait toujours avec servilité, voire flagornerie. Sa méchanceté venait d'éclater au grand jour. D'un accord tacite, elles décidèrent d'ignorer sa réflexion. Les deux autres observèrent sa tenue. Elle n'était vraiment pas adaptée à une journée de travail face à une machine à coudre, mais Gisela ne pouvait plus rien y changer. Elle remit sa blouse et elles se rendirent à la salle de couture les unes derrière les autres. Elle devrait attendre.

C'est seulement à l'heure de la pause, quand elle ôta sa blouse pour aller déjeuner avec Traudel, que la conversation revint inévitablement sur sa robe. Elle se distinguait nettement de l'uniformité ambiante des jupes, chemisiers et pull-overs sobres qu'on portait habituellement au travail.

— Vraiment très joli, lança la contremaîtresse.

Dans sa voix vibrait un sous-entendu qui signalait ce qu'elle ne disait pas ouvertement : cette robe n'était pas adaptée à une journée de travail normale. Les autres couturières aussi la scrutèrent puis se jetèrent des coups d'œil suspicieux qui mirent Gisela mal à l'aise. Sans répondre, elle quitta le vestiaire à la hâte, son déjeuner dans son sac. Eva Riemann la rattrapa dans l'escalier et dit d'une voix étouffée :

— Gisela, ne m'en veuillez pas, mais je ne trouve pas très judicieux de venir chez Engelmann dans cette tenue. (Voyant que personne ne les avait suivies à part Traudel, elle ajouta :) Ça ne fait qu'éveiller l'envie et la malveillance. Je pensais que vous en étiez consciente.

Gisela hocha la tête :

— Oui, je sais, et ça ne se reproduira pas.

— Je ne voulais pas vous vexer, reprit Eva Riemann. On mange ensemble ?

Quelques minutes plus tard, Eva Riemann, Gisela et Traudel étaient assises côte à côte sur un banc du Kurfürstendamm et déballaient leurs sandwichs.

— Moi, je la trouve magnifique ! s'exclama Traudel.

Elle s'écarta un peu pour mieux examiner la robe, ses grands yeux brillant d'enthousiasme.

— Tu voudrais bien m'en faire une aussi ? Peut-être avec une jupe plus ample, et un décolleté un peu plus profond.

Gisela s'essuya la bouche avec son mouchoir.

— Oui, je peux te la coudre, ou t'aider à la faire toi-même.

— C'est vrai ? Tu crois que je pourrais ?

Ses yeux marron exprimaient la candeur la plus pure ; Traudel réagissait exactement comme Gisela l'avait espéré, alors qu'attendait-elle donc ? Elle regarda tour à tour ses deux collègues :

— Je suis presque un peu gênée, parce que je sais bien que ce n'est pas une robe pour venir au travail. Mais si je l'ai mise aujourd'hui, c'est pour une bonne raison.

Traudel reposa son sandwich entamé et Eva Riemann cessa elle aussi de mastiquer.

— Je suis curieuse de ce qui va suivre.

— Traudel, tu ne trouves pas que la maison de confection Engelmann devrait essayer quelque chose de nouveau ? Ou vous, madame Riemann, qu'en dites-vous ? Des modèles modernes, plus jeunes, comme celui-ci ?

— Ce serait formidable mais ce n'est même pas la peine d'y penser.

— Inimaginable.

Leurs réponses jaillirent promptement et désemparèrent Gisela, qui venait juste de se dire que tout allait au mieux. La jeune fille insouciante et la contremaîtresse bienveillante ne semblaient pas conscientes des immenses espoirs que leur réaction détruisait.

— Convaincre mon père d'oser une nouveauté... Autant vouloir apprendre à un poisson à faire du vélo.

— Je crains que Mlle Engelmann ne voie juste. Surtout, rien de nouveau !

— On dirait qu'il est exactement comme ma mère, répondit Gisela pour masquer sa déception.

Sans réfléchir aux conséquences éventuelles ni même se demander si cette annonce n'était pas prématurée, elle poursuivit avec fierté :

— Pourtant, elle, elle s'est lancée. Elle réintègre le KaDeWe, en tant que conseillère du directeur des achats.

Les deux autres écarquillèrent les yeux.

— Vraiment ? fit Mme Riemann. Incroyable, quelle réussite, à son âge… Je veux dire, elle a sûrement dépassé les cinquante ans.

Gisela hocha la tête ; elle venait juste de prendre conscience de l'admiration que sa mère lui inspirait – non seulement pour avoir reçu une telle offre, mais aussi pour avoir osé l'accepter.

— Elle pourrait recommander Engelmann, nous mettre sur la liste des fournisseurs, fit Traudel.

— Peut-être, répondit Gisela. Mais pour ça, il faudrait que nous ayons quelques modèles vraiment modernes à proposer.

Felix

Il y avait deux manières d'aller en train de Neukölln à Alexanderplatz. On pouvait passer « par la gauche », de Sonnenallee jusqu'au quartier de Kreuzberg en traversant le secteur Ouest, ou « par la droite », comme disaient les Berlinois, à travers le secteur Est par Alt-Treptow. La plupart des passagers prenaient tout simplement le premier train qui arrivait. En courant jusqu'à la station de Sonnenallee, Felix faillit trébucher sur son lacet défait ; il dut s'arrêter pour le nouer. D'autres le dépassaient à la hâte, se ruant vers la station vieillotte aux murs jaunis pour se rendre au travail. C'était l'heure de pointe.

Felix savait seulement que Günther avait rendez-vous avec un trafiquant dans le secteur Est à 8 heures, pour lui céder sa pièce d'or. Il comptait aussi vendre à un autre des devises qu'il avait empruntées. Si tout se passait bien, ils effaceraient ainsi d'un coup toutes les dettes contractées pour l'achat des appareils Praktica. Felix ignorait toutefois à quelle heure Günther avait prévu de partir, et par quel itinéraire. De cela dépendrait le moment où il entrerait sur le territoire de la RDA et se retrouverait ainsi livré sans défense à une arrestation dans un lieu public. En effet, la Stasi aussi était parfaitement informée des intentions de Günther. Cela faisait partie de l'accord que Felix avait signé après son dernier interrogatoire. Restait à savoir s'ils passeraient à l'action sur l'Alexanderplatz ou directement dans le train.

Felix ne devait nullement sa libération à son frère Klaus. Au contraire, il le soupçonnait même d'avoir attiré sur lui l'attention de la Stasi. Dès la fin de la guerre et longtemps après, la moitié de la population berlinoise avait vécu de contrebande, seule source de revenus pour certains. Tout s'était bien passé des dizaines de fois, et Felix trouvait très suspect d'avoir été arrêté précisément à son retour de Feltin. Il finirait par en avoir le cœur net. Il consulta sa montre-bracelet russe : 7 h 15. Günther n'était sûrement pas parti en avance, il n'était pas du genre ponctuel. Il surgirait donc ici au cours des trente prochaines minutes. Felix fit signe à un jeune vendeur de journaux, lui donna une pièce et s'assit sur un banc de bois avec le *Berliner Morgenpost* du 24 juin 1953.

Victimes de l'insurrection :
Commémoration devant la mairie de Schöneberg

C'était le titre en une, surmontant une photo de cercueils ornés de couronnes devant la mairie de quartier. On citait le chancelier Adenauer, qui exprimait sa sympathie pour « cette grande manifestation du désir de liberté du peuple allemand en zone soviétique » tout en espérant que ces provocations n'entraîneraient personne à commettre des actes inconsidérés. Comme la plupart de ses amis et camarades d'université, Felix s'était fait son idée sur la question. Les paroles du chancelier trahissaient la peur d'une troisième guerre mondiale qui avait forcé les partis en présence, y compris les Américains, les Britanniques et les Français de Berlin-Ouest, à se figer dans une posture prudente, sans venir en aide aux insurgés de l'Est.

— Si tu veux mon avis, Adenauer s'est empressé de faire profil bas, lâcha une voix impertinente tout près de Felix.

Il replia aussitôt son journal et bondit sur ses pieds.

— Kasimir !

Günther lui sourit, l'air d'excellente humeur.

— Qu'est-ce que tu fais là de si bon matin ? Ça ne peut pas être un hasard, Kasimir !

— Non, ce n'en est pas un.

Il n'ajouta rien, et ils entendirent la rame approcher. Günther hocha la tête puis se tourna vers le bord du quai.

— Allez, viens, le train arrive.

Felix vit au numéro de la rame qu'elle bifurquerait directement vers le secteur Est et passerait par Treptow.

— Günther !

Celui-ci fit volte-face, stupéfait. Ils ne s'appelaient jamais par leurs vrais prénoms.

— Quoi ?

Felix baissa la tête et posa les yeux sur ses chaussures poussiéreuses ; le train entra en gare et les passagers se regroupèrent à la hauteur des portes. Günther s'agitait.

— Le temps presse, et si je n'arrive pas à l'heure, mon acheteur risque de repartir.

Felix tourna autour du pot. Il venait de prendre conscience qu'il ne pouvait pas trahir ainsi son meilleur ami, mais comment le lui dire ?

— Tu ne dois surtout pas y aller, pas maintenant, en tout cas.

Il était incapable d'avouer la vérité.

Günther s'approcha de lui avec une impatience grandissante.

— Qu'est-ce qui se passe ? Allez, crache le morceau !

— Je ne peux pas te le dire mais tu ne dois surtout pas aller à l'Est, pas aujourd'hui !

Günther secoua la tête.

— N'importe quoi. Si tu ne me dis pas pourquoi, tu ne pourras pas m'en empêcher.

Il avança vers la porte ouverte de la rame au moment où le contrôleur sifflait le départ. À la dernière seconde, Felix l'attrapa par le bras et le retint.

— Ils sont au courant et ils vont t'arrêter, souffla-t-il.

Günther blêmit, recula d'un pas, et les portes se fermèrent sous leur nez.

— Tu as été trahi, reprit Felix. Par moi.

À l'instant où il prononça ces mots, il comprit le bien qu'ils lui faisaient, et se sentit délivré. Felix, certain d'avoir agi justement, ne pensa pas un instant à ce que cela pourrait entraîner.

Therese

Les semaines suivantes passèrent à toute vitesse. Tous les matins, elle prenait le train de 7 heures pour se rendre à la bibliothèque universitaire et se préparer aux examens sur table. Le moment venu, elle devrait pouvoir se remémorer tout ce qu'elle avait appris durant ses études dans quatre domaines : droit civil, droit pénal, droit public et une matière optionnelle de son choix, dans son cas le droit constitutionnel. Elle aurait préféré une discipline du droit privé mais avait opté pour autre chose afin de ne pas risquer d'avoir deux fois le professeur Wulff comme examinateur. La manière de réviser variait d'un étudiant à l'autre : ceux qui pouvaient se le permettre allaient chez un répétiteur, certains relisaient leurs notes au calme, d'autres travaillaient en groupes et tentaient de résoudre des cas ensemble. Elle avait décidé de passer en revue à la bibliothèque tous les manuels et toutes les études de cas sur lesquels elle avait pu mettre la main. Et une autre raison la poussait à venir là chaque jour : Fred, le boxeur. Elle ressentait désormais une sorte de satisfaction en remarquant qu'au fond d'elle-même, elle se l'appropriait de plus en plus, et l'inverse semblait tout aussi vrai. Quand ils se rendaient au réfectoire et qu'elle observait son profil au nez plat, la sensation l'exaltait d'être en compagnie d'un homme manifestement envoyé par les dieux. S'il se tournait vers elle, son cœur battait soudain la chamade. L'attention qu'il lui témoignait ranimait sa confiance en elle. Quand ils n'étaient pas ensemble, il lui manquait douloureusement, en une brûlure qui l'inquiétait presque.

Même son père s'aperçut qu'il lui arrivait de chanter dans la cuisine, le matin, ou qu'elle fixait le vide par la fenêtre tout en essuyant un verre. Elle, en revanche, ne se rendit pas compte que Leo sombrait dans une tristesse de plus en plus profonde et que son humeur s'assombrissait de semaine en semaine. Depuis qu'il savait que Charlotte ne lui reviendrait jamais, qu'elle avait quitté Berlin-Ouest et rejoint Ernst, il chancelait intérieurement. Qui aurait pu se douter qu'il s'était tant cramponné à l'espoir de voir son ancienne maîtresse lui revenir un jour ? Même Charlotte n'avait pas compris ce que son départ à Worms signifierait pour lui. Leur dernier entretien avait principalement tourné autour de Therese. Elle l'avait pressé d'être strict avec elle, de surveiller son mode de vie et de ne jamais révéler à quiconque la vérité sur ses origines, ce qu'il lui avait promis. Pour conclure, elle lui avait exprimé sa grande reconnaissance pour tout ce qu'il avait fait pour Therese, précisant toutefois que lorsqu'elle aurait passé ses examens, elle rejoindrait sûrement sa famille à Worms. Charlotte n'avait pas pris conscience de la chape de plomb qui s'était posée sur la vie de Leo à l'instant où elle-même en était sortie pour toujours. Son intention de faire en plus bientôt venir sa fille fit le reste.

Quand Therese rentrait le soir de la bibliothèque, Leo était le plus souvent dans la cuisine ou dans son bureau, le regard vide, la lumière éteinte. Il ne lui demandait plus que rarement comment s'était passée sa journée ou comment avançaient ses révisions, et ne répondait que par monosyllabes à ses questions sur ses affaires en cours. Elle ne remarqua pas la couche de poussière qui se formait sur ses livres et ses dossiers. Elle débarrassait la tasse de café au lait refroidi et la tartine intacte qu'elle lui avait préparées le matin, sans chercher à en savoir davantage quand il prétendait n'avoir pas eu faim. Cela ne changea pas non plus quand son manque d'appétit devint la normalité. Emportée par un mélange euphorique d'état amoureux, de nervosité et de zèle, Therese ne vit pas les ténèbres envahir la vie de son père.

La veille du premier examen, elle resta une fois de plus à la bibliothèque jusqu'à ce que la bibliothécaire en chef passe dans les rangs pour en chasser les derniers étudiants. Therese et Fred se levèrent ; ils n'avaient pas choisi des places côte à côte pour ne pas éveiller les médisances de leurs camarades. Axel Hohmann et Max Römer, surtout, semblaient les épier. Pourtant, tous se tenaient étonnamment à carreau, peut-être à cause de la réputation de Fred, dont on disait qu'il avait déjà gagné quelques combats de boxe dans la catégorie poids moyen. Therese avait l'impression qu'une muraille protectrice invisible s'était élevée autour d'elle, et elle devait admettre qu'elle savourait cette sensation.

Ils se dirigèrent côte à côte vers la station de métro de la Thielplatz. On était en août, l'air était doux, le ciel au-dessus du campus noir et dégagé.

— Vous connaissez les constellations ? s'enquit Therese en s'arrêtant.

Elle rejeta la tête en arrière, regarda la lune pâle, chercha les étoiles brillantes.

— Malheureusement non !

— Je me demande parfois s'il est vraiment possible de voir son avenir dans les astres.

Fred enfonça les mains dans ses poches et leva la tête à son tour.

— Avec un horoscope, vous voulez dire ? Ce n'est pas du tout mon truc.

— Si on pouvait y voir le résultat des examens, voudriez-vous le connaître ?

Il éclata de rire :

— Oh non ! Je ne suis pas un génie du droit comme vous !

Soudain, il passa une main autour de la nuque de Therese et l'attira doucement vers lui. Le cœur de la jeune fille battait à se rompre. Ils étaient seuls sur le campus obscur. Il la regarda avec tendresse puis posa ses lèvres sur les siennes. Elle sentit ses bras musclés, sa main gauche qui lui caressa le dos avant de glisser, joueuse, vers sa poitrine. Elle savait que ce qu'ils faisaient là était scandaleux et interdit. Le désir que cela éveilla en elle la submergea pourtant avec une telle force qu'elle lui rendit ses baisers, perdant le contrôle de ses sentiments.

Les cliquètements d'un trousseau de clés les arrachèrent brutalement à leur étreinte. Une lampe de poche les éblouit.

— Qu'est-ce que vous fabriquez ? Fichez le camp tout de suite ! aboya le concierge.

Therese rajusta ses vêtements à la hâte et lissa sa jupe, se sentant surprise dans une position terriblement indécente. Mais quand le corpulent bonhomme se détourna, ils se prirent par la main, coururent et bondirent ensemble sur le quai du métro comme deux jeunes amoureux. Cette sensation de joie était enivrante, et Therese aurait voulu que la soirée ne prenne jamais fin.

Fred l'accompagna jusqu'à Charlottenbourg, alors qu'il vivait lui-même dans la direction de Tempelhof. Aucun d'eux ne se soucia de la silhouette sombre qui se collait au mur de la station de métro. Mendiants et sans-abri passaient souvent la nuit ici. Il prit congé devant l'immeuble d'un chaste baiser sur la joue, comme une mère embrassant son enfant. Therese en aurait voulu plus et l'attira vers elle, mais il se montra soudain plein de considération envers l'épreuve du lendemain, le besoin de sommeil, l'examen. Ils se souhaitèrent de beaux rêves, et bonne chance pour le jour suivant.

Quand elle ouvrit la porte, encore tout à l'ivresse de ses sentiments, elle ne voulait qu'une chose : boire un verre de lait et se coucher, s'endormir en ne pensant qu'à Fred, sans laisser l'examen imminent s'insinuer dans ses rêves. La cuisine était déserte et froide, la bouteille de lait vide, et elle se souvint qu'elle l'avait terminée le matin même. J'aurais dû faire des courses ! se reprocha-t-elle avec mauvaise conscience. Rien n'avait bougé depuis son départ. Son assiette et sa tasse du petit déjeuner étaient dans l'évier, le café sec dans le papier sur le filtre en porcelaine dégageait une odeur de moisi. C'est alors qu'elle vit la feuille, sur la table.

Je ne veux plus.

Rien d'autre. Therese eut soudain peur.

— Paps ? lança-t-elle dans l'appartement désert.

Elle tendit l'oreille – il régnait un silence de mort. Elle courut d'une pièce à l'autre, le bureau, la chambre étaient vides. Tremblante, elle comprit d'un coup ce que le message signifiait. Elle ouvrit à la volée la porte de l'appartement, sans chaussures, et descendit l'escalier quatre à quatre, dérapa sur deux ou trois marches, se rattrapa à la rampe, atteignit la porte de l'immeuble puis la rue, au pas de course. Quand elle bifurqua au coin du Kurfürstendamm, elle faillit télescoper un homme qui promenait son teckel, et qui poussa quelques jurons. Les marches menant au métro lui parurent innombrables, infinies. Dans sa tête se reforma l'image d'une silhouette qui s'était tournée vers eux alors qu'ils l'avaient déjà presque dépassée. En cette fraction de seconde, elle avait aperçu les contours d'un visage, sur le quai, sans comprendre que c'était celui de son père. Loin au-dessous d'elle, dans les passages souterrains, elle entendit le crissement des sabots de freins sur les rails. Le hurlement du métal fut si long et si assourdissant qu'elle se pressa les mains sur les oreilles et se recroquevilla, tremblante, incapable de faire un pas de plus.

Il lui sembla n'entendre la sirène de l'ambulance que des heures plus tard. En la voyant assise tout ce temps sur les marches, immobile, quelqu'un finit par lui adresser la parole. Elle avait la tête comme emmaillotée d'ouate, percevait à peine les voix. On lui mit une couverture sur les épaules, on l'emmena en haut en lui parlant d'une voix douce et apaisante. Alors elle vit, à quelque distance, qu'on emportait un cercueil en zinc gris. Quand elle fut en mesure de dire au policier où elle habitait, il la laissa partir. Elle monta l'escalier de l'immeuble, les jambes en plomb. La porte de chez elle, de chez Leo, était béante. Pas trace de Mme Neumann cette nuit-là. Therese ferma derrière elle et alla dans sa chambre d'un pas d'automate. Elle prit la pendulette de sa table de chevet, observa les chiffres nacrés et mit plusieurs secondes à se rendre compte qu'il était déjà 2 heures. Elle régla le réveil sur 6 h 30 et s'effondra sur le lit.

Quand il sonna, quatre heures et demie plus tard, son esprit se défendit de toutes ses forces contre l'éveil. Elle voulait continuer à dormir sous son édredon, dans le lit moelleux de sa chambre de Feltin. Une sensation apaisante de sûreté l'entourait comme un rempart. Mais le carillon strident s'insinua sans pitié jusqu'à sa conscience, ressemblant de plus en plus au crissement des freins du métro.

— Non ! hurla-t-elle.

S'effrayant de sa propre voix dans le silence de l'appartement, elle se redressa en sursaut. La vérité lui revint d'un coup, comme une gifle en pleine figure. Son père était mort. Il s'était jeté sur la voie ferrée. Therese se rallongea et tira ses couvertures pardessus sa tête, ne voulant qu'une chose : ne jamais se relever. Quelle mauvaise fille elle avait été pour lui. Elle ferma les yeux et se mit à se répéter ces mots dans sa tête : *Pardonnez-moi, mon Dieu !*

Comme elle avait peu pensé à lui, ces derniers temps. Dès qu'elle sortait de l'appartement, elle l'oubliait. Elle n'avait presque rien remarqué des ténèbres qui avaient dû l'envahir avant de le pousser à cet acte inconcevable. Pourtant, il avait toujours subvenu à ses besoins, et lui avait même fourni le document décisif pour son mémoire.

L'examen !

La première épreuve sur table avait lieu aujourd'hui !

Les règles étaient très strictes. Peu importe qu'on se soit cassé le bras droit, qu'on ait attrapé le typhus ou que son propre père se soit suicidé la nuit précédente. Si on ne se présentait pas à l'examen, on devait attendre six mois avant de participer au suivant. Elle rejeta sa couverture, se leva et alla à la salle de bains comme un automate. Elle tenta de ne pas voir le rasoir de Leo, sa brosse à dents près de la sienne dans le gobelet. Elle se lava, peigna ses longs cheveux, les serra en un chignon sévère qu'elle fixa avec des épingles, puis retourna dans sa chambre et enfila sa sempiternelle jupe.

Dans une sorte de transe, Therese franchit à 7 h 45 l'entrée principale du Femina-Palast. Elle n'accorda pas un regard à la gigantesque affiche du cinéma Tauentzien, sur la large façade horizontale. *Du soleil dans le cœur*, proclamait-elle en lettres jaunes pour tous ceux, de plus en plus nombreux, qui passaient dans la rue en contrebas. Les visages rieurs de Liselotte Pulver et Carl Wery y promettaient aux spectateurs deux heures d'insouciance. Le cinéma se trouvait un étage au-dessus du fameux club de jazz la Badewanne, où la jeunesse berlinoise avait fait la fête la nuit précédente pendant le concert d'un groupe de rock and roll, et un en dessous de la salle où, ce matin-là, les choses allaient devenir sérieuses pour cinquante-trois aspirants juristes de l'université libre.

Les épreuves sur table se déroulaient sous le contrôle du bureau des examens juridiques, et pour assurer un déroulement dans les règles, l'administration avait loué une vaste salle dans ce complexe situé entre la Tauentzienstraße et la Nürnberger Straße. L'avantage pour Therese était qu'elle pouvait s'y rendre à pied depuis la Fasanenstraße. Un trajet en métro ce jour-là aurait été au-dessus de ses forces. En s'engageant dans le couloir du premier étage, elle vit de loin les candidats, ses camarades, qui attendaient devant la porte. Personne ne disait mot. Leurs visages tendus, nerveux et soudain si juvéniles formaient un contraste frappant avec leur tenue : presque tous portaient un costume sombre et une cravate. Le recueil de lois Sartorius à la reliure rouge vif qu'ils avaient tous sous le bras, seul livre de référence autorisé pendant l'épreuve de droit public, formait une touche de couleur presque déplacée. C'est absurde de se mettre sur son trente-et-un pour ça, pensa Therese en ralentissant le pas. Pourtant, sans savoir pourquoi, elle aussi avait enfilé son plus beau chemisier. Elle s'arrêta à quelque distance de la porte où un feuillet annonçait :

Premier examen juridique d'État
SILENCE S'IL VOUS PLAÎT !

Elle se détourna en espérant que personne ne lui adresserait la parole et scruta le groupe du coin de l'œil à la recherche de Fred, mais il n'était pas encore arrivé. Plus que cinq minutes. Soudain, au bout du couloir, la porte de la cage d'escalier s'ouvrit à la volée, et il surgit au pas de course. Ses semelles de cuir glissèrent sur les derniers mètres et il faillit renverser le panneau signalant « Attention, fraîchement ciré ». Il s'arrêta abruptement à la hauteur de Therese et lança, enjoué et pas essoufflé pour deux sous :

— Bonjour, mademoiselle Trotha. Bien dormi ?

Avant qu'il ait le temps d'interpréter son expression et qu'elle puisse même lui répondre, la porte de la salle d'examen s'ouvrit et une frêle femme blonde commença l'appel d'une voix sévère.

— Bonne chance, chuchota-t-il encore.

— Bonne chance !

Tandis qu'ils avançaient entre les tables numérotées, placées à exactement un mètre de distance les unes des autres, Therese devint très calme. Elle s'assit à la place qui lui était attribuée, la 47, posa son recueil de lois, sortit son porte-plume et son encrier, disposa le tout bien droit sur la table, croisa les mains et écouta les directives de la surveillante en respirant paisiblement. Ils ne pouvaient utiliser que le papier estampillé du tampon officiel qu'ils trouveraient sur leur table. S'ils n'en avaient pas assez, ils pouvaient en redemander. Toute sortie aux toilettes serait répertoriée avec le nom, l'heure et la durée, toute tentative de tricherie provoquerait une exclusion immédiate de la suite de l'examen... À 8 h 15, les sujets furent distribués. Sans la moindre nervosité, Therese lut le texte puis se mit à écrire.

Elle couvrit le papier grisâtre de mots serrés, à l'encre bleue, alignant les phrases en une écriture fluide sans relever la tête, sans hésiter, sans raturer, sans feuilleter son recueil de lois. Elle ne remarqua pas les coups d'œil de ses camarades qui, à droite et à gauche, l'observaient avec suspicion. Comment pouvait-elle se lancer ainsi dans la rédaction de sa solution dès la distribution des sujets, sans marquer une seule pause ? Le léger grattement de sa plume sur le papier ne cessait que lorsqu'elle prenait une autre feuille. La sévère femme blonde, depuis son pupitre, tourna aussi les yeux vers elle. Therese saisit une nouvelle page et continua à écrire, concentrée.

La surveillante se leva et avança entre les rangées sans but apparent, s'arrêta juste derrière elle et regarda par-dessus son épaule. Therese écrivait, écrivait.

Le bruit qui jaillit des lèvres de la femme blonde, la manifestation d'un choc violent, transperça le silence tendu qui régnait dans la salle. Tous levèrent la tête et se tournèrent vers elle mais Therese continua à écrire, couvrant une nouvelle page de la même phrase, encore et toujours :

Mon Dieu, pardonnez-moi.

Ce fut le deuxième enterrement en un bref laps de temps. Charlotte et Therese étaient assises sur le banc familial avec le frère aîné de Leo, bien qu'ils ne se fussent jamais rencontrés auparavant. Son père n'avait plus d'autre famille, et tout bien considéré, Charlotte n'en faisait pas partie non plus. Edith était son ex-femme, Therese sa fille illégitime. Au télégramme de Therese, Edith avait répondu qu'elle était navrée mais qu'elle ne reviendrait plus en Allemagne.

Ils écoutèrent le piano et les paroles du pasteur de Charlottenbourg. Presque tous les édifices religieux avaient été détruits, Leo n'était membre d'aucune paroisse. Elles avaient eu du mal à trouver un prêtre disposé à assurer un service pour Leonhard Händel dans son église provisoire, bâtie de bric et de broc après la guerre avec des planches récupérées dans les décombres. Même si le médecin appelé sur place avait inscrit « accident » sur le certificat de décès, l'ecclésiastique se doutait qu'il s'agissait d'un suicide, un acte qui, même selon les règles de l'Église évangélique, entraînait la damnation éternelle et excluait tout enterrement religieux. Pourtant, il fit preuve de miséricorde et céda à la demande insistante de Therese. À part eux, seuls Maric, deux anciens confrères avocats et Mme Neumann, la voisine, assistèrent à la messe. Therese fut surprise de la voir. Le regard que celle-ci lui lança ne trahissait pourtant que de la curiosité, pas la moindre sympathie. Les éternels versets et phrases de la Bible apportèrent à la jeune femme encore moins de réconfort que lors des obsèques de sa grand-mère.

Quelle mauvaise fille elle avait été pour lui. Elle ferma les yeux et se remit à répéter intérieurement : *Pardonnez-moi, mon Dieu !*

Charlotte aussi se faisait de lourds reproches. Toute à sa joie d'apprendre le retour de Ernst, elle ne s'était pas doutée de ce que ses adieux définitifs et son départ avaient infligé à Leo. Elle n'avait pas du tout saisi combien il tenait encore à elle, car lors de leurs rares rencontres à Berlin, il n'avait jamais exprimé ses sentiments. Quelle ironie du sort : l'homme qu'elle avait un jour considéré comme le bonheur de sa vie s'était donné la mort parce qu'elle ne lui retournait plus son amour.

Quand ils sortirent de l'austère église, le ciel était gris et la bruine tombait.

— Je vous remercie de m'avoir informé, dit le frère de Leo, très formel.

Le cœur de Charlotte manqua un battement.

— Permettez-moi de me présenter : Hans Händel.

Le timbre de sa voix, sa manière de parler – elle avait l'impression que Leo se tenait devant elle. À l'église déjà, leur ressemblance physique l'avait frappée. Hans avait juste une carrure plus massive et le visage marqué par les éléments, dénué de la pâleur aristocratique de Leo. Il avait la main calleuse, tandis que celles de son intellectuel de frère avaient toujours été lisses et douces.

— Vous êtes la cousine d'Edith, n'est-ce pas ?

— Oui, et voici ma fille, Therese.

Bien sûr, Hans ignorait qu'elle était la fille de Leo. Les deux frères n'avaient jamais été particulièrement proches. Après que l'aîné avait hérité de la ferme, Leo était devenu avocat et notaire à Chemnitz sans plus entretenir de liens étroits avec sa famille.

Quand Hans se tourna vers Therese et la regarda dans les yeux, elle vit une autre émotion apparaître sur ses traits, en plus du deuil. Existe-t-il vraiment une sorte de lien invisible entre des personnes qui sont de même sang mais l'ignorent ? se demanda-t-elle. Ou venait-il juste de se rendre compte que les yeux de Therese avaient exactement la même forme et la même couleur que les siens et ceux de son frère ? Ces questions inexprimées restèrent en suspens – celle de leur ressemblance, de la nature de leur relation, de la fin tragique de Leo. Personne n'y répondit. Ce fut un instant d'intimité vite envolé.

Après l'enterrement au cimetière de Charlottenbourg, ils se séparèrent sans faire la promesse de se revoir.

Le testament que Leo avait rédigé au début des études de Therese, quand elle avait emménagé chez lui, et qu'il avait déposé chez un notaire fut une surprise pour la jeune femme : elle était sa seule héritière. Il ne lui laissait pas une fortune, ayant dû lui aussi quitter Chemnitz et la zone d'occupation soviétique les mains vides, juste après la guerre. Pourtant, il avait mis de côté tout ce qu'il avait gagné durant sa carrière d'avocat à Berlin, à part ses dépenses courantes : près de dix mille deutsche marks, déposés sur un compte d'épargne. Elle fut incapable de s'en réjouir. Au contraire – chaque mark pesait une tonne sur la balance ténébreuse de sa conscience.

Gisela

— Tu te rends compte, Felix ! Engelmann va fabriquer deux modèles dont j'ai créé les patrons.

Il leva les yeux de la machine à écrire sur laquelle il tapait sa dixième candidature. Près de lui, sur la table, des journaux où il avait entouré des offres d'emploi à l'encre bleue. Il avait enfin terminé ses études et cherchait son premier emploi de commercial frais émoulu.

— C'est formidable !

Il lui sourit brièvement puis se remit à taper.

— Que penses-tu de Francfort ou de Wiesbaden ? demanda-t-il sans s'interrompre.

— Wiesbaden ? répéta Gisela. Ça m'a l'air bien aristocratique, et hors de prix. Et je ne peux pas laisser maman toute seule à Berlin.

— Elle pourra venir avec nous !

Felix prit une bouffée de la cigarette qu'il avait déposée dans le cendrier en verre.

— Alors qu'elle vient de trouver ce poste formidable au KaDeWe ? Et puis, elle ne voudra jamais quitter son appartement. (Elle baissa la voix.) Felix, est-ce que tu peux arrêter de fumer ? On va manger.

Sans répondre, il se concentra sur les touches. Gisela poussa un peu les journaux pour mettre la table sur la surface ainsi libérée. Elle avait fait bouillir de l'eau au thermoplongeur dans une casserole avant d'y déposer deux œufs ; elle évitait autant que possible d'utiliser la cuisine commune. La plupart du temps, Mme Finke se plantait derrière elle et l'assommait de ses bavardages pendant qu'elle préparait son repas. Elle sortit les œufs de la casserole avec une cuillère et les refroidit dans un bol d'eau fraîche avant de les écaler. Brusquement, Felix arracha la feuille de la machine, la roula en boule et la jeta en direction de la corbeille à papier. Il écrasa sa cigarette dans le cendrier, se leva et ouvrit la fenêtre.

— Merci ! dit Gisela.

Elle sourit ; il l'enlaça et l'attira contre lui.

— Excuse-moi. De toute façon, je ne devrais plus fumer dans notre chambre, mais je déteste taper toutes ces candidatures. Ça me rend nerveux, je n'arrête pas de faire des fautes !

Elle passa la main dans ses cheveux ondulés.

— Je suis désolée de ne pas pouvoir t'aider. Je ne suis pas plus douée que toi avec cette machine !

Elle était si heureuse que Felix soit redevenu lui-même. Elle n'aurait pas supporté sa froideur distante plus longtemps. Quand ils pourraient enfin louer un appartement et quitter cette chambre exiguë, tout irait bien.

— Il y a aussi une offre intéressante à Cologne. Ils cherchent de jeunes gestionnaires à la Poste. Qu'en penses-tu ?

— Toi, à la poste ? J'ai du mal à t'y voir. Tu risques de finir derrière un guichet !

Ils éclatèrent de rire. Gisela n'avait aucune envie de quitter Berlin, surtout maintenant que les choses bougeaient enfin dans la désuète maison de mode Engelmann. Elle aurait toutefois aimé visiter d'autres villes, de temps en temps. Elle se demanda comment annoncer l'autre nouvelle à Felix le plus diplomatiquement possible. Sans l'autorisation de son mari, elle ne pourrait pas participer au voyage prévu. Elle était toutefois si fière qu'elle ne put guère se retenir longtemps.

— Ils veulent m'emmener à l'IGEDO de Düsseldorf, dans deux semaines, pour que j'y présente mes modèles.

Felix reprit place devant sa machine et s'enfonça dans son dossier.

— Présenter à l'IGEDO, ça veut dire quoi ?

— C'est un salon de mode pour professionnels, le seul d'Allemagne, voire du monde, il y a des défilés de mode dans les salles d'exposition et même sur la célèbre Königsallee, et je dois y présenter mes propres modèles.

— Les présenter ? Mais tu ne sais pas faire ça !

Gisela coupa en deux les œufs durs, en ôta les jaunes et les écrasa à la fourchette. Felix se pencha en avant et la regarda attentivement leur ajouter de la mayonnaise et de la moutarde puis assaisonner le tout d'un trait de sauce brune. Il prit le flacon : « Maggi Arôme », disaient les lettres rouges sur fond jaune de l'étiquette.

— Notre cuisinière, Mme Leutner, s'en servait déjà à Feltin. Enfant, je la regardais faire, et parfois j'avais le droit de goûter.

— Oui, on en retrouve enfin dans les magasins ! dit Gisela.

Elle garnit soigneusement les blancs d'œufs de la mixture, les disposa sur deux assiettes et ajouta sur chaque moitié une cuillerée de perles noires collantes qu'elle prit dans un petit bocal.

— Qu'est-ce que c'est ? demanda Felix.

— Du faux caviar, des œufs de lompe. Un pot comme ça coûte moins d'un mark. On appelle ça des « œufs à la russe ». J'ai entendu la recette à la radio.

Il grimaça.

— Il faut vraiment que ce soit russe ?

— Clemens Wilmenrod dit que c'est le dernier cri !

— Clemens Wilmenrod..., marmonna Felix.

— Il fait même la cuisine à la télévision, j'ai vu son émission chez Regina il n'y a pas longtemps. Tu sais que Regina et Erwin ont déjà un téléviseur !

— Bientôt, on pourra s'en payer un aussi, tu verras.

Gisela fit le tour de la table pour se pencher vers lui, mit sa joue contre la sienne et souffla d'une voix suave :

— Felix, c'est vraiment une grande chance ! Engelmann est très enthousiasmé par mes modèles !

— Et par toi aussi, peut-être ? Te montrer comme ça, te faire regarder par tout le monde... Ça ne me plaît pas beaucoup. Et puis...

Felix parlait par saccades, n'ayant pas cessé de taper à la machine. Il s'interrompit enfin et la regarda :

— ... et puis, pour y aller, il faudrait que tu passes par la Zone.

Elle soupira.

— Tu as raison.

Depuis que Felix avait rompu l'accord signé avec la Stasi et alerté Günther, ils vivaient dans une peur latente. Manifestement, son ami et lui étaient toujours sous surveillance. Des voitures immatriculées en RDA avaient réapparu devant chez eux, des inconnus bizarres surgissaient dans le hall d'entrée. Felix, Gisela, Günther et Pim évitaient désormais le secteur soviétique, ne prenaient même plus le train ni le métro qui passaient par Berlin-Est. Traverser la RDA en voiture ou en train était pour eux complètement exclu. Pendant un si long trajet, les employés de la Stasi auraient trop beau jeu de passer à l'action.

— Dommage, dit-elle à voix basse. Je m'étais tellement réjouie de changer un peu d'air et de voir une autre ville.

— Oui, mais c'est vraiment trop dangereux.

Pour Felix, l'affaire semblait close, il avait presque l'air soulagé. Gisela coupa deux tranches de pain et les tartina de beurre. Elle disposa près des assiettes leurs serviettes roulées, bien serrées dans leurs ronds de raphia coloré. Elle redressa soudain la tête, les yeux brillants.

— Et si j'y allais en avion ? Je suis à peu près sûre qu'Engelmann me paierait le vol !

La halle était gigantesque ; robes, chemisiers et étoffes à motifs renvoyaient la lumière des milliers de projecteurs fixés aux armatures du plafond. Gisela, impressionnée, admirait la salle des expositions de Düsseldorf. Elle ne s'était pas attendue à une telle démesure. Sur chaque stand, une maison, un fabricant présentait ses modèles aux professionnels. Les voix qui discutaient dans diverses langues créaient un fond sonore qui rappelait le bourdonnement d'une ruche. Debout près de Traudel Engelmann en haut de l'escalier, d'où elles avaient une très bonne vue, Gisela tentait de s'imprégner de cette atmosphère. Elle avait cru éclater de joie quand Engelmann avait accepté de lui payer le vol de Berlin à Düsseldorf, et le fait même de prendre l'avion était la chose la plus excitante qui lui soit jamais arrivée.

— Tu te rends compte, ils nous ont même servi le champagne, là-haut dans les nuages.

Traudel était suspendue à ses lèvres, sans la moindre jalousie ; en tant que fille du patron, elle aurait pourtant dû elle aussi pouvoir jouir d'un tel luxe. Elle avait toutefois fait les cinq cent cinquante kilomètres séparant Berlin de Düsseldorf en Opel

Kapitän, avec son père et Mlle Schwan. Elle ne risquait pas d'être arrêtée pendant son transit par la RDA, un danger que Gisela avait su décrire à son patron en termes éloquents.

Traudel aussi semblait impressionnée par les dimensions de la halle et l'abondance de modèles.

— Mon père a dit que cette année, il y a presque soixante-dix exposants étrangers. France, Espagne, Italie, Angleterre et même Amérique du Sud.

Gisela passa son bras sous le sien et elles descendirent jusqu'aux allées, s'arrêtant sans cesse, émerveillées par les robes, les ensembles, les chemisiers et les jupes. Ici, la grisaille de l'après-guerre avait disparu pour de bon. Le chic et la couleur avaient fait leur retour dans la mode, exposée là avec une diversité et une opulence sans égales. Les grands noms, surtout, les intéressaient : Christian Dior de Paris, avec ses inimitables créations ultra-féminines, Hardy Amies de Londres, très sobre, Heinz Oestergaard. Plus Gisela en voyait, plus elle apprenait : les créateurs de mode rivalisaient d'originalité. Ils imposaient leur style aux femmes, comme un cachet, et leur donnaient ainsi l'impression de ressembler un peu aux stars adulées du cinéma.

— Regarde cette veste ballon ! s'exclama Gisela en désignant un mannequin sur un stand aux parois d'un bleu profond.

— Cristóbal Balenciaga, Paris, déchiffra Traudel.

Gisela connaissait son nom mais n'avait encore jamais vu aucun de ses modèles. Elle savait même qu'il était espagnol et avait fui la guerre civile pour se réfugier à Paris.

— Il faut que je regarde ça de plus près.

Elle fit deux pas vers le mannequin qui, illuminé par plusieurs projecteurs, paraissait littéralement flotter sur le fond bleu nuit. L'effet était époustouflant.

Elle nota aussitôt que, allant à l'encontre des coupes classiques, Balenciaga avait beaucoup biaisé le tombé des épaules, le transformant complètement. La veste ballon en tissu bouclé blanc enveloppait le haut du corps comme un cocon ; les jambes avaient l'air encore plus longues, et la tête semblait posée sur un socle.

— As-tu jamais rien vu de tel ? souffla-t-elle, fascinée.

— Je crois que tu dois bientôt aller te changer pour le premier défilé, répliqua Traudel, manifestement bien moins impressionnée qu'elle. J'ai promis à mon père de te ramener à l'heure.

— Toi, me ramener *moi* ? répéta Gisela. Ça ne devrait pas être l'inverse ?

Pourtant, elle fit volte-face et se dirigea vers le stand d'Engelmann. Soudain, Traudel écarquilla les yeux. Au milieu de l'allée, un homme remarquablement séduisant venait dans leur direction, flanqué de deux mannequins à lunettes noires et immenses chapeaux. Traudel mima l'évanouissement avant de murmurer :

— Tu sais qui c'est ?

— Bien sûr, O.W. Fischer ! répondit calmement Gisela. Qui ne le connaît pas ? On voit son visage partout à Berlin.

— *L'amour n'est pas un jeu* ! souffla Traudel. J'ai tellement pleuré ! Tu l'as vu ? Il ne manque plus que Ruth Leuwerik !

— Non, c'est un film bien trop triste pour moi.

— Tiens-moi ça une seconde, fit Traudel en tendant son manteau à Gisela. Il me faut absolument un autographe !

Gisela sourit en la regardant se précipiter, toute candide, vers le célèbre acteur autrichien. Depuis sa première rencontre avec Traudel, celle-ci s'était encore arrondie, ce qui, vu sa petite taille, lui donnait une allure un peu empotée. Sa jupe rose évasée, serrée sur une taille à peine existante, et son chemisier aux manches bouffantes ne l'avantageaient guère, surtout à côté des deux mannequins élégants et très sveltes. La mode actuelle exigeait une silhouette en sablier, avec des hanches rondes et une taille fine. Peut-être devrait-elle lui conseiller le plus diplomatiquement possible quelques-uns de ces petits assistants invisibles qu'on trouvait désormais partout. Traudel n'était pas la seule à avoir des problèmes de poids maintenant que la nourriture était enfin redevenue abondante. Alors que, durant les premières années d'après-guerre, les vêtements des femmes flottaient sur leur corps amaigri par la disette, elles se sanglaient à présent dans des corsets, soutiens-gorge, gaines et culottes montantes. Il devait pourtant bien exister un moyen pour Traudel de perdre ses rondeurs de gamine. Gisela savait que la joviale adolescente aurait adoré présenter elle aussi quelques-uns des nouveaux modèles. Toutefois, même son père avait dû admettre qu'elle n'avait pas la taille mannequin. Traudel revint vers elle, rayonnante, en brandissant une photo de la star de cinéma.

— Regarde ! s'exclama-t-elle, exaltée, en tendant à Gisela la carte dédicacée. Il a été très charmant, vraiment irrésistible.

— Quel joli souvenir ! fit Gisela en admirant le trophée.

Mais l'heure tournait : chaque modèle du défilé disposait d'une heure de préparation, pas une minute de plus. Elles se frayèrent un chemin dans la foule et aperçurent M. Engelmann planté au milieu de l'allée, devant son stand. Il regardait nerveusement sa montre.

— Mon Dieu, mais où étiez-vous donc, les filles ! lança-t-il, oubliant dans son agitation qu'il ne s'adressait habituellement pas à Gisela avec une telle familiarité. Allez, vite, vite !

Elles firent rouler dans l'allée le portant auquel étaient suspendus les modèles, couverts d'une toile pour les cacher aux regards curieux. Tout au bout, une scène avec un large escalier. Quelques mètres plus loin, une porte discrète menait à un vestiaire exigu muni de miroirs fixés au mur. Toutes les places étaient occupées par les mannequins qu'on maquillait et coiffait. Assistantes et coiffeuses s'agitaient en tous sens.

Gisela resta à l'entrée, indécise, et sourit en voyant que même les mannequins très minces se tortillaient pour entrer dans des sous-vêtements moulants, se démenaient avec baleines, élastiques, rembourrages en mousse et armatures diverses. Sa collègue, Mlle Schwan, jurait comme un charretier en enfilant une étroite robe fourreau à boutons. Il avait fallu que le choix d'Engelmann se porte précisément sur elle. Gisela devait toutefois admettre à contrecœur qu'avec ses cheveux blonds peroxydés, son joli visage et ses jambes interminables, elle semblait faite pour le podium. Alors qu'elle s'apprêtait à lui demander qui devait s'occuper d'elle, une femme aux lèvres rose vif l'aborda :

— Vous êtes un mannequin d'Engelmann ?

Elle hocha la tête.

— Gisela Trotha.

La maquilleuse poussa un soupir de soulagement.

— Enfin, mademoiselle Gisela ! Il était temps. Suivez-moi.

Therese

Comment se préparer au mieux à l'oral du premier examen juridique d'État ? Surtout quand on ignore si on y est admis ? Depuis un mois, Therese se posait cette question tous les jours. Elle obtiendrait « Insuffisant » au premier écrit, c'était évident. Elle n'était même pas revenue à elle en sortant du Femina-Palast, dans la chaleur suffocante et la vive animation de la Tauentzienstraße, pour y retrouver Marie qui l'avait assaillie de questions. Elle ne se réveilla que quand son amie la rattrapa pour la faire reculer de justesse : elle marchait si près de la route qu'un bus à étage avait failli la happer. Elle comprit alors, trop tard, ce qu'elle venait de faire. En guise de copie d'examen, elle avait rendu dix pages couvertes de la même phrase, recopiée cinq cent vingt-trois fois.

Pour deux des trois épreuves qui se déroulèrent au cours des jours suivants, au moins, elle garda toute sa raison, trouva des solutions plausibles et des arguments logiques, sut utiliser ses connaissances de manière réfléchie. Elle ignorait si ces notes, ajoutées à celle de son mémoire, suffiraient à lui laisser une chance d'être admissible. Personne ne pouvait le lui dire, et elle n'avait plus de père juriste pour la conseiller et la rassurer. Jamais de sa vie elle ne s'était sentie aussi seule.

Chaque soir, quand elle rejoignait à pied la Fasanenstraße et voyait les fenêtres sombres du troisième étage la fixer comme des yeux vides, quand elle montait les marches menant à l'appartement désert, elle se remémorait l'horrible nuit, un mois plus tôt. Elle n'avait plus ouvert la porte du bureau de Leo ni celle de sa chambre, depuis, et se surprenait à toujours hâter le pas pour passer devant ces pièces, bondissant presque.

Le matin, Therese faisait sa toilette à la hâte. Elle ne prenait plus le petit déjeuner dans l'appartement et se précipitait dehors telle une bête traquée, comme si le malheur tendait ses longs doigts vers elle pour l'attraper dans le couloir ou l'escalier.

Elle s'arrêtait chaque jour devant la boîte aux lettres et ouvrait le clapet de métal. Rien ! Pas de courrier du bureau des examens. Attendre le résultat des épreuves était usant. L'idée de passer l'oral avec le professeur Wulff sans pouvoir s'appuyer sur des notes écrites suffisamment bonnes lui donnait mal au ventre. Elle redoutait qu'il ne prenne plaisir à la traiter comme un agneau envoyé à l'abattoir.

Au début, elle achetait parfois une tartine ou un croissant à la boulangerie sur le chemin de l'arrêt de bus, puis elle s'en passa de plus en plus souvent. Elle mangeait si peu que la ceinture de sa jupe était devenue trop large de plusieurs centimètres. Le trajet en bus durait une demi-heure de plus qu'en métro, un délai dont elle s'accommodait sans peine. Jamais elle ne remettrait les pieds de son plein gré dans une station de métro berlinoise.

— Tiens, regarde ! dit Fred.

Il ouvrit sa sacoche en vieux cuir brun pour qu'elle y jette un coup d'œil. Tous les matins, il l'attendait devant la bibliothèque. Même lorsqu'elle arrivait très tôt, il était là, près des imposantes portes en palissandre poli, sans se formaliser de son attitude revêche. Aujourd'hui encore, elle accorda à peine un regard à la mallette qu'il lui brandissait sous le nez. Elle n'y vit d'ailleurs rien de particulier, juste trois classeurs noirs aux étiquettes vierges.

— Et alors ? demanda-t-elle d'un ton terne.

Fred se dirigea avec elle vers les casiers où elle voulait laisser son sac, de l'autre côté de la cage d'escalier chichement éclairée. En plus du cuir grossier de sa sacoche et de l'odeur de renfermé des compartiments en bois où certains étudiants entreposaient tout un bric-à-brac, elle perçut un parfum inhabituel sur lui. Apparemment, il utilisait depuis peu un après-rasage très agréable, musqué et citronné.

Therese se rendait bien compte de son attention, de ses efforts pour lui plaire. Toutefois, ce qui l'aurait rendue euphorique avant la mort de son père était désormais emporté dans un tourbillon confus de culpabilité et de deuil. Elle ne parvenait pas à se défaire de l'idée que son état amoureux avait, en cette nuit fatale, confirmé son père dans sa décision de mettre fin à ses jours, la lui avait même inspirée. Qu'avait dû ressentir son âme torturée en la voyant sortir du métro, heureuse et amoureuse, main dans la main avec Fred ? Elle supportait à peine d'y penser.

Une fois devant les casiers, il sortit les classeurs de sa sacoche et en tendit un à Therese. Elle ouvrit la couverture noire et lut à voix basse, sur la première page :

— *Compte rendu professeur Wulff.*

Il lui donna le suivant : *Compte rendu professeur Sternberg*, et le dernier : *Compte rendu président de la cour d'appel d'Eimer.* Elle lut ces titres d'une voix étouffée car deux autres étudiants qui s'approchaient leur jetèrent des regards soupçonneux.

Elle releva les yeux vers Fred, qui affichait un sourire triomphant.

— Si c'est bien ce que je pense, où as-tu trouvé ça ? demanda-t-elle.

Malgré elle, elle avait parlé d'un ton presque admiratif.

— Pas de messe basse sans curé ! marmonna un autre étudiant.

À voix basse, elle reprit :

— Il vaut mieux y aller, et ne pas nous asseoir ensemble.

Il hocha la tête. Therese tendit la main vers un des classeurs.

— Je peux ?

— Ils sont là pour ça !

Leurs yeux se croisèrent et, l'espace d'un instant, elle lut dans les siens son attachement sincère, et n'éprouva plus le besoin d'être sur la défensive.

— Merci !

Elle bouillait d'impatience de s'installer dans la bibliothèque, à une place aussi isolée que possible, et d'ouvrir le classeur. Quand elle le posa sur sa table, elle regarda autour d'elle. Les rares étudiants déjà présents si tôt semblaient tous absorbés par leurs notes et leurs manuels. Elle s'était assise aussi loin de Fred qu'elle l'avait pu, d'autant plus qu'elle ne voulait pas qu'on remarque leurs classeurs identiques. Mais son inquiétude était exagérée. Un étudiant sur deux rangeait ses notes personnelles dans un classeur de ce genre, noir, neutre. On en trouvait dans toutes les papeteries.

Therese ouvrit le sien. Il s'agissait bel et bien de comptes rendus d'oraux où Wulff avait fait office d'examinateur, notes prises de mémoire au cours des deux dernières années. Elle savait que les épreuves orales étaient accessibles à tous mais qu'il était strictement interdit d'en établir des transcriptions. Pourtant, quelqu'un l'avait fait, les avait regroupées, tapées avec soin et reliées. Elle ne vit pas son pied tressauter nerveusement tandis qu'elle feuilletait le document. Les dernières pages avaient beaucoup jauni tandis que les premières étaient toujours du gris clair caractéristique du papier à machine à écrire de base.

Le premier compte rendu était celui de l'épreuve la plus récente, en date du 29 janvier 1953. Il commençait par la constatation que l'examinateur « suivait un protocole bien établi ». Therese savait ce que cela signifiait : en général, il menait tous ses examens de la même manière. Étaient ensuite indiqués le sujet principal, le droit des garanties, et les paragraphes à utiliser. Enfin, le déroulement de l'entretien était catégorisé : « *Question – réponse, s'attarde volontiers sur des thèmes secondaires...* (Le pouls de Therese accéléra quand elle lut la suite :) ... *emploie souvent des tactiques d'intimidation.* » N'était-elle donc pas la seule à subir cela de sa part ?

Enfin venait l'étude de cas elle-même.

Professeur Wulff : Hans, fier propriétaire d'une automobile, fait paraître une annonce dans le Berliner Morgenpost *pour mettre en vente son véhicule, un Goliath GP 700 blanc de la maison Borgward. Il indique un kilométrage de 66 000 km et l'année de construction 1952. En fait, ces informations sont fausses. D'une part, la voiture a beaucoup plus de kilomètres au compteur, à savoir 108 000, et d'autre part, elle date de 1950. Il est conclu entre les deux parties une clause de non-responsabilité : « Acheté en l'état après essai sur route. » Franz a toujours rêvé de posséder une si belle automobile. Il trouve que 3 100 deutsche marks sont un bon prix et l'affaire est conclue. Mais quelques jours plus tard, un de ses amis inspecte le véhicule et lui gâche sa joie en trouvant beaucoup de choses à redire. Franz est pensif. Il vient vous voir, jeune avocat frais émoulu, pour s'enquérir de ses droits.*

Therese tourna les pages jusqu'à l'examen de septembre 1952 et écarquilla les yeux, stupéfaite, en voyant un cas presque identique de vente de voiture, où seuls différaient le modèle et l'année de construction. Plus loin encore, en 1951, la même chose. C'était donc l'étude de cas standard de Wulff !

Soudain envahie d'une profonde confiance, Therese s'enfonça dans son siège. Elle rejeta la tête en arrière, laissa ses bras se balancer le long de son dossier et observa le verre dépoli du plafonnier. Elle n'avait pas besoin d'en lire davantage. Elle aurait pu réciter la solution les yeux fermés : vérification schématique de l'article 434 du Code civil avec définition précise de chacune des variations du vice matériel, puis subsomption du cas sous l'un de ces types, avec différentes approches argumentatives. Il faudrait discuter de la répartition de la charge de la preuve, ainsi que de l'efficacité et de la portée de la clause de non-responsabilité.

L'épreuve orale où son examinateur serait très certainement le professeur Wulff, celle qui l'avait jusqu'ici le plus inquiétée, perdit d'un coup tout son caractère menaçant. Ce serait une promenade pour elle.

— J'ai mes résultats ! s'exclama soudain quelqu'un.

L'écho fut aussitôt avalé par le bois des lourds lambris, mais tout le monde se retourna.

— Moi aussi ! fit une autre voix.

Therese vit deux de ses camarades courir sur les tapis épais qui étouffaient leurs pas. S'approchant des tables de travail, ils brandissaient les enveloppes bleu gris que tous attendaient avec un mélange d'espoir et d'angoisse. Les autres étudiants arrivés entre-temps se levèrent pour les entourer.

— J'ai attendu le facteur, et voilà..., annonça Max Römer.

Savourant manifestement d'être le centre de l'attention, il ouvrit l'enveloppe d'un air solennel et, faisant mine de lire pour la première fois le courrier du bureau des examens, écarquilla les yeux d'un air théâtral. Enfin, il s'écria :

— Incroyable !

— Quelles notes as-tu ?

— Allez, Max, ne te fais pas prier !

— Messieurs ! J'exige le silence ! tonna la chef bibliothécaire.

Elle venait de quitter son pupitre et se ruait vers eux. Même les étudiants les plus assurés craignaient cette petite femme rondelette, et tous se turent. Personne ne voulait risquer une exclusion. En les rejoignant, elle prit une profonde inspiration pour se lancer dans une de ses tirades, puis elle reconnut l'enveloppe que Max Römer et son camarade avaient entre les mains. Un sourire apparut pour la première fois sur son visage, et elle fit exceptionnellement preuve d'indulgence.

— Vous avez vos résultats d'examen ? Très bien, je vous donne cinq minutes. Mais après cela, tenez-vous-en au règlement de la bibliothèque !

Therese s'approcha et entendit quelques notes :

— Mémoire : « Très satisfaisant » ! Félicitations ! fit Axel Hohmann en donnant une claque sur l'épaule de Römer.

— J'ai juste raté l'épreuve de droit pénal : « Suffisant. » Dommage !

Un autre étudiant se tenait un peu en retrait. Therese vit que lui aussi avait reçu ses résultats, mais il paraissait beaucoup moins satisfait. Elle se retourna et croisa le regard de Fred. Il lui adressa un signe de tête imperceptible, qu'elle comprit pourtant. Elle revint à sa place, remballa son classeur et se dirigea vers la sortie. Il la suivit quelques minutes plus tard.

— Tu penses ce que je pense ? demanda-t-il quand ils récupérèrent leurs sacs dans le casier.

Therese hocha la tête. Si les autres avaient reçu leurs résultats aujourd'hui, les leurs arriveraient certainement dans le courant de la journée, selon l'heure de passage du facteur.

— Je n'y tiens plus, dit-elle, le souffle court.

Fred ne la quitta pas d'une semelle, traversa le campus avec elle jusqu'à l'arrêt de bus, se planta à côté d'elle en face du terrain vague de l'ancienne société Kaiser-Wilhelm où elle avait, un jour glacial du mois de mars, attendu avec Marie. Ce jour-là, le trafic du métro avait été interrompu par une opération de déminage. Aujourd'hui, elle prenait le bus pour une raison bien pire. Comme sa vie avait changé en l'espace de quelques mois !

L'air de Dahlem semblait immobile. On n'était qu'en début de matinée mais la température était déjà étouffante. Quand le bus 16 jaune clair arriva, Fred y monta avec elle et la suivit à l'étage par l'escalier métallique en colimaçon. Leurs pas résonnèrent sur les marches du véhicule désert. Il s'assit tout naturellement près d'elle, à l'avant, juste au-dessus du chauffeur. Sans vouloir l'admettre, elle comprit d'instinct que c'était bien ainsi, qu'elle avait besoin de quelqu'un. Quelqu'un qui la soutiendrait quand elle ouvrirait la boîte aux lettres et y trouverait la lettre qui déciderait de son destin, de la suite de sa vie.

Le bus se dirigea vers le nord en passant par la Pacelliallee, devant les immenses jardins des vieilles villas de Dahlem aux toits en tuile rouge, bow-windows et volets vert bouteille ; elle avait vu l'intérieur de certaines d'entre elles lors de séminaires et de colloques. Si elle réussissait l'examen, elle n'y entrerait plus jamais. Progressivement, les immeubles se firent de plus en plus hauts, les façades plus grises, sales, urbaines, typiquement berlinoises ; les trous béants entre les bâtiments sautaient aux yeux.

Therese savait que dès qu'elle aurait son diplôme, elle quitterait Berlin pour toujours. Elle irait dans le Palatinat, à Worms, rejoindre sa famille, commencer son stage juridique au tribunal régional. Sa mère avait clairement tracé cette voie, sans lui demander si ce projet correspondait à ses attentes. Le bus quitta enfin le Hohenzollerndamm, tourna à gauche dans la Uhlandstraße. Elle aurait pu considérer cette traversée de la ville comme une perte de temps. Après tout, elle venait de la faire en sens inverse tout juste une heure plus tôt, sans se poser de questions. Elle aurait dû être à la bibliothèque, en train de réviser. Pourtant, elle n'aurait pas pu continuer à travailler en sachant que l'enveloppe contenant ses résultats l'attendait déjà dans sa boîte.

Elle regarda Fred qui, tourné vers la fenêtre, remuait les lèvres en silence, comptant les voitures qui passaient, commentant parfois un modèle qui lui plaisait. Elle savait maintenant que les automobiles le fascinaient, même s'il était piètre conducteur. Son profil au nez plat de boxeur lui était désormais si familier. Il porta la main gauche au col de sa chemise verte à carreaux et ouvrit le premier bouton. Sa main droite estropiée, gantée de noir, demeura sur son genou. L'air dans l'autobus était étouffant, le soleil cognait à travers le pare-brise et les fenêtres sur leurs bras, leur poitrine, leur visage. Ici, à l'étage, on était particulièrement secoué, mais Therese et Fred ne se crispaient pas et laissaient leur corps suivre les mouvements du véhicule. Il émanait du jeune homme un calme, une sérénité, une manière de prendre la vie comme elle venait qui déteignaient toujours sur elle et lui faisaient du bien. Il devait mourir de curiosité quant à ses propres résultats et aurait sûrement préféré foncer chez lui, à Tempelhof, pour ouvrir sa boîte. Malgré cela, il l'accompagnait. Durant ce trajet en bus, Therese abandonna secrètement son attitude défensive et ouvrit une minuscule brèche à travers laquelle il put se glisser pour revenir dans sa vie.

Quand ils approchèrent de l'arrêt Kurfürstendamm, ils se levèrent et descendirent l'escalier du bus. Therese franchit les quelques mètres qui la séparaient de la Fasanenstraße d'un pas tranquille. Les doigts un peu tremblants, elle introduisit la clé dans la petite fente et ouvrit le clapet grinçant. L'enveloppe était là.

— Tu veux que je l'ouvre pour toi ? proposa Fred, debout tout près d'elle.

Elle ne se souvenait plus du moment où ils étaient passés au tutoiement. Sa mère s'en serait offusquée, aurait qualifié cela d'inconvenant. Jeunes gens et jeunes filles devaient s'adresser les uns aux autres en employant un « vous » pudique. Tout autre chose ouvrait la porte à des pensées indécentes, voire à des actes scandaleux. Après tout, elle savait de quoi elle parlait. Therese se disait parfois que si sa mère était aussi prude, c'était à cause de sa propre liaison avec Leo, qui avait conduit à sa naissance illégitime.

Elle sentait même le souffle de Fred. Elle serra les lèvres et secoua la tête.

— Merci, ça va aller.

Elle passa le bout de l'index dans la fente de l'enveloppe et déchira le papier bleu ciel. Puis elle déplia la lettre.

Charlotte

— Madame Trotha ?

Charlotte leva les yeux de sa broderie. Tout comme sa grand-mère Wilhelmine et sa mère Lisbeth, elle pouvait rarement rester inactive, même dans la salle d'attente d'un médecin. Dès son plus jeune âge, à Feltin, elle avait suivi l'exemple et adopté cette espèce de sens du devoir : se rendre utile à tout instant, ne serait-ce qu'en brodant les initiales de son mari sur un mouchoir.

— Veuillez me suivre, s'il vous plaît, fit une voix féminine.

Charlotte enfouit son cercle à broder dans son sac, le referma avec un claquement et suivit l'assistante jusqu'à la salle de consultation. Ernst, assis en maillot de corps sur la table d'examen, offrait un spectacle pitoyable avec ses bras très maigres, son thorax creux et son abdomen gonflé. Il s'efforçait maladroitement de remettre sa chemise, manqua plusieurs fois les manches. Charlotte s'approcha pour l'aider mais il eut un geste de rejet, tenta même de lui donner une claque sur la main.

— Asseyez-vous, madame Trotha, dit le médecin d'un ton sévère.

Elle le dévisagea avec étonnement. Blouse blanche, stéthoscope autour du cou, cheveux sombres à la raie stricte, visage taillé à la serpe. Elle tenta de lui donner un âge, sans doute à peu près cinquante-cinq ans, comme elle. Le docteur Prestel était le médecin traitant de la sœur de Ernst. Avec sa froideur, il était à mille lieues du très empathique docteur Hauser, l'éternel médecin de famille des Feltin, dont la bonhomie lui manqua soudain. Pourtant, elle n'avait pas le choix. Elle obéit et s'assit tout au bord d'une chaise, face au bureau.

— Qu'a donc mon mari, docteur ? Comment le remettre sur pied ?

— Votre mari souffre d'atrophie musculaire, d'œdème, et d'une cystite aiguë mais peut-être chronique. (Il baissa la tête et gribouilla sa signature sur une ordonnance.) Je lui prescris de la pénicilline, et qu'il boive beaucoup. Une bière de temps en temps, ça ne fera pas de mal non plus. Ça fait aller !

Il se leva. Charlotte prit l'ordonnance qu'il lui tendait.

— Et l'œdème ?

— Pour ça, il lui faut un régime reconstituant, riche en calories, avec beaucoup de protéines, c'est-à-dire du lait et de la viande. Frottez les zones touchées deux fois par jour avec de l'alcool camphré, et une petite promenade de temps à autre lui fera du bien aussi.

Il contourna son bureau en tirant la jambe et vint se planter devant elle. Elle leva la tête ; il avait l'air inaccessible. Elle aurait voulu lui parler d'un problème bien plus grave à ses yeux et lui demander comment faire face aux crises de panique et aux hurlements nocturnes de Ernst, à ses cauchemars manifestes et à son renfermement sur lui-même, au rejet agressif qu'il leur témoignait, à elle et aux enfants. Pourtant, elle se sentait incapable d'aborder de tels sujets avec ce médecin inconnu, et ne pouvait pas non plus parler de Ernst en sa présence comme s'il s'agissait d'un petit enfant.

Elle regarda son mari. Il avait boutonné sa chemise en entier, mais complètement de travers.

— Un trou de trop et un bouton de moins ! lança-t-elle avec un enjouement feint.

Elle se leva. Depuis leurs retrouvailles, elle s'appliquait chaque jour à se montrer aimable et patiente. Mais dès qu'elle le rejoignit et tendit la main vers le bouton du haut, il hurla et leva les bras devant son visage, comme pour se protéger d'une attaque.

— Que se passe-t-il, Ernst ? Je veux juste t'aider, lui dit-elle d'une voix apaisante.

— Dystrophie, intervint soudain le docteur Prestel.

Elle se tourna vers lui. Il ouvrit un tiroir de son bureau, y fouilla un moment et en sortit un fascicule.

— Qu'est-ce que c'est ? demanda Charlotte.

— Il s'agit des conclusions du docteur Kurt Gauger.

Il lui tendit l'imprimé et désigna le gros titre : « Dystrophie : la maladie du retour des camps ».

— Le docteur Gauger a dirigé jusqu'en 1950 la seule clinique d'Allemagne consacrée aux prisonniers rentrant des camps, à Uelzen. C'est le premier spécialiste à avoir abordé cette thématique non seulement d'un point de vue médical, mais aussi psychiatrique.

— Mon Dieu ! Mon mari n'a tout de même pas besoin d'un psychiatre ?

Charlotte repensa aussitôt au spectacle terrifiant de l'asile de Chemnitz-Altendorf, devant lequel elle passait jadis tous les jours en se rendant à l'école. Grands murs surmontés de barbelés, fenêtres grillagées. On entendait parfois les cris affreux des internés.

Le docteur Prestel retourna à son siège et fit signe à Charlotte de l'imiter.

— S'il vous plaît, madame Trotha, veuillez vous rasseoir.

Elle retomba lentement sur sa chaise, le fascicule sur les genoux.

— Vous lirez vous-même dans cette publication que chez les prisonniers libérés aussi tard, les carences physiques et le mal-être mental s'associent parfois pour former un symptôme fatal.

Le mot « fatal » prit dans sa bouche un ton particulièrement menaçant tant il le prononça sèchement, sans trahir la moindre émotion.

— Physiquement, les malades atteints de dystrophie souffrent fréquemment d'atrophie musculaire, de faiblesse vasculaire, d'hypotension artérielle, d'irritations de l'estomac et de l'intestin, d'altérations osseuses, d'atrophie des testicules, et souvent d'un rétrécissement du cœur… (Il traça en l'air un petit cercle de l'index et baissa la voix :) … jusqu'à la taille d'un poing d'enfant.

— Mon Dieu ! souffla Charlotte.

Elle porta une main à sa bouche et jeta un regard de côté à Ernst. Il avait rouvert sa chemise et s'échinait de nouveau sur les petits boutons de nacre. Il semblait se trouver dans un autre monde où seule cette tâche importait, sans la moindre conscience de leur conversation.

Le docteur Prestel suivit le regard de Charlotte.

— Hélas, ce n'est pas tout.

Elle prit une profonde inspiration. Qu'allait-il encore lui révéler sur l'état de son mari ?

Le médecin croisa les doigts et posa les mains devant lui sur son sous-main blanc.

— Je pense que personne ne peut ne serait-ce qu'imaginer ce qu'il a subi. J'ai moi-même eu la chance de m'en sortir avec une jambe amputée, après une blessure par balle, sans être emprisonné.

Le docteur Gauger le décrit parfaitement. (Il désigna de nouveau la brochure de la tête.) Ce qui transforme les gens, c'est leur instinct de survie excessif, le besoin de combler leur faim. Dans les camps de prisonniers, cela pouvait prendre les formes les plus grotesques. Les hommes se changeaient plus ou moins en animaux. (Il tendit la main pour lui reprendre le magazine.) Je ne citerai qu'un bref passage : « Toutes les notions et toutes les possibilités de normes et de mœurs, de morale et de droit, d'intégrité et de corruption, de camaraderie et de trahison, et même de religiosité et de bestialité tournent ainsi autour d'une revalorisation terrifiante et animale de la nourriture. »

Il releva la tête ; bien qu'il ait énoncé cela sobrement et froidement, elle crut lire un élan de compréhension dans son regard. Il était le premier à mettre des mots sur ce qu'avait subi Ernst dans son âme et dans sa chair.

— Et ce, pendant des années ! Dans son cas, neuf à dix ans de détention russe, n'est-ce pas ?

Elle hocha la tête. Le médecin lui rendit l'imprimé et se leva.

— Un égoïsme extrême se développe, sous sa pire forme. Chaque prisonnier ne pense plus qu'à lui, toutes ses pensées sont tournées vers sa survie par la nourriture. Et maintenant dites-moi, madame Trotha : comment, après cette métamorphose barbare qui lui a probablement sauvé la vie, un homme peut-il reprendre pied dans son ancienne vie, dans un milieu petit-bourgeois, entouré de sa femme et de ses enfants ?

Charlotte dévisagea le médecin et reprit espoir en comprenant qu'elle l'avait mésestimé : il n'était pas aussi implacable et indifférent qu'elle l'avait cru. Peut-être pourrait-il vraiment les aider.

— Vous avez raison, docteur. Nous avons tous beaucoup souffert, mais je n'avais encore jamais pris conscience à ce point de la torture subie par mon mari...

Elle s'interrompit quand Ernst glissa vers le bord de la table d'examen et tendit la jambe droite, tâtant le sol à la recherche de sa chaussure. Il semblait nerveux et manifestement désireux de partir. Le docteur Prestel désigna la pendule murale :

— Il est 11 h 30 – l'heure du repas.

Charlotte se leva et ramassa un des souliers marron. Elle le plaça devant le pied de Ernst en le penchant juste assez pour qu'il puisse l'enfiler. Cette fois, il ne protesta pas quand elle noua le lacet puis procéda de la même manière avec son autre chaussure. Toujours agenouillée devant son mari, elle tourna la tête vers le docteur Prestel.

— Et que faisons-nous, maintenant ?

Il lui adressa un sourire froid, reprenant l'air distant du début de la consultation.

— C'est très simple : vous le requinquez, mais vous abandonnez l'idée qu'il puisse un jour redevenir comme avant. Tout le monde a sa croix à porter, madame Trotha. Ne pas avoir d'attentes facilite la vie.

Elle le dévisagea un moment, sidérée. À quoi l'avançait un tel conseil ? Elle quitta le cabinet du docteur Prestel en soutenant Ernst. Son bref espoir de trouver de l'aide venait d'être amèrement déçu. Du moins son mari se laissa-t-il guider sans protester ni se plaindre à travers la salle d'attente pleine à craquer. Les yeux des patients se posaient sur eux, pleins d'un reproche muet : elle leur avait volé leur temps, et on savait qu'ils étaient des réfugiés de l'Est.

Ernst avançait lentement, voûté, un bras passé sous le sien, les lèvres serrées. Chacun de ses pas hésitants lui demandait une force phénoménale. Sa nervosité était flagrante mais il ne lui dit rien de tout le chemin, ne répondit pas à ses questions inquiètes. Une fois seulement, alors qu'ils passaient devant une petite épicerie, il s'arrêta et examina les légumes dans les caisses en bois.

— J'aimerais tant manger du chou-fleur, marmonna-t-il. Bien cuit. Et des *Königsberger Klöpse*, les boulettes aux câpres. Avec de la béchamel.

Elle acheta un chou-fleur et le glissa dans le filet à provisions qu'elle avait toujours dans son sac. La vendeuse la dévisagea d'un air méfiant, et Charlotte perçut son hostilité. Son accent saxon n'était pas apprécié dans le Palatinat. On ne l'accueillit pas mieux chez le boucher, en face, à qui elle acheta une demi-livre de viande hachée. Elle fut soulagée en arrivant enfin chez sa belle-sœur. Ils avaient mis une éternité à accomplir le bref trajet de retour, ralentis par la mauvaise constitution de Ernst. Elle l'aida à s'asseoir à sa place habituelle, sur le banc où il passait des après-midi entiers.

La sœur de Ernst, Clara, semblait aigrie. Au début, elle avait paru se réjouir du retour de son frère, mais elle se serait bien passée des quatre autres membres de sa belle-famille venus s'installer chez elle. Charlotte la comprenait même un peu. Elles ne s'étaient vues que trois ou quatre fois dans leur vie, au mariage et aux baptêmes. À l'époque, elle était une riche et fière propriétaire terrienne, et voilà qu'elle venait lui demander asile, avec son vieux père et ses deux enfants presque adultes, mais les mains vides. Ils étaient là depuis quelques semaines qui lui paraissaient des mois.

— Du chou-fleur ? fit Clara rudement en voyant le filet de Charlotte. J'ai déjà fait de la soupe aux haricots.

Charlotte repensa avec nostalgie à l'hospitalité chaleureuse d'Anna. L'appartement de Neukölln était bien plus exigu mais la belle-mère de Felix lui avait en permanence donné l'impression d'être la bienvenue. Elle avait aussi trouvé les Berlinois plus bienveillants.

— La viande hachée ne se conserve pas, la soupe, si. Ernst a soudain eu envie de manger des *Königsberger Klöpse*, et j'aimerais vraiment lui en préparer aujourd'hui.

— Il en a eu envie ? répéta Clara en roulant des yeux. Si on mangeait toujours ce dont on a envie, les cailles nous voleraient toutes rôties dans la bouche. Vous pouviez peut-être faire ça quand vous étiez de riches propriétaires, mais chez moi, on mange ce que je sers.

Peu après, ils se retrouvèrent autour de la table rectangulaire de la cuisine. Le dimanche, on couvrait la toile cirée verte d'une nappe en tissu blanc, mais il n'y avait pas tant de chichis pendant la semaine. Personne ne disait mot, on n'entendait que les cuillères cliqueter sur la porcelaine. Le bouillon était aqueux et trop salé, les haricots filandreux. Le bruit des couverts s'estompa : le repas ne plaisait à personne. Charlotte s'étonna que son père n'ait pas encore fait de réflexion sur cette lamentable pitance. Depuis qu'il était contraint d'habiter ici, il se montrait étonnamment diplomate et affable. Ernst non plus ne se plaignait jamais de la nourriture, vidant stoïquement son assiette quoi qu'elle contienne. Bärbel fut la première à signaler ouvertement que la soupe était immangeable. Elle en avala une cuillerée, fit une grimace de dégoût et repoussa un peu son assiette vers le centre de la table. Charlotte lui lança un regard d'encouragement pour l'inciter à continuer, tout en sachant que ça ne servirait à rien. Elle la comprenait, même, ne se souvenant que trop bien d'avoir été forcée par son père à manger des tripes, qu'elle détestait.

— Ceux qui ne sont pas contents peuvent retourner là d'où ils viennent, maugréa Clara sans lever le nez de son assiette.

Charlotte n'avait jusqu'à présent presque jamais entendu son insignifiant beau-frère, Paul, dire autre chose que « Bon appétit » et « À la vôtre ». Maçon très occupé, il s'attablait chaque midi une demi-heure, muet, avant de remonter dans sa Volkswagen pour repartir vers son chantier. Ce jour-là pourtant, il dit tout haut ce que tout le monde pensait tout bas.

— Clara, cette soupe est une honte, la petite a raison de refuser de la manger. Et puis tu ne peux pas leur parler comme ça ! Ils font partie de la famille !

Clara en resta bouchée bée, et Bärbel cacha son sourire dans sa serviette.

Chaque après-midi, Charlotte accompagnait son père dans sa promenade quotidienne. Ils suivaient côte à côte la berge du Rhin, soulagés d'échapper pour une heure au moins au régime autoritaire de Clara. Tous deux supportaient difficilement l'exiguïté et la subordination imposée par la maîtresse de maison, plus habitués à être eux-mêmes aux commandes et à donner des ordres qu'à en recevoir. Charlotte prenait de plus en plus conscience qu'elle ne pourrait pas habiter ici très longtemps.

— As-tu des nouvelles de notre demande de péréquation, papa ? Ça fait longtemps que je veux écrire à l'administration, mais Ernst est réapparu, et puis cette chose horrible est arrivée...

Charlotte ne parvenait pas à évoquer la mort de Leo face à son père, et ce silence était un poids supplémentaire. Elle se faisait des reproches chaque jour, n'avait personne à qui en parler. Après tout, elle avait eu une relation adultère avec Leo, ce que Richard savait parfaitement.

— ... bref, il y avait toujours quelque chose de plus important, et j'ai un peu oublié de m'occuper de notre réclamation.

— Ça traîne en longueur, répondit-il. Pas étonnant, avec l'avalanche de demandes.

— Quand la loi est passée, l'an dernier, je croyais qu'il s'agissait avant tout de venir en aide le plus vite possible aux réfugiés et aux expulsés des régions de l'Est, reprit Charlotte en s'arrêtant. Ça fait tout de même huit ans que nous attendons un peu de soutien d'en haut. Il faudra bien qu'il se passe quelque chose.

Richard hocha la tête.

— Ça en fait beaucoup, ces derniers temps.

Elle ignorait s'il parlait d'elle ou de lui-même. Il vacilla un peu, épuisé, s'appuyant de tout son poids sur le bras de sa fille, et elle chercha un siège des yeux. Ils durent rebrousser chemin sur quelques mètres pour qu'il puisse enfin s'asseoir sur un banc. Entre deux buissons de cynorrhodon, ils voyaient le nouveau pont qui enjambait le Rhin. L'imposante tour des Nibelungen qui s'élevait à son extrémité était un des monuments que Charlotte avait gardés en mémoire de ses rares visites à Worms, avant-guerre. À l'époque déjà, sa toiture d'ardoise, son arc rond en grès rouge et son horloge dorée l'avaient impressionnée. Il semblait miraculeux qu'elle ait traversé la guerre intacte, d'autant que les habitants assuraient que la Wehrmacht avait fait sauter le vieux pont peu avant la fin de la guerre pour empêcher les Alliés d'avancer.

— Il suffit de regarder ce pont pour comprendre de quoi souffre l'Allemagne en ce moment, déclara Richard.

Du bout de sa canne, il désigna le nouvel ouvrage d'art qui s'élançait au-dessus de l'eau mouvante aux reflets bleus.

— La nécessité de construire un nouveau pont était une évidence dès la fin de la guerre, et bien plus que les caisses vides, c'est surtout la politique qui l'a empêché. Ce qu'ils appellent le fédéralisme, et qu'ils ont ancré dans la nouvelle Constitution.

Charlotte jeta un regard en coin à son vieux père, les pattes d'oie plus claires près de ses yeux, redevenues bien visibles depuis que ses promenades journalières lui avaient rendu son teint cuivré. Avec ses cheveux d'un blanc éclatant et sa moustache bien taillée, il avait retrouvé un peu de sa dignité d'antan, même si tout ce sur quoi elle avait jadis reposé était désormais perdu. Richard s'était toujours intéressé à la politique, et aimait philosopher sur la question. Elle se rappelait encore des petits matins passés ensemble dans un de leurs affûts. L'attente du gibier dans la clairière n'était jamais du temps perdu. Il en profitait pour mettre sa fille unique au courant des développements politiques récents, sans faire mystère de ses propres opinions. Aujourd'hui encore, il lisait deux quotidiens différents chaque jour et avait gardé l'esprit vif malgré ses presque quatre-vingts ans.

— À la fondation de la Hesse et de la Rhénanie-Palatinat, en 45, le Rhin est devenu la frontière entre les deux Länder, coupant donc le pont prévu. Trois gouvernements, le fédéral, celui de Hesse et celui de Rhénanie-Palatinat se sont retrouvés à négocier la question. Ça s'est révélé encore plus compliqué que ça en avait l'air. Les Länder ont mis des années à se partager la propriété, un tiers pour l'un, deux tiers pour l'autre, et les travaux n'ont pu commencer qu'en 1950.

Il posa sa canne et se moucha.

— C'est la même chose avec la péréquation : ils vont faire payer les propriétaires fonciers de l'Ouest qui ont, eux, leurs propres défenseurs au sein des gouvernements fédérés.

Deux femmes élégantes passèrent. La plus âgée poussait un joli landau aux grosses roues blanches, tendu de tissu bleu foncé, qui avait dû coûter cher.

— Personne ne donnera rien de son plein gré. (Richard désigna les passantes de la tête.) Il a fallu que sept millions d'expulsés errent dans le pays pendant des années, cherchant un logement selon le principe certes louable du rapprochement familial, pour que notre honorable chancelier Adenauer commence à réfléchir sérieusement à fournir aux réfugiés de quoi refaire leur vie. Et maintenant, les demandes moisissent dans les bureaux pendant des années.

Charlotte ne sut que répondre.

— N'oublions pas non plus qu'une partie du dédommagement, à condition qu'on finisse par toucher quoi que ce soit, revient à mon beau-frère Salomon.

Elle releva la tête.

— Il n'est pas exclu qu'à l'époque, je ne lui aie pas payé son entreprise et sa villa de Leipzig à leur juste valeur.

Elle s'était souvent posé la question à l'époque, en 1935, quand son oncle juif Salomon et la sœur de Richard, Cäcilie, avaient émigré aux États-Unis. Elle s'étonna que son père aborde si ouvertement le sujet après toutes ces années.

— Est-ce qu'Edith t'en a parlé quand elle est venue te voir à Feltin, en avril ?

Richard se mit à gribouiller du bout de sa canne dans le gravier poussiéreux.

— Indirectement, oui.

— Il fallait s'y attendre. Elle y avait fait allusion, à Berlin. Il me semble que c'est son droit.

— Qu'est-ce que tu en sais ! lâcha Richard, soudain hargneux.

Il frappa la plaque d'égout de sa canne, faisant jaillir quelques étincelles. Charlotte sursauta. Le visage de son père venait de virer au cramoisi. Les sautes d'humeur de ce genre, jadis à l'ordre du jour, s'étaient faites de plus en plus rares au fil des années.

Elle lui caressa le bras.

— Je ferai une lettre demain pour demander qu'on nous informe de l'état d'avancement de notre dossier. Mais tu as raison, papa, ça fait un peu beaucoup, en ce moment.

En terminant sa phrase, elle se mordit les lèvres. Jamais encore son père n'avait montré la moindre compréhension envers les échappatoires, la faiblesse ou l'apitoiement sur soi-même.

Il tourna vers elle son visage écarlate et déclara soudain :

— Je sais à quel point ces derniers temps ont été durs pour toi, Lotte. Ne crois pas que je ne me sois aperçu de rien. Toute ta vie, tu as été partagée entre ces deux hommes. Mais tu n'as pas à te reprocher ce qui s'est passé.

Ils n'avaient encore jamais parlé du suicide de Leo. Pourquoi maintenant ? Les larmes montèrent aux yeux de Charlotte et elle tira son mouchoir de son sac. Elle ne voulait pour rien au monde pleurer devant son père. Richard avait de l'estime pour la force de caractère et le contrôle de soi, pas pour la sensiblerie. Elle reprit contenance, se tapota les yeux, se moucha et inspira profondément.

— On ne peut pas avoir d'influence sur tout, Lotte. Dans la vie, beaucoup de choses dépendent du destin et du hasard.

— Tu ne parlais pas comme ça avant, papa, répliqua-t-elle en ravalant la boule qu'elle avait dans la gorge.

Il posa la main sur la sienne.

— Personne ne mérite de mourir comme est mort Leo Händel. Pas plus que de subir un martyre tel que celui de Ernst. Mais tu n'as pas à te blâmer.

Gisela

Les applaudissements reprirent de plus belle quand les mannequins s'avancèrent pour la seconde fois sur le tapis rouge, en file indienne. Gisela portait cette fois la robe rose pâle dont elle avait dessiné le patron elle-même. Le décolleté dévoilait ses clavicules et la moitié de ses épaules, la taille extrêmement fine faisait paraître la jupe en cloche d'autant plus pimpante. Elle s'était un peu entraînée à défiler devant son miroir et n'avait eu aucun mal à évoluer comme elle s'imaginait que le faisaient les mannequins. Personne ne le lui avait montré mais elle y avait pris goût, attendant ce moment avec une immense impatience. Son premier passage s'était plutôt bien déroulé. Les spectateurs, tous professionnels, tous investis d'une manière ou d'une autre dans le domaine de la mode, examinaient à présent sa robe d'un œil connaisseur.

Elle arriva au bout du tapis rouge, face à M. Engelmann et Traudel qui hochèrent la tête avec enthousiasme. Mais cette fois-ci, quelque chose clochait. La lumière des projecteurs l'aveuglait, les chaussures qu'on lui avait données, bien trop petites, lui faisaient mal, et le corset à baleines lui irritait les côtes. Elle tourna sur elle-même, prit la pose puis fit volte-face. Sur le chemin du retour, ses pas se firent mal assurés, bien moins élégants que ceux de

Mlle Schwan qui semblait flotter avec grâce quelques mètres devant elle. Instinctivement, elle l'imita, avança le bassin, allongea le pas, posa les mains sur les hanches. Pourtant sa démarche lui semblait raide, sans rythme, et elle crut lire la confirmation de cette impression dans les yeux des spectateurs. La panique monta en elle, la poussant soudain à trottiner maladroitement. Pour couronner le tout, Mlle Schwan, déjà sortie de scène, louchait vers elle de derrière le rideau, l'air moqueur. Gisela était en train de se ridiculiser sans rien pouvoir y faire. Pour finir, elle trébucha sur le bord du tapis et se redressa de justesse, provoquant quelques rires. Écarlate, elle se somma de se reprendre. Elle n'attendait plus qu'une chose : disparaître dans la cabine. Des applaudissements et des cris retentirent ; la femme aux lèvres roses qui l'avait aidée à s'habiller se pencha vers elle et lui dit :

— Il faut que vous y retourniez, mademoiselle Gisela.

Celle-ci secoua la tête et s'enfouit le visage entre les mains.

— C'est hors de question !

— Attention ! Votre maquillage va couler !

Mlle Schwan surgit dans le vestiaire et lança, pleine d'une joie mauvaise :

— Hou là, que s'est-il passé ? On dirait que tout est allé de travers, madame Trotha !

Gisela se détourna – que pouvait-elle répondre ? Sa collègue, si malveillante fût-elle, avait raison. L'instant d'après, la porte s'ouvrit à la volée et Traudel Engelmann fit irruption dans la pièce. Elle ouvrit la bouche mais Gisela la devança :

— Je sais, j'ai tout fait rater ! (Puis, se retournant :) Quelqu'un peut m'ouvrir la fermeture Éclair ?

— Ah, mais non ! rétorqua Traudel. Tu dois ressortir tout de suite, dans cette robe. Mon père est dehors, le carnet à la main, et a du mal à noter toutes les commandes.

— Enfin, j'ai trébuché, je me suis ridiculisée devant tout le monde !

— Ainsi que la maison Engelmann, précisa Mlle Schwan avec une joie maligne, tout en regardant Traudel d'un air triomphant. Je savais bien que Mme Trotha n'avait pas assez d'expérience pour ça. Votre père aurait dû emmener Mlle Brasch, comme la dernière fois.

— Ridiculisée ? Bien au contraire ! s'exclama Traudel, venant en aide à Gisela. Tout le monde croit qu'elle l'a fait exprès. Que c'était un petit numéro humoristique faisant partie du programme.

Gisela la dévisagea, incrédule.

— Je t'assure, insista Traudel. Alors reprends-toi et retournes-y !

Tandis qu'on lui repoudrait le nez, Gisela vit du coin de l'œil l'expression déçue de Mlle Schwan, qui s'était manifestement réjouie trop vite. Elle lissa sa jupe, se redressa, et était sur le point de retourner sur scène avec sa collègue quand une idée lui vint : elle ôta les escarpins beaucoup trop petits pour les échanger contre ses propres ballerines. Alors seulement, elle ressortit. Quand les spectateurs s'aperçurent de leur retour, M. Engelmann monta les marches, leur prit un bras à chacune et descendit ainsi, entre ses mannequins, sous les applaudissements.

— Un immense succès, chuchota-t-il à Gisela, rayonnant. On s'arrache la robe rose ! Le carnet de commandes est plein, j'arrive aux limites de nos capacités !

Ils s'inclinèrent tous les trois en souriant et il ajouta :

— Ce petit numéro de clown était vraiment une idée de génie, madame Trotha !

— Gisela Liedke, un mannequin aux talents de comédienne, je n'aurais jamais cru cela possible !

Qui, ici, connaissait donc son nom de jeune fille ? Gisela se retourna et se retrouva nez à nez avec sa mère.

— Maman ! J'aurais dû me douter que tu viendrais aussi à l'IGEDO. Mais pourquoi ne m'en as-tu rien dit ?

— Ça s'est fait à la dernière minute.

L'homme qui accompagnait Anna avança d'un pas. Il semblait avoir à peu près le même âge qu'elle, environ cinquante-cinq ans, et était d'une élégance remarquable dans son costume gris clair sur mesure et sa cravate discrète. Son seul défaut visible était son oreille droite manquante.

— Puis-je faire les présentations ? reprit Anna. Ma fille, Gisela Trotha... Emil Köstner.

Ils se serrèrent la main.

— Vous êtes Emil Köstner ! s'écria Gisela. Ma mère m'a tellement parlé de vous, et surtout des sandwichs à la charcuterie que vous vous partagiez sur un banc devant le KaDeWe.

Elle se mordit aussitôt les lèvres, embarrassée d'avoir évoqué le grand magasin – Emil Köstner risquait de croire qu'elle dirigeait délibérément la conversation vers sa position actuelle. Pourtant, il réagit très posément.

— C'est vrai, votre mère et moi nous connaissons depuis bien longtemps.

Il jeta à Anna un regard si débordant de chaleur et d'affection que Gisela crut un moment y apercevoir davantage que de simples sentiments amicaux. Puis il désigna le tapis rouge sur lequel elle venait de défiler.

— Félicitations ! Votre prestation était tout à fait originale.

— Oui, on peut le dire comme ça, répondit-elle en affichant son sourire le plus engageant.

Elle s'aperçut que M. Engelmann se tenait près d'elle depuis un moment, impatient d'être présenté à son tour. Elle ne le priva pas de cette faveur. Quand il entendit le titre de « directeur des achats du KaDeWe », ses yeux scintillèrent et il ne put dissimuler l'intérêt que lui inspirait un tel contact.

— Vous avez là quelques très jolis modèles, monsieur Engelmann. Cette robe, surtout..., fit Emil Köstner en désignant la tenue de Gisela.

— N'est-ce pas ? Vous n'êtes pas le seul à avoir l'œil. Vos collègues ont déjà passé de solides commandes. Je suis à la limite de nos capacités, mais bien sûr, pour le KaDeWe, je verrais ce qu'on pourrait encore faire...

Tandis que les deux hommes s'entretenaient, Anna entraîna sa fille à l'écart, l'air grave.

— Gisela, je suis désolée mais c'est impossible, dit-elle d'une voix étouffée. Le KaDeWe ne peut pas passer commande chez Engelmann, et surtout pas d'un modèle qui vient plus ou moins de toi. De quoi cela aurait-il l'air ? J'espère que tu me comprends et que tu pourras l'expliquer à ton chef.

Gisela dévisagea sa mère. Anna avait beaucoup changé depuis qu'elle avait repris le travail, si peu de temps auparavant. Sa fille ne lui avait encore jamais vu ce tailleur classique couleur curry, à la veste étroite et cintrée. Ses cheveux étaient plus courts mais adoucis par de légères ondulations qui la rajeunissaient. Ses yeux avaient retrouvé leur éclat, teinté en cet instant d'une pointe de contrariété.

— Je sais bien, maman. Il ne faut pas qu'on pense que tu favorises un membre de ta famille. Mais c'est ma grande chance ! Laisse-moi donc faire.

Anna secoua vivement la tête.

— Non, Gisela, tu ne m'as pas comprise. Ce n'est pas uniquement la question de ce que pensent les gens. C'est exclu, et ça n'arrivera pas !

Felix

— Regarde ça ! dit Günther.

Il agita le bac rempli de liquide incolore, faisant passer et repasser le révélateur sur le papier photo. Felix se pencha et observa le cliché qui se dessinait dans la lueur rouge. Malgré la pénombre du réduit, il distingua peu à peu les silhouettes de deux hommes en uniforme qui en conduisaient un troisième, coiffé d'un chapeau, vers une berline noire.

— C'était à Chemnitz, peu après le 17 juin. Une énième arrestation d'un prétendu putschiste nazi.

Felix saisit la photo avec une pince et la déposa dans le bain d'arrêt.

— D'où ça vient ?

Il fit passer la feuille dans le bain de fixateur puis regarda Günther d'un air interrogateur. Celui-ci ne répondit pas, déjà occupé par le cliché suivant : il ôta le papier photo de la plaque de l'agrandisseur et la glissa dans le bain révélateur. Ensemble, ils regardèrent les teintes de gris de l'image se détacher lentement sur le blanc du papier gélatiné, et l'emplir de vie. On y voyait un Vopo forcer une femme en peignoir à monter dans une voiture, lui poussant la tête vers le bas.

— Ça, c'était le 22 juin, à Chemnitz aussi.

— C'est Dieter qui a pris ces photos ? C'est terriblement dangereux, après tout ce qui s'est passé ! dit Felix.

Avec des pinces à linge, il suspendit les clichés développés au fil à linge tendu entre les murs. Quelque temps auparavant, Günther avait changé son garde-manger en chambre noire. Sans répondre à son ami, il expliqua :

— Juste après l'insurrection, ils ont arrêté plus d'une centaine de personnes. Ils les ont condamnées à de longues peines de prison pour activités subversives. Certaines ont même été condamnées à mort.

— Où as-tu trouvé tout ça ? insista Felix.

— Ils cherchent à consolider leur légende du putsch fasciste avec toute une série de reportages faits maison sur des provocateurs ouest-berlinois arrêtés et condamnés, mais comme il est difficile de les rendre responsables des manifestations en province, ils se sont rabattus sur d'anciens membres du NSDAP, réels ou supposés.

— Où as-tu trouvé cette pellicule ? répéta Felix.

Il retroussa ses manches, enfila des gants et, prenant un flacon de verre marron, versa davantage de révélateur dans un des bacs.

— Ils étaient dans la boîte aux lettres mortes de la forge de Rixdorf. Ça doit venir d'une connaissance de Dieter. Les explications étaient sur un bout de papier dans un autre envoi. Il a numéroté les prises de vue.

Felix serra les lèvres et hocha la tête. Après son arrestation, ils avaient interrompu durant un moment leurs activités pour l'agence de presse. Et depuis qu'il avait empêché Günther à la dernière seconde d'aller vendre son or à l'Est, aucun d'eux n'avait plus mis les pieds en RDA. Il éprouvait donc un certain malaise à l'idée que Günther et Dieter l'entraînent à nouveau dans leurs magouilles.

— Dis, tu as des nouvelles de Dieter ? Il devrait être là depuis un moment.

Günther haussa les épaules.

— Il est souvent en retard. On ne sait jamais trop ce qu'il fabrique.

Ils développèrent encore une dizaine de photos en silence et les suspendirent à la corde à linge.

— Il y en a d'autres ? s'enquit enfin Felix, désignant les clichés de la tête.

— Non, c'est tout !

Günther alluma la lumière. L'ampoule nue qui pendait du plafond illumina le cagibi, révélant les détails des photos.

— Qu'est-ce que vous comptez en faire ? demanda Felix en les examinant une à une.

— Qu'est-ce que tu crois ? On va les vendre au plus offrant. (Il posa un entonnoir sur une bouteille brune.) Donne-moi un coup de main !

Felix reversa dans le flacon le liquide fixateur restant. Tout en le regardant couler, il se demanda comment convaincre Günther d'abandonner son projet. La cellule glaciale et les interrogatoires interminables de la Stasi lui revinrent en mémoire, lui donnant la chair de poule. Ils étaient sûrement encore tous les deux sous surveillance.

— Tu ferais mieux d'y réfléchir à deux fois, Kasimir. Si on se fait prendre avec ça, on est tous fichus.

— Fichus ? Comment ça ? répliqua Günther. Tu crois vraiment que la Stasi va venir nous choper ici, à l'Ouest ? Ils n'iront pas jusque-là.

Felix se retourna vers la corde à linge et s'arrêta devant un cliché. Il se pencha pour l'examiner de plus près.

— Ça, là, tu as dit que c'était qui ?

Günther regarda par-dessus l'épaule de son ami.

— Aucune idée.

Il chercha le feuillet grisâtre sur lequel figuraient quelques mots à côté de chaque numéro.

— C'est la photo numéro combien ?

Felix compta.

— Si on les a suspendues dans le bon ordre... numéro 8.

— Numéro 8, Chemnitz, 21/06. Quinze ans de prison.

— Rien d'autre ?

Felix prit la feuille à son ami et survola les autres indications. Il s'agissait pour chaque cliché d'un lieu et d'une date, suivis pour certains de la peine prononcée. Il regarda de nouveau la photo, ouvrit la pince à linge et l'ôta du fil. On discernait un homme assez âgé, au nez fort, emmené par deux Vopos. Ses yeux minces au regard perçant étaient braqués vers l'objectif, comme s'il avait remarqué le photographe.

— Je l'ai déjà vu quelque part, celui-là, murmura Felix, mais je ne sais plus où.

— Ce n'est pas impossible, s'il est de Chemnitz, répondit Günther. C'était peut-être un de tes instituteurs, ou le vendeur d'un magasin où tu allais, quelque chose comme ça.

Instituteur, vendeur..., répéta Felix à voix basse. Tu n'as pas dit que tous ceux qu'ils ont arrêtés étaient d'anciens membres du NSDAP ?

Günther hocha la tête.

— Oui, la plupart. Et certains ont déjà fait de la prison. Jusqu'ici, beaucoup vivaient tranquillement en RDA. Sauf que maintenant, ils les tiennent.

Il ramassa une valise dans un coin pour y ranger les ustensiles de sa chambre noire.

— Si on avait un nom pour aller avec la photo, ça aurait évidemment encore plus de valeur pour la presse de l'Ouest, surtout si en plus on pouvait prouver qu'il n'avait rien à voir avec la manifestation.

Des deux mains, il attrapa un côté de l'agrandisseur.

— Aide-moi !

— Tu n'as tout de même pas pitié d'eux ? s'enquit Felix.

Ils soulevèrent l'appareil. Il venait de se dire que son père, ancien officier de la Wehrmacht, aurait lui aussi pu être arrêté s'il s'était encore trouvé en RDA.

— Ce n'est pas la question, Kasimir. Beaucoup ont mérité une punition, c'est certain. Mais sûrement pas pour avoir participé à l'insurrection du 17 juin. Le gouvernement de RDA a juste inventé ça pour détourner l'attention des véritables raisons de la révolte.

Ils déposèrent ensemble l'appareil dans la mallette et refermèrent le couvercle.

— Brandt ! s'exclama Felix.

Günther le dévisagea, stupéfait.

— SS-*Obersturmführer Brandt*, devenu plus tard *Gauleiter*. (Il reprit la photo et tapota le portrait du doigt.) Ces yeux minces et perçants, c'est lui ! J'en suis sûr !

— Vraiment ? demanda Günther, sceptique.

— Certain ! À une époque, il me ramenait chez moi après l'école presque tous les jours dans sa Horch 850 décapotable. Son fils Erik était dans ma classe.

— Ça alors !

— Et il a vraiment pris quinze ans pour avoir participé aux émeutes ?

Ils poussèrent la lourde valise sous l'étagère la plus basse du réduit.

— C'est ce qui est marqué là ! répondit Günther.

Il lui tendit le feuillet et regroupa les photos encore suspendues au fil.

— Tout ce qu'on fait sur cette terre entraîne récompense et châtiment, marmonna Felix.

— Qu'est-ce que tu racontes ? Je crois qu'il est temps qu'on aille prendre l'air, s'exclama Günther en agitant la main. Les produits chimiques te montent à la tête.

Felix lui saisit l'épaule.

— Il y a quelqu'un à qui je dois absolument raconter ça.

— Le mieux serait pourtant de n'en parler à personne, l'avertit Günther.

Il lui reprit le cliché et fit le geste de tirer une fermeture Éclair devant ses lèvres. Felix secoua la tête.

— Je suis tout à fait de ton avis. Je trouve même qu'on devrait rester complètement en dehors de tout ça.

— Tu es devenu fou ?

— À une exception près : ma sœur Therese. Il faut qu'elle voie cette photo de Brandt.

En rentrant chez lui, Felix se demanda où trouver sa sœur. C'était un début d'automne ensoleillé et venteux, les hêtres se coloraient déjà, et même les murs gris des immeubles de Neukölln resplendissaient. Une journée à passer au bord du Wannsee ou dans le parc de Tiergarten. Pourtant, sa sœur si zélée et ambitieuse était sûrement en train de bûcher dans une bibliothèque. Il savait qu'elle était en plein dans les épreuves du premier examen d'État. Le moment était peut-être mal choisi pour lui rendre visite, d'autant que la nouvelle de l'arrestation de Brandt la bouleverserait et la déstabiliserait. Il aurait aimé en parler à Gisela, bien plus délicate que lui quand il s'agissait des émotions des autres, mais elle était encore à Düsseldorf. Alors qu'il s'apprêtait à traverser la rue, une voiture noire surgie de nulle part s'arrêta devant lui. Deux hommes vêtus de sombre en surgirent et le forcèrent à y monter. Il n'eut pas une seule chance de leur échapper. L'un appuya sur sa tête d'une poigne de fer, l'autre le poussa sur la banquette arrière. Il voulut crier de terreur et de désespoir, mais une main se posa sur sa bouche. Les portières claquèrent et le conducteur mit les gaz. Felix fut rejeté contre le dossier par l'accélération subite. Le tout n'avait pris que quelques secondes.

Ils me tiennent ! fut la pensée qui le transperça comme une flèche empoisonnée. Il haleta, s'étrangla presque ; ses genoux flageolèrent.

— Calme-toi ! C'est moi ! fit froidement l'homme à sa gauche.

Felix se tourna vers cette voix familière. Les yeux clairs de Klaus n'étaient qu'à quelques centimètres des siens quand il lui dit, serein :

— On va faire une petite balade et discuter un peu.

— Où est-ce que vous m'emmenez ? Je suis citoyen ouest-allemand, vous ne pouvez pas faire ça !

Klaus fit mine d'observer les alentours.

— Tu vois quelqu'un que ça intéresse ?

Sur le trottoir, les passants avançaient à pas pressés ; comme les passagers des autres véhicules, ils regardaient droit devant eux sans prêter la moindre attention à Felix ni remarquer sa détresse. Leur voiture se dirigeait vers le poste-frontière le plus proche, dans la Sonnenallee. Dès qu'ils entreraient en zone d'occupation soviétique, il serait perdu. Il loucha vers les portières, à droite et à gauche, mais il était coincé entre les deux hommes et n'avait guère de chance d'en ouvrir une. Il aurait dû escalader l'un d'eux pour sauter de la voiture en marche.

— N'y pense même pas, fit Klaus comme s'il avait lu dans ses pensées. Et puis, si tu fais ça, tu ne sauras pas ce qui s'est passé.

— Comment ça, ce qui s'est passé ? demanda Felix.

Klaus ne répondit pas tout de suite, se contentant de le fixer des yeux. Puis il détourna la tête et regarda par la fenêtre.

— Ton complice est mort.

— Mort ? Günther ? C'est impossible !

Il comprit de lui-même qu'il venait de se trahir, mais cela n'avait aucune importance. Sans doute les membres de la Stasi et Klaus, qui en faisait manifestement partie, étaient-ils de toute façon au courant de toutes leurs activités.

— Non, reprit Klaus. C'est Dieter Glöckner qui est tombé.

Le cœur de Felix se mit à battre à tout rompre. Il haletait.

— Dieter ! Bande de salopards ! siffla-t-il en saisissant son frère par le col. Qu'est-ce que vous lui avez fait ?

— Calme-toi, mon frère chéri ! On ne lui a rien fait du tout, il s'est mis dans la mouise tout seul, cet idiot.

Sa voix avait repris son ton condescendant coutumier.

— Il a été arrêté à Berlin-Est alors qu'il faisait des photos illégales d'installations militaires et étatiques. Pendant l'interrogatoire, il a reconnu fournir depuis des mois aux radios et aux journaux de l'Ouest de fausses informations sur la situation en République démocratique d'Allemagne.

— De fausses informations ! répéta Felix, méprisant. Vos interrogatoires, je sais bien comment ils se déroulent.

— Tu n'en sais rien du tout ! siffla Klaus. Parfaitement, de fausses informations ! Des mensonges de propagande capitaliste.

— Lui aussi, vous l'avez enfermé pendant des jours dans une cellule glaciale pour qu'il vous raconte ça ?

— Ne sois pas si fier de ton petit séjour dans un de nos centres de détention, grand frère, railla Klaus. Après tout, c'est grâce à moi que tu en es ressorti aussi vite.

Felix se jeta de nouveau sur lui et le reprit par le col, mais l'homme à sa droite le tira aussitôt en arrière d'un geste brusque.

— C'est plutôt grâce à toi que j'y ai atterri !

Klaus claqua de la langue, très calme.

— Mais non. Je croyais encore en ta bonté, à l'époque.

— Ne me fais pas rire.

— Le tribunal communal de Potsdam a condamné ton complice à huit ans de maison de redressement pour incitation au boycott.

— Huit ans ? répéta Felix en secouant la tête, incrédule. Mais tu viens de me dire qu'il était mort.

— C'est bien le cas. Cet imbécile a essayé de s'enfuir pendant le transfert vers la prison et a dû être abattu.

— Non ! hurla Felix. Vous mentez tous !

— Chut, ne t'énerve donc pas comme ça !

— Vous l'avez tué délibérément ! C'était une exécution !

— N'importe quoi ! Qu'est-ce que tu en sais ! cracha Klaus d'un ton dédaigneux.

Felix était sur le point de s'effondrer. Son ami était mort et une voiture l'emmenait droit vers Berlin-Est. Dans quelques instants, ils atteindraient la frontière. Dans quoi lui et ses amis s'étaient-ils fourrés ?

Klaus tapota l'épaule du chauffeur, qui s'arrêta le long du trottoir.

— Laissez-moi un instant seul avec lui, dit Klaus aux deux hommes.

Ceux-ci descendirent mais restèrent devant les portières. Klaus fouilla sa poche poitrine, sortit un paquet de cigarettes et s'en alluma une. Il prit une profonde bouffée puis la tendit à Felix.

— Tiens, commence par te calmer !

Felix saisit la cigarette et la fuma avidement, jusqu'au bout, sans qu'ils échangent un seul mot. Klaus baissa un peu sa vitre et jeta le mégot dehors.

— Tout le monde commet des erreurs, mon frère chéri, ça fait partie de la vie, dit-il au bout d'un moment. Mais chaque erreur offre aussi une chance. Aux autres ou à soi-même. Si tu es malin, suis mon conseil, Felix. Arrête tout de suite cette histoire de photos et de rapports sur la RDA, et dis à ton copain, ce cher M. Wetzel, de faire de même. Fermez votre *agence*... (Il tordit la bouche, écœuré.) ... comme vous appelez votre machine à propagande. Brûlez tout ce que vous avez, jusqu'au dernier petit confetti.

Felix regardait toujours droit devant lui. Il absorba les paroles de son petit frère, celui avec qui il avait partagé une chambre durant la moitié de sa vie, galopé sur des chevaux en manches à balai dans la cour de Feltin, puis sur de vrais chevaux à travers les champs. Il était humilié, et le désespoir que lui inspirait le sort de Dieter lui volait toute la force dont il aurait eu besoin pour se défendre.

— Je ne peux pas te protéger plus longtemps, ça ruinerait ma carrière. Et je serais vraiment trop heureux de coffrer ce Wetzel, tu peux me croire.

Felix savait que son frère ne plaisantait pas. Il n'avait jamais eu beaucoup d'humour ; enfant déjà, il se cramponnait obstinément à ses idées fixes.

— Et quand je dis *tout de suite*, je veux dire à partir de cet instant précis. Parce que sinon, on vous aura. Où que vous soyez.

Felix déglutit et hocha la tête sans rien dire.

— J'espère que maintenant, tu as compris que pour ça, vous n'avez même pas besoin de poser le pied en RDA.

Therese

— Mémoire de droit civil : « Bien », lut Therese. Devoir sur table de droit civil : « Très satisfaisant. » Devoir sur table de droit constitutionnel : « Bien »... Admise aux épreuves orales.

Elle leva lentement les yeux de la lettre du bureau des examens.

— Avec ça, je peux peut-être encore y arriver, mais regarde mes notes en droit public et en droit pénal, dit-elle à Fred en lui tendant la feuille. Je n'aurai jamais de « Très bien ».

Elle essaya de calculer mentalement quelle note il lui faudrait à l'oral pour obtenir une mention.

— Évidemment que tu vas y arriver, répliqua Fred. Tu as des notes formidables ! Un 2 au mémoire, c'est exceptionnel ! Pour moi, ce serait un rêve. Je suis certain que tu es la meilleure de notre promotion.

Il lui prit la feuille et écarquilla les yeux.

— Tu as échoué en droit public et tu n'as que « Suffisant » en droit pénal ?

Ils étaient toujours dans le couloir, devant les boîtes aux lettres. Une trottinette rouge était appuyée au mur, près de deux cartons de déménagement et d'une poussette flambant neuve. Du premier étage d'habitude si calme provenaient les rires d'un jeune enfant. Therese se réjouit qu'une famille vienne s'installer là. Une nouvelle vie entrait dans l'immeuble, lui rappelant que la normalité et la joie de vivre existaient toujours.

— Le matin de l'épreuve de droit public, je n'avais pas du tout les idées claires. Je me suis contentée d'écrire encore et toujours la même phrase. En revanche, je ne sais pas pourquoi j'ai obtenu une note aussi nulle le lendemain.

Fred tendit vers elle sa main valide et repoussa doucement une mèche de cheveux de son visage.

— C'est compréhensible. Après ce qui est arrivé à ton père, c'est même un miracle que tu sois venue passer l'examen.

— Qui t'en a parlé, au fait ? demanda-t-elle.

— La rumeur... Au bout d'un moment, toute la promo a fini par le savoir.

Therese marqua une courte pause puis :

— Tu veux monter ?

Elle s'effraya aussitôt de sa propre audace et fut envahie de nervosité. D'un côté, elle rêvait qu'il dise oui. De l'autre, inviter un homme dans son appartement désert était terriblement indécent.

Pourtant, il accepta sans hésiter, et ils gravirent les marches ensemble. Au premier étage, devant une porte ouverte, une jeune femme à la tête couverte d'un fichu était en train d'ouvrir un carton pour en sortir un paquet rouge et vert de filtres à café.

— J'ai trouvé ! lança-t-elle d'un ton joyeux vers l'intérieur de l'appartement.

Puis elle se redressa et son regard croisa celui de Therese.

— Nous sommes les nouveaux ! dit-elle gentiment.

Elle s'essuya la main sur sa blouse et la lui tendit :

— Famille Hahn.

— Enchantée ! Trotha, troisième étage, répondit Therese.

Elle vit les yeux de Mme Hahn passer d'elle à Fred, dans l'attente qu'il se présente à son tour. Il tendit la main gauche.

— Je suis son frère, mentit-il.

— Qui c'est ? demanda un petit garçon en surgissant sur le palier.

— Nos nouveaux voisins, Kurti. Dis bonjour à Mme Trotha et à son frère. Ou est-ce Mlle Trotha ?

Elle prit le petit dans ses bras.

— C'est ça, mademoiselle.

La situation devenait de plus en plus embarrassante. Mme Hahn, qui lui avait d'abord paru si fraîche et sympathique, avait maintenant seulement l'air curieuse, comme si elle pouvait deviner à leur expression leur mensonge et leurs véritables intentions, qui n'étaient pas claires pour Therese elle-même.

— Bonjour ! dit sagement le petit. Qu'est-ce qu'il a, le monsieur, là ?

Il désigna la main gantée de Fred.

— Enfin, Kurti ! Je t'ai déjà dit qu'on ne pose pas ce genre de questions ! le sermonna sa mère avant de présenter des excuses à Fred et Therese.

Un silence gêné se fit, personne ne sachant comment poursuivre.

— Bon, je dois continuer à déballer nos affaires. Je vous souhaite une bonne journée, conclut enfin Mme Hahn avant de fermer sa porte.

Ils hésitèrent un moment sur le palier, et Therese fut certaine que la voisine les observait à travers le judas. Puis elle reprit son ascension, suivie par Fred, et chercha ses clés tout en montant pour ne pas avoir à rester devant sa porte plus longtemps que nécessaire. Pas question d'attirer en plus l'attention de cette fouineuse de Mme Neumann. Par miracle, la porte de celle-ci demeura close.

Quelques secondes plus tard, ils étaient dans le couloir de l'appartement. Embarrassée, Therese évita le regard de Fred. Elle se détourna, posa son sac sous le portemanteau et la lettre sur la petite commode juste à côté. C'est alors qu'elle sentit la main du jeune homme lui appuyer doucement sur la taille pour l'inciter à se retourner vers lui. Il lui caressa prudemment la joue et effleura la cicatrice à côté de son oreille.

— Ça vient de quoi ?

Son cœur battait fort. Personne ne lui avait jamais posé cette question. Mais lui, elle l'aimait bien. Elle aimait sa voix, la manière dont il la touchait, elle aimait son odeur et sa façon d'être, calme et sereine.

— Une otite, quand j'avais deux ans, répondit-elle à voix basse. C'était l'hiver, le médecin n'était pas joignable depuis notre domaine. L'inflammation s'est étendue au nerf facial. L'opération avec laquelle ils ont essayé d'arranger les choses s'est mal passée.

C'était ce que lui avait raconté sa mère ; elle n'en savait pas plus.

Très doucement, il prit entre ses mains son visage de travers. Sa main gantée touchait sa peau.

— Ça ne me gêne pas, dit-il.

— Et ça, moi, ça ne me gêne pas non plus, répondit-elle en posant sa propre main sur le gant.

— Tu as déjà ressenti ça pour quelqu'un ?

— Je ne sais pas. Ça fait longtemps, répondit-elle timidement.

En voyant son air étonné, elle s'empressa d'ajouter :

— Et puis ce n'était qu'une tocade.

Pour rien au monde elle ne lui aurait parlé de Witec et des conséquences de leur amourette.

Fred se pencha en avant et l'embrassa. Therese hésita, puis enlaça son dos large aux muscles puissants, sentant ses pensées mollir sous ses caresses et ses effleurements.

— Où est ta chambre ? souffla-t-il.

Elle lui prit la main. Les doigts moites d'excitation, elle l'entraîna dans le couloir, passa devant les portes fermées du bureau puis de la chambre de Leo.

— Je n'ai jamais fait ça ! dit-elle.

Dans sa totale innocence, elle ne savait même pas ce que « ça » voulait dire. Ses propres paroles lui donnèrent mauvaise conscience. Que dirait sa mère en apprenant qu'elle embrassait un garçon ? Elle était sur le point de légitimer les pires inquiétudes de Charlotte.

— Tu n'as pas de raison d'avoir peur, répondit Fred en remarquant qu'elle hésitait à entrer dans la chambre.

Il observa la pièce. À l'arrivée de Therese, Leo l'avait aménagée de meubles blancs vernis, comme il s'imaginait une chambre de jeune fille. Fred referma la porte du pied puis se mit à déboutonner sa chemise, sans la moindre gêne. Il semblait n'éprouver aucune honte à dévoiler son corps, contrairement à ce qu'elle avait supposé sur la plage du Wannsee. Il enleva sa chemise devant elle comme si c'était la chose la plus naturelle au monde. Elle admira son torse bombé sous son maillot de corps blanc, tout en redoutant ce qui allait arriver. Fred s'approcha d'elle et lui prit la main avec douceur. Ils s'assirent côte à côte sur le lit étroit et il murmura :

— Je ne t'ai vue qu'une fois avec les cheveux détachés, tu étais magnifique.

Therese porta les mains à son chignon, en ôta les épingles et secoua ses longues mèches brunes. Elle ferma les yeux quand Fred se pencha vers elle et l'allongea très doucement sur le lit. De nouveau, il prit son visage entre ses mains et l'embrassa sur les lèvres. En la sentant se crisper, il demanda :

— Qu'est-ce qu'il y a, tu n'aimes pas ça ? Nous n'avons pas à le faire. Je peux attendre.

Mais Therese aimait ça, aimait ses mains sur son corps, et se mit soudain à aimer tout ce qu'elle avait cru terrible.

À midi, ils étaient allongés sur son lit, étroitement enlacés.

— J'ai faim, maintenant, dit Fred. Et toi ?

Elle hocha la tête. Pour la première fois depuis la mort de son père, elle ressentait un sain appétit.

— Je crains bien de ne rien avoir ici. Le réfrigérateur est vide.

— Tu as même un réfrigérateur ?

— Oui, mon père avait équipé l'appartement de toutes les nouveautés avant de finir par s'en désintéresser complètement.

À l'évocation de son père, la tristesse coutumière qu'elle ressentait depuis sa mort reprit possession d'elle. Sa perte était encore trop récente, et Fred remarqua aussitôt le changement sur ses traits. Il savait y lire ses émotions, alors même qu'elle s'était exercée sa vie entière à contrôler ses mimiques.

— Je ne crois pas que continuer à vivre ici soit bon pour toi.

Elle hocha la tête.

— Je sais, mais qu'y puis-je ? Jusqu'à la fin des examens, je n'ai pas d'autre choix.

En cet instant, elle refusait de penser qu'ensuite, si elle se pliait aux vœux de sa mère, elle devrait rejoindre sa famille à Worms.

— En parlant de ça, tu ne meurs pas d'envie de connaître tes résultats ? s'enquit-elle pour changer de sujet.

Il ôta le bras de sous le dos de Therese et s'assit sur le lit.

— Je crains que la surprise ne soit guère agréable. Mais tu as raison ! Je ferais sans doute mieux de rentrer à Tempelhof pour ouvrir ma boîte aux lettres. Mieux vaut savoir à quoi s'en tenir.

Elle tendit la main et suivit sa colonne vertébrale du bout du doigt.

— Tu veux que je t'accompagne ?

Fred secoua la tête et se tourna vers elle.

— Tu ferais mieux de te remettre à préparer ton oral. Il ne te reste que deux jours. Je vais essayer de dégoter les comptes rendus de tes autres examinateurs.

Il se leva, ramassa ses vêtements éparpillés au sol et commença à s'habiller. Therese le regarda faire en admirant son corps. À sa grande surprise, elle ne ressentait pas la moindre honte.

— J'ai une idée, dit-elle en se levant à son tour. Je t'accompagne sur un bout de chemin, jusqu'à la boulangerie. On s'achète des sandwichs pour les manger sur un banc du Ku'damm. Ensuite, tu rentres chez toi, et on se retrouve plus tard à la bibliothèque. Qu'est-ce que tu en penses ?

Fred se glissa dans son pantalon.

— Excellente idée !

Pour ne pas attirer l'attention de Mme Neumann, ils descendirent les marches en chaussettes, leurs chaussures à la main, et ne les enfilèrent que dans le hall.

Gisela

La large porte du niveau des arrivées s'ouvrit et Gisela aperçut aussitôt Felix, derrière la barrière, un bouquet de fleurs à la main. Elle courut vers lui et l'embrassa par-dessus la rambarde de métal.

— Enfin ! s'exclama-t-il en lui prenant sa valise. J'ai cru que tu étais repartie à Düsseldorf.

— Il faut attendre les bagages ; ils sont livrés sur un ruban automatique, ça dure un moment.

— Tu en as vu, des choses ! Tout ça est tellement sophistiqué ! s'exclama-t-il, la voix pleine d'une admiration sincère.

Ils montèrent les marches, traversèrent la nouvelle aérogare de Tempelhof et se frayèrent un chemin parmi la foule qui attendait aux guichets des compagnies étrangères. Depuis que les forces américaines avaient ouvert l'aéroport au trafic civil, trois ans plus tôt, le nombre de passagers qui en profitaient pour entrer en Allemagne de l'Ouest sans subir les contrôles de la RDA dépassait largement les prévisions du Sénat berlinois. L'aérogare avait été bâtie sur une surface restreinte de la partie sud de l'aéroport. Bien qu'elle n'accueille que les trois compagnies occidentales alliées Pan Am, Air France et British Airways, Tempelhof débordait déjà. Felix se retourna sur deux hôtesses de l'air blondes, en coquets tailleurs bleus, qui les croisèrent en parlant français.

— Ça doit être formidable de voler, fit-il, rêveur. Bientôt, ce sera mon tour.

Gisela le regarda, étonnée.

— Bientôt ton tour ? Que veux-tu dire ? (Sans qu'il ait le temps de répondre, elle secoua la tête :) Il n'en est pas question ! Ces hôtesses sont bien trop jolies !

— Tu n'as pas eu peur ? s'enquit-il.

— Si, un peu ! Surtout les deux fois où l'avion est tombé d'un coup, on a été très secoués.

— Ça n'a pas l'air très agréable.

— Les passagers ont crié, mais l'hôtesse était très patiente et nous a expliqué que c'était juste des turbulences, rien de grave, que ça arrivait sur presque tous les vols.

Gisela, encore sous le coup de l'excitation de son voyage et de son expérience à l'IGEDO, brûlait d'impatience de tout lui raconter. À peine eurent-ils atteint l'arrêt de bus situé derrière l'aéroport, sur le Tempelhofer Damm, qu'elle se lança dans son récit. L'immense hall d'exposition, les grands noms de la mode française et leurs stands, son défilé raté qui s'était soudain changé en succès... Elle voyait bien que Felix regardait par la fenêtre du bus, l'air absent, mais elle était incapable de se taire, emportée par son propre flot de paroles.

— ... et rends-toi compte, même le KaDeWe, en la personne de son directeur des achats Emil Köstner, aurait acheté mes deux modèles si maman ne l'en avait pas empêché.

Felix se tourna enfin vers elle.

— Ta mère l'en a empêché ? Mais pourquoi ?

Gisela haussa les épaules :

— Elle ne voulait pas qu'on pense que le KaDeWe privilégiait Engelmann à cause de sa fille. Ça aurait ressemblé à du népotisme. C'est insensé ! Ma mère tout craché. Tu sais comment elle est, comment elle a toujours été : exagérément correcte.

Gisela pinça les lèvres et haussa les sourcils. Felix commenta :

— Je ne la connais pas depuis très longtemps, mais maintenant que tu le dis, elle semble avoir un code moral très strict.

— Une commande du KaDeWe aurait été la cerise sur le gâteau ! Mais il a fallu qu'elle s'en mêle et qu'elle interrompe les négociations entre Köstner et Engelmann. (Elle ouvrit les doigts d'un coup.) Paf, fini !

— Elle doit avoir de très bonnes raisons. Tu ne devrais pas la juger.

— Elle a une si haute opinion d'elle-même ! reprit Gisela. Et elle sépare toujours le monde entre bons et mauvais. Elle aurait pu habiller des actrices comme Ilse Werner et la Söderbaum ; en 1936, on lui a même proposé de confectionner les uniformes de l'équipe olympique allemande, et elle a refusé. C'est son amie Ella qui me l'a raconté.

Felix s'écarta un peu d'elle.

— Et tu trouves ça condamnable ? Elle a pourtant bien agi, c'est une évidence.

Gisela fit la moue.

— Ce n'est pas ce que je veux dire. Évidemment qu'après coup, c'était une bonne chose… (Elle haussa les épaules.) Peu importe ! Les carnets de commandes d'Engelmann sont tellement pleins qu'il aura presque du mal à assurer la production. Même l'acheteuse des Galeries Lafayette, le célèbre grand magasin parisien, a commandé ma robe. Ils sont presque encore plus connus que le KaDeWe ! C'est fou !

Elle posa la tête sur l'épaule de Felix.

— C'est merveilleux. Engelmann a enfin compris qu'il avait urgemment besoin de nouveauté, de faire autre chose que ses vieux machins démodés. C'est un peu grâce à moi, je crois.

— Bien sûr que c'est grâce à toi ! approuva Felix. Mais ne laisse pas tout ça te monter à la tête !

Elle lui sourit, reconnaissante, les yeux brillants.

— Tous ces créateurs de génie sont si inspirants ! Cristóbal Balenciaga, par exemple, un Espagnol qui s'est réfugié à Paris pendant la guerre civile. Tu ne peux pas t'imaginer à quel point il est révolutionnaire, il invente une toute nouvelle silhouette, qui n'est plus réservée aux gabarits en sablier.

En voyant Felix étouffer un bâillement, elle interrompit ses descriptions.

— À partir du 1er octobre, je travaillerai au service des patrons, avec une promotion et même une augmentation.

Felix, presque assommé par son euphorie, se sentait de plus en plus mal à l'aise à l'idée de lui annoncer sa propre grande nouvelle.

— Tu ne dis rien ! Tu n'es pas content pour moi ?

Malgré son air impassible, il semblait avoir quelque chose sur le cœur.

— J'ai quelque chose à t'annoncer, moi aussi, et j'avais espéré que tu t'en réjouirais.

Le bus freina brutalement et ils furent tous deux projetés vers l'avant.

— Espèce d'empoté ! tonna le chauffeur. Il a trouvé son permis dans une pochette-surprise !

Gisela regarda Felix, se doutant confusément que sa nouvelle ne serait pas bonne pour elle.

— J'ai trouvé un emploi. Assistant de direction. Je commence le 1er octobre.

— C'est formidable !

— Dans l'industrie chimique. Ils paient vraiment bien, beaucoup mieux que les autres ! Nous allons enfin pouvoir nous faire plaisir.

— Louer un vrai appartement ! s'écria Gisela. Avec un salon, une chambre, notre propre salle de bains et notre propre cuisine !

— Évidemment !

— Sans logeuse indiscrète !

Felix se mâchonnait la lèvre inférieure. Quand le bus s'arrêta à l'angle de leur rue, il saisit la valise de Gisela et ils descendirent les marches de métal.

— On pourrait acheter le journal, pour regarder dès maintenant les annonces immobilières ? demanda Gisela.

Elle désignait le kiosque à marquise ouvragée, à cinquante mètres de là. Felix se ressaisit.

— Le *Berliner Tagesspiegel* ne nous servira à rien. Je suis embauché chez Kalle, à Wiesbaden.

Gisela se figea.

— À Wiesbaden ? Mais pourquoi ?

Il haussa les épaules.

— Je t'avais même lu l'annonce.

Elle se souvenait vaguement d'un soir où il avait énuméré différentes villes d'Allemagne, mais elle n'avait jamais pensé sérieusement à quitter Berlin.

— Et tu as déjà accepté ?

Il ne répondit pas. Tout en se dirigeant vers leur porte, il scrutait les alentours, nerveux. Il s'alluma une cigarette qu'il fuma à la hâte.

— Qu'est-ce qui se passe encore ? demanda-t-elle, impatiente. Tu ne peux pas me répondre franchement ?

— Viens, on va se poser un moment au café.

Il lui prit le bras et l'entraîna, dépassant leur immeuble.

Ils entrèrent au Stresemanns Eck. Le modeste établissement n'avait qu'un autre client, un homme maigre en veste de cuir qui, assis à une fenêtre, buvait un chocolat chaud à grand bruit. Felix choisit une place tout au fond et commanda deux cafés. Il ne commença à parler que lorsque la serveuse leur eut apporté les tasses. D'une voix étouffée, il évoqua d'abord les rapports et les photographies qu'ils recevaient de RDA depuis qu'ils ne pouvaient plus les récolter eux-mêmes, de la chambre noire, de leurs dernières découvertes sur la vague d'arrestations qui avait suivi l'insurrection de juin. Puis il relata ses observations des semaines passées : les inconnus bizarres qui surgissaient derrière lui, les voitures qui se garaient dans leur rue sans que le chauffeur en descende. Enfin, sa rencontre avec Klaus. Il fumait une cigarette après l'autre.

— Que te voulait-il ? s'enquit Gisela.

Elle mit deux morceaux de sucre dans son café et le but à petites gorgées, sans pour autant se sentir revigorée.

— Gilleken, dit-il enfin à voix basse. Ils ont tué Dieter.

Gisela se plaqua une main sur la bouche, horrifiée.

— Qui ça ?

— Des agents de la Stasi l'ont attiré à Berlin-Est. Ils lui ont fait un procès, l'ont condamné à huit ans de prison, et prétendent qu'ils l'ont abattu alors qu'il essayait de fuir.

Elle secoua lentement la tête.

— Je n'arrive pas à y croire ! Qu'est-ce que vous avez fait là, mon Dieu ! Hatmut est au courant ? La pauvre !

— Oui, Günther est allé la voir aussitôt.

— Je n'y comprends rien, murmura Gisela. Pourquoi est-ce que vous avez continué ? Après ton arrestation, tu savais pourtant bien qu'ils ne plaisantaient pas !

Elle eut soudain la désagréable impression que l'homme assis à la fenêtre ne lisait plus son journal depuis un moment et s'efforçait d'écouter leur conversation. N'était-ce que son imagination qui lui jouait des tours ? Voyait-elle des fantômes, elle aussi ? Par sûreté, elle se détourna et mit la main devant sa bouche avant de reprendre :

— Jure-moi que tu resteras désormais en dehors de tout ça, Felix !

Il écrasa son mégot dans un cendrier orné du logo Jägermeister.

— J'ai déjà fait un trait dessus pour de bon. Mais ça ne suffit pas. Il faut qu'on quitte Berlin, qu'on passe à l'Ouest. On sera débarrassés de ces soucis et on pourra vraiment repartir de zéro. (Il la regarda d'un air suppliant.) C'est pour ça que j'ai déjà accepté l'offre de Wiesbaden.

Therese

— Hans, fier propriétaire d'une automobile, fait paraître une annonce dans le *Berliner Morgenpost* pour mettre en vente son véhicule, un Goliath GP 700 blanc de la maison Borgward. Il indique un kilométrage de soixante-six mille kilomètres et l'année de construction 1952. En fait, ces deux informations sont fausses…

Therese entendait la voix ronflante, voyait les lèvres de carpe, les incisives jaunâtres, et apercevait du coin de l'œil les autres candidats, à droite et à gauche, prendre fébrilement des notes et feuilleter leur recueil de lois. Elle-même, bien droite sur sa chaise en bois dur, faisait face depuis deux heures au jury de l'examen : un procureur, un juge du tribunal administratif et le professeur Wulff. Elle avait les mains posées bien à plat sur la table de hêtre. L'avant-dernière partie de son examen oral venait de commencer. Elle connaissait par cœur le cas que Wulff présentait et dut se concentrer pour ne pas manquer un éventuel détail modifié, qui aurait exigé une solution différente. Mais il n'y en avait pas. Elle aurait pu le réciter avec lui.

— D'une part, la voiture a beaucoup plus de kilomètres au compteur, à savoir cent huit mille, et d'autre part, elle date de 1950. Il est conclu entre les deux parties une clause de non-responsabilité : « Acheté en l'état après essai sur route. »

C'était, au mot près, l'énoncé du compte rendu que Fred lui avait procuré. Elle brûlait d'impatience de donner sa solution. Après toutes ces années d'humiliation, Therese s'était préparée au pire, incapable de croire que pour son oral à elle, Wulff se servirait de son cas standard ; elle s'était attendue à ce qu'il invente une perfidie raffinée. Et voilà que dans quelques minutes, elle pourrait énoncer la réponse exacte, qui lui vaudrait un « Très satisfaisant » libérateur à l'oral de droit civil, voire un « Bien » et peut-être, ainsi, la mention finale « Très bien » tant espérée. C'était la condition *sine qua non* pour devenir juge. Elle pensait s'être correctement sortie des oraux de sa matière d'option et de droit pénal, avoir donné des réponses solides et argumentées. Lorsqu'elle n'avait pas pu les fournir sur-le-champ, elle avait su les déduire habilement. L'évaluation était à présent entre les mains des examinateurs : le procureur aux cheveux gris en brosse, qui l'avait trop peu interrogée à son goût, et le juge administratif, beaucoup plus jeune, qu'elle avait trouvé étonnamment bienveillant.

— Monsieur Hohmann, voulez-vous nous donner un début de solution ?

— Oui, monsieur le professeur.

Axel Hohmann, à droite de Therese, se leva. Il s'était montré nerveux toute la matinée.

— Nous vous écoutons !

— Il pourrait s'agir d'un vice matériel dans le sens de l'article 434 du Code civil, auquel cas il faudrait…

— Monsieur Hohmann, le coupa Wulff rudement, il conviendrait de procéder dans l'ordre !

Axel Hohmann ne réagit pas sur-le-champ et le professeur demanda :

— Par quoi commence notre évaluation ?

Therese, ayant l'impression qu'il la regardait, ouvrit la bouche pour donner la bonne réponse, mais Wulff se détourna et interrogea le candidat assis tout au bout de la rangée. Après qu'il eut présenté le type de contrat et son établissement, Wulff hocha la tête, martela brièvement la table des doigts et reprit :

— C'est à vous, monsieur Hohmann, vous pouvez poursuivre.

Axel Hohmann présenta dans le détail la définition de toutes les sortes de vices matériels. Wulff hocha de nouveau la tête, satisfait. Son regard effleura Therese, qui prit son inspiration pour enfin marquer des points. Mais Wulff s'adressa à l'étudiant roux assis à sa gauche.

— Monsieur Freytag, veuillez subsumer notre cas comme il se doit.

Ludwig Freytag proposa deux ébauches d'argumentation. Il renvoya expressément à l'article 434, paragraphe 1, alinéa 3 du Code civil et aborda la répartition de la charge de la preuve. Il cita l'année de construction de la voiture comme une évidence, puisque la véritable date était signalée dans les papiers. Il présenta le tout avec précision, exactement comme Therese aurait pu le faire.

Wulff prit des notes, releva la tête et demanda :

— Que manque-t-il d'autre ?

Dans sa nervosité, Therese ne se rendit pas compte que ses mains glissaient d'avant en arrière sur la table en crissant. Les lèvres du professeur tressaillirent ; il posa sur elle un regard plein d'arrogance et de suffisance. Puis il désigna Axel Hohmann, qui avait levé le doigt presque imperceptiblement.

— Je vous en prie, monsieur Hohmann. Puisque personne d'autre ne semble le savoir, répondez-nous.

Le jeune juge avança un peu sa chaise et tourna la tête vers Wulff, exprimant ainsi sa perplexité quant au déroulement de l'épreuve. Le procureur, qui semblait avoir comme Wulff atteint la fin de la cinquantaine, ne broncha pas.

— L'efficacité et la portée de la clause de non-responsabilité, « acheté en l'état après essai sur route », énonça Axel Hohmann.

Therese respira lourdement.

— Exactement ! confirma le professeur.

Une pause. Elle sentait le sang battre à son cou. Il devait l'interroger, maintenant. Il ne pouvait pas l'exclure de l'épreuve et l'ignorer ainsi.

— Monsieur Prahl, fit alors Wulff en se tournant de nouveau vers le candidat du bout de la rangée.

Therese se leva très lentement. Wulff la dévisagea avec un étonnement feint.

— Mademoiselle Trotha ? Vous nous quittez déjà ? Ou allez-vous vous repoudrer le nez ?

Le jeune juge, près de lui, toussota.

— Non, je voudrais expliquer l'évaluation de la clause de non-responsabilité, répondit-elle d'une voix rauque.

— Vous ? Vous avez sans doute mal entendu, je viens d'interroger M. Prahl.

— Mais vous ne m'avez pas du tout interrogée.

La sueur lui dégoulinait sous les aisselles et trempait son chemisier ; une colère folle l'envahit.

— Comme vous voudrez, mademoiselle Trotha. Je vous interroge donc : voyez-vous cet arbre, dehors ?

Therese le scruta, incrédule, puis se tourna vers le feuillage qu'on voyait à travers la vitre. Les branches remuaient doucement dans l'air de septembre. Les autres candidats et les examinateurs se tournèrent eux aussi vers les fenêtres.

— Oui, dit-elle doucement.

— De quel arbre s'agit-il ?

— D'un tilleul.

— Bravo ! fit Wulff.

Le silence se fit. Une mouche bourdonnait. Therese la vit, d'un noir bleuté luisant, se poser sur la vitre et la parcourir de bas en haut. Alors qu'elle attendait que son professeur lui pose une question juridique qui ait un rapport avec cet arbre, un écrasant sentiment d'humiliation se posa sur elle tel un manteau crasseux.

Sans rien ajouter, Wulff saisit un stylo et écrivit deux mots en gros caractères sur une feuille posée devant lui. Elle put les lire depuis sa place, même à l'envers. *Trotha : « Suffisant »*.

Elle balaya la pièce des yeux en quête de soutien mais tous les autres regardaient droit devant eux en l'évitant soigneusement, y compris le jeune juge qu'elle avait cru bienveillant.

— Asseyez-vous, fit Wulff au bout d'un moment.

Il ourla les lèvres en attendant qu'elle obéisse. Elle se laissa tomber sur sa chaise. Il poursuivit alors l'examen avec les trois autres candidats, comme si elle n'était pas là. Therese, la tête basse et les mains sur les genoux, comprit qu'elle avait perdu.

Sans interruption, ils passèrent à la dernière discipline : droit public.

— Certains d'entre vous, après avoir réussi cet examen, découvriront peut-être pour un temps pendant leur stage juridique les joies de la fonction publique allemande, commença le juge Bode.

Il leva la tête, laissa ses yeux gris errer par-dessus les têtes des candidats puis demanda :

— Que savez-vous de l'égalité des sexes en droit de la fonction publique… monsieur Freytag ?

L'étudiant roux déglutit, se leva et répéta l'énoncé, signe évident qu'il ne voulait pas rester muet mais ignorait que répondre. Puis il se tut.

Le juge Bode leur distribua alors un bref texte de loi qui redonna espoir à Therese, et posa une question simple :

— Que prévoit l'article 128 paragraphe 2 de la Constitution de Weimar, monsieur Freytag ?

Celui-ci lut :

— Toutes les exceptions à l'encontre des fonctionnaires féminines sont éliminées.

— Précisément. Et que dit la Loi fondamentale de Bonn ? Y trouve-t-on une réglementation comparable ? demande Bode en regardant désormais tous les candidats.

Les trois étudiants mâles tendirent la main vers l'épais recueil de lois relié de rouge qu'ils avaient apporté à chaque cours et chaque séminaire de droit public, trois années durant. La plupart auraient pu naviguer les yeux fermés dans son système de numérotation des lois et des ordonnances.

— L'un ou l'une d'entre vous pourrait-il ou elle nous le dire sans ouvrir son Sartorius ? reprit Bode en insistant sur *un* et *une*, sur *il* et *elle*. Notre Loi fondamentale de Bonn est certes encore fort jeune, mais vous, jeunes aspirants juristes, venez de vous y consacrer six semestres durant. Vous devriez la connaître suffisamment pour ne pas avoir à feuilleter ses cent quarante-six articles afin de répondre à ma question.

Therese se leva. Elle savait, évidemment.

— Mademoiselle Trotha, je vous en prie.

— Il n'existe pas de telle réglementation dans la Loi fondamentale.

Le juge Bode hocha la tête.

— Cependant, l'article 3 paragraphe 2 précise de manière très générale qu'hommes et femmes sont égaux en droits...

Elle s'interrompit et regarda son examinateur. Voyant qu'il l'écoutait toujours attentivement, elle poursuivit :

— En complément, l'article 117... Puis-je ?

Elle désigna son Sartorius de la tête et Bode acquiesça de nouveau. Elle l'ouvrit et précisa :

— ... paragraphe 1 dispose que le droit contraire à l'article 3, paragraphe 2, reste en vigueur jusqu'à son adaptation à la disposition de la Constitution, mais pas au-delà du 31 mars 1953.

— Ce qui signifie ?

— Que le principe de l'égalité des sexes devait être pleinement appliqué au plus tard à partir de cette date, au printemps de cette année.

— Exactement, mademoiselle Trotha.

Bode prit une note puis demanda :

— Est-ce la seule différence entre la Loi fondamentale de Bonn et la disposition spéciale concernant l'égalité des sexes relative au droit de la fonction publique de la Constitution de Weimar ?

Il jeta un bref coup d'œil aux autres candidats, mais aucun ne réagit. Therese leva l'index.

— Mademoiselle Trotha ?

— Non.

— Quelle serait donc l'autre différence ?

— L'article 3, paragraphe 2, de la Loi fondamentale n'est pas seulement une disposition en faveur de la femme, mais aussi de l'homme.

— Bravo ! s'exclama Bode.

Wulff claqua de la langue et fit la grimace. Bode avait-il fait exprès de prononcer ce mot sur le même ton que lui quand Therese avait répondu à sa question de l'arbre ? Elle l'en croyait capable.

— Monsieur Freytag, si par hasard, au cours de cette épreuve orale de votre premier examen d'État, vous vous sentiez lésé, par exemple parce que vous estimeriez avoir eu moins de temps de parole que Mlle Trotha, pourriez-vous vous référer directement à l'article 3, paragraphe 2 de la Loi fondamentale ?

Freytag hésita avant de répondre :

— Oui, je le pourrais.

— Mademoiselle Trotha, êtes-vous d'accord avec votre camarade sur ce point ?

Elle secoua la tête.

— Il pourrait essayer, mais je lui recommanderais d'attendre un peu.

Bode prit l'air faussement étonné.

— Et pourquoi donc ?

— La Cour constitutionnelle fédérale doit encore se prononcer sur la question de savoir si l'article 3, paragraphe 2 de la Loi fondamentale est un droit directement applicable ou si le Bundestag doit d'abord adopter une loi correspondante. Toutefois, un recours judiciaire est déjà en cours. Le jugement est attendu avant la fin de l'année.

— Monsieur Freytag, vous devrez donc patienter encore un peu.

— C'est un scandale ! lança Wulff.

— À présent, madame et messieurs, je vous prie de bien vouloir nous excuser, reprit Bode, impassible. Veuillez revenir dans cette pièce à 13 h 30 pour l'annonce des résultats.

La délibération fut beaucoup plus longue que prévu. À 13 h 45, les examinateurs n'étaient toujours pas revenus. Des éclats de voix jaillissaient de la salle de conseil, indistincts mais manifestement furieux pour certains. Les trois candidats masculins se tenaient d'un côté de la salle austère, sous un portrait du président Theodor Heuss. Therese était à l'autre bout. Même Axel Hohmann ne lui adressa pas un mot de toute la pause. Quand la porte se rouvrit et que le jury revint, les quatre candidats coururent se mettre debout devant leurs chaises. Therese tenta de déchiffrer l'expression des examinateurs mais tous affichaient un air fermé, impénétrable. Elle était consciente que c'était surtout sur sa propre note finale qu'ils avaient débattu si longtemps, et s'étaient peut-être disputés.

— Nous commençons par M. Freytag, annonça le juge Bode en regardant l'étudiant roux. Examen oral de droit pénal : « Satisfaisant », droit public : « Satisfaisant », droit civil : « Très satisfaisant », option : « Satisfaisant ». Note finale : « Satisfaisant ».

Ce fut ensuite le tour d'Axel Hohmann puis, enfin, celui de Therese. Les mots du procureur lui parvinrent comme à travers de la ouate :

— Droit pénal : « Très satisfaisant », droit civil : « Suffisant », droit public : « Bien », option : « Bien ». Note finale : « Très satisfaisant ».

Il lui sembla que son cœur manquait un battement. Elle joignit les mains, tenta de se ressaisir et de comprendre ce qui venait d'être dit. Elle avait réussi. L'inimaginable s'était produit, elle avait la mention tant espérée. Le jeune juge du tribunal administratif s'était imposé face aux deux examinateurs conservateurs et misogynes, et grâce à son « Bien » en droit public, elle avait obtenu le résultat qui lui entrouvrait la porte de la magistrature. Elle devrait à présent obtenir une mention équivalente à son second examen d'État. Elle se tourna vers lui en s'efforçant d'exprimer toute sa reconnaissance d'un regard, sachant pourtant qu'elle manquait d'exercice en la matière. Sa profonde gratitude n'était sans doute guère décelable derrière sa mimique figée depuis tant d'années.

Therese sortit la première de la salle d'examen. Marie l'attendait dans le couloir froid, elle avait pris une journée de congé du jardin d'enfants où elle travaillait.

— Alors ? Comment ça s'est passé ? demanda-t-elle, tendue.

Therese ferma les yeux un instant, prit une profonde inspiration et, pour la première fois, prononça avec fierté ces mots qui lui semblaient encore étranges :

— « Très satisfaisant » !

Marie lui sauta au cou et la serra contre elle, l'entraînant dans une petite danse si vive qu'elles faillirent perdre l'équilibre. Les autres les dépassèrent en silence, Ludwig Freytag très déçu et furieux, Johannes Prahl, qui n'avait réussi que de justesse, l'air fermé. Seul Axel Hohmann souriait, content de lui comme toujours. Lui aussi avait obtenu une mention.

— Félicitations, dit-il à Therese.

— Merci, de même ! répondit-elle.

— Bravo, petite sœur, fit alors une voix familière dans son dos.

— Felix ! Tu es venu !

Elle regarda derrière lui ; elle avait espéré que Fred viendrait la chercher, mais il n'était nulle part. Ils suivirent le couloir en linoléum gris du bureau des examens juridiques, où elle ne remettrait jamais les pieds, et Felix l'entraîna à l'écart.

— Il faut que je te dise quelque chose, Therese.

Il avait l'air si grave qu'elle s'effraya :

— Il est arrivé quelque chose à maman ? Ou papa ?

Il secoua la tête.

— Non, ne t'en fais pas. Ça a à voir avec le passé... Avec Brandt.

Therese écarquilla les yeux. Pourquoi fallait-il qu'il prononce le nom de ce monstre en ce jour de joie ?

— S'il te plaît, Felix, non ! Pas aujourd'hui, pas maintenant !

Mais son frère ne se tut pas.

— Si ! Maintenant ! L'ancien *Gauleiter* SS Brandt vient d'être condamné en RDA à quinze ans de prison pour incitation au boycott fasciste pendant l'insurrection du 17 juin. (En voyant sa sœur se figer, il ajouta :) Je me suis parfois demandé ce que signifiait l'expression « ironie du sort », et à présent, j'ai compris.

Quand ils sortirent, le temps avait changé du tout au tout. Le ciel était soudain si sombre qu'on se serait cru en fin de soirée. Les nuages noirs et bas laissèrent échapper un éclair aveuglant, le tonnerre gronda au loin. C'est alors qu'elle aperçut Fred, sur le trottoir d'en face. Il avait passé son oral la veille et était content du résultat, bien qu'il n'ait obtenu que de justesse la note « Satisfaisant », sans mention. Il agita la main et lança :

— C'est déjà fini ? Je n'ai pas pu venir plus tôt !

— J'arrive ! fit Therese.

— Non, attends, je viens !

À l'instant où elle posa le pied sur la chaussée, elle reçut la première goutte, puis des trombes d'eau s'abattirent. En l'espace de quelques secondes, ils furent trempés jusqu'aux os. Ils se retrouvèrent au milieu de la route.

— J'ai réussi ! dit-elle doucement.

Ils se tenaient face à face, en plein milieu de la rue, les voitures les contournaient en klaxonnant. Les autres étudiants les observaient depuis le trottoir, près de Marie et Felix.

— Ils sont devenus fous ? s'exclama Axel.

Ils se moquaient bien de lui. Therese écarta les bras et rejeta la tête en arrière. Les gouttes de pluie ruisselaient sur son visage et se mêlaient à ses larmes, de joie et de fierté pour son excellent résultat, de satisfaction quant au sort de Brandt, et de douleur à la pensée qu'elle allait devoir quitter Fred, le boxeur.

Gisela

Six mois avaient passé. On était le 1er mars 1954. Les reflets du soleil bas scintillaient sur le petit lac du parc thermal de Wiesbaden. Le reste de glace fondait enfin à la surface et Gisela s'émut de voir une fillette d'environ trois ans, coiffée d'un béret rouge, courir vers les canards. Les volatiles s'éparpillèrent puis revinrent vers elle, confiants, quand la gamine s'immobilisa. Ils avaient vu le bretzel qu'elle tenait à la main. Quand un mâle audacieux tendit le cou pour l'attraper, elle poussa un cri strident et le laissa tomber sur le gravier. Une femme mince à la coupe garçonne blond roux, manifestement la mère, bondit de son banc. Elle saisit la main de la fillette, se pencha vers elle et lui parla d'un ton réconfortant. Gisela jaugea d'un œil professionnel son étroite jupe crayon et sa veste en laine bleu clair à manches ballons. Aucun doute, elle avait du goût et un faible pour la mode. Son impression fut confirmée quand la jeune femme se tourna vers elle. Elle portait des lunettes de soleil *dernier cri*[1], en forme de papillon. Leurs regards se croisèrent et elles hochèrent la tête. La petite se calma, son élégante mère se redressa.

1. En français dans le texte.

— Vous n'allez pas le croire mais c'est la troisième fois en trois jours que cela se produit.

Elle rit et se tapota le front de ses doigts gantés de cuir bleu ciel.

— Je crois qu'à l'avenir, nous allons être obligées de modifier un peu notre promenade de l'après-midi.

Gisela sourit.

— Soit vous n'achetez plus de bretzel, soit vous le mangez avant de venir, soit vous évitez les canards, ce qui serait dommage. (Elle tendit la main :) Gisela Trotha.

L'autre femme ôta ses lunettes de soleil puis enleva doigt par doigt le gant de sa main droite pour la lui tendre :

— Enchantée. Annette Zander… comme le sandre, le poisson.

Gisela rit.

— Charmante manière de vous présenter.

— Vous venez souvent ici ? s'enquit Mme Zander en la dévisageant.

Ses yeux d'un vert remarquable s'attardèrent sur l'ample coupe raglan du manteau en laine blanche de Gisela, qu'elle s'était cousu la semaine précédente. Il sembla lui plaire.

— Deux fois par jour, précisément. Pour aller de notre appartement aux éditions Schwabe, et pour en revenir.

L'expression de Mme Zander se fit soudain moins ouverte et aimable.

— Ah bon, vous devez travailler !

Elle se détourna et chercha sa fille des yeux sur le chemin qui bordait le lac.

— Je ne *dois* pas travailler, j'ai un emploi qui me rend très heureuse, rétorqua Gisela.

Au moment où elle prononça ces mots, elle se rendit compte qu'ils n'étaient qu'à moitié vrais. Son nouveau poste constituait une promotion et une amélioration financière, pourtant elle devait s'avouer qu'elle avait eu le cœur gros en quittant Engelmann. Elle fut prise d'une bouffée d'émotion en repensant à l'engagement avec lequel son ancien patron avait fait jouer ses relations pour lui organiser un entretien d'embauche chez l'éditeur de magazines. Elle avait fini par beaucoup l'apprécier, tout comme Eva Riemann et surtout Traudel. Et bien sûr, Berlin et sa mère lui manquaient.

— Ce n'est pas ce que je voulais dire, reprit hâtivement Mme Zander en se rendant compte de son impolitesse. Quel est donc cet emploi ? s'enquit-elle pour se faire pardonner son faux pas.

— Je suis chef de rubrique dans un magazine.

— Tiens donc ? Et lequel, si je puis me permettre ?

— *Der Neue Schnitt*, la nouvelle coupe. Peut-être en avez-vous entendu parler ?

— Mais bien sûr ! J'y suis même abonnée et je demande souvent à ma couturière de reproduire certains des modèles qui y sont présentés.

— Je suis ravie de l'apprendre. Figurez-vous que je suis responsable des patrons, expliqua Gisela non sans fierté.

Elle vit aussitôt Mme Zander d'un autre œil. Qui avait les moyens de se payer une couturière qui « reproduisait » les modèles, comme elle le disait ? Toutes les femmes que Gisela connaissait savaient plus ou moins coudre elles-mêmes. Mme Zander devait avoir une très bonne situation. Celle-ci venait d'apercevoir sa fille qui roulait le long d'une pente en compagnie d'une autre fillette.

— Liane, nous devons rentrer ! lança-t-elle. Tu es toute sale !

La petite revint vers elle en courant et elle s'accroupit pour examiner les dégâts sur sa robe de flanelle grise. Elle tapota les taches vertes pour les estomper et réprimanda sa fille à voix basse. Puis elle se tourna vers Gisela, qui se demandait déjà si elle n'allait pas discrètement poursuivre son chemin.

— Je vous prie de m'excuser, elle est vraiment intenable. Je ne sais pas quoi faire d'elle.

— Ce n'est pas si grave. Un bon nettoyage devrait venir à bout de ces taches.

Mme Zander se releva en tenant fermement la main de Liane pour l'empêcher de reprendre la poudre d'escampette.

— J'espère que nous nous reverrons. D'ailleurs, nous organisons une petite soirée la semaine prochaine. Ça pourrait vous intéresser, précisa-t-elle, l'air important. Voulez-vous me donner votre numéro de téléphone ?

Gisela baissa les yeux, embarrassée.

— Nous n'avons pas encore le téléphone, hélas. Mais voici mon adresse : Klingerstraße 6. Vous pouvez jeter un mot dans ma boîte, ou bien nous nous retrouverons ici. Je passe devant le lac presque tous les après-midi à la même heure.

— Alors, à très bientôt !

Elles prirent congé et Gisela se hâta de rentrer. Elle voulait absolument préparer le dîner avant que Felix n'arrive, sans quoi il aurait une nouvelle raison de s'opposer à ce qu'elle travaille.

En entendant la clé tourner dans la serrure, elle ôta son tablier et se dirigea vers la porte. Felix avait l'air fatigué et tendu. Elle lui prit son manteau et sa sacoche et il la salua d'un baiser furtif.

— Le repas est presque prêt, chéri. Assieds-toi donc.

— Qu'est-ce qu'on mange ?

— Des spaghettis à la sauce tomate, avec du parmesan râpé.

— Tiens, c'est tout nouveau ! C'est italien, non ?

Gisela aimait essayer les nouvelles recettes venues du monde entier qu'on trouvait désormais un peu partout. Elle les découpait dans des magazines ou les notait en les entendant à la radio.

Elle retourna dans la cuisine tandis que Felix cherchait le tire-bouchon dans le vaisselier.

— Je vais nous ouvrir du vin rouge.

— En pleine semaine ?

— Exceptionnellement ! Nous avons quelque chose à fêter.

Elle se pencha et glissa la tête par le passe-plat.

— Quoi donc ? Tu as eu une promotion ?

Il eut un petit rire.

— Ça ne va pas aussi vite que ça ! Non, mais tu vas quand même être heureuse de la nouvelle : Kasimir et Pim viennent s'installer à Wiesbaden le mois prochain. Imagine un peu, ils se sont mariés, sur un coup de tête. Lui a trouvé un poste à la Banque populaire et elle cherche encore un nouvel emploi.

Les yeux de Gisela pétillèrent de joie. Elle était sincèrement heureuse de bientôt retrouver Pim, même si elle aurait aussi aimé assister au mariage.

— C'est merveilleux ! J'ai pourtant du mal à m'imaginer Günther dans une banque. C'est bien trop sérieux pour lui. J'espère qu'il ne va pas se remettre à magouiller. (Avant que Felix puisse rétorquer quoi que ce soit, elle se détourna et ajouta :) Vos histoires de contrebande, et surtout cette idée fatale d'agence de presse, m'ont amplement suffi.

Du salon lui parvint un marmonnement. D'ordinaire, ils évitaient soigneusement le sujet, tous deux conscients que le comportement de Felix n'avait rien eu d'exemplaire. Heureusement que nous avons laissé tout ça dernière nous, songea Gisela. Elle laissa son regard errer sur sa première cuisine AEG tout équipée, vert menthe, dotée d'une cuisinière électrique, d'un plan de travail escamotable et d'un évier avec chauffe-eau intégré. Le tout était déjà là quand ils avaient emménagé dans leur appartement flambant neuf. Le linoléum gris était plus pratique et bien plus simple à entretenir que les planchers de jadis.

Gisela touilla la sauce et égoutta les pâtes. De la musique s'éleva soudain dans la salle de séjour. Felix venait de mettre un disque ; une note allongée de clarinette annonça le début de la *Rhapsody in Blue* de George Gershwin.

— Ça ne va pas du tout avec un repas italien ! lança-t-elle.

Elle savait que c'était le morceau préféré de Felix. Il l'écoutait presque chaque soir depuis qu'ils s'étaient offert un tourne-disque, non seulement parce qu'il adorait la musique de Gershwin, mais aussi parce qu'ils ne possédaient encore que trois disques. Quand elle apporta le plat de spaghettis fumants, Felix était déjà assis à la table qu'elle avait dressée avec soin. Il avait allumé des bougies et noué autour de son cou une des grandes serviettes en tissu qu'ils mettaient au sale tous les trois jours.

— Tu ferais mieux de prendre une serviette en papier, aujourd'hui. Je les ai achetées exprès à cause de la sauce tomate, dit Gisela en lui tendant un carré de papier rayé rouge et vert.

— Et à quoi sert notre machine à laver toute neuve ?

— Ce genre de taches, ça ne part pas complètement à la machine.

Elle lui montra comment enrouler ses pâtes autour de sa fourchette. Leur repas terminé, elle débarrassa la table puis prépara le dessert : deux moitiés de pamplemousse dont elle détacha la chair avec un couteau avant de les sucrer abondamment.

— Ah, du pamplemousse ! s'exclama Felix, enchanté, quand elle servit le fruit sur de petites assiettes. Du pamplemousse et *Rhapsody in Blue* ! Le summum de la décadence, dit-il, comme toujours quand ils mangeaient ce fruit exotique au dessert. Tu sais quoi, Gilleken ? Je trouve qu'on devrait enfin s'acheter des meubles chics au lieu de continuer à vivre dans ces vieux machins mis au rebut par d'autres.

Elle le dévisagea, stupéfaite. D'habitude, il se montrait très économe. Ils avaient mis de l'argent de côté pendant six mois pour se payer une machine à laver. Le déménagement avait coûté cher : n'ayant pas pu partir en camion ou en train, pour ne pas subir de contrôle entre la RDA et l'Allemagne de l'Ouest, ils avaient dû prendre l'avion. Ils s'estimaient heureux d'avoir deux salaires ; Gisela, en tant que cadre de direction, gagnait même dix marks de plus que Felix à son poste d'assistant, ce qui le vexait un peu. À eux deux, ils touchaient presque six cents marks par mois. Le loyer de leur appartement neuf en engloutissait pourtant une part conséquente.

— Nous ne pouvons pas nous le permettre ! Notre compte en banque est vide, Felix. Il faut d'abord que nous fassions de nouvelles économies. Et puis, peut-être qu'on devrait commencer par acheter une voiture, une Volkswagen ?

Il eut un geste dédaigneux et se leva soudain pour aller chercher quelques prospectus dans sa sacoche.

— Regarde ! Je suis passé devant un magasin de meubles, aujourd'hui. Ces nouveaux sofas et fauteuils danois en teck sont vraiment magnifiques. Et l'odeur du bois !

Il inspira profondément par le nez.

— « *Daybed* par Peter Hvidt », lut Gisela en examinant le canapé sobre tendu d'un tissu turquoise lumineux. Pourquoi un nom anglais, si c'est danois ?

Il était assorti de deux fauteuils étroits aux coussins violets et jaunes.

— C'est très moderne mais ça me plaît ! dit-elle. (Elle prit un morceau de pamplemousse et savoura sa douce amertume.) On pourrait l'acheter l'an prochain, quand on aura assez économisé. Ce dont on a vraiment besoin, c'est d'un téléphone, pour que je ne sois pas obligée de descendre à la cabine chaque fois que je veux parler à maman.

Felix lui prit la main et se pencha vers elle.

— Pourquoi attendre ? On pourrait faire un emprunt à une banque. C'est très courant, de nos jours. Mon collègue vient de s'acheter un téléviseur comme ça.

— Un emprunt ? répéta Gisela. Ce n'est pas un peu risqué ? Acheter à crédit, ça ne se fait pas.

— Enfin, Gilleken, tu m'as raconté toi-même qu'à l'époque, ta mère a acheté sa première machine à coudre grâce à un crédit financé par Adolf Jandorf en personne.

— Ça n'a rien à voir. C'était pour son travail, le seul moyen pour elle de coudre les modèles qu'il lui avait commandés. Ton idée, en revanche, c'est du gaspillage pur et simple. Nous n'avons pas besoin de ces meubles.

— Bien sûr que si. C'est une question de style ! Moi aussi, j'ai envie de m'offrir quelque chose, sans plus me contenter de voir les autres profiter du miracle économique.

Gisela soupira. Elle leva les yeux des prospectus et les posa sur le vieux canapé râpé offert par sa cousine Regina. Il avait au moins trente ans et les ressorts avaient transpercé à deux endroits le velours délavé, jadis jaune doré. Les pompons pendouillaient tristement autour des coussins.

— J'imagine que tu as raison. Ces meubles en teck sont très chics ! On pourrait aller les voir au magasin. Mais faut-il vraiment que ce soit turquoise ? Depuis quand es-tu aussi avant-gardiste ?

— Autant ne pas faire les choses à moitié !

Therese

— Et combien de temps avez-vous conservé cette paire de ciseaux dans votre table de chevet ?

Le procureur Hammer se pencha en avant pour dévisager l'accusée, une femme discrète qui se mâchonnait les lèvres, hésitante. Son avocat, près d'elle, resta impassible. Tous les yeux étaient fixés sur elle. Les secondes passèrent ; un silence tendu régnait dans le prétoire. À la lumière froide des tubes au néon, Therese vit la cicatrice à peine estompée qui coupait en deux son sourcil droit.

— Deux mois.

— Deux mois, répéta le procureur d'un ton neutre. Où se trouvaient ces ciseaux avant cela ?

— Dans un panier, à côté de ma machine à coudre.

— Et à quoi vous servaient-ils ?

— À couper du tissu.

— Bien entendu, conclut-il.

Il eut l'air de se satisfaire de cette réponse et de ne pas vouloir insister. Therese l'observa du coin de l'œil. Assise juste à côté de lui, elle pouvait voir à loisir son profil aquilin. Il ôta ses lunettes à monture argentée et les nettoya avec son mouchoir brodé. Depuis un mois déjà, Therese travaillait au parquet du tribunal d'instance de Mayence. C'était la deuxième étape de son stage juridique, après un passage par une chambre de droit civil. La manière très particulière qu'avait Hammer de mener ses interrogatoires la frappait à chaque procès. Au début, il jouait les figures paternelles, se montrait compréhensif et bienveillant. Mais c'était trompeur.

— N'étant guère versé dans les métiers de la couture, j'ai demandé son avis à mon épouse, qui coud elle-même de temps en temps des vêtements en s'inspirant de ces nouveaux magazines de patrons.

Des murmures et quelques rires montèrent des bancs du public. Therese observa l'assistance dont Hammer tentait ainsi de se gagner la sympathie. Un frisson lui parcourut le dos quand elle constata qu'une fois de plus, il y était parvenu.

— Des ciseaux servant à couper du tissu ne doivent-ils pas avoir des lames particulièrement longues et tranchantes pour ne pas effranger le matériel ? reprit-il.

— C'est vrai.

— Alors pourquoi gardiez-vous donc vos bons ciseaux bien coupants dans le tiroir de votre table de chevet, et non dans le panier près de votre machine à coudre ?

Les yeux pâles de l'accusée s'écarquillèrent. Therese crut y lire les années de tourments qu'elle avait subies.

— Pourquoi ? insista Hammer.

Elle déglutit et répondit :

— Pour pouvoir me défendre.

— Vous défendre ? répéta Hammer. Contre qui ?

L'accusée secoua lentement la tête, comme s'il devait connaître la réponse depuis longtemps, mais dit tout de même :

— Contre mon mari.

Hammer se carra dans son siège et croisa les bras.

— Vous vouliez vous défendre contre votre propre mari ? Avec des ciseaux de couture. Des ciseaux qui, vous venez vous-même de nous le confirmer, possèdent deux lames particulièrement tranchantes.

Il brandit un sachet en plastique. Les spectateurs et les deux assesseurs se penchèrent pour observer les ciseaux, effectivement d'une taille impressionnante. Un murmure parcourut la salle.

— Je me permets de préciser qu'il s'agit de lames de quinze centimètres de long en acier inoxydable.

Il laissa son regard courir de l'accusée et son avocat à l'assistance, puis au juge, en savourant l'effet de ses paroles.

— Et pourquoi, je vous prie ?

L'accusée se mordit de nouveau les lèvres, en proie à une lutte intérieure. Un silence de mort retomba dans la salle pleine à craquer. Les journalistes, les curieux, la sœur de l'accusée, tous attendaient sa réponse, tendus.

— Eh bien, parce qu'il voulait coucher avec moi !

— Ça alors ! tonna le procureur. A-t-on jamais vu cela ! (Il se tourna vers l'avocat de la défense :) Cher maître, vous ne manquez pas d'aplomb de plaider la légitime défense parce que le mari de votre cliente attendait d'elle qu'elle se plie au devoir conjugal ! Où irions-nous si toutes les femmes dont l'époux exige d'obtenir son bon droit gardaient des ciseaux dans leur tiroir pour le lui planter entre les côtes, par-derrière ?

L'avocat ne broncha pas, et Therese faillit se lever pour aller le secouer. On aurait presque dit qu'il partageait l'avis du procureur. Celui-ci bondit de sa chaise et se dressa de toute sa hauteur devant l'accusée. Quand il tendit brusquement le bras pour la pointer du doigt, elle se voûta et leva instinctivement la main en un geste protecteur.

— Votre honneur ! Cette femme est une tueuse froide et calculatrice ! tonna-t-il.

Le juge et ses assesseurs l'écoutaient attentivement, impassibles.

— Elle avait prévu son acte de longue date avant d'agresser sa victime sans défense, qui ne se doutait de rien, en lui plantant douze fois ces lames dans le corps !

L'accusée ne put masquer sa consternation. Écarquillant de nouveau les yeux, elle se tortilla sur sa chaise et chercha du regard l'aide de son avocat, qui restait imperturbable. Puis elle se tourna vers Therese. Devinait-elle ce que ressentait la jeune stagiaire ? Comment aurait-elle pu ? De fait, Therese connaissait son dossier par cœur. Elle l'avait lu et relu, subissant avec elle le martyre, et s'était disputée avec son maître de stage après avoir rédigé un réquisitoire qui n'allait pas dans son sens. Finalement, il le lui avait dicté lui-même, et Therese se doutait bien de l'effet que cela aurait sur sa note de stage.

— Je demande la prison à perpétuité ! lança Hammer d'une voix sévère.

— Non ! hurla une femme dans la salle.

Therese savait qu'il s'agissait de la sœur de l'accusée. Celle-ci, apathique et muette, dévisageait le procureur telle une biche effrayée qui se soumet à son sort.

Plus tard, dans le couloir, Therese s'adressa à voix basse au procureur :

— Je ne comprends pas pourquoi vous faites cela, maître Hammer. Vous savez pourtant bien que

Mme Schröder a été battue et violée par son mari pendant des années !

Il répondit en la regardant à peine :

— On ne peut pas violer son épouse. Vous devriez le savoir, vous qui venez tout juste de passer le premier examen d'État. Un tel délit n'existe pas. (Puis il se tourna vers elle, l'air méprisant.) Je vois là une lacune choquante dans votre formation universitaire, mademoiselle Trotha. J'aurais attendu bien davantage d'une stagiaire ayant obtenu une mention.

Il secoua la tête avec un sourire feint. Hammer réprouvait le fait qu'on lui ait attribué une femme comme stagiaire, et il n'en avait jamais fait mystère. Malgré tout, elle ne put s'empêcher de tenter de faire appel à sa compassion.

— Mais il suffit de regarder Mme Schröder ! La cicatrice sur sa joue, les brûlures sur ses bras. Son mari l'a battue pendant des années, l'a brûlée avec des cigarettes, lui a cassé des côtes, lui a même fait sauter des dents. Vous n'éprouvez donc aucune compassion pour elle ?

— C'est ce qu'elle raconte ! Êtes-vous donc vraiment aussi naïve ? (Il eut un rire méprisant.) De pures allégations de sa part, pour se défendre. Elle essaie de s'en sortir, c'est tout. Ces blessures, elle peut parfaitement se les être infligées elle-même. Pourquoi n'est-elle pas allée voir la police ?

Therese, incrédule, dévisagea son maître de stage. Elle ravala une réplique. Voilà donc l'homme qui devait lui enseigner les outils et les tactiques du métier de procureur. Si elle disait maintenant tout haut ce qu'elle pensait de lui, il se vengerait plus tard dans son évaluation de stage.

— Votre solidarité féminine vous aveugle, mademoiselle Trotha, poursuivit-il, très convaincu, avec une grimace de dégoût. La Schröder a tué son mari pendant son sommeil. (Il pointa l'index vers elle.) Méfiez-vous, mademoiselle Trotha. Témoigner de la sympathie à une meurtrière n'est guère avantageux pour une apprentie assesseure. Veillez à ce que votre comportement n'ait pas de conséquences sur la suite de votre carrière juridique.

Il fit volte-face, lui ordonna dans un grognement de préparer les nouveaux dossiers d'ici mercredi, et s'en fut, sa robe volant derrière lui.

Therese sortit du tribunal d'instance et savoura l'air frais et les rayons du soleil printanier. Elle cligna des paupières, ferma un instant les yeux et leva la tête vers le ciel bleu laiteux. C'était la première journée chaude et sans pluie de ce mois de mars 1954. L'hiver avait été particulièrement rude, et la veille, pour le traditionnel « Lundi des roses », la veille de Mardi gras, les fous de Mayence s'étaient efforcés de chasser le froid en défilant sous la grêle. Ils semblaient y être parvenus, pour le moment du moins. Ils étaient aussi passés devant le tribunal. Therese n'avait encore jamais vu une telle gaieté, une telle folie. Les balayeurs nettoyaient encore les derniers serpentins et confettis qui encombraient le caniveau. Aujourd'hui, c'était Mardi gras, des chars plus modestes parcouraient la vieille ville et les fous continuaient à faire la fête dans les nombreux bars à vin des environs.

Therese repensa à Mme Schröder, accusée de meurtre. Comment se sentait-elle à l'idée de passer le restant de ses jours enfermée, sans plus jamais vivre en liberté le passage des saisons, les jours de fête, Noël et Pâques, et les traditions rhénanes telles que le carnaval ? Y avait-elle réfléchi avant d'agir, acceptant le risque de la perpétuité, le préférant au martyre qu'était son mariage ? Therese se retourna vers la façade jaune du tribunal. Avec ses fenêtres à croisillons bordées de grès, le bâtiment paraissait accueillant, sans rien révéler des tragédies humaines qui se jouaient derrière ses murs.

Elle prit le chemin de la gare. En se dépêchant, elle pourrait encore attraper le train de 12 h 30 pour Worms. Quand elle vit approcher un groupe d'hommes en redingotes rouges, culottes blanches et perruques de guingois, elle changea de trottoir. Qui sait quel genre de blague grossière ils imagineraient dans leur folie festive. Ils portaient le costume de la garde princière carnavalesque ; à en juger par leur démarche mal assurée, ils sortaient d'un apéritif bien arrosé. Ils se mirent à beugler une chanson traditionnelle : « Si j'étais le bon Dieu pour un jour, je ne ferais qu'une chose : prendre dans mes bras ma pauvre Mayence en ruine, la caresser tendrement et lui dire : Sois patiente. »

Therese s'arrêta pour les écouter. L'un des fêtards tendit le doigt en la voyant, et les chanteurs s'époumonèrent de plus belle. Ils désignèrent théâtralement les immeubles toujours entrecoupés de ruines béantes, croisèrent les mains sur le cœur et entonnèrent à l'intention de la jeune femme : « Je te rebâtirai bien vite, ce n'était pas ta faute. Je te rendrai ta beauté, tu ne peux pas, ne dois pas disparaître. Ça ira, ça ira ma petite oie... »

Therese leur adressa un signe de tête et ils agitèrent la main vers elle quand elle se remit en route. Elle connaissait cette comptine, avec d'autres paroles bien sûr. Quand elle rentrait de l'école en pleurant parce que ses camarades s'étaient une fois de plus moqués de son visage tordu, c'était le plus souvent son arrière-grand-mère Wilhelmine qui la lui chantait pour la consoler. La ritournelle lui trottait dans la tête tandis qu'elle traversait la ville, et elle se surprit à fredonner le refrain : « Ça ira, ça ira ma petite oie, le petit chat que voilà, ça ira. Du lard pour la souris, dans cent ans il s'ra fini... »

Elle prenait toujours plus conscience de l'état de la ville, cette cité sur le Rhin où elle était uniquement venue faire ses stages pour satisfaire sa mère, et non de sa propre initiative. Les paroles remaniées de la chanson reflétaient la réalité : Mayence avait été détruite à quatre-vingts pour cent par les bombes de la RAF. L'employée de la chambre de droit civil où elle avait effectué son premier stage s'était montrée très loquace, surtout à propos de la pire attaque, celle du 27 février 1945, quand la ville avait été presque entièrement rasée par les avions anglais. Mille deux cents personnes avaient péri dans l'enfer provoqué cette nuit-là par les bombes incendiaires. À droite et à gauche de la Kaiserstraße, on voyait encore de nombreux bâtiments en ruine, aux fenêtres béantes. Rares étaient les nouveaux immeubles déjà terminés, et des chantiers s'élevaient à tous les coins de rue, dominant l'image de la ville. Les restes de la cathédrale rouge, surtout, sautaient aux yeux, surplombant la cité comme un mémorial. Les toits et le clocher avaient été détruits et la couleur frappante des pierres donnait un air presque grotesque à la façade.

— Venez-vous ce soir au Mardi gras du tribunal ? lui demanda un jeune homme qui attendait près d'elle sur le quai de la gare.

Elle le connaissait vaguement de son groupe de travail.

— Ça ne vaut presque pas le coup de rentrer à Worms pour revenir ensuite, ajouta-t-il.

— C'est vrai, mais je ne pense pas que je viendrai.

— Vous devriez ! Vous êtes allée au défilé de lundi ?

Therese secoua la tête et observa le jeune homme plus attentivement. Il était à peine plus grand qu'elle, et son visage rond aux yeux noirs en boutons de bottines lui adressait un sourire encourageant.

Depuis qu'elle avait quitté Berlin, elle n'avait pas noué de nouvelles amitiés. Fred et Marie lui manquaient presque autant l'un que l'autre. Elle ne les avait pas revus depuis son départ, et son cœur se serrait quand elle pensait à eux.

Lorsque le train entra en gare, ils y montèrent tous les deux et le jeune homme lui demanda la permission de s'asseoir près d'elle. Elle accepta, intriguée par son insistance.

— Alors, ce soir, vous venez ?

— Je n'ai pas de costume ! objecta-t-elle au bout d'un moment.

— Ça ne fait rien ! Le principal, c'est d'être de bonne humeur. Je vous attends au train de 18 heures !

— Où est maman ? demanda Therese à son père.

Comme d'habitude, il était avachi sur son banc, le regard dans le vide. Son visage blême se détachait à peine du crépi gris de la maison. Il haussa les épaules.

— Personne ne me dit rien, à moi. Je ne sers à rien, ici, marmonna-t-il.

— Oh, papa ! Ce n'est pas vrai !

Elle caressa la manche de son gilet en laine. Au lieu de tenter de lui donner une tape, comme il le faisait toujours quand quelqu'un le touchait, il posa sa main sur la sienne. Puis il la regarda, et elle vit dans ses yeux qu'il la reconnaissait.

— Qu'est-il arrivé à ton visage ?

— Tu le sais bien, papa ! C'est l'otite que j'ai eue quand j'avais deux ans.

Il hocha la tête sans révéler s'il s'en souvenait.

Quand elle entra dans la cuisine vétuste, sa tante Clara lui tournait le dos, occupée à la vaisselle du déjeuner.

— Avec ton grand-père sur le chantier de la Speyerer Straße, répondit-elle sèchement quand Therese s'enquit de sa mère.

Elle se tourna brièvement et hocha la tête en voyant Therese loucher vers la casserole posée sur le fourneau.

— Il en reste assez. Ta sœur a refusé une fois de plus de manger ma soupe de pommes de terre. Quelle fine bouche ! Elle ne se prend pas pour n'importe qui.

Clara tordit la bouche et pesta dans sa barbe, jurant qu'elle ne permettrait jamais cela, elle, et se demandant pourquoi Charlotte la laissait se comporter ainsi.

Sans répondre, Therese sortit une assiette ébréchée du buffet et se servit. Elle avait pris l'habitude de ne pas contredire sa tante quand celle-ci se plaignait des mauvaises manières de Bärbel, préférant faire la sourde oreille.

— J'espère que vous vous souviendrez de ma générosité quand vous emménagerez dans votre palais.

C'était l'autre sujet favori de sa tante. Elle n'arrivait pas à digérer le fait que grâce à la péréquation, Richard et Charlotte soient en mesure d'acheter un terrain et de s'y faire bâtir une maison. Le dédommagement pour leur propriété perdue ne leur serait sûrement pas versé avant longtemps, pourtant ils avaient vite obtenu un prêt de réinsertion et un crédit de six mille cinq cents deutsche marks pour les travaux. Therese y avait ajouté les dix mille marks hérités de Leo, qui lui semblaient plus dus à Charlotte qu'à elle-même.

— Et tout ça, c'est à nos frais ! se lamenta Clara.

Elle se pencha vers une étagère cachée par un rideau fleuri délavé et chercha une éponge en gémissant, une main sur les reins.

— Vous serez dans votre belle maison toute neuve alors que nous, on restera dans notre vieille bicoque. Et quand elle finira par devoir être rénovée, personne ne nous aidera.

À bien y réfléchir, elle avait raison. Charlotte avait expliqué à Therese que les dédommagements des réfugiés de l'Est seraient financés par les propriétaires terriens d'Allemagne de l'Ouest qui n'avaient rien perdu. Le montant s'élevait à cinquante pour cent de la valeur estimée de chaque propriété, tout de même réglable sur plus de trente ans en versements adaptés. Rares étaient ceux qui acceptaient de bon gré ces conditions.

— Merci beaucoup pour la soupe ! dit sagement Therese, mettant du même coup un terme au monologue de sa tante.

Clara hocha la tête et la regarda avec satisfaction laver et essuyer son assiette. L'aînée de ses nièces était la seule personne de sa belle-famille pour qui elle éprouvait une forme de sympathie. Therese ignorait comment elle avait mérité cela. Elle scruta le visage étroit et aigri de sa tante. Seuls son nez et sa bouche révélaient sa parenté avec Ernst.

Alors qu'elle était sur le point de monter l'escalier, Therese eut une idée. Même si elle doutait d'obtenir une réponse positive, elle décida de tenter sa chance. Elle revint à la cuisine et lança :

— Tu n'aurais pas un vieux costume de carnaval quelque part, ma tante ?

Clara haussa les sourcils et Therese s'apprêta à subir un long sermon sur le caractère superflu du carnaval et tout le gâchis qu'il représentait. Pourtant, cette fois, elle se trompait.

— Va donc voir dans le coffre en bois, à la cave, tu pourrais y trouver quelque chose. Mais ça risque de sentir la naphtaline. Ton oncle et moi, nous sommes allés à quelques soirées de carnaval à Mayence quand ça a repris, après la guerre. Les bonnets à grelots doivent toujours y être. (Ses yeux gris se troublèrent.) La chanson de Ernst Neger sur la destruction de la ville mettait toujours les larmes aux yeux de toute la salle.

Elle chantonna doucement : « Ça ira, ça ira ma petite oie… » et Therese se joignit à elle.

— Je l'ai entendue dans la rue, aujourd'hui !

Clara la précéda dans le couloir sans cesser de chanter, ralentit devant le guéridon et y prit une enveloppe qu'elle lui tendit.

— Tiens, c'est pour toi. De Berlin.

Therese reconnut aussitôt l'écriture à fioritures de Marie : elle avait dessiné un petit escargot au bout d'un t et d'un s. Elle fourra la lettre dans la poche de son gilet.

— J'irai regarder les costumes tout à l'heure, d'accord, ma tante ?

— Oh oui, depuis le temps qu'ils moisissent dans ce coffre, ils ne vont pas se sauver. Commence donc par lire ton courrier.

Elle lui jeta un coup d'œil éloquent, comme si elle devinait l'importance qu'avait pour elle cette lettre.

La jeune femme monta dans la chambre minuscule qu'elle partageait avec sa sœur. Elle avait perdu l'habitude de vivre dans une telle exiguïté et se réjouit de constater que Bärbel était sortie, comme souvent. Elle était devenue une jeune fille très courtisée, dont le joli visage de poupée et les cheveux blond clair faisaient tourner la tête des hommes du Rhin. Évidemment, elle avait filé depuis longtemps à une fête de carnaval.

Therese s'assit sur son lit, le cadre en métal grinça. Elle ouvrit prudemment l'enveloppe blanc cassé et fut presque déçue de n'y trouver qu'un feuillet.

Ma très chère Therese,

J'espère que tu vas bien ! Je t'écris pour te dire que je vais moi aussi quitter Berlin pour m'installer à Hambourg, et ce dès la semaine prochaine. Ma mère a obtenu un prêt de réinsertion et a pu emménager dans son propre appartement. Elle travaille comme cuisinière dans une école et m'y a déjà trouvé une place. Je n'ai plus de raison de rester ici, d'autant que Claudius s'est fiancé à une autre. Il y était « obligé », si tu vois ce que je veux dire.

Tante Ruth prétend qu'elle sera soulagée d'avoir une bouche en moins à nourrir, même si je paie un loyer et ma nourriture depuis que je touche mon salaire de puéricultrice. En fait, je crois qu'elle se sentira très seule quand je serai partie, mais elle ne l'avouerait jamais.

Comment se passe ton stage ? J'espère que les juges et les procureurs ne sont pas aussi affreux que les professeurs de droit, mais j'en doute.

Devine qui j'ai croisé dans la rue la semaine dernière ? Ton boxeur ! Il est stagiaire au parquet de Charlottenbourg. Tu penses encore à lui ? Vous vous écrivez ? Je me demande parfois pourquoi tu l'as quitté. C'est un homme bien !

Ton amie,
Marie

PS : Viens donc me voir à Hambourg !

Suivait son adresse : Schaumanns Kamp 162, Reinbek. Therese termina sa lecture en ne pensant qu'à Fred.

Anna

Elle savourait chaque instant passé au rayon confection du KaDeWe. Les innombrables lampes ballons qui pendaient du plafond, attachées à de longs câbles, baignaient les portants et les étagères d'une lumière éclatante. Anna passa devant une imposante composition florale de lis et de callas, sur une colonne, et se retint d'y mettre le nez. Contrairement aux débuts du magasin, à l'époque d'Adolf Jandorf, les décorateurs actuels employaient des fleurs en tissu d'un réalisme saisissant.

Depuis que Gisela avait quitté Berlin pour Wiesbaden, Anna consacrait davantage de temps à son travail. Quand elle n'était pas à des salons internationaux, comme la semaine précédente, ou penchée sur l'analyse d'austères listes de chiffres de ventes et de commandes, elle s'accordait le luxe d'aller voir en magasin les vêtements qu'elle avait sélectionnés. Chez elle, dans son appartement désert de la Zwiestädter Straße, sa solitude n'était que trop évidente. Quand Gisela habitait encore dans le quartier, elle lui rendait visite au moins une fois par semaine. À présent, seule la famille de sa sœur Emma vivait encore à Berlin, ce qui ne pouvait pas remplacer sa fille. Elle était d'autant plus reconnaissante d'avoir ce poste au KaDeWe, dans lequel elle s'investissait maintenant beaucoup. Emil Köstner ne cessait de le lui dire : il tenait en haute estime ses conseils et surtout son instinct très sûr pour les désirs de la clientèle. Il lui avait même accordé son propre petit bureau, tout proche du sien, et lui payait un salaire fixe.

Elle s'arrêta et ajusta les manches en mousseline très fine d'un mannequin, passa les doigts sur une jupe plissée. Les couleurs fraîches et les étoffes douces de la mode de printemps attiraient les Berlinoises au deuxième étage. Anna ressentait une profonde satisfaction à voir sur les poupées et les portants les modèles qu'elle avait choisis dès l'automne. La gamme allait d'ensembles pour la journée, pratiques et faciles à porter, à des tenues New Look plus hardies, très en vogue désormais dans les maisons de couture.

Elle remarqua deux femmes bien habillées dont on voyait au premier coup d'œil qu'elles avaient de l'argent et comptaient le dépenser. Où se cachaient donc les vendeuses ? Elle avait elle-même travaillé ici il y avait bien longtemps mais se souvenait encore de sa sévère chef de rayon, Mme Stieglitz, qui dressait ses employées : elles n'avaient jamais le droit de s'asseoir, ni même de s'adosser. Quand une cliente arrivait, on comptait jusqu'à dix avant de s'approcher d'elle. On lui demandait aimablement ce qu'elle désirait, au mieux par une question polie : « Puis-je vous être utile ? » ou « Que désire madame ? ». Avant de lui présenter des modèles, on s'efforçait de connaître ses attentes en matière de qualité, de prix, et l'occasion de son achat. Elle avait appris par cœur le b.-a.-ba de la vendeuse du KaDeWe dès son premier jour de travail, au printemps 1919.

Au bout de dix minutes, les clientes n'étaient toujours pas servies et Anna dut se maîtriser pour ne pas leur demander elle-même ce qu'elles souhaitaient. Ce n'était pas son rôle, et elle ne voulait pas s'immiscer. Enfin, une vendeuse s'approcha d'elles, chignon crêpé et expression hautaine. Rentrant manifestement de sa pause déjeuner, elle mastiquait encore et avait même quelques miettes collées au coin de la bouche. Malgré cela, elle commença par ordonner sèchement à la plus jeune des deux clientes de ne pas tripoter les châles en soie, précisant qu'elle pouvait volontiers sortir pour elle ce qu'elle désirait voir. La cliente haussa les sourcils. Quel manque de délicatesse, songea Anna, qui observait la scène à quelque distance. Un miracle que les deux femmes n'aient pas tourné les talons sur-le-champ.

En fait, elles cherchaient une robe bien précise. La plus âgée ouvrit un numéro de *Vogue* qu'elle avait apporté, le feuilleta et désigna une photo en couleur qui occupait toute une page.

La vendeuse prit un air si ouvertement désemparé qu'Anna n'eut d'autre choix que d'intervenir. Après tout, personne ne savait mieux qu'elle ce qu'Emil Köstner avait commandé dans les collections printemps-été de leurs fournisseurs.

— Puis-je vous être utile ? s'enquit-elle.

La vendeuse la dévisagea avec circonspection, mais le soulagement des clientes fut manifeste. La plus âgée devait avoir la quarantaine, l'autre pas loin de trente ans. Elles étaient toutes deux maquillées avec soin mais sans ostentation, et semblaient être sœurs. La plus âgée ôta un gant en satin et tapota d'un ongle rouge la photo d'un mannequin coiffé d'un immense chapeau et portant une robe claire à décolleté chute d'eau.

— Nous aimerions voir ce modèle, si vous l'avez.

— Tu plaisantes, Sabine ? Nous sommes au KaDeWe, évidemment qu'ils l'ont !

— C'est au moins la vingtième cliente qui me le demande, intervint la vendeuse, un reproche dans la voix, avec un geste d'impuissance. Il est présenté non seulement dans ce magazine de mode français mais aussi dans *Constanze*.

— Vous permettez ? demanda Anna en prenant l'illustré.

— Je l'ai déjà signalé à notre chef de rayon mais elle m'a dit qu'elle n'était pas responsable des achats, ajouta la vendeuse.

Anna examina la photo. Elle reconnut le nez marquant et l'air capricieux de la célèbre Britannique Barbara Goalen, le premier mannequin dont le nom et le visage étaient connus du grand public. Alors que jadis, les mannequins de chair et de sang étaient aussi anonymes que leurs collègues artificielles des vitrines, on s'était mis à les aduler au début des années 1950. Certaines devenaient même aussi célèbres que des stars de cinéma. Des nuées de jeunes filles s'efforçaient en vain d'imiter leur élégance infinie. Anna et les clientes ne s'intéressaient pourtant pas à l'illustre Anglaise de la photo, mais à sa robe rose pâle.

— C'est incroyable ! souffla Anna en se plaquant une main sur la bouche.

Elle chaussa ses lunettes, suspendues à une chaînette autour de son cou, et tenta de lire la légende en français. Tout ce qu'elle comprit fut le nom de la maison de couture : *Engelmann, Berlin*.

— Qu'est-ce qui est incroyable ? s'enquit la plus âgée des clientes, curieuse, en essayant à son tour de déchiffrer les petits caractères.

Anna ouvrit la bouche et, toute à sa fierté de mère, faillit annoncer que c'était sa propre fille qui avait créé le modèle. Elle se retint de justesse. On aurait pu lui reprocher de se vanter, évidemment. Mais comment leur expliquer que c'était précisément pour cette raison que le modèle tant convoité n'était pas disponible au célèbre KaDeWe ?

— C'est exactement ce que je craignais ! s'exclama Emil Köstner.

Il raccrocha violemment son téléphone et donna une claque sur la photo du dos de la main. Le magazine était ouvert sur son bureau. Anna se mordillait les lèvres, nerveuse et désemparée. Elle avait l'impression d'être une écolière en train de se faire gourmander, à son âge ! Juste après l'incident de la robe, elle était venue dans le bureau d'Emil pour tout lui raconter ; il l'aurait appris d'une façon ou d'une autre.

— Je ne crois pas qu'on puisse prévoir une chose pareille. C'est un hasard si c'est précisément cette robe qui a été représentée dans plusieurs magazines, au point d'être maintenant aussi demandée.

Emil se pencha en avant, l'air grave.

— Ce n'est pas un hasard ! Évidemment, maintenant que le modèle est un tel succès, Engelmann n'a plus aucun créneau de production libre. Anna ! Nous avons une réputation à défendre, nous ne pouvons pas nous contenter de réagir aux demandes des clientes. C'est d'autant plus horripilant que...

Il s'interrompit, se leva et passa la main sur son menton, comme toujours bien rasé. Anna perçut l'odeur séduisante d'ambre et de santal de son eau de toilette. Une fois de plus, elle remarqua à quel point il était soigné et bien habillé. Son costume gris tombait à la perfection sur son corps mince. Il se différenciait ainsi de la majorité des hommes de son âge, qui se souciaient peu de leur apparence. L'homme allemand moyen, après toutes ces années de guerre marquées par les privations, ne prêtait aucune attention à sa silhouette et n'aurait jamais pensé à aller chez une manucure ni à se servir d'après-rasage ou de déodorant. Emil, lui, se distinguait non seulement par son apparence mais aussi par ses manières respectueuses et agréables, envers elle et ses autres employés. Ils étaient revenus depuis longtemps au tutoiement pour leurs conversations en tête à tête, et Emil l'impliquait de plus en plus souvent dans des décisions qui n'avaient rien à voir avec le rayon des vêtements pour dames. Elle avait même parfois l'impression qu'il voyait en elle plus qu'une collaboratrice. Mais aujourd'hui, il semblait réellement furieux contre elle, et ne s'en cachait pas.

— … que j'ai parfaitement vu son potentiel au moment même du défilé, à l'IGEDO, que j'avais déjà commencé à en discuter avec Engelmann, et que si je n'ai pas commandé, c'est uniquement à cause de ton intervention.

— Je sais. Et je suis désolée que cela nous cause maintenant un tel embarras. Il faut pourtant que tu me comprennes, Emil ! (Elle essaya de croiser son regard, mais il ne quittait pas la photo des yeux.) Je voulais à tout prix éviter le moindre soupçon de favoritisme familial envers un fournisseur. Je ne veux pas de népotisme. À ce moment-là, ma fille travaillait encore chez Engelmann, c'est elle qui a dessiné le patron de la robe, et c'est même elle qui l'a présentée à l'IGEDO !

Emil pinça les lèvres et lâcha un reniflement de mépris, puis il croisa les mains sur sa poitrine.

— Tu t'es peut-être prise un peu trop au sérieux, Anna. Qui se serait soucié de savoir que ta fille travaillait comme petite main anonyme et comme mannequin dans une maison où le KaDeWe commanderait une ou deux robes ? (Emporté par sa rage, il employait délibérément des termes blessants.)

La correction et la bienséance ont tout de même leurs limites !

Pendant plusieurs secondes, Anna le regarda droit dans les yeux. Toute chaleur en avait disparu. Elle baissa les paupières.

— Très bien, monsieur Köstner, dit-elle repassant délibérément au « vous ». Comme vous voudrez. Si vous pensez que j'ai commis une faute grave, j'en assume les conséquences et vous remets ma démission à cet instant même.

Sans attendre sa réaction, elle fit volte-face. Elle scruta son visage du coin de l'œil. Malgré sa surprise, il ne fit rien pour la retenir. Calme mais déterminée, elle traversa la pièce, enfonça la poignée, ouvrit la lourde porte et la referma derrière elle. Elle s'adossa ensuite au froid battant de hêtre et ferma les yeux.

Qu'avait-elle fait là ?

Tout au fond d'elle-même, elle espérait que la porte allait se rouvrir, qu'Emil la rattraperait. Comme plus de trente ans auparavant, quand, après son licenciement, la secrétaire de Jandorf avait couru derrière elle pour la ramener dans son bureau, un retournement de situation qui avait bouleversé sa vie.

Mais rien ne se passa.

Anna baissa la tête et enfouit son visage entre ses mains. Pourquoi avait-elle réagi aussi impulsivement, comme une gamine irréfléchie ?

Le goût amer de la déception se répandit dans sa gorge, et il lui sembla qu'un cercle d'acier lui enserrait soudain la poitrine. Consciente que sa décision était définitive, elle se sentit envahie d'une profonde tristesse. Elle se dirigea vers l'escalier. Malgré tout, elle savait que, comme si souvent dans sa vie, elle n'aurait pas pu agir autrement sans renier ses convictions les plus intimes.

Gisela

— Tu es sérieuse, maman ? Ma robe est dans *Constanze* et dans le *Vogue* français ?

Gisela était agrippée au combiné. Par la vitre sale de la cabine téléphonique, elle vit dans la lumière déclinante du crépuscule un homme qui piétinait d'impatience, le col de son manteau relevé bien haut. Elle lui adressa un signe de tête et lui fit comprendre d'un geste qu'elle en aurait encore pour un moment ; il grimaça. Elle glissa une nouvelle pièce de vingt pfennigs dans la fente de l'appareil.

Gisela était partagée entre l'euphorie et la déception. Maintenant qu'elle ne travaillait plus chez Engelmann, le succès de sa robe ne rejaillissait pas sur elle. Pourtant, en cet instant, sa fierté et sa joie dominaient, au point qu'elle ne perçut pas la touche de mélancolie dans la voix de sa mère quand celle-ci lui relata l'incident des deux clientes du KaDeWe. Anna passa sous silence l'entretien qui s'en était suivi avec Emil Köstner, et sa démission.

— Il faut que tu crées des modèles, Gisela, conjura-t-elle.

— Mais c'est ce que je fais toute la journée chez Schwabe, maman !

Elle tourna le dos à l'homme qui attendait et ajouta deux pièces dans la machine.

— Ce n'est pas la même chose ! protesta sa mère. Sans vouloir déprécier ton travail, tu traces des patrons à partir d'esquisses faites par d'autres. À long terme, tu devrais mieux employer ton talent et créer toi-même.

— Moi-même ? Mais comment veux-tu que je m'y prenne ?

Au même instant, l'homme frappa à la porte, courroucé, en désignant sa montre du doigt. Seule la vitre la séparait de son visage cramoisi. Gisela hocha la tête avec un sourire forcé.

— Maman, je vais devoir raccrocher. Il y a quelqu'un qui attend devant la cabine. Quand viendras-tu enfin à Wiesbaden ? Il faut absolument que tu voies notre nouvelle cuisine, et Felix veut même commander des meubles...

— Une nouvelle cuisine, de nouveaux meubles ? Vous gagnez donc si bien votre vie ?

Avant même que Gisela puisse répondre, la porte s'ouvrit à la volée et l'homme lui hurla dessus, furieux qu'elle ose bloquer la cabine aussi longtemps.

— Il faut que je raccroche. Maman, promets-moi de bientôt...

Sans autre forme de procès, l'homme enfonça la fourchette, mettant brutalement fin à la conversation.

— Quel toupet ! siffla Gisela.

Elle passa l'index dans la sébile pour vérifier si une de ses pièces y était retombée, en vain, et jura à voix basse. Elle s'était donné tant de mal pour convaincre sa mère de faire installer le téléphone, il était grand temps qu'elle et Felix l'imitent enfin.

Gisela traversa la rue et leva les yeux vers leur petit balcon. Une douce lumière jaune brillait derrière la fenêtre. Felix était apparemment rentré plus tôt, comme promis. La femme rencontrée au parc,

Annette Zander, avait tenu parole : ils étaient invités le soir même à une réception.

— Ce n'est plus supportable ! s'exclama-t-elle en guise de bonsoir.

Elle suspendit son trench-coat à une patère.

— Toujours ce cinéma à la cabine téléphonique. Soit j'attends une heure, soit quelqu'un frappe à la vitre pour que j'abrège. On ne pourrait pas s'acheter un téléphone au lieu d'un canapé danois ?

— Trop tard, Gilleken ! répondit Felix.

Il sortit de la cuisine, la bouche pleine, un morceau de cervelas à la main.

— J'ai commandé aujourd'hui le *daybed* de Peter Hvidt et le fauteuil assorti.

Gisela écarquilla les yeux, effarée.

— Tu es fou ? Nous n'avons pas encore assez d'économies !

Felix eut un geste désinvolte.

— Ne t'en fais donc pas, Gilleken. La Banque populaire de Wiesbaden nous a accordé un petit crédit.

— Laisse-moi deviner : c'est une combine de Günther ?

Ils avançaient à la lueur des lampadaires. Gisela, morose, levait les pieds comme un échassier pour que ses talons aiguilles ne se coincent pas entre les dalles du trottoir. Pendant un quart d'heure, ils eurent l'impression de grimper sans cesse, puis ils atteignirent enfin le quartier des villas, des rues larges aux jardins entourés de haies et de clôtures très élevées. Ils observèrent les alentours, un peu intimidés. Sa nouvelle amie vivait dans un tel luxe ? Gisela s'arrêta sous un réverbère et sortit le joli carton d'invitation. Les lettres y étaient imprimées en rouge, avec un léger relief. Elle les suivit doucement du bout du doigt. Un tel gaufrage devait coûter cher.

— Rosselstraße 28, dit-elle. Ça doit être là, juste en face.

Elle désigna un pavillon moderne. Le portail, flanqué de lanternes éclatantes, s'ouvrait sur une élégante allée de graviers. Felix écarquilla les yeux.

— Et cette Mme Zander, tu l'as rencontrée au parc ? Tu es sûre que c'est la bonne adresse ?

Il observa sa propre tenue, un peu gêné, cracha sur son mouchoir et frotta la pointe poussiéreuse de ses souliers.

— Sûre et certaine !

Elle passa son bras sous le sien et redressa la tête. Ils se dirigèrent vers la large porte en verre ondulé. Avant qu'ils aient le temps de sonner, le battant s'ouvrit comme de lui-même et une soubrette en courte robe noire et tablier blanc les pria d'entrer. Une autre prit leurs manteaux. Gisela s'arrêta un instant devant le grand miroir qui jouxtait une penderie laquée de blanc et contrôla sa mise en plis toute fraîche. La maîtresse de maison s'approchait déjà, les bras tendus.

— Madame Trotha ! Quel plaisir de vous voir !

Annette Zander se tourna vers Felix avec un sourire rayonnant :

— Et ce doit être votre cher époux ?

Felix déballa le bouquet de fleurs, le tendit à leur hôtesse avec une courbette parfaite et esquissa un baisemain. Gisela le regarda, stupéfaite. Ils n'avaient encore jamais été invités dans un milieu si raffiné mais il n'en laissait rien paraître, très élégant dans son costume anthracite. Annette Zander adressa à Gisela un regard d'éloges tandis que Felix se penchait vers sa main puis trouva aussi un compliment pour sa robe :

— Tout à fait charmante !

Mme Zander était visiblement coutumière de ce genre de soirées. Gisela constata que son style de vie luxueux était trop différent du leur pour qu'elles puissent devenir réellement amies. Elle ouvrit son sac à main blanc et en sortit un petit paquet.

— Liane est déjà couchée ?

Son hôtesse lui lança un coup d'œil étonné.

— Oui, elle dort. C'est pour elle ?

Quand Gisela hocha la tête, elle s'exclama avec chaleur :

— Vous êtes la première qui lui apporte quelque chose ! C'est vraiment adorable de votre part !

— C'est juste un petit souvenir des canards qui lui volent toujours son bretzel.

— Elle l'ouvrira demain matin, elle sera enchantée.

Mme Zander posa le cadeau sur un guéridon et les entraîna à l'intérieur. Après mûre réflexion, Gisela s'était décidée pour sa robe rose pâle. Elle franchit les trois larges marches en marbre qui menaient à la vaste salle de séjour et tous les invités se tournèrent vers eux ; elle se demanda si elle avait fait le bon choix.

— Lignes droites épurées et meubles Peter Hvidt, souffla Felix d'un ton admiratif.

Dans un coin de la pièce se trouvaient en effet quatre fauteuils danois en teck aux coussins turquoise, identiques à celui que Felix venait de commander, en s'endettant pour un seul exemplaire.

La crainte de Gisela d'être trop habillée se révéla infondée. Toutes les femmes portaient des robes de soirée, les hommes des costumes sombres. Annette Zander fit signe à une serveuse, s'assura qu'ils avaient de quoi boire et les présenta aux invités les plus proches. Puis elle s'éloigna pour saluer de nouveaux arrivants. Ils étaient livrés à eux-mêmes.

Ils furent bien obligés d'entamer la conversation ; les deux femmes et l'homme du petit groupe, plus âgés qu'eux, les dévisagèrent comme s'ils venaient d'une autre planète. Tous buvaient du vin mousseux.

— Vous êtes nouveaux à Wiesbaden ? s'enquit une des femmes.

Les bouclettes très serrées de sa coiffure lui donnaient l'air d'un mouton.

— Nous avons emménagé ici il y a six mois...

La dame continuant à la scruter, Gisela précisa :

— ... pour le travail de mon mari.

— Tiens donc !

— Quelle jolie maison ! reprit Gisela pour meubler.

— Jolie ? répéta l'autre femme.

Elle portait plusieurs rangs de perles autour du cou, manifestement pour cacher ses rides. Elle tordit la bouche en un sourire dédaigneux.

— Je trouve que ça ne donne pas envie d'y vivre. C'est bien trop froid et impersonnel.

— Les architectes vont imaginer de ces choses, de nos jours ! renchérit le sexagénaire aux cheveux d'un blanc jaunâtre. Plus aucune classe, vraiment.

— Chut, pas si fort. L'architecte est aussi le maître de maison, murmura la dame aux perles.

Gisela, ignorant que dire, fut soulagée de voir approcher un serveur à nœud papillon blanc ; il leur offrit de minuscules saucisses plantées sur des piques multicolores.

— Quel est donc votre métier ? demanda alors le bonhomme à Felix.

— Je suis assistant de direction dans une entreprise de chimie...

— La chimie ? Excellent choix ! On peut très bien y gagner sa vie. D'ailleurs, je vois régulièrement le directeur financier de Kalle pour jouer au skat, et...

— Madame Trotha, il faut absolument que je vous présente M. Gerich !

Annette Zander, qui venait de ressurgir, saisit Gisela par le bras et l'entraîna. Celle-ci jeta un coup d'œil interrogateur à Felix, mais il semblait s'être résigné à discuter avec l'homme aux cheveux jaunes.

Mme Zander la conduisit vers la vaste baie vitrée. On y avait une vue spectaculaire sur le vallon de Wiesbaden et les lumières scintillantes de la ville. Devant la porte entrouverte de la terrasse, un groupe d'invités entouraient un homme corpulent, aux lunettes cerclées de noir, qui parlait en agitant vivement ses mains grassouillettes. Il frôla à plusieurs reprises de sa cigarette un abat-jour en forme d'entonnoir.

— Oups, dit-il à chaque fois.

Les dames gloussaient ; il semblait divertir tout le monde.

— Willy ? intervint Mme Zander.

Il se tut aussitôt et se tourna vers elle.

— Puis-je vous présenter Mme Trotha ? Elle est chef de rubrique chez Schwabe.

Les femmes qui l'entouraient lui jetèrent des coups d'œil assez dédaigneux et Gisela devina qu'elle devait être la seule invitée à avoir besoin de travailler. L'idéal de l'époque était la femme au foyer.

— Tiens donc, Schwabe, l'éditeur ? répéta-t-il.

Il scruta Gisela à travers ses verres épais, qui grossissaient ses yeux. Annette Zander précisa :

— M. Gerich est propriétaire de la maison de mode du même nom, comparable au Horn de Berlin ou à Lodenfrey à Munich.

— Enchantée, dit sagement Gisela en lui tendant la main.

Il la saisit et la secoua, collant sa paume molle et moite à la sienne. Elle connaissait évidemment la boutique de la Luisenstraße, dont elle avait souvent parcouru les rayons en admirant les magnifiques modèles de toutes les grandes marques. Wiesbaden n'était certes pas une capitale de la mode comme Berlin-Ouest, mais le pouvoir d'achat de ses habitants dépassait largement la moyenne nationale.

— Et voici notre voisine, Mme Henkell, ajouta Annette Zander en désignant une invitée. C'est d'ailleurs monsieur son mari qui produit le délicieux mousseux que nous dégustons ce soir.

Gisela serra la main que lui tendait l'épouse du vigneron ; celle-ci lui sourit aimablement et déclara « Enchantée ! » avec une sincérité feinte mais très convaincante.

— Je connais la robe que vous portez, reprit Gerich. L'avez-vous achetée chez nous ? Vous avez fait vite !

— Non, je l'ai créée et cousue moi-même, lâcha Gisela sans réfléchir.

— Vous l'avez créée ? Vous ? répéta-t-il avant d'éclater de rire, l'air moqueur.

Elle rougit.

— Ce modèle vient d'une maison de confection berlinoise dont je n'avais encore jamais entendu parler, Engelmann, ajouta-t-il pour expliquer son hilarité aux autres invités. Mon acheteur a eu le nez creux en le commandant à l'IGEDO. Depuis qu'il est paru dans le dernier numéro de *Constanze*, il ne nous en reste plus un seul exemplaire.

Il observa la réaction des autres, et Gisela constata que ces messieurs-dames de la bonne société de Wiesbaden attendaient sa réponse avec curiosité, prêts à la railler ou à l'admirer selon la tournure que prendrait la conversation. Que dire ?

Elle opta pour la vérité.

— De fait, jusqu'à l'automne dernier, je travaillais chez Engelmann. J'ai dessiné le patron de cette robe, l'ai cousue moi-même et l'ai présentée à l'IGEDO de Düsseldorf, déclara-t-elle, pleine d'assurance.

— Ça alors, c'est vraiment..., fit une femme près d'elle.

— ... inouï ! compléta une autre.

— Voire incroyable, ajouta une troisième.

Gerich avala une grosse gorgée de mousseux et reprit :

— Dessinée, cousue et présentée vous-même, c'est... (Il fit mine de chercher le bon terme.) ... intéressant. Pourquoi êtes-vous donc partie ? Sait-on, chez Engelmann, que vous vous baladez en prétendant avoir créé cette robe ?

Gisela eut l'impression que tout le monde voyait sa gorge palpiter. Pour s'en tenir à la vérité, elle serait forcée de répondre non à la seconde question. De quoi aurait-elle l'air ? Elle chercha Felix des yeux mais il était en grande conversation à l'autre bout de la salle. Mme Zander, qui avait rejoint d'autres invités, ne lui prêtait aucune attention. Elle se retourna et balbutia :

— Je suis partie pour suivre mon mari quand il a accepté un poste à Wiesbaden.

— C'est une très bonne chose ! fit une voix dans son dos.

Un homme de haute taille, aux tempes grises et au beau visage mince, venait de se joindre à leur groupe. Il était le seul à ne pas porter de chemise ni de cravate sous sa veste, mais un pull noir à col roulé.

— Une femme mariée devrait toujours suivre le chef de famille ! Permettez-moi de me présenter : Alexander Zander.

Soulagée, Gisela lui tendit la main. Au licu de la serrer, il se pencha et esquissa un baisemain, comme Felix.

— Vous êtes M. Zander ?

Il nota le doute dans sa voix et répondit, vaguement amusé :

— Oui, et je peux le prouver, si vous ne me croyez pas.

Il lui montra sa grosse alliance en or.

— Oh mon Dieu, non, ce n'est pas ce que je voulais dire, répliqua Gisela avec un petit rire gêné.

Elle était surprise par la grande différence d'âge.

— Ma femme ne cesse de chanter vos louanges ! reprit-il. Willy, tu ne m'en veux pas si je t'enlève Mme Trotha ? On m'a chargé d'ouvrir le buffet en sa compagnie.

Gerich secoua la tête sans quitter la jeune femme des yeux.

— Vous me devez encore une réponse ! Je n'oublie pas ce genre de choses, fit-il d'un ton grave.

Elle sentit qu'il l'observait tandis que le maître des lieux, galant, la conduisait vers la salle à manger illuminée. Son regard fixé entre ses omoplates lui fit l'effet d'un fer chauffé au rouge.

— Pour qui il se prend, ce gros sac, de te coincer comme ça ? pesta Felix.

Ils rentraient chez eux, bras dessus, bras dessous. Les quelques verres de la Rheingau vendanges tardives qu'il avait bus lui déliaient la langue.

— Chut ! Tu vas réveiller les voisins, à crier comme ça. Et pas besoin d'être grossier.

Gisela lui avait rapporté son échange avec Gerich, qui la perturbait toujours et lui avait pour ainsi dire gâché la soirée. Elle était surtout furieuse contre elle-même. Pourquoi s'était-elle donc vantée ainsi, avec pour seul résultat de se ridiculiser ?

— Quoi qu'il en soit, c'était terriblement embarrassant. Je crois que Mme Zander ne me réinvitera jamais.

— N'importe quoi ! répliqua Felix. Elle aura vite oublié, et les autres aussi.

Son élocution balbutiante fit rire Gisela.

Ils s'arrêtèrent devant la source d'eau chaude du Kochbrunnen.

— En tout cas, je sais maintenant pourquoi ils ont une si belle villa dans un quartier pareil, ajouta-t-il.

Gisela prit un gobelet en carton au distributeur et le remplit d'eau pétillante et salée. Elle en but une petite gorgée puis le tendit à son mari.

— Tiens, il paraît que ça a des vertus curatives. C'est à cette source que Wiesbaden doit son titre de station thermale.

Il prit le gobelet à contrecœur et observa d'un air sceptique l'eau aux reflets cuivrés.

— Zander est un architecte de renom, annonça Felix, fier de son information.

— Je sais bien, répondit Gisela.

L'air déçu, il vida le gobelet d'une traite avant de tout recracher.

— Berk ! Il faut vraiment être très malade pour boire un truc pareil de son plein gré.

Gisela secoua la tête.

— Felix, voyons ! Un peu de tenue !

— Et si tu veux mon avis, on devrait faire avaler ce machin à ce fier-à-bras de Gerich, avec un entonnoir. Ça le ferait sûrement descendre de son piédestal.

Therese

— C'est à cette heure-ci que tu rentres ? Tu n'as pas honte ?

La voix résonna dans le noir. Therese sursauta violemment et lâcha son trousseau de clés.

— Maman ! Qu'est-ce que tu fais ici ?

Charlotte alluma la lumière du couloir ; bien que la vieille lampe Art nouveau n'émette qu'une faible lueur jaunâtre, Therese cligna des paupières et se posa la main sur les yeux. Sa mère était assise sur la marche la plus basse de l'escalier, enveloppée d'un grossier gilet de laine.

— C'est plutôt à moi de te poser la question ! Et qu'est-ce que c'est que cette tenue !

Therese n'avait pas trouvé de costume de carnaval à sa taille mais avait déniché un vieux smoking et un chapeau haut-de-forme appartenant à son oncle. Le pantalon était bien trop grand pour elle, elle l'avait serré à la taille avec une ficelle. Ses collègues n'avaient guère apprécié son déguisement improvisé. Elle les avait entendus souffler « oie blanche » et « pauvresse » derrière son dos. Les autres employées du tribunal portaient presque toutes des robes bariolées assorties de minuscules couronnes ou de chapeaux. Avec sa tenue androgyne, elle faisait tache. Le vin du Rhin avait coulé à flots et on riait fort, presque hystériquement. Le procureur Hammer s'était révélé être un danseur infatigable, qui ne manquait pas une occasion de serrer de près les jeunes assistantes. L'exubérance soudaine du personnel judiciaire de Mayence avait beaucoup troublé Therese. Un incident, en particulier, l'avait perturbée. En se dirigeant vers la sortie du restaurant, elle était passée devant le couloir sombre qui menait aux toilettes. Un homme, qu'elle ne voyait que de dos, collait au mur la nouvelle assistante en essayant de l'embrasser. Les boucles blond clair de Mlle Rösler s'étaient détachées, sa couronne pendouillait sur le côté de sa tête.

— Non, non ! avait chuchoté la jeune femme. Si on nous voyait !

— Ne fais donc pas ta mijaurée, avait répliqué l'homme.

Un frisson avait parcouru le dos de Therese. Elle aurait reconnu n'importe où la voix et le crâne chauve du procureur Hammer.

Elle était repartie tôt, et seule. Mais elle ne voulait pas avouer tout cela à sa mère.

— Maman, c'est le carnaval ! Et il est seulement 22 h 30 !

— Je sais, Therese. Ta sœur n'est toujours pas rentrée. J'espère vraiment qu'elle ne va pas se laisser entraîner, elle passe son temps avec des voyous...

Elle n'exprima pas sa véritable crainte – elle ne le faisait jamais. Therese savait toutefois qu'elle se souciait beaucoup de la réputation de Bärbel, et qu'elle craignait surtout qu'elle tombe enceinte par accident.

— Il ne lui arrivera rien, maman. Il y avait une fête avec les gens du tribunal, et c'est moi qui suis partie la première.

— C'est bien ; je sais que tu es raisonnable, soupira Charlotte. Pas comme ta sœur !

Therese observa sa mère avec inquiétude. Elle avait l'air exténuée.

— Tu ne veux pas retourner te coucher, maman ? Je peux attendre Bärbel, moi.

Charlotte se leva et soupira doucement.

— Bah, de toute façon je ne peux pas dormir. Papa est très agité, une fois de plus. Il fait des cauchemars, se débat dans son sommeil, et dans la chambre d'à côté, ton grand-père ronfle comme un sonneur. (Elle se posa une main sur les reins.) Et puis je me suis fait mal au dos sur le chantier, aujourd'hui.

Therese s'approcha.

— Tu te surmènes, à ton âge ! Tu veux que je te fasse chauffer une tasse de lait ?

— « À mon âge » ? répéta Charlotte. À mon âge, ma mère et ma grand-mère travaillaient encore à plein temps à la ferme... Oui, du lait chaud avec du miel, ça me ferait sûrement du bien. Tu te souviens que Mme Leutner vous en préparait toujours quand, enfants, vous ne pouviez pas dormir ?

Elle repoussa une mèche derrière l'oreille de Therese et laissa pendant plusieurs secondes sa main contre sa joue de travers.

— Bien sûr, comment pourrais-je oublier ça, maman ?

Therese posa sa main sur celle de sa mère et baissa les paupières.

— Parfois, Feltin me manque tellement que j'ai l'impression d'avoir dans la poitrine une pierre très dure, qui n'arrête pas de grossir, chuchota Charlotte en appuyant son autre main sur son cœur.

— Moi, ça me donne mal au ventre, comme si quelqu'un tenait mon estomac par les deux bouts et le tordait, répondit Therese sur le même ton.

Elle ouvrit le garde-manger, en sortit le lait et en versa un peu dans une casserole tandis que Charlotte cherchait le miel. Elle vint s'asseoir à la table de la cuisine avec le petit bocal.

— Certains jours, quand rien ne va, je ne pense plus qu'à nos poules. Ce sont elles qui me manquent le plus ; j'allais chercher les œufs tous les jours avec grand-mère, reprit Therese un peu plus tard.

— Oui, toute petite déjà, tu avais un faible pour nos poules et nos poulets.

Therese posa deux tasses sur la nappe de toile cirée.

— Peut-être qu'on aura un poulailler dans notre jardin et que tu pourras t'en occuper. En tout cas, je planterai des légumes et des arbres fruitiers.

Therese garda le silence et versa le lait bouillant dans les tasses. Charlotte ajouta une cuillerée de miel dans chacune. La jeune femme comptait emménager dans son propre appartement mais estima le moment mal choisi pour aborder le sujet.

— Clara pesterait en voyant un tel gaspillage, dit Charlotte à voix basse avec un coup d'œil en biais à la porte de la cuisine. Franchement, je peux la comprendre. Il est vraiment temps que nous ayons notre propre chez-nous.

— Quand la maison sera-t-elle finie ?

— Dans six mois, je pense. L'avancement des travaux dépend de la météo. Maintenant que le gel est passé, ils vont commencer à creuser les fondations. (Elle ajouta, presque inaudible :) J'espère que papa vivra assez longtemps pour emménager avec nous.

Elle fit tourner sa cuillère dans sa tasse puis, au bout d'un moment :

— Dis-moi, Therese, cela fait un certain temps que je veux te poser la question. As-tu un soupirant ?

Therese rougit aussitôt.

— Est-ce qu'à ton âge, il ne serait pas enfin temps que tu te trouves un mari ? Comment tout ça va-t-il finir ? Il y a sûrement des hommes en âge de se marier, au tribunal. Un avocat, un juge.

Therese se figea intérieurement. Elle haïssait ce sujet, et l'évoquer avec sa mère était pire que tout. Elle ne lui avait jamais parlé de Fred, n'avait jamais évoqué sa profonde tristesse de partir de Berlin juste après son examen. Elle avait quitté son amant sans émettre la moindre protestation, et Charlotte n'en savait rien.

Sa mère lui prit la main mais Therese se dégagea.

— Ce sont mes affaires, maman.

— Comme ça, tu aurais un mari grâce à qui tu pourrais continuer à t'intéresser au droit une fois à la maison.

— Maman ! Je suis la seule femme à avoir obtenu la mention « Très bien » à cet examen extrêmement difficile, ce n'est pas pour devenir femme au foyer ! Tu te rends compte de ce que cela signifie ? Tu parles comme le pire de mes professeurs !

— Therese, crois-moi, je sais que la vie n'est pas facile pour toi avec... (Charlotte chercha le terme le moins blessant possible.) ... avec ton visage. Tu sais ce que je veux dire.

— Je m'en sors très bien.

La jeune femme avala une grosse gorgée de lait bouillant et se brûla la langue. Elle gémit de douleur.

— Therese, reprit Charlotte d'une voix étouffée, ne crois pas que je ne me fais pas de reproches à ce sujet. Mais on était en plein hiver, il y avait des mètres de neige, et le médecin n'a pas pu venir soigner ton otite.

— Je sais tout ça depuis longtemps ! ânonna Therese en se dirigeant vers l'évier.

— J'ai parlé à un médecin, ici, il n'y a pas longtemps.

— Un médecin ? Qui ? Pourquoi ?

Elle remplit un verre d'eau fraîche et y plongea la langue.

— Celui chez qui j'ai emmené papa plusieurs fois. Je lui ai parlé de ton cas.

— Mon *cas* !

— Il existe une possibilité.

— Que veux-tu dire ?

Charlotte poussait sa tasse d'avant en arrière sur la toile cirée tout en cherchant ses mots.

— À l'hôpital universitaire de Heidelberg. Il m'a dit qu'ils avaient un spécialiste. (Elle prit prudemment une gorgée de lait chaud.) On prélève des muscles et un nerf intacts sur une autre partie du corps et on les déplace... on les transplante sur le visage. Oui, je crois que c'est le terme.

Therese vida le verre dans l'évier.

— Berk ! Tais-toi, maman ! protesta-t-elle à voix plus haute qu'elle ne l'aurait voulu. Je ne laisserai personne me faire une chose pareille ! ajouta-t-elle en baissant le ton.

Elle porta machinalement une main à son visage. Un frisson glacial lui parcourut le dos quand elle s'imagina qu'on lui charcutait la figure.

— Tu pourrais aller à Heidelberg, au moins pour te renseigner, insista Charlotte, suppliante. Je t'accompagnerais.

Therese secoua la tête.

— C'est beaucoup trop cher. Nous n'avons pas les moyens, surtout maintenant, avec la maison.

— Bien sûr que si, contra Charlotte.

Therese la regarda, surprise.

— Je n'ai pas touché à ton argent. Nous avons obtenu un crédit, et la réparation pour Feltin nous sera sûrement réglée bientôt. L'héritage de Leo t'appartient, Therese. Il te l'a laissé à toi.

Les yeux de Charlotte se remplirent de larmes.

— Tu sais qu'il m'arrive de rêver de lui ? J'entends son rire grave, si chaleureux. Pour moi, à une époque, c'était le plus beau rire du monde.

— Oh, maman..., dit Therese d'une voix douce.

Elle posa la main sur le bras de sa mère, qui reprit :

— Je crois qu'il aurait lui aussi voulu que tu ailles à Heidelberg et que tu parles à ce spécialiste.

Therese fit la moue et secoua lentement la tête.

— Jamais !

Gisela

Trois semaines avaient passé depuis la soirée dans le quartier des villas ; chaque après-midi, Gisela faisait délibérément un détour pour ne plus croiser Annette Zander en rentrant du travail. Elle l'avait remerciée par écrit mais voulait à tout prix éviter de la revoir, toujours embarrassée par sa discussion avec M. Gerich. Elle sentait qu'il avait vu en elle une fanfaronne, et leur hôtesse avait forcément eu vent de la chose.

Cet après-midi-là, elle regretta particulièrement de contourner le parc thermal. Le parfum des fleurs emplissait l'air. Le printemps avait déferlé sur la région et elle voyait de loin, entre les barreaux blancs de la clôture, les pétales rose pâle des arbres en fleurs flotter dans le vent. Sa journée de travail avait été pénible. Elle avait reporté d'innombrables photos de vêtements sur des patrons, et contrôlé et corrigé le travail des autres dessinatrices. Bien qu'elle n'occupe ce poste que depuis six mois, sa monotonie l'ennuyait déjà. Elle ne faisait que reproduire et décalquer les idées et les créations des autres, son activité n'avait presque rien de créatif. Les paroles de sa mère pendant leur dernier coup de fil lui trottaient toujours dans la tête. Elle devait absolument créer des modèles. Elle avait un don. « À long terme, il faut vraiment que tu emploies mieux ton talent et que tu crées toi-même. »

Une fois devant leur immeuble aux balustrades bleues, elle leva la tête vers le troisième étage. Felix était-il déjà rentré ? Ces derniers temps, il faisait souvent des heures supplémentaires. Soudain ambitieux, il parlait en permanence de la promotion rapide qu'il espérait, assortie d'une augmentation. Elle en payait le prix sous forme de nombreuses soirées solitaires. Aujourd'hui pourtant, elle avait une raison de se réjouir : elle avait invité Pim à enfin venir visiter leur appartement.

Gisela traversa la rue, tira un prospectus qui dépassait de leur boîte aux lettres puis ouvrit le clapet. En trouvant d'abord une lettre du magasin d'ameublement Helberger, elle soupira. Sans doute une facture pour les meubles, ou au moins des arrhes à payer, alors que le canapé et le fauteuil n'avaient pas encore été livrés. En dessous se cachait une enveloppe beige où son adresse avait été inscrite à la main. Au dos, imprimé, le nom de l'expéditeur : Willy Gerich.

Son pouls accéléra. Que lui voulait cet homme antipathique ? S'excuser ? Impatiente, elle déchira l'enveloppe et en tira une carte de correspondance, beige elle aussi.

Très chère madame Trotha,

Peut-être vous souvenez-vous de notre conversation lors de la soirée donnée par M. et Mme Zander. J'aimerais beaucoup la poursuivre et vous prie de vous présenter le 15 mai à 18 heures dans mes bureaux, Luisenstraße 37 à Wiesbaden. Je vous remercie d'avance de bien vouloir confirmer votre venue par téléphone ou par écrit.

Cordialement vôtre,
Willy Gerich

Elle froissa la carte, serrant le poing à s'en faire blanchir les jointures. Pour qui se prenait-il, cet arrogant, à la convoquer ainsi comme si elle était son employée ! Sans doute pour lui demander de nouvelles explications à propos de sa robe ! Cela ne le regardait pourtant en rien. Elle monta les marches, furieuse, ouvrit la porte, jeta le courrier et ses clés sur la table et suspendit sa veste au portemanteau.

Sa colère ne s'était pas calmée quand, une demi-heure plus tard, on sonna à la porte. Elle avait vite préparé quelques assiettes de Pim's, de langues de chat et d'autres douceurs que son amie aimait tant. Pour l'occasion, elle avait aussi acheté une bouteille de mousseux, même si elle n'avait pas eu les moyens d'investir dans la luxueuse marque Henkell Trocken servie chez Mme Zander.

— Pim ! Comme je suis contente de te voir ! s'exclama-t-elle quand son amie berlinoise apparut sur le seuil. Dis donc, tu as maigri, ou est-ce que tu as toujours eu cette taille de guêpe ?

Ou était-ce la large ceinture de sa robe qui masquait habilement quelques poignées d'amour ?

— Tu es gentille ! Je mange beaucoup trop de gâteaux, ces derniers temps. Je n'ai jamais été aussi grosse !

Pim haletait.

— N'importe quoi ! Tu te fais des idées.

— Il était grand temps que je vienne voir votre nouvel appartement ! Je croyais déjà que tu avais oublié ta vieille amie et que tu ne m'inviterais jamais, dit Pim, faussement vexée.

— Je suis désolée. Tu as raison !

— Très chic ! C'est tout neuf, ici.

— Entre donc, dit Gisela en l'entraînant dans le couloir avant de refermer la porte. Tout n'est pas neuf, tu sais, reprit-elle alors que son amie observait les lieux avec curiosité. Mais nous avons deux belles pièces claires, un balcon, une cuisine intégrée formidable et, tu vas le reconnaître tout de suite, toujours le vieux canapé de ma cousine Regina. Mais Felix a commandé un nouveau sofa et un fauteuil, d'ailleurs avec le soutien de la Banque populaire de Wiesbaden !

Elle roula des yeux d'un air éloquent et Pim sourit.

— Oui, mon Günther ne perd pas de temps. Je crois que depuis qu'il travaille là, il a accordé plus de crédits que la banque entière en un an !

— Eh bien, espérons que tous ses clients pourront rembourser. Je me sens mal à l'aise d'acheter quelque chose à crédit.

— Parce qu'on a été élevées comme ça. Mais les temps ont changé. S'offrir quelque chose et payer par mensualités, c'est ça, le nouveau miracle économique.

Gisela sortit le mousseux du réfrigérateur et fit sauter le bouchon.

— Commençons par fêter nos retrouvailles, et surtout votre mariage. Il faut que tu me racontes tout. Et est-ce que tu as trouvé un travail ?

— Non, mais j'ai deux entretiens la semaine prochaine. Günther préférerait pourtant que je ne travaille plus. Il estime gagner assez, et que je devrais rester à la maison.

— Oui, Felix est du même avis, mais pour le moment, même s'il refuse de l'admettre, nous avons encore besoin de mon salaire. Surtout pour nous offrir un petit plaisir de temps en temps.

Elles échangèrent toutes les nouvelles importantes puis Pim s'interrompit :

— Gilleken, j'ai l'impression que quelque chose te pèse. Tu n'es pas comme d'habitude !

Gisela montra à Pim la carte toute froissée. Après l'avoir lue, celle-ci demanda :

— Et c'est pour ça que tu es si abattue ? Je ne comprends pas.

Gisela lui relata la soirée chez les Zander, et elle comprit à quel point le simple fait d'en parler la soulageait. Quand elle eut terminé, Pim garda le silence un moment puis :

— Je comprends. Il t'a tournée en ridicule alors que tu viens juste d'arriver en ville.

Gisela hocha la tête.

— Tu es du même avis ? C'est de ma faute, aussi. J'ai parlé sans réfléchir, et maintenant, je m'en mords les doigts.

— Oui, ce sont des choses qui arrivent.

— Mais pourquoi faut-il qu'il remette ça sur le tapis au lieu d'en rester là ? J'imagine qu'il a appelé Engelmann, depuis.

Pim secoua lentement la tête.

— Je ne crois pas. Et s'il l'a fait, ce n'est pas grave. Engelmann t'adorait, il ne voulait pas te laisser partir.

Gisela acheva son mousseux et remplit de nouveau leurs coupes. Elles trinquèrent avec un tintement clair et se regardèrent dans les yeux, conscientes d'être toutes les deux un peu pompettes.

— Quoi qu'il en soit, je vais bien me garder d'aller voir ce Gerich dans sa boutique. C'est hors de question !

Mais Pim dressa le menton :

— Et comment que tu vas y aller, Gilleken. Ne serait-ce que pour remettre à sa place ce bonhomme arrogant !

Anna

Certains jours, elle restait assise à la table de sa cuisine, les yeux dans le vide, tournant parfois la tête vers son téléphone. Elle ne trouvait même pas l'énergie d'aller faire les courses et de se préparer à manger, le seau à charbon était vide depuis des semaines. Anna avait déjà subi tant de peine et de douleur au cours de sa vie, pourquoi le fait d'avoir quitté son travail l'emplissait-il d'une si profonde tristesse ? Par moments, durant ces semaines de solitude, il lui semblait que cet accablement ne disparaîtrait jamais. Elle se demandait de plus en plus souvent si elle ne devrait pas aller s'installer chez Gisela, à Wiesbaden. Mais que ferait-elle dans cette ville inconnue ? Sa fille était mariée, travaillait, vivait sa propre vie et n'avait plus besoin d'elle. Les jours suivant sa démission, elle s'était encore attendue à trouver Emil devant sa porte. Il avait son adresse, son numéro de téléphone. La possibilité qu'il surgisse ou appelle n'importe quand la dissuadait de sortir de chez elle. Plusieurs fois, elle saisit le combiné et composa son numéro ; elle connaissait sa ligne directe. Elle mettait l'index dans les trous du cadran, le regardait tourner, écoutait la sonnerie et raccrochait presque aussitôt. Une fois, elle fut trop lente, et sa voix résonna à l'autre bout du fil :

— Köstner… ? Allô ? Qui est à l'appareil ?

Elle ne répondit pas, il raccrocha, et elle n'entendit plus que la tonalité monocorde. Que pourrait-elle lui dire ? Elle ne changerait pas d'avis, et lui non plus. Elle prit un stylo et du papier, resta un long moment immobile puis écrivit :

Cher monsieur Köstner,

Elle ratura et inscrivit à la place :

Cher Emil,

Ces mots-là aussi, elle les barra, puis elle roula la feuille en boule. Bientôt, le sol de la cuisine fut jonché de boulettes de papier.

Progressivement, elle prit conscience que pour obtenir quelque chose, elle devait lui faire face.

Le 13 mai, Anna décida d'aller le voir. Elle ouvrit sa penderie et, sans réfléchir longtemps, choisit la robe beige à pois blancs que Gisela lui avait cousue et qu'elle avait portée lors de son premier entretien avec Emil, l'année précédente. Devant le miroir de la salle de bains, elle se démêla les cheveux, se mit un peu de mascara, une coquetterie exceptionnelle chez elle, et s'aspergea d'un soupçon de l'eau de parfum qu'il lui avait un jour offerte, *L'Air du temps* de Nina Ricci. Puis elle sortit. Le trajet familier en métro lui fut pénible. Elle l'avait si souvent fait avec une housse en ramie sur le bras pour aller présenter ses modèles à Otto Karg, le chef des achats de l'époque, et plus tard à son amie Ella, devenue directrice de la confection pour dames. Ces derniers mois, quand elle avait pris le métro, c'était pour aller sélectionner elle-même de nouveaux modèles pour le KaDeWe, le célèbre grand magasin qui avait eu une telle importance dans sa vie et qu'elle avait déjà quitté trois fois. Deux fois de sa propre initiative et une fois contrainte et forcée. Toujours, elle avait pensé que ce serait définitif.

Devant la façade, elle eut soudain les mains moites et le cœur battant. Elle resta quelques minutes sur le trottoir de la Tautzienstraße, laissant le flot de passants filer autour d'elle. Certains la dévisageaient, la plupart ne lui prêtaient aucune attention. Enfin, elle se força à mettre un pied devant l'autre et franchit l'entrée principale. Quand elle parvint à la porte de hêtre rouge qu'elle avait refermée derrière elle plus d'un mois auparavant, elle avait la bouche complètement sèche. Jamais elle n'arriverait à prononcer un mot. Pourtant, elle prit une grande inspiration et frappa.

— Entrez ! fit sa voix.

Emil était assis derrière son bureau. Il leva la tête, étonné. Quelques secondes passèrent sans qu'ils ne disent rien. Enfin, il brisa le silence :

— Tu ne veux pas t'asseoir ?

Il parlait du ton poli qu'il employait avec chaque client, chaque associé, même indésirable. Si l'apparition inopinée d'Anna l'intriguait, il n'en montra rien. Elle prit place tout au bord d'une chaise.

— Que me vaut ta visite, Anna ? J'espère que tu m'autorises encore à t'appeler ainsi, depuis notre dernier entretien.

Elle hocha la tête. Enfin, cessant de se tordre les mains, elle se redressa pour le regarder dans les yeux et en vint directement au fait.

— Je suis comme je suis, Emil. Quand j'ai l'impression qu'une affaire ou la raison pour laquelle on la conclut n'est pas… comment dirais-je… correcte, il y a comme un signal d'alarme qui résonne dans ma tête. Je suis ainsi faite.

Il se leva et se dirigea vers un petit placard, contre le mur, dont il ouvrit la porte coulissante.

— Tu veux boire quelque chose ?

— Oui, merci.

Il lui proposa un bon cognac français, qu'elle accepta bien qu'il ne soit même pas encore midi. Il remplit presque au quart deux verres ventrus puis revissa le bouchon, l'air extrêmement concentré. Ils écoutèrent ensemble le crissement du métal sur le goulot. Enfin, il rangea la bouteille et lui tendit son verre.

— J'ai la plus haute estime pour tes principes, Anna, tu peux me croire, dit-il au bout d'un instant. À l'époque aussi, quand tu as refusé de profiter de la bienveillance des hauts fonctionnaires nazis que fréquentait Ella, j'ai beaucoup admiré ton attitude.

— Ça remonte à loin. Comment es-tu au courant, d'ailleurs ?

— As-tu oublié que, tout à fait par hasard, j'ai assisté à votre dispute à ce propos dans l'escalier du KaDeWe ?

— Non, je me rappelle.

Anna baissa la tête et observa le liquide ambré dans son verre. Le 2 septembre 1939 lui revint en mémoire. Le lendemain de l'attaque de la Pologne par Hitler et du déclenchement de la Seconde Guerre mondiale, elle était venue au KaDeWe pour discuter avec son amie du rationnement imminent des tissus. Ella et Emil étaient pressés, ils devaient se rendre à une réunion de crise des cadres du KaDeWe. Ce jour-là, Ella avait reproché à Anna de ne pas suffisamment courtiser la célèbre réalisatrice Petra Berger et ses amis nazis, et les deux femmes s'étaient brouillées.

S'apercevant qu'elle se cramponnait à son verre, Anna s'efforça de se détendre. Elle secoua doucement la tête.

— C'est bien ce que je veux dire ! J'ai suivi le mouvement beaucoup trop longtemps, je me suis laissé aveugler par le succès que la Berger a assuré à mon chemisier doré et à tant d'autres modèles par la suite.

Emil fit tourner son verre entre ses doigts.

— Ce n'est pas ce que je veux dire, Anna. Crois-tu que j'aie agi autrement ?

Elle vit son regard se voiler, il ne semblait plus aussi sûr de lui que d'habitude.

— J'étais directeur du rayon alimentation et Mme Berger était une de mes meilleures clientes, comme de nombreux autres grands noms du parti nazi ou leurs épouses. J'ai rempli leurs caves de champagne et de grands crus, couvert leurs buffets de homards, de perdrix, de cochons de lait et de pâtés, j'ai fait décorer leurs bombes glacées de croix gammées en sucre, tandis que d'autres hommes de mon âge étaient envoyés au front. (Il vida son verre d'une traite mais le garda à la main.) Par la suite, je me suis souvent demandé quelle injustice était la pire.

Elle attendit qu'il ajoute quelque chose, mais il se tut. Puis, d'un coup, il posa son verre sur son bureau et se frappa les cuisses des mains.

— Enfin, tout cela n'a aucun rapport avec le fait que je commande une robe à un fabricant chez qui ta fille est employée.

— Elle n'est plus chez Engelmann, dit doucement Anna. Elle travaille maintenant pour un magazine.

— Peu importe. (Emil se leva, fit le tour de son bureau et s'y appuya.) Tu attaches une importance exagérée à toute cette affaire, Anna, et tu te mets toi-même des bâtons dans les roues. Bien sûr qu'il faut rester fidèle à ses principes. Seulement, au bout du compte… (Il toussota, cherchant le bon terme.) C'est moi qui avais choisi cette robe, non pas pour vous faire plaisir, à toi ou à ta fille, mais parce que j'avais vu que c'était un modèle remarquable.

Il lui prit son verre et le posa sur le bureau, derrière lui. Soudain, Anna comprit qu'il avait raison, que les choses s'étaient passées exactement ainsi.

— Emil, souffla-t-elle, je te prie de m'excuser.

— Il n'y a rien à excuser. Tu as obéi à ta propre morale. Et je serais heureux que les choses redeviennent comme avant, entre nous. (Il la scruta.) Anna, j'ai besoin de toi ici. Sans ton travail, ton expertise, ton goût très sûr, nous sommes écrasés par les acheteurs centraux des maisons Hertie, et le style propre au KaDeWe, notre position dominante, va s'affadir et finir par disparaître. (Il tendit la main.) Reviens, Anna.

Évitant son regard, elle chercha des yeux quelque chose sur le mur, derrière lui. Le portrait d'Adolf Jandorf, banni de partout pendant les années de domination nazie. Elle devait beaucoup à l'homme d'affaires juif à la moustache noire et aux lunettes rondes, à celui qui avait bâti le KaDeWe de Berlin-Charlottenbourg en partant de rien, grâce à son courage visionnaire.

— Reviens !

C'était le mot qu'elle avait tant espéré au cours des dernières semaines, le mot qui comptait tant pour elle qu'elle aurait soulevé des montagnes pour l'entendre.

Elle regarda Emil dans les yeux et prit sa main.

— Je reviens. Et tu ne te débarrasseras plus de moi aussi facilement.

Therese

— Perpétuité ! Vous êtes au courant ? J'ai gagné.

Le procureur Hammer était sur le point d'entrer dans son bureau. Therese le dévisagea pendant plusieurs secondes, bouche bée. Elle ne vit aucune émotion dans ses yeux, ni compassion ni triomphe.

— La Schröder a pris perpétuité. Le jugement a été annoncé ce matin.

Il parlait d'un ton joyeux, comme s'il évoquait un heureux événement, un mariage ou un anniversaire.

Therese fut si choquée par la dureté de ce verdict, prononcé contre une femme que son mari avait violée et torturée pendant des années, qu'elle ne trouva rien à répondre. Elle pensa à l'expression intimidée de l'accusée et à la cicatrice sur son front. À ses yeux écarquillés d'animal traqué. Et à la cellule de la prison dans laquelle elle passerait au moins les quinze prochaines années de sa vie.

— Avant que j'oublie, ajouta-t-il.

Il la précéda dans le greffe attenant où travaillaient les secrétaires juridiques.

— Je vous confie un nouveau dossier. Vous me rédigerez l'acte d'accusation d'ici demain matin. J'espère que vous avez fini le cas Hopf ?

Elle hocha la tête et ouvrit sa sacoche de cuir pour en sortir le dossier et ses notes. Hammer lui arracha le tout des mains, un air de mépris sur le visage. À ses yeux, elle n'était ni une femme, étant trop laide, ni une juriste, n'étant pas du bon sexe.

— Je regarderai ça plus tard. Mademoiselle Schaub, sortez le dossier Blei et venez dans mon bureau prendre la dictée.

La jeune femme aux cheveux blond cendré assise derrière un étroit bureau se leva aussitôt.

— Oui, maître Hammer.

— Où est Mlle Rösler ? s'enquit Therese.

— Partie, comme vous pouvez le constater, répliqua-t-il rudement.

Therese le regarda, perplexe. Les assistantes du procureur Hammer avaient changé plusieurs fois en peu de temps. Elle salua la nouvelle, Mlle Schaub. Elle avait des mains très fines, presque celles d'une enfant. Therese nota qu'elle ressemblait à Mlle Rösler : ses cheveux n'étaient certes pas de la même nuance de blond, mais elle était remarquablement mince, et surtout très jeune. Elle ne pouvait guère avoir plus de dix-huit ans.

Mlle Schaub ouvrit l'armoire. Alors qu'elle tendait un épais classeur à Hammer, celui-ci désigna Therese :

— Il est pour mademoiselle la stagiaire.

Therese le saisit et le feuilleta. Il faisait une centaine de pages. Elle ne pourrait pas formuler d'acte d'accusation solide d'ici le lendemain matin.

Hammer s'impatienta.

— Emportez ça à la bibliothèque, ou je ne sais où. (Puis, à Mlle Schaub :) Vous, dans mon bureau, avec de quoi écrire.

Comme Therese ne bougeait pas, il ajouta avec agacement :

— Quoi encore ?

Elle hésita puis se ressaisit.

— Pour un cas aussi complexe, il me paraît difficile de rédiger un acte d'accusation complet en si peu de temps.

— *Difficile* ? répéta Hammer.

Un éclat de satisfaction reluisit dans ses yeux, comme s'il attendait depuis longtemps un tel aveu de sa part.

— Peut-être que vous avez choisi le mauvais métier. Nul doute que dessiner des patrons serait plus facile. (Scrutant sa vieille jupe en laine et sa veste informe, il fit la moue et ajouta :) Quoique à bien y penser, je ne crois pas que vous ayez jamais réfléchi à ce genre de choses.

Plus tard, Therese se maudirait de manquer de repartie au point de ne pas avoir trouvé de réponse à cette insulte, qui la laissa éberluée.

Un peu déconcertée, elle le vit prendre la jeune assistante par le bras et l'entraîner hors de la pièce, comme s'il était pressé d'être seul avec elle. Therese regarda autour d'elle ; les quatre employées avaient elles aussi les yeux braqués sur Hammer et leur nouvelle collègue. Quand elles surprirent le regard de Therese, elles se détournèrent toutes, sauf une. C'était la plus âgée, une femme corpulente et permanentée, avec un duvet brun sur la lèvre supérieure. Elle baissa lentement les paupières, les releva et regarda Therese droit dans les yeux. Celle-ci comprit enfin que tout le monde dans cette pièce partageait son avis et savait depuis longtemps ce qu'elle venait de saisir : le procureur, connu dans les tribunaux pour requérir les jugements les plus durs et les plus impitoyables, harcelait ses protégées. Toutes étaient au courant et toutes se taisaient. L'employée corpulente eut alors une phrase que Therese n'oublierait pas de sitôt.

— Eh bien, au travail. Avoir la tête qu'on a, toutes les deux, ça a aussi quelques avantages.

Alors qu'elle travaillait depuis un moment déjà sur son nouveau dossier, une affaire de cambriolage, à la bibliothèque du palais de justice, le comportement choquant de son maître de stage ne lui sortait pas de l'esprit. Therese se leva, s'approcha des étagères où se trouvaient les volumes reliés de rouge du *Nouvel Hebdomadaire juridique*, en sortit un et observa les alentours par-dessus la couverture. Des stagiaires, des juges et des procureurs, certains venus emprunter un volume, d'autres qui consultaient brièvement une décision de la Cour de cassation, debout entre les rayons. Il n'y avait que des hommes. Des hommes rendaient la justice, des hommes portaient plainte, des hommes siégeaient dans les parlements, des hommes votaient les lois. Et toujours, c'étaient les femmes qui souffraient. Qu'elles soient désavantagées par leurs professeurs pendant leurs études et leurs examens, comme elle-même, subissent la violence d'un mari cruel puis une condamnation impitoyable ou l'insistance de supérieurs graveleux comme Hammer, les femmes étaient systématiquement les victimes. Personne ne porterait jamais plainte contre ses actes de harcèlement, et si elle, sa stagiaire, s'y risquait, elle se heurterait à un mur de silence et pourrait dire adieu à sa carrière de juriste. Cela n'était même pas dû à la législation ou à la jurisprudence. De fait, le principe de base de l'égalité des sexes était inscrit dans la Constitution depuis 1949. C'était surtout la faute des mentalités. Celle des hommes, mais aussi celle des femmes, qui ne se défendaient pas et se soumettaient à cette distribution des rôles.

Therese savait depuis le début de ses études qu'elle devrait travailler beaucoup plus dur que ses camarades masculins et être bien meilleure qu'eux pour atteindre les mêmes résultats, et elle y avait toujours été prête. S'il le fallait, elle passerait toute la journée et toute la nuit sur ce dossier pour présenter le lendemain matin à maître Hammer un acte d'accusation irréprochable. Un jour, elle jugerait et condamnerait des comportements tels que le sien. Mais en cet instant, elle comprit que, quoi qu'elle accomplisse en tant que juriste, personne ne considérerait jamais ses performances comme celles d'une femme. Elle resterait la souris grise insignifiante, la terne jeune fille au visage de travers à qui on souriait avec compassion en pensant qu'elle faisait tout ça pour compenser son apparence.

Dans le train qui la ramenait à Worms, elle prit clairement conscience qu'elle voulait faire changer les choses. Et tandis qu'elle rentrait à pied de la gare, une décision se forma dans son esprit. Pour prouver aux hommes de quoi une femme était capable, il fallait qu'elle ait l'air d'une femme. Elle poussa le portail et posa un baiser sur la joue de son père, assis comme toujours sur son banc devant la maison.

Une fois chez sa tante, Therese alla directement à la cuisine prendre les grands ciseaux dans le tiroir. Elle monta l'escalier et s'enferma dans la salle de bains. Le croassement d'une corneille lui parvint par la fenêtre entrouverte. Les huit brosses à dents de l'hétéroclite famille étaient serrées dans un gobelet sur l'étagère de verre. Elle tendit la main vers sa nuque et défit son chignon. Dans le miroir, elle vit ses cheveux bruns recouvrir son buste comme une étole. Son épaisse chevelure lui cachait la moitié du visage. Elle leva les ciseaux, coupa la première mèche juste au-dessus de l'épaule, la laissa tomber dans le lavabo, écouta le crissement des lames sur la mèche suivante. Elle ne s'arrêta que lorsque le lavabo jauni fut plein à ras bord.

Gisela

En avançant dans la boutique de mode Gerich, Gisela ne cessait de se demander ce qu'elle venait faire ici. Certes, les espaces de vente étaient modernes, avec d'innombrables lampes boules au plafond, des colonnes à miroirs et plus de mannequins qu'ailleurs. L'idée lui plaisait : les clientes avaient ainsi la possibilité de voir les modèles portés et assortis de chaussures, sacs à main, chapeaux et même bijoux.

D'ordinaire, cette atmosphère l'aurait incitée à explorer les différents rayons : mode sportive, robes de soirée, ensembles de jour et, pour couronner le tout, dans une salle petite mais raffinée, entourée de paravents aux couleurs du moment, la haute couture. Mais elle n'était pas à la recherche de nouveaux vêtements, qu'elle n'aurait de toute façon pas eu les moyens de s'acheter ici. Ce magasin était aussi luxueux que Horn, à Berlin. Elle était venue s'entretenir avec Willy Gerich. Une vendeuse lui indiqua le chemin.

Gerich trônait littéralement derrière un immense bureau qui ne parvenait guère à masquer son imposante bedaine. Comme à la soirée d'Annette Zander, il portait une cravate très voyante, à rayures bleues et rouges. Gisela s'étonna qu'il se lève aussitôt, courtois, pour la saluer. Il lui serra la main comme à une vieille connaissance, lui offrit un siège et de quoi boire, et prit place en face d'elle, tout sourire, sur un fauteuil beaucoup trop frêle pour lui.

— Madame Trotha, vous devinez sans doute pourquoi je vous ai demandé de venir me voir.

Comme elle ne répondit pas tout de suite, hésitante, il en vint directement au fait :

— Je dois avouer avoir été quelque peu surpris par votre énergie et votre aplomb. La plupart des femmes que je rencontre dans ce genre de soirées font partie de la bonne société de Wiesbaden, c'est-à-dire de mes clientes, et pas de la branche de l'habillement elle-même.

Gisela hocha la tête.

— J'ai téléphoné à votre ancien employeur, M. Engelmann.

Il semblait considérer cela comme la chose la plus normale au monde.

— Et qu'a-t-il dit ? demanda Gisela, s'efforçant d'afficher une certaine assurance.

Pas question de trahir sa nervosité.

— Qu'il avait été tout à fait désespéré de vous voir partir. Et que vous aviez insufflé une nouvelle vie à son entreprise de confection.

— Il a dit ça ?

— Cela vous étonne ?

Gerich la regardait avec une telle amabilité qu'elle n'arrivait plus à se souvenir pourquoi elle s'était tant énervée contre lui. Elle avait repensé à la soirée pendant des jours entiers, sentant grandir son impression d'avoir été ridiculisée. Peut-être l'avait-elle simplement mal jugé.

— De plus, il m'a confirmé que vous aviez conçu la fameuse robe, en aviez dessiné le patron, l'aviez cousue et présentée à l'IGEDO. Apparemment, vous avez tous les dons. À ce jour, il en a vendu plus de mille exemplaires.

Il s'étira dans son fauteuil et sa chemise se tendit dangereusement sur son ventre. Gisela redoutait qu'un des boutons finisse par sauter.

— Alors nous nous sommes demandé, M. Engelmann et moi-même, comment nous pourrions exploiter au mieux votre talent.

— Exploiter mon talent ? répéta-t-elle. Vous m'avez peut-être mal comprise. J'ai un bon poste chez un éditeur, je suis chef de rubrique à *Der Neue Schnitt* et j'en suis très satisfaite.

Tout en prononçant ces mots, elle prit conscience qu'ils ne reflétaient guère la vérité. Ces derniers temps, son travail lui avait paru de plus en plus insipide ; elle rêvait de jouir de davantage de liberté créative.

M. Gerich sortit un mouchoir de sa poche, ôta ses lunettes et entreprit d'en nettoyer les verres.

— Que diriez-vous d'écouter l'idée de deux vieux bonshommes qui vous veulent du bien ?

« Qui vous veulent du bien » – la formule resta en suspens dans l'esprit de Gisela. Elle ne doutait pas d'Engelmann mais connaissait à peine Gerich.

— Je suppose que ça ne peut pas faire de mal.

Gerich éclata de rire.

— Voici : je songe depuis longtemps à créer notre propre marque Gerich. Je me suis aperçu que nos produits devenaient de plus en plus haut de gamme et que nous avions de moins en moins de clientes moyennes… Ne vous méprenez pas, il n'y a rien de péjoratif là-dedans.

— Puis-je ? demanda Gisela.

Il hocha la tête ; elle se resservit un peu de la limonade posée sur la table basse.

— Pour être honnête, j'ai moi aussi eu l'impression en parcourant vos rayons que votre offre était plutôt luxueuse, dit-elle enfin.

Il se donna une claque sur la cuisse.

— Précisément, et ici, tout cela se vend bien. Mais j'aimerais aussi proposer de beaux vêtements aux personnes moins aisées, pas de camelote, n'est-ce pas, mais des tissus un peu moins chers avec de belles coupes. (Il marqua une pause puis reprit, l'air interrogateur :) Alors voilà : pour commencer, je peux mettre à votre disposition trois couturières de mon atelier de retouches. Nous verrons au fur et à mesure s'il faut en embaucher d'autres. Les machines sont là aussi, bien entendu. Nous démarrerons avec environ six modèles, en petites quantités. Je pensais à une robe, une jupe, un pantalon, deux hauts et un manteau. Ensuite, nous verrons.

Comme elle ne réagit pas tout de suite, il insista :

— Qu'en dites-vous ?

Il lui fallut un moment pour digérer la proposition de Gerich. Le terme d'« atelier de retouches » ne lui semblait guère prometteur, ce n'était pas là que travaillaient les meilleures couturières. Et si tout échouait ? Si elle abandonnait son bon poste chez Schwabe pour cela ?

— Réfléchissez-y, madame Trotha. Vous auriez l'avantage de ne pas assumer le moindre risque, de ne même pas devoir investir dans les machines. Et vous seriez en quelque sorte votre propre chef. Ou votre propre cheftaine.

Il rit, convaincu d'avoir fait une bonne blague.

Gisela se ressaisit ; il restait une question qu'il n'avait pas abordée de lui-même, elle fut donc obligée de s'en charger.

— Et vous me verseriez un salaire ?

— Oh, on dirait que j'ai oublié le plus important. Quelle est votre rémunération actuelle, si je puis me permettre ?

Gisela rougit. Ce genre de question ne se posait pas..

— Très bien. J'ignore ce qu'on gagne dans la presse, mais en tout cas, je vous paierais vingt marks de plus que votre salaire actuel. Qu'en dites-vous ? Vous ne me donnerez le chiffre que si vous acceptez.

Gisela ne savait que dire. L'offre lui paraissait plus qu'honnête.

— Je dois y réfléchir.

— Réfléchissez donc, madame Trotha !

Gerich allongea le bras derrière lui, vers une petite boîte revêtue de cuir. Il en tira une carte de visite couleur crème et la lui tendit, coincée entre l'index et le majeur.

— Et appelez-moi si vous avez la moindre question !

4 juillet 1954

— Je trouve qu'on pourrait étroitiser encore un peu la taille, ça t'irait bien, dit Gisela.

Elle resserra deux doigts de tissu vert et le fixa avec des épingles prises sur un petit coussin, à son bras.

— Voilà... Qu'en penses-tu ?

Therese s'examina dans le miroir et hocha la tête. Son regard erra sur les croquis de vêtements qui recouvraient presque entièrement le mur de la chambre à coucher, attachés par des épingles au papier peint à rayures. Elle revint à son reflet.

— Elle est parfaite.

— Dire que tu vas être une des toutes premières à porter un de mes modèles, reprit Gisela. Il y a quelques mois encore, j'aurais eu peine à le croire.

— Et moi donc !

Therese croisa le regard de sa belle-sœur. Elle qui avait d'abord cru Gisela superficielle, l'avait secrètement enviée – aujourd'hui, c'était elle qui lui venait en aide sans tergiverser.

— Merci, Gisela !

— De rien, voyons. Très volontiers. Et maintenant, il est temps de dévoiler aux autres ta métamorphose.

Dans le salon, des cris de déception retentirent : « Oh non ! », « Quel dommage ! ». Un instant plus tard, la porte de la chambre s'entrouvrit. Felix y passa la tête et écarquilla les yeux en voyant sa sœur.

— Incroyable, souffla-t-il. Qu'est-ce que tu as fait à tes cheveux ? Et cette robe ! Tu es méconnaissable !

— Dehors ! s'écria Gisela.

— Mais vous ratez le match ! Il y a déjà 1-0 pour la Hongrie, hélas. Reprise de volée de Puskás.

Gisela agita la main.

— C'était sûr qu'on allait perdre, Felix. Pas besoin en plus d'assister au drame. Ça va te gâcher ton anniversaire !

— C'est tout de même la finale de la Coupe du monde, on ne peut pas rater ça !

En entendant des cris et des commentaires s'élever de nouveau derrière lui, il repartit en refermant la porte. Gisela fit descendre la glissière dans le dos de Therese.

— Enlève-la ; je vais coudre la retouche vite fait, à la main, et tu pourras la remettre tout de suite.

Therese secoua la tête, faisant onduler ses mèches qui lui tombaient aux épaules. Toujours pas habituée à sentir ses cheveux flotter librement, elle y porta les mains d'un geste machinal pour les lisser vers l'arrière.

— Mais non ! s'exclama Gisela. Ne les écrase pas comme ça, tout l'effet serait gâché. Cette nouvelle coiffure te va à ravir, et le brun plus clair fait briller tes yeux.

— Tu trouves ?

Therese, incrédule, observa à nouveau son reflet. Bien qu'elle eût elle-même souhaité ce changement, elle mettrait encore un certain temps à s'accoutumer à sa nouvelle apparence.

Gisela s'assit sur le lit et commença à resserrer la taille de la robe à gestes précis.

— Je la fixe juste provisoirement pour que tu puisses la porter maintenant, je ferai la couture définitive plus tard.

— Bah, pour l'instant, je peux remettre mes anciens vêtements.

— C'est hors de question !

Sa belle-sœur parla avec une telle détermination que Therese lui jeta un coup d'œil surpris. C'était déjà la seconde fois qu'elle insistait pour que tout soit parfait dès aujourd'hui.

— Oh non, c'est pas vrai ! se lamenta Günther au salon. Encore un but pour la Hongrie.

La sonnette de la porte d'entrée se mêla à son cri de déception.

— Qui d'autre attendons-nous ? s'enquit Therese. Je croyais que tous les invités étaient déjà là.

Gisela haussa les épaules.

— Je ne sais pas.

L'expression de son visage semblait pourtant dire tout autre chose. Elle ne lui avouait pas tout.

La porte se rouvrit et Pim passa la tête dans l'entrebâillement.

— Vous avez bientôt fini ? Tout le monde est là, maintenant, on vous attend !

Elle entra et referma la porte derrière elle.

— Mon Dieu, Therese ! Tu es complètement transformée ! Tu es si jolie !

La jeune femme, assise en jupon blanc sur le couvre-lit à fleurs, rougit, de plus en plus embarrassée.

— À vous entendre, j'avais l'air d'une sorcière, jusqu'ici !

— Non, pas d'une sorcière, mais plutôt d'un être neutre, en tout cas rien de « joli », répliqua Pim avec sa franchise habituelle. Allez, dépêchez-vous !

Elle jeta un coup d'œil conspirateur à Gisela.

— Bah, de toute façon, ils sont tous agglutinés autour du poste de radio, protesta Therese.

Elle commençait toutefois à se demander ce qui se passait dans la salle de séjour, en plus du football.

— Tiens ! fit Pim en lui tendant des boucles d'oreilles. Ça manque encore à ton nouveau look.

Therese ignorait comment les mettre, n'en ayant jamais porté. Et puis, elle craignait que les bijoux attirent trop l'attention sur son visage de travers. Pim saisit une mèche de ses cheveux brun clair, la fit lentement glisser entre ses doigts d'un air admiratif puis attacha les clips à ses lobes.

— La robe est finie aussi, annonça Gisela en coupant le fil d'un coup de dents. Tiens !

De nouveaux cris retentirent au salon, d'enthousiasme cette fois. La porte s'ouvrit à la volée et Felix surgit.

— But pour l'Allemagne !!

— Mais fiche-moi le camp, enfin ! cria Gisela.

Les deux jeunes femmes regardèrent Therese enfiler sa robe. Gisela ferma la glissière et recula d'un pas. Therese s'examina dans la glace. Elle avait toujours le visage en biais et ne se débarrasserait jamais non plus de sa cicatrice plus claire. La proposition de sa mère de se faire opérer était partie d'une bonne intention, mais elle avait résolu de ne pas la suivre. Elle constata qu'elle était jolie, vraiment jolie. Ses épais cheveux brillaient, soyeux, le tissu vert émeraude soulignait le marron profond de ses yeux. Les sobres pendants dorés à ses oreilles lui conféraient un rayonnement nouveau, presque un air de défi, et grâce à la robe, sa silhouette mince jusque-là toujours enfouie sous des jupes et des gilets en laine grossière était pour la première fois mise en valeur.

Elle vit dans les yeux des deux autres que son reflet ne la trompait pas. Sans devenir une beauté, elle avait laissé derrière elle la souris grise insignifiante pour devenir une femme séduisante dotée d'un charme nouveau, pleine d'assurance.

— Prête ? demanda Gisela.

— Prête !

Pim ouvrit la porte, accompagna Therese jusqu'à l'entrée du salon où les invités de l'anniversaire étaient regroupés autour du poste de radio, et mit les mains en entonnoir devant sa bouche :

— Écoutez-moi tous !

Toutes les têtes se tournèrent vers elle. Quand Therese passa le seuil, Pim écarta les bras et annonça :

— Permettez-moi de vous présenter Therese Trotha, prometteuse juriste stagiaire à la mention « Très bien », de Mayence, dans un modèle de chez Gerich conçu par l'extraordinaire et talentueuse jeune créatrice Gisela Trotha, de Wiesbaden.

Les invités applaudirent, Günther et Felix sifflèrent dans leurs doigts. Hatmut était là aussi, la compagnie de ses vieux amis lui faisait visiblement beaucoup de bien. Annette Zander lança un « Bravo ! » enthousiaste, et même son mari posa sur Therese un regard admiratif. Gisela adressa un signe de tête reconnaissant à Alexander Zander. Elle était heureuse que lui et son épouse aient accepté son invitation dans leur appartement, si modeste comparé à leur maison. Après tout, ils auraient pu suivre la finale chez eux, sur leur téléviseur.

— Je crois qu'il manque encore quelqu'un, dit Gisela en regardant autour d'elle. Est-ce qu'un autre invité ne vient pas d'arriver ? J'ai pourtant bien entendu la sonnette.

— Pas un, deux ! précisa sobrement Günther. Mais taisez-vous une minute !

Il monta le son quand le journaliste, Herbert Zimmermann, haussa la voix :

« Dix-sept minutes sont jouées, corner. Fritz Walter tire… Reprise de volée de Rahn et… Buuut ! But pour l'Allemagne ! »

Ils levèrent les bras, bondirent, Felix et Günther s'enlacèrent. Le reporter s'étranglait presque, le haut-parleur du poste vibrait.

« C'est extraordinaire ! s'exclama le journaliste. Nous avons égalisé contre la Hongrie, la meilleure équipe du monde ! »

Therese, toujours debout entre Gisela et Pim au milieu du salon, observait la scène, un peu étonnée par cette explosion d'enthousiasme. C'est alors que Gisela se pencha vers elle et murmura à son oreille :

— Regarde derrière toi.

Elle se tourna lentement vers la porte et son cœur faillit s'arrêter. Fred et Marie étaient là ! Ils incarnaient le peu de choses, voire la seule chose qu'elle avait regretté de laisser à Berlin. En les voyant, elle fut envahie d'une béatitude à laquelle elle n'était pas préparée.

Elle commença par serrer longuement son amie dans ses bras.

— Comme tu as changé, Therese.

— Et comme tu m'as manqué, Marie !

Fred attendit son tour, en retrait. Il repoussa une mèche de son visage et elle vit dans son regard à quel point sa métamorphose lui plaisait, même s'il lui souffla :

— Je te trouvais belle avant aussi.

Gisela apporta le gâteau d'anniversaire pendant la pause.

— Une forêt-noire, annonça-t-elle. Vous pouvez compter, il n'y en a que vingt-neuf.

Elle le posa sur la table basse en désignant les bougies allumées. Felix prit une profonde inspiration et les souffla à l'instant même où l'arbitre sifflait le début de la seconde mi-temps. Tous reportèrent leur attention sur le poste de radio, très excités. On avait laissé le canapé tout neuf aux femmes tandis que les hommes, debout, lançaient des commentaires nerveux et plus ou moins experts sur le déroulement de la partie.

— Sepp Herberger a bien fait les choses, vous allez voir ! dit Fred.

Tout le monde le regarda avec étonnement.

— Vous croyez vraiment ? s'enquit M. Zander. Avec cette formation ? Contre les Hongrois qui sont si forts ?

— J'en suis certain. Au fait, vous pouvez m'appeler Fred, dit-il en tendant la main.

Zander la serra.

— Alexander.

« À Hambourg ou Munich, à Bonn ou Cologne, à Francfort... », reprit le reporter.

— Non, à Wiesbaden ! lança Günther, provoquant l'hilarité.

« ... vous tous qui avez un haut-parleur, nous espérons que vous nous suivez et que vous croisez les doigts pour nos courageux petits gars. »

— Évidemment, qu'est-ce que tu crois ! s'exclama Alexander Zander, qui se détendait visiblement.

Gisela découpa le gâteau crémeux, mais personne n'avait envie de manger pour le moment. Apparemment, les Hongrois étaient revenus sur le terrain avec une énergie renouvelée et fonçaient vers la cage allemande, se créant plusieurs opportunités. Pourtant le gardien, Anton Turek, tenait bon, prouvant son talent.

« Toni, tu es un diable d'homme, un dieu du football ! » lança le journaliste.

— Quelqu'un veut une autre bière ? demanda Gisela.

— Volontiers, Gilleken, répondit Günther en brandissant sa canette vide.

Elle lui en donna une nouvelle et chuchota :

— Mais fais attention à mon tapis.

Vint alors le retournement de situation. Tous étaient suspendus aux lèvres du reporter.

« Une tête, bloquée, Rahn devrait maintenant tirer depuis l'arrière, Rahn tire, et... Buuuut ! But, but, but pour l'Allemagne ! »

Ils bondirent, hurlèrent, se serrant dans les bras les uns les autres. Par la fenêtre ouverte, on entendait les gens jubiler dans la rue. L'Allemagne entière éclatait de joie et de fierté.

Günther passa son bras sous celui de Felix et ils se lancèrent dans la même danse d'Indiens enfiévrée que lorsqu'ils avaient célébré la mort de Staline, un an et demi plus tôt, agitant une main devant leur bouche et poussant des hululements.

— À Dieter, notre meilleur ami, qui nous regarde depuis les terrains de chasse éternelle ! lança Felix à Hatmut d'une voix chargée.

Les larmes lui roulèrent soudain sur les joues. Hatmut hocha la tête, les lèvres serrées, sans révéler si cet hommage post-mortem païen la choquait.

— Qu'est-ce qu'il aurait fêté ça, aujourd'hui, ajouta Günther doucement.

À la radio, Zimmermann poursuivait :

« Tir sur la gauche de Rahn, Schäfer a passé Bozsik ! 3-2 pour l'Allemagne à cinq minutes de la fin ! Vous allez me prendre pour un fou, pour un détraqué complet, mais je crois que même dans le football, on a un cœur ! »

Quand le coup de sifflet salvateur retentit, le journaliste hurla :

« C'est fini, finiiii ! La partie est terminée et l'Allemagne est championne du monde, battant la Hongrie 3 à 2 en finale, à Berne ! »

Therese regarda Fred et lui offrit un sourire en biais.

Épilogue

Été 1964

La petite décapotable blanche emprunta le pont Balduin en direction du centre-ville et Therese tourna la tête pour regarder les eaux scintillantes de la Moselle. Une longue péniche avançait avec lenteur, profondément enfoncée dans l'eau par son lourd chargement. Elle battait pavillon néerlandais. Quelques vieilles arches du pont venaient d'être supprimées, ouvrant le fleuve à la batellerie. Elle leva un bras et agita la main vers les enfants blonds qui la regardaient depuis l'embarcation.

Une fois au bout du pont, elle clignota et bifurqua dans la Uferstraße. Le vent de la course lui ébouriffait les cheveux ; elle se dit qu'en une journée si importante, elle aurait dû mettre un fichu.

Dans la Karmeliterstraße, une barrière fermait l'accès au parking réservé aux juges du tribunal d'instance de Coblence. Le portier grisonnant sortit de sa guérite ; bouche bée, il examina la carrosserie sportive de la Karmann Ghia puis sa conductrice. Il n'avait manifestement pas l'habitude de telles apparitions.

— Bonjour, dit-il, sur la réserve.

Il devait se demander si elle était perdue. Elle ne lui laissa pas le temps de poser la question :

— Bonjour. Je suis Therese Trotha.

Incapable de masquer sa surprise, il se reprit pourtant vite.

— Madame la présidente ! dit-il, plein de respect, en portant la main à son képi.

Il désigna un des emplacements les plus larges, dans la première rangée.

— Votre place est juste là... à côté de celle du premier président.

Il retourna dans sa guérite et enfonça un bouton pour ouvrir la barrière. En redémarrant, Therese faillit noyer le moteur de sa voiture de sport. Elle enfonça à plusieurs reprises la pédale de l'accélérateur, à vide. Les hurlements de la machine attirèrent quelques curieux aux fenêtres du bâtiment ; regardant le parking d'en haut, ils virent une femme conduire avec fougue sa décapotable jusqu'à la place qui lui était réservée.

Therese était bien sûr consciente de leur présence. Elle resta assise un instant, fit pivoter le rétroviseur pour s'y regarder et passa les doigts dans ses cheveux brun clair pour y remettre de l'ordre. Enfin, elle descendit, jeta un bref coup d'œil à la façade arrière du tribunal, puis elle attrapa son sac sur le siège passager et se dirigea vers la sortie du parking.

Des yeux nombreux suivirent le moindre de ses mouvements et de ses pas, jaugeant son discret tailleur sur mesure dont la jupe s'arrêtait plusieurs centimètres au-dessus du genou, comme le voulait la mode du moment. Elle était parfaitement consciente de l'effet produit par son apparition. Au cours de sa carrière dans le monde majoritairement masculin de la justice, elle avait expérimenté tous les types de réactions à sa personne. Morgue, arrogance, envie, rejet et, dans de rares cas, respect et estime. Elle avait subi de nombreux revers, mais aucun n'avait pu l'empêcher de suivre sa voie. Elle ne se pliait aux conventions que jusqu'à un certain point, dont elle décidait elle-même, et ne faisait de compromis que lorsqu'ils étaient inévitables. Elle menait sa vie comme elle l'entendait et n'en faisait pas mystère.

Tout en avançant, Therese ouvrit son sac à main et en sortit son paquet de cigarettes. Quand elle passa devant la guérite du gardien, celui-ci se précipita dehors pour lui donner du feu. Elle le remercia d'un hochement de tête, prit une profonde bouffée et se dirigea vers l'entrée principale, la façade sobre du bâtiment construit après-guerre exactement à l'emplacement de l'ancien tribunal. Sur le parvis s'élevait une statue en bronze de la Justice grandeur nature, les yeux bandés, une balance à la main.

Elle pensa à ce qu'elle avait atteint. À trente-sept ans, elle était une des plus jeunes présidentes de chambre d'Allemagne, et une des premières femmes à occuper une position dirigeante dans la Justice. Elle savait qu'elle était une exception. Therese était célibataire et le resterait. Fred n'avait pas été le seul homme de sa vie, au grand désespoir de sa mère à qui elle présentait un nouveau fiancé à chaque fête de famille. Aucun d'eux n'était pourtant prêt à soutenir sa carrière, qu'elle avait bâtie sans homme à ses côtés. Elle payait le prix fort, et était consciente de n'en être qu'à une étape : il restait un long chemin à parcourir avant qu'un parcours tel que le sien devienne la norme en Allemagne.

Therese prit une dernière bouffée, écrasa sa cigarette dans le cendrier en béton et poussa la porte en verre qui s'ouvrit sur sa nouvelle vie.

Postface

Gisela Trotha conçut pendant plusieurs années des modèles pour une maison de mode de Wiesbaden. Elle eut deux enfants ; elle et sa famille quittèrent Wiesbaden en 1965 pour aller s'installer en Suisse romande. Felix devint manager d'une entreprise d'alimentation suisse.

Klaus Trotha atteignit le poste de premier secrétaire de la commission pour la planification locale du SED. Il vécut la Chute du mur de Berlin en 1989 comme l'échec d'un État idéal. Il mourut en 1993 d'un cancer dans un hôpital de Chemnitz.

Anna Liedke travailla encore de nombreuses années au service des achats du KaDeWe, sans quitter son appartement de Neukölln. C'est seulement à un âge avancé qu'elle partit s'installer auprès de la famille de sa fille Gisela.

Charlotte Trotha emménagea en 1955 avec son père Richard, son fils Heinrich et sa fille Bärbel dans la nouvelle maison de la Speyerer Straße, à Worms. Elle ne toucha qu'en 1957 la compensation pour la perte de la propriété de Feltin. Toute sa vie, elle cultiva des fruits et des légumes dans son jardin.

Ernst Trotha ne vécut pas l'emménagement dans la nouvelle maison. Il mourut de dystrophie durant l'hiver 1954.

Edith Liebermann, après sa visite dans son pays d'origine en 1953, ne revint jamais en Allemagne. Elle et sa compagne dirigèrent une école de danse à Brooklyn. Elle mourut à New York en 1981.

Richard Feltin vécut avec sa fille à Worms jusqu'à sa mort, en 1964, à l'âge de quatre-vingt-onze ans.

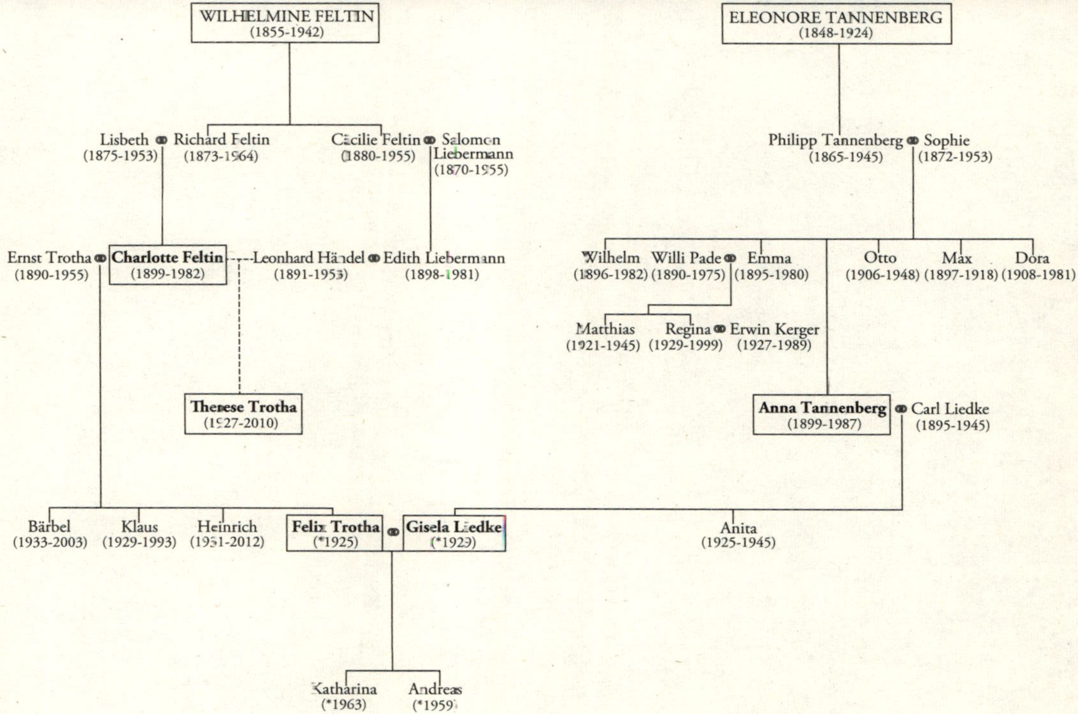
WILHELMINE FELTIN
(1855-1942)
ELEONORE TANNENBERG
(1848-1924)
Lisbeth ⚭ Richard Feltin
(1875-1953) (1873-1964)
Cäcilie Feltin ⚭ Salomon Liebermann
(1880-1955) (1870-1955)
Philipp Tannenberg ⚭ Sophie
(1865-1945) (1872-1953)
Ernst Trotha ⚭ Charlotte Feltin
(1890-1955) (1899-1982)
Leonhard Händel ⚭ Edith Liebermann
(1891-1953) (1898-1981)
Wilhelm
(1896-1982)
Willi Pade ⚭ Emma
(1890-1975) (1895-1980)
Otto
(1906-1948)
Max
(1897-1918)
Dora
(1908-1981)
Matthias
(1921-1945)
Regina ⚭ Erwin Kerger
(1929-1999) (1927-1989)
Therese Trotha
(1927-2010)
Anna Tannenberg ⚭ Carl Liedke
(1899-1987) (1895-1945)
Bärbel
(1933-2003)
Klaus
(1929-1993)
Heinrich
(1931-2012)
Felix Trotha ⚭ Gisela Liedke
(*1925) (*1929)
Anita
(1925-1945)
Katharina
(*1963)
Andreas
(*1959)

Remerciements

Je remercie :

Maître Thomas Wandres pour la vérification des questions juridiques de ce roman ;

Daniela Wallisch de C.H. Beck Verlag pour son aide dans mes recherches en histoire du droit ;

Josepha Schwerma des archives de l'université libre de Berlin pour avoir patiemment répondu à mes questions.

14089

Composition
NORD COMPO

Achevé d'imprimer en Italie
par GRAFICA VENETA
le 1er avril 2024

Dépôt légal avril 2024
EAN 9782290384244
OTP L21EPLN003413-552376

ÉDITIONS J'AI LU
82, rue Saint-Lazare, 75009 Paris

Diffusion France et étranger : Flammarion